MIRA®

Der Preis dieses Bandes versteht sich einschließlich der gesetzlichen Mehrwertsteuer.

Umwelthinweis:
Dieses Buch wurde auf chlor- und säurefreiem Papier gedruckt.

Liebesreise nach Portugal

MIRA®

MIRA® TASCHENBUCH
Band 15032
1. Auflage: April 2009

MIRA® TASCHENBÜCHER
eerscheinen in der Cora Verlag GmbH & Co. KG,
Valentinskamp 24, 20350 Hamburg
Deutsche Taschenbucherstausgabe

Titel der Originalausgaben:
Sweet Revenge

erschienen bei: Mills & Boon Ltd., London

Miss High and Mighty

erschienen bei: Mills & Boon Ltd., London

Stars of Spring

erschienen bei: Mills & Boon Ltd., London

Published by arrangement with
HARLEQUIN ENTERPRISES II B.V./S.àr.l.

Konzeption/Reihengestaltung: fredebold&partner gmbh, Köln
Umschlaggestaltung: pecher und soiron, Köln
Redaktion: Ivonne Senn
Titelabbildung: Getty Images, München
Satz: Buch-Werkstatt GmbH, Bad Aibling
Druck und Bindearbeiten: CPI – Ebner & Spiegel, Ulm
Printed in Germany
ISBN 978-3-89941-595-7

www.mira-taschenbuch.de

Anne Mather

Verwirrspiel in Lissabon

Roman

Aus dem Amerikanischen von
Irmgard Sander

MIRA®

1. KAPITEL

Toni Morley nippte an ihrem eisgekühlten Limonensaft und blickte gedankenverloren auf die Gemälde mit Motiven vom Strand in Estoril, die die Wände des kleinen Lokals schmückten. Sie war noch zu niedergeschlagen und verärgert, um am Flughafen anzurufen und den Rückflug nach London zu buchen. Kaum vorstellbar, dass sie gestern um diese Zeit noch so zufrieden und sorglos gewesen war, froh darüber, eine so ideale Anstellung gefunden zu haben. Wie dramatisch hatte sich innerhalb von nur vierundzwanzig Stunden ihre gesamte Zukunftsperspektive verändert!

Jung und hübsch erregte sie mit ihrem langen hellblonden Haar und den ausdrucksvollen grünen Augen in diesem südländischen Lokal natürlich Aufmerksamkeit. Irritiert versuchte sie, die anzüglichen Blicke eines jungen Portugiesen am Nachbartisch zu ignorieren, und richtete sich trotzig auf. Warum sollte sie den Kopf hängen lassen und sich schämen? Schließlich war nichts von dem, was vorgefallen war, ihre Schuld gewesen!

Trotzdem – mochten Pedro und Julia auch noch so verwöhnte kleine Rangen gewesen sein, es schmerzte Toni sehr, wenn sie daran dachte, dass es nun doch nicht ihre Aufgabe sein würde, sich um die beiden zu kümmern. Aber es hatte keinen Sinn, sich darüber zu ärgern. Dieses Kapitel war unwiderruflich abgeschlossen. Es blieb die deprimierende Erkenntnis, dass sie spätestens morgen nach England zurückfliegen und sich einen neuen Job suchen musste.

England. Sie hatte gehofft, wenigstens sechs Monate in Portugal bleiben zu können, ehe sie dorthin zurückkehren würde. In England erinnerte sie so vieles an das kleine Reihenhaus am Stadtrand, in dem sie einmal glücklich gewesen war. Aber dieses Zuhause existierte nicht mehr, nachdem ihre Eltern vor drei Monaten bei einer Massenkarambolage auf der Autobahn ums Leben gekommen waren.

Toni war in ein kleines möbliertes Zimmer in Kensington gezogen und hatte nur zu gern zugegriffen, als ihr der Job in Portugal angeboten wurde. Fernab von England, in Lissabon, wo sie bei der Familie de Calle wohnen und die beiden kleinen Kinder im Alter von sechs und vier Jahren betreuen sollte, hoffte sie, die schlimmen Erinnerungen zu vergessen. Miguel de Calle, ein reicher Geschäftsmann, war beruflich viel auf Reisen, weshalb Toni sich nicht nur um seine Kinder kümmern, sondern auch seiner Frau Estelle Gesellschaft leisten sollte. Die Kinder sollten die englische Sprache lernen, um später eine englische Schule zu besuchen, und da Senhora de Calle erneut schwanger war, schien Tonis Stellung in der Familie auf Jahre hinaus gesichert.

Sie war jetzt etwas über drei Wochen in Lissabon und hatte sich bestens eingelebt. Mit Estelle de Calle hatte sie sich gut verstanden. Ihr Mann Miguel war auf Geschäftsreisen in Spanien und Frankreich gewesen und erst vor drei Tagen zurückgekommen. Und da hatte der Ärger begonnen. Schaudernd dachte Toni an die Szene, die Estelle de Calle ihr aus heiterem Himmel gemacht hatte. Das südländische Temperament ihrer Gastgeberin hatte sich mit voller Macht über ihr entladen, und sie, Toni, hatte dem fassungslos gegenübergestanden, zumal sie sich völlig unschuldig fühlte.

Sie trank den Limonensaft aus und stand auf. Es hatte keinen Sinn, hier zu sitzen und ihr Schicksal zu bejammern. Sie musste nach England zurückkehren. Ihr Geld würde noch für den Rückflug reichen, und dann musste sie sich eine neue Anstellung suchen.

Toni verließ das Restaurant durch die Schwingtüren und trat in das gleißende Sonnenlicht hinaus. Sie setzte sich ihre Sonnenbrille auf, strich sich das lange hellblonde Haar zurück und ging langsam den Hügel hinunter zur Avenue S. Maria. Heute früh hatte sie in einer einfachen kleinen *pensão* ein Zimmer gefunden, das ihr genügen musste, bis sie den Rückflug nach Hause antreten würde.

Sie hörte Schritte hinter sich und blickte sich vorsichtig um. Der junge Portugiese aus dem Restaurant war ihr gefolgt. Ärgerlich presste sie die Lippen zusammen und beschleunigte ihre Schritte, doch er ließ sich nicht abhängen. Im nächsten Moment war er neben ihr und blickte sie mit seinen dunklen Augen von der Seite an.

„*Boa tarde, Senhorita*“, sagte er, wobei er anzüglich lächelte. „Haben Sie ein Problem?“

Toni überlegte, ob sie ihn nicht am besten ganz ignorieren sollte. Ihr Portugiesisch war recht begrenzt, und obwohl er Englisch gesprochen hatte, bezweifelte sie, dass seine Kenntnisse in ihrer Sprache größer waren. Andererseits konnte ihn eine völlige Nichtbeachtung ihrerseits natürlich auch erst recht provozieren. Deshalb schüttelte sie den Kopf und sagte kurz angebunden und kühl: „*Não.*"

Doch der junge Mann wich ihr nicht von der Seite und starrte sie penetrant an. Toni blickte sich Hilfe suchend nach einem Taxi um. Zwar hatte sie nicht viel Geld, aber es wäre der einfachste Weg gewesen, den ungebetenen Belästigungen durch den jungen Portugiesen zu entkommen, ohne eine unangenehme Szene heraufzubeschwören oder gar andere Leute mit hineinzuziehen. Es war noch ein gutes Stück zu Fuß zu ihrer *pensão,* und sie hatte nicht die Absicht, diesem lästigen Verehrer zu zeigen, wo sie wohnte.

„*Donde e qué …?*" Der junge Mann rückte näher, sodass er ihren Arm streifte.

Toni wich bis an den Bordstein zurück. Sie konnte ihm nicht in Portugiesisch antworten, und eine angemessene Zurückweisung in Englisch hätte er vermutlich nicht verstanden oder wahrscheinlich sowieso ignoriert. Sie seufzte. Was hatte sie nur an sich, dass sie ständig diese ungebetene Aufmerksamkeit vonseiten der Männer auf sich zog? Zuerst Miguel de Calle, jetzt dieser Junge, der kaum so alt wie sie sein mochte.

Er kam wieder näher und drängte sie fast vom Bürgersteig. Toni fühlte sich seinen jetzt unverhohlen lüsternen Blicken hilflos ausgesetzt. Verzweifelt schaute sie sich um und sah aus der entgegengesetzten Richtung ein Taxi herankommen. Ohne den Verkehr zu bedenken, hob sie eine Hand und sprang auf die Straße … geradewegs vor eine große graue Limousine. Bremsen quietschten, und der Fahrer des Wagens riss das Lenkrad herum, um ihr auszuweichen. Toni spürte einen Schlag, als der Kotflügel sie traf, fiel gegen den Bordstein zurück und blieb einen Moment benommen liegen.

Im Nu sammelte sich eine kleine Gruppe von Passanten um sie und redete aufgeregt in Portugiesisch durcheinander. Zitternd versuchte Toni aufzustehen. Der Fahrer der Limousine war ausgestiegen und schlug die Fahrertür heftig hinter sich zu. Ungeduldig schob er die Neugierigen auseinander und zog Toni mit einem Ruck auf die Füße. Er war ein großer, dunkelhaariger Mann, dessen schmales, markantes Gesicht von einer Narbe entstellt war, die über seine ganze linke Wange verlief und ihm ein dämonisches Aussehen verlieh. Ein Eindruck, der durch seinen glühenden Zorn noch verstärkt wurde.

„*Deus!*“, stieß der Fremde aus. „*Esta maluco?*“

Toni strich sich benommen über die Stirn. „Ich … bin Engländerin, Senhor“, sagte sie heiser. „Es tut mir leid, wenn ich Sie erschreckt habe.“

„Es tut Ihnen leid!“ Er blickte gereizt in die Runde, und die umstehenden Passanten wichen zurück. „Senhorita, versuchen Sie öfter, sich umzubringen?“

Toni erschauderte, als ihr bewusst wurde, was fast passiert wäre. „Ich … ich habe doch gesagt, dass es mir leid tut, Senhor“, antwortete sie betreten. „Natürlich habe ich nicht versucht, mich umzubringen.“

Er ließ sie los und atmete tief ein. „Mag sein, Senhorita, dennoch wäre es Ihnen fast gelungen! Ich rate Ihnen, in Zukunft vorsichtiger beim Überqueren von Straßen zu sein!“

Sein Englisch war fast akzentfrei, und seine Stimme klang tief und sexy, aber Toni besaß in diesem Moment keinen Sinn dafür. Im Gegenteil, dieser Fremde kam ihr wie der Inbegriff all dessen vor, was sich ihr seit ihrer Ankunft in Portugal in den Weg gestellt hatte: männliche Arroganz und Ignoranz. Sie wich zur Seite und fragte sich unwillkürlich, wohin der junge Portugiese verschwunden war. Als sie ihn nirgendwo sah, seufzte sie erleichtert auf.

„Wenn Sie mich jetzt entschuldigen …“

Doch zu ihrer Überraschung fiel ihr der Fremde ins Wort: „Kommen Sie, Senhorita. Da Sie offensichtlich fremd in meinem Land sind, werde ich dafür sorgen, dass Sie ohne weiteren Zwischenfall in Ihr Hotel gelangen.“

„Oh nein!“ Toni schüttelte den Kopf und wich weiter zurück. „Vielen Dank, aber das ist nicht nötig.“

„Ich bestehe darauf!" Sein Ton duldete keinen Widerspruch.

„Ich ebenso!", entgegnete Toni ärgerlich. „Liebe Güte, kann denn kein Portugiese ein Nein als Antwort respektieren?"

Seine dunklen Augen wurden schmal, und Toni kam ungewollt in den Sinn, dass er vermutlich der attraktivste Mann war, den sie je gesehen hatte. Groß und schlank, bewegte er sich mit der Eleganz eines durchtrainierten Athleten, und selbst die entstellende Narbe in seinem Gesicht verlieh ihm ein zynisches Flair, das in sich eine Herausforderung darstellte. Angewidert dachte Toni an Miguel de Calles weiche Hände und seinen leicht übergewichtigen Körper und verglich ihn unwillkürlich mit diesem Mann, der sie jetzt so verächtlich ansah.

„Schön, Senhorita. Dann überlasse ich Sie jetzt sich selbst, wenn Sie es so wollen."

Toni wollte sich unbehaglich abwenden, als sie unweit in der Gruppe der noch gebliebenen Passanten plötzlich wieder das Gesicht des jungen Portugiesen entdeckte. Sofort änderte sie ihre Meinung. „Senhor ...", sagte sie zögernd. „Ich ... Könnte ich vielleicht doch auf Ihr Angebot zurückkommen?"

Der Fremde blickte sie so durchdringend an, dass sie ihre Worte schon bedauerte. Dann zuckte er die breiten Schultern. „Ganz wie Sie wünschen."

Toni folgte dem Fremden mit zittrigen Knien zu der großen Limousine. Sie spürte die Blicke des jungen Portugiesen in ihrem Rücken und atmete erleichtert auf, als sie in den Wagen stieg. Auch wenn sie es sich nicht erklären konnte, aber bei diesem Mann fühlte sie sich wenigstens sicher. Dabei konnte er auf seine Weise bestimmt noch weitaus gefährlicher sein.

Beim Einsteigen hatte Toni auf der Wagentür eine Art Wappen bemerkt, einen silbernen Schild, den rote Buchstaben zierten, doch sie hatte die Worte so schnell nicht erkennen können. Sie fragte sich flüchtig, was dieses Wappen wohl bedeutete und wer der Fremde war. Erschöpft lehnte sie sich zurück. Sie fühlte sich den Tränen nahe.

Der Fremde kam um das Auto herum, setzte sich hinters Steuer und warf ihr einen kurzen Blick zu, bevor er den Motor anließ. Toni schluckte nervös und spürte, wie ihr heiß und kalt wurde. Noch nie hatte ein Mann eine derart beunruhigende Wirkung auf sie ausgeübt … allein durch einen Blick seiner faszinierenden dunklen Augen. Sein dichtes schwarzes Haar und sein dunkler Teint bildeten einen Kontrast zu dem blütenweißen Hemd, das er zu einem dunklen, offenbar maßgeschneiderten und zweifellos sehr teuren Anzug trug. Auch das Auto, eine große, sportliche Luxuslimousine, ließ auf Geld schließen.

Er warf ihr erneut einen Blick zu, und Toni errötete, weil sie sich ertappt fühlte, wie sie ihn angestarrt hatte.

„Ihr Hotel, Senhorita", sagte er leise. „Ich brauche die Adresse."

Toni schluckte und riss sich zusammen. „In der Rua S. Henriques. Genau genommen ist es eine *pensão.*"

„Ach so." Er nickte und lenkte den Wagen mit geübter Hand in den dichten Verkehr. Aus dem Augenwinkel beobachtete Toni fasziniert seine schönen, schlanken Hände. Gänzlich ungebeten tauchten vor ihrem geistigen Auge höchst erotische Bilder auf, wie es sein würde, von diesen Händen gestreichelt und liebkost zu werden. Ein kleines Lächeln huschte über ihr Gesicht … und verschwand sofort, als sie dem erneuten Blick des Fremden begegnete.

„Darf ich fragen, was Sie so amüsant finden, Senhorita?", fragte er kühl.

Sie schüttelte den Kopf. „Nichts, Senhor."

Er konzentrierte sich wieder auf die Straße, und mit einem seltsamen Gefühl des Bedauerns entdeckte Toni schon allzu bald das Straßenschild der Rua S. Henriques. Der Wagen hielt vor ihrer *pensão,* und Toni stieg rasch aus, ohne abzuwarten, bis der Fremde um den Wagen herumgekommen war, um ihr behilflich zu sein. „Vielen Dank, Senhor", flüsterte sie befangen. „Es tut mir leid, Ihnen so viel Mühe gemacht zu haben."

Er winkte ab. „Keine Ursache, Senhorita. Ich möchte Ihnen dennoch raten, unsere jungen Männer nicht allzu unbedarft zu ermutigen."

Sie sah ihn mit großen Augen an. Hatte er etwa von Anfang an gewusst, was passiert war? Er verbeugte sich lächelnd, und als er wieder in seinen Wagen stieg und davonfuhr, konnte Toni sich nicht des Gefühls erwehren, dass er sich die ganze Zeit auf ihre Kosten amüsiert hatte.

Wütend wandte sie sich ab und betrat die *pensão.* Heute hatte sie keine Lust mehr, sich um ihren Rückflug nach England zu kümmern. Das musste bis morgen warten. Sie fühlte sich einfach zu deprimiert und unglücklich … und ziemlich durcheinander.

Eine Stunde später, nachdem sie geduscht und sich umgezogen hatte, verließ Toni erneut die *pensão,* um etwas essen zu gehen. Sie trug ein dunkelblaues, sommerlich leichtes, tailliertes Kostüm mit kurzem Rock, das ihre schlanke Figur und ihr hellblondes Haar anziehend zur Geltung brachte. Es war ein warmer Abend, und der süße, schwere Duft von Blumen mischte sich mit dem verlockenden Aroma von Kaffee und Gebäck, das aus den zahllosen Straßencafés herüberwehte. Auch wenn Toni es sich nicht eingestehen wollte, es fiel ihr unendlich schwer, Lissabon wieder verlassen zu müssen. Das besondere Flair dieser Stadt hatte sie verzaubert, und ihr graute davor, in die triste Eintönigkeit der Londoner Vorstädte zurückzukehren. Hier, unter der südländischen Sonne, kam ihr alles so viel farbiger und lebendiger vor.

Langsam spazierte sie zum Fluss hinunter. Die Häuser entlang der Straße wirkten mit ihren bunten Fassaden wie schmucke Bonbonieren inmitten von duftenden Blumenbeeten. Jedes Mal, wenn Toni durch die Straßen und Gassen von Lissabon streifte, dem Auf und Ab der Hügel folgte, auf deren Kuppen sich Kirchtürme wie Wächter zum Himmel erhoben, entdeckte sie etwas Neues, das ihr Herz erfreute.

Sie betrat jetzt einen kleinen Park, in dessen Mitte die Wasserfontäne eines Springbrunnens in der Abendsonne funkelte. Toni setzte sich auf den Rand des Brunnenbeckens und beobachtete die Passanten, darunter viele junge Mütter oder Kindermädchen mit kleinen Kindern. Hatte sie vielleicht eine Chance, doch noch eine andere Anstellung in Portugal zu finden? Vermutlich nicht, da die de Calles sich geweigert hatten, ihr eine Empfehlung zu schreiben.

Ein junger Mann näherte sich und setzte sich nicht weit entfernt ebenfalls auf den Rand des Brunnens. Toni wandte sich irritiert ab. Sollte sie etwa schon wieder Opfer einer unerwünschten Belästigung werden? Entschlossen stand sie auf, doch der junge Mann erhob sich ebenfalls, und sie sahen sich an.

„Toni!"

„Paul!"

Toni lächelte Paul Craig freudiger an, als sie es vermutlich unter anderen Umständen getan hätte. Aber in ihrer deprimierenden Lage war es einfach zu schön, ein vertrautes Gesicht zu sehen. Wobei Pauls Gesicht noch nicht einmal besonders englisch aussah, denn er hatte schwarzes Haar und einen dunklen Teint. Aber zumindest war er ein Freund.

Paul strahlte übers ganze Gesicht. „Toni Morley!", sagte er kopfschüttelnd. „Was tust du in Portugal?"

„Ich habe gearbeitet", antwortete Toni geknickt.

„Du hast gearbeitet? Wieso? Was ist passiert? Hast du deinen Job etwa verloren?"

„So ungefähr", erwiderte sie ausweichend. Bei genauem Hinsehen kam ihr auch Pauls Lächeln etwas gezwungen vor. „Und du? Machst du hier Urlaub?"

„So ungefähr." Paul zuckte die Schultern. „Es ist eine lange Geschichte. Hör zu, warum trinken wir nicht etwas zusammen? Ich meine, auf alte Zeiten sozusagen. Ich freue mich wirklich, dich wiederzusehen, Toni."

Sie zögerte. „Ich weiß nicht, Paul, ob das eine gute Idee ist …" Ihre Liaison mit Paul Craig war von sehr kurzer Dauer gewesen, und Toni hegte nicht den Wunsch, sie wiederzubeleben.

„Komm schon, Toni. Fremde in einer fremden Stadt … ganz locker, ohne Bedingungen. Ehrenwort!"

„Also gut, Paul. Aber nur auf einen Drink", lenkte sie ein. „Wie ist es dir so ergangen?"

„Bestens. Und dir?"

„Ach, ganz gut." Toni betrachtete ihn prüfend von der Seite, während sie gemeinsam den Park verließen und auf eine Bar auf der anderen Straßenseite zusteuerten. Paul Craig hatte sich kaum verändert. Er war immer ein großer Junge geblieben, und sie war es schnell leid gewesen, von ihm wie einer seiner Rugby-Kumpels behandelt zu werden. Sport bedeutete ihm alles, und an zweiter Stelle kamen die Sauftouren mit seinen Freunden. Toni hatte ihn nie wirklich ernst genommen, sehr zu seinem Verdruss.

Kurze Zeit später saßen Toni und Paul an der Theke einer schummrig beleuchteten Bar und tranken Martini-Cocktails.

„Wusstest du, dass ich verlobt war?"

„Nein!" Toni lächelte. „Und wer ist die Glückliche?"

Paul verzog das Gesicht. „Janet West. Und sie war es. Wir haben uns heute getrennt."

„Ach nein!"

„Doch. Wir waren eigentlich zusammen hierher gekommen, um meine Großmutter zu besuchen. Aber Janet ist so verdammt extravagant, will ständig Geld für irgendetwas, und gestern ging sie dann einfach los und hat fünfhundert Euro für ein einziges Abendkleid ausgegeben!"

„Ich verstehe. Und du hattest etwas dagegen."

„Allerdings!" Er schlug wütend auf die Theke. „Es gab einen heftigen Streit, und heute Morgen hat sie mir dann den Ring zurückgegeben."

„Wirklich schade, Paul." Toni nippte an ihrem Drink. „Bist du jetzt untröstlich?"

Er schnaufte verächtlich. „Bestimmt nicht! Ich hatte schon eine ganze Weile genug von ihr."

„Ach, hör auf! Du bist jetzt wütend. Morgen siehst du das schon wieder anders", beschwichtigte Toni lächelnd.

Paul schüttelte den Kopf. „Das bezweifle ich. Aber was ist mit dir? Was treibt dich dazu, abends allein in einer fremden Stadt herumzulaufen?"

Toni zuckte die Schultern. „Ach, das ist eine etwas komplizierte Geschichte. Ich bin eigentlich hergekommen, um als Erzieherin für zwei kleine Kinder, Pedro und Julia de Calle, zu arbeiten."

„Sagtest du ‚de Calle'?"

„Ja, warum? Kennst du die Leute?"

„Meine Großmutter kennt sie. Aber ich wollte dich nicht unterbrechen. Erzähl weiter."

Sie zögerte. „Vielleicht sollte ich besser den Mund halten, da du mit den de Calles bekannt bist."

„Es sind Freunde meiner Großmutter, nicht meine. Erzähl weiter, Toni."

„Na gut. Alles lief zunächst bestens, bis Miguel de Calle von seiner Geschäftsreise zurückkam. Er hat wohl sofort ein Auge auf mich geworfen. Frag mich nicht, warum. Ich habe ihn bestimmt nicht ermutigt."

„Schätzchen, bei deinem Aussehen brauchst du die Männer nicht zu ermutigen", warf Paul schmeichelnd ein.

Sie warf ihm einen vernichtenden Blick zu und fuhr fort: „Ich habe es jedenfalls erst gemerkt, als er mich eines Abends auf dem Flur vor meinem Zimmer abpasste. Lieber Himmel, mich traf der Schlag, und ich habe mich mit Händen und Füßen gewehrt. Aber genau in dem Moment kam Senhora de Calle dazu, und sie dachte natürlich genau das Gegenteil: dass ich versucht hätte, ihren Mann zu verführen. Sie wollte meine Version der Geschichte überhaupt nicht hören und hat mir heute früh die Koffer vor die Tür gesetzt. Und Miguel, dieser Mistkerl ... ich könnte ihn erwürgen! ... stand mit leidender Miene dabei und ließ zu, dass Estelle mir die ganze Schuld gegeben hat!"

Paul legte ihr tröstend einen Arm um die Schultern. „Du Ärmste. Und was hast du jetzt vor?"

„Na, mir bleibt wohl nichts anderes übrig, als nach London zurückzukehren. Die de Calles haben mir noch nicht einmal einen Teil meines Lohns bezahlt, geschweige denn mir eine Empfehlung geschrieben."

„Ich verstehe." Paul blickte nachdenklich in sein Martiniglas. „Ich weiß auch noch nicht, was ich tun soll."

„Ich dachte, du wolltest deine Großmutter besuchen?"

„Ich sagte, Janet und ich wollten meine Großmutter besuchen.

Ich kann nicht allein dorthin."

Toni blickte ihn verständnislos an. „Und warum nicht?"

„Nun ja, weil ich bis heute sozusagen als schwarzes Schaf in der Familie gelte. Der Einzige, der noch nicht verheiratet ist, und so weiter. Meine Großmutter war überglücklich, als sie von meiner Verlobung mit Janet hörte, und nur so sind wir an diese Einladung gekommen. Großmutter wird sehr verärgert sein, wenn sie erfährt, dass alles schon wieder vorbei ist."

„Aber es war doch nicht deine Schuld", gab Toni zu bedenken.

„Versuch mal, ihr das klarzumachen", murmelte Paul. „Sie versucht schon seit Jahren, mich zu verheiraten."

„Na ja, vielleicht kannst du dich ja doch noch mit Janet versöhnen."

„Das bezweifle ich. Sie will nicht einmal mit mir sprechen."

„Wie es aussieht, müssen wir wohl zwei Flüge nach London buchen", meinte Toni resigniert.

Paul schien einen Moment nachzudenken. „Ich habe mich auf diesen Urlaub sehr gefreut", sagte er dann. „Estrada, wo meine Großmutter lebt, ist ein wundervoller Ort. Ein großes Anwesen direkt an der Küste."

„Wie kommst du überhaupt zu einer portugiesischen Großmutter?", erkundigte sich Toni neugierig.

„Meine Mutter ist Portugiesin", sagte Paul. „Mit achtzehn ist sie mit meinem Vater nach England durchgebrannt und danach lange Zeit von ihrer Familie ignoriert worden. Man war empört über ihr Verhalten, denn die Familie hatte bereits eine gute Partie für sie arrangiert. Aber nach dem Tod meines Großvaters verzieh Großmutter meiner Mutter. Es kam zu einem großen Versöhnungstreffen, bei dem auch ich zur Begutachtung vorgeführt wurde. Na, und ich denke, Großmutter würde jetzt zu gern mein Leben nach ihren Vorstellungen lenken, was ihr bei meiner Mutter nicht gelungen ist."

„Klingt ziemlich altmodisch", meinte Toni zweifelnd.

„Das ist es wohl auch. Aber hier wird Tradition ganz groß geschrieben."

„Na, zum Glück bin ich keine Portugiesin!"

„Ach, es kann für eine Frau auch sehr angenehm sein“, widersprach Paul.

„Worauf willst du eigentlich hinaus?“

Paul lächelte schief. „Nun, ich habe mich gefragt, ob du vielleicht mit mir nach Estrada kommen würdest ... als meine Verlobte.“

„Wie bitte?“

„Natürlich nur dem Namen nach“, beeilte sich Paul hinzuzufügen. „Aus alter Freundschaft, sozusagen. Es würde mir eine Menge unbequemer Erklärungen ersparen. Und du müsstest nicht nach England zurück, ohne wenigstens einen schönen Urlaub hier verbracht zu haben.“

„Ach Paul, das könnte ich nie!“

„Warum nicht? Was ist denn Schlimmes dabei?“

„Es würde mir nicht gefallen, deine Großmutter so zu betrügen.“

„Warum? Ich meine, es schadet doch niemandem. Du könntest ja sogar wirklich meine Verlobte sein, wenn es damals zwischen uns geklappt hätte.“ Bevor Toni etwas einwenden konnte, fügte Paul rasch hinzu: „Schon gut, ich weiß, dass eine echte Verlobung zwischen uns nicht zur Debatte steht. Ich möchte dir nur zeigen, dass es im Rahmen des Möglichen wäre.“

Toni seufzte. „Ja, das stimmt. Aber musst du denn wirklich unbedingt eine Verlobte vorzeigen, Paul? Du könntest doch auch allein hinfahren und dich der Sache stellen.“

„Das könnte ich.“ Er wich ihrem Blick aus. „Aber ... meine Großmutter ist eine sehr alte Dame, und ich möchte sie nicht enttäuschen.“

Toni verkniff sich eine Bemerkung. Paul war ja ein ganz netter Kerl, aber nicht gerade der Typ, der sich Sorgen um die Gefühle seiner Großmutter machen würde, sofern es ihn nicht in irgendeiner Weise persönlich betreffen würde. „Nehmen wir einmal an, ich würde einwilligen und mit dir nach Estrada fahren, und keiner würde die Täuschung bemerken. Dann würde doch deine Familie, zumindest der portugiesische Teil, erwarten, dass du mich heiratest, und die Tatsache, dass du es nicht tun wirst, wäre genauso schlimm wie die gelöste Verlobung mit Janet.“

„Stimmt, aber das würde erst nach meiner Rückkehr nach England herauskommen, und ich wäre weit weg von dem Sturm." Paul lächelte. „Sieh mal, Toni, ich habe mich so lange auf diesen Urlaub gefreut, und wenn ich jetzt ohne Janet auftauche, werde ich die ganzen Ferien mit Erklärungen und Entschuldigungen verbringen müssen."

„Du übertreibst, Paul."

„Kaum, glaub mir. Und was hast du zu verlieren?"

„Nichts. Aber darum geht es nicht. Es wäre vermutlich sogar wundervoll. Was, wenn Janet doch zu dir zurückwill? Was, wenn sie dir nach Estrada nachreist?"

„Das wird sie nicht", wehrte Paul entschieden ab. „Sie erwartet im Gegenteil, dass ich ihr nachlaufe. Nur habe ich endgültig die Nase voll."

Toni blickte nervös auf die Uhr. „Ich muss jetzt gehen, Paul. Es hat keinen Sinn. Ich bin nicht der Typ für Intrigen."

„Wer redet von Intrigen? Du meine Güte, selbst wenn wir auffliegen würden, wäre es doch kaum der Rede wert."

Sie blickte ihn nachdenklich an. Warum schlug sie eine derartig einmalige Chance aus? Was hatte sie denn wirklich zu verlieren? Warum sollte sie etwas dagegen haben, wenn Paul unbedingt so tun wollte, als wäre sie seine Verlobte, und sie sich dadurch einen herrlichen Urlaub in Portugal verschaffen konnte? Vieles sprach dafür, obwohl ihr jede Art von Unehrlichkeit widerstrebte. Zudem warnte sie eine innere Stimme, dass die Sachlage vielleicht nicht ganz so unkompliziert war, wie Paul sie glauben machen wollte.

Aber trotz ihrer Zweifel war die Verlockung groß. Wie Paul es darstellte, wusste seine portugiesische Familie kaum etwas von seiner Verlobten, sodass sie sich nur daran gewöhnen musste, Janet genannt zu werden, und alles andere Paul überlassen konnte. „Du stellst es als so einfach dar", sagte sie seufzend.

„Es ist einfach. Schau, Toni, was erwartet dich schon in London? Du hast noch keinen neuen Job in Aussicht, also verlierst du auch kein Geld. Stattdessen bekommst du einen kostenlosen Urlaub in der Sonne, bevor du dich nach einem anderen Job umsehen kannst. Ich kann mir nicht vorstellen, dass irgendein anderes Mädchen so ein

Angebot ausschlagen würde."

„Ich auch nicht", räumte Toni ein und trank ihren Martini aus.

Paul winkte dem Barkeeper und bestellte zwei weitere Drinks. „Also, wo wohnst du im Moment?"

„In einer *pensão* in der Rua S. Henriques."

„Prima. Das ist ganz in der Nähe meines Hotels. Ich könnte dich morgen früh abholen und ..."

„Warte!", rief sie aus. „Ich habe noch nicht gesagt, dass ich mitkommen werde."

„Aber du kommst mit, nicht wahr?"

Toni betrachtete ihn prüfend. „Falls ... und ich sage, falls ... ich mich dazu entscheiden sollte, würdest du nicht etwa versuchen, an irgendeinem Punkt diese kleine Täuschung in etwas Wirkliches zu verwandeln, oder?"

Paul wurde rot. „Natürlich nicht." Er verzog das Gesicht. „Und überhaupt, warum findest du mich plötzlich so abstoßend?"

„Das ist es nicht, Paul. Wir passen nur einfach nicht zusammen. Ich mag dich, aber ich könnte dich nie lieben."

„Schon gut, ich habe ja verstanden", sagte er schmollend. „Und jetzt zu den Einzelheiten ..."

Toni seufzte. „Nein, warte noch! Gib mir etwas Zeit, darüber nachzudenken. Ich kann das nicht von jetzt auf gleich entscheiden. Außerdem wird Senhora de Calle die Londoner Agentur, über die ich den Job hier bekommen habe, informiert haben, dass sie mich wegen versuchter Verführung ihres Mannes gefeuert hat. Und die Leute dort werden es sicher merkwürdig finden, wenn ich danach mit einem fremden Mann ins Innere Portugals verschwinde ..."

„Ist das so wichtig? Ich meine, es gibt doch unzählige solcher Agenturen in London."

„Ja, natürlich ... Ach Paul, ich wünschte, ich könnte dich einfach als eine Freundin oder so begleiten!" Sie sah seinen entnervten Blick und lenkte ein: „Also gut, ich werde den Versuch wagen. Aber du schwörst, dass deine Großmutter nicht sofort, wenn wir ankommen, einen Priester ruft?"

Paul lachte, und seine sichtliche Erleichterung gab Toni erneut zu denken. „Nein, natürlich nicht. Ihr genügt es im Moment voll und ganz, dass ich verlobt bin."

Toni schüttelte ihre Zweifel und Gewissensbisse ab. Von Natur aus war ihr jede Unehrlichkeit fremd, aber die Aussicht, noch einige Zeit länger in diesem bezaubernden Land verbringen zu können, hatte die Waagschale zu Pauls Gunsten sinken lassen.

2. KAPITEL

Am folgenden Morgen fuhren sie von Lissabon in östlicher Richtung durch einen der schönsten Landstriche, die Toni je gesehen hatte. Gern hätte sie die Reise geruhsam angehen lassen, um die Schönheiten des Landes zu genießen, aber Paul schien es eilig zu haben, an sein Ziel zu gelangen. Eine Weile folgten sie dem westlichen Ufer des Tejo, dessen Lauf eine natürliche Stadtgrenze für Lissabon bildete, bevor sie sich nach Norden in Richtung Oporto wandten.

Paul hatte Toni erzählt, dass sich das Anwesen seiner Verwandten, die *quinta,* über einen gewaltigen Landstrich entlang der Küste erstreckte und dann noch weit ins Landesinnere reichte, bis zu den üppigen Weinbergen entlang des Douro.

„Hat deine Großmutter einen Manager, der das Anwesen für sie verwaltet?“, erkundigte sie sich neugierig.

Paul schien mit der Antwort zu zögern. „Nun ja, es gibt einen Verwalter … aber, weißt du, Toni, das Anwesen gehört nicht meiner Großmutter. Es ist ein Familienbesitz, der vom Vater auf den Sohn weitervererbt wird.“

„Aber ich dachte, deine Mutter wäre das einzige Kind deiner Großmutter!“

„Tut mir leid, wenn du das missverstanden hast“, sagte Paul schnell, wobei Toni das Gefühl hatte, dass es ihm überhaupt nicht leidtat. „Meine Mutter hat noch einen Bruder, meinen Onkel Raoul, und das Anwesen gehört natürlich ihm.“

„Ich verstehe.“ Sie schluckte nervös. „Ich glaube, du solltest mir etwas mehr über deine Verwandten erzählen.“

Paul räusperte sich. „Ich wollte dich nur nicht unnötig verwirren. Im Grunde gibt es auch gar nicht viel zu wissen. In dem Haus lebt natürlich außer meiner Großmutter auch mein Onkel. Er ist Witwer und hat eine Tochter, Francesca. Sie ist dreizehn, glaube ich.“

Toni blickte ihn mit großen Augen an. „Nur weiter“, sagte sie kühl. „Und wer lebt sonst noch alles auf dieser *quinta?*“

„Sei doch nicht so gereizt! Schließlich ist es auch nicht schlimmer, als irgendeiner x-beliebigen anderen Familie vorgestellt zu werden."

Toni verkniff sich eine Bemerkung. Ihre bisherigen Erfahrungen mit portugiesischen Familien ließen sie jedenfalls vermuten, dass es dort viel strenger zuging als in englischen Familien. Aber es war ein herrlicher Morgen, und die Schönheit der Landschaft ringsum ließ sie bald alle Besorgnis vergessen. Sie kamen an Flüssen und Bächen vorbei, die sich durch kleine Pinienwäldchen schlängelten, und fuhren durch malerische Dörfer mit den typischen pastellfarben getünchten Häusern inmitten blühender Gärten. Toni bewunderte im Vorüberfahren wild wachsende Kamelien, Teppiche von Immergrün und Magnolien, deren Blütenpracht die Morgenluft mit ihrem Duft erfüllte.

Zum Mittagessen kehrten sie in einer Gastwirtschaft ein, die einen herrlichen Blick auf die Küste unterhalb bot. Die mollige Frau des Gastwirts, die kein Wort Englisch sprach, servierte ihnen einen würzigen Fischeintopf und dazu knuspriges Brot, und während sie aßen, begann Paul erneut von Estrada zu erzählen. Toni hatte das ungute Gefühl, dass er ihr etwas ganz Bestimmtes sagen wollte.

„Was ist los?", fragte sie und nippte an ihrem Wein. „Was hast du mir noch verschwiegen?"

Er wurde rot. „Nun ja, im Grunde ist es wirklich nichts, Toni. Aber ... meine Großmutter ist eine verwitwete Condessa."

„Wie bitte?" Toni sah ihn ungläubig an. „Eine Condessa? Mit anderen Worten, dein Onkel ..."

„Ja, mein Onkel ist der Conde Raoul della Maria Estrada."

„Ich verstehe." Toni schüttelte den Kopf. „Und du glaubst wirklich, wir kommen mit dieser Scharade davon? Unter diesen Umständen?"

„Warum nicht?"

„Nun, ich könnte mir vorstellen, dass ein Graf das Mädchen, das sein Neffe angeblich heiraten will, ganz besonders genau unter die Lupe nimmt."

„Und?"

„Und ich bin einfach nicht der Typ dazu! Also wirklich, Paul, du hast gesagt, die Sache wäre ganz einfach, und jetzt kommst du alle naselang mit einer neuen, unglaublichen Enthüllung. Warum warst du nicht gleich ehrlich zu mir? Dann hätte ich von vornherein abgelehnt."

Paul lehnte sich schmollend zurück. „Immerhin hätte ich dich auch die ganze Fahrt machen lassen können, ohne dir ein Wort davon zu erzählen. Ich finde dein Verhalten kindisch. Kommst du nun weiter mit oder nicht?"

„Nein. Und du weißt genau, dass du nicht mit mir nach Estrada hättest fahren können, ohne mir letztendlich die Wahrheit zu sagen. Wahrscheinlich hast du es mir nicht früher gesagt, weil du dir meine Reaktion denken konntest. Verdammt, als du sagtest, deine Großmutter sei mit den de Calles bekannt, hätte ich wissen müssen, dass sie nicht so gewöhnlich ist, wie du mich glauben machen wolltest!"

Paul zuckte die Schultern. „Aber was hat sich im Grunde denn geändert? Da ist immer noch die *quinta,* und meine Großmutter ist immer noch eine alte Dame, die mich verheiratet sehen will, bevor sie stirbt. Ich verstehe nicht, weshalb wir uns Sorgen machen sollten."

„Aber ich. Sieh mal, Paul, ich habe keine Lust, einen Urlaub in aristokratischen Kreisen zu verbringen. Diese Förmlichkeit halte ich nicht aus. Das wären keine Ferien für mich."

„Aber sie sind gar nicht so förmlich."

„Ach nein? Glaub mir, Paul, ich weiß, wie förmlich portugiesische Familien sein können!"

„Dann fahren wir also zurück?"

„Ich denke, ja. Es tut mir leid, Paul."

„Und mir erst!", sagte er zerknirscht.

Toni kam sich undankbar vor. Schließlich wäre es unter andern Umständen eine wundervolle Sache gewesen. „Paul ..." Sie verstummte, weil Paul in diesem Moment aufsprang, um einen älteren Herrn zu begrüßen, der sich ihrem Tisch näherte.

„Tío Joaquim! Wie schön, dich zu sehen!"

Der Mann lächelte wohlwollend, und Toni schluckte. Der Anrede nach zu urteilen war dies Pauls Onkel, aber anscheinend nicht besagter Onkel Raoul. Und ehe sie sich's versah, sagte Paul: „Tío Joachim, ich möchte dir meine Verlobte Janet vorstellen. Janet, das ist mein Großonkel Joaquim, der jüngste Bruder meiner Großmutter."

Toni zögerte nur einen Moment, in dem sie Paul einen vernichtenden Blick zuwarf. Dann stand sie ebenfalls auf und ließ den Dingen ihren Lauf. Was hätte sie auch tun können, außer Paul öffentlich einen Lügner zu nennen? Sie war zu anständig, um ihn vor seinem Großonkel derart zu demütigen. Also antwortete sie höflich auf Onkel Joachims Fragen und spielte die Rolle von Janet West, Pauls Verlobter.

Joaquim Vallarez blieb nicht lange. Er war auf dem Weg nach Coimbra nur kurz in der Gaststätte eingekehrt, ein argloser, freundlicher alter Herr, der es taktvoll vermied, sich zu tief in die Angelegenheiten seines Großneffen einzumischen. Deshalb fiel es Toni nicht schwer, ihre Rolle durchzuhalten. Sie musste sich nur an den ungewohnten Namen gewöhnen und sich daran erinnern, dass Janet offensichtlich als Büroangestellte arbeitete, wie Paul ihr erzählt hatte.

Nachdem der alte Mann gegangen war, lehnte sich Paul zufrieden lächelnd zurück. „Für einen Moment standen mir die Schweißperlen auf der Stirn, aber du hast mich nicht im Stich gelassen. Du hast dich sogar bewundernswert gehalten!"

Toni presste die Lippen zusammen. „Ich hatte ja kaum eine andere Wahl, oder? Außer dich vor ihm einen Lügner zu nennen."

„Stimmt. Ich habe darauf gezählt, dass du das nicht tun würdest." Er lachte. „He, Onkel Joaquim wird meiner Großmutter alles über dich erzählen, wenn du immer noch darauf bestehst, dass wir zurückfahren. Und sie wird furchtbar aufgebracht sein, wenn sie glaubt, dass wir in der Gegend waren, ohne sie zu besuchen."

„Ich weiß, ich weiß." Toni hielt sich die Ohren zu. „Also gut, Paul, du hast gewonnen. Ich werde mit dir gehen. Aber treib's nicht zu weit!"

Sie erreichten Estrada am späten Nachmittag. Schon eine ganze Weile waren sie durch das zu dem Anwesen gehörende Land gefahren, während sie sich der Küste näherten. Eine Unzahl winziger Buchten mit gelben Sandstränden, an denen sich die Wellen des blauen Meeres brachen, luden hier zum Baden ein. Toni ließ zufrieden seufzend die Blicke schweifen, und nicht einmal die Aussicht, bald einer verwitweten Condessa gegenüberstehen zu müssen, konnte ihre Begeisterung trüben.

Als schließlich der Familiensitz der della Maria Estradas vor ihnen auftauchte, stockte ihr vor Bewunderung der Atem. Inmitten hoher Pinien erhob sich ein kleines, bezauberndes Schloss mit Türmen wie aus einem Märchen. Die Nachmittagssonne tauchte die grauen Mauern in ein zartrosa Licht. „Oh Paul", flüsterte Toni. „Das ist doch nicht etwa ..."

„Doch, das Castelo Estrada. Gefällt es dir?"

„Du hast mir gar nicht gesagt, wie ..." Sie verstummte. „Wahrscheinlich hätte ich wissen müssen, dass so etwas am Ende dieser Reise steht." Ein wenig spöttisch dachte sie an Janet mit ihrer Vorliebe für Luxus und Reichtum. „Schade, dass Janet dies nicht sehen konnte. Dann hätte sie bestimmt nicht mit dir gestritten."

„Ja", bekräftigte Paul nachdenklich. „Allerdings sind so schöne Orte und Dinge für Janet oder auch für mich von geringem Wert."

Toni sah ihn verwundert an. „Wie meinst du das?"

Paul winkte verächtlich ab. „Dir muss doch klar sein, dass es heutzutage Unsummen kostet, ein solches Schloss zu unterhalten."

„Das klingt aber furchtbar materialistisch, Paul."

„Ich weiß. Das sollte es auch."

„Willst du damit sagen, dass du dieses Schloss, wenn es dir gehören würde, verkaufen würdest?", fragte sie ungläubig.

„Vielleicht nicht, wenn ich Onkel Raouls Einkommen hätte, aber ganz sicher, wenn ich es mit meinem Hungerlohn unterhalten müsste. Ich bin nicht sentimental, Toni, und ich gebe Geld gerne aus, anstatt es nur anzuschauen."

Toni erwiderte nichts. Sie konnte eine Einstellung nicht verstehen, die ein so altehrwürdiges Gebäude gegen Geld eintauschen würde, nur um damit etwas Spaß zu haben. Wobei sich ihre und Pauls Vorstellungen von „Spaß" wahrscheinlich auch noch sehr unterschieden.

Der Wagen fuhr eine lange, kiesbedeckte Auffahrt hinauf, die sich vor der beeindruckenden Fassade des Schlosses zu einem Vorplatz erweiterte. Eine schmale Brücke führte über den Schlossgraben in den Innenhof. Paul parkte im Hof und blickte Toni aufmunternd an. Ehe die Nervosität sie übermannen konnte, stieg sie aus dem Wagen. Auf dem Hof war niemand zu sehen. Fragend wandte sie sich zu Paul um.

„Siesta“, erklärte er ihr. „Nachmittags ist es hier meistens ruhig.“

„Ich verstehe.“ Toni beugte sich vor, um ihre Handtasche aus dem Wagen zu holen, und bemerkte dabei ein junges Mädchen, das halb versteckt im Schatten einer gewaltigen Eichentür stand. Es mochte ungefähr dreizehn oder vierzehn sein, vermutlich also Francesca, die Tochter des Conde.

„Paul …“ Toni deutete mit dem Kopf zu dem Mädchen.

Paul hob das Gepäck aus dem Kofferraum und drehte sich um. „Hallo, Francesca! Willst du uns nicht begrüßen?“

Sichtlich widerstrebend trat das Mädchen aus seinem Versteck in die Sonne. Wie Toni jetzt sehen konnte, war seine Haut tief gebräunt, und es trug sein langes schwarzes Haar zu einem Zopf geflochten. Bekleidet war es mit einem kurzen, weiten Rock, einer ärmellosen weißen Bluse und Sandaletten an den nackten Füßen. Es hätte genauso gut eines der Bauernmädchen sein können, die sie auf ihrer Fahrt von Lissabon in den Dörfern gesehen hatten. Ihr Gesicht war recht hübsch, wäre da nicht dieser bockige Ausdruck, und Toni begann zu befürchten, dass Francesca vielleicht ein viel größeres Problem darstellen würde als ihre Großmutter.

Nichtsdestoweniger lächelte Toni das Mädchen freundlich an. Doch Francesca erwiderte ihr Lächeln nicht, sondern stemmte die Hände in die Hüften und sagte frech und in erstaunlich gutem Englisch: „Du solltest schon gestern hier eintreffen, *primo* Paul.“

Paul zuckte nur die Schultern. „Da ich mich allenfalls bei meiner Großmutter entschuldigen muss, war diese Bemerkung höchst ungehörig, Francesca. Wie ich sehe, haben sich deine Manieren nicht gebessert.“

Francesca rümpfte die Nase und wandte sich ab. Paul, der spürte, wie unbehaglich sich Toni fühlte, rief ihr nach: „Francesca! Würdest du bitte so freundlich sein, José zu sagen, dass wir angekommen sind und er sich um das Gepäck kümmern möchte? Würdest du auch Luisa von unserer Ankunft unterrichten? Und bevor du mir noch eine freche Antwort gibst, sollte ich dich vielleicht besser warnen, dass ich alle weiteren Ungehörigkeiten deinem Vater berichten werde. Verstanden?"

Francesca zuckte die Schultern. „Mein Vater ist nicht da, du wärst also enttäuscht", entgegnete sie trotzig.

„Er kommt irgendwann zurück", antwortete Paul ungerührt. „Und jetzt los!"

Das Mädchen schien noch eine patzige Antwort auf der Zunge zu haben, besann sich aber anders und kehrte durch die große Tür ins Schloss zurück.

„Reizend", bemerkte Toni. „Ist sie ein Beispiel für das, was mich hier erwartet?"

Paul lachte. „Nein, natürlich nicht. Francesca hasst es, wenn ich komme. Sie ist sehr besitzergreifend, und wenn ihr Vater, wie so oft, nicht da ist, hat sie Großmutter ganz für sich. Da wir die einzigen Enkel sind, fühlt sie sich zurückgesetzt, wenn ich auftauche."

„Ich verstehe. Wahrscheinlich benimmt sie sich besser, wenn ihr Vater da ist?"

Paul nickte. „Wenn Raoul da ist, existiert kein anderer für sie. Sie vergöttert ihn und ist sehr eifersüchtig. Vermutlich liegt das daran, dass sie ihre Mutter so gut wie nicht gekannt hat. Raouls Frau starb, als Francesca erst drei Jahre alt war, also noch zu jung, um sich an ihre Mutter erinnern zu können. Sowieso wurde sie von einem Kindermädchen betreut und sah ihre Mutter nur zu festgesetzten Tageszeiten. Frauen aus der portugiesischen Aristokratie verbringen nicht viel Zeit im Kinderzimmer, wenn du verstehst, was ich meine."

Toni zog die Brauen hoch. „Dann verpassen sie aber viel! Wenn ich einmal Kinder habe, werde ich mich selbst um sie kümmern. Aber wahrscheinlich bin ich in dieser Hinsicht ziemlich altmodisch."

„Vielleicht", sagte Paul lächelnd. „Vielleicht ist es aber auch gut so. Meiner Großmutter wird es sicherlich gefallen. Sie hat sich nie gut mit Elise verstanden."

„Elise? Hieß so die Frau deines Onkels?"

„Ja. Sie war Französin. Aber lass uns ein anderes Mal darüber reden. Gehen wir jetzt erst einmal hinein."

Sie betraten das Schloss durch das Westtor und gelangten in eine hohe Eingangshalle. Kunstvolle Wandteppiche zierten die steinernen Mauern, und über dem offenen Kamin hing ein gewaltiges Wappen. Am Ende der Halle führte eine Holztreppe zu einer Galerie hinauf. Die Steinfliesen waren auf Hochglanz poliert und überall mit dicken, farbenfrohen Teppichen bedeckt, das Mobiliar bestand aus schwerem geschnitztem Holz und fügte sich harmonisch in das altehrwürdige Ambiente ein. Nach Tonis Empfinden nicht unbedingt luxuriös, aber wunderschön. Elektrisches Licht war installiert worden, ohne das mittelalterliche Flair zu stören. Offenbar legte der Conde Wert darauf, das Schloss so zu bewahren, während ein anderer es vielleicht drastisch modernisiert hätte.

Paul sah Toni erwartungsvoll an. „Feudal, nicht wahr? Aber keine Angst, das ganze Schloss ist nicht so."

Zwei Bedienstete näherten sich, José und Luisa, wie Toni vermutete, langsam gefolgt von Francesca. José war schon ziemlich alt, Luisa eine Portugiesin in mittleren Jahren, ganz in Schwarz gekleidet. Wie um das Bild der strengen Haushälterin zu vervollständigen, baumelte von ihrem Gürtel ein gewaltiger Schlüsselbund. Toni verkniff sich ein Lächeln.

Paul wechselte einige freundliche Worte mit José, der hinausging, um das Gepäck zu holen, und begrüßte dann Luisa überschwänglich. „Janet", wandte er sich schließlich an Toni, „das ist Luisa, eine echte Perle. Sie beaufsichtigt nicht nur die Bediensteten mit eisernem Regiment, sondern kocht auch noch wie eine Göttin. Luisa, *este e minha noiva Janet West.*"

Luisa lächelte höflich, machte flüchtig einen Knicks und sagte: „Es freut mich, Sie kennenzulernen, Senhorita. Ich hoffe, Sie werden Ihren Aufenthalt auf dem *castelo* genießen. Wenn Sie mir folgen möchten, dann zeige ich Ihnen Ihr Zimmer. Senhor, warten Sie auf José? Er wird Ihr Gepäck in Ihr Zimmer bringen."

Paul nickte und zwinkerte Toni aufmunternd zu. „Wir sehen uns später, Janet“, sagte er so selbstverständlich, dass Toni sich fragte, ob er an derartige Intrigen gewöhnt war. „Komm nach unten, wenn du fertig bist. Luisa wird dir sagen, wohin. Wie geht es übrigens meiner Großmutter, Luisa?“

„So gut, wie man es erwarten kann, Senhor. Das Herz macht ihr etwas mehr zu schaffen … und natürlich das Rheuma. Aber ansonsten hält sie sich wacker.“

Toni nahm diese Worte erleichtert zur Kenntnis. Wenn eine Bedienstete derart herzlich von der Condessa sprach, konnte die alte Dame nicht so Furcht einflößend sein. Sie folgte Luisa die Treppe hinauf und die Galerie entlang, deren Wände die Ahnenporträts der Condes della Estrada zierten. Toni ließ den Blick bewundernd von Bild zu Bild schweifen und achtete kaum auf den Weg. Durch einen runden Türbogen gelangten sie in einen breiten Flur. Hier war der Boden in einem ansprechenden Mosaik gefliest, ein Hinweis auf eine dezente Modernisierung, wie Paul es angedeutet hatte. Die Wände waren mit dunklem Holz vertäfelt und die ehemals winzigen Fenster vergrößert worden, um mehr Licht einzulassen.

Irgendwann bog Luisa nach links in einen anderen Flur ein. Ein wenig verzweifelt versuchte Toni, sich den Weg zu merken und sich zu erinnern, wo sich ihr Ausgangspunkt, die große Halle, befand. Schließlich blieb Luisa vor einer weißen Tür stehen und öffnete sie.

„Ihr Zimmer, Senhorita.“

Toni betrat einen hellen, freundlichen Raum. Die Fenster waren geöffnet worden, und eine sanfte Brise wehte vom Meer herein. Weiche, farbenfrohe Teppiche zierten den Boden aus poliertem Marmor. Die modernen Möbel waren aus hellem Holz, und das sonnige Orange der Vorhänge wiederholte sich in der Farbe der seidenen Tagesdecke auf dem niedrigen französischen Bett.

„Wunderschön!“, rief Toni begeistert aus.

Sichtlich erfreut folgte Luisa ihr ins Zimmer und öffnete eine Tür auf der gegenüberliegenden Seite. „Hier ist das Bad. José wird Ihr Gepäck gleich bringen, und wenn Sie Hilfe beim Auspacken wünschen …“

„Das wird nicht nötig sein", antwortete Toni rasch, weil ihr plötzlich einfiel, dass an ihren Koffern Namensschilder angebracht sein könnten. „Vielen Dank. Wo muss ich hin, wenn ich nach unten gehen möchte? Wieder zurück zur Halle?"

„Nein, Senhorita. Wählen Sie stattdessen am Hauptkorridor die entgegengesetzte Richtung. Dann gelangen Sie zu einer kleinen Treppe, die zu den Haupträumen des *castelo* hinunterführt. Sehen Sie, das *castelo* ist zu groß für nur eine Familie. Die meisten Räume sind verschlossen und die Möbel abgedeckt. Meinen Sie, dass Sie nach meinen Anweisungen den Senhor finden werden?"

„Ja, danke", versicherte Toni lächelnd, und Luisa zog sich zurück. Toni ging zum Fenster, von wo aus sie eine herrliche Aussicht auf die Felsenküste hatte, wo sich in kleinen geschützten Buchten das Wasser des Atlantiks in sanften Wellen an den Stränden brach.

Toni riss sich erst von diesem malerischen Anblick los, als es an der Tür klopfte und José ihr Gepäck hereintrug. Sobald er wieder fort war, packte sie aus, was nicht viel Zeit in Anspruch nahm. Jetzt war es kurz nach sechs, sodass sie noch ein geruhsames Bad nehmen konnte, bevor sie sich zum Essen umziehen musste.

Sie zog sich also aus und betrachtete sich gewohnt kritisch in dem großen Spiegel am Schrank. Groß und schlank, die Brüste hoch und straff, die Taille schmal und die langen Beine wohlgeformt, war sie sicher attraktiv, wobei sie sich selber nie als schön bezeichnet hätte. Außerdem konnte gutes Aussehen auch eine Strafe sein, wenn sie an Miguel de Calle und den jungen Portugiesen aus dem Restaurant zurückdachte. Seufzend wandte sie sich ab und ging in das modern ausgestattete Bad, um sich erst einmal in der Wanne zu entspannen.

Danach wählte Toni aus ihrer begrenzten Garderobe ein enges dunkelblaues Leinenkleid, ärmellos und puritanisch hochgeschlossen, dafür aber mit bemerkenswert kurzem Rock, der ihre schönen Beine betonte. Um sich einen Anstrich von Eleganz zu geben, steckte sie ihr langes hellblondes Haar hoch und betrachtete sich nochmals kritisch im Spiegel. Sah sie zu jung und modern aus, um in den Augen von Pauls Großmutter als zukünftige Frau ihres Enkels zu bestehen? Nun, die alte Condessa musste sie so nehmen, wie sie war.

Schließlich war das Ganze Pauls Idee gewesen, und nur er musste mit ihr zufrieden sein.

Toni verließ ihr Zimmer und folgte dem Flur zurück zu dem Hauptkorridor, wo sie nach Luisas Anweisung links statt rechts abbog. Dann begann sie nach der kleinen Treppe Ausschau zu halten, aber das *castelo* war weitläufiger, als sie es sich vorgestellt hatte, und schon bald hegte sie den Verdacht, irgendwo in die falsche Richtung gegangen zu sein.

In den menschenleeren Fluren des *castelo* kam sie sich ein wenig vor wie Alice im Wunderland. War sie vielleicht schon in den unbewohnten Teil des Schlosses geraten? Ein etwas unheimlicher Gedanke, doch Toni bekämpfte die aufsteigende Panik, ging entschlossen zur nächsten Tür, öffnete sie und spähte in den Raum.

Sie erblickte ein gewaltiges Himmelbett mit schweren, quastenverzierten Vorhängen, einen riesigen, mit kunstvollen Schnitzereien versehenen Frisiertisch und einen ebensolchen Kleiderschrank. Doch als sich plötzlich eine Gestalt aus einem großen Lehnstuhl am Fenster erhob, schrie Toni überrascht auf.

„Boa noite, Senhorita. Muito prazer em a ver. Entrar. Seja benvindo!“

Zögernd betrat Toni das Zimmer. „Ich … spreche leider nur wenig Portugiesisch, Senhora“, sagte sie befangen.

Die alte Dame lächelte. „Ah, Sie müssen Senhorita West sein, die Verlobte meines Enkels“, sagte sie in Englisch.

„Oh Condessa!“ Toni schluckte. „Verzeihen Sie, dass ich hier so einfach eingedrungen bin. Ja, ich bin … Janet West.“

Die Condessa kam langsam auf sie zu und ergriff ihre Hand. „Sie stören nicht, meine Liebe. Ich bin froh über diese Gelegenheit, so ungezwungen mit Ihnen sprechen zu können. Haben Sie sich im Schloss verirrt oder mich gesucht?“

„Ich habe tatsächlich nach der Treppe gesucht, die zu den bewohnten Räumen des *castelo* hinunterführt. Aber plötzlich war ich mir nicht mehr sicher, wo ich war, und wollte in eins der Zimmer schauen, um festzustellen …“ Sie verstummte. Warum musste ihr das passieren? Ohne Pauls Unterstützung ausgerechnet der Frau gegenüberzustehen, die sie doch beeindrucken sollte!

Doch die alte Condessa della Maria Estrada wirkte eigentlich ganz freundlich und gar nicht so streng, wie Paul sie dargestellt hatte.

„Hatten Sie eine angenehme Reise?“, erkundigte sich die alte Dame jetzt höflich und bedeutete Toni, Platz zu nehmen.

Toni setzte sich nervös in einen Sessel und blickte sich interessiert im Zimmer der Condessa um. Hier war wieder die ganze mittelalterliche Schönheit des *castelo* erhalten worden. Die Condessa liebte offensichtlich die alten Dinge.

„Ich bin auch gleich fertig, um hinunterzugehen“, fuhr Pauls Großmutter jetzt leutselig fort. „Leider konnte ich Sie bei Ihrer Ankunft nicht begrüßen, weil ich mich nachmittags immer hinlege. Sie müssen mich für sehr unhöflich gehalten haben.“

„Aber nein! Wir wurden ja ... von Pauls Cousine begrüßt. Francesca, nicht wahr?“

„Ach ja, Francesca. Und was für einen Eindruck hatten Sie von ihr?“

Was sollte sie antworten? Toni war sich sicher, dass die alte Dame jede Ausflucht durchschauen würde. „Nun, sie scheint ein sehr ... einsames Kind zu sein.“

Die Condessa, die wieder in ihrem Lehnstuhl Platz genommen hatte, lächelte milde. „Ihr offensichtliches Unbehagen verrät mir, dass Sie Francescas Benehmen für sehr ungastlich und unverschämt gehalten haben.“

Toni errötete. „Aber nein, Condessa. Ich wollte keineswegs diesen Eindruck erwecken ...“

„Keine Angst, Senhorita ... oder darf ich Sie Janet nennen?“ Als Toni nickte, fuhr die alte Dame fort: „Francesca ist ein problematisches Kind, meine Liebe. Ihre Mutter starb, als die Kleine erst drei Jahre alt war, und mein Sohn verbringt leider nicht so viel Zeit mit seiner Tochter, wie er sollte. Er ist sehr viel in Lissabon und vergräbt sich in seiner Arbeit, und ich fürchte, ich verwöhne sie zu sehr.“ Sie lächelte entschuldigend. „Es ist nicht leicht. Eine Zeit lang hatte das Kind eine Erzieherin, aber Mademoiselle war ziemlich nutzlos, sodass wir uns wieder von ihr trennten. Jetzt ist Francesca viel sich selbst überlassen, und das Ergebnis haben Sie gesehen."

„Ich verstehe. Wäre es nicht besser, wieder eine Erzieherin für sie einzustellen ... eine, die mit dem Mädchen fertig wird?"

„Zweifellos, aber wen? Wir leben hier ziemlich abgeschieden, meine Liebe, und die jungen Leute heutzutage lieben das aufregende Stadtleben." Sie seufzte. „Raoul findet an seiner Tochter nichts auszusetzen, und tatsächlich benimmt sie sich in seiner Gegenwart auch viel besser."

Toni dachte über das Gehörte nach. Offensichtlich hing dieses Vater-Tochter-Verhältnis ziemlich schief, und in Anbetracht ihres starken Interesses an Kindern würde es ihr sicher schwerfallen, während ihres Aufenthaltes im *castelo* dazu zu schweigen.

„Erzählen Sie mir ein wenig von sich", bat die Condessa nun. „Ist es richtig, dass Sie in derselben Firma arbeiten wie Paul?"

Jetzt musste Toni aufpassen, damit sie nichts Falsches sagte. „Ja. Ich arbeite dort als Sekretärin."

„Kennen Sie Paul schon lange?"

Das war eine schwierigere Frage, denn sie hatte nie mit Paul darüber gesprochen. „Lange genug", antwortete sie deshalb scherzhaft und war froh, dass Pauls Großmutter sich damit zufriedengab.

„Und wann wollen Sie beide heiraten? Da fällt mir auf ... wo ist denn Ihr Ring, meine Liebe?"

Der Ring! Daran hatten Paul und sie gar nicht gedacht. „Oh, ich ... er war zu groß, deshalb mussten wir ihn beim Juwelier enger machen lassen. Leider habe ich ihn noch nicht zurück."

„Ach so", sagte die Condessa erleichtert. „Ich dachte schon, Sie hätten ihn vielleicht verloren. Das wäre nämlich ein schlechtes Omen gewesen."

„Aber nein, ich habe ihn nicht verloren." Das wenigstens war nicht gelogen!

„Ja, also, für wann haben Sie die Hochzeit geplant?"

Toni schluckte. „Nun ja, wir ... sparen so viel und so schnell wir können. Aber Sie wissen ja selber, dass heute alles so teuer ist ..." Sie verstummte in der Hoffnung, der Condessa würde diese vage

Antwort genügen.

Die alte Dame zwinkerte ihr verschwörerisch zu. „Sicher, meine Liebe, furchtbar, die Preise heutzutage! Aber Paul hat Ihnen doch erzählt, dass ich für eine erhebliche Verbesserung Ihrer finanziellen Lage Sorge tragen werde, bevor Sie wieder abreisen?"

„Wie bitte?" Toni blickte sie überrascht an. Dann riss sie sich zusammen und fügte rasch hinzu: „Nun, tatsächlich hat Paul … nicht viel darüber gesagt." Was sollte das bedeuten? Was meinte die Condessa damit, dass sie Pauls finanzielle Lage erheblich verbessern würde? War das vielleicht der Grund, warum es Paul so wichtig gewesen war, eine Verlobte vorzeigen zu können? Toni kochte innerlich vor Zorn. Sie hatte Pauls Motiven ja von Anfang an misstraut.

Die Condessa wechselte arglos das Thema und erkundigte sich nach der Reise und Tonis ersten Eindrücken von Portugal. Und zum ersten Mal brauchte Toni sich nicht zu verstellen und konnte Pauls Großmutter begeistert versichern, wie sehr sie das Land bereits jetzt schon liebte und dass sie ihren Aufenthalt in Estrada ganz sicher genießen würde.

Schließlich erschien Elena, eine ältere Bedienstete, um der Condessa das Haar zu frisieren und dabei behilflich zu sein, einigen Schmuck anzulegen. Toni sah mit großen Augen zu. Selbst für ihr ungeübtes Auge verrieten diese funkelnden Juwelen einen unvorstellbaren Reichtum, der sie beklommen machte.

„Kommen Sie, Janet, wir gehen gemeinsam nach unten, um meinen Enkel zu begrüßen."

An Tonis Arm verließ die Condessa das Zimmer. Die Treppe, nach der Toni vergeblich gesucht hatte, befand sich ganz in der Nähe und führte in eine kleine, von Kronleuchtern erhellte Halle, wo Paul bereits wartete. Er trug jetzt einen dunklen Abendanzug und sah ungewohnt elegant aus. Als er Toni an der Seite seiner Großmutter erblickte, konnte er seine Überraschung kaum verbergen und sah Toni fragend an. Sie nickte kaum merklich, und er atmete sichtlich erleichtert auf.

Dann begrüßte er seine Großmutter erst einmal überschwänglich, küsste sie auf beide Wangen, und die alte Dame lächelte ihn schelmisch an. „Ich habe deine reizende Verlobte bereits kennengelernt, Paul. Per Zufall, aber ich bin sicher, es war für uns beide angenehmer als die üblichen förmlichen Begrüßungszeremonien. Meinen Sie nicht, Janet?"

Toni nickte lächelnd, hegte insgeheim aber keinen anderen Wunsch, als Paul so bald wie möglich allein zur Rede stellen zu können.

Paul, arglos wie er war, strahlte zufrieden. „Ich wusste, dass ihr euch mögen würdet! Janet liebt genauso wie du diese alten Schlösser und historischen Stätten."

Es machte Toni noch zorniger, dass Paul ihr ehrliches Interesse schamlos ausnutzte, um sich bei seiner Großmutter einzuschmeicheln. „Paul ist ein hoffnungsloser Materialist", sagte sie deshalb spitz. „Er zieht es vor, das Geld auszugeben, anstatt es nur anzuschauen. Selbst etwas so Wundervolles wie dieses Schloss ist für ihn nur unter dem Aspekt des Geldwertes interessant."

Paul wurde rot. „Janet macht natürlich Spaß", sagte er rasch. „Sie zieht mich gern auf."

Die Condessa lächelte nachsichtig. „Ihr jungen Leute! Zu meiner Zeit hätte ein Mädchen es nicht gewagt, ihrem Verlobten zu widersprechen, Janet. Sie wissen Ihre heutigen Freiheiten gar nicht zu schätzen, meine Liebe."

Toni lächelte etwas künstlich und folgte dann Paul und seiner Großmutter in einen langen, hohen Raum, wo eine große Tafel für das Abendessen gedeckt war. Kunstvoll bestickte Platzdeckchen, feinstes Silber und erlesenes Kristall, brennende Kerzen in silbernen Leuchtern und ein duftender Tischschmuck aus Rosen und Magnolien zeugten von ausgesuchtem Geschmack. Toni ließ den Blick staunend und bewundernd schweifen, was der alten Condessa offensichtlich gefiel. Lächelnd nahm sie am Kopf der Tafel Platz und bedeutete Paul, sich zu ihrer Rechten, und Toni, sich zu ihrer Linken zu setzen. Dann winkte sie dem bereitstehenden Diener.

„Richten Sie Senhorita Francesca bitte aus, dass wir auf sie warten", sagte sie gebieterisch.

Der Diener verbeugte sich tief. „Senhorita Francesca hat darum gebeten, das Essen in ihrem Zimmer serviert zu bekommen."

„Richten Sie Senhorita Francesca aus, dass wir auf sie warten", wiederholte die Condessa kühl. „Und sagen Sie ihr, sie möge bitte sofort hier erscheinen!"

„*Sim, Senhora.*" Der Diener verschwand. Kurze Zeit später tauchte Francesca mit trotzigem Gesicht auf der Türschwelle auf. Sie hatte sich nicht umgezogen, sondern trug immer noch den Rock und die Bluse vom Nachmittag.

„Setz dich, Francesca", sagte ihre Großmutter ruhig, und als das Mädchen missmutig dieser Aufforderung folgte, bedeutete die Condessa den Dienern, das Essen zu servieren.

Während des Essens unterhielt sich die Condessa mit Paul über seine Eltern und seine Arbeit in England. Toni hörte ihnen nur mit halbem Ohr zu. Ihr Hauptinteresse galt Francesca, deren Ablehnung so deutlich zu spüren war, dass nicht einmal das köstliche Hauptgericht aus Hummer mit Oliven in einer delikaten Weinsauce darüber hinwegtäuschen konnte.

Schließlich zog man sich in einen kleinen Salon zurück, wo Kaffee und Likör serviert wurde. Die Erwachsenen hatten sich kaum gesetzt, da fragte Francesca schon: „Würdest du mich jetzt entschuldigen, *avó?*"

Die Condessa sah sie kühl an. „Nein, gewiss nicht, Francesca. Du wirst dich zu Janet setzen und dich mit ihr unterhalten, während ich mit Paul rede."

„Also, das ist wirklich nicht …", wollte Toni einwenden, doch die alte Dame unterbrach sie lächelnd, aber entschieden.

„Das hat schon seine Richtigkeit, meine Liebe. Francesca muss ihr schlechtes Benehmen von heue Nachmittag wiedergutmachen. Einverstanden, *neta?*"

Sichtlich widerwillig fügte sich Francesca, setzte sich auf das Sofa neben Toni und sagte: „In Ordnung, *avó.*"

Toni betrachtete das Mädchen einen Moment nachdenklich von der Seite. „Sag mir, Francesca", sagte sie dann, „gefällt es dir hier in Estrada?"

Francesca zuckte nur die Schultern, bemerkte dann aber den warnenden Blick ihrer Großmutter und antwortete: „Ja, es gefällt mir sehr, Senhorita."

„Francesca", mischte sich die Condessa nochmals ein, „du brauchst die Verlobte deines Cousins nicht mit ‚Senhorita' anzureden. Du darfst sie ruhig Janet nennen, da sie bald zur Familie gehört."

Toni errötete, was nun wiederum Francescas Neugier weckte. „Gefällt es Ihnen denn hier?", fragte sie jetzt ihrerseits. „Schließlich sind Sie es doch bestimmt nicht gewohnt, in einem Schloss zu wohnen." Erneut eine bewusste Unhöflichkeit, die Toni jedoch ebenso bewusst überging.

„Nein, ich bin es tatsächlich nicht gewohnt, in einem Schloss zu wohnen", antwortete sie ruhig. „Aber ich denke, ich werde es lernen."

Francesca verzog das Gesicht. „Wie lange wollen Sie denn bleiben?"

Jetzt zuckte Toni die Schultern. „Vielleicht lange genug, um einem ungebildeten Teenager Manieren beizubringen", sagte sie betont beiläufig. „Wie du siehst, bemühe ich mich schon zu lernen. Sind solche Unterhaltungen heutzutage typisch für Leute, die in Schlössern wohnen?"

Francesca war sichtlich baff. Ungläubig blickte sie Toni an und bemerkte erst jetzt das spöttische Funkeln in deren Augen. Ein kleines Lächeln huschte über ihr Gesicht, doch sie unterdrückte es rasch, als würde sie sich dessen schämen.

„Schön", sagte Toni gelassen, „vielleicht können wir jetzt eine etwas intelligentere Unterhaltung ohne beständige Feindseligkeiten führen."

„Und worüber?", fragte das Mädchen lustlos.

„Erzähl mir etwas über die Badestrände hier. Sind sie gut?"

„Ja", antwortete Francesca zögernd. „Unterhalb des *castelo* ist ein Felsenbassin, das ideal zum Schwimmen ist. Und das Wasser ist nie so kalt wie in England."

„Warst du denn schon in England?", fragte Toni interessiert.

„Ja, mit meinem Vater. Wir waren einige Zeit in London und sind dann an die Südküste, nach Bournemouth, gereist. Ein ganz netter

Ort, aber das Wasser ist zu kalt."

„In England scheint ja auch die Sonne nicht so wie hier", gab Toni zu bedenken. „Der Ärmelkanal lässt sich mit dem portugiesischen Atlantik natürlich nicht vergleichen."

„Das habe ich allerdings festgestellt." Francesca schauderte. „Aber meinem Vater gefällt es in England, und ich nehme an, dass wir irgendwann noch einmal dorthin reisen werden. Er ist sowieso oft geschäftlich in London, aber da darf ich ihn nicht begleiten."

Das klang plötzlich so traurig, dass Toni heftiges Mitleid fühlte. „Hast du den Buckingham-Palast besucht, als du in London warst?", versuchte sie abzulenken.

Und zum ersten Mal zeigte sich Francesca ehrlich begeistert. „Oh ja, und den Tower natürlich und Hampton Court. Wir waren einfach nur ganz gewöhnliche Touristen, und es war wundervoll!"

Toni lächelte. Doch Francesca hatte anscheinend das Gefühl, dieser Fremden gegenüber schon viel zu mitteilsam gewesen zu sein, und wurde wieder schweigsam und einsilbig, und Toni gab es auf, sie aus der Reserve locken zu wollen. Ihr erster Versuch hatte ihr gezeigt, dass es zwar schwierig, aber nicht unmöglich war, zu diesem verschlossenen Mädchen durchzudringen. Damit gab sie sich zunächst zufrieden.

Der Rest des Abends verlief in recht angenehmer Atmosphäre. Francesca zog sich als Erste zurück, und als Toni merkte, dass sie Paul an diesem Abend wohl nicht mehr allein zu fassen bekommen würde, ging sie ebenfalls bald ins Bett. Sie zweifelte inzwischen nicht mehr daran, dass Paul aus rein finanziellen Erwägungen heraus so bestrebt gewesen war, seiner Großmutter eine Verlobte zu präsentieren. Toni nahm es ihm sehr übel, dass er sie derart für seine zweifelhaften Zwecke benutzt hatte, und wünschte sich allmählich, sie wäre nie mit ihm nach Estrada gekommen.

3. KAPITEL

Am nächsten Morgen wurde Toni von einem jungen Hausmädchen geweckt, das ein Tablett mit einem Glas frisch gepresstem Orangensaft und einem kleinen Kännchen Kaffee ins Zimmer trug.

„*Bom dia, Senhorita*“, sagte die junge Frau lächelnd und stellte das Tablett auf den Nachttisch.

„*Bom dia.*“ Toni setzte sich verschlafen auf und strich sich die langen blonden Haare aus dem Gesicht. „Wie viel Uhr ist es?“

„*Desculpe-me, Senhorita?*“ Offensichtlich verstand das Hausmädchen kein Wort Englisch. Toni winkte lächelnd ab, und es verließ mit einem flüchtigen Knicks das Zimmer.

Toni trank den erfrischenden Orangensaft und goss sich dann eine Tasse von dem köstlich duftenden Kaffee ein. Mit der Tasse in der Hand ging sie barfuß zu den Fenstern, öffnete sie weit und betrachtete ungläubig den herrlichen Ausblick. Das Meer brach sich schäumend an grüngrauen Felsen, der Sandstrand schimmerte fast weiß in der blassen Morgensonne. Am liebsten hätte Toni sich sofort ihren Badeanzug angezogen und wäre schwimmen gegangen. Doch sie wagte es nicht, bevor sie nicht mehr über die Gewohnheiten der Bewohner des Castello Estrada wusste.

Plötzlich jedoch sah sie jemanden durch eine kleine Tür in der Außenmauer des Schlosses treten. Es war Francesca. Toni beobachtete, wie das Mädchen einem Fußpfad folgte. Mit einer Tasche über der Schulter lief es über die Wiese zu der Seite des Schlosses, die zu den Klippen oberhalb des Strandes abfiel. Francesca verschwand inmitten der Klippen, und Toni nahm an, dass sie zum Meer hinunterkletterte, um zu schwimmen. Richtig! Nur wenige Minuten später tauchte das Mädchen am Strand wieder auf und zog das lange, weite T-Shirt aus, unter dem es einen Badeanzug trug. Toni seufzte. Warum hatte Francesca ihr gestern Abend nicht gesagt, dass sie vorhatte, früh morgens schwimmen zu gehen? Sie hätte das Mädchen gern begleitet. Es musste sich doch sehr einsam fühlen.

Toni wandte sich ab und ging ins Bad. Nachdem sie schnell geduscht hatte, zog sie sich enge grüne Jeans und eine ärmellose grüne Baumwollbluse an. Das lange hellblonde Haar zu einem Pferdeschwanz hochgebunden, sah sie reizvoll jung und frisch aus.

Diesmal fand sie die Treppe nach unten sofort und gelangte ohne Mühe in das Speisezimmer. Nur Minuten später kam ein anderes Hausmädchen und fragte sie in gebrochenem Englisch nach ihren Wünschen zum Frühstück. Toni bat lediglich um Kaffee und Brötchen. Sie saß schon eine ganze Weile allein an dem großen Tisch, als Francesca auftauchte, bekleidet mit demselben Rock und derselben Bluse wie tags zuvor, als hätte sie nichts anderes anzuziehen, der lange Zopf noch feucht vom Schwimmen.

Nachdem Toni dem Mädchen freundlich *Bom dia* gewünscht und als Antwort lediglich einen frechen Blick erhalten hatte, konnte sie ihre Verärgerung nur noch mühsam verbergen. „Ich wünschte, du hättest mir gesagt, dass du schwimmen gehst, Francesca“, sagte sie betont ruhig. „Ich wäre gern mitgekommen.“

Francesca sah sie herausfordernd an. „Warum?“

Toni seufzte. „Nun, warum schon? Ich schwimme eben gern. Reicht dir das als Antwort?“

Das Mädchen zuckte die Schultern. „Paul steht nie vor Mittag auf, wenn er hier ist, und meine Großmutter sowieso. Vielleicht wäre es besser, wenn Sie es auch so machen würden.“

Toni blickte nachdenklich in ihre Kaffeetasse. „Warum bist du so feindselig, Francesca?“, fragte sie kühl.

Offensichtlich verblüfft durch diese Direktheit, sagte Francesca missmutig: „Ich weiß nicht, was Sie meinen.“

„Oh doch, das weißt du genau. Aber ich würde gern wissen, was ich getan habe, um eine derartige Behandlung zu verdienen. Du lieber Himmel, wir kennen uns doch erst seit gestern!“

„Sie sind Pauls Verlobte“, sagte Francesca.

„Na und? Ich weiß, dass du Paul nicht magst. Er hat es mir gesagt. Aber das ist doch kein Grund, mich auch nicht zu mögen, oder?“

Francesca bestrich sich ein Brötchen mit Butter und biss nachdenklich davon ab. „Warum ist Paul hergekommen?“, fragte sie schließlich.

Toni gelang es gerade so, nicht zu erröten. Es lag nicht in ihrer Absicht, Francesca zu zeigen, dass ihre Frage sie in Verlegenheit brachte. „Um seine Großmutter zu besuchen", antwortete sie kühl.

Das Mädchen schnaufte verächtlich. „Wer's glaubt! Paul kommt immer nur her, wenn er Geld will. Sie sind einfältiger, als ich gedacht habe, wenn Sie wirklich glauben, er sei nur hier, um *avó* zu besuchen!"

„Werde nicht unverschämt!", tadelte Toni sie streng. „Selbst wenn das, was du sagst, zutreffen sollte – was bestimmt nicht so ist –, bist du viel zu jung, um dir eine derartige Bemerkung zu erlauben. Es geht dich nichts an." Sie trank ihren Kaffee aus. „Weißt du, ich glaube, du bist einfach nur eifersüchtig. Wobei es mir allerdings ein Rätsel ist, warum du auf mich eifersüchtig sein solltest."

Francesca lachte. „Ich bin nicht auf Sie eifersüchtig", sagte sie, und als Toni aufstand, fügte sie mit frechem Blick hinzu: „Es wird Papa nicht sehr gefallen, dass Sie Hosen tragen."

Toni sah sie gereizt an. „Ach, tatsächlich? Mir zittern förmlich die Knie!"

Ohne sich noch weiter um das störrische Mädchen zu kümmern, verließ sie den Raum. Zwar hatte sie keine Ahnung, wohin sie eigentlich wollte, aber sie hatte keinesfalls die Absicht, sich noch länger von Francesca ärgern zu lassen!

Den Rest des Vormittages verbrachte Toni allein am Strand. Sie folgte dem Fußpfad, den Francesca benutzt hatte, und stieß dann auf grob in den Fels gehauene Stufen, die zum Meer hinunterführten. Toni krempelte sich die Hosenbeine hoch, watete durch das seichte Uferwasser und suchte nach Muscheln, wie sie es als kleines Mädchen getan hatte. Es war ein strahlender Tag, und allmählich kehrte ihre gute Laune zurück. Nur Francescas unerklärliche Feindseligkeit hinderte sie daran, restlos glücklich zu sein.

Rechtzeitig vor dem Mittagessen kehrte Toni, die Sandaletten in der Hand, in den Schlosshof zurück. Überrascht bemerkte sie in dem für Autos reservierten Bereich eine sportliche graue Limousine. Bereits Besuch? Francesca hatte ihr doch gesagt, dass auch die Condessa erst gegen Mittag nach unten kam.

Als sie die Eingangshalle betrat, hörte sie aus dem Salon Geräusche und wandte sich dorthin. Vielleicht würde es ihr ja gelingen, Paul allein zu erwischen und zur Rede zu stellen. Der Salon war ein recht modern ausgestatteter Raum mit einer Stereoanlage, einem Fernseher und einer kleinen Bar. Doch als Toni ihn betrat, fand sie nur Eduardo vor, den Diener, der ihnen am Abend zuvor das Essen serviert hatte. Er mixte gerade einen Drink an der Bar und wandte sich bei ihrem Eintreten zu ihr um. „*Sim, Senhorita?*"

Toni schüttelte lächelnd den Kopf. „Ach nichts, Eduardo. Ich habe nur Senhor Paul gesucht."

„*Com efeito, Senhorita, senão porque?*", fragte eine tiefe Stimme hinter ihr.

Erstaunt drehte Toni sich um. Auf der Türschwelle stand ein großer dunkelhaariger Mann mit einer langen Narbe auf der linken Wange.

„Sie!", rief Toni unwillkürlich aus, denn es war derselbe Mann, der sie in Lissabon fast überfahren hätte.

Er nickte und betrachtete sie forschend. „Was tun Sie hier in meinem Haus?", fragte er dann in Englisch.

Sie schluckte. „Ihr Haus?"

„Ja, Senhorita, mein Haus."

„Dann sind Sie ..." Toni verstummte fassungslos.

„Der Conde Raoul Felipe Vincente della Maria Estrada, Senhorita", bekräftigte er nachdrücklich.

Toni wollte es nicht glauben. Dieser große, arrogante Portugiese war Pauls Onkel und Francescas Vater! Er trug heute einen leichten, hellen Leinenanzug und übte eine genauso beunruhigende Wirkung auf sie aus wie an jenem Tag in Lissabon. Verzweifelt versuchte Toni, einen klaren Gedanken zu fassen. Hatte sie ihm ihren Namen genannt? Nein. Trotzdem ...

„Ich frage Sie nochmals, was tun Sie in meinem Haus?", wiederholte er kühl.

„Ich ... Paul, Ihr Neffe, hat mich mitgebracht", antwortete sie stockend.

„Hat er das?“ Seine Miene wurde noch unzugänglicher. „Und warum?“

Unbehaglich blickte Toni auf ihre nackten Füße. Ihr Haar war vom Wind zerzaust, und sie trug Jeans, was dem Conde nicht gefallen würde, wie sie von Francesca gehört hatte. Bei einer Größe von einem Meter siebzig war sie nicht gerade klein, aber da der Conde an die ein Meter neunzig messen musste, überragte er sie wie ein dunkler Racheengel. In dieser Situation fühlte sie sich ihm gegenüber entschieden im Nachteil.

„Paul ... ist mein Verlobter.“ Endlich hatte sie es herausgebracht.

Eduardo räusperte sich dezent, und der Conde blickte den alten Diener über Toni hinweg an. *„Esta bem, Eduardo?“*

„Sim, Senhor.“

„Muito obrigado, Eduardo.“

Eduardo verbeugte sich lächelnd und zog sich zurück, doch als Toni ihm aus dem Zimmer folgen wollte, hielt der Conde sie zurück.

„Einen Moment noch, Senhorita.“

Toni blieb nervös stehen. War sie dazu verdammt, all diese ersten Begegnungen mit Pauls Verwandten allein durchzustehen? „Ja, Senhor?“, sagte sie resigniert und atmete tief ein. Noch nie war ihr ein Mann wie dieser begegnet, ein Mann, zu dem sie sich derart erotisch hingezogen fühlte. Was im Grunde lächerlich war. Der Conde war schließlich beträchtlich älter als sie und das bestimmt nicht nur nach Jahren, sondern auch an Erfahrung. Er betrachtete sie jetzt mit einem aufreizend spöttischen Blick, der Toni entfernt an die frechen Blicke seiner Tochter erinnerte. Und das machte sie wütend. Welches Recht besaß dieser Mann, sie so herablassend zu behandeln?

„Senhor“, brach sie das bedrückende Schweigen, „würden Sie mir bitte sagen, was Sie sagen wollen, und mich dann gehen lassen?“

„Nur Geduld“, antwortete der Conde spöttisch und ging zur Bar, wo Eduardo einen gefüllten Cocktailshaker und ein Glas für ihn bereitgestellt hatte. Der Conde nahm ein zweites Glas, goss zwei Drinks ein und fügte etwas Eis hinzu. Dann kam er mit den Gläsern zu Toni zurück und reichte ihr einen der Drinks. Anschließend ging er zur Tür und schloss sie nachdrücklich, bevor er sich wieder Toni zuwandte.

Genüsslich trank er einen großen Schluck und bemerkte, dass Toni ihren Drink nicht anrührte. „Der Cocktail ist nicht nach Ihrem Geschmack, Senhorita?"

Sie presste die Lippen zusammen. „Ich trinke nicht um diese Tageszeit, Senhor Conde."

Er wirkte amüsiert. „Ach nein, Senhorita? Warum nicht?"

Für einen Moment verschlug es ihr die Sprache. Sollte sie ihm erklären, dass man in ihren gesellschaftlichen Kreisen den Tag eben nicht mit einem Cocktailglas in der Hand verbrachte? Sie zog eine unverfänglichere Antwort vor. „Ich trinke überhaupt wenig, Senhor Conde."

Der Conde lächelte spöttisch. „Dann sind Sie allerdings einmalig in Pauls erlesenem Freundeskreis." Er bemerkte, dass ihr Blick immer wieder von der Narbe auf seiner Wange angezogen wurde. Seine dunklen Augen funkelten herausfordernd. „Stört Sie das?", fragte er, wobei er die Narbe beiläufig berührte. „Ich habe mich so daran gewöhnt, dass ich vergesse, dass manche Leute daran Anstoß nehmen."

Sofort schüttelte Toni den Kopf. „Nein, es stört mich keineswegs, Senhor Conde."

Sein Blick verriet, dass ihn ihre Antwort nicht überzeugte. Auf jeden Fall wandte er sich von ihr ab, sodass sie die entstellte Seite seines Gesichts nicht mehr sehen konnte. „Nun gut, Senhorita, Sie sind also Pauls Verlobte. Höchst interessant. Verraten Sie mir, warum Sie dann allein durch Lissabon spaziert sind ohne den Schutz einer männlichen Begleitung?"

Toni errötete. „Paul ... war unterwegs, um den Wagen zu mieten, mit dem wir hierhergekommen sind", schwindelte sie.

„Ich verstehe." Er hatte sein Glas ausgetrunken und ging zur Bar, um sich einen weiteren Drink einzugießen, bevor er sich wieder zu Toni umdrehte. „Ich gehe davon aus, dass Sie sich als Pauls Verlobte über die Gründe im Klaren sind, warum er Sie hierher gebracht hat?"

Sie erstarrte. „Welche Gründe meinen Sie?"

„Kommen Sie, ich kann mir nicht vorstellen, dass Paul Ihnen seine Motive verschwiegen hat."

„Senhor Conde, es ist fast Mittag, und ich möchte mich vor dem

Essen noch umziehen. Ich denke, Sie sollten Ihre Gardinenpredigt an Paul und nicht an mich richten."

„Im Gegenteil", widersprach er unbeeindruckt. „Ich halte es für absolut notwendig, Sie über die Sachlage aufzuklären."

Allmählich verlor Toni die Geduld. „Was für eine Sachlage?", fragte sie gereizt.

„Folgende, Senhorita", sagte er eisig. „Meine Mutter ist eine alte Frau mit den typischen Launen einer alten Frau. Augenblicklich hat sie sich Paul als ihren erklärten Liebling auserkoren. Aber ich verwalte nicht nur dieses Anwesen, sondern auch die Finanzen meiner Mutter, und ich werde keineswegs zulassen, dass sie Geld an einen faulen Dummkopf wie Paul Craig verschleudert!"

Tonis Empörung wuchs. Wie immer Paul auch sein mochte, sein Onkel hatte bestimmt kein Recht, so verächtlich über ihn zu reden. „Was hat das alles mit mir zu tun?", fragte sie wütend.

Er lachte zynisch. „Also wirklich, Senhorita, das muss ich Ihnen doch nicht erklären! Wenn Ihre Absicht, meinen Neffen zu heiraten, in irgendeiner Weise an seine finanziellen Erwartungen vonseiten seiner Großmutter geknüpft ist, werden Sie böse enttäuscht werden."

„Wie können Sie es wagen!" Außer sich vor Zorn, hob Toni eine Hand, um ihm eine Ohrfeige zu versetzen.

Doch der Conde kam ihr zuvor, packte ihr Handgelenk und hielt es mühelos fest. „Das lassen Sie besser bleiben", sagte er aufreizend spöttisch.

„Papa!"

Die Stimme seiner Tochter veranlasste den Conde, Toni sofort loszulassen. Sie rieb sich das schmerzende Handgelenk, drehte sich um und begegnete dem unverhohlen feindseligen Blick des Mädchens, das auf der Türschwelle stand. Als es nun mit seinem Vater in Portugiesisch zu reden begann, als wäre sie überhaupt nicht vorhanden, eilte Toni aufgebracht an Francesca vorbei aus dem Raum. Es war ihr egal, was das Mädchen denken mochte. Sie wollte nur weg von diesem unerträglich arroganten Mann, der sie offensichtlich für eine berechnende Glücksritterin hielt.

4. KAPITEL

Allein in ihrem Zimmer, betrachtete Toni sich im Spiegel. Ihr Haar war zerzaust, die Wangen gerötet, in den Augen standen Tränen der Empörung. Maßlose Wut auf Paul regte sich in ihr. Kein Wunder, dass er ihr seine wahren Beweggründe verschwiegen hatte!

Sie seufzte. Es gab nur eine Lösung. Sie musste Paul zur Rede stellen und ihm sagen, dass sie sofort abreisen wollte. Auf keinen Fall würde sie hier bleiben und sich noch länger von dem Conde oder seiner Tochter beleidigen lassen. Nachdem dieser Entschluss gefasst war, fühlte sie sich wieder etwas besser, wobei es ihr ein Rätsel war, woher die leise Enttäuschung kam, die sich bei dem Gedanken in ihr regte, das *castelo* so bald wieder verlassen zu müssen. Vielleicht tat es ihr einfach leid, die alte Condessa, die sie so freundlich behandelt hatte, zu enttäuschen.

Sie duschte kurz, steckte sich ihr langes Haar wieder hoch und zog ganz bewusst ihr leichtes dunkelblaues Sommerkostüm an. Ohne Bluse ließ die zugeknöpfte Jacke den Ansatz ihrer vollen Brüste erahnen, und der enge Rock war der kürzeste in ihrer ganzen Garderobe. Der Conde sollte nicht meinen, dass sie sich vor ihm verstecken würde!

Entschlossen ging sie dann nach unten, obwohl ihr die Knie zitterten, und betrat zögernd den Salon. Sie hatte Glück. Nur Paul stand an der Bar und kostete von einem Glas Wein.

„Hi, Janet“, begrüßte er sie lässig, als er sie bemerkte. „Dieser Wein hier ist wirklich ein Genuss.“

„Ich muss mit dir reden, Paul“, sagte sie ohne Umschweife.

„Ach ja?“ Er zuckte die Schultern. „He, dieses Kostüm gefällt mir wirklich. Du siehst darin unglaublich sexy aus.“

„Sei bitte einmal ernst, Paul“, bat sie gereizt. „Ich möchte abreisen. Noch heute. Sofort!“

Er horchte erstaunt auf. „Wie bitte? Was hat Francesca jetzt wieder gesagt? Ich versohle diesem kleinen Luder den Hintern, wenn ich es zu fassen kriege!“

„Es geht nicht um Francesca", wehrte Toni ab. „Mit ihr komme ich klar. Weißt du eigentlich schon, dass dein Onkel Raoul hier ist?"

Paul zuckte sichtlich zusammen. „Raoul!"

„Ja, der Conde persönlich. Und du … bist der größte Lügner, der mir je begegnet ist!"

Er wich ihrem Blick unbehaglich aus. „Was meinst du damit?"

„Du weißt verdammt gut, was ich damit meine!", rief Toni wütend aus. „Schon gestern Abend vor dem Abendessen habe ich erfahren, warum es dir so ungeheuer wichtig war, hier mit einer Verlobten aufzukreuzen. Es geht um Geld. Streite es ja nicht ab! Ich sehe es deinem Gesicht an, dass ich recht habe. Wirklich, Paul, wofür hältst du mich eigentlich?"

„Ich weiß gar nicht, warum du dich so aufregst", sagte er verlegen. „Es kann dir doch egal sein. Du bekommst so oder so deinen kostenlosen Urlaub, und meine Gründe gehen niemanden etwas an."

Tonis grüne Augen funkelten wütend. „Du bist unmöglich, Paul! Es ist dir tatsächlich gelungen, mich in die peinlichste Situation meines Lebens zu bringen."

„Wieso? Was hat meine Großmutter denn gesagt?"

„Ach was, deine Großmutter!", wehrte Toni heftig ab. „Es geht um deinen Onkel! Er scheint mich für eine Glücksritterin zu halten, die nur hergekommen ist, um Geld aus seiner Mutter herauszulocken. Als er vorhin mit mir sprach, kam ich mir … richtig toll vor, glaub mir! Nicht dass es mir besonders wichtig wäre, was er von mir denkt, aber ich habe nicht vor, mich hier noch länger beleidigen zu lassen. Ich reise ab! Es bleibt dir überlassen, ob du meinem Beispiel folgen möchtest."

„Aber Toni!"

„Ja, was? Du musst doch völlig verrückt sein, wenn du dir einbildest, deine Großmutter würde dir finanziell helfen, wenn der große Conde über das Geld wacht!"

Paul räusperte sich. „Großmutter besitzt eigenes Vermögen. Was sie damit macht, ist allein ihre Sache. Außerdem kennst du nicht die ganze Geschichte. Meine Mutter hat nie einen Penny von dieser Familie erhalten. Keiner hat je auch nur einen Finger gerührt, um ihr zu helfen. Warum sollte es mich kümmern, wenn man die Beweggründe für meinen Besuch hier missversteht? In gewisser Weise zahle ich ihnen nur zurück, wie sie meine Mutter behandelt haben."

„Und wie lange, glaubst du, wirst du damit durchkommen, wenn dein Onkel Raoul jeden deiner Schritte mit Argusaugen beobachtet?"

„Meine Großmutter braucht seine Erlaubnis für ihre Entscheidungen nicht", antwortete Paul gereizt. „Außerdem ist sie trotz allem eben auch eine sehr alte Dame, die mich gern verheiratet sehen möchte. Selbst du musst bemerkt haben, dass das der Wahrheit entspricht."

„Ja, aber genau darum geht es ja auch, Paul. Es ist eine einzige große Lüge. Wir werden doch nicht wirklich heiraten!"

Paul betrachtete sie nachdenklich. „So unvorstellbar ist es gar nicht", sagte er bedeutsam.

Toni horchte auf. „Oh nein, Paul. Nicht mit mir!"

„Warum? Bin ich so widerlich?"

„Nein, darum geht es nicht." Wie sollte sie ihm, ohne ihn zu verletzen, klarmachen, dass sie ihn für einen ziemlich schwachen, trägen Charakter hielt? Und wie sollte sie sich selber erklären, dass bei dem Gedanken an Heirat gänzlich ungebeten das Bild eines großen dunklen Portugiesen vor ihrem inneren Auge auftauchte? „Wir sind einfach zu unterschiedlich, deshalb kann es zwischen uns nicht funken."

Paul rückte etwas näher. „Was mich betrifft, so funkt es inzwischen ganz gewaltig", sagte er leise. „Hat dir schon jemand gesagt, dass du wunderschöne Augen hast? Und deine Beine …"

„Hör auf, Paul!" Toni wich zurück. „Was hast du jetzt vor?"

„Na, was schon? Ich werde bleiben. Und du?"

„Ich reise ab, wie ich es dir gesagt habe."

„Wirklich? Hast du auch bedacht, dass mein lieber Onkel Raoul deine Handlungsweise dann erst recht missverstehen wird? Wenn er dich jetzt schon für eine Glücksritterin hält, die nur auf Großmutters Geld aus ist, wird er dann überzeugt sein, du wärest abgereist, weil er dir auf die Schliche gekommen ist. Genau das erwartet er nämlich von dir: dass du abreist, sobald du meinst, hier sei doch nichts für dich zu holen."

Toni rieb sich seufzend die Stirn. In diesem Punkt hatte Paul vermutlich sogar recht. Genau das hatte dieser arrogante Conde ja wohl erreichen wollen, als er mit ihr gesprochen hatte. Er wollte, dass sie beide abreisten. Da er seinen Neffen sicher gut genug kannte, um zu wissen, dass dieser ein dickes Fell hatte, hatte er sich wahrscheinlich entschieden, Pauls Verlobte anzugreifen, sodass diese sich weigerte, noch länger zu bleiben, und den unerwünschten Paul mit sich nahm.

Paul spürte, dass sie wankend wurde, und schmiedete das Eisen, solange es heiß war. „Möchtest du Onkel Raoul wirklich den Sieg überlassen? Wenn du nur ein bisschen Mumm hast, solltest du alles versuchen, es ihm heimzuzahlen, anstatt dich wie ein geprügelter Hund davonzumachen."

„Warum sollte es mich kümmern, was dein toller Onkel von mir hält?", fragte Toni unwillig.

Paul lachte. „Keine Ahnung. Aber es ist so, stimmt's?" Er betrachtete sie nachdenklich. „Oder geht es mehr um Francesca? Sie würde sich bestimmt eins feixen, wenn du abreist, nicht wahr?"

Toni seufzte resigniert. „Es gefällt mir nicht, deine Großmutter so zu belügen."

„Aber das war doch von Anfang an klar", gab Paul ihr zu bedenken.

„Ich weiß, ich weiß. Ich hätte nie hierherkommen sollen!"

„Dem würde ich zustimmen", bemerkte Raoul della Maria Estrada, der in Begleitung seiner Tochter in diesem Moment den Salon betrat.

Toni spürte, wie ihr die Tränen kamen, und ging rasch zum Fenster. Ließ sie sich von Paul vielleicht in eine Lage bringen, aus der es für sie keine Rückzugsmöglichkeit mehr gab? Sie wusste es nicht. Sie wusste nur, dass der Conde ihre Gefühle in heftigen Aufruhr brachte. Augenblicklich brodelte in ihr vor allem eine maßlose Wut, die auf Genugtuung drängte. Dieser Mann war so kühl und abgehoben, so arrogant und verdammt selbstsicher. Ein Gott, den Francesca auf ein

Podest gehoben hatte. Wie gern hätte Toni ein klein wenig an diesem Podest gerüttelt! Mochte es dummer Stolz sein, aber sie konnte seine herablassende Gleichgültigkeit einfach nicht ertragen.

Entschlossen drehte sie sich um. „Es tut mir leid, Sie enttäuschen zu müssen, Senhor Conde", sagte sie ruhig. „Aber da ich jetzt einmal hier bin, habe ich vor, so lange zu bleiben, wie Paul es möchte." Sie ging zu Paul und ließ zu, dass er ihr vertraulich den Arm um die Schultern legte. „Nicht wahr, Darling?"

Paul blickte sie lächelnd an. „Wenn du es sagst, Schatz", flüsterte er zufrieden und hauchte ihr einen Kuss aufs Ohr.

Zu Tonis Erleichterung hatte der Conde anderweitige Verpflichtungen und nahm am Mittagessen nicht teil. Nach dem Essen tat Toni es den Portugiesen gleich und hielt in der größten Tageshitze eine Siesta. Am späteren Nachmittag, als es etwas kühler war, machten sie und Paul dann mit dem Wagen einen Ausflug auf der malerischen Küstenstraße. Rechtzeitig zum Abendessen kehrten sie zurück, und Toni stellte erfreut fest, dass der Conde wieder nicht bei Tisch anwesend war.

„Sie werden meinen Sohn, den Conde, hoffentlich entschuldigen", bat die alte Condessa. „Er hat eine Verabredung mit Freunden. Aber wie ich von Francesca erfahren habe, haben Sie ihn ja bereits heute Mittag kennengelernt. Leider war ich nicht dabei. An manchen Tagen fühle ich mich zu schwach, um so früh aufzustehen."

„Das verstehe ich natürlich", antwortete Toni lächelnd.

Francesca, die sich an diesem Abend ungewöhnlich schick gemacht hatte und ein enges dunkelblaues Samtkleid trug, verzog spöttisch den Mund. „Die Senhorita hat heute Mittag ihr blaues Wunder erlebt", sagte sie frech.

Ihre Großmutter horchte auf. „Was soll das heißen, Francesca?"

„Senhorita West und Papa hatten eine Auseinandersetzung", antwortete Francesca genüsslich.

Die Condessa sah Toni besorgt an. „Stimmt das?"

Toni räusperte sich unbehaglich. „Nichts Wichtiges, Condessa. Lediglich eine kleine Meinungsverschiedenheit."

„Wirklich? Und ging es dabei vielleicht um mich?"

Toni warf Francesca einen vorwurfsvollen Blick zu. Was sollte sie der netten alten Dame darauf antworten? Etwas reumütig half das Mädchen ihr tatsächlich aus der Klemme: „Nein, *avó,* es hatte nichts mit dir zu tun."

Die Condessa wirkte erleichtert, und Toni nahm zur Kenntnis, dass Francesca offenbar doch eine Spur von Anstand besaß, zumindest, was ihre Großmutter betraf.

Nach dem Essen leistete Paul wieder seiner Großmutter im Salon Gesellschaft, doch Toni fühlte sich seltsam rastlos. Sie sah Francesca fragend an. „Möchtest du ein wenig mit mir spazieren gehen?"

Francesca, die den erwartungsvollen Blick ihrer Großmutter bemerkte, nickte widerwillig. Als sie gemeinsam in den Schlosshof hinaustraten, wandte Francesca sich nicht zum Strand, sondern führte Toni durch die mondbeschienenen Gärten, die das Schloss auf drei Seiten umgaben. Am dunklen Nachthimmel funkelten Abermillionen Sterne, und Toni genoss diesen herrlich milden Sommerabend trotz Francescas bockiger Einsilbigkeit.

Als sie an einen marmornen Springbrunnen gelangten, setzte Toni sich auf den Brunnenrand und blickte nachdenklich zu Francesca hoch. „Warum hast du das getan?"

„Was?", lautete die trotzige Antwort.

„Du weißt, was ich meine. Warum hast du deiner Großmutter gesagt, bei dem Streit zwischen deinem Vater und mir sei es nicht um sie gegangen?"

Das Mädchen zuckte die Schultern. „Egal, wie ich auch sonst sein mag, Großmutter verletze ich nicht leichtfertig. Bilden Sie sich nicht ein, ich hätte es für Sie getan, Senhorita. Was mit Ihnen passiert, ist mir völlig schnuppe!"

Toni seufzte. „Trotzdem vielen Dank. Es hat mich aus einer peinlichen Lage befreit, auch wenn du dafür überhaupt erst verantwortlich warst."

Francesca ließ sich das Wasser des Springbrunnens durch die Finger rinnen. „Verraten Sie mir eines", sagte sie überraschend, „lieben Sie Paul?"

Toni war froh, dass man in der Dunkelheit ihr Erröten nicht bemerken konnte. „Ich … ja, ich glaube schon."

Francesca richtete sich wieder auf und rieb sich die Hände am Kleid trocken. „Sind Sie sich nicht sicher?"

„Doch, natürlich", sagte Toni gereizt.

„Gut." Das Mädchen blickte sie durchdringend an. „Kommen Sie bloß nicht auf andere Gedanken, Senhorita, verstanden?"

„Ich weiß nicht, was du meinst."

„Oh doch. Ich meine … meinen Vater."

„Wie bitte?"

Ein spöttisches Lächeln huschte über das Gesicht des Mädchens. „Tun Sie nicht so, als fänden Sie ihn nicht attraktiv!"

Toni stand auf. „Es erschreckt mich, auf was für Gedanken du kommst."

Francesca rümpfte die Nase. „Aber meistens habe ich recht. Allerdings glaube ich nicht, dass ich mir überhaupt Sorgen machen muss. Sie sind nicht Papas Typ. Ihm genügt Laura Passamentes als Abwechslung."

„Und das macht dir nichts aus?", fragte Toni neugierig.

„Laura Passamentes? Natürlich nicht. Mein Vater ist noch zu jung, um Witwer zu bleiben, und schon zu alt, um sich richtig zu verlieben. Laura Passamentes ist auch verwitwet und hat einen Sohn, der etwas jünger ist als ich. Eine Heirat der beiden ist die ideale Lösung." Francesca bemerkte Tonis angewiderten Gesichtsausdruck und lachte spöttisch. „Sie finden mein Reden geschmacklos, das sehe ich Ihnen an. Warum? Sind die Engländer solche Meister in der Wahl ihrer Ehepartner, dass Sie die Vorstellung einer Vernunftehe nicht ertragen können?"

„Ich meine, du redest eine Menge Unsinn", erwiderte Toni gereizt.

„Nun, seien Sie dennoch gewarnt!", sagte Francesca heftig.

„Ich brauche keine Warnung", entgegnete Toni ärgerlich. „Ich bin nicht im Geringsten an deinem Vater interessiert, und es ist mir ein Rätsel, warum du es überhaupt für nötig hältst, mir das alles zu sagen. Es sei denn, du hättest selber Zweifel."

Francesca lachte verächtlich. „Oh nein, Senhorita. Ganz bestimmt nicht."

Am nächsten Morgen wachte Toni früh auf. Es war erst halb sieben, aber sie war nicht mehr müde und wollte den herrlichen Tag nicht verschlafen. Deshalb stand sie auf und suchte aus ihren Sachen einen dunkelblauen Badeanzug heraus. Darüber zog sie ein kurzes, blaugrün gemustertes Strandkleid. Dann streifte sie sich ihre bequemen flachen Sandaletten über und griff sich noch ein Badetuch, bevor sie leise die Treppe hinunterging und das Schloss verließ.

Der Strand war menschenleer. Zufrieden atmete Toni die frische Morgenluft ein, zog sich das Strandkleid und die Sandaletten aus und eilte übermütig in die erfrischend kühlen Wellen. Das Wasser war herrlich. Sie schwamm weit hinaus und drehte erst um, als sie müde wurde. Langsam watete sie an den Strand und erstarrte, als sie plötzlich bemerkte, dass sie nicht mehr allein war.

Erschrocken blickte sie auf und sagte kühl: „Müssen Sie ständig ohne Vorwarnung auftauchen?"

Raoul lächelte spöttisch. *„Desculpe, Senhorita."*

Sie ließ den Blick über ihn schweifen. Er trug an diesem Morgen enge Jeans und ein weißes Sporthemd mit offenem Kragen. An seinem Hals blitzte eine schmale Goldkette mit einem kleinen Medaillon. Toni wandte sich widerstrebend von ihm ab, bückte sich, nahm ihr Badetuch und begann sich abzutrocknen.

„Haben Sie Ihr Bad im Meer genossen?", fragte Raoul sanft.

„Ja, vielen Dank", antwortete Toni einsilbig.

Er lächelte erneut und blickte sie prüfend an. „Sie sehen jedenfalls so aus."

Rasch zog sich Toni wieder ihr Strandkleid über den Badeanzug, der ihr plötzlich viel zu spärlich vorkam. „Weshalb sind Sie hier, Senhor?", fragte sie nervös.

„Muss es einen Grund geben?"

Sie wandte sich ab. „Ich denke schon, Senhor. Ich kann mir nicht vorstellen, dass Sie über Nacht Ihre Meinung von mir grundlegend geändert haben."

„Sie wirken sehr angespannt, Senhorita. Akzeptieren nicht alle Engländerinnen die Anwesenheit eines Mannes fraglos?"

Toni warf ihm einen misstrauischen Blick zu. „Nein. Nicht, wenn dieser Mann der Conde Raoul Felipe Vincente della Maria Estrada ist", antwortete sie nachdrücklich.

„Wie ich sehe, haben Sie sich meinen Namen gemerkt, Senhorita. Interessant. Und ich habe inzwischen Ihren von Francesca erfahren. Janet West ... das ist doch Ihr Name, nicht?"

Toni hielt es für klüger, nicht zu antworten. Vermutlich wollte der Conde sie nur wieder aus der Fassung bringen, und das sollte ihm nicht gelingen. Sie nahm ihr Handtuch und ihre Sandaletten und wollte zu den Felsenstufen gehen, doch, wie zuvor, hielt der Conde sie zurück.

„Warten Sie, Senhorita!"

Seufzend drehte sie sich um. „Was ist?"

„Ich gebe heute Abend für einige Freunde eine Dinnerparty. Sie und Paul werden natürlich daran teilnehmen. Ich möchte Ihnen jedoch vorschlagen, sich mit Ihren Feindseligkeiten mir gegenüber dann etwas zurückzuhalten. Ich habe keine Lust auf derartige Wortgefechte vor den Augen meiner Freunde."

Toni presste die Lippen zusammen und ging ohne ein weiteres Wort davon.

Am späten Nachmittag fuhr Paul mit Toni nach Estrada, dem kleinen Marktstädtchen einige Meilen die Küste hinunter. Hier konnte man alles kaufen, von fangfrischem Fisch bis hin zu kunstvoll geschnitzten Holztruhen. Toni bewunderte vor allem die dicken Ballen von schimmernden Samt- und Satinstoffen, und sie fragte sich, wer in diesem abgelegenen Küstenort wohl derartige Luxusartikel kaufte. Zusammen mit Paul erkundete sie auch den malerischen kleinen Fischereihafen, wo der Fisch sofort versteigert wurde, wenn die Fischer mit ihren Booten vom Meer zurückkamen.

Schließlich war es Zeit, zum *castelo* zurückzufahren. Toni dachte mit Bauchschmerzen an die bevorstehende Dinnerparty. Für einen Moment überlegte sie, sich wegen Kopfschmerzen entschuldigen zu lassen. Doch sie wollte nicht feige sein und entschied sich, erst einmal ein entspannendes Bad zu nehmen.

Danach durchstöberte sie ihre Garderobe. Sie hatte nicht damit gerechnet, während ihres Aufenthalts in Portugal an der Dinnerparty eines Conde teilzunehmen. Das Einzige, das ihr einigermaßen angemessen erschien, war ein rotes Kleid mit Spaghettiträgern und einem kurzen, leicht ausgestellten Rock, das entlang des Ausschnitts mit winzigen, glitzernden Perlen bestickt war. Zur Abwechslung ließ Toni ihr langes hellblondes Haar einmal offen, legte noch etwas Make-up auf und ging dann langsam nach unten.

Schon in der kleinen Halle hörte sie Stimmen aus dem Salon. Ihr Herz klopfte wie wild. Sie musste all ihren Mut zusammennehmen, um die Tür zu öffnen und den Salon zu betreten.

Bei genauerem Hinsehen waren neben dem Conde und der alten Condessa, Paul und Francesca nur vier fremde Erwachsene und ein dünner Junge etwa in Francescas Alter anwesend. Erst auf den zweiten Blick wurde Toni dann bewusst, dass alle Frauen Schwarz, allenfalls kombiniert mit Weiß, trugen. In ihrem roten Kleid mit seinem kurzen Rock stach sie wie ein leuchtender Farbklecks hervor und hatte Mühe, nicht zu erröten.

Die alte Condessa schien ihre Befangenheit gespürt zu haben, denn sie kam lächelnd auf Toni zu. „Janet, meine Liebe! Wir haben uns schon gefragt, wo Sie wohl stecken."

„Verzeihen Sie, Condessa", sagte Toni reumütig. „Ich habe nicht auf die Uhr gesehen. Habe ich Sie lange warten lassen?"

„Nur wenige Minuten", antwortete die Condessa beruhigend. „Kommen Sie, ich möchte Sie den übrigen Gästen vorstellen."

Toni warf Paul einen fragenden Blick zu, und er nickte anerkennend. Ein flüchtiger Blick auf den elegant gekleideten Conde verriet Toni, dass er an diesem Abend nicht allein war. An seiner Seite stand eine kleine, zierliche Dunkelhaarige, die ein elegantes schwarzes Seidenkleid trug und deren Hand zärtlich auf Raouls Arm ruhte. Sie sprach mit dem Conde und schien außer ihm keinen anderen mehr zu bemerken, während er ihr den Kopf zuneigte und ihr aufmerksam lauschte. Wie zufällig begegnete er dabei Tonis Blick, und sie wandte sich rasch ab. Der Conde sollte nicht merken, dass seine Feindseligkeit ihr etwas ausmachte.

Die Condessa stellte sie nun einem Senhor Vicarra vor, einem älteren Herrn, der wohl eher ein Freund der alten Dame als des Conde war. Aber da war auch ein jüngeres Ehepaar, Senhor und Senhora Primeiro. Isabel Primeiro begrüßte Toni überaus freundlich, und nachdem ein Diener Toni einen Drink gebracht hatte, erkundigte sich die Senhora höflich: „Und wie gefällt es Ihnen bei uns in Portugal, Senhorita?“

„Sehr gut, danke, Senhora“, antwortete Toni lächelnd. „Es ist ein wunderschönes Land. Leben Sie in der Nähe?“

„Ja, in Cossima, einige Meilen nördlich. Sie müssen Paul überreden, uns mit Ihnen zu besuchen. Wir züchten Blumen, was sicher für Sie interessant ist.“

„Vielen Dank.“ Toni nippte an ihrem Martini. „Aber ich glaube nicht, dass Paul und ich noch sehr lange bleiben werden.“

„Wie?“ Paul war an ihre Seite gekommen. „Schatz, natürlich bleiben wir noch eine Weile. Wir sind doch gerade erst angekommen.“

Toni verkniff sich eine bissige Bemerkung. „Du vergisst meinen Job, Darling“, sagte sie stattdessen kühl.

Die alte Condessa zwinkerte ihr verschwörerisch zu. „Aber Ihr Job ist doch nur so lange wichtig, wie Sie und Paul noch nicht verheiratet sind, Kindchen. Und ich bin sicher, Paul hat im Sinn, dies in nicht allzu ferner Zukunft zu ändern, nicht wahr, mein Junge?“

Pauls selbstgefälliges Lächeln machte Toni noch wütender. „Natürlich, Großmutter. Ich kann es kaum erwarten, Janet zu meiner Frau zu machen.“ Er legte Toni besitzergreifend einen Arm um die Taille. „Sie ist wunderschön, wie du sicher auch bemerkt hast.“

Am liebsten hätte Toni ihn fortgestoßen. Er musste wissen, dass er sie mit seinen Worten, die überdies noch ehrlich gemeint schienen, in Verlegenheit brachte. In diesem Moment gesellte sich der Conde mit seiner schönen Begleiterin zu der Gruppe.

„Meine liebe Laura“, rief die alte Condessa reumütig aus. „Sie müssen mich ja für sehr unhöflich halten, denn ich habe Ihnen noch gar nicht unseren jüngsten Gast vorgestellt ... Janet, Pauls Verlobte.

Janet, meine Liebe, dies ist Senhora Passamentes, eine gute Freundin des Hauses.“

Toni war froh, sich aus Pauls Umarmung lösen zu können, um der Senhora die Hand zu schütteln. Als sie Laura Passamentes dabei zum ersten Mal richtig ansah, kam ihr das Gesicht dieser Frau flüchtig bekannt vor. Auch Laura Passamentes schien kurz aufzumerken. Doch dann war dieser Moment vorbei, und Toni vergaß es.

„Wie geht es Ihnen?“, erkundigte sich Laura kühl.

„Danke, sehr gut“, antwortete Toni höflich. „Der Junge neben Francesca ist Ihr Sohn, Senhora?“

„Ja, das ist Estevan, Senhorita.“ Ein wenig gelangweilt wandte sich Laura wieder Raoul zu.

Toni bemerkte das spöttische Lächeln des Conde und kochte vor Wut. Zweifellos hatte er Laura Passamentes seine Meinung von der Verlobten seines Neffen mitgeteilt, sodass die schöne Portugiesin keinen besonderen Ehrgeiz hatte, sich mit ihr zu unterhalten.

Während die anderen Gäste angeregt miteinander plauderten, zog Paul Toni ein wenig beiseite. „Ziemlich schwierig, nicht wahr?“, sagte er lachend. „Aber es nützt nichts, sich über die Senhora aufzuregen. Sie und mein Onkel sind eben so. Ich glaube, sie mag mich auch nicht.“

Toni sah ihn eisig an. „Du hältst dich aber auch nicht gerade zurück, oder? Wie konntest du es wagen, eine derart unverblümte Bemerkung über unsere angeblich bevorstehende Heirat zu machen?“

„Schsch.“ Paul blickte sich besorgt um. „Du weißt doch genau, dass das Teil des Spiels ist.“

Sie machte ein skeptisches Gesicht. „Allmählich frage ich mich, ob du nicht versuchst, mich in eine Lage zu bringen, aus der es für mich kein Zurück mehr gibt.“

„Ach, komm schon … Janet!“ Er errötete verärgert. „Hör zu, wir sollten solche Auseinandersetzungen besser führen, wenn wir allein sind.“

Bevor Toni ihm eine passende Antwort geben konnte, rief einer der Diener die Gäste zu Tisch.

An diesem Abend war die große Tafel voll besetzt. Toni war zwischen Paul und Estevan Passamentes platziert worden. Der Junge war wesentlich freundlicher als seine Mutter, sodass Toni sich schon bald recht angeregt mit ihm unterhielt. Dabei ignorierte sie bewusst Pauls schmollende Miene und die bitterbösen Blicke von Francesca, die auf der anderen Seite von Estevan saß.

Nach dem Essen begab man sich wieder in den Salon, und der Conde bat Laura Passamentes, doch etwas zur Unterhaltung seiner Gäste zu singen. Toni, die auf einem kleinen Sofa neben Isabel Primeiro saß, wartete gespannt. Estevan wurde aus dem Zimmer geschickt und kehrte kurz darauf mit einem Instrumentenkasten zurück, aus dem Laura eine wundervoll polierte Gitarre nahm.

Als Laura mit einer schönen, klaren Stimme eines der typischen Volkslieder des Landes anstimmte, vergaß Toni ihre Ablehnung. Die Musik war fröhlich und mitreißend, und Toni applaudierte am Ende genauso begeistert wie alle anderen.

Isabel sah Toni fragend an. „Was halten Sie von unserer Kultur, Senhorita West? Gefällt Ihnen diese Art, seine Gefühle auszudrücken?"

„Oh ja, sehr sogar", erwiderte Toni lächelnd. „Ich denke, in der Volksmusik eines Landes finden sich die wesentlichen und fundamentalen Eigenheiten eines Volkes wieder."

„Ja, da stimme ich Ihnen zu", mischte sich Georges Primeiro ein. „Die Menschen hier sind so ... im Grunde fröhlich und lebensfroh, aber mit einem Hauch von Traurigkeit und Melancholie. Es gibt noch so viel in diesem Land, was verbessert werden müsste."

„Ah, Sie sind ein Radikaler", meinte Toni scherzend. „Ich hätte nicht erwartet, eine derartige Einstellung unter ... der Aristokratie des Landes zu finden."

„Warum nicht?", fragte Isabel. „Wir sind nicht blind gegenüber der Not auf unseren Straßen. Aber solche Reformen sind sehr schwierig und brauchen Zeit."

„Ja", räumte Toni ein. „Dennoch sind die Extreme hier sehr groß ... zwischen den wenigen sehr Reichen und den vielen Armen."

„Und wer könnte entscheiden, wer glücklicher ist?", warf der Conde ein, der sich zu ihnen gesellt hatte und mit einem Drink in der

Hand neben Georges' Sessel stehen geblieben war. „Sie, Senhorita, gehören zu den Leuten, die nicht begreifen, dass alles relativ ist."

„Das ist die typische Ausrede von … von Ihresgleichen", antwortete Toni ruhig.

„Janet!", rief Paul entsetzt aus.

„Ruhig, Paul." Die dunklen Augen des Conde wurden schmal. „Deine … Verlobte interessiert mich sehr. Reden Sie weiter, Senhorita. Erläutern Sie, was Sie meinen."

Toni schluckte, weil sich inzwischen die Aufmerksamkeit aller auf sie gerichtet hatte. Doch dann begegnete sie Francescas belustigtem und unverschämtem Blick, und sie fasste sich ein Herz. „Was gibt es da noch zu sagen?", fragte sie ruhig und sah den Conde herausfordernd an. „Mich würde nur interessieren, wie Sie so beiläufig behaupten können, alles sei relativ."

„Senhorita", antwortete er sanft, „ich muss mich Ihnen nicht beweisen. Aber können Sie abstreiten, dass sich im Lauf eines Lebens die Bedürfnisse und Vergnügungen eines jeden Menschen ändern? Sie, zum Beispiel, hätten heute keinen großen Spaß mehr an Zuckerstangen, an Ausflügen in den Zoo oder an einem neuen Teddybären. Ihre Vorstellung von Vergnügen ist inzwischen … etwas weiterentwickelt, sagen wir. Sie genießen heute einen guten Drink, den zärtlichen Kuss eines Liebhabers …" Er verstummte vielsagend und sah Toni lächelnd an. „Aber können Sie wirklich und ehrlich behaupten, dass Sie aus diesen höheren Vergnügungen mehr Spaß und Befriedigung beziehen als aus den schlichten kleinen Freuden aus Ihrer Kinderzeit?"

Toni schüttelte den Kopf. „Sprechen Sie weiter."

Raoul lächelte. „So betrachtet, ist alles im Leben relativ. Ein Millionär erfreut sich an seinem Geld, seinen Yachten oder an seinem Privatjet. Der arme Mann erfreut sich an schlichteren Dingen, bezieht aber nicht weniger Befriedigung daraus."

„So leicht lässt sich Armut nicht abtun", entgegnete Toni, ohne Pauls warnenden Blick zu beachten.

„Ich tue sie nicht ab, Senhorita", widersprach der Conde kühl. „Auf meinem Land gibt es keine Armut. Dennoch bin ich der Ansicht, dass es im Leben immer Herrschaft und Diener geben wird.

Nur so lässt sich etwas erreichen. An manchen Orten ist die Kluft zwischen beiden größer, an manchen kleiner, aber im Prinzip funktioniert das System sehr gut."

„Eine ziemlich feudale Einstellung, würde ich sagen."

Die Augen des Conde verfinsterten sich bedrohlich. „Senhorita ..."

Doch Laura Passamentes hakte sich bei ihm ein und sagte beschwichtigend: „Raoul, *querido,* ich glaube, du hast deinen Standpunkt ziemlich deutlich gemacht." Sie warf Toni einen geringschätzigen Blick zu. „Wenn die Senhorita ihn nicht akzeptiert, steht sie allein da. Könnten wir nicht ein wenig tanzen?"

Sichtlich besänftigt, wandte der Conde sich Laura zu. Toni senkte den Blick, um die beiden nicht zu beobachten. Sie wusste selbst nicht, warum ihr der Anblick ihres vertraulichen Umgangs miteinander so unerträglich war.

Später am Abend, als Paul gerade mit Isabel tanzte, ertappte Toni sich dabei, wie ihr Blick immer wieder von der Narbe des Conde angezogen wurde und sie sich fragte, woher sie wohl stammen mochte. Bei seinem Geld hätte er den besten plastischen Chirurgen der Welt verpflichten können, um die Narbe praktisch verschwinden zu lassen. Doch er hatte es nicht getan, was seine markanten Züge noch interessanter machte.

Plötzlich begegnete sie Raouls Blick. Ertappt wandte sie sich ab und verließ den Salon. Inzwischen kannte sie sich im Schloss schon recht gut aus und fand ohne Mühe den Weg in die große Eingangshalle. Froh, ein wenig allein zu sein, sah sie sich bewundernd in der imposanten Halle um. Über dem Kamin hing das Wappen der Familie. Sie betrachtete es eine Weile versonnen, bevor sie sich dem großen, massiven Eichentisch und den dazu passenden Stühlen zuwandte. Einige Felle auf dem Boden verliehen dem Ort ein mittelalterliches Flair, und Toni konnte sich lebhaft vorstellen, wie hier einst Ritter gezecht und gefeiert hatten.

Sie hörte nicht, wie hinter ihr eine Tür geöffnet und wieder geschlossen wurde, und merkte erst, dass sie nicht mehr allein war, als eine ihr vertraute tiefe Stimme fragte: „Was ist los, Senhorita? Hat unsere kleine Meinungsverschiedenheit Ihnen den Spaß an Gesellschaft verdorben?"

Toni drehte sich um. „Sie sind mir doch nicht etwa gefolgt, Senhor?", entgegnete sie ruhig, obwohl ihr das Herz bis zum Hals klopfte.

Ohne zu antworten, ging der Conde langsam auf sie zu, groß und unglaublich attraktiv. Toni wandte sich rasch ab und betrachtete eingehend einen der Gobelins an der Wand, der eine typische Jagdszene darstellte. Raoul kam an ihre Seite und betrachtete forschend ihr ausdrucksvolles Gesicht.

„Gefällt Ihnen mein Schloss, Senhorita?", fragte er sanft.

„Natürlich. Wem würde es nicht gefallen?"

„Nun, nicht jeder hat einen Sinn dafür. Paul, zum Beispiel, nimmt sich nur wenig Zeit für ... wie soll ich es ausdrücken? ... die schönen Dinge des Lebens. Für ihn gibt es nur besitzen, benutzen, zerstören. Er ist unfähig, etwas einfach zu bewundern und zu schätzen."

Toni blickte nachdenklich zu ihm hoch. „Sie haben keine sehr hohe Meinung von Paul, nicht wahr? Warum?"

Raoul zuckte die Schultern. „Es ist nicht meine Aufgabe, Ihre Illusionen zu zerstören, Senhorita."

Sie presste die Lippen zusammen. „Das könnten Sie gar nicht", sagte sie schroff. „Aber was hat er getan? Lieber Himmel, er ist gerade erst Mitte dreißig, zu jung, um schon so viel Schlimmes in seinem Leben angerichtet zu haben, dass Sie ihn so verachten."

„Senhorita, Sie wissen offensichtlich nicht, wovon Sie sprechen", antwortete der Conde scharf. „Ich schlage deshalb vor, dass Sie Ihre Ansichten für sich behalten. Meine Gründe, warum ich meinen Neffen ... nicht mag, sind allein meine Angelegenheit, und ich wünsche nicht, darüber zu sprechen."

Toni seufzte gereizt. „Ihre ... Ihre Schwester muss sehr viel älter sein als Sie", überlegte sie laut.

„Pauls Mutter ist genau zehn Jahre älter als ich", antwortete er ruhig, „obwohl ich nicht weiß, warum Sie das interessieren sollte."

Damit musste der Conde ungefähr neununddreißig sein. Außerlich wirkte er jünger, aber sein Zynismus ließ vermuten, dass er die Wechselfälle des Lebens ausgiebig kennengelernt hatte. Toni fragte sich, ob seine feindselige Haltung gegenüber Paul vielleicht etwas mit Pauls Mutter zu tun haben mochte. Vielleicht war der Conde, wie sein verstorbener Vater, den Traditionen verpflichtet und nicht bereit, einen Fremden in der Familie aufzunehmen. Andererseits hatte Paul ihr erzählt, dass Raouls verstorbene Frau Französin gewesen sei, was dem widersprach. Sie dachte daran, wie fanatisch Francesca ihren Vater vergötterte, und verspürte zum ersten Mal etwas wie Verständnis. Der Conde war wirklich nicht der Typ Mann, der für den Rest seines Lebens enthaltsam bleiben konnte, und vielleicht hatte das Mädchen Angst, dass er einer völlig unpassenden Frau verfallen könnte. Aber das war nicht ihr Problem. Sie schüttelte den Kopf und ging langsam zur Tür.

„Wollen Sie schon gehen, Senhorita?", fragte Raoul spöttisch. „Stört Sie meine Anwesenheit?"

Sie drehte sich zu ihm um. „Nein, Sie stören mich überhaupt nicht, Senhor. Allenfalls fällt es mir schwer, Ihre Borniertheit zu begreifen."

Die Miene des Conde verfinsterte sich bedrohlich, sodass Toni es für klüger hielt, so schnell wie möglich zu verschwinden. Ohne seine Antwort abzuwarten, eilte sie zur Tür hinaus und stieß in ihrer Hast fast mit Francesca zusammen, die ihr auf dem Flur entgegenkam. Das Mädchen blickte sie verblüfft an, aber Toni nahm sich nicht die Zeit, darüber nachzudenken, wie ihr Benehmen auf Raouls Tochter wirken musste. Sie wollte nur weg, bevor sich der Zorn des Conde über ihr entlud.

„Ist etwas passiert, Senhorita?", fragte Francesca angespannt.

„Nein, nein, natürlich nicht", antwortete Toni hastig. „Entschuldige mich bitte!"

Sie ging raschen Schrittes über den Flur davon, und das Mädchen blickte ihr mit versteinerter Miene nach.

5. KAPITEL

Am nächsten Tag erfuhr Toni von Paul, dass der Conde wieder nach Lissabon abgereist war. Sie war einerseits erleichtert, andererseits musste sie sich eingestehen, dass Raouls Anwesenheit auch sehr anregend auf sie gewirkt hatte.

„Und wann reisen wir ab, Paul?“, fragte sie unverblümt. „Wir sind jetzt schon vier Tage hier, und du hast von einem kurzen Besuch gesprochen.“

Sie saßen am Strand unterhalb des *castelo* und genossen die warme Sonne. Paul räusperte sich unbehaglich. „Warum so eilig? Auf dich wartet doch noch nicht einmal ein Job. Eigentlich müsste es dir doch gefallen, nichts tun zu müssen, außer zu essen, zu schlafen und in der Sonne zu liegen.“

„Du solltest aufhören, dir meinen Kopf zu zerbrechen, Paul. Ich bin nicht wie du. Das war immer das Problem zwischen uns. Du wolltest es immer besser wissen ... für uns beide.“

„Aber es gefällt dir doch hier, oder nicht?“

Toni zuckte die Schultern. „Mir gefällt das *castelo* und natürlich auch das Wetter. Was das Übrige betrifft ... die alte Condessa ist ja lieb und nett, aber ich sehe sie nur selten. Francesca ist dagegen offen feindselig.“

„Und Raoul?“ Paul beobachtete sie forschend. „Er ist doch das eigentliche Problem für dich, stimmt’s?“

Sie wandte sich ab und blickte aufs Meer hinaus. „Nicht unbedingt.“

Paul schnaufte verächtlich. „Ach komm, Toni, mach mir nichts vor! Ich bin doch nicht blind.“

„Und was soll das nun wieder heißen?“

Ein spöttisches Lächeln huschte über sein Gesicht. „Das weißt du ganz genau, Toni Morley. Dein Streitgespräch mit meinem lieben Onkel gestern Abend hat einige Aufmerksamkeit erregt. Übrigens nicht nur bei mir. Laura hat es auch überhaupt nicht gefallen. Niemand wagt es, dem Conde della Maria Estrada zu widersprechen!“

Toni senkte den Kopf, sodass ihr langes blondes Haar wie ein seidiger Vorhang ihr Gesicht verbarg. „Tatsächlich? Und was habt ihr also daraus geschlossen?“

„Dass du dich offensichtlich zu ihm hingezogen fühlst“, antwortete Paul gereizt.

„Wie bitte?“ Toni blickte entgeistert auf.

„Aber natürlich. Weißt du, Toni, ich mag zwar in manchen Dingen etwas schwer von Begriff sein, aber in dieser Sache, soweit sie dich betrifft, bin ich sehr scharfsinnig.“

„Dann haben dich deine Sinne eben getäuscht!“, widersprach Toni heftig. „Dein Onkel interessiert mich nicht im Geringsten, außer dass mich seine feindselige Haltung dir gegenüber neugierig macht. Was hat er gegen dich? Abgesehen von deinem unbestrittenen Wunsch, deine Finanzen mithilfe deiner Großmutter aufzubessern?“

Paul legte sich zurück in den Sand. „Warum sollte es noch einen anderen Grund geben?“

„Weil dein Onkel kein Dummkopf ist. Ich bin sicher, dass er ganz konkrete Gründe hat, warum er dich nicht hier haben will, und ich würde sie gern erfahren.“

„Das kann ich mir denken!“ Paul lachte. „Vielleicht schmiedest du ja eigene Pläne, Toni? Schließlich spricht sehr viel für Onkel Raoul, nicht wahr? Er sieht gut aus, abgesehen von der berühmten Narbe in seinem Gesicht. Er besitzt ein schönes Heim, das deine Künstlernatur anspricht, und nicht zuletzt ein beachtliches Einkommen und Vermögen.“

Toni warf ihm einen verächtlichen Blick zu. „Ach Paul, ich möchte nicht so denken wie du. Meinst du wirklich, ich wäre so dumm, mich für einen Mann nur seines Geldes wegen zu interessieren?“

„Warum nicht? Das machen doch viele Frauen so.“

„Aber ich bin nicht ‚viele Frauen‘. Ich bin ich. Ich könnte nie wie eines dieser jungen Mädchen sein, die einen wesentlich älteren Mann heiraten, in der Hoffnung, in einigen wenigen Jahren als reiche Witwe dazustehen. Es würde mich anwidern, wenn irgendein alter Knacker mich begrapschen würde!“

Paul setzte sich hin. „Also, du kannst Raoul doch wohl kaum in die Kategorie einordnen. Nein, ich bin ziemlich sicher, dass es dir sogar gefallen würde, dich von ihm … begrapschen zu lassen."

Er schrie auf, als Toni ihm eine schallende Ohrfeige versetzte. Im gleichen Moment bemerkten sie beide, dass Francesca über den Strand auf sie zukam.

„Miststück", stieß Paul wütend hervor. Dann war Francesca schon bei ihnen angelangt und blickte frech und unverschämt auf sie herunter.

„Was ist los?", fragte sie gehässig. „Hängt der Haussegen etwa schon schief?"

„Zisch ab, Francesca!", murmelte Paul und rieb sich die schmerzende Wange.

„Nein, bleib ruhig." Toni stand auf. „Gehst du schwimmen, Francesca?"

Das Mädchen betrachtete sie unwillig. „Vielleicht. Warum?"

„Kann ich mitkommen?"

Francesca zuckte missmutig die Schultern, besann sich aber plötzlich anders. „Von mir aus. Ich gehe zu dem Felsenbassin."

Paul hatte sich ebenfalls erhoben. „Janet!", versuchte er, sie zurückzuhalten.

Doch Toni würdigte ihn keines Blickes und ging mit Francesca davon.

Sie kletterten über die bemoosten Felsen am anderen Ende der Bucht, und dahinter verbarg sich tatsächlich ein natürlicher Pool, etwa sechs Meter im Durchmesser. Toni warf ihr Badetuch auf einen der Felsen und sprang in das herrlich erfrischende Wasser, ohne auf Francesca zu warten. Als sie wieder auftauchte, stand das Mädchen immer noch auf den Felsen und beobachtete sie angespannt.

„Willst du nicht hereinkommen?", rief Toni ihr atemlos zu.

Francesca zuckte die Schultern. „Sie schwimmen gut", sagte sie missmutig, und Toni fragte sich, warum es fast enttäuscht klang. „Aber seien Sie vorsichtig, Senhorita. Der Pool ist sehr tief."

„Ich habe keine Angst, Francesca. Tut mir leid, wenn ich dich enttäuschen muss."

„Warum sind Sie mitgekommen, Senhorita? Und worüber haben Paul und Sie sich gestritten?"

„Das ist unsere Sache", antwortete Toni schroff.

„Ich glaube, es hatte mit meinem Vater zu tun", rief Francesca jetzt zornig. „Irgendetwas ist gestern Abend passiert, nicht wahr?"

„Bitte, Francesca, hör auf, die komplizierten Probleme erwachsener Menschen verstehen zu wollen. Gestern Abend ist absolut nichts passiert."

Das Mädchen setzte sich auf einen Felsen und ließ die Beine ins Wasser baumeln. „Sie lügen", sagte es schmollend. „Aber mich können Sie nicht täuschen. Sie fangen an, sich für meinen Vater zu interessieren, stimmt's?"

„Du meine Güte!" Toni verdrehte die Augen. „Haben denn heute alle nichts anderes im Kopf?"

„Da!" Francescas dunkle Augen blitzten triumphierend auf. „Sie haben sich also doch mit Paul darüber gestritten!"

„Das habe ich nicht gesagt."

„Ich habe auch so verstanden, Senhorita. Was ist los? Ist Ihnen ein Mann nicht genug?"

„Francesca, eines Tages treibst du es zu weit!", stieß Toni ärgerlich aus.

„Aber Sie müssen doch zugeben, dass Sie meinen Vater bewusst ärgern!", rief das Mädchen aus. „Er ist heute früh wieder nach Lissabon gefahren, dabei wollte er eigentlich ein paar Tage hier bleiben. Warum sollte er das tun?"

„Lieber Himmel, ich weiß es nicht."

„Es ist so, wie ich gesagt habe. Gestern Abend ist etwas zwischen Ihnen passiert."

„Ach, sei doch nicht so störrisch!" Toni schwamm ärgerlich zu dem Mädchen herüber und blickte beschwörend zum ihm hoch. Francesca war im Grunde sehr einsam. Nur wenn ihr Vater bei ihr war, war sie glücklich, aber wenn er abreiste oder sich vielleicht für etwas oder jemand anderes interessierte, fühlte sie sich offensichtlich völlig verloren. „Francesca, bitte, warum können wir nicht Freunde sein? Ich bin nicht sehr viele Jahre älter als du, und wir könnten viel

Spaß miteinander haben."

„Verschwinden Sie, Senhorita", erwiderte das Mädchen abweisend. „Ich will nicht Ihre Freundin sein. Ich hasse Sie!"

Toni blickte sie erschrocken an. „Sei nicht dumm, Francesca."

„Ich bin nicht dumm. Sie sind dumm, Senhorita, wenn Sie sich einbilden, mein Vater könnte sich für einen Niemand wie Sie interessieren!"

Aufgebracht packte Toni Francescas Knöchel, um das Mädchen ins Wasser zu ziehen und so dieses hässliche Gespräch zu beenden. Aber Francesca war stärker, als Toni erwartet hatte. Sie hielt sich am Felsen fest, trat nach Toni und stieß sie heftig zurück. Toni schrie überrascht auf und spürte einen stechenden Schmerz am Hinterkopf, bevor alles um sie her in Dunkelheit versank.

Toni lag auf etwas Weichem und fühlte sich schwach und hilflos. Ihr Kopf schmerzte schrecklich, als würden ihr Nägel durch den Schädel gebohrt. Als sie versuchte, sich zu bewegen, wurde der Schmerz unerträglich, und sie schrie leise auf.

Sofort fühlte sie etwas Kühles auf ihrer Stirn und hörte wie aus weiter Ferne eine beruhigende Stimme. Sie versuchte, die Augen zu öffnen, doch sie schaffte es nicht. Die Anstrengung war zu viel, und Toni stürzte erneut in einen Abgrund undurchdringlicher Schwärze.

Einige Zeit später gelang es ihr dann, die Augen zu öffnen. Zunächst war alles verschwommen, aber dann erkannte sie eine Krankenschwester, die neben ihrem Bett saß und sich sofort besorgt über sie beugte.

„Senhorita! Wie fühlen Sie sich?"

Toni schluckte mühsam. „Könnte ... ich etwas trinken?"

„Aber natürlich. Einen Moment, Senhorita."

Das Wasser war kühl und erfrischend. Toni legte sich matt ins Kissen zurück. „Wo ... bin ich?", flüsterte sie heiser.

„Im Castelo Estrada, Senhorita. Sie werden sich erinnern ... Sie sind schwimmen gegangen und ..."

Toni bemühte sich, aber es strengte sie zu sehr an. „Erzählen Sie es mir", bat sie. „Was ist passiert?"

Die Krankenschwester tupfte ihr die Stirn mit einem feuchten Tuch ab. „Später, Senhorita", sagte sie freundlich. „Entspannen Sie sich. Ich werde den Arzt bitten, nach Ihnen zu sehen."

Sobald die Krankenschwester fort war, fielen Toni die Augen wieder zu, und sie war im nächsten Moment eingeschlafen. Als sie wieder aufwachte, war es draußen bereits dunkel, und eine kleine Tischlampe verbreitete im Zimmer gedämpftes Licht. Jetzt war eine andere Krankenschwester an ihrem Bett, aber das Zimmer war ihr vertraut. Es war ihr Zimmer im *castelo.* Sie war hier mit Paul ... Paul Craig.

Die Krankenschwester kam an ihr Bett. „Ah, Sie sind wieder wach, Senhorita West."

West? Ihr Name war doch nicht West, sondern ... Morley. Ja, richtig. Toni Morley. Sie wollte die Krankenschwester schon darauf hinweisen, als ihr einfiel, zu welcher Täuschung Paul sie veranlasst hatte. Hier im *castelo* hielt man sie für Janet West. Gott sei Dank, dass sie sich noch rechtzeitig daran erinnert hatte.

Dankbar trank sie aus dem Glas, das die Schwester ihr reichte. „Wie lange liege ich schon hier?"

„Noch nicht sehr lange", versicherte ihr die Schwester beruhigend. „Erinnern Sie sich, was passiert ist?"

Toni dachte nach, und plötzlich war alles schon wesentlich klarer. „Ja, ich glaube schon. Ich bin schwimmen gegangen. Francesca war auch da."

„Richtig. Sie sind gestürzt und mit dem Kopf auf den Felsen geschlagen. Francesca hat Ihnen das Leben gerettet. Ohne sie wären Sie ertrunken."

„Wirklich?" Toni versuchte, sich zu erinnern. „Ja, so muss es gewesen sein. Ich erinnere mich jetzt ..." Sie war nicht ausgerutscht und gefallen. Francesca hatte sie mit dem Fuß fortgestoßen. Dann musste sie mit dem Kopf auf einen Felsen aufgeschlagen sein. Sie dachte an den schrecklichen Schmerz und erschauerte.

„Ist Ihnen kalt?", fragte die Schwester sofort.

„Nein." Toni lächelte matt.

Die Schwester tätschelte ihr die Schulter. „Versuchen Sie, wach zu bleiben, Senhorita. Ich hole nur schnell Doktor Rodrigues."

Kurze Zeit später kam die Krankenschwester mit einem kleinen, quirligen Mann zurück, dessen schmales Gesicht ein gewaltiger Schnurrbart zierte. Er kam ans Bett, lächelte Toni flüchtig zu und befragte die Schwester in Portugiesisch. Dann schob der Arzt Toni ein Thermometer unter die Zunge und fühlte ihr den Puls.

„Gut", sagte er schließlich. „Es freut mich, dass Sie sich etwas besser fühlen, Senhorita West. Sie haben uns einen gehörigen Schreck versetzt, aber jetzt erholen Sie sich zufriedenstellend."

„Danke", flüsterte Toni.

Die Schwester beugte sich lächelnd über sie. „Möchten Sie etwas essen? Eine Suppe vielleicht?"

Toni nickte. „Ja bitte. Mein Magen fühlt sich ziemlich leer an. Wie lange liege ich denn schon hier?"

„Etwas mehr als vierundzwanzig Stunden, Senhorita", antwortete der Arzt. „Das ist nicht ungewöhnlich bei einer schweren Gehirnerschütterung. Die Wunde an Ihrem Hinterkopf musste auch mit zwei Stichen genäht werden. Das tut jetzt noch etwas weh."

Toni wollte kaum glauben, dass sie praktisch einen Tag und eine ganze Nacht bewusstlos gewesen war.

„Schwester Gonzales bringt Ihnen jetzt etwas Suppe, und ich werde morgen wieder nach Ihnen sehen", sagte der Arzt. *„Boa noite, Senhorita."*

Sobald der Arzt und die Schwester das Zimmer verlassen hatten, versuchte Toni, sich aufzusetzen. Aber sofort brach ihr kalter Schweiß aus. Matt ließ sie sich ins Kissen zurücksinken. Genau in diesem Moment ging die Tür auf, und der Conde della Maria Estrada kam herein.

Toni sah ihn überrascht an. „Aber Sie ... Sie sind doch in Lissabon", sagte sie ungläubig. Hatte sie schon Halluzinationen?

„Ich war in Lissabon", antwortete Raoul ruhig, schloss die Tür und lehnte sich dagegen.

Seine ganze Haltung ließ Toni nichts Gutes ahnen. „Was wollen Sie, Senhor?"

„Wäre es nicht denkbar, dass ich mich um Sie gesorgt hätte?", fragte er schroff.

„Offen gestanden, nein." Toni schloss für kurze Zeit die Augen, und als sie sie wieder öffnete, stand der Conde an ihrem Bett. „Schwester Gonzales wird jeden Moment mit meiner Suppe zurückkommen …"

„Ich weiß. Wie fühlen Sie sich?" Er betrachtete sie durchdringend.

„Ganz gut." Sie fühlte, wie sie innerlich zitterte. „Ich wünschte, Sie würden wieder gehen. Sie machen mich nervös."

„Warum, Senhorita?" Der Conde wich nicht von der Stelle. „Es sei denn, Sie hätten etwas zu verbergen?"

Toni sah ihn bestürzt an. „Ich … ich habe nichts zu verbergen, Senhor."

„Wirklich nicht?" Seine Miene war skeptisch. „Sie sind keine überzeugende Lügnerin, Senhorita Morley."

Toni zuckte zusammen und schloss die Augen. Als sie sie wieder öffnete, kam gerade die Krankenschwester ins Zimmer zurück.

„*Oh! Desculpe, Senhor Conde.* Ich wusste nicht …"

„*Esta bem, Senhorita Gonzales*", sagte Raoul freundlich. „Ich gehe schon wieder." Er blickte vielsagend auf Toni herab. „Wir sehen uns später, Senhorita."

Toni erwiderte nichts, und nachdem der Conde fort war, betrachtete Schwester Gonzales ihre Patientin mit erneuter Besorgnis. „Der Senhor Conde … hat sich um Sie gesorgt?"

Es klang fragend, und Toni seufzte. „Mag sein", antwortete sie müde, und die Schwester beließ es dabei.

Das Essen ermüdete Toni mehr, als sie gedacht hätte, und kurz danach schlief sie schon wieder ein.

Im Zimmer war es taghell. Die Fenster waren geöffnet worden, und eine sanfte Brise wehte vom Meer herein. Toni lehnte sich entspannt ins Kissen zurück. Ihr Kopf schmerzte schon deutlich weniger.

Es klopfte, die Tür wurde geöffnet, und Francesca spähte zögernd ins Zimmer. Sie sah blass und angespannt aus, aber Toni bezweifelte, dass das Mädchen sich ihretwegen Sorgen gemacht hatte.

„Komm herein, Francesca", sagte sie und setzte sich mühsam auf.

Francesca folgte der Aufforderung schweigend und mit dem üblichen schmollenden Gesichtsausdruck.

Toni schluckte und sagte ruhig: „Es tut mir leid, wenn ich dir Schwierigkeiten bereitet habe, Francesca."

Das Mädchen zuckte trotzig die Schultern. „Sie haben mir keine Schwierigkeiten gemacht."

„Nun, zumindest muss ich mich wohl bei dir dafür bedanken, dass du mir das Leben gerettet hast", fuhr Toni geduldig fort.

Francesca lachte freudlos. „Ja, das habe ich allerdings getan", sagte sie kalt. „Ich wollte Sie nicht auf dem Gewissen haben."

„Also wirklich, Francesca, du bist das Letzte!", stieß Toni gereizt aus. „Warum bist du überhaupt gekommen? Um zu versuchen, mich einzuschüchtern?"

Das Mädchen blickte nachdenklich zu Boden und antwortete nicht. Toni betrachtete es aufmerksam. Vielleicht war Francesca ja wirklich gekommen, um sich zu vergewissern, dass es ihr besser ging, mochte sie es auch noch so sehr abstreiten. Schließlich war sie noch ein Kind und meinte nicht alles ernst, was sie sagte. Toni wünschte sich aufrichtig, einen Weg zu finden, zu diesem verstörten Kind durchzudringen.

„Warum ist mein Vater zu Ihnen gekommen?", fragte das Mädchen völlig überraschend.

„Nun, vermutlich wollte er sich erkundigen, wie es mir geht", antwortete Toni unbehaglich, denn sie wollte gar nicht an den Conde und die Folgen seiner Enthüllung denken.

„Warum sollte ihn das interessieren?"

„Du meine Güte!" Toni schüttelte den Kopf. „Vermutlich interessiert es ihn ja auch gar nicht. Aber ich war zum Zeitpunkt des Unfalls Gast in seinem Haus, und wahrscheinlich wollte er mich genauso wenig auf dem Gewissen haben wie du!"

Francesca schien darüber nachzudenken. „Aber warum ist er dazu extra aus Lissabon zurückgekommen? Ein Anruf hätte genügt. Schließlich ist Doktor Rodrigues sofort gerufen worden und hat meinen Vater von … dem Unfall informiert."

Toni wusste nicht, was sie darauf antworten sollte. Sie konnte dem Mädchen kaum erklären, das sein Vater zurückgekommen war, um sie in seinem Haus als Betrügerin zu entlarven. Dazu hätte sie Francesca die ganze Geschichte erzählen müssen, und das stand ihr nicht zu. Es war Pauls Sache, die Angelegenheit aufzuklären, und sie würde nur allzu froh sein, wenn endlich alles vorbei war. In diesem Haus liefen ihre Gefühle Amok. Sie wusste selbst nicht, warum.

Francesca ging unruhig im Zimmer auf und ab. „Estevan schwärmt von Ihnen“, sagte sie unvermittelt, und als Toni nichts darauf erwiderte, fügte sie trotzig hinzu: „Wann reisen Sie und Paul endlich ab?“

Toni zuckte die Schultern. „Ich wünschte, ich könnte es dir sagen.“

„Warum? Tun Sie bloß nicht so, als wollten Sie abreisen!“

„Aber es ist so“, beharrte Toni matt. „Allerdings weiß ich jetzt nicht, wann es möglich ist.“ Sie deutete auf ihren Kopf. „Aber ich verspreche dir, wir werden abreisen, sobald wir können.“

„Gut.“ Francesca verschränkte die Arme und sah Toni mürrisch an. „Ich werde froh sein, wenn es im *castelo* wieder ruhig ist.“

„Vielleicht solltest du dann eine Erzieherin bekommen“, schlug Toni beiläufig vor.

Die Miene des Mädchens verfinsterte sich. „Ich brauche keine Erzieherin, Senhorita.“

„Da ist unsere Großmutter aber ganz anderer Ansicht, *querida*“, bemerkte Paul, der unbemerkt hereingekommen war.

Francesca drehte sich wütend um. „Du hast keine Ahnung! Warum bleibst du überhaupt hier und mischst dich in unsere Angelegenheiten ein? Du weißt doch, dass mein Vater dich nicht leiden kann!“

„Das stimmt“, räumte Paul gelassen ein. „Aber dein Vater ist auch nicht der Mann, der einen Enkel daran hindert, seine alte Großmutter zu besuchen ... was auch immer dein Vater für persönliche Gründe haben mag, mich nicht hier sehen zu wollen.“

„Und was sind das für persönliche Gründe?“, erkundigte Toni sich neugierig.

„Das würden Sie wohl gern wissen!“, spottete Francesca. „Hat Paul es Ihnen nicht erzählt?“

„Francesca!“, sagte Paul drohend.

„Oh, keine Sorge, ich werde es ihr nicht verraten", sagte Francesca verächtlich. „Soll sie doch selber herausfinden, was für einen Mann sie da heiratet!"

„Francesca!" Paul war weiß vor Wut, und Toni fragte sich, was da eigentlich ablief. Aber Francesca schien der Ansicht, dass sie fürs Erste genug Unheil angerichtet hatte, und verließ triumphierend das Zimmer. Ehe Paul jedoch aufatmen konnte, hob Toni warnend die Hand.

„Dein Onkel weiß, dass ich nicht Janet West bin."

Paul schnappte nach Luft. „Wie bitte?"

„Du hast mich schon verstanden", sagte Toni müde. „Dein Onkel kennt meinen richtigen Namen."

„Aber woher?" Paul schüttelte benommen den Kopf. „Hast du es ihm ...?"

„Natürlich nicht!", wehrte sie empört ab. „Warum sollte ausgerechnet ich ihm die Wahrheit sagen?"

Paul zuckte bezeichnend die Schultern.

Toni sah ihn erstaunt an. „Nun gut, da er jetzt auf jeden Fall weiß, wer ich bin, sollten wir von hier verschwinden, sobald ich wieder auf den Beinen bin."

„Ich wette, er hat überall herumgeschnüffelt, um alles über dich herauszufinden", murmelte Paul missmutig. „Selbst als er dich noch für Janet West hielt, hätte er nicht geruht, bis er dich nicht bei Großmutter für irgendetwas hätte anschwärzen können."

Toni winkte gereizt ab. „Glaubst du wirklich, dein Onkel hat nichts Besseres zu tun, als sich um irgendein Mädchen, das du hier herbringst, den Kopf zu zerbrechen?"

„Nein, aber ... wie auch immer, er hat seine Gründe, mich nicht hierhaben zu wollen."

„Sieht ganz so aus." Toni drehte sich ruhelos im Bett. „Geh jetzt bitte, Paul. Manchmal machst du mich richtig wütend. Ich wünschte, ich hätte mich erst gar nicht auf diese verrückte Geschichte eingelassen!"

Paul ging zur Tür und drehte sich noch einmal um. „Vergiss nicht, Toni, du hast vollkommen freiwillig zugestimmt. Ich habe dich auch nicht gefesselt und entführt."

„Ich weiß. Leider." Toni wandte das Gesicht ab. „Geh jetzt einfach, Paul."

Wieder allein, zerbrach sich Toni den Kopf, wie es jetzt weitergehen sollte. Was würde Paul seiner Großmutter sagen? Würde der Conde es für nötig halten, sie beide in irgendeiner Weise für den Betrug zu bestrafen? Die Situation war hoffnungslos verfahren, und Toni war froh, als sie schließlich erschöpft wieder einschlief.

Zwei Tage später konnte Toni schon aufstehen. Ihre Kräfte kehrten schnell zurück. Schließlich war sie jung und gesund, und die Seeluft tat ein Übriges dazu. Wenn Toni in ihrem Zimmer am offenen Fenster saß und den sonnigen Strand, die malerische Küste und den blauen Himmel darüber betrachtete, fühlte sie sich fast zufrieden und glücklich.

Während der vorangegangenen zwei Tage hatte die alte Condessa sie regelmäßig besucht und nachmittags und abends etwas Zeit mit ihr verbracht. Augenscheinlich wusste die alte Dame nichts von den Enthüllungen ihres Sohnes, und sie behandelte Toni so lieb, dass diese sich umso mehr schämte.

Paul war nicht noch einmal gekommen, genauso wenig wie Francesca. Dass das Mädchen sich von ihr fernhielt, überraschte Toni nicht, aber bei Paul war das etwas anderes. Sein Fernbleiben erfüllte sie mit Besorgnis. Womöglich war Paul so sehr damit beschäftigt, seiner Großmutter etwas von ihrem Vermögen abzuschwatzen, dass ihm keine Zeit mehr für seine angebliche Verlobte blieb.

Vor allem fürchtete Toni aber, dass Paul versuchen würde, das, was sie ihm gesagt hatte, einfach zu ignorieren und sein verlogenes Spiel unter den verächtlichen Blicken seines Onkels weiterzutreiben. Vielleicht rechnete er darauf, dass der Conde seiner Mutter nichts davon erzählen würde, um die alte Dame nicht aufzuregen. Toni war die ganze Sache inzwischen zutiefst zuwider. Sie wollte nur noch weg und zuckte bei jedem Anklopfen zusammen, weil sie befürchtete, der Conde würde hereinkommen.

Vier Tage später kam er dann wirklich. Toni saß am späten Nachmittag am Fenster, nur mit einem blauen Morgenmantel bekleidet, das lange blonde Haar umschmeichelte offen ihr zartes Gesicht. Sie hörte schon am Schritt, wer sich da über den Flur ihrem Zimmer näherte, und schluckte nervös, als der Conde nach kurzem Anklopfen eintrat.

Ganz der portugiesische Aristokrat, dachte sie bei seinem Anblick unwillkürlich. Er trug einen hellen Leinenanzug, hatte sich das dichte schwarze Haar glatt zurückgebürstet und sah atemberaubend attraktiv aus.

„Nun, Senhorita ...", er ließ den Blick seiner dunklen Augen forschend über sie schweifen, „Sie sehen schon viel besser aus."

Toni atmete tief ein. „Ja, Senhor ... ich fühle mich auch viel besser."

„Sehr gut. Das freut mich."

Sie blickte freimütig zu ihm auf. „Wirklich?"

Er lächelte spöttisch. „Oh ja, seien Sie dessen versichert, Senhorita."

Toni senkte den Kopf. Es fiel ihr schwer, seinem forschenden Blick standzuhalten, denn seine Anwesenheit richtete wieder einmal ein heilloses Chaos in ihren Gefühlen an.

Raoul ging zum Fenster, lehnte sich mit dem Rücken gegen die Fensterbank und betrachtete Toni schweigend. Schließlich konnte sie es nicht mehr aushalten und blickte unbehaglich auf.

„Sehen Sie mich nicht so an!"

„Sie mögen es nicht, wenn ich Sie ansehe, Senhorita?"

„Nein. Jedenfalls nicht so!"

„Wie denn?"

Sie errötete tief. „Sie wissen genau, was ich meine, Senhor. Bitte, sagen Sie, was Sie mir zu sagen haben, und gehen Sie dann wieder."

„Aber es macht mir Spaß, Sie anzusehen, Senhorita. Ihr Unbehagen ist für mich nur ein Eingeständnis Ihrer Schuld. Arme Senhorita Morley, Sie hatten nicht erwartet aufzufliegen ... und dazu so bald in unserer noch jungen Beziehung."

Toni presste die Lippen zusammen. „Sie sind sehr unverschämt, Senhor. Und Sie würden es nicht wagen, so mit mir zu reden, wenn Ihre Mutter oder Paul hier wären!"

„Nein", räumte er ein. „Aber sie sind nicht hier, und ich kann frei heraus sagen, was ich einer … Frau wie Ihnen sagen will."

Toni stand zitternd auf. „Was soll das heißen? Einer Frau wie mir?"

„Nun, ich hatte schon seit vielen Jahren keine besonders hohe Meinung von den Frauen, Senhorita, und Ihre kleine Scharade mit meinem Neffen hat sie nicht gerade verbessert. Nein, Senhorita, es gibt nur wenige Frauen, die das Vertrauen eines Mannes verdienen."

Sie schwankte ein wenig auf den Füßen. „Senhor, es ist mir nicht wichtig, was Sie von mir halten."

„Sie irren sich, Senhorita. Es ist sehr wichtig, in mancher Hinsicht. Die moralischen Prinzipien einer Frau sind immer wichtig."

„Du meine Güte, was habe ich denn so Schlimmes getan? Ich habe mich für Pauls Verlobte ausgegeben. Ist das ein Verbrechen? Es ist doch nicht so, als hätte ich ihn verführt oder so."

Der Conde packte sie bei den Schultern und schüttelte sie unsanft. „Ich will Ihnen sagen, was Sie getan haben, Senhorita. Sie haben versucht, den Mann einer sehr guten Freundin von mir zu verführen … Miguel de Calle!"

Er ließ sie los, und Toni tastete Halt suchend nach dem Sessel. „Sie sind ja verrückt!", rief sie aus. „Ich habe nichts dergleichen getan! Ihre Freundin glaubt, was sie glauben will. Das ist die Wahrheit!"

„Wollen Sie mir weismachen, Miguel hätte Sie ungebeten belästigt?", entgegnete der Conde verächtlich.

„Genau!" Toni war kreidebleich geworden.

Raoul schüttelte den Kopf. „Halten Sie mich für dumm, Senhorita? Glauben Sie, ich wäre so weltfremd? Oh nein, ich weiß genau, was da abgelaufen ist! Miguel ist ein reicher Mann. Eine Frau wie Sie würde sich nie wehren, sollte sie die Aufmerksamkeit eines reichen Mannes erregen."

„Wie können Sie es wagen!"

„Sie werden feststellen, Senhorita, dass ich noch viel mehr wage!" Er fasste sie am Handgelenk und zog sie zu sich heran. Vergeblich versuchte Toni, sich loszureißen. Schon drückte Raoul sie an sich, sodass sie durch den feinen Stoff seines teuren Anzugs seinen durchtrainierten Körper spürte. Jetzt war ihr Gesicht seinem so nahe, dass sie den verführerischen Duft seines After Shave roch. Sein sinnlicher Mund lächelte spöttisch, die dunklen Augen blitzen verächtlich auf. „So, Senhorita“, flüsterte er, „was sagen Sie jetzt?“

Tonis Herz pochte wie wild, ihr Atem ging schneller. Im nächsten Moment trat ein ganz anderer Ausdruck in Raouls Augen, und er presste Toni noch fester an sich. Einen atemberaubenden Moment hielt er inne, schüttelte fast verwundert den Kopf, ehe er sich herabbeugte und sie leidenschaftlich auf den Mund küsste.

Noch nie hatte Toni etwas Vergleichbares erlebt. Hatte sie sich bisher eingebildet, alles über Küssen zu wissen, so wurde sie jetzt eines Besseren belehrt. Raouls Kuss weckte Gefühle in ihr, von denen sie nicht zu träumen gewagt hätte, und sie spürte, wie ihr Widerstand erlahmte. Anstatt sich zu wehren, wollte sie ihm die Arme um den Nacken legen und sich ihm ganz überlassen. An die Stelle des sonst so beherrschten, arroganten Conde della Maria Estrada war ein Mann von glühender Leidenschaft getreten, ein Mann wie ein Vulkan. Toni stand gerade im Begriff, alles zu vergessen – wo sie war, wie sehr dieser Mann sie eigentlich ablehnte und verachtete –, als er sie grob von sich fortstieß und spöttisch triumphierend ansah.

Sie wankte und tastete erneut nach der Rückenlehne des Sessels.

„So, Senhorita“, sagte Raoul schroff, „ich habe mich nicht geirrt. Sie finden meine Zärtlichkeiten gar nicht so unangenehm.“

Toni schlug die Hände vors Gesicht. „Gehen Sie!“, flüsterte sie. „Gehen Sie weg!“

Der Conde strich sich gelassen durchs Haar. „Ich gehe, wenn ich es will. Und Sie können nicht abstreiten, dass ich den Beweis erbracht habe.“

Sie blickte müde zu ihm auf. „Den Beweis wofür?“

„Dass Sie schwach und leichtfertig sind.“ Er betrachtete sie einen Moment lang nachdenklich. „Trotzdem kann ich nicht abstreiten, dass Sie … eine schöne Frau sind. Mag sein, dass Sie Miguel nicht allzu sehr ermutigen mussten …“

„Ich habe ihn nicht ermutigt!“, widersprach Toni heftig. „Lieber

Himmel, Senhor, lassen Sie mich in Ruhe! Ich wollte ursprünglich sowieso nicht mit hierher, und ich werde abreisen, sobald ich kann." Sie atmete tief ein. „Und bilden Sie sich nicht ein, dass Sie mit mir machen können, was Sie wollen, nur weil ich augenblicklich Ihrer Großzügigkeit verpflichtet bin. Was immer Sie sich für ein Bild von mir gemacht haben, ich ziehe mir das nicht an!"

Er lachte amüsiert. „Senhorita, Sie sind wirklich einzigartig. Erwarten Sie wirklich, dass ich Ihre Geschichte glaube, wenn ich von den de Calles persönlich erfahren habe, wie Sie versucht haben, ihn in Ihr Bett zu locken?"

„Wie bitte?" Toni war entsetzt.

„*Sim!* Versuchen Sie erst gar nicht, es abzustreiten. Ich habe doch mit eigenen Augen damals in Lissabon gesehen, wie Sie sich in Schwierigkeiten gebracht haben. Das war wohl auch so ein unseliges Missverständnis, ja? Sie sind wirklich rekordverdächtig, Senhorita! Und damit noch nicht zufrieden, kommen Sie auch noch hierher und spielen die Verlobte meines Neffen. Unglücklicherweise für Sie ist Senhora Passamentes eine sehr enge Freundin von Estelle de Calle. Laura erinnerte sich vage, Sie im Haus der de Calles gesehen zu haben. Ich brauchte nur bei den de Calles nachzufragen, und Sie waren entlarvt."

Toni sank benommen in den Sessel. Deshalb war Laura Passamentes ihr auf der Dinnerparty so bekannt vorgekommen! Als Erzieherin der Kinder hatte sie natürlich keinen direkten Kontakt mit den Gästen des Hauses gehabt, aber Laura hatte sie dort sicher gesehen. Sie blickte auf.

„Schon gut, ich will nichts mehr davon hören. Wie ich bereits gesagt habe, werde ich, sobald ich kann, abreisen. Aber ich habe Paul schon einige Tage nicht mehr gesehen, sodass wir die Einzelheiten noch nicht absprechen konnten."

Der Conde ging gemächlich zur Tür. „Paul ist fort … nach England, vermute ich", sagte er kühl. „Er ist vor drei Tagen abgereist. Sie werden bleiben!"

„Wie bitte?" Toni sprang wieder auf. „Was soll das heißen? Ich werde nicht hier bleiben, egal, was für teuflische Pläne Sie vielleicht ausgeheckt haben.“ Ihr schmerzte der Kopf und sie hatte Mühe, einen klaren Gedanken zu fassen.

„Oh doch, Sie werden bleiben, Senhorita. Die Details werde ich Ihnen später erklären, wenn Sie aufnahmefähiger sind.“

„Aber ich will nicht bleiben!“, rief sie verzweifelt aus.

„Augenblicklich vielleicht noch nicht“, erwiderte er bedeutsam. „Aber das wird sich ändern.“

„Wenn Paul fort ist, wie kann ich dann hier bleiben? Was wird Francesca dazu sagen? Oder Ihre Mutter?“

Der Conde lächelte spöttisch. „Ach, habe ich Ihnen das noch nicht gesagt? Sie sind Francescas neue Erzieherin.“

6. KAPITEL

Innerhalb einer Woche hatte Toni sich völlig von den Folgen ihres Sturzes erholt. Sie wurde nicht mehr so schnell müde, konnte ihr Zimmer wieder verlassen und war sogar schon wieder allein am Strand gewesen, um in dem warmen Wasser ein wenig zu schwimmen. Abgesehen von den Mahlzeiten, die sie entweder mit Francesca oder mit der Condessa oder mit beiden einnahm, war sie die meiste Zeit allein. Der Conde war nach Lissabon zurückgekehrt, und da die alte Condessa sie immer noch mit ‚Janet', anredete, nahm Toni an, dass die übrige Familie nicht über ihre geänderte Identität informiert worden war.

Das alles kam ihr irgendwie so seltsam und unwirklich vor, dass sie sich mehr als einmal fragte, ob sie die Szene in ihrem Schlafzimmer nur geträumt habe. Da sie aber noch nicht kräftig genug war, um an eine Abreise zu denken, blieb sie und spielte ihre Rolle weiter.

Natürlich zerbrach sie sich den Kopf, warum Paul so überstürzt abgereist war. Hatte er etwa seine Hoffnungen, auf leichte Weise reich zu werden, begraben? Das passte überhaupt nicht zu Paul. Wenn ihm eins in der Natur lag, dann Beharrlichkeit.

Toni entschied, dass es keinen Sinn hatte, darüber zu spekulieren, zog sich ihren Badeanzug an und ging zum Strand. Ausgestreckt auf dem feinen, warmen Sand, fühlte sie sich so zufrieden, dass sie fast das beunruhigende Gefühl in ihrem Herzen vergaß, wenn sie an den Conde dachte.

Francesca fand sie dort und setzte sich neben sie. Zum ersten Mal seit jenem Tag nach dem Unfall versuchte sie, etwas wie eine Unterhaltung anzufangen. „Mein Vater hat heute Morgen angerufen", sagte sie, ohne aufzublicken.

„Ach ja?" Toni war misstrauisch. Sie hatte nicht vergessen, wie diese della Estradas sie bislang behandelt hatten.

„Ja. Er hat mich gefragt, ob Sie noch hier sind."

„Hat er gedacht, ich würde abreisen?", fragte Toni ironisch.

„Nein", antwortete Francesca ruhig. „Er hat mir gesagt, dass Sie für längere Zeit bleiben würden."

Toni setzte sich auf und sah das Mädchen an. „Hat er dir auch gesagt, warum?"

„Sie sollen meine Erzieherin werden. Er hat auch gesagt, Ihr Name sei nicht Janet West, sondern Antonia Morley. Stimmt das?"

Toni schluckte. „Toni Morley", korrigierte sie langsam. „Keiner nennt mich Antonia."

Das Mädchen seufzte. „Dann sind Sie auch nicht Pauls Verlobte?"

„Nein."

„Mein Vater ..." Sie errötete. „Ich meine ... sind Sie seine ... Geliebte?"

„Nein!", wehrte Toni überrascht ab. „Aber du sagst das so ruhig. Ich dachte immer, du seist sehr eifersüchtig. Würde es dir denn nichts ausmachen, wenn ... wenn es wahr wäre?"

Francesca zuckte die Schultern. „Mein Vater hat mir gesagt, ich sollte Ihnen keine ... persönlichen Fragen stellen. Und ich dachte natürlich ... ach, keine Ahnung!"

Toni betrachtete das Mädchen mitfühlend. „Ich glaube, du liebst deinen Vater sehr. Du bist nicht einfach bloß unhöflich, verwöhnt und eifersüchtig, stimmt's?"

Zum ersten Mal sah Francesca sie richtig an. „Ich möchte, dass Papa glücklich ist!", sagte sie heftig. „Deshalb konnte ich bislang keine Person leiden, die etwas mit Paul zu tun hatte."

„Aber warum? Erzähl es mir doch bitte, Francesca."

Das Mädchen schüttelte den Kopf. „Nein. Das ist nicht meine Sache. Außerdem haben Sie doch gesagt, Sie würden sich sowieso nicht für meinen Vater interessieren."

Toni schwieg einen Moment und sagte dann: „Du musst eins wissen, Francesca, ich habe keineswegs die Absicht zu bleiben. Und ich habe auch nicht vor, deine Erzieherin oder die irgendeines anderen Kindes in Portugal zu werden."

„Aber Sie müssen es! Sie müssen es einfach!", rief das Mädchen entsetzt aus.

„Warum?"

„Weil ... er es gesagt hat!"

„Nun, er wird eben eine andere finden müssen", entgegnete Toni schroff. „Ich will nicht hier bleiben, und er kann mich nicht dazu zwingen."

Francesca wich ihrem Blick aus. „Das würde ich nicht sagen, Senhorita."

Toni stand auf. „Nenn mich um Himmels willen Toni. Ich kann das Wort ‚Senhorita' nicht mehr hören!"

„Schon gut", lenkte Francesca ein. „Und wohin gehen Sie jetzt?"

„Ich weiß es nicht. Ich weiß überhaupt nichts mehr. Warum ist Paul abgereist?"

„Mein Vater hat ihn dazu veranlasst. Er hat ihm Geld gegeben."

„Wie bitte?"

Francesca blickte spöttisch zu ihr hoch. „Sie haben doch nicht erwartet, dass er ohne Geld verschwinden würde, oder?"

„Ich verstehe." Toni lachte freudlos. „Ich frage mich nur, warum dein Vater mich nicht auch ausgezahlt hat."

„Das weiß ich auch nicht", antwortete das Mädchen unsicher. „Es ist irgendwie seltsam."

Toni fröstelte, obwohl ihr die Sonne heiß auf den Rücken brannte. Sie traute dem Conde alles zu. Und sie war ihm gegenüber sehr verletzlich, weil er Gefühle in ihr weckte, die sie sich kaum einzugestehen wagte. Sie hatte alles zu verlieren gegenüber einem Mann, der glaubte, leichtes Spiel mit ihr zu haben.

Schweigend suchte sie ihre Sachen zusammen. Francesca beobachtete sie mit ihren dunklen Augen, die denen ihres Vaters beunruhigend ähnlich waren.

„Gehen Sie nicht", sagte das Mädchen schlicht.

Toni blickte es mitfühlend an. Dieses Kind hatte es in seinem Leben nicht leicht gehabt. Es hatte seine Mutter viel zu früh verloren und lebte mit einem Vater, der sich, vermutlich verbittert durch dieses tragische Ereignis, völlig in sich zurückzog.

„Deine Großmutter ..."

„Braucht niemals zu erfahren, wer Sie sind. Sie können ihr einfach sagen, dass Sie Erzieherin waren, bevor Sie den Bürojob angenommen haben. *Avó* hat keine Ahnung von der modernen Welt. Sie würde keinen Grund sehen, Ihnen nicht zu glauben. Wenn mein Vater sagt, es ist so, dann ist es so!“

Die erneute Erwähnung des Conde half Toni, ihr momentanes Mitleid zu überwinden. Nein, sie würde nicht bleiben, konnte nicht bleiben. Zu viel stand für sie auf dem Spiel, und eine innere Stimme warnte sie, dass es dabei nicht nur um Stolz und Selbstachtung ging.

„Ich muss jetzt gehen und mich umziehen“, wechselte sie rasch das Thema und versuchte, das schmerzliche Aufleuchten in Francescas dunklen Augen zu ignorieren.

Im nächsten Moment nahm das schmale Gesicht des Mädchens wieder den üblichen verschlossenen Ausdruck an. „Selbstverständlich, Senhorita“, sagte Francesca dann betont kühl.

Toni zögerte einen Moment und ging dann schweigend zum *castelo* zurück.

In den folgenden Tagen folgte Francesca Toni praktisch überallhin. Sie schlug ihr sogar vor, mit ihr zusammen das gewaltige Anwesen zu erkunden. Es gab einen Stall mit Reitpferden, aber da Toni bislang nur gelegentlich in einer Reitschule geritten war, zog sie es vor, zu Fuß zu gehen.

Also machten sie ausgedehnte Spaziergänge, und Francesca erwies sich als durchaus anregende Gesellschaft. Nachdem sie ihre anfängliche Feindseligkeit überwunden hatte, plauderte sie recht unbefangen und erzählte Toni von ihrer früheren Erzieherin Mademoiselle Dupont, die eine ältliche, verschrobene Person gewesen war, unfähig, mit einem so temperamentvollen Kind wie Francesca fertig zu werden.

Seltsam, wie Pauls Abreise das Mädchen verändert hatte. Aber je mehr Zeit verging, umso mehr überlegte Toni besorgt, dass sie schon bald an ihre eigene Abreise würde denken müssen.

Als sie das Francesca gegenüber erwähnte, sagte das Mädchen: „Ich glaube wirklich, Sie sollten bleiben, bis mein Vater aus Lissabon zurück ist.“

Toni schüttelte den Kopf. „Francesca, sogar Doktor Rodrigues hat bei seinem letzten Besuch zugegeben, dass ich wieder völlig gesund bin. Es gibt nichts mehr, was mich hier hält. Ich muss mir meinen Lebensunterhalt verdienen, mir einen neuen Job suchen."

„Und warum können Sie dann nicht hier bleiben?", beharrte Francesca trotzig. „Dieser Job ist bestimmt nicht schlechter als jeder andere, und ich wette, Sie würden großzügig bezahlt werden."

Toni seufzte. „Es hat keinen Sinn, Francesca. Schau, du weißt doch, dass ich als Pauls Verlobte hierher gekommen bin. Das alles sollte eigentlich so etwas wie ein Scherz sein. Nichts Ernstes, verstehst du? Aber als ich hier war, fand ich heraus, dass Paul anscheinend versucht, so viel Geld wie möglich aus seiner Großmutter herauszulocken, und ich wollte sofort wieder abreisen. Dann passierten ... dieser Unfall und andere Dinge, und jetzt bin ich schon über zwei Wochen hier, und es kann nicht so weitergehen."

Sie schwieg einen Moment, bevor sie fortfuhr: „Ich weiß nicht, warum dein Vater Paul weggeschickt hat, aber ich weiß, dass ich mich auch nicht von ihm für irgendeinen undurchsichtigen Plan ausnutzen lasse. Ich habe die Nase voll von allen Intrigen. Und ich zucke jedes Mal zusammen, wenn deine Großmutter mich ‚Janet' nennt. Ich möchte endlich wieder ich sein, Toni Morley, ein einfaches, ganz normales Mädchen ohne irgendwelche Ambitionen zu Höherem. Es hat keinen Sinn, Francesca. Kannst du nicht wenigstens versuchen, das zu verstehen?"

Francesca seufzte. „Ich versuche es ja, Toni, wirklich. Aber ... ich möchte, dass Sie bleiben."

Es klopfte an der Tür. Ein Hausmädchen trat ein und sprach in Portugiesisch mit Francesca. Sie saßen im Salon, denn es war ausnahmsweise einmal ein grauer, trüber Nachmittag. Passend zu meiner Stimmung, dachte Toni und hörte nur mit halbem Ohr zu. Erst als sie den Namen Passamentes verstand, horchte sie auf.

Das Mädchen zog sich zurück, und Francesca sah Toni an. „Laura und Estevan Passamentes sind eingetroffen."

Toni sprang auf. „Ich gehe in mein Zimmer."

Doch Francesca legte ihr eine Hand auf den Arm. „Natürlich nicht. Sie sind kein Dienstbote, sondern meine Freundin. Also werden Sie bleiben und einen Tee mit uns trinken."

Toni blicke zweifelnd auf ihre engen Jeans und das weite dunkelgrüne Sweatshirt. So bekleidet und das lange Haar zu einem Pferdeschwanz hochgebunden, sah sie kaum älter aus als Francesca. „Wirklich, Francesca“, sagte sie unbehaglich, „ich bin nicht für Gäste angezogen.“

Doch in diesem Moment ging die Tür schon auf, und das Hausmädchen führte Laura Passamentes mit ihrem Sohn Estevan herein.

Francesca warf Toni einen bedauernden Blick zu und erhob sich lächelnd, um den Besuch zu begrüßen. Estevan grinste sie jungenhaft an. Laura trug ein elegantes schwarzes Kostüm, das ihre zierliche, wohlproportionierte Figur eng umschmeichelte. Das tiefschwarze Haar war zu einem seidigen Pagenkopf frisiert, das ovale Gesicht perfekt geschminkt.

„Francesca, meine Liebe“, sagte sie wohl Toni zuliebe in Englisch. „Wie schön, dich zu sehen. Estevan hat sich heute zu Hause entsetzlich gelangweilt. Na ja, bei dem Wetter kein Wunder. Deshalb machte er den Vorschlag, dass wir dich besuchen.“ Sie sah ihren Sohn liebevoll an. „Ich konnte es ihm nicht abschlagen. Geht es dir gut?“

Francesca antwortete höflich und benahm sich ganz wie die perfekte Gastgeberin. Schließlich wandte sich Laura Toni zu und ließ den Blick abschätzend über sie schweifen.

„Nun, Senhorita“, sagte sie, „Sie sind also noch hier.“

Toni errötete unbehaglich. Es war klar, dass Laura ihre wahre Identität kannte und sie verachtete. „Ja, Senhora“, antwortete sie ruhig. „aber ich werde sehr bald abreisen.“

Laura zuckte die zierlichen Schultern. „Wirklich unglücklich … dieser Unfall.“

Francesca sah Toni an. „Es war genauso sehr meine Schuld wie … Tonis“, sagte sie ehrlich. „Wenn ich nicht so unachtsam gewesen wäre, wäre Toni nicht gestürzt.“

Toni lächelte das Mädchen an. Zum ersten Mal hatte Francesca ihre Beteiligung an der Sache eingestanden.

„Ich verstehe.“ Lauras Miene blieb skeptisch. „Es heißt jetzt also

‚Toni', ja? Sie waren gezwungen, Ihre wahre Identität einzugestehen, Senhorita?"

Toni rang sich ein kleines Lächeln ab. „Auf Ihr Betreiben hin, Senhora", erwiderte sie höflich.

Sichtlich verblüfft, wandte Laura sich wieder an Francesca: „Und deine Großmutter? Weiß sie, dass ..."

„Nein", unterbrach das Mädchen sie rasch. „Und ich glaube nicht, dass wir es ihr sagen sollten. Mein Vater wird es ihr sagen, wenn er es für nötig hält."

„Wenn du meinst, *querida.*" Laura nahm in einem der Sessel Platz. „Und jetzt ... sollten wir vielleicht eine Tasse Tee trinken, *sim?*"

„Ja, natürlich. Entschuldigen Sie." Francesca läutete nach dem Mädchen.

Tonis Ärger wuchs. Es würde wirklich besser sein, wenn sie sich zurückzog. Sie hatte dieser Frau nichts zu sagen, die Raoul della Maria Estrada anscheinend als ihren Besitz betrachtete und seine Tochter als ihr zu Diensten.

„Francesca, ich gehe jetzt in mein Zimmer, ja?", sagte sie kurz entschlossen, aber Laura schüttelte den Kopf.

„Oh nein, Senhorita, bleiben Sie, und unterhalten Sie sich mit mir. Francesca, vielleicht könntest du mit Estevan in dein Zimmer gehen und Musik hören? Dann können Senhorita ... Morley und ich ein wenig plaudern."

Francesca bemerkte Tonis flehentlichen Blick. „Ich glaube nicht ...", wollte sie einwenden, wurde jedoch von Estevan begeistert unterbrochen.

„Oh ja, Francesca, lass uns Musik hören gehen! Ich wollte sowieso keinen Tee."

So blieb ihr keine andere Wahl, und nachdem sie das Hausmädchen nach dem Tee geschickt hatte, verschwand sie mit Estevan und ließ Toni mit Laura allein.

„Nun, Senhorita", sagte Laura gelassen, „setzen Sie sich. Ich möchte mit Ihnen reden."

„Worüber?", fragte Toni nervös.

„Über dies und das. Kommen Sie, setzen Sie sich."

„Ich bleibe lieber stehen, wenn es Ihnen nichts ausmacht." Toni hatte das ungute Gefühl, dass dies der wahre Grund für Laura Passamentes' Besuch war – nicht ihrem Sohn zuliebe, obwohl der wahrscheinlich wirklich gern mit Francesca zusammen war, sondern weil sie mit ihr reden wollte. Aber warum?

„Ganz wie Sie wünschen, Senhorita", sagte Laura nun gelangweilt. „Also, meine liebe Senhorita Morley, vielleicht verraten Sie mir den Grund, warum Sie immer noch hier sind, obwohl Paul schon vor über einer Woche abgereist ist."

Toni schluckte. „Es ging mir nicht gut genug, um mit Paul zusammen abreisen zu können, Senhora."

„Ich verstehe. Aber inzwischen haben Sie sich vollständig erholt, oder?"

„Ja."

„Warum sind Sie dann immer noch hier?"

Toni zuckte die Schultern. „Francesca wollte nicht, dass ich abreise, bevor ihr Vater aus Lissabon zurück ist."

„Warum?"

Was sollte sie darauf antworten. Wie sollte sie dieser kühlen, aristokratischen Frau erklären, dass der Mann, den diese zu heiraten erwartete, sie praktisch dazu erpresst hatte zu bleiben? „Ich nehme an, sie hielt das für höflicher", antwortete sie deshalb unverfänglich.

„Höflich wäre es gewesen, wenn Sie nie hierhergekommen wären unter der Vorgabe, Pauls Verlobte zu sein, Senhorita", entgegnete Laura ärgerlich. „Ich hätte eigentlich erwartet, dass ein Rest an Anstand Sie daran gehindert hätte, sich noch einmal Zugang zu einem portugiesischen Heim zu verschaffen ... nach allem, was Sie Estelle angetan haben!"

„Ich habe Senhora de Calle nichts angetan, Senhora." Toni hatte Mühe, sich zu beherrschen. „Senhor de Calle lügt, wenn er behauptet, ich hätte versucht ... seine Aufmerksamkeit zu erregen. Im Gegenteil, ich habe ihn zurückgewiesen. Leider war es mir nicht möglich, das zu beweisen."

„Senhorita! Sie sind unverschämt! Erwarten Sie wirklich, dass ich glaube, eine ... wie Sie könnte einen Mann von der Intelligenz und Herkunft eines Miguel de Calle abweisen?“

Toni presste die Lippen zusammen. „Es ist mir völlig gleichgültig, was Sie glauben, Senhora.“

„Tatsächlich? Ich schlage vor, Sie packen jetzt Ihre Koffer, und Estevan und ich setzen Sie an der nächsten Bahnstation ab, von wo aus Sie mit dem Zug nach Lissabon fahren können.“

Was zu viel war, war zu viel. „Das kann nicht Ihr Ernst sein, Senhora“, sagte Toni betont ruhig und höflich. „Du meine Güte, Sie haben hier doch gar nichts zu sagen! Ich gehe, wenn es mir passt ... oder wenn es der Conde für nötig hält.“

Als heißblütige Portugiesin ärgerte sich Laura natürlich maßlos über Tonis kühle Selbstbeherrschung und sprang wütend auf. „Senhorita, Sie sind unhöflich und borniert. Ich werde mir derartige Unverschämtheiten nicht länger anhören!“

„Sie haben diese Unverschämtheiten provoziert, Senhora“, antwortete Toni gelassen. „Ich möchte mich nicht mit Ihnen streiten. Das löst keine Probleme. Aber meine Abreise ist allein meine Angelegenheit.“

„Hat mein ... hat der Conde Sie gebeten zu bleiben?“, fragte Laura schrill.

Toni blickte sie offen an. „Ehrlich gesagt, ja.“

Laura ging zornig im Zimmer auf und ab. „Warum?“

„Er wollte, dass ich die Stelle als Francescas Erzieherin einnehme.“

„Wie bitte?“ Laura war fassungslos. „Sie sollen Francesca unterrichten?“

„Ja, Senhora.“

Laura presste die Lippen zusammen. „Und? Werden Sie bleiben?“

„Das bezweifle ich.“

Ein skeptischer Blick verriet, dass Laura ihr nicht glaubte. „Warum? Haben Sie einen Grund, dieses Angebot abzulehnen?“

Toni seufzte. „Lieber Himmel, Senhora! Können wir es nicht dabei belassen? Ich glaube nicht, dass es etwas mit Ihnen zu tun hat.“

Doch das machte Laura nur noch wütender. „Natürlich hat es mit mir zu tun! Ich werde Raoul heiraten und bald in diesem *castelo* leben. Meinen Sie, dann möchte ich Sie hier ... vor den Füßen herumlaufen haben?“

„Ich werde dann nicht mehr hier sein, Senhora.“

Toni wollte sich abwenden, aber Laura packte sie am Arm und hielt sie zurück. „Drehen Sie mir nicht den Rücken zu, Senhorita. Ich habe das unbestimmte Gefühl, dass mein ... Verlobter noch ganz andere Gründe haben könnte, Sie hierbehalten zu wollen. Und wenn dem so ist, will ich sie erfahren.“

„Ach, lassen Sie mich in Frieden, Senhora.“ Toni befreite sich von ihrem Zugriff. „Sie alle hier wittern überall nur Intrigen. Schön, ich hätte erst gar nicht herkommen sollen, aber Sie können darauf wetten, dass ich zur richtigen Zeit abreise.“

Lauras dunkle Augen funkelten. Ehe sie jedoch etwas erwidern konnte, brachte das Hausmädchen den Tee herein, und kurz darauf kehrten auch Francesca und Estevan in den Salon zurück. Francesca, die Tonis gerötete Wangen bemerkte, lächelte ihr aufmunternd zu. Toni erwiderte das Lächeln und konzentrierte sich dann ganz auf ihren Tee. Sobald es die Höflichkeit erlaubte, entschuldigte sie sich und zog sich in ihr Zimmer zurück. Dort warf sie sich aufs Bett und fragte sich nicht zum ersten Mal, warum das Schicksal sie zum Castelo Estrada geführt und in dieses Gefühlschaos gestürzt hatte.

Am nächsten Morgen erwachte Toni mit einem unguten Gefühl. Heute musste sie endgültig ihre Abreise vorbereiten. Es gab keinen Grund, noch länger damit zu warten, und wenn der Conde sie bei seiner Rückkehr aus Lissabon noch vorfand, würde er womöglich glauben, sie hätte sich in seine Pläne gefügt.

Francesca machte ein trauriges Gesicht, als Toni ihr ihre Entscheidung beim Frühstück mitteilte. „Was ist gestern zwischen Ihnen und Senhora Passamentes vorgefallen?“, fragte sie sofort. „Hat sie etwas gesagt, das Sie veranlasst abzureisen, Toni?“

Toni bestrich ein Brötchen mit Butter. „Man könnte sagen, sie hat nur beschleunigt, was sowieso passiert wäre“, antwortete sie ehrlich.

„Bitte, gehen Sie nicht, Toni.“ Francesca senkte den Kopf. „Ich will nicht, dass Sie gehen. Es ist doch sonst niemand hier. Großmutter ist zu alt, und mein Vater ... nun, manchmal denke ich, er hasst mich. Ich erinnere ihn zu sehr an ... andere Dinge.“

„Aber nein, Francesca, das ist nicht wahr. Dein Vater hasst dich nicht. Du weißt, dass er große Stücke auf dich hält. Es tut mir ja leid, dass du hier so allein bist, aber wenn dein Vater Senhora Passamentes heiratet, hast du ja Estevan zur Gesellschaft. Außerdem überrascht es mich, dass dein Vater dich nicht auf ein Internat schickt. Das würde dir bestimmt gefallen.“

Francesca zuckte die Schultern. „Vielleicht, vielleicht aber auch nicht. Bislang wollte ich nie, wenn er es vorgeschlagen hat. Außerdem wäre Großmutter dann ganz allein.“ Sie blickte auf. „Ich wünschte, ich wäre wie Sie, Toni. Frei, das zu tun, was ich will.“

„Ach Francesca!“ Toni fühlte sich schrecklich. „Du weißt, dass es nichts mit dir zu tun hat. Aber ... dein Vater hält mich für etwas, das ich nicht bin.“

„Wegen Ihrer Verbindung zu Paul?“

„Zum Teil, zum Teil aber auch aus anderen Gründen. Auf jeden Fall wäre ich sehr unglücklich, wenn ich hierbleiben müsste.“

Das Mädchen seufzte. „Schon gut, Toni. Wann werden Sie abreisen?“

„Ich habe noch nicht am Flughafen in Lissabon angerufen. Vielleicht bekomme ich für morgen einen Flug. Wenn ich mit dem Bus von Estrada nach Pareira fahre, kann ich von dort einen Zug nach Lissabon nehmen.“

„Heute schon?“, fragte Francesca bedrückt.

„Warum nicht. Es hat keinen Sinn, es noch länger hinauszuschieben.“

„Geben Sie mir wenigstens noch einen Tag“, bat das Mädchen. „Das ist doch nicht zu viel verlangt, oder?“

Toni betrachtete sie nachdenklich. „Na ja, vielleicht nicht. Also gut, Francesca, noch einen Tag.“

Am Vormittag gingen sie schwimmen, und während Francesca anschließend ihre Siesta hielt, packte Toni schon den größten Teil ihrer Sachen. Sie fühlte sich seltsam verloren, wenn sie sich in ihrem Zimmer umsah, und das hatte nichts mit Francesca zu tun.

Beim Abendessen war die alte Condessa in redseliger Stimmung. „Sagen Sie mir, Janet“, bat sie sanft, „haben Sie wirklich vor, meinen Enkel zu heiraten? Ich habe das unbestimmte Gefühl, dass es zwischen Ihnen beiden nicht zum Besten steht, trotz der Versicherungen meines Sohnes.“

Toni seufzte. „Man könnte sagen, dass es nicht zum Besten steht. Aber zerbrechen Sie sich nicht den Kopf deswegen. Jetzt, da ich wieder völlig gesund bin, werde ich nach England zurückkehren, und wir können unsere Schwierigkeiten dort ausbügeln.“

Die alte Dame machte ein bestürztes Gesicht. „Nach England? Aber mein Sohn hat mir doch gesagt, dass Sie eine ganze Weile bleiben würden.“

Toni errötete. „Das ist sehr freundlich vom Conde“, sagte sie stockend, „aber ich würde trotzdem lieber nach Hause zurückkehren.“

„Ich verstehe.“ Die Condessa blickte nachdenklich vor sich hin. „Das ist sehr enttäuschend. Ich weiß, dass wir hier sehr einsam leben und es nur wenig Abwechslung gibt, aber ich hatte trotzdem den Eindruck, es würde Ihnen hier gefallen.“

„Das tut es auch! Ich meine … das Klima ist wundervoll, und ich liebe das *castelo* und die Umgebung. Aber ich bin schon zu lange hier und muss wirklich zurück.“

„Und wann wollen Sie uns verlassen?“

Toni zuckte die Schultern. „Ich dachte … vielleicht morgen.“

„Morgen? Oh nein, Senhorita, Sie können uns unmöglich schon morgen verlassen“, rief die Condessa besorgt aus. „Das ist viel zu früh nach Ihrem Unfall. Doktor Rodrigues hat erst gestern, als er bei mir war, gesagt, dass er Sie nächste Woche noch einmal untersuchen wollte.“

„Ich fürchte, das wird nicht möglich sein“, antwortete Toni entschieden. „Außerdem ist es auch nicht nötig. Schlimmstenfalls könnte ich auch in England einen Arzt aufsuchen.“

Die Condessa seufzte. „Ihr jungen Leute seid so unabhängig. Zu meiner Zeit wussten es die Älteren immer besser."

„Es tut mir leid, Condessa, aber ich muss wirklich abreisen", bekräftigte Toni nochmals. Plötzlich schien ihr die Zeit sehr zu drängen. Sie wollte den Conde nicht noch einmal wiedersehen, weil sie Angst hatte, dann erst recht in Schwierigkeiten zu stecken.

Nach dem Essen zog Francesca sich sofort in ihr Zimmer zurück, was Toni überraschte. In letzter Zeit hatten sie abends immer noch einen Spaziergang gemacht, und dies war ihr letzter gemeinsamer Abend. Sie entschloss sich, noch einmal allein zu den Klippen zu gehen und zum Strand hinunterzusteigen.

Es war ein wundervoller Abend. Am samtenen Abendhimmel funkelten die Sterne, und eine schmale Mondsichel verbreitete ihr silbernes Licht. Die milde Luft war erfüllt vom Duft der Blumen, und Toni dachte mit Bedauern daran, dass sie schon bald wieder in ihrem kleinen möblierten Zimmer in London sitzen und auf einen tristen Hinterhof hinausblicken würde. Dort gab es keine üppigen Blumen und kein romantisches Schloss, das sich geheimnisvoll vor dem Nachthimmel erhob. Das alles würde ihr dann wie ein Traum erscheinen, ein verrückter Traum, den sie so schnell wie möglich vergessen musste.

Sie wagte sich kaum vorzustellen, wie der Conde reagieren würde, wenn er bei seiner Rückkehr aus Lissabon feststellen würde, dass sie abgereist war. Er war nicht der Typ, der Ungehorsam freundlich aufnahm. Aber was konnte er schon tun? Wenn sie erst wieder in England war, würde er sie nicht so leicht ausfindig machen können. Außerdem, warum auch?

Unwillkürlich dachte sie an die große Narbe auf seiner Wange. Wie so vieles am Conde war auch diese Narbe von einem Geheimnis umgeben, obwohl Toni sich fast sicher war, dass es etwas mit Paul zu tun hatte ... und mit Raouls verstorbener Frau Elise. Es war natürlich nur eine Spekulation, aber eine, die durch ihre Beobachtungen begründet schien.

Sie schob diese Gedanken beiseite und rief sich stattdessen jenen Tag in ihrem Zimmer ins Gedächtnis, als der Conde die Beherrschung verloren und sie geküsst hatte. Allein bei der Erinnerung wurde es ihr erneut heiß, und sie wünschte, es würde ihr gelingen, diese Episode wie so vieles andere zu vergessen.

Kurz nach neun kehrte sie ins *castelo* zurück und entschied sich, direkt ins Bett zu gehen. Die große Eingangshalle war verlassen, aber aus dem Salon hörte sie Geräusche. In der Annahme, es sei die Condessa, betrat Toni den Raum, um der alten Dame noch eine gute Nacht zu wünschen.

Doch sie blieb wie angewurzelt auf der Schwelle stehen, denn auf dem Sofa saß der Conde mit einem Drink in der Hand und einer Zeitung auf den Knien. Ohne sein Jackett, die oberen Knöpfe seines weißen Hemdes geöffnet, wirkte er jünger, nicht so unnahbar ... und auf alle Fälle höchst beunruhigend für Tonis Seelenfrieden.

„Schließen Sie die Tür, Senhorita", sagte er gelassen, legte die Zeitung weg, stellte das Glas auf den Tisch und stand auf.

Toni jagte ein Schauer über den Rücken. „Ich glaube nicht, dass wir uns noch etwas zu sagen haben, Senhor Conde", erwiderte sie leise.

„Oh doch, das haben wir." Er warf ihr einen ironischen Blick zu, ging an ihr vorbei zur Tür und stieß sie zu. „Nun, wie ich höre, geht es Ihnen viel besser?"

„Von wem haben Sie das gehört?", fragte Toni angespannt, denn seine plötzliche Rückkehr so spät am Abend wunderte sie.

„Von Francesca natürlich. Ich habe auch gehört, dass Sie und meine Tochter sich angefreundet haben."

„Von Francesca? Wieso? Nein, das würde sie nicht tun!"

„Was? Über Sie reden? Tatsächlich spricht sie in letzter Zeit über kaum etwas anderes. Sie haben einen ziemlichen Eindruck gemacht, Senhorita."

Toni senkte den Kopf. Sie hatte geglaubt, Francesca wäre wirklich ihre Freundin geworden. Aber offenbar hatte das Mädchen den Tag heute genutzt, um seinen Vater anzurufen und ihm zu erzählen, dass sie morgen abreisen wolle. Ja, das war die Erklärung für seine unerwartete Rückkehr.

„Ich möchte nicht mit Ihnen sprechen, Senhor“, sagte Toni. Sie war tief enttäuscht. „Hören Sie, ich weiß nicht, was Sie von mir halten, oder was Sie glauben, mit mir machen zu können, aber ich werde nicht hierbleiben, und Sie können mich nicht zwingen.“

„Oh, ich denke, das kann ich schon, Senhorita.“

Sie sah ihn misstrauisch an. „Wie?“

Der Conde lächelte und ging zur Bar, um sich einen neuen Drink einzuschenken. „Als Paul vor einigen Tagen abgereist ist, habe ich ihm eine bestimmte Summe Geld gegeben.“

„Tatsächlich?“

„Ja. Ich habe das bewusst getan, aus zwei Gründen. Erstens, um ihn loszuwerden, und zweitens, um sicherzugehen, dass Sie bleiben werden.“ Er bemerkte ihren verständnislosen Blick und fuhr geduldig fort: „Ich werde es Ihnen erklären, Senhorita. Das Geld ist der Schlüssel. Denn es wäre für mich ein Leichtes, mich mit der britischen Polizei in Verbindung zu setzen und zu behaupten, Paul hätte es gestohlen.“

„Wie bitte?“

„Ja, es wäre kein Problem, den Anschein zu erwecken, dass eine gewisse Summe ohne mein Wissen aus meinem Safe entnommen wurde.“

„Und was sollte mich das kümmern?“, fragte Toni wütend.

„Weil Sie, meine liebe Senhorita, im Grunde Ihres Herzens hoffnungslos sentimental sind. Inzwischen weiß ich ein wenig mehr über Sie. Ich weiß, dass Sie mit Paul einmal fast verlobt waren. Fast, aber nicht wirklich, was etwas über Sie aussagt, denke ich. Auf jeden Fall aber standen Sie ihm einmal nahe genug, dass ich nicht glaube, Sie würden schuld sein wollen, dass sein Ruf zerstört wird.“

„Und Sie hätten da keine Skrupel!“, rief Toni ungläubig aus.

„Nicht die geringsten“, pflichtete er ihr bei.

„Aber warum?“

„Wie ich Ihnen schon einmal gesagt habe, Sie besitzen einen gewissen … Reiz. Sie sind anders als unsere portugiesischen Frauen, so wie meine verstorbene Frau auch anders war. Dazu kommt die Tatsache, dass Sie in anderer Hinsicht eine Frau ohne Skrupel sind. Sie haben versucht, die Ehe eines meiner Freunde zu zerstören. Sie haben sich von einem Mann verleiten lassen, die Rolle seiner Verlobten zu spielen und sich für Geld an ihn verkauft. Warum sollten Sie also etwas dagegen haben, wenn ich Ihnen jetzt sage, dass ich Sie auch attraktiv finde? Nicht in der Weise, wie ich eine Frau lieben und achten würde, die ich heiraten will. Aber als eine rein sexuelle Affäre passt es mir sehr gut. Dazu kommt, dass Sie praktischerweise als Erzieherin für meine Tochter einspringen könnten, die dringend eine Erzieherin braucht ..."

Diesmal war Toni schneller als er und versetzte ihm eine schallende Ohrfeige, ehe er reagieren konnte.

Raoul rieb sich mit einer Hand die schmerzende Wange. Seine dunklen Augen funkelten zornig. „Es tut mir leid, wenn mein Angebot überraschend für Sie kommt, Senhorita, und vielleicht ekelt es Sie ja auch bei der Vorstellung, ein so entstellter Mann wie ich könnte mit Ihnen schlafen, aber das ist mir egal. Ihre kindischen Launen interessieren mich nicht. Sie sind, was Sie sind, und ich bin es gewohnt, mir zu nehmen, was ich will."

„Sie sind verrückt!", rief Toni entsetzt aus.

„Nein, ich denke, dass ich völlig normal bin", widersprach er kalt. „Aber Sie dürfen natürlich denken, was Sie wollen.

„Sie können mir das nicht antun! Wenn ich wirklich so wäre, wie Sie glauben, warum sollte es mich dann kümmern, was mit Paul geschieht?" Toni zitterte jetzt am ganzen Leib.

Raoul zuckte die Schultern. „Wer weiß? Kein Mensch ist ganz und gar schlecht, und ich glaube nicht, dass Sie einen Mann derart in Schwierigkeiten bringen wollen, der angeblich Ihr Freund ist."

„Sie erwarten also, dass ich mich Paul zuliebe ... Ihren Wünschen füge?"

„Warum nicht? Ich hatte nicht den Eindruck, dass es Ihnen so unangenehm wäre."

Toni schluckte. Der Conde della Maria Estrada hatte sein Glas weggestellt und kam langsam auf sie zu. Sie schüttelte den Kopf und wich zurück, bis sie die Wand im Rücken spürte. Raoul blieb dicht vor ihr stehen und blickte unergründlich auf sie herab. Seine Narbe verlieh ihm etwas Dämonisches, und Toni zitterte vor Angst.

„Keine Angst", sagte er sanft und ließ die Finger durch ihr seidiges blondes Haar gleiten. „Ich werde Ihnen nicht wehtun … Toni."

Die Art, wie er ihren Namen sagte … mit seinem leichten portugiesischen Akzent … ließ Toni dahinschmelzen. Sie fühlte ihren Widerstand schwinden und fürchtete die Macht, die dieser Mann über sie besaß.

Unvermittelt presste er sie an sich und küsste sie innig. Er ließ die Hände über ihren Rücken gleiten, liebkoste sie erregt, und im Nu war auch Tonis Leidenschaft entflammt. Sie wollte sich an ihn schmiegen, wollte seine Zärtlichkeiten erwidern.

Es kostete sie alle Kraft, reglos und starr in seinen Armen zu verharren. Ihre Kälte machte ihn wütend. Seine Küsse wurden fordernder, während er Toni an sich presste und sie spüren ließ, wie sehr er sie begehrte.

„Toni", flüsterte er an ihren Lippen, „küss mich!"

„Nein!" Toni schaffte es, ihn mit beiden Händen fortzuschieben.

Völlig unerwartet ließ Raoul sie los, wich zurück und blickte sie zornig an. „Schön, Senhorita", stieß er hervor, „ich gewähre Ihnen einen vorübergehenden Aufschub."

Toni presste beide Hände an die geröteten Wangen. Ihre Lippen waren noch heiß von seinen Küssen, ihr Körper bebte von der Leidenschaft seiner Liebkosungen. „Bitte", flüsterte sie verzweifelt, „lassen Sie mich gehen! Zwingen Sie mich nicht, hierzubleiben."

Er wandte sich ab und ging zur Bar. „Sie können gehen", sagte er langsam, „wenn Sie es wirklich wollen."

„Und was ist mit Paul?"

„Das ist meine Sache."

„Werden Sie ihn als Kriminellen abstempeln?"

„Wie ich schon sagte, das ist meine Sache."

Toni atmete tief ein. „Senhor, bitte, ich kann nicht bleiben. Ich kann nicht so tun, als wäre ich Francescas Erzieherin."

„Warum nicht? Sie haben doch auch so getan, als wären Sie Pauls Verlobte."

„Das war etwas anderes."

„In welcher Hinsicht?“

„Es ... es waren keine Bedingungen damit verknüpft.“

„Und bei mir gibt es diese Bedingungen?“

„Das wissen Sie genau.“ Sie unterdrückte ein Schluchzen. „Sie sind abscheulich! Wie kann jemand von Rang und Namen wie Sie sich derart ... primitiv verhalten?“

Er lächelte ironisch. „Alle Männer sind in gewisser Weise primitiv, Senhorita. Im Grunde sind wir alle gleich, haben die gleichen Wünsche und Bedürfnisse. Allerdings ist die Tatsache, dass ich Sie anziehend finde, kein Grund zum Verzweifeln. Ohne dass ich prahlen möchte, ich kenne viele Frauen, die Sie beneiden würden.“

„Dann nehmen Sie doch eine von denen!“, rief sie aus.

„Gehen Sie ins Bett, Senhorita.“ Er wandte sich ab. „Es ist spät, und Sie sind müde. Morgen werden Sie die Dinge etwas anders sehen.“

„Nein, das werde ich nicht! Oh bitte, ich möchte nach Hause.“

„Zu Hause? Was ist das? Ein tristes möbliertes Zimmer in einem Hinterhof. Ja, Senhorita, ich weiß alles über Sie. Ich weiß, dass Sie im Augenblick völlig ungebunden sind und niemand Sie vermissen wird. Das ist zwar traurig, aber für mich sehr nützlich.“

„Ich wäre lieber dort in meinem tristen möblierten Zimmer als hier bei Ihnen“, sagte sie schluchzend.

„Wirklich?“, fragte er spöttisch. „Sagen Sie bloß, Sie verabscheuen seidene Bettwäsche, die portugiesische Sonne und das süße Nichtstun! Nun, wir werden sehen, Senhorita. Sie werden feststellen, dass ich sehr überzeugend sein kann.“

Das glaubte Toni ihm sofort. Sie spürte, wie ihr die Tränen kamen, drehte sich um und eilte aus dem Salon und die Treppe hinauf. In ihrem Zimmer schlug sie die Tür hinter sich zu und drehte den Schlüssel energisch im Schloss. Zitternd lehnte sie sich gegen die verschlossene Tür und brachte erst nach einer ganzen Weile die Kraft auf, ins Bad zu gehen und sich fürs Bett fertig zu machen.

7. KAPITEL

Am Morgen fühlte Toni sich wie zerschlagen. Wie sollte sie an diesem Tag dem Conde gegenübertreten?

Das alles kam ihr wie ein verrückter Traum vor. Überdies hatte sie Angst. Sie zweifelte nicht, dass Raoul jedes seiner Worte ernst gemeint hatte, und wenn sie versuchen würde, seine Pläne zu durchkreuzen, würde Paul sicher darunter leiden müssen. Aber war das wirklich ihr Problem? Warum sollte sie sich für einen Mann opfern, den sie kaum noch mochte? Andererseits schien es ihr bei Tageslicht betrachtet unvorstellbar, dass der Conde ernsthafte Absichten ihr gegenüber hegte. Gut, er mochte sie als Erzieherin für seine Tochter auf seinem Schloss wünschen. Hatte nicht auch die Condessa darüber geklagt, dass es in dieser Abgeschiedenheit schwer sei, eine geeignete Person zu bekommen? Vielleicht war das ja seine Art von Humor. Er konnte doch nicht wirklich beabsichtigen ... oder doch?

Als sie das Speisezimmer betrat, saß der Conde bereits am Frühstückstisch. Er erhob sich höflich bei ihrem Eintreten und ließ den Blick forschend über sie schweifen.

„Guten Morgen, Senhorita. Haben Sie gut geschlafen?“

Toni zog es vor, nicht darauf zu antworten, goss sich eine Tasse Kaffee ein und setzte sich so weit wie möglich von Raoul weg.

Mit einem kleinen Lächeln nahm er wieder Platz, legte die Zeitung, in der er gelesen hatte, beiseite und goss sich auch noch eine Tasse Kaffee ein. „Sie sehen besorgt aus, Toni“, bemerkte er vielsagend.

Sie blickte wütend auf. „Hören Sie auf, mich zu verspotten, Senhor Conde! Sie mögen die Situation ja amüsant finden. Ich nicht!“

„Nicht? Nun, dann müssen wir etwas dafür tun, um Ihre Stimmung aufzuheitern. Haben Sie irgendwelche Pläne für heute Vormittag?“

„Nein, abgesehen von den Vorbereitungen für meine Heimreise“, entgegnete sie schroff.

Raoul stand wieder auf, ging zu den großen, weit geöffneten Fenstern und atmete tief die frische Seeluft ein. „Ein schöner Ausblick, nicht wahr? Obwohl ich geschäftlich einen Großteil meiner Zeit in Lissabon verbringe, fällt es mir nach einem Besuch hier im *castelo* jedes Mal schwer, dorthin zurückzukehren. Ich bin überzeugt, Sie wissen diese malerische Gegend auch zu schätzen."

Toni ignorierte ihn, nahm sich die Zeitung und tat, als würde sie konzentriert darin lesen. Ohne mit der Wimper zu zucken, ging Raoul zu ihr und nahm ihr die Zeitung aus der Hand.

„Sie werden zuhören, wenn ich mit Ihnen rede, Toni", sagte er bestimmt. „Schön, überlegen wir uns also, was wir heute Morgen unternehmen können. Ich schlage einen Ausflug mit dem Auto vor. Francesca kann uns begleiten, und ich zeige Ihnen ein wenig, was es bedeutet, der Conde della Maria Estrada zu sein."

Toni blickte resigniert zu ihm hoch. „Habe ich eine andere Wahl?"

Er lächelte. „Nein. Gehen Sie, und machen Sie sich fertig, wenn Sie zu Ende gefrühstückt haben."

Sie stand auf. Es hatte keinen Sinn, sich mit ihm anzulegen. Sie würde nur wieder die Fassung verlieren und hielt es nicht für klug, ihn wissen zu lassen, wie nervös sie tatsächlich war. Auf der Türschwelle begegnete sie Francesca, die kaum wagte, sie anzusehen.

Toni blieb stehen. „Schön, Francesca", sagte sie kühl, „du warst also doch nicht meine Freundin, sondern lediglich meine Wärterin."

Das Mädchen blickte seinen Vater an. „Das ist nicht wahr! Papa, was hast du Toni gesagt?"

„Die Wahrheit, nichts sonst, *querida.*"

„Aber ... was meinen Sie dann, Toni?"

„Was ich meine?", wiederholte Toni verwirrt. „Nun, dass du deinen Vater angerufen hast, um ihm zu sagen, dass ich abreisen will. Nur so konnte er rechtzeitig hier sein, um mich daran zu hindern."

„Das ist nicht wahr!", rief Francesca gekränkt aus. „Papa!"

Toni wandte sich Raoul zu. „Nun, Senhor? Haben Sie mir nicht genau das gesagt?"

„Nein", widersprach er ungerührt. „Ich habe nur gesagt, dass Francesca mir erzählt hätte, es würde Ihnen besser gehen. Und das stimmt. Sie hat mir auch gesagt, dass Sie am nächsten Morgen abreisen wollten ... bei meiner Ankunft hier. Sie haben einfach die falschen Schlüsse gezogen."

Toni seufzte. „Ich verstehe. Es tut mir leid, Francesca. Anscheinend habe ich schon wieder einen Fehler gemacht."

Francesca betrachtete sie besorgt. „Schon gut, Toni. Aber ... Sie bleiben doch jetzt, oder? Sie werden bleiben und meine Erzieherin sein, ja?"

„Diese Frage solltest du besser auch deinem Vater stellen, Francesca. Mit dir scheint er ja keine Verständigungsprobleme zu haben." Und ohne eine Reaktion abzuwarten, verließ sie den Raum.

Wieder in ihrem Zimmer, überlegte sie erneut, wie sie aus dieser verfahrenen Situation herauskommen konnte, ohne Paul ernsthaft in Schwierigkeiten zu bringen. Vorläufig hatte sie wohl keine andere Wahl, als erst einmal auf dem *castelo* zu bleiben. Aber der Conde della Maria Estrada sollte sich wundern. Er würde in ihr kein so leichtes Opfer finden!

Sie zog einen weiten Leinenrock an und dazu eine ärmellose Leinenbluse, die ihrer sanften Sonnenbräune schmeichelte. Der Conde und Francesca warteten bereits in der Halle. Toni lächelte Francesca freundlich an, und dann gingen sie gemeinsam hinaus in den Hof. Dort stand ein offener Jeep bereit. Sie setzten sich alle drei nach vorn, Francesca in der Mitte, und fuhren der Sonne entgegen.

Entgegen Tonis Befürchtungen wurde es ein wunderschöner und interessanter Tag. Sie fuhren zu den sonnigen Hängen oberhalb des Douro, und Toni hatte endlich einmal Gelegenheit, etwas über den Weinanbau zu lernen, für den Portugal so berühmt war. Über ihr Interesse vergaß sie ihre Feindseligkeit gegenüber Raoul und stellte fest, dass er über viele Themen höchst informativ und unterhaltsam zu reden wusste, vor allem natürlich über seine Weinberge und sein Anwesen. Bis dahin war sie stets so damit beschäftigt gewesen, mit ihm zu streiten, dass sie fast vergessen hatte, was für eine verantwortungsvolle Position er innerhalb des Familienunternehmens innehatte.

Im oberen Douro-Tal war es sehr heiß. Toni band sich die langen

Haare zu einem Pferdeschwanz hoch. Auch Francesca seufzte unter der Last ihres schweren Zopfes. Nur der Conde, das weiße Hemd fast bis zur Taille offen, schien unberührt von der Sonne. Sein Anblick, durchtrainiert und sonnengebräunt, dazu bestens gelaunt und entspannt, machte Toni entschieden nervös, und sie war froh, dass Francesca im Auto zwischen ihnen saß.

Nach dem Mittagessen, das sie im Haus von Vasco Braganca, dem Verwalter der Weinberge, eingenommen hatten, fuhren sie wieder in Richtung Küste, wo große Höhlen in den Kreidefelsen als natürliche Weinkeller dienten. Staunend ging Toni an den endlosen Regalreihen mit Flaschen und Holzfässern entlang.

„Sehen Sie", sagte der Conde an ihrer Seite, „es ist eine Kunst, einen perfekten Wein zu produzieren. Die Trauben müssen genau im richtigen Reifestadium gepflückt werden. Das ist je nach Lage des Weinbergs unterschiedlich. Manchmal ist ein Weinberg schon komplett abgeerntet, bevor die Trauben in einem höher gelegenen Weinberg erntereif sind. Es ist eine komplizierte Angelegenheit. Aber wenn die Trauben geerntet sind und der Wein zu gären beginnt, ist es Zeit zum Feiern, und die Pflücker freuen sich am meisten darauf."

„Der Tanz auf den Trauben", warf Toni lächelnd ein.

„Genau. Der findet immer noch statt, in ausgelassener Stimmung mit viel Musik und Gesang. Wie Sie sehen, sind meine Leute doch nicht so geknechtet, wie Sie mich glauben machen wollten."

„Ich habe nichts von geknechtet gesagt", widersprach sie sofort.

„Nicht?" Er lächelte. „Nun, vielleicht nicht. Auf jeden Fall wollen wir heute nicht streiten, oder?"

„Nein", pflichtete sie ihm bei.

Später fuhren sie nach Oporto und sahen dort im Hafen die malerischen *rabelos,* auf denen die Weinfässer aus den Weinbergen flussabwärts transportiert wurden, wie Raoul Toni erklärte.

„Es ist keine Vergnügungsfahrt", sagte er lächelnd. „Die *rabelos* sind nicht groß, und in der schnellen Strömung des Douro kann es durchaus mal gefährlich werden."

„Haben Sie eine solche Fahrt schon selbst gemacht, Senhor?", fragte Toni ungläubig.

„Schon oft", antwortete Raoul gelassen. „Es tut mir leid, Sie zu enttäuschen. Wahrscheinlich haben Sie gedacht, ich würde so etwas Dummes nie versuchen. Aber Sie irren sich, Senhorita, wie Sie noch feststellen werden."

Erst spätabends kamen sie wieder im *castelo* an. Sie hatten in Oporto gegessen, und Toni und Francesca waren angenehm müde.

„Morgen sehen wir uns einen Stierkampf an", verkündete Raoul, als sie die große Halle betraten. „Das würde Ihnen doch gefallen, oder, Toni?"

Sie errötete ob der vertraulichen Anrede und sah Francesca fragend an. „Sollten wir nicht ... mit dem Unterricht beginnen, Senhor?"

Francesca machte ein entsetztes Gesicht, und ihr Vater legte ihr beruhigend eine Hand auf die Schulter. „Nein, morgen noch nicht. Solange ich freihabe, sollten wir die Zeit nutzen, *sim?*"

Francesca nickte energisch, und Toni gab sich geschlagen. „Wie Sie wünschen, Senhor."

„Und Sie, Senhorita, fanden Sie nicht auch, dass Sightseeing Spaß machen kann?" Er sah sie forschend an. „Ich dachte, Sie hätten unseren Ausflug genossen."

„Das habe ich auch." Toni seufzte. „Entschuldigen Sie mich jetzt bitte, Senhor. Ich bin müde und würde gern schlafen gehen."

„Nun gut." Der Conde wandte sich zum Salon. „Dann sehe ich euch beide morgen früh."

Francesca gab ihrem Vater einen Gutenachtkuss auf die Wange und begleitete Toni die Treppe hinauf.

„Es hat Ihnen doch heute Spaß gemacht, nicht wahr, Toni?", fragte sie hoffnungsvoll.

Toni konnte es nicht leugnen. „Natürlich. Es war ein wundervoller Tag."

„Und morgen ... werden Sie uns morgen auch begleiten?"

„Ich habe gar keine andere Wahl", antwortete Toni trocken, fügte dann aber rasch hinzu: „Meine Position hier ist etwas unklar. Versuch bitte zu verstehen, wie ich mich fühle."

Das Mädchen seufzte. „Sie glauben mir doch, dass ich Sie nicht an meinen Vater verraten habe, ja?"

Toni sah Francesca nachdenklich an. „Aber es ist schon seltsam, dass dein Vater ausgerechnet zu diesem Zeitpunkt aus Lissabon zurückgekehrt ist.“

„Eigentlich nicht“, gestand Francesca und seufzte. „Großmutter hat Papa ganz arglos erzählt, dass Sie vorhaben abzureisen. Mein Vater telefoniert oft mit ihr, wenn er nicht hier ist, um sich nach ihrem Befinden zu erkundigen.“

„Und wie hast du das herausgefunden?“

„Papa hat es mir heute früh erzählt, während Sie sich umgezogen haben. Ich war sehr böse auf ihn, weil er Sie in dem Glauben gelassen hat, ich hätte Ihre Pläne bewusst an ihn verraten. Natürlich war ich traurig, aber ich hätte Sie nie gezwungen zu bleiben.“

„Das sehe ich jetzt auch, Francesca. Es tut mir aufrichtig leid, dass ich dich so falsch eingeschätzt habe.“

Francesca drückte ihr die Hand. „Trotzdem bin ich aber sehr froh, dass Sie jetzt doch bleiben, Toni.“

In den nächsten Tagen gab der Conde sich alle Mühe, Toni den Wind aus den Segeln zu nehmen. Er machte mit ihr und Francesca verschiedene Ausflüge in die weitere Umgebung des *castelo* und brachte ihr so ein wenig von der Kultur seines Landes nahe. Wie versprochen besuchten sie auch einen Stierkampf, bei dem allerdings anders als in Spanien der Stier in der Arena nicht getötet wurde. Dann verbrachten sie einen Abend bei einem Volksmusik-Festival in Oporto und lauschten dem klagenden, melancholischen *fado*.

Sie besuchten Museen und Kunstgalerien, und Toni war zunehmend beeindruckt von dem breit gestreuten Wissen des Conde. Alles in allem war es eine ruhige, friedliche Zeit, ohne hässliche Untertöne, sodass Toni sich schon fast fragte, ob ihre früheren Auseinandersetzungen mit Raoul vielleicht nur in ihrer Einbildung stattgefunden hatten.

Gegen Ende der Woche tauchte dann Laura Passamentes auf. Sie kam eines Nachmittags. Toni und Francesca waren am Strand gewesen, und als sie vom Wind zerzaust und sonnengebräunt ins *castelo* zurückkehrten, saß Laura mit dem Conde im Salon und trank Tee.

Mit einem Stirnrunzeln bemerkte sie Toni und warf dem Conde einen fragenden Blick zu. „Sie sind also immer noch hier, Senhorita."

Toni nickte. „Wie Sie sehen."

Francesca trat unbehaglich von einem Fuß auf den anderen. „Wie geht es Ihnen, Tía Laura?", fragte sie höflich.

„Danke, gut, Francesca", antwortete Laura gelassen, wobei sie den Conde ansah, der sich bei Tonis Eintreten höflich erhoben hatte. „Komm, mein Kind, setz dich zu mir und erzähl mir, was du so alles getrieben hast. Estevan und ich waren ziemlich einsam. Raoul ist schon eine Woche hier und hat noch nicht einmal die Zeit gefunden, uns zu besuchen."

Francesca errötete, und Toni wollte sich diskret zurückziehen. Aber genau in diesem Moment betrat die Condessa den Salon. „Sie wollen doch nicht etwa gehen, meine Liebe?", fragte sie sanft. „Ich wollte gerade mit Laura eine Tasse Tee trinken. Sie müssen bleiben und uns Gesellschaft leisten, nicht wahr, Raoul?"

„Natürlich, *mae,* wenn es dein Wunsch ist."

Toni warf ihm einen ärgerlichen Blick zu. „Ich würde mich lieber zurückziehen, Senhor."

Sein Blick war unergründlich. „Aber Sie werden bleiben", lautete die lakonische Antwort, und zum ersten Mal seit Tagen wurde Toni wieder von dunklen Vorahnungen beschlichen.

„Wie Sie wünschen, Senhor." Angespannt ging sie zum Sofa und setzte sich.

Laura dominierte die Unterhaltung. Es schien ihr großen Spaß zu machen, Francesca auszuhorchen.

„Dann warst du also viel unterwegs in den vergangenen Tagen", sagte sie bedeutsam. „Wusstest du übrigens, dass in Oporto ein Volksmusik-Festival war?"

„Oh ja!", rief Francesca arglos und unbedacht aus. „Wir waren da, und es war toll!"

„Ihr wart da?" Laura sah Raoul an. „Du hast das Festival besucht, *querido?*"

Der Conde trug eine gelangweilte Miene zur Schau. „Ja, Laura. Wir haben das Festival besucht, und es war wirklich gut."

„Und du hast mich gar nicht gefragt?“ Laura schien gekränkt.

„Ich dachte, es würde dich nicht interessieren“, antwortete der Conde unbeeindruckt.

„Aber du weißt doch, wie sehr ich die Volksmusik liebe! Warst du mit Francesca und … deiner Mutter da?“

Die alte Condessa schüttelte den Kopf. „Was habe ich noch auf einem Festival zu suchen, Laura? Nein, Raoul war mit Francesca und Senhorita West da.“

„Senhorita West?“, wiederholte Laura überrascht.

Raoul warf ihr einen warnenden Blick zu. „Ja, Laura, mit Senhorita West.“

„Ich verstehe.“ Laura gab sich alle Mühe, Toni mit ihren Blicken zu durchbohren. „Und, haben Sie sich gut amüsiert, Senhorita?“

„Bestens, vielen Dank.“

Laura stellte ihre Teetasse sorgfältig auf die Untertasse zurück. „Und wann haben Sie vor abzureisen, Senhorita?“

Toni zuckte die Schultern. „Ich weiß es nicht.“

„Die Senhorita wird unbegrenzt bleiben“, mischte sich Francesca aufgeregt ein. „Sie wird nämlich meine neue Erzieherin.“

„Stimmt das, Raoul?“, fragte Laura, wie vom Donner gerührt.

„Ja“, lautete die schroffe Antwort. „Aber das kann dich kaum interessieren, Laura. Komm, ich zeige dir ein Gemälde, das ich vor zehn Tagen in Coimbra gekauft habe. Es ist ein Miró, und er sollte dir gefallen.“

„Aber diese Sache interessiert mich natürlich, *caro*“, widersprach Laura. „Findet deine Mutter es denn nicht seltsam, dass die Senhorita ihren Job in England einfach so aufgeben kann, ohne eine Kündigungsfrist einzuhalten?“

Raoul warf ihr erneut einen warnenden Blick zu. „Das ist nicht deine Sache, Laura. Wenn … wenn sich die Senhorita entschließt, hierzubleiben, sind wir alle hocherfreut, nicht wahr? Du kannst doch nichts dagegen einzuwenden haben, dass Francesca eine Erzieherin bekommt, mit der sie sich so offensichtlich gut versteht?“

Die alte Condessa, die sich ganz darauf konzentriert hatte, sich eine Tasse Tee einzuschenken, mischte sich nun ein: „Wie auch immer Janet sich entscheidet, ich werde es respektieren. Habe ich jetzt schon Zucker in den Tee gegeben oder nicht? Laura, Sie haben mich ganz verwirrt!"

Ein wenig gereizt stand Laura auf. „Ich würde jetzt gern den Miró sehen, Raoul", sagte sie kurz angebunden und ging zur Tür hinaus.

Toni lehnte sich erleichtert zurück, und Francesca zwinkerte ihr verschwörerisch zu. Aber Toni war zu sehr mit ihren eigenen Problemen beschäftigt, um darauf einzugehen. Der unmissverständliche Befehlston, mit dem der Conde sie aufgefordert hatte zu bleiben, hatte ihre Befürchtungen erneut geweckt. Wie lange wollte er sie wirklich auf seinem *castelo* festhalten?

Am folgenden Morgen stand Toni früher als gewöhnlich auf. Sie hatte schlecht geschlafen und hoffte, dass ein erfrischendes Bad im Meer helfen würde, die drohenden Kopfschmerzen abzuwenden. Sie zog sich also ihren Badeanzug und ihr Strandkleid an, nahm ein Handtuch und ging hinunter an den Strand. So früh am Morgen war das Wasser noch kühl genug, um sie frösteln zu lassen, als sie hineinwatete. Sie schwamm mit kräftigen Zügen, ließ sich eine Weile entspannt auf dem Rücken treiben und schwamm schließlich zum Ufer zurück. Erfrischt watete sie an den Strand und wrang sich das Wasser aus dem langen Haar.

Im nächsten Moment erstarrte sie. Ganz in der Nähe ihres Handtuchs und ihres Strandkleides lag der Conde lässig im Sand ausgestreckt und beobachtete sie. Langsam ging sie auf ihn zu.

„Guten Morgen, Senhor", sagte sie höflich. „Ich hatte nicht erwartet, Sie hier anzutreffen."

„Mag sein. Und vielleicht sollten Sie mich Raoul nennen, zumindest, wenn wir allein sind. Diese Förmlichkeit gefällt mir nicht."

„Aber ich ziehe sie vor, Senhor", antwortete Toni bestimmt und bückte sich, um ihr Handtuch aufzuheben.

Blitzschnell packte Raoul ihr Handgelenk und zog sie zu sich herunter, sodass sie das Gleichgewicht verlor und neben ihn in den Sand fiel. Dann beugte er sich über sie, hielt ihre Handgelenke mit beiden Händen fest und blickte mit glühenden Augen auf sie herab.

Toni versuchte, sich aus seinem Griff zu winden.

„Warum kämpfen Sie ständig gegen mich an? Geben Sie sich dieses eine Mal geschlagen!"

Toni wandte ihr Gesicht ab. „Ich hasse Sie!"

„Was genau hassen Sie denn so?", fragte er schroff. „Den Mann … oder die Narbe?"

Unwillkürlich richtete sich ihr Blick auf seine linke Wange. Seltsamerweise hatte sie sich so an diesen Anblick gewöhnt, dass sie die Narbe überhaupt nicht mehr wahrnahm.

Sie hörte auf, sich zu wehren. „Ihre Narbe stört mich überhaupt nicht", sagte sie atemlos. Sie spürte die Wärme seines Körpers und hatte nur noch Blicke für seine dunklen Augen und den sinnlichen Mund, der ihrem jetzt so nahe war. Sie wollte, dass er sie wieder küsste. All ihre Vorbehalte schienen wie weggefegt.

„Oder denken Sie vielleicht, weil mein Gesicht entstellt ist, muss es mein Charakter auch sein?", flüsterte Raoul, wobei er die Fingerspitzen zärtlich über ihren Hals gleiten ließ.

„Raoul!", stöhnte sie unwillkürlich.

Triumphierend beugte er sich herab und küsste sie leidenschaftlich. „So", flüsterte er schließlich, wobei er das Gesicht an ihrem Hals barg, „du hasst mich doch nicht so sehr, *cara.*"

So früh am Morgen war es sehr still am Strand. Nur vereinzelt war der Ruf eines Seevogels über dem beständigen sanften Rauschen des Meeres zu hören. Toni hatte das Gefühl, nicht mehr zu dieser Welt zu gehören, während Raoul sie mit wachsender Leidenschaft küsste. Hatte er ihr nicht gesagt, dass er immer bekam, was er wollte? Und jetzt wollte er sie! Das Gefährlichste daran war aber, dass sie ihrerseits anfing, auch ihn zu wollen, was für sie eine völlig neue Erfahrung war. Noch nie hatte sie diese Sehnsucht verspürt, die sie drängte, sich immer enger an ihn zu schmiegen, um ganz eins mit ihm zu werden.

Es kostete sie schon eine nahezu übermenschliche Anstrengung, ihn in einem Moment, als er es gar nicht erwartete, fortzustoßen. In Panik sprang sie auf, vergaß ihr Handtuch und ihr Strandkleid und rannte davon, ohne auf Raouls wütendes Rufen zu reagieren.

Mit zittrigen Beinen kletterte sie die unebenen Felsstufen empor. Jede Minute erwartete sie, Raouls Schritte hinter sich zu hören, erwartete, dass er ihre Flucht vereiteln und sie zum Strand zurückbringen würde, um sie dort wild und leidenschaftlich zu lieben. Doch sie hörte nichts, und als sie oben angekommen war und zurückblickte, sah sie Raoul mit dem Rücken zu ihr genau dort stehen, wo sie ihre Sachen zurückgelassen hatte.

Sie zögerte unschlüssig. Was mochte er denken? Welch schreckliche Rache mochte er jetzt ersinnen? Fröstelnd wandte Toni sich ab und ging langsam zum *castelo* zurück. Kaum vorstellbar, dass sich ihr Leben in so wenigen Wochen so grundlegend verändert hatte! Das Leben in England, das möblierte Zimmer, der Schock nach dem Tod ihrer Eltern, ja, sogar Paul … das alles schien eine Ewigkeit entfernt. All ihr Denken und Fühlen drehte sich um das Chaos, das der Conde Raoul della Maria Estrada in ihr anrichtete.

Oben in ihrem Zimmer angekommen, ging Toni zunächst ins Bad, um sich den Sand und das Salzwasser abzuduschen. Dann zog sie sich eine leichte Baumwollhose und ein ärmelloses Top an und überlegte, warum sie nicht einfach ihre Sachen zusammenpackte und verschwand. Sie war lange genug geblieben, hatte entdeckt, dass der Conde ein charmanter und intelligenter Gesellschafter sein konnte, hatte sich Zeit gegeben, um sich ganz von den Folgen ihres Unfalls zu erholen und hatte vor allem Paul eine weitere Woche verschafft, in der der Conde längst den angeblichen Diebstahl hätte melden müssen. Jetzt war es sicher dafür zu spät, um noch glaubhaft zu wirken.

Sie seufzte. Warum also reiste sie nicht ab? Es würde nicht schwierig sein. Schließlich wurde sie nicht bewacht und konnte sicher eine ganze Weile unbemerkt verschwinden, bevor es jemandem auffiel. Warum also nicht?

Während sie sich das lange Haar trocknete und zu einem Pferdeschwanz zusammenband, dachte sie über diese Frage nach. Die Antwort lag auf der Hand. Sie wollte nicht mehr fort. So sehr sie den Conde auch bekämpfte, so sehr sie sich dagegen wehrte, dass er sie nahm, war es doch tief in ihrem Herzen genau das, was sie wollte. Aber nicht zu seinen Bedingungen! Er war ein wundervoller Mann, zielstrebig und unnachgiebig, wenn er etwas wirklich wollte, und doch seinem Wesen nach immer ehrlich. Es war so gefährlich leicht, sich in ihn zu verlieben.

Liebe? Entsetzt blickte Toni in den Spiegel und erkannte in ihren weit geöffneten Augen die Wahrheit. Egal, was Raoul getan hatte, wie er sie behandelt hatte und wie er sie jetzt vielleicht bestrafen würde ... sie hatte sich in ihn verliebt!

Erschrocken wandte sie sich ab. Es konnte nicht wahr sein! Es durfte nicht wahr sein! Aber es war wahr. Sie war in einen Mann verliebt, der sie für ein leichtfertiges Mädchen hielt, ein Mädchen, das höchstens zu einer billigen Affäre taugte. Wie würde er lachen, wenn er es herausfand! Aber vielleicht wusste er es ja auch schon. Vielleicht hatte sie sich verraten, indem sie seine Küsse so sehnsüchtig erwidert hatte. Vielleicht lachte er jetzt schon über sie! Wie leicht würde er sie sich zu Willen machen können, wenn er wusste, dass sie ihm verfallen war!

8. KAPITEL

An diesem Morgen kam Toni erst spät zum Frühstück hinunter, aber Francesca saß noch am Tisch und starrte düster vor sich hin. Als Toni eintrat, blickte sie auf und sagte: „Sie sind spät. Ich dachte schon, Sie würden gar nicht mehr kommen."

Toni setzte sich zu ihr. „Es tut mir leid, Darling. Ich ... war am Strand, um vor dem Frühstück etwas zu schwimmen. Und dann musste ich mich erst duschen."

„Ach so." Francesca seufzte. „Wussten Sie, dass mein Vater heute Morgen abreisen wollte?"

„Nein", sagte Toni erstaunt. „Ich meine ... ist er denn fort?"

„Ja. Ich habe ihn nicht mehr gesehen, aber er ist fort. Maria sagte, er hätte noch nicht einmal gefrühstückt."

„Ich verstehe." Toni schluckte. „Und wohin ist er gefahren?"

„Zurück nach Lissabon, glaube ich." Francesca spielte mit einem Krümel auf ihrem Teller. „Ich wünschte, er hätte mir gesagt, dass er abreist."

Toni spürte die Enttäuschung des Mädchens, stand auf und legte ihr einen Arm um die Schultern. „Mach dir nichts draus. Er hatte sicher einen dringenden Grund."

„Meinen Sie?" Francesca blickte auf. „Ich kann mir nicht helfen, aber ich habe das Gefühl, seine plötzliche Abreise hat irgendetwas mit Lauras Besuch gestern zu tun."

„Warum?", fragte Toni mit pochendem Herzen.

„Ich weiß nicht. Vielleicht hat sie irgendetwas gesagt. Ganz gewiss war es ihr nicht recht, dass er hier ist, wenn Sie noch im *castelo* sind. Vielleicht ist sie eifersüchtig."

„Das wäre doch lächerlich", sagte Toni heftig.

„Warum? Was ist daran so lächerlich? Mir ist auch schon aufgefallen, dass mein Vater gern in Ihrer Gesellschaft ist. Hat Ihnen das die vergangene Woche nicht bewiesen?"

„Die vergangene Woche war eine Ausnahme", entgegnete Toni. „Du hast keine Ahnung, was dein Vater wirklich von mir denkt!"

„Das bilden Sie sich ein, Toni", wehrte Francesca ungeduldig ab. „Wenn Sie meinen Vater so lange kennen würden wie ich, dann wäre Ihnen klar, dass er Sie in diesen letzten Tagen wie ... ein Verehrer behandelt hat. Ich glaube, er findet Sie sehr amüsant. Sie sind nicht wie Laura und die anderen Frauen, die um seine Aufmerksamkeit wetteifern. Im Gegenteil, Sie geben sich anscheinend alle Mühe, ihn zu ärgern, und genau das reizt ihn vielleicht."

„Lieber Himmel, Francesca!", fuhr Toni gereizt auf. „Können wir das Thema fallen lassen? Du hast keine Ahnung, wovon du sprichst." Sie rang sich ein Lächeln ab.

Francesca stand auf. „Wie auch immer, er hat die Anweisung hinterlassen, dass wir mit dem Unterricht beginnen sollen. Also sollten wir gleich damit anfangen."

Toni sah sie erstaunt an. „Du willst freiwillig mit dem Unterricht beginnen?"

„Dann haben Sie wenigstens keine Zeit, ans Abreisen zu denken", antwortete das Mädchen mürrisch.

Da war etwas Wahres dran. Der Unterricht würde sie in der Tat von ihren persönlichen Problemen ablenken. „Also gut", willigte Toni ein, „hol deine Sachen, dann fangen wir gleich an."

Für ihr Alter war Francesca in dem vorgeschriebenen Stoff schon erstaunlich weit fortgeschritten. Toni beschränkte sich im Wesentlichen darauf, ihre Arbeit mit den Büchern zu begleiten und ihr zu raten, auf welche Übungen sie sich konzentrieren sollte. In Englisch war Francesca besonders gut, und das Mädchen vertraute Toni an, dass sein Vater ihm vorgeschlagen hatte, später vielleicht in England zu studieren. Sie war eine eifrige, gelehrige Schülerin, sodass der Unterricht mit ihr Toni viel Freude machte.

So gelang es Toni ganz gut, tagsüber den Gedanken an den Conde zu verdrängen, wenn sie seine Tochter zur Gesellschaft hatte. Francesca war ihrem Vater in vielem sehr ähnlich, vor allem in ihrem hellwachen Verstand, ihrer schnellen Auffassungsgabe ... und in ihrem Sinn für Humor.

Nachts jedoch, wenn der Mond die Mauern des *castelo* in silbernes Licht tauchte und die Sterne am samtschwarzen Himmel funkelten, kehrte die Sehnsucht mit aller Macht zurück. Ungebeten tauchte in allen Einzelheiten der Conde della Maria Estrada vor Tonis geistigem Auge auf: sein dichtes schwarzes Haar, die faszinierenden dunklen Augen, die schlanken und doch so kraftvollen Hände, deren Liebkosungen sie so erregt hatten, und natürlich die geheimnisvolle Narbe, die ihn trotz seiner gegenteiligen Beteuerungen auf seltsame Weise beeinflusst zu haben schien.

Oft saß Toni dann stundenlang an ihrem Fenster, lauschte dem nie endenden Rauschen des Meeres und fragte sich, wo er wohl war, was er gerade tat und wann er zurückkommen würde, um sie sich ganz zu nehmen.

Die alte Condessa akzeptierte Tonis Anwesenheit ohne Frage. Anscheinend interessierte sie sich nur wenig für die Angelegenheiten im Schloss, solange alles glatt lief. Gelegentlich, wenn der Arzt ihr wegen ihrer Schwäche Bettruhe verordnet hatte, leistete Francesca ihr Gesellschaft, trank eine Tasse Tee mit ihr und erzählte ihr, was sie und Toni tagsüber unternommen hatten.

An einem heißen Nachmittag, ungefähr zwei Wochen nach Raouls Abreise nach Lissabon, fühlte die Condessa sich kräftig genug, zusammen mit Francesca einen kleinen Ausflug im Wagen zu machen. Sie luden Toni ein, sich ihnen anzuschließen, aber die lehnte dankend ab. Sie wollte sich die Haare waschen und an ihrer Garderobe einige lose Knöpfe annähen. Es war schon später Nachmittag, als die alte Dame mit ihrer Enkelin aufbrach, weil die Condessa nach dem Essen immer Siesta hielt.

Nachdem die beiden fort waren, wusch Toni sich die Haare und setzte sich dann mit ihrem Nähzeug in die Gartenlaube hinterm Schloss, die im Schatten einer riesigen Magnolie stand. Sie kämmte ihr Haar, ließ es in der Sonne trocknen und beschäftigte sich mit ihrer Näharbeit. Hier hinter dem Schloss hörte sie nicht, dass irgendwann ein Wagen vorfuhr, und so war sie überrascht, als sich plötzlich Stimmen und Schritte auf dem Gartenpfad der Laube näherten. Neugierig blickte sie auf und sah Laura Passamentes in Begleitung von Luisa, der Haushälterin, herankommen. Die beiden unterhielten sich auf Portugiesisch, und Toni verstand so viel, dass Luisa die Senhora zu ihr führen wollte.

Als Laura sie erblickte, schickte sie Luisa mit einer Handbewegung fort und kam durch den Spalierbogen zu Toni in die Laube.

„Sie sind also immer noch hier, Senhorita", bemerkte sie eisig. „Und allein, wie ich höre. Luisa hat mir gesagt, dass die Condessa mit Francesca einen Ausflug macht."

„Das ist richtig, Senhora", antwortete Toni höflich und legte ihr Nähzeug beiseite. „Geht es Ihnen gut?"

„Bestens, Senhorita."

„Möchten Sie sich nicht setzen?" Toni deutete auf den Platz an ihrer Seite.

„Nein. Ich möchte wirklich nicht neben Ihnen sitzen, Senhorita", erwiderte Laura grob.

„Nun, immerhin sind Sie hergekommen, haben sich von Luisa den Weg zu mir zeigen lassen, also haben Sie mich doch anscheinend gesucht", erwiderte Toni unbeirrt ruhig.

„Aber nicht aus den Gründen, die Sie sich vielleicht einbilden."

Toni seufzte. „Aus welchen Gründen denn?"

Laura trug heute ein dunkelblaues Leinenkleid, das sich eng an ihre zierliche Figur schmiegte, und hatte selten so schön und aristokratisch ausgesehen. Jetzt zuckte sie pikiert die schmalen Schultern. „Als ich hier ankam, geschah es allerdings mit der Absicht, einen Moment unter vier Augen mit Ihnen zu erwischen, Senhorita Morley", räumte sie überraschend ein. „Deshalb war ich sehr erfreut, als ich erfuhr, dass weder die Condessa noch Francesca zu Hause seien. Verstehen Sie mich nicht falsch, die Condessa ist eine sehr liebe alte Freundin, und ich sehe auch Francesca gern, obwohl sie in letzter Zeit mir gegenüber eine gewisse Unhöflichkeit an den Tag gelegt hat ... Aber ich war einfach froh über die Gelegenheit, mit Ihnen sprechen zu können, ohne Angst zu haben, es könnte jemand hören."

Toni horchte auf. „Senhora", sagte sie mühsam beherrscht, „dies ist schon das dritte Mal, dass wir beide uns ... wie soll ich es ausdrücken? ... über den Conde austauschen. Denn ich bin mir ziemlich sicher, dass es das ist, worüber Sie mit mir sprechen wollen. Ich möchte nicht unhöflich erscheinen, aber wenn Sie sich wegen meiner Anwesenheit hier beklagen wollen, dann wenden Sie sich doch bitte an den Conde persönlich und nicht an mich!"

„Werden Sie nicht unverschämt, Senhorita!", rief Laura verblüfft aus. „Sie haben natürlich recht, ich möchte mit Ihnen über Raoul sprechen, und ich habe nicht die Absicht, mich in dieser heiklen Angelegenheit an ihn zu wenden."

„Es gibt nichts mehr zu sagen, Senhora", wehrte Toni müde ab.

„Im Gegenteil, es gibt sogar sehr viel zu sagen", widersprach Laura ärgerlich. „Zum Beispiel, warum bleiben Sie hier, wenn Sie doch angeblich gar nicht bleiben wollen?"

„Habe ich behauptet, ich wollte nicht hierbleiben?"

„Heute nicht, nein. Aber als wir das letzte Mal miteinander geredet haben."

Toni presste die Lippen zusammen. „Ich glaube nicht, dass ich meine Gründe vor Ihnen rechtfertigen muss, Senhora."

„Ach nein? Dann lassen Sie mich Ihnen eins sagen, Senhorita: Der Grund, warum Sie noch hier sind, ist, dass Sie sich in den Conde verliebt haben!"

„Senhora!", rief Toni entsetzt aus.

„Können Sie es abstreiten? Nein, das können Sie nicht." Laura ging erregt auf und ab. „Ich weiß es natürlich schon eine ganze Weile. Und dann kam mir der Gedanke, Sie könnten sich einbilden, dass Sie ... einen gewissen Reiz auf Raoul ausüben könnten, indem Sie hierbleiben." Laura lachte spöttisch. „Wie können Sie nur so dumm sein zu glauben, der Conde Raoul Felipe Vincente della Maria Estrada könnte sich für Sie interessieren! Schön, Sie sind nicht unattraktiv, auf eine derbe, bäuerliche Art ..."

„Wie können Sie es wagen!" Diese Frechheit verschlug Toni die Sprache.

„... und es ist durchaus möglich, dass Raoul sich ein wenig mit Ihnen amüsieren könnte, falls Sie ihn genügend ermutigen. Aber bilden Sie sich niemals ein, mehr erwarten zu können!"

Toni war ehrlich empört. „Was gibt Ihnen das Recht, hierherzukommen und derart unverschämt mit mir zu reden? Sie sind doch noch nicht einmal mit ihm verlobt!"

Laura warf den Kopf zurück. „Eine bloße Formalität, wie ich Ihnen versichern darf. Wir überstürzen die Dinge nicht so wie Sie in Ihrem Land, wo man immer wieder die gleichen Fehler macht und ein Leben lang dafür bezahlt." Sie sah Toni scharf an. „Estelle ... die Senhora de Calle hat mich vor Ihnen gewarnt und mir gesagt, was für eine falsche Schlange Sie sind!"

Toni stand auf. „Würden Sie bitte gehen? Derartiges muss ich mir von Ihnen nicht anhören."

„Setzen Sie sich", befahl Laura, und als Toni nicht gehorchte, schrie die Portugiesin sie fast an: „Setzen Sie sich, Senhorita!"

Erstaunt und ungläubig ließ Toni sich auf die Bank zurücksinken. Laura stemmte die Hände in die Hüften und betrachtete sie durchdringend.

„Und nun, Senhorita, werde ich Ihnen etwas erzählen, das Sie vielleicht höchst ... interessant finden werden."

„Ich will es gar nicht hören." Toni hielt sich die Ohren zu, doch sie konnte Lauras schrille Stimme immer noch hören.

„Haben Sie sich nie gewundert, warum Paul hier nicht willkommen ist, Senhorita? Und leugnen Sie nicht, dass Sie sich schon oft gefragt haben, woher diese abscheuliche Narbe in Raouls Gesicht stammt!"

„Sie ist nicht abscheulich", widersprach Toni unwillkürlich.

„Oh doch, sie ist ... abstoßend", rief Laura aus. „Aber das tut nichts zur Sache. Wenn wir erst verheiratet sind, werde ich ihn überreden, sie von einem plastischen Chirurgen entfernen zu lassen."

Toni wich ihrem Blick aus. Laura plante also schon, Raoul zu verändern, noch bevor sie überhaupt verheiratet waren. Wie würde sein Leben in einer solchen Ehe aussehen? Im nächsten Moment tadelte sie sich wegen ihres Mitgefühls. Wann hatte der Conde je Mitgefühl für sie gezeigt?

„Schön", fuhr Laura jetzt fort, „ich werde es Ihnen erzählen. Paul, Ihr sogenannter Freund und angeblicher Verlobter, hatte eine Affäre mit Raouls Frau Elise!"

„Wie bitte?“ Toni sah sie erstaunt an. „Aber ... vor zehn Jahren ... da hatte Elise doch eine gerade erst dreijährige Tochter!“

„Richtig. Vor zehn Jahren war sie fünfundzwanzig ... Paul war gerade erst zwanzig, aber das alles hinderte die beiden nicht. Elises Ehe mit Raoul hat nie besonders gut funktioniert. Paul kam zur Beerdigung von Raouls Vater, und es hat wohl sofort zwischen den beiden gefunkt. Elise langweilte sich, weil Raoul so viel unterwegs war. Hier draußen ist es sehr einsam. Paul war jung und hübsch, und Elise war vermutlich nicht der Typ, der sich Gedanken macht, wessen Gefühle verletzt werden.“

Toni schüttelte ungläubig den Kopf. Deshalb hasste Raoul Paul also. Aber das erklärte immer noch nicht die Narbe. „Diese Geschichte geht mich nichts an, Senhora“, sagte sie schroff. „Sie enthüllen einer praktisch Fremden vertrauliche Familienangelegenheiten.“

„Allerdings, und das mit gutem Grund! Ihnen muss vor Augen geführt werden, wie lächerlich Sie sich machen!“ Laura stampfte ungeduldig mit dem Fuß auf. „Und ich bin noch nicht fertig. Ich muss Ihnen noch von dem Tag erzählen, als Elise starb ...“

Toni wandte das Gesicht ab. Sie verachtete sich dafür, dass sie darauf brannte, die Wahrheit zu erfahren, auch wenn die ihr sowieso nicht mehr helfen konnte. „Hören Sie auf“, bat sie beschwörend. „Ich will es nicht hören.“

„Natürlich wollen Sie es hören, Senhorita. Sie haben nur Angst, das ist alles.“

„Mag sein.“ Toni sah Laura herausfordernd an. „Aber wenigstens bin ich ehrlich. Ich heuchle nicht, etwas zu sein, was ich nicht bin!“

„Das müssen ausgerechnet Sie mir sagen!“, stieß Laura empört aus. „Weiß die Condessa eigentlich inzwischen, dass Sie nicht Pauls Verlobte sind?“

Toni zuckte die Schultern. „Schon gut, ich habe so getan, als wäre ich Pauls Verlobte, aber arglos, wie ich Ihnen versichern kann. Damals hatte ich keine Ahnung, aus welchen Gründen er mich hier präsentieren wollte.“

„Und Sie erwarten, dass ich das glaube? Als hätten Sie nicht damit gerechnet, etwas von dem dicken Kuchen abzubekommen, den

Paul seiner Großmutter entlocken wollte!"

Toni sprang auf. „Sie gemeines Biest!"

„Wagen Sie es nicht, mich zu beschimpfen, Senhorita!", schrie Laura sie an. „Sonst werde ich Ihnen einige passende Worte sagen, die Ihnen bestimmt nicht gefallen werden!"

„Ich bin sicher, Raoul hat keine Ahnung, was für eine Hexe Sie wirklich sind!"

„Sprechen Sie seinen Namen nicht so leichtfertig aus, Senhorita. Das steht Ihnen nicht zu. Für Sie ist er immer noch der Conde della Maria Estrada, und vergessen Sie das nie!"

„Wie könnte ich?", rief Toni mit Tränen in den Augen aus.

„Ja, allerdings, wie könnte man einen Mann vergessen, der so einzigartig ist!" Laura atmete tief ein und fand ihre Fassung wieder. „Dennoch sind da noch einige Dinge, die Sie wissen sollten. In der Nacht, als Elise starb, stand sie im Begriff, Raoul zu verlassen ... und zu Paul nach London zu fliegen. Ob Paul davon wusste oder es überhaupt wollte, weiß ich nicht. Schließlich hat er nie eigenes Vermögen besessen. Doch er hatte sich auf eine Affäre eingelassen, ohne Elises Temperament zu bedenken. Und nach einem heftigen Streit mit Raoul fuhr sie wütend von hier fort. Wer sie kannte, fragte sich nicht, wie der Unfall geschehen konnte, denn sie fuhr immer viel zu schnell und war in jener Nacht sehr aufgebracht. Doch ihr Tod übte eine ganze Weile eine zerstörerische Wirkung auf Raoul aus. Was nicht heißt, dass er sozusagen völlig am Boden zerstört war. Schließlich hatte er sie nicht geliebt ..."

„Aber sie war doch die Mutter seines Kindes", warf Toni ein.

Laura errötete zornig. „Eine Vernunftehe, nicht mehr", entgegnete sie schroff. „Wie auch immer, Raoul wurde von einer seltsamen Unruhe getrieben. Zu der Zeit begann er dann, Motorradrennen zu fahren. Er hat schon immer schnelle Motoren geliebt und war schon damals ein versierter Fahrer. Kein Wunder also, dass er diesen Weg wählte, um mit seinem ... Schmerz fertig zu werden."

Toni nickte. „Und dann hatte er vermutlich einen Unfall?"

„Viele Unfälle", verbesserte Laura sie ungeduldig. „Das gehört für Rennfahrer zum Alltag. Aber erst bei diesem letzten, furchtbaren

Unfall, bei dem er fast das Leben verlor, schien Raoul aufzuwachen und sich ins Gedächtnis zu rufen, dass er immer noch eine Tochter und ein Leben hatte, das es sich lohnt zu leben."

„Ich begreife nicht, was das alles mit mir zu tun hat", sagte Toni seufzend.

„Nicht? Nun, dann will ich es Ihnen erklären. Sie sind ein wenig wie Elise. Sie war auch blond und blauäugig …"

„Meine Augen sind grün", widersprach Toni.

„Ach ja? Das ist egal. Sie sind trotzdem ein ähnlicher Typ. Und Sie kamen mit Paul hierher, was weitere bittere Erinnerungen weckte. Mir ist der Gedanke gekommen, dass Raoul es vielleicht ganz amüsant finden könnte, Sie zu benutzen, um sich für seine Verbitterung über Paul und Elise zu rächen."

Toni schluckte. Mit jedem ihrer Worte hatte Laura nach und nach all ihre Hoffnungen zerstört. Wie konnte ein Mensch so grausam sein? Obwohl sich Laura vielleicht nicht einmal bewusst war, welches Ausmaß an Schmerz sie verursachte.

War es möglich, dass der Conde sie aus diesem Grund hier festhielt? Konnte er sie dazu benutzen, um sich endgültig an Elise zu rächen in dem Glauben, sich so von seiner Verbitterung befreien zu können? Und war es auch denkbar, dass er aus demselben Grund Paul vernichtete, indem er Geld als Waffe einsetzte? Vielleicht saß Paul ja bereits im Gefängnis wegen einer Tat, die er nie begangen hatte? Sie würde es nie erfahren, völlig abgeschnitten von allen englischen Zeitungen. Immerhin war der Conde schon sehr lange fort. Hatte das wirklich nur geschäftliche Gründe? Und während sie hier unterwürfig auf ihn wartete, lachte er sich möglicherweise halb tot über sie!

Laura wandte sich mit einem triumphierenden Blick ab und verließ die Laube. „Wie ich sehe, habe ich wenigstens etwas Vernunft in Ihnen geweckt", sagte sie befriedigt. „Ich werde jetzt gehen, bevor die gute alte Condessa zurückkommt und darauf besteht, dass ich zum Abendessen bleibe. Ich habe wirklich keine Lust, mit Ihnen an einem Tisch zu sitzen, Senhorita."

Toni war zu benommen, um etwas zu erwidern, und Laura ging

ohne ein weiteres Wort davon. Toni blieb elend und unglücklich zurück und wünschte sich, sie hätte die Condessa und Francesca auf ihrem Ausflug begleitet. Dann wäre ihr das erspart geblieben. Aber wäre sie dann wirklich glücklicher gewesen? Früher oder später hätte Laura sowieso einen Weg gefunden, sie die Wahrheit über Paul und Elise und den Conde wissen zu lassen, und je länger es gedauert hätte, desto schlimmer wäre es vermutlich geworden.

Nun stand sie, Toni, ohne jegliche Hoffnung da. Wie boshaft musste Laura sein, wenn sie es fertigbrachte, hierherzukommen und ein derartiges Gift zu versprühen! Diese Frau konnte Raoul unmöglich wirklich lieben, konnte ihm nie die Wärme und Leidenschaft entgegenbringen, die er, wie Toni wusste, erwartete. Laura dachte nur an den Reichtum und den Einfluss, der damit verbunden war, die Condessa della Maria Estrada zu sein.

Dennoch konnte Toni Lauras Argumentation nachvollziehen. Der Conde hatte wegen Paul seine Frau verloren und dadurch für den Rest seines Lebens eine tiefe Narbe davongetragen ... und das nicht nur äußerlich. Er musste so verbittert sein, dass er jeden Weg wählen würde, um diese Verbitterung zu lindern. Es war ihr Pech, dass sie im Grunde ja gar nichts damit zu tun hatte. Wenn sie nicht in Pauls verrückten Plan eingewilligt hätte, wäre sie dem Conde nie begegnet und nie in diese komplizierte Geschichte verwickelt worden. Sie war selber schuld.

Als die Condessa und Francesca von ihrem Ausflug zurückkamen, stand Tonis Entschluss fest. Sie würde abreisen, noch heute Nacht, ohne es jemandem zu sagen. Francesca würde sie eine Nachricht hinterlassen und es so einrichten, dass sie schon viele Meilen fort sein würde, bevor man sie auf dem *castelo* überhaupt vermisste.

Sie aß noch mit der Condessa und Francesca zu Abend, bevor sie Kopfschmerzen vorschob und sich in ihr Zimmer zurückzog. Die mitfühlenden Worte der alten Dame und des Mädchens bereiteten ihr einige Gewissensbisse, was sie jedoch nicht von ihrem Entschluss abbringen konnte. In ihrem Zimmer packte sie schweren Herzens ihre Koffer. Dann zog sie sich Jeans und ein Sweatshirt an, warf ihre

Jacke über die Koffer und setzte sich, um zu warten, bis alle anderen im Haus schlafen gegangen waren. Lange überlegte sie, was sie Francesca schreiben sollte. Schließlich schrieb sie ihr nur, dass sie abgereist sei und ihr einen längeren Brief schreiben würde, sobald sie wieder in London war. Sie steckte den Zettel in einen Umschlag, schrieb Francescas Namen darauf und legte ihn zu den Koffern.

Es schien eine Ewigkeit zu dauern, bis es im *castelo* still wurde. Einige Male zuckte sie zusammen, weil sie glaubte, auf dem Flur Schritte zu hören, aber dann war es wieder ruhig. Die Bewohner des *castelo* hatten sich schlafen gelegt.

Toni blickte auf die Uhr. Es war kurz nach Mitternacht, sieben Stunden, bevor das Küchenpersonal seine Arbeit aufnahm, und mindestens acht Stunden, bevor Francesca ihre Nachricht finden würde.

Leise öffnete sie die Zimmertür und lauschte in den Flur hinaus, bevor sie sich den Brief in die Tasche steckte und ihr Gepäck und die Jacke nahm. Lautlos schlich sie über den Flur, an dem Schlafzimmer der Condessa vorbei und die Treppe hinunter. Es war ein bisschen unheimlich, ohne Licht in den endlosen Fluren des Schlosses herumzuschleichen, und sie musste sehr vorsichtig sein, um nicht zu stolpern. In der Halle brannte eine kleine Tischlampe auf einem Beistelltisch. Toni zog den Brief an Francesca aus der Tasche und legte ihn auf den Tisch. Dann öffnete sie die Tür zu dem Flur, der nach draußen führte.

Der Hof lag still und verlassen da. Irgendwo bellte ein Hund. Toni trug ihr Gepäck im Schatten der Schlossmauern zur Garage, die in der Nähe der großen Halle untergebracht war. Man machte sich nie die Mühe, die Garage oder die Autos abzuschließen. Das war hier nicht nötig. Aber das Garagentor quietschte und knarrte furchtbar in den Angeln, sodass Toni angstvoll in die Dunkelheit lauschte. Aber es blieb alles still, abgesehen von dem Hund, der immer noch bellte.

Neben der großen schwarzen Limousine, in der sich die alte Condessa gelegentlich chauffieren ließ, stand der staubige Geländewagen, den einer der Diener bei Bedarf benutzte, um Vorräte in Pareira einzukaufen. Toni entschied sich für ihn. Der Schlüssel steckte, wie sie erwartet hatte. Sie lud ihr Gepäck ein und setzte sich hinters Steuer.

Es kostete sie einige Nerven, bis der Motor endlich ansprang. Mit angehaltenem Atem fuhr sie auf den Hof hinaus und atmete erst ein wenig auf, als sie die schmale Brücke über den Schlossgraben überquert hatte.

Estrada war ein kleines Fischerdorf ohne Anbindung an die Bahn. Deshalb hielt Toni sich in östlicher Richtung nach Pareira, von wo ein Zug nach Lissabon fuhr, wie sie wusste. Obwohl der Mond hell am Himmel stand, war die Fahrt durch die Nacht für sie eine weitere Mutprobe. Seit dem tödlichen Unfall ihrer Eltern war sie nicht mehr Auto gefahren. Zudem kannte sie sich in dieser Gegend kaum aus. Was, wenn sie eine Panne hatte? Sie versuchte, solche Gedanken zu verdrängen und konzentrierte sich auf ihre Rückkehr nach London. Es würde schön sein, ihr kleines, möbliertes Zimmer wieder zu sehen, das die Zimmerwirtin ihr gegen eine geringe Gebühr freihielt. Dann würde sie ihre Freundinnen wiedersehen, die in demselben Haus zur Untermiete wohnten. Und wer weiß, vielleicht würde man sich sogar in der Jobagentur über ihre Rückkehr freuen.

Doch es blieb der Schmerz in ihrem Herzen. Es würde nicht leicht sein, Estrada zu vergessen, das *castelo,* die freundliche alte Condessa, Francesca … und Raoul.

Unglücklich fragte sie sich, wie er wohl reagieren würde, wenn er feststellen musste, dass sie fort war. Er hatte sie unterschätzt, wenn er geglaubt hatte, dass sie geduldig warten würde, bis er sich über sie hermachte.

Ein Hase hoppelte im Licht der Scheinwerfer über die Straße. Toni verriss erschrocken das Steuer, und der Wagen schleuderte bedenklich. Das war ihr eine Lehre, nicht am Lenkrad zu träumen. Sie würde noch genug Zeit haben, über ihre Misere nachzudenken.

Als Pareira in Sicht kam, blickte Toni auf die Uhr. Es war halb drei, und der erste Zug nach Lissabon ging frühestens in vier Stunden. Sie fuhr zum Bahnhof, parkte auf dem Vorplatz und machte es sich in dem Geländewagen einigermaßen gemütlich, um zu warten. Es gab nichts Trostloseres, als in diesen einsamen frühen Morgenstunden allein wach zu sein. Die ganze Welt schien zu schlafen. Endlich sah Toni die ersten rosa Strahlen des Morgengrauens am

Himmel auftauchen und blinzelte plötzlich gegen Tränen an. Wahrscheinlich war dies der letzte Sonnenaufgang, den sie je in Portugal sehen würde.

Sie stieg aus dem Geländewagen und trug ihr Gepäck zur Barriere, die gerade von einem verschlafenen Portugiesen geöffnet wurde.

„Entschuldigen Sie, sprechen Sie Englisch?"

Der Mann sah sie flüchtig an. „Ein wenig."

„Könnten Sie mir sagen, wann der nächste Zug nach Lissabon fährt?"

Der Mann blickte auf die Bahnhofsuhr. „In einer Stunde."

„Haben Sie eine Fahrkarte?"

„Warten Sie", murmelte der Mann und verschwand. Kurze Zeit später kam er mit der Fahrkarte und einem Becher dampfendem Kaffee zurück, wofür sich Toni herzlich bedankte.

Der Zug hatte Verspätung. Und obwohl Toni wusste, dass man sie auf dem *castelo* unmöglich schon vermissen konnte, saß sie wie auf glühenden Kohlen und blickte sich beständig um, ob ihr nicht jemand folgte. Der Bahnhofsschaffner musste sie für völlig verrückt halten.

Verschwitzt, müde und deprimiert kam sie zur Mittagszeit in Lissabon an. Sie ging ins Bahnhofslokal und holte sich ein Sandwich und Kaffee. Dann suchte sie sich eine Telefonzelle und rief am Flughafen an. Man konnte ihr noch einen Flug am späten Abend anbieten, und sie nahm dankbar an. Auf diese Weise konnte sie sich wenigstens das Hotelzimmer für die Nacht sparen.

Den Nachmittag verbrachte sie im Schatten der Nationalbibliothek, nahm gegen Abend noch einen kleinen Imbiss zu sich und fuhr dann mit dem Taxi zum Flughafen. Inzwischen konnte sie kaum noch die Augen aufhalten, und das Gepäck wurde mit jedem Schritt schwerer. Sobald sie auf ihrem Sitz im Flugzeug saß, lehnte sie sich erleichtert zurück und wurde im Nu vom Schlaf übermannt. Die Stewardess weckte sie erst, als die Maschine in London landete.

9. KAPITEL

Mrs. Morris, die Zimmerwirtin, war sehr überrascht, als Toni plötzlich vor der Tür stand.

„Miss Morley! Wollten Sie nicht mindestens sechs Monate in Portugal bleiben?"

Toni seufzte. Es war früh morgens. So lange wie möglich hatte sie auf dem Flughafen herumgehangen, um ihre Zimmerwirtin nicht zu nachtschlafender Zeit zu stören. Aber diese sehr kühle Begrüßung hatte sie nicht erwartet. „Das mit dem Job hat nicht geklappt", sagte sie müde. „Was ist los? Haben Sie mein Zimmer etwa weitervermietet?"

„Nein … jedenfalls nicht direkt, Miss."

Toni konnte sich kaum noch auf den Beinen halten. „Was soll das heißen, Mrs. Morris? Nicht direkt?"

Mrs. Morris verschränkte die Arme vor der hageren Brust. „Nun ja, es ist so, Miss: Meine Tochter Sandra hat ihren Mann verlassen. Es gab Streit … Sie wissen ja, wie junge Leute sind … und da habe ich ihr Ihr Zimmer gegeben."

„Ich verstehe." Toni nickte benommen. „Und meine Sachen?" Es waren nur wenige Erinnerungsstücke, hauptsächlich Bücher und Fotos, die sie behalten hatte, als das Haus nach dem Tod ihrer Eltern verkauft worden war.

„Die habe ich in die große Truhe unter der Treppe geräumt, Miss. Ich konnte doch nicht wissen, dass Sie ohne Vorwarnung so plötzlich zurückkommen würden, oder?"

Toni fühlte sich schrecklich allein und verlassen. Das kleine Zimmer war immer wie eine Zufluchtsstätte für sie gewesen. Jetzt war ihr die auch noch genommen worden. „Nein, Mrs. Morris", sagte sie müde. „Haben Sie vielleicht ein anderes Zimmer?"

„Im Moment nicht. In Nummer zehn wohnt ein Herr, der vielleicht in einigen Tagen auszieht. Dann könnten Sie das Zimmer haben."

„Und bis dahin? Was, schlagen Sie vor, soll ich tun?"

„Das weiß ich auch nicht, Miss", brummelte Mrs. Morris. „Könnten Sie nicht in ein Hotel gehen oder so? Ich meine, Sie kommen doch gerade erst aus Portugal zurück, wo Sie Kost und Logis frei hatten. Da können Sie doch nicht völlig pleite sein, oder, Miss?"

Toni hätte am liebsten geweint und Mrs. Morris angeschrien, dass diese kein Recht gehabt habe, ihr Zimmer ohne ihre Einwilligung weiterzuvermieten, wo sie doch dafür bezahlt hatte. Dass sie auch kein Recht gehabt habe, ihre Sachen in irgendeine Truhe unter die Treppe zu stopfen. Aber Toni war zu müde und zu unglücklich. Wortlos nahm sie ihre schweren Koffer, schüttelte den Kopf und ging langsam zur Tür hinaus.

Mrs. Morris rief ihr noch hinterher: „Wollen Sie denn nun Mr. Bentleys Zimmer, wenn er auszieht?"

Toni blickte sich nicht einmal mehr um. Sie kam sich vor wie eine Obdachlose und hatte Angst, im nächsten Moment einen Weinkrampf zu bekommen und sich völlig zum Narren zu machen. Also ging sie zur Bushaltestelle, fuhr zur Victoria Station, verstaute ihre Koffer in der Gepäckaufbewahrung und machte sich, todmüde, wie sie war, auf die Suche nach einem Job und einer Bleibe.

Spätnachmittags hatte sie beides gefunden. Ein gut verdienendes junges Ehepaar, das in einer großen Wohnung in Bayswater lebte, suchte ein Kindermädchen für seine dreijährige Tochter Susan. Die Agentur hatte bereits drei Bewerberinnen hingeschickt, die die Masons jedoch allesamt als nicht geeignet abgelehnt hatten. Sie wollten eine junge Frau, und Toni entsprach genau ihren Vorstellungen. Sie wurde zunächst für eine Probezeit von einem Monat eingestellt, bekam ein gemütliches Zimmer mit eigenem Bad und musste sich nur um Susan kümmern. Um die übrigen Arbeiten im Haushalt kümmerte sich weiteres Personal, alles in allem also eine vielversprechende, solide Sache.

In den darauffolgenden ruhigen und vergleichsweise glücklichen Tagen fand Toni allmählich zu ihrer alten Selbstsicherheit zurück, und die Masons waren wirklich angenehme Arbeitgeber. Diana Mason war ein viel gefragtes Model und so atemberaubend schön, dass Toni sich keine Gedanken zu machen brauchte, ihr Mann könnte ein Auge auf Susans Kindermädchen werfen. Und trotz ihres Aussehens war Diana herzlich und natürlich. Sie spürte bald, dass das neue Kindermädchen irgendein schmerzliches Geheimnis mit sich herumtrug. Der melancholische Ausdruck in Tonis großen Augen verriet ihr, dass hier ein Mensch war, der einiges mitgemacht haben musste, und das erst kürzlich. Doch als sie behutsam nachfragte, zog Toni sich völlig zurück, und Diana beließ es taktvoll dabei. Sehr zu Tonis Erleichterung, denn sie hatte nicht den Wunsch, jemandem ihr Herz auszuschütten.

Susan war ein kleines rothaariges Mädchen und, abgesehen von gelegentlichen Trotzattacken, die in ihrem Alter normal waren, im Grunde sehr lieb. Andrew Mason führte eine florierende Anwaltskanzlei. Toni dankte dem Schicksal, dass es sie in diese nette, harmonische Familie geführt hatte. Die angenehme Atmosphäre bei den Masons half auch ihrem Seelenfrieden, und innerhalb weniger Wochen hatte sie sich bestens eingelebt.

Wenn sie sich einmal erlaubte, an Raoul zu denken, dann war dies verbunden mit der Angst, er könnte sie eines Tages ausfindig machen und doch noch Rache an ihr nehmen. Die meiste Zeit beruhigte sie sich jedoch mit dem Gedanken, dass diese Verbindung durch ihre Abreise endgültig abgeschnitten worden war.

Lediglich der Gedanke an Pauls Schicksal beunruhigte sie immer noch. Und sie überlegte immer häufiger, ihn anzurufen, um sich Gewissheit zu verschaffen. Eines Abends, als die Masons im Theater waren, konnte sie es nicht länger ertragen, suchte sich seine Nummer aus dem Telefonbuch und wählte mit zittrigen Fingern. Am anderen Ende meldete sich eine junge Frauenstimme.

„Ist … ist Paul Craig da?“, fragte Toni unsicher.

„Wer spricht denn?“, erwiderte das Mädchen kühl.

„Eine Freundin“, antwortete Toni nur. „Ist er da?“

„Ja. Möchten Sie ihn sprechen?“

Wollte sie das? Wollte sie es wirklich? Toni zögerte. „Ich … ja, bitte.“

Sie hörte am anderen Ende ein gedämpftes Wortgefecht, dann meldete sich Paul: „Ja, wer ist denn da?“

„Ich bin's, Paul. Toni Morley."

„Toni! Heiliger Strohsack! Wo, zum Teufel, hast du gesteckt?"

„Wo ich gesteckt habe?", fragte Toni erstaunt. „Das solltest du doch wissen!"

„Du warst wie vom Erdboden verschwunden! Seit drei Wochen!"

„Woher weißt du das denn?"

Diesmal war es an Paul, erstaunt zu sein. „Woher ich das weiß, du meine Güte? Ich weiß es, weil mir mein lieber Onkel seitdem die Hölle heiß macht!"

„Raoul", flüsterte Toni. „Sag, hat er dir gedroht, dich anzuzeigen?"

„Mich anzuzeigen?", wiederholte Paul verblüfft. „Verdammt, er hat mir mit so ziemlich allem gedroht ... aber mich anzuzeigen? Nein. Warum, in aller Welt, sollte er mich anzeigen? Es war doch nicht meine Schuld, dass du verschwunden bist."

„Nein, aber ... das Geld! Was ist mit dem Geld?"

„Was für Geld?"

„Du weißt schon, das Geld, das Raoul dir gegeben hat, als du Estrada verlassen hast."

„Ach, das Geld!", antwortete Paul vergnügt. „Ich hatte keine Ahnung, dass der gute alte Raoul so großzügig sein kann. Es muss ihm wirklich sehr wichtig gewesen sein, mich loszuwerden."

Toni begriff gar nichts mehr. „Ist er ... wieder zurück nach Portugal?"

„Nein, noch nicht. Warum?"

„Reine Neugier", sagte sie nervös.

„He, wo wohnst du jetzt eigentlich?", fragte Paul plötzlich. „Verdammt, häng bloß nicht auf, ohne mir deine neue Adresse zu geben!"

„Warum?"

„Für Onkel Raoul natürlich. Er will ... dich sprechen."

„Nun, ich will ihn aber nicht sprechen", antwortete Toni schroff. Raoul hatte sie also von Anfang an getäuscht. Er hatte nie wirklich vorgehabt, Paul anzuzeigen. „Tschüss, Paul."

„Nein, warte ... he, Toni ..."

Doch sie hatte schon aufgelegt. Einen Moment lang blickte sie benommen auf den Telefonhörer, von beunruhigenden Vorahnungen beschlichen. War es dumm von ihr gewesen, nach London zurückzukehren, wo Raoul natürlich zuerst nach ihr suchen würde … wenn das wirklich der Grund für seine Anwesenheit in London war? Sie hätte nach Leeds, nach Birmingham oder sogar nach Glasgow gehen sollen, nur weit genug weg. Anscheinend hatte das Schicksal es doch gut mit ihr gemeint, als Mrs. Morris ihr Zimmer an ihre Tochter weitervermietet hatte. Wenn sie wieder dort eingezogen wäre, hätte Raoul sie jetzt längst gefunden. Und was dann?

Das Wetter in England wurde rasch kälter. Der Herbst hielt mit Macht Einzug, und die Straßen waren mit buntem Laub übersät. Warm eingepackt in dicke Jacken ging Toni mit Susan in den Zoo. Vor allem von den zottigen Bären konnte die Kleine nicht genug kriegen. Immer wieder zog es sie zu dem Bärengehege, und während Toni sich an dem Vergnügen des Mädchens freute, fragte sie sich unwillkürlich, wie es wohl sein würde, mit einem eigenen Kind in den Zoo gehen zu können. Das würde natürlich auch davon abhängen, wer der Vater dieses Kindes wäre, aber da sie jetzt vermutlich sowieso nicht mehr heiraten würde, würde sie es wahrscheinlich nie erfahren.

Am späten Nachmittag kamen sie mit von der Kälte geröteten Wangen wieder in der Wohnung in Bayswater an. Diana war zu Hause und öffnete ihnen fröhlich die Tür.

„Hi, Darling", begrüßte sie ihre Tochter. „Hat es Spaß gemacht?"

„Ja, Mummy, und wir haben ganz große Bären gesehen!" Susan hüpfte aufgeregt herum, während Toni ihr die Jacke auszog. „Können wir noch mal hin?"

„Sicher, Darling, später. Ach Toni, da ist Besuch für Sie."

Toni wurde kreidebleich. Diana fasste sie besorgt am Arm. „Toni? Was ist mit Ihnen? Wovor haben Sie Angst?"

„Nichts, nichts." Toni schüttelte den Kopf. „Wer … wer ist es, Mrs. Mason?"

„Nun, Darling, er behauptet tatsächlich, ein Graf zu sein."

Am liebsten wäre Toni zur Tür hinaus und davongelaufen. Aber in diesem Moment wurde die Tür zum Salon geöffnet und Raoul erschien auf der Schwelle. Er sah sie nur an, und Toni wusste, dass die Tage des Weglaufens vorbei waren.

„Nun, Toni“, sagte er sanft. „Jetzt habe ich dich endlich gefunden.“

Diana blickte von einem zum anderen, nahm die widerstrebende Susan und verschwand mit ihr im Salon. Toni wollte sich die Jacke ausziehen, aber der Conde sagte schroff: „Warte, wir gehen nach draußen. Hier können wir nicht reden.“

Toni senkte den Kopf und wartete, bis er sich seinen Mantel angezogen hatte. Bekleidet mit einem dunklen Anzug und einem feinen Kaschmirmantel darüber, sah er wieder atemberaubend attraktiv aus, obwohl Toni den Eindruck hatte, dass er dünner geworden war und dunkle Schatten unter den Augen hatte.

Wortlos schob er sie zur Tür, die Treppe hinunter und hinaus in das graue Zwielicht dieses Oktobernachmittags. Sie überquerten den Hof vor den Luxuswohnungen, und Raoul öffnete die Beifahrertür eines dunkelgrünen Sportcoupés. Er half Toni beim Einsteigen und setzte sich dann hinters Steuer. Im Innern des Wagens war sie ihm so nahe, dass es ihr heiß und kalt über den Rücken lief.

Raoul startete den Motor und lenkte den Wagen in den Verkehr hinaus. Er konzentrierte sich ganz auf die Straße, sodass Toni reichlich Gelegenheit hatte, ihn zu betrachten und sich zu fragen, was er wohl von ihr wollte.

Schließlich fuhr er auf den Parkplatz eines kleinen Parks in der Nähe der Themse, stellte den Motor ab und atmete tief ein. „Warum hast du das getan?“, fragte er heiser.

„Ich nehme an, du meinst meine überstürzte Abreise?“

„Natürlich!“

„Wenn du darüber nachdenkst, kommst du selber drauf. Du hattest nie die Absicht, Paul anzuzeigen! Du hast diese Drohung nur benutzt, um mich in Estrada festzuhalten.“ Toni blickte aufgebracht zum Fenster hinaus.

„Hast du dich denn nie gefragt, warum ich mir solche Mühe geben sollte, dich dort zu behalten?", stieß er wütend aus. „Verdammt, Toni, sieh mich an!"

Sie blickte weiterhin zum Fenster hinaus. „Du hast mir doch gesagt, warum du mich dortbehalten hast, erinnerst du dich nicht?"

„Und du hast das ... von mir geglaubt?"

Jetzt drehte sie sich zu ihm um und sah ihn an. „Was soll das heißen? Natürlich habe ich es geglaubt. Du hast es doch ernst gemeint!"

„Wenn ich es ernst gemeint hätte, glaubst du, dann wärst du jetzt immer noch ..." Er verstummte und stieß einen unterdrückten Fluch aus. „Toni, ich habe dich begehrt, Gott weiß, wie sehr ich dich begehrt habe! Meinst du wirklich, ich hätte mich zurückgehalten, wenn ich tatsächlich geglaubt hätte, du wärst eine ... so erfahrene Frau?"

Tonis Herz pochte schneller. „Was willst du damit sagen? Ach, ich begreife überhaupt nichts mehr!"

Er atmete tief ein. „Nein, das tust du anscheinend wirklich nicht!" Ehe sie sich's versah, zog er sie zu sich heran und barg das Gesicht in ihrem seidigen Haar. „Oh Toni! Was hast du mir angetan?"

Toni wandte den Kopf und sah das leidenschaftliche Leuchten in seinen dunklen Augen. „Raoul?", flüsterte sie heiser. „Du ... du redest doch Unsinn!"

„Tu ich das?" Er strich sich mit zittriger Hand durchs Haar. Toni hatte ihn noch nie so gesehen. Er war immer so abgeklärt und beherrscht gewesen ... außer, wenn er sie geküsst hatte, und selbst dann hatte sie das Gefühl gehabt, nur Leidenschaft anstatt echtem Gefühl zu spüren. „Was willst du denn hören?", flüsterte er rau. „Es ist doch ziemlich offensichtlich, was mit mir los ist, oder?"

Toni schüttelte den Kopf. Sie wollte glauben, was ihr Herz ihr sagte, doch sie wagte es nicht. Zu viel war passiert. Zu viele Fehler. Zu viele Missverständnisse. Wie sollte aus diesem Chaos noch etwas Gutes entspringen?

Raoul drückte sie erneut an sich. „Schon gut, schon gut", sagte er ruhiger, „du verdienst eine Erklärung. Aber sag mir zuerst, dass ich mich nicht geirrt habe: Du liebst mich doch ein wenig, oder, Toni?"

Sie zögerte. „Warum sollte ich dir diese Genugtuung geben?“, fragte sie unsicher.

„*Por deus!* Deshalb!“ Er beugte sich herab und küsste sie so leidenschaftlich, wie er sie noch nie zuvor geküsst hatte. Sie spürte, wie er in ihren Armen erschauerte. Dann blickte er auf und ließ die Finger zärtlich durch ihr Haar gleiten. „Du siehst, wie es um mich steht“, sagte er heiser. „Ich habe so etwas noch nie erlebt. Ich liebe dich, ich brauche dich, ich kann nicht mehr ohne dich leben! In den vergangenen Wochen war ich wie von Sinnen, weil ich nicht wusste, wo du bist.“

„Du ... du hast mich also wirklich gesucht?“, fragte Toni, immer noch vorsichtig.

„Ob ich dich gesucht habe? Seit dem Tag, als ich von deiner Abreise erfuhr, habe ich nichts unversucht gelassen, dich zu finden!“

„Aber warum? Warum konntest du mich nicht einfach gehen lassen? Ich meine, du hast doch Laura ...“

„Erwähne ihren Namen nicht mehr vor mir“, sagte er eisig. „Wir haben festgestellt, dass wir nichts gemeinsam haben!“ Toni spürte seinen kalten Zorn und erschauerte. „Sie hat mit dir gesprochen an dem Tag, bevor du abgereist bist, nicht wahr?“

Toni nickte.

„Ich weiß von Luisa, dass Laura dich aufgesucht hat. Es kam ihr seltsam vor, dass die Senhora schon wieder ging, bevor meine Mutter und Francesca zurück waren. Ich habe Laura zur Rede gestellt und die Wahrheit von ihr erfahren.“

„Und ... wie hast du mich gefunden?“, fragte sie.

Er sah sie an. „Warte, zuerst muss ich dir einige Dinge erklären. Ich muss bei jenem Tag in Lissabon beginnen, als ich dich fast mit dem Auto überfahren hätte. Ich war so wütend auf dich, und du warst so ... so anders als all die anderen Frauen, die ich kannte. Ich fühlte mich auf Anhieb zu dir hingezogen und bildete mir ein, ein ähnliches Gefühl auch bei dir zu spüren. Ob du es glaubst oder nicht, am nächsten Tag ging ich in dein Hotel, um mich nach dir zu erkundigen. Als ich hörte, du seist bereits abgereist, konnte ich mir nicht verzeihen, dich nicht noch am selben Abend aufgesucht zu haben.

Aber der Inhaber der *pensão* nannte mir deinen Namen: Senhorita Morley. Antonia Morley."

„Dann wusstest du es ..."

„Von Anfang an, ja. Ich war wütend, als ich nach Estrada kam und dich dort in der Rolle als Pauls Verlobte vorfand. Eine solche Schmierenkomödie hatte ich dir nicht zugetraut. Und als Laura mir dann noch erzählte, sie hätte dich bei den de Calles gesehen, wurde ich erst recht neugierig."

„Bist du deshalb nach Lissabon gefahren?"

„Ja ... und kam zurück, als du nach dem Unfall verletzt im Bett lagst. Du kannst dir nicht vorstellen, welche Gefühle mich damals bewegten. Ich wollte dir wehtun ... nicht nur, weil du mich getäuscht hattest, sondern auch, weil du anscheinend eine von den Frauen warst, die sich an einen Mann wie Miguel de Calle heranmacht!"

„Aber das war doch niemals wahr!", rief Toni verzweifelt aus.

„Das weiß ich inzwischen auch. Aber dazu komme ich später. Damals sah ich die Fakten nur so, wie sie sich mir darstellten, und sie ergaben ein ziemlich mieses Bild. Und dann sah ich dich so daliegen, so hilflos und verletzlich, und es wurde mir klar, dass ich dich nicht nur körperlich begehrte. Deshalb wollte ich dir eine Lektion erteilen und dabei selbst herausfinden, ob du wirklich so schlecht warst, wie man mich glauben machen wollte. Deshalb musste ich dich auf dem *castelo* halten, verstehst du, um dich besser kennenlernen zu können. Wenn ich dich dabei bedroht und gekränkt habe, dann wirst du mir hoffentlich verzeihen. Ich fühlte mich selber tief gekränkt, und das war eine völlig neue Erfahrung für mich."

„Also machtest du mich zu Francescas Erzieherin."

Er lächelte flüchtig. „Ja, das war eine echte Eingebung!"

„Und Paul?"

Das Lächeln verschwand. „Laura hat dir von Elise erzählt?"

„Ja."

„Dann wirst du ja verstehen, was ich von Paul halte. Elise und ich, wir haben uns nie wirklich geliebt, sondern waren eher wie Freunde, die zusammenlebten. Nur Francesca zuliebe habe ich um unsere Ehe gekämpft. Paul meinte es nicht ernst mit Elise, das war mir sofort klar, aber sie wollte es mir nicht glauben." Er seufzte. „Aber das alles ist längst Vergangenheit. Was jetzt zählt, ist unsere Zukunft, Toni. Zugegeben, ich habe die Sache mit Paul als Druckmittel benutzt, um dich in Estrada festzuhalten. Aber nur, weil ich fürchtete, du könntest gehen, obwohl ich dir auch nicht gleichgültig war. Du ... du liebst mich doch, Toni, oder?"

Toni schluckte. „Ja, ich liebe dich", sagte sie heiser, „aber ich werde nie mit dir zusammenleben."

Selbst im Halbdunkel des Wagens sah sie sein entsetztes Gesicht. „Deus, warum? Warum, Toni?"

„Ich will ein Zuhause, ein richtiges Zuhause ... eine Familie. Kinder", flüsterte sie.

„Und das kann ich dir nicht bieten? Meinst du das?"

„Kannst du es denn?" Sie sah ihn herausfordernd an.

„Natürlich. Wenn das *castelo* dir nicht gefällt, können wir auch in Lissabon leben ..."

„Raoul, bitte!" Sie hielt sich die Ohren zu.

Er betrachtete sie erschrocken. „Ist eine Heirat mit mir denn ein so abstoßender Gedanke? Ist es doch die Narbe ... auch wenn du es schon einmal bestritten hast?"

Toni wollte ihren Ohren nicht trauen. „Heirat?", hauchte sie. „Hast du eben von Heirat gesprochen?"

„Von was denn sonst?" Jetzt dämmerte es ihm. „Du liebe Güte, Toni, hast du etwa geglaubt, ich hätte etwas anderes gemeint?"

„Ja", flüsterte Toni mit Tränen in den Augen.

„Du bist wirklich verrückt!" Raoul drückte sie an sich. „Aber ich habe es nicht anders verdient. Verzeih mir, *querida*, verzeih mir!"

Sie legte ihm die Arme um den Hals und küsste ihn innig, bis Raoul aufblickte und heiser bat: „Toni, bitte, ich bin auch nur ein Mann, und ich begehre dich so sehr ..."

Errötend wich sie ein wenig von ihm zurück. „Oh Raoul, ich liebe dich, und ich werde dich heiraten, wann immer du willst."

„Bald. Sehr bald", flüsterte er zärtlich. „Ich brauche dringend einen Urlaub, und den werden wir zusammen verbringen, ja?"

„Oh ja! Aber wie hast du mich denn nun gefunden?“, erkundigte sie sich neugierig.

Raoul lehnte sich bequem zurück. „Als Francesca deine Nachricht gefunden hatte, rief sie mich sofort an. Leider war ich nicht im Büro und erfuhr deshalb erst am nächsten Tag von deinem Verschwinden, sonst hätte ich dich noch am Flughafen abpassen können. So aber erfuhr ich von der Fluggesellschaft nur, dass du am Abend zuvor in der Maschine nach London gesessen hattest. Ich buchte sofort einen Flug nach London und holte mir bei den de Calles deine dortige Adresse. Bei der Gelegenheit habe ich auch Miguel zur Rede gestellt. Wir waren allein, und er besaß sogar die Unverfrorenheit, mit seiner ‚Eroberung‘ zu prahlen. Aber, glaub mir, er hat nicht lange geprahlt!“

Toni schmiegte sich an ihn. „Weiter!“

„In London sagte mir dann deine Zimmerwirtin, du hättest dich sehr seltsam benommen, weil sie dein Zimmer an ihre Tochter gegeben hätte. Danach hatte ich deine Spur verloren. Paul hatte auch keine Ahnung, wo du stecken konntest. Ich habe unzählige Jobagenturen abgeklappert, und erst heute die richtige gefunden, die dir deinen neuen Job bei den Masons vermittelt hat. Natürlich fuhr ich sofort zu der Adresse. Mrs. Mason war sehr höflich und verständnisvoll, obwohl sie mir nicht wirklich geglaubt hat, dass ich ein Graf bin. Ich muss sehr aufgebracht und erschöpft gewirkt haben ... und so habe ich mich auch gefühlt!“ Er seufzte. „Sogar jetzt kann ich immer noch nicht glauben, dass die Zeit der Suche und des Wartens endlich vorbei ist. Tu mir das nie wieder an, Toni. Ich könnte es nicht noch einmal ertragen!“

Toni küsste ihn zärtlich auf die Wange. „Und was wird Francesca dazu sagen?“

Er lächelte. „Ich nehme an, Francesca kann ich, was meine Gefühle für dich betrifft, nichts mehr vormachen. Ich war wie von Sinnen, als ich vor einer Woche kurz in Estrada war, um herauszufinden, ob man dort etwas von dir gehört hätte.“

„Und? Wird sie etwas dagegen haben?“ Toni ließ nicht locker.

„Ich glaube nicht. Sie war lange Zeit ein sehr einsames Kind. Es wird ihr gefallen, einige Brüder und Schwestern zu bekommen, um die sie sich kümmern kann."

Toni strahlte überglücklich. „Das klingt wundervoll!"

„Und genauso wird es auch sein", versprach Raoul ihr, und sie wusste, dass sie ihre Zukunft in seine Hände legen konnte.

– ENDE –

Margaret Rome

Ein portugiesisches Märchen

Roman

Aus dem Amerikanischen von
Irmgard Sander

MIRA®

1. KAPITEL

He, Mädels, ich hab' nur noch eine Woche bis zum Urlaub. Dann heißt es adé Bisquit-Gebäck und grüß' dich, Torremolinos!"

Ein Dutzend Köpfe hoben sich, ein Dutzend Rücken streckten sich. Die grelle Stimme übertönte den Maschinenlärm. Über das laufende Förderband hinweg, an dem flinke Hände Kekse in Dosen packten, drang die Stimme bis in die letzte Ecke der großen Halle.

„Und ich muss noch einen Monat warten", seufzte eine zweite Packerin. „Wir wollen dieses Jahr nach Mallorca. Mein Ted hat genug von Torremolinos. Er sagt, da gibt's nur Chips und Spielsalons." Sie richtete sich auf. „Ted findet, Mallorca hat mehr Klasse!"

Ein stürmisches Gelächter folgte dieser Äußerung.

„Du weißt doch genauso gut wie wir, Kate", mischte sich eine weitere Kollegin am Ende des Förderbandes ein, „dass dein Ted bereits vierundzwanzig Stunden nach der Ankunft so viel getankt haben wird, dass er nicht mehr weiß, ob er sich auf Mallorca oder in Blackpool befindet!"

Kate senkte den Kopf und wagte nichts zu erwidern. Die Atmosphäre blieb gespannt. Es war eine halbe Stunde vor Feierabend und Wochenende. Die Arbeiterinnen schienen alle aufgestauten Aggressionen noch abreagieren zu müssen.

Iris zuckte ein wenig zusammen, als sie den ironisch-bösen Blick einer Kollegin ihr gegenüber bemerkte.

„Na und du, meine Gnädige, Fräulein Rührmichnichtan", fragte Lynne, die ihr gegenüberstand, „welches exotische Ferienland hat denn die Ehre deiner Wahl gefunden?"

Iris zwang sich, freundlich zu antworten.

„Ich habe mich noch nicht entschieden."

Es war wohl vergeblich zu hoffen, dass diese Kollegin sie in Ruhe lassen würde. Lynne hatte sie von Anfang an aufgezogen und schikaniert.

„Hört euch das an, Mädels! Sie hat sich noch nicht entschieden", wiederholte Lynne in arrogantem Ton. Mit entsprechenden Gesten parodierte sie weiter. „Es ist schwierig, wisst ihr, wenn man sich zwischen den Kanarischen Inseln, den Bahamas und Südfrankreich entscheiden muss."

Iris wollte sich wehren, doch dagegen kam sie nicht an. Zum Glück reagierten die Kolleginnen nicht so, wie Lynne es sich gewünscht hatte. Vielleicht war es der hilflose Gesichtsausdruck von Iris, die zitternde Unterlippe, die die anderen davon abhielten, nun ebenfalls über sie herzufallen. Vielleicht spürten sie, dass Iris gar nicht so beherrscht und kühl war, wie sie sich immer gab.

„Hör schon auf", rief eine der Packerinnen, „Sie kann doch nichts dafür, dass sie immer in den Wolken schwebt."

„Jawohl, du hörst sofort mit dieser Hänselei auf", forderte eine kühle Stimme hinter Iris, „such dir dafür jemanden aus, der sich wehren kann."

Iris erkannte die Stimme ihrer Freundin Dinah. Sie wandte sich um und rief: „Ich kann mich schon wehren, Dinah, misch dich nicht ein."

Doch als Iris den bösen Blick von Dinah sah, verließ sie der Mut schon wieder. Das war für Lynne ein neues Stichwort.

„Ganz richtig. Warum lässt du sie nicht in Ruhe? Musst du denn immer wie eine Glucke um sie herum sein? Sie kann sich selbst verteidigen. Sie ist auch nichts Besseres als wir. Und du schon gar nicht." Lynne holte Atem. „Im Gegenteil, wir haben Familien, die sich um uns kümmern, während man euch zwei in ein Waisenhaus gesteckt hat."

Alle blickten Dinah an, die aussah, als wollte sie Lynne erwürgen. Doch es dauerte nur wenige Sekunden, dann hatte Dinah sich wieder gefangen. Sie wurde sichtlich ruhiger. Iris war erleichtert. Dinahs ironisches Lächeln traf Lynne viel mehr, als ein Wutausbruch es getan hätte.

„Richtig, wir sind in einem Waisenhaus erzogen worden, doch wir sind herausgekommen, und nun sind wir frei. Während du, meine Liebe, freiwillig im Armenhaus lebst."

„Mein Mann verdient sehr wenig", verteidigte sich Lynne, „davon können wir noch nicht einmal die Miete für eine Wohnung. bezahlen."

„Und doch hast du ihn geheiratet." Dinahs Ton war milde, doch Iris spürte genau die versteckte Boshaftigkeit.

„Es gibt Gott sei Dank noch Frauen, die Liebe höher einschätzen als Geld", kam eine andere Packerin Lynne zu Hilfe.

„Und wieder andere sind vernünftig genug, nur da zu lieben, wo auch Geld hintersteckt", konterte Dinah sofort.

Erleichtert hörte Iris die Glocke, die den Feierabend ankündigte. Alles drängte dem Ausgang entgegen. Das Förderband blieb stehen.

Iris war eine der Letzten, die ihre Karte in die Stechuhr steckten. Dinah wartete schon am Ausgang auf sie.

Nach fünf Jahren in einem gemeinsamen Zimmer im Waisenhaus hatten sie vor Kurzem beschlossen, ihren Verdienst zusammenzulegen und sich eine eigene Wohnung zu mieten.

Auf dem Heimweg von der Fabrik stellte Iris wieder einmal fest, dass Dinah so ganz anders als früher war. Seit Tagen war es ihr schon aufgefallen. Wenn Dinah sich unbeobachtet glaubte, stahl sich eine nachdenkliche Falte zwischen ihre Brauen. Iris hatte bisher nicht nach dem Grund gefragt, sie wusste genau, Dinah würde ihr alles erzählen, wenn sie den Zeitpunkt für gekommen hielt.

Im Einkaufszentrum sagte Dinah plötzlich zu ihr: „Komm Iris, lass uns einmal über unseren Schatten springen! Wir kaufen uns Steaks, Salat und eine Flasche Wein und feiern beide heute Abend ein Fest. Ganz für uns."

„Steaks sind sündhaft teuer. Und Wein? Was willst du denn feiern?", fragte Iris erstaunt.

„Wir sind jung, gesund und verhältnismäßig glücklich – ist das nicht Grund genug?"

Iris sah ein, dass es besser war, diplomatisch zu bleiben.

„Natürlich sind wir das", lächelte sie.

Dinah entschied sich für dicke, saftige Filet-Steaks, deren Preis Iris aufstöhnen ließ. Dann kauften sie Salat und französisches Weißbrot. Beim Wein konnten sie sich über die Marke nicht recht einig werden.

„Schließen wir einen Kompromiss", fand Iris, „nehmen wir einen Mateus Rosé."

Dinah war einverstanden. Mit den Tüten schwenkend, traten sie übermütig den Heimweg an.

„Übrigens", fragte Iris, kurz bevor sie ihr Haus erreichten. „Gehst du heute nicht mit Gordon aus?"

Dinahs Gesicht verdüsterte sich ein wenig.

„Nein. Heute nicht. Ich dachte, du würdest mir vielleicht heute meine Haare machen?"

„Natürlich, sehr gern. Ich dachte nur, weil heute doch Freitag ist. Da bist du doch sonst immer mit Gordon zusammen."

„Verdammt noch mal. Heute aber nicht", rief Dinah, und es sah fast so aus, als wollte sie mit dem Fuß aufstampfen.

Dinah murmelte noch immer Verwünschungen, als sie den Schlüssel in das Schloss steckte, um die Haustür aufzuschließen. Dann rauschte sie sofort in die kleine Küche und übersah einen Brief, der auf dem Boden hinter der Tür lag. Iris bückte sich zwar und hob ihn auf, doch sie war von Dinahs Gefühlsausbruch einfach viel zu betroffen, um richtig hinzusehen. Sie registrierte nur, dass der Umschlag ziemlich offiziell aussah und legte ihn dann auf die Seite.

Iris fror und fühlte sich ein wenig verletzt. Dinah wechselte wirklich in letzter Zeit ständig die Stimmung. Einen Tag war sie fröhlich, am nächsten Tag missgelaunt oder depressiv.

„Ich mache den Salat", lachte Dinah schon wieder, „und du brätst die Steaks, einverstanden?"

Na schön, dachte Iris, der Augenblick ist vorbei. Sie wird mir sicherlich nichts weiter erzählen.

„Warum hat diese Lynne dich heute eigentlich wieder so aufgezogen?", fragte Dinah, als wollte sie die Unterhaltung in eine andere Richtung lenken.

„Lynne? Ach ich weiß nicht recht. Sie war schon immer unfreundlich zu mir. Aus irgendeinem unerfindlichen Grund kann sie mich nicht leiden."

Dinah lachte. „Ja, du hast ein Talent, sie alle hochzubringen."

„Ich? Wieso?"

„Erinnerst du dich nicht?" Dinah blickte die Freundin fragend an. „Nein, ich glaube, du hast es nicht einmal bemerkt. Förmlichkeit gehört zu deinem Naturell. Du kannst den Mädchen nicht die ganze Schuld geben, wenn sie glauben, du behandelst sie von oben herab. An unserem ersten Tag in der Fabrik bist du zu jeder einzelnen Arbeiterin hingegangen und hast dich vorgestellt: Mein Name ist Iris Jane Mighty. Und das in so förmlicher, unpersönlicher Weise, dass sie alle sofort spürten, dass sie sich bei dir ja keine Freiheiten herausnehmen könnten." Dinah zuckte mit den Schultern. „Kein Wunder, dass sie dir den Spitznamen Fräulein Rührmichnichtan gegeben haben."

„Das war wirklich nicht fair", verteidigte sich Iris. „Ich habe mich nur vorgestellt, so wie ich es gelernt habe."

„Ich weiß das", stimmte Dinah zu, „doch die anderen wussten es nicht. Sie glauben, du hältst dich für etwas Besonderes. Und in den Augen Lynnes etwas Besonderes zu sein bedeutet, angegriffen und gehänselt zu werden."

Iris merkte, wie ihr die Augen feucht wurden. Sie versuchte, die Tränen zu unterdrücken, während sie den Tisch deckte.

„Vier Jahre habe ich immer wieder versucht, von ihnen akzeptiert und in die Gemeinschaft aufgenommen zu werden, und immer noch behandeln sie mich wie einen Außenseiter. Dieser verdammte Spitzname wird mir wohl ewig anhängen."

„Mach dir nichts draus!", rief Dinah und stellte die Salatschüssel auf den Tisch. „Es ist nicht deine Schuld. Deine Mutter hat dir keinen Gefallen damit getan, dich auf eine Privatschule zu schicken. So warst du immer allein, und deine Mutter hat ihre ganze freie Zeit nur ihrem Schönheitssalon gewidmet."

Iris war von der Erwähnung ihrer Mutter getroffen. Denn die Mutter hatte ihr alles bedeutet.

„Die Krankheit meiner Mutter kam so plötzlich, so unerwartet. Vorher war sie niemals auch nur einen Tag krank gewesen. Wie hätte sie also an einen so frühen Tod denken können?"

„Ich wollte nicht kritisieren, Iris ..."

„Alles, was sie tat und plante, gipfelte allein darin, dass ich es einmal besser haben sollte. Fast ihr ganzer Verdienst ging an die verschiedenen Institutionen, in denen ich ausgebildet wurde. Privatschule, Ballett-Unterricht, Musik-Unterricht, Tenniskurse. Und in der wenigen Zeit, die ihr und mir gemeinsam blieb, lehrte sie mich die Kunst der Schönheitspflege. Ach Di, sie wollte eine Dame aus mir machen. Gott sei Dank starb sie“, schluchzte Iris, „ohne zu erfahren, dass ihre Tochter in ein Heim gesteckt wurde.“

Dinah betrachtete Iris im Kerzenlicht. Mitleid und Traurigkeit stiegen in ihr auf, dass eine solche Schönheit wie Iris so im Verborgenen leben musste.

Ganz abgesehen von den Grundlagen bester Erziehung durch die Mutter war Iris' Charme unverkennbar. Ihr ovales, zartes Gesicht war atemberaubend lieblich, die geschwungenen Brauen fein gefiedert, lange dunkle Wimpern beschatteten die großen grünen Augen.

„Tut mir leid, dass ich taktlos war.“ Dinah räusperte sich. „Ich wollte keine schmerzlichen Erinnerungen wecken.“

Iris blickte auf und lächelte wieder.

„Schon gut, Dinah, vergeben – unter einer Bedingung.“

„Und die wäre?“

„Du erzählst erst einmal, was dich bewegt und was dich so verändert hat.“

Eine Sekunde erstarrte Dinah. Nach einer kleinen nachdenklichen Pause verzog sie dann den Mund und lächelte mühsam.

„Dir habe ich niemals etwas verheimlichen können“, gestand sie. „Selbst wenn ich es versuchte. Na gut, es geht um Gordon.“

„Du hast ihn wieder einmal sitzenlassen?“ Es klang bedauernd. „Das tust du wenigstens einmal im Monat. Und dann kommt ihr doch wieder zusammen.“

Dinah vermied es, Iris anzublicken. Sie wandte ihr Gesicht ab, und Iris entdeckte Tränen in Dinahs Augen. Das hatte sie noch nie erlebt. Selbst im Waisenhaus hatte Dinah stoisch und tapfer viele Ungerechtigkeiten über sich ergehen lassen. Bei allen Kindern galt sie als hart und unempfindlich. Es musste etwas wirklich Gravierendes passiert sein.

„Dieses Mal ist es nicht ganz so einfach, Iris. Ich fürchte, die Kluft zwischen Gordon und mir ist so groß geworden, dass wir sie nicht mehr überbrücken können. Er soll befördert werden, was er wirklich verdient, nachdem er so hart studiert hat." Dinah zerkrümelte ein Stückchen Brot. „Doch das bedeutet den Umzug in eine andere Stadt, wo er eine Filiale seiner Bank übernehmen soll." Dinah blickte Iris an. „Der verdammte Idiot bildet sich doch tatsächlich ein, ich würde ihn sofort heiraten und mit ihm gehen ...", es klang wie ein verhaltenes Schluchzen.

Es entstand eine lange Pause. Iris erkannte, dass Dinah keineswegs aus verletztem Stolz, oder weil sie ihre ungeliebte Arbeit in der Fabrik aufgeben müsste, nicht heiraten wollte.

Der einzige Grund, den Mann, den sie liebte, nicht zu heiraten, war die Loyalität gegenüber der Freundin, von der sie annahm, sie sei zu weich und unsicher, um ihr Leben allein zu meistern.

„Oh, wie schade!", rief Iris und konnte fast nicht glauben, dass diese kühle und unpersönliche Stimme ihr gehörte. „Wenn du Gordon nicht heiraten willst, muss ich ja meine eigenen Pläne auch ändern." Iris bemühte sich, ihre Erklärung wie ein Geständnis klingen zu lassen.

„Wie es aussieht, habe ich mich wohl geirrt, denn ich dachte immer, eines Tages früher oder später würdest du Gordon doch heiraten, also musste ich doch an meine Zukunft denken."

Sorgfältig schnitt sie den Docht einer der halb heruntergebrannten Kerzen ab und verschaffte sich so eine kleine Denkpause.

„Ich hatte mich also für diesen Fall entschlossen, in der Fabrik zu kündigen. Immer schon hatte ich das Gefühl, meine Mutter würde enttäuscht sein, dass ich alles, was sie mir an Bildung angedeihen ließ, so vernachlässige." Je mehr Iris sich in die Geschichte hineinsteigerte, desto sicherer wurde sie. „Da ich auf dem Gebiet der Kosmetik und Schönheitspflege noch viel dazulernen muss, habe ich Kontakt mit einer früheren Kollegin meiner Mutter aufgenommen. Sie hat mir eine Stellung in ihrem Salon in London angeboten."

„Und nur meinetwegen willst du das Angebot nicht annehmen?", rief Dinah aufgeregt. „Nein, Iris, das darfst du nicht. Auf keinen Fall.

Ich … ich möchte Gordon ja heiraten … ich liebe ihn!“

Lachend und weinend zugleich sprang Dinah auf, lief zu Iris um den Tisch, umarmte sie, und tanzte mit ihr durch das Zimmer.

„Oh, Iris“, jubelte Dinah, „ist das Leben nicht wunderbar? Es ist so herrlich, wenn Träume wahr werden!“

2. KAPITEL

Als sich das Flugzeug senkte, konnte Iris die tief unter ihr liegenden Häuser und Straßen von Lissabon erkennen. Die Stadt zog sich über die sanften Hügel bis zu den Ufern des blauen Tejo. Portugal! Iris schluckte. Es war überwältigend, und es war auch ein bißchen zum Lachen. Sie hatte sich vom Etikett einer Weinflasche zu dieser Reise inspirieren lassen.

Wie war sie nur in dieses Abenteuer hineingeraten?

Nach Stunden, in denen sie mit Dinah Hochzeitspläne schmiedete, war ihr der Brief wieder eingefallen, den sie achtlos auf einen Nebentisch gelegt hatte.

Iris hatte den Umschlag geöffnet und beinahe verstört den Brief gelesen.

„Di!“, hatte sie gerufen, „hier lies. Was hat das zu bedeuten?“

Dinah hatte ihr über die Schulter geschaut.

„Iris! Das Los, das du gekauft hast – du hast einen Preis gewonnen – fünftausend Pfund!“, hatte Dinah aufgeregt geschrien.

Mit dem Geld hatte Iris für Dinah und Gordon ein schönes Hochzeitsgeschenk gekauft, ihre eigene Garderobe aufgefrischt und nach der Kündigung in der Fabrik diese Reise gebucht. Erst danach wollte sie darüber nachdenken, wie sie ihr weiteres Leben gestalten würde.

„Passaporte, Senhorita, por favor!“

„Wie bitte?“ Mit großen Augen starrte Iris den Beamten an.

„Oh, ja, natürlich. Einen Augenblick“, murmelte sie. Voller Panik über den misstrauischen Blick des Uniformierten begann sie in ihrer Handtasche zu suchen.

„Lassen Sie sich ruhig Zeit, Senhorita. Wir sind die Letzten in der Schlange, und mir macht es nichts aus zu warten“, hörte Iris hinter sich eine amüsierte männliche Stimme. Als sie sich umwandte, um zu sehen, wer sie da ansprach, fiel ihr die Handtasche aus den nervösen Händen und der gesamte Inhalt rollte über den Boden.

„Oh, nein!“, rief Iris aus.

Der Fremde bückte sich hilfsbereit zur gleichen Zeit, dabei stießen sie hart mit den Köpfen aneinander. Ein scharfer Schmerz zuckte durch Iris' rechte Schläfe, schwarze Punkte tanzten vor ihren Augen, sie fiel nach hinten.

Starke Arme fingen sie auf. Wie von weit her hörte sie fremde Worte, die offenbar eine Entschuldigung sein sollten.

„Lamento! Que peng! Es tut mir außerordentlich leid, menina."

Als Iris die Augen öffnete, neigte sich das Gesicht eines Mannes über sie. Einen Moment starrte sie sprachlos in die blauesten Augen, die sie jemals gesehen hatte.

Sie seufzte und versuchte, sich aus dem stützenden Halt dieser Arme zu lösen. Der Mann war elegant gekleidet, hatte schwarzes, volles Haar, ein scharfgeschnittenes Gesicht und einen dunklen Teint.

Er sieht aus, dachte Iris, wie ein Pirat, der sich als Bürger verkleidet hat. Oder wie ein Beduine, wie einer jener Aristokraten aus der Wüste, die so arrogant und selbstsicher sind, dass sie glauben, sie brauchen als Gesellschaft nur die funkelnden Sterne am Nachthimmel.

„Mein Gott, Sie waren ohnmächtig, Senhorita. Geht es Ihnen wieder besser?"

Merkwürdigerweise war er ebenso betroffen wie sie selbst. Es kam Iris vor, als wäre die Erde explodiert, hätte sie durch das Universum geschleudert und einem faszinierenden Bewohner eines fremden, unbekannten Planeten direkt vor die Füße geworfen.

„Rufen Sie ein Taxi", hörte Iris den Mann sagen. „Und stellen Sie auf dem Kofferanhänger fest, in welchem Hotel die Senhorita wohnt."

Wenige Augenblicke später spürte Iris, wie sie hochgehoben und durch die Halle getragen wurde.

„Hotel Grande Vastelo!", rief der Mann dem Taxifahrer zu, der die Wagentür aufgerissen hatte. Dann wurde Iris sanft auf die hintere Sitzbank geschoben.

„Keine Sorge um Ihr Gepäck, Senhorita", versicherte ihr Beschützer mit dunkler Stimme. Er sprach ein nahezu akzentfreies Englisch. „Es wird Ihnen direkt ins Hotel gebracht."

Endlich schien ihre Benommenheit zu weichen.

„Danke, Senhor, ich fühle mich schon besser. Tut mir leid, Ihnen so viele Umstände gemacht zu haben. Ich – ich ...“, sie zögerte und wurde rot. Wie sollte sie ihm erklären, dass sie weniger von dem Zusammenprall benommen war als vielmehr von seiner Person. „Mir war nur ein wenig schwindlig. Doch jetzt fühle ich mich wieder ganz wohl.“

Ein Lächeln ging über sein Gesicht. Seine Augen strahlten so sehr, dass es Iris fast den Atem nahm. Ihr Puls begann zu hämmern.

„Ich bin erleichtert, dass Sie das sagen.“ Er streckte seine Hand aus und ergriff ihre bebenden Finger.

„Ich schäme mich für meine Ungeschicklichkeit“, murmelte er, „dennoch muss ich gestehen, dass ich glücklich über die Gelegenheit bin, Sie kennengelernt zu haben.“

Iris hörte den leicht amüsierten Ton in seiner Stimme, blickte aber nicht auf, sondern betrachtete mit gesenkten Lidern den schweren goldenen Siegelring an seinem Finger, in den ein Halbmond eingraviert war.

„Im Flugzeug saß ich nicht weit von Ihnen entfernt“, sagte er leise, „Sie sahen hin und wieder so verlassen und einsam aus, dass ich Sie am liebsten sofort angesprochen und Ihnen meine Hilfe angeboten hätte. Sehr gern hätte ich mich auch mit Ihnen unterhalten, um Sie abzulenken. Doch Sie waren so tief in Gedanken, dass es unhöflich gewesen wäre, Sie anzusprechen. Selbst nach der Landung verließen Sie das Flugzeug in einem Zustand der Abwesenheit. Deshalb bin ich Ihnen wie ein Schatten gefolgt in der Hoffnung, Ihnen vielleicht doch noch helfen zu können. Vergeben Sie mir Senhorita?“, bat er inständig. „In meinem Land ist es völlig unmöglich, dass sich ein Mann einer jungen Dame nähert, um ihre Aufmerksamkeit zu erlangen. Doch eine Portugiesin in Ihrem Alter dürfte auch niemals allein reisen.“

„Sie sind also Portugiese?“, fragte Iris ein wenig atemlos.

Er neigte seinen Kopf. „Ja, das bin ich. Ich heiße Diego da Luz Pereira da Silves, doch bitte nennen Sie mich Diego. Und wie bitte darf ich Sie nennen, kleine Engländerin?“

„Iris“, erwiderte sie einfach, „das genügt. Miss Mighty klingt so förmlich.“

„Und so falsch!“, lachte er. „Mighty, das klingt so mächtig, so kraftvoll. Sie, minha cara, erscheinen eher wie ein Blütenblatt, das sich im Wind bewegt.“

Er hob ihre Hand und führte sie an seine Lippen. Sein Kopf war ihrem sehr nahe.

„Iris“, flüsterte er, „doch ich habe Ihnen schon vor Stunden einen anderen Namen gegeben. Princesa de Neve – Sie werden für mich immer so etwas wie eine liebliche Schneeprinzessin sein.“

In dem Moment hielt das Taxi vor dem Hotel, und Diego war sofort wieder der höfliche, formvollendete Gentleman. Er half Iris aus dem Wagen, dann führte er sie durch das Foyer des Hotels zur Rezeption.

Hier wandte er sich wieder Iris zu.

„Ich bin selbst Gast dieses Hotels, zusammen mit meiner Mutter und meiner Schwester Jacinta. Machen Sie uns bitte die Freude, und essen Sie heute Abend mit uns, Senhorita.“

Er sprach kühl, sein Gesicht blieb ausdruckslos, doch Iris fühlte in seinen Augen die dringliche Bitte, diese Einladung anzunehmen. Sie konnte nicht widerstehen.

„Vielen – vielen Dank“, stammelte sie, und Röte überzog ihre Wangen. „Ich – ich nehme die Einladung gern an.“

„Also dann, boa tarde – guten Tag, Princesa de Neve“, murmelte er an ihrem Ohr, „bis heute Abend.“

Von einem Hausdiener begleitet, schien Iris wie auf Wolken in ihr Zimmer zu schweben. Sie bedankte sich, gab ein Trinkgeld und schloss schnell die Tür. Sie musste jetzt allein sein. Dieses Hotel, dieses luxuriöse Zimmer und die Begegnung mit einem Mann von Welt und offensichtlichem Reichtum waren überwältigend für sie.

Rücklings warf Iris sich auf das breite Bett und musterte ihre Umgebung. „Wie schön, Dinah“, murmelte sie vor sich hin, „dass du mich überredet hast, ein Fünf-Sterne-Hotel zu wählen. Was immer die Zukunft bringen mag – mein ganzes Leben lang werde ich mich an dieses Erlebnis erinnern. Zwei Wochen im Luxus zu leben und einmal eine ganz andere Welt kennenzulernen! Wie würdest du diesen Raum genießen, Dinah!"

„Sündhaft luxuriös", flüsterte sie bei dem Gefühl von weichen Daunendecken unter ihrem Körper. „Ich habe das Gefühl, das Flugzeug hat mich direkt in den Himmel gebracht und vergessen, mich wieder auf der Erde abzusetzen." Seufzende kuschelte sie sich in die Seidenkissen und fiel auf der Stelle in einen tiefen, traumlosen Schlaf.

Etwa zwei Stunden später wurde sie von einem Klopfen geweckt. Es war der Hausdiener, der ihr das Gepäck heraufbrachte.

„Boa tarde, Senhorita", sagte er, lud die Koffer ab und reichte ihr ein in Geschenkpapier eingewickeltes Päckchen. „Man hat mich gebeten, Ihnen das zu geben."

Aufgeregt nahm Iris das Päckchen entgegen. Sie konnte sich nicht erklären, wer ihr etwas schicken könnte. Als sie vorsichtig das Papier öffnete, kam eine Zellophanbox zum Vorschein, in der eine einzelne, schneeweiße, halberblühte Rose lag. Bewegungslos blickte Iris eine Weile auf die Blüte, dann nahm sie mit unsicheren Fingern den Briefumschlag, der dabeilag, und zog eine Karte heraus. Dort stand mit energischer Handschrift: „Worte können meine Einsamkeit nicht wiedergeben. Nehmen Sie diese Blume als Ausdruck meiner Bewunderung. Und wenn die Blüte Sie erfreut, zeigen Sie es mir, Schneeprinzessin, indem Sie sie heute Abend tragen. Ich wünschte, die Stunden vergingen bis dahin im Fluge. Ihr Diego."

Verwirrt las Iris die Zeilen noch einmal. Konnte das Liebe auf den ersten Blick sein? War es möglich, dass sich Fremde begegneten und beim ersten Mal, da sich ihre Augen trafen, spürten, dass man den anderen lieben könnte?

Sie wusste es nicht, und niemand war da, der es ihr hätte erklären können. Sie wusste nur eines, sie musste den Mann mit diesen unwahrscheinlich blauen Augen wiedersehen. Sie würde seine Rose tragen und versuchen, ihm und seiner Seriosität zu trauen.

Langsam entkleidete sie sich und ging in das luxuriös ausgestattete Badezimmer. Bei einem warmen Bad würde sie überlegen, was sie heute Abend anziehen könnte.

Mit der entsprechenden Garderobe, hatte ihre Mutter immer gesagt, kannst du einen Platz in der großen Gesellschaft einnehmen, als würdest du zu diesen Leuten gehören.

Iris war sich diesbezüglich allerdings nicht so sicher. Dennoch war sie stets den Ratschlägen ihrer Mutter gefolgt. Sie hatte sich immer eine elegante Grundgarderobe gehalten, die sie dann mit Accessoires wie Seidenschals, Gürteln, Handtaschen oder Ähnlichem vervollständigte.

Zwei Abendkleider würden reichen, hatte sie überlegt. Wahrscheinlich würde sie doch abends allein im Hotel essen und danach gleich wieder auf ihr Zimmer gehen.

Doch Dinah hatte gegrollt: „Nimm doch wenigstens noch zwei weitere lange Kleider mit und gehe vor allem nicht sofort nach dem Essen in dein Zimmer. Wenn sich diese Investition lohnen soll, musst du dich schon noch ein wenig im Speisesaal oder in der Halle des Hotels sehen lassen, damit der große Fisch, den es eventuell gibt, wenigstens die Gelegenheit bekommt, anzubeißen.

„Ich denke nicht im Traum daran", hatte Iris protestiert, „außerdem tust du viel geldgieriger, als du bist. Gordon ist nicht reich, und du bist nur allzu glücklich, ihn heiraten zu können."

„Du hast recht, Iris, reich ist er nicht", stimmte Dinah zu, „doch mit seiner Begabung, seinem Eifer und der guten Ausbildung werden wir sicher recht komfortabel leben können."

„Du würdest ihn auch unter anderen Voraussetzungen heiraten, gib es zu", hatte Iris die Freundin herausgefordert.

Dinah hatte langsam den Kopf geschüttelt. „Nein, Iris, das würde ich nicht. Du hast meine Sprüche, ich würde nie einen armen Mann heiraten, nie ernst genommen, nicht wahr? Na ja, du hast schließlich nicht dein ganzes Leben in Armut zugebracht. Du hattest bis zu deinem fünfzehnten Lebensjahr eine Mutter, die dich verwöhnte. Ich habe nie erlebt, was es bedeutet, ein Zuhause zu haben." Energisch schob Dinah ihr Kinn vor. „Wenn deine empfindsame Seele auch revoltiert bei der Idee, dass Liebe ihren Preis hat, so solltest du doch realistisch genug sein, dich mit meinen Anschauungen vertraut zu machen. Für die Liebe und Zuneigung, die du einem Mann gibst, muss dir ein angenehmes Leben geboten werden."

Nachdenklich stieg Iris aus der Badewanne. Sie schlang ein großes Badetuch um sich und ging in das Zimmer zurück. Nein. Sie konnte Dinahs Argumente nicht ganz nachvollziehen. Dennoch, konnte es sündhaft sein, für zwei kurze Wochen die Aufmerksamkeit eines attraktiven und reichen Mannes zu genießen? Warum sollte sie diese Situation, vielleicht das größte und aufregendste Abenteuer ihres Lebens, nicht bewusst erleben? Sie hatte nichts zu verlieren, sie schadete niemandem, und sie suchte keine Vorteile.

Mit nervösen Fingern zog sie die Nadeln aus ihrem Haar, mit denen sie es hochgesteckt hatte. Als die silberblonde Flut ihr über die Schultern fiel, blickte sie in den Spiegel. Und erschrak über ihr blasses Gesicht.

„Dummes, ängstliches Kaninchen", beschimpfte sie sich selbst. „Diego da Silves ist ein Gentleman. Er ist freundlich, aufmerksam und korrekt. Du bist dumm, wenn du glaubst, er könnte sich wie ein Wolf auf dich stürzen und dich zum Abendessen verspeisen." Sie schnitt eine Grimasse.

Eine Stunde später stand Iris oben an der Treppe, die in die Halle hinunterführte. Ihr Herz klopfte, und ihr ganzer Mut schien ihr in die bleistiftdünnen Absätze der Abendsandalen gerutscht zu sein. Sie zögerte, überwältigt von dem Wunsch, in die Stille ihres Zimmers zurückzulaufen, um den festlich gekleideten Menschen da unten zu entfliehen.

Plötzlich wurde ihr Blick festgehalten von stahlblauen Augen, die sie unverwandt musterten. Unten am Fuß der Treppe wartete Diego da Silves, dunkel, kräftig, und in seinem Abendanzug überwältigend gut aussehend. Es war, als würde Iris von seinem Blick magnetisch angezogen werden.

Langsam, Schritt für Schritt, ging sie diesem Mann entgegen, ohne seinem Blick auszuweichen. Lächelnd, fast triumphierend, blickte er ihr entgegen. Obwohl er sich nicht bewegte, spürte sie, dass er in Gedanken seine Arme um sie legte. Sein Blick fiel auf ihren Mund, und Iris wusste, dass er sich danach sehnte, sie zu küssen und von ihr geküsst zu werden.

Nach einer kleinen Ewigkeit nahm er ihre Hand und führte sie langsam an seine Lippen. Diese Berührung ging Iris durch und durch. Er lächelte.

„Ihre Haut schimmert wie Rosenblätter, cara", flüsterte er dunkel. „Den ganzen Nachmittag über habe ich mir eingeredet, dass mir meine Fantasie einen Streich gespielt haben muss, dass niemand so schön sein kann, dass es in dieser modernen Zeit kein Mädchen mehr gibt, das so weltfremd, so süß, so unschuldig ist. Ich habe mich gewappnet und mich auf eine Enttäuschung vorbereitet."

Er trat noch einen kleinen Schritt auf sie zu.

„So wunderschönes, silberblondes Haar, wie ich es in Erinnerung hatte, konnte es doch gar nicht geben, solche klaren, hellgrünen Augen, diese Haut und diese Bewegungen mussten ein Traum sein." Er seufzte. „Und nun stehen Sie vor mir, Schneeprinzessin, lebendig und bezaubernd und beweisen mir, dass alle meine Zweifel umsonst waren. Ich bin sehr glücklich."

Iris' erschrockenes Gesicht bei seinem Gefühlsausbruch und die Panik, die er in ihren Augen sah, brachten ihn wieder auf den Boden zurück. Seine Augen wurden dunkler, seine Schultern strafften sich, und er ließ schnell ihre Hand los.

„Vergeben Sie mir bitte, wenn ich Sie erschreckt habe, cara", bat er sie ernst. „Meine Mutter wird Ihnen bestätigen, dass Ungeduld einer meiner schlimmsten Fehler ist. Warten ist für mich eine unerträgliche Qual. Kommen Sie", er lächelte plötzlich jungenhaft, „wenn Sie meine Familie erst einmal kennengelernt haben, brauche ich Ihnen nicht mehr Vorträge über meine Fehler zu halten. Mama und meine Schwester werden selig sein, vor Ihnen alle meine Schwächen ausbreiten zu können."

Iris atmete tief ein, um ihre Nervosität zu überspielen und gelassen und sicher zu wirken. Sie wusste, dass ihre Erscheinung nichts zu wünschen übrig ließ. Das lange, ärmellose Kleid ließ ihre zarte, wohlproportionierte Figur dezent zur Geltung kommen.

Als einzigen Schmuck trug sie links oben an der Schulter Diegos schneeweiße Rose.

Er führte Iris in eine Ecke der Halle, wo an einem Tisch zwei Damen in bequemen Sesseln saßen und ihnen interessiert entgegenblickten.

„Mama“, wandte sich Diego an die ältere Dame im schwarzen Spitzenkleid mit einer auffallend schönen Diamantbrosche, „ich möchte dir Iris – Senhorita Mighty – vorstellen, die Engländerin, von der ich dir erzählte, die das Opfer meiner Ungeschicklichkeit wurde, gleich nachdem sie in unserem Land ankam.“ Dann wandte er sich an Iris.

„Iris, das ist meine Mutter, Dona Amelia da Luz Pereira da Silves. Ich bin sicher, sie wird die Ungeschicklichkeit ihres Sohnes wiedergutmachen wollen, indem sie Ihnen gestattet, sie ganz freundschaftlich Dona Amelia zu nennen.“

Iris versuchte sich einzureden, sie sei zu empfindlich, als sie den kalten Ton Diegos seiner Mutter gegenüber herauszuhören glaubte. Doch ihr Verdacht, dass Dona Amelia keineswegs erfreut war, sie kennenzulernen, wurde durch deren aufgesetztes Lächeln und das widerwillige Händeschütteln bestätigt.

„Und diese junge Dame“, damit drehte Diego Iris schnell in die andere Richtung, „das ist meine kleine Schwester Jacinta. Sie wird Ihnen lang und breit alles über mich erzählen und dabei wie immer übertreiben, im Positiven wie im Negativen.“

Iris war erleichtert, als sie in das lachende Gesicht des dunkelhaarigen jungen Mädchens blickte, das etwa drei Jahre jünger als sie sein mochte.

„Ich war schon sehr neugierig auf Sie“, sagte Jacinta fröhlich, „denn ich habe noch nie erlebt, dass mein Bruder eine Zufallsbekanntschaft so ernsthaft vertiefen wollte. In ganz Portugal suchen Mütter heiratsfähiger Töchter und andere junge Damen seine Freundschaft. Doch er entzieht sich allen immer wieder. Was haben Sie für ein Geheimnis, das er entdecken möchte?“

Jacinta legte den Kopf auf die Seite und studierte Iris.

„Sie sind bezaubernd, doch Diego kennt viele sehr schöne Frauen. Vielleicht ist es Ihre englische Zurückhaltung, die er interessant findet. Das kühle, das Rührmichnichtan-Flair, das ihn so sehr anzieht.“

„Jetzt sag nur noch bis zur totalen Zerstörung", bemerkte Dona Amelia, zornig über die Wendung, die das Gespräch genommen hatte.

„Ihr vergesst euch beide!" Dieses Mal war es keine Täuschung. Der Ton Diegos war eisig.

Erschrocken blickte Iris zu ihm auf. Sie sah, wie schmal sein Mund geworden war, wie hart seine Augen blickten.

„Bitte entschuldigen Sie die momentane Unhöflichkeit meiner Mutter", bat er Iris steif. „Die Reise hat sie ermüdet. Dona Amelia konnte sich nach der Ankunft hier noch nicht genügend erholen. So ist sie noch nicht in der Lage, so höflich wie sonst zu sein. Und was meine Schwester betrifft ..." Jacinta schien unter seinem Blick zu erschauern, „so muss ich feststellen, dass sie tatsächlich noch nicht so erwachsen ist, wie sie mir immer einreden will. Meine Zweifel waren sehr berechtigt. Ihre unverfrorene Redeweise ist unverzeihlich."

Damit wandte er sich wieder an Iris. Fasziniert bemerkte sie, dass das Eis in seinen Augen schmolz, sein Blick war jetzt beinahe zärtlich, als er sie betrachtete.

„Vergessen Sie bitte diese kleine familiäre Auseinandersetzung", bat er. „Nichts liegt uns ferner, als Ihnen das Gefühl zu geben, dass Sie uns nicht willkommen sind."

Fast hatte Iris Mitleid mit Dona Amelia, denn sie sah, wie Diegos Mutter sich zusammennahm und ihren Stolz verdrängte.

„Ja bitte, entschuldigen Sie diese Entgleisung, Senhorita. Kommen Sie, setzen Sie sich zu mir. Während Diego Ihnen einen Drink besorgt, können Sie mir von sich erzählen."

Iris setzte sich.

„Jacinta wird mich natürlich wieder für altmodisch halten", begann Dona Amelia, „doch es wundert mich, dass Ihre Eltern Sie so weit allein reisen lassen. Bei uns in Portugal wäre das unmöglich."

„Ich habe keine Eltern mehr", erwiderte Iris leise. „Meinen Vater habe ich gar nicht mehr kennengelernt, und meine Mutter starb vor sechs Jahren."

„Das tut mir leid, mein Kind." Dona Amelia war verwirrt. „Ich konnte nicht wissen, dass Sie eine Waise sind. Doch offensichtlich sind Sie gut versorgt, das mildert die Situation."

Es wäre der Augenblick gewesen, in dem Iris die ganze Wahrheit über ihre Situation hätte gestehen können. Doch sie zögerte. Eine innere Stimme überredete sie zu schweigen. Es war angenehm, für ein Mitglied der sogenannten guten Gesellschaft gehalten zu werden, wenigstens für diese kurze Zeit, und es tat niemandem weh.

Diego kam mit einem Martini-Glas für sie zurück. Er lächelte ihr entgegen, und sie nahm das Glas mit einem herzlichen Antwortlächeln aus seiner Hand.

Er war der attraktivste Mann, den sie je kennengelernt hatte. Der Prinz für das Aschenbrödel. Und Iris beschloss, sie würde den Ball mitmachen. Dann hatte sie wenigstens ihre Erinnerungen, wenn die Uhr Mitternacht geschlagen hatte und das Märchen vorbei sein würde.

Dona Amelia beobachtete Iris während des gesamten Essens. Iris war froh, dass ihre Ausbildung weit genug gegangen war, um wie selbstverständlich Austern zu schlürfen, Artischocken zu entblättern und die Fingerspitzen elegant in die Schalen zu dippen, in deren Wasser Rosenblätter schwammen.

Diego hatte das Menü sorgfältig zusammengestellt.

„Ich hoffe", hatte er spitzbübisch bemerkt, „Sie gehören nicht zu den jungen Damen, die ständig auf ihre Figur achten müssen."

Sein Ton war normal und fröhlich, doch seine Blicke umfassten bewundernd ihre Figur.

Iris spürte, wie eine Röte in ihr Gesicht stieg.

„Nein, zum Glück nicht.", erwiderte sie.

„Das ist gut."

Diego blickte zu seiner Schwester. „Ich bin schon ganz unsicher, wenn ich mit Jacinta essen gehe. Sie knabbert an allem nur herum wie ein Kaninchen und legt nach jeder Mahlzeit ein Metermaß um ihre Hüften, um festzustellen, ob sie nicht um ein paar Millimeter dicker geworden ist."

„Das stimmt gar nicht", wehrte Jacinta lachend ab, und man merkte, dass sie ihren Bruder doch sehr verehrte. „Wir sind nicht alle mit göttlichen Figuren gesegnet, und ich habe nun einmal nicht die

Konstitution eines Kamels, das tagelang ohne Nahrung auskommen kann. Apropos Kamel, mein Bruder ist in seinem Herzen ein Nomade, Iris", versicherte Jacinta, „ich muss Sie warnen."

„Oft überquert er den Ozean", berichtete sie augenzwinkernd weiter, „um seine arabischen Freunde zu besuchen. Dann verschwindet er für Wochen in der Wüste. Und er ist nicht bereit, uns zu erzählen, was er dort eigentlich treibt."

„Was kann man schon über die Wüste berichten", schaltete sich Dona Amelia ein, „außer, dass es dort langweilig, sandig und öde ist. Und was die Araber betrifft, was ist an deren Kultur schon reizvoll? Dass du dich ständig mit diesen Leuten beschäftigst, finde ich entsetzlich."

Diego machte ein abweisendes Gesicht, wartete aber, bis der Kellner die Vorspeisen serviert hatte. Dann blickte er wieder zu seiner Mutter.

„Du bist unfair, Mama, denn du weißt ebenso gut wie ich, dass die Mauren und Araber bereits vor Jahrhunderten sehr gebildete, kultivierte Menschen waren." Er nahm einen Schluck Wein. „Arabische Experten der Landwirtschaft lehrten uns, wie man Reis anbaut. Sie brachten uns die Feigen und Zitrusfrüchte, Pfirsiche, Bananen und viele nicht mehr wegzudenkende Gewürze. Wir haben ihnen auch für die Mandelbaum-Anpflanzungen zu danken, die sie hier in Portugal und anderen Ländern anlegten."

„O ja, Mama", mischte sich nun auch Jacinta ein, „du kannst nicht leugnen, dass die kleinen Honig-Mandel-Kuchen auch für dich eine wahre Köstlichkeit sind."

Dona Amelia war bei Jacintas scherzhaft gemeintem Angriff ein wenig rot geworden. Steif erwiderte sie: „Ich bevorzuge gute portugiesische Gerichte, die aus natürlichen Produkten des Landes hergestellt werden. Nichts hebt den Appetit mehr als der Anblick von roten und grünen Paprikaschoten, safrangelbem Reis, dem rosa Fleisch von Seefischen und dem weißen von Geflügel."

Man hatte etwa um zehn Uhr mit dem Essen angefangen. Doch hier dauerten die Mahlzeiten Stunden. Die einzelnen Gänge wurden immer wieder durch Gespräche unterbrochen.

Gegen Mitternacht wurden Iris' Augenlider schwer. Diego bemerkte es sofort.

Er trank den letzten Schluck Kaffee, stand auf, ging zu Iris und stellte sich hinter ihren Stuhl.

„Es war ein langer Tag für Sie, cara, bitte erlauben Sie mir, Sie zu Ihrem Zimmer zu geleiten."

Dona Amelia und Jacinta nahmen Iris' Entschuldigung mit leichtem Nicken entgegen, machten aber keine Anstalten, sich ebenfalls zu erheben. Dankbar nahm Iris Diegos Arm und ließ sich von ihm aus dem überfüllten und heißen Speisesaal führen.

„Wird in Portugal immer so spät und so lange gegessen?", murmelte Iris, als sie die Treppen hinaufgegangen und vor ihrer Zimmertür angekommen waren.

„Ja", antwortete Diego lächelnd, „die Portugiesen werden eigentlich immer erst abends richtig munter."

Er legte seinen Arm um ihre Taille, zog sie ein wenig an sich, bis Iris ihren Kopf an seine Schulter lehnte.

Den ganzen Abend hatte sie sich unbewusst nach diesem Augenblick gesehnt. Das Abendessen war wie ein Vorspiel auf diese intime Zweisamkeit gewesen. Jetzt, da es so weit war, begann Iris innerlich zu zittern.

„Nein, minha cara", flüsterte Diego über ihrem Kopf. „Ich habe nicht vor, Sie zu küssen. So sehr ich mich auch danach sehne. Doch ich möchte keine Zärtlichkeiten auf einem unpersönlichen Hotelkorridor tauschen mit einem Mädchen, das in meinen Armen halb schläft. Morgen, querida, morgen wird es etwas anderes sein", versprach er.

Sein Mund war dicht an ihrem Ohr. „Morgen und übermorgen und an jedem anderen Tag. Zeit bedeutet für uns nichts. Es war Bestimmung, dass wir uns trafen, Bestimmung, dass wir uns lieben würden. Vor Äonen von Jahren, meine Schneeprinzessin, wurde uns dieses Schicksal bestimmt. Schon von Anbeginn allen Lebens an bist du in mein Schicksal eingewebt worden. Gute Nacht."

3. KAPITEL

Die nächsten drei Tage waren ausgefüllt mit Einladungen zum Essen, zum Tanzen und zu Partys. Mit Diego an ihrer Seite nippte Iris an exotischen Cocktails, plauderte mit interessanten Leuten, wurde mit der High Society Lissabons bekanntgemacht. Sie aß in exklusiven Restaurants und wurde schließlich sehr schnell als Diegos namorada, seine neueste Freundin, herumgereicht.

Für die Reichen und Berühmten war Iris eine erfreuliche Abwechslung, ein erfrischender Gesprächspartner, der zuhören konnte, eine junge Dame, die aufgeschlossen, interessiert und geduldig blieb. Man verwickelte sie in Gespräche über Themen, die von der Politik bis zum Sport reichten. Man redete mit ihr über die neueste Mode ebenso wie über Discotänze.

Diego allerdings war über ihre Erfolge weniger erfreut. Als er sie nach einer hektischen Party, auf der sie pausenlos getanzt, gelacht, getrunken und geflirtet hatte, in den frühen Morgenstunden ins Hotel zurückbrachte, brummelte er.

„Den ganzen Abend haben Sie von mir überhaupt keine Notiz genommen."

Vor ihrer Zimmertür legte er seine Hände auf Iris' Schultern und verfluchte die ganze Freundesbande.

„Ich ärgere mich einfach darüber, wie sehr diese Leute versuchen, sich mit ihren ewigen Einladungen in unser Leben einzudrängen. Ich habe genug von den heißen, stickigen Räumen und all dem dummen Geschwätz. Morgen – oder besser gesagt heute", korrigierte Diego sich, „möchte ich Sie ganz für mich allein haben, Iris. Nur wir zwei werden durch Lissabon bummeln, damit ich Ihnen endlich einmal alle meine Lieblingsplätze zeigen kann."

Iris gefiel dieser Gedanke sehr. Gern hätte sie ihm gesagt, auch sie habe genug davon, dass die anderen Leute sie ständig von Diego trennten. Wie sehr sie sich, während sie mit anderen Männern tanzte und sich unterhielt, nach einem Blick, einem Händedruck von ihm sehnte. Am liebsten hätte sie die Arme um seinen Hals gelegt und ihm gestanden, was sie empfand. Doch dazu war sie noch zu scheu, zu unsicher dem Mann gegenüber, dessen Haltung zwar Besitzergreifung ausdrückte, dessen Blicke und Gesten zärtlich und sehnsüchtig waren, der jedoch bisher noch nicht den geringsten Versuch unternommen hatte, sie zu küssen.

Noch immer hielt er sie an den Schultern fest, sein Gesicht war ihrem ganz nahe. Sein Atem wehte warm über ihre Wange. Es war schwer für Iris, ruhig zu bleiben.

Abrupt ließ er sie los.

„Ich werde Sie um zehn Uhr anrufen. Seien Sie bitte fertig. Ich warte nicht gern."

Iris war zu müde, um lange über seine merkwürdige Art beim Abschied nachzudenken, dennoch beschäftigte Diego so sehr ihr Unterbewusstsein, dass sie am nächsten Morgen pünktlich um neun Uhr aufwachte.

Gerade hatte sie ihre Frisur gerichtet, als das Telefon läutete.

„Diego da Luz Pereira da Silves lässt sich empfehlen, Senhorita. Er wartet auf Sie in der Halle", informierte sie die Rezeption.

Iris nahm schnell noch ein wenig Parfum, griff nach ihrer Tasche und eilte zum Lift.

Diego stand mit dem Rücken zu ihr, als sie die Halle betrat, wandte sich jedoch sofort lächelnd zu ihr um, als habe er ihre Anwesenheit gespürt. Wie immer, wenn sie sich trafen, zog es sie magnetisch zueinander. Ihre Hände fanden sich, ihre Blicke tauchten ineinander.

„Ich konnte nicht schlafen, so sehr habe ich diesen Augenblick herbeigesehnt", gestand er freimütig. „Doch Sie, herzlose Schneeprinzessin, scheinen traumhaft gut geschlafen zu haben. Ihre Wangen sind rosig, Ihre Augen strahlen, Ihr Haar glänzt wie mattes Silber."

„Diego", murmelte Iris, und ihr ganzes Empfinden lag in ihrem Blick. „Sie sagen so wunderschöne Dinge."

„Schauen Sie mich nicht so an", warnte er sie leise, „sonst werde ich Sie sofort hier im Foyer küssen."

Er legte seine Hand unter ihren Ellenbogen und führte sie rasch zum Ausgang.

„Wollen wir lieber die Straßenbahn nehmen?“, fragte Iris impulsiv, als Diego auf ein Taxi zusteuerte.

„Die Straßenbahn?“, wiederholte er fragend, als wäre das völlig absurd. Dann lächelte er. „Ein bestechender Gedanke. So kann man vielleicht mehr sehen. Aber ich muss Sie warnen, cara, wir werden eingezwängt und durchgerüttelt werden.“

Doch Iris fand es herrlich, an Diego herangedrückt zu werden, und offensichtlich genoss auch er es. Er legte einen Arm um ihre Schulter und versuchte so, sie einigermaßen gegen die anderen abzuschirmen. Als es allmählich immer wärmer wurde, lockerte Diego seine Krawatte und öffnete sein Oberhemd. An einer Goldkette trug er ein goldenes Amulett.

Diego lachte, als Iris sich den Kopf verrenkte, um die rund um den Halbmond eingravierten Buchstaben zu entziffern. Den Halbmond hatte sie schon auf seinem Ring gesehen, doch es waren arabische Schriftzeichen.

„Ein Mann ist wie der Mond. Seine dunkle Seite hält er stets versteckt“, übersetzte Diego und hielt Iris fest an sich gepresst.

„Das passt ganz bestimmt nicht zu Ihnen“, versuchte Iris zu flirten. „Sie sind kein Araber. Im Gegenteil, Sie sind doch ein überaus galanter, aufmerksamer portugiesischer Gentleman.“

Die Augen Diegos verdunkelten sich, ein undurchdringlicher Ausdruck lag in seinem Gesicht, der Iris ein wenig erschreckte.

„Portugal steht mit dem Rücken zu Europa. Sein Gesicht hat es nach Afrika gerichtet“, sagte er mit dunkler Stimme.

Iris hatte plötzlich eine Vision. Sie sah einen Mann, schlank, mit dunklem Gesicht, der einen wilden Araberhengst durch die Wüste ritt; berauscht von der Freiheit, entzückt über die Macht, ein so feuriges Pferd zu meistern. Ein Mann, der sich aus der Frustration einer überzivilisierten Gesellschaft befreite, ein Mann, die Augen halb von einer Kapuze verdeckt, mit einem grausamen Mund und scharfen Gesichtszügen, die nur entfernt mit Diego Ähnlicheit hatten.

Die rumpelnde Straßenbahn brachte Iris wieder in die Wirklichkeit zurück. Ihre großen Augen blickten Diego an, der sie jetzt wieder fast zärtlich betrachtete.

Als sie ausstiegen, führte Diego Iris in ein Restaurant, das für seine frango churasco – holzkohlengegrillte Hähnchen – mit heißer Pfeffersauce und frischen, grünen Feigen berühmt war. Die Feigen waren so delikat, dass Iris nicht widerstehen konnte, obwohl ihr zum großen Vergnügen von Diego ab und zu der klebrige Saft der Früchte über das Kinn lief.

„Der schwere, süße Duft reifer Feigen, so sagen die Bauern, beruhigt sogar den bösesten Bullen“, lachte Diego.

„Dann sollte ich vielleicht immer Feigen bei mir haben“, neckte Iris, „für den Fall, dass ich Ihnen einmal Anlass geben sollte, böse zu sein.“

„Ich bezweifle, dass Sie das je schaffen könnten, Schneeprinzessin.“

„Warum nennen Sie mich immer wieder Schneeprinzessin?“, beschwerte sich Iris. „Ich bin doch gar nicht so kalt und eisig, wie es dieser Name vermuten lässt. Im Gegenteil, ich bin freundlich, offen und sehne mich nach Freundschaft.“

„Nur nach Freundschaft?“, fragte Diego schnell und hob eine Augenbraue.

Freundschaft war das Einzige, was Iris sich erhoffen konnte. Ihre ganze Unsicherheit war plötzlich wieder da. Sie verschloss sich, ihr Lächeln war wie weggeblasen.

„Da haben wir es!“, rief Diego. „Immer wieder scheint Sie irgendetwas zu bedrücken, und Sie sehen verängstigt und verlassen aus. So als sehnten Sie sich nach dem Trost und dem Schutz einer Familie. Genau wie in der Sage von der Princesa de Neve, der norwegischen Prinzessin, die den König der Algarve heiratete. Im Lande der südlichen Sonne sehnte sich die Prinzessin nach ihren schneebedeckten Bergen. Im Winter schien sie immer weit, weit entfernt mit ihren Gedanken zu sein, sodass der König, der sie sehr liebte, gezwungen war, ihr zu erlauben, den Winter in ihrer Heimat zu verleben.

Doch einmal, wieder in Portugal, erwachte die Prinzessin an einem Frühlingsmorgen, sah aus dem Fenster und schrie vor Freude, denn Wiesen, Felder und Hügel waren weiß wie Schnee. ‚Nein, meine Geliebte‘, erklärte ihr der König, ‚das ist kein Schnee, es sind die Mandelbäume, deren Blüten über Nacht aufgegangen sind.‘ Und durch das herrliche Weiß der Mandelblüten in jedem Jahr überwand die Prinzessin allmählich ihr Heimweh und lebte fortan glücklich und zufrieden in der Region der Algarve.“

Diego blieb einen Moment stumm und schaute Iris nachdenklich an. „Glauben Sie“, fragte er dann und spielte mit seinem Weinglas, „dass ein liebender Ehemann das Heimweh und den Verlust aller Freunde ersetzen kann, Iris?“

„Ich – aber …“ Die Kehle war Iris so trocken, dass sie keinen Ton hervorbrachte. Meinte er tatsächlich …

„Oh, nein!“ Es klang erstickt.

Er konnte doch nicht etwa meinen …

„Kommen Sie, gehen wir!“ Ungeduldig stieß Diego seinen Stuhl zurück, zog Iris von ihrem Stuhl hoch und ließ ihr kaum Zeit, ihre Handtasche zu ergreifen, bevor er sie mit sich aus dem Lokal zog.

Noch immer hielt er sie fest an der Hand. Er war so tief in Gedanken, dass ihm kaum bewusst wurde, wie schnell er lief und wie Iris hinter ihm herstolperte.

Ihr Atem wurde kürzer, kleine Schweißperlen standen ihr auf der Stirn, als sie die Wiesen des Flusses erreichten. Da erst ließ er sie los, und Iris sank ins Gras. Er ließ sich neben sie fallen.

Sie war kaum wieder zu Atem gekommen, als er sie schon wieder schockte, dass ihr die Luft wegblieb.

„Also, Iris, wie lange soll ich noch auf meine Antwort warten? Sag mir endlich, querida, suchst du nur nach Worten, um mir höflich zu sagen, dass du meinen Antrag ablehnst“ – seine Arroganz war überwältigend –, „oder hast du dich entschlossen, mich zu heiraten?“

Iris starrte in den Spiegel, dann holte sie tief Atem und umklammerte den Lippenstift, um sich die bebenden Lippen nachzuziehen. Sie fühlte sich wie ausgelaugt von den beharrlichen Argumenten, mit denen Diego sie zu überzeugen versuchte, dass sie ihn heiraten müsse.

Den ganzen Nachmittag waren sie durch die Stadt gezogen, doch die überfüllten Plätze, die Paläste, die Kathedralen, Geschäfte und Gärten waren vor Iris’ Augen zu einem einzigen Bild verschmolzen, das sie nicht mehr fassen konnte.

Erbarmungslos hatte Diego alle Register gezogen, hatte Iris bombardiert mit Schmeicheleien, mit Geschenken, Aufmerksamkeiten und seinem ganzen unwiderstehlichen Charme. Und dennoch, obwohl Iris keine Ahnung hatte, woher sie die Kraft nahm, war sie bei ihrer ersten Weigerung geblieben.

„Es tut mir leid, Diego, ich kann Sie nicht heiraten …"

„Warum nicht?", hatte er gefragt und ihr Gesicht in seine Hände genommen. „Bitte komm jetzt nicht mit der dummen Phrase, wir kennen uns ja noch gar nicht. Denn du musst doch ebenso wie ich glauben, dass unser Zusammentreffen am Flugplatz keine erste Begegnung, sondern ein Wiedersehen war, ein Wiedersehen unserer Seelen, die sich irgendwann einmal in einem früheren Dasein trennen mussten. Wie sonst sollte man das Erkennen, die Verzauberung, die Sehnsucht, sich zu umarmen und zu küssen wie Liebende, erklären können?"

Iris war bis ins Innerste bewegt, als er mit einem Fatalismus, den er von seinen maurischen Vorfahren geerbt haben musste, erklärte: „Du und ich, wir haben kein Geheimnis mehr voreinander, denn wir haben uns schon geliebt, wir sind beide schon ganz eins gewesen. Manchmal werde ich in meinen Träumen von einer unglaublichen Ekstase gequält." Er seufzte.

„Ich fühle, wie du deinen schönen Körper an meinen drängst, höre deine kleinen Schreie der Lust, schmecke das Salz deiner Freudentränen auf meinen Lippen. Doch jedesmal, wenn sich mein Traum dem Höhepunkt nähert, entgleitest du mir. Ich erwache allein, wild und wütend, ich will den Traum festhalten und versuche, mich an alles zu erinnern. Diese Quälerei muss ein Ende haben", hatte er drängend gerufen. „Die Heirat ist nur noch eine Formalität, denn du gehörst mir bereits für immer."

Aufgewühlt durch seine Worte, bat sie ihn, sie zum Hotel zurückzubringen. Mit aller Energie hatte er sich geweigert.

„Nein Iris. Ich werde nicht zulassen, dass du davonläufst, dass du mir entkommst in der Menge von Fremden, die uns bei jeder möglichen Gelegenheit zu trennen versuchen. Ich halte dich hier bei mir an meiner Seite fest, bis ich den Grund für deine Weigerung, das Unvermeidliche zu akzeptieren, herausgefunden habe."

Nun stand Iris in der Garderobe eines berühmten Lissabonner Nachtlokals und machte sich zurecht für die Spätvorstellung, in der unter anderem berühmte Fado-Sänger auftreten sollten. Sie war nicht mehr in der Lage, Diego gesammelt und ruhig entgegenzutreten. Sie wusste nicht mehr, was sie ihm antworten sollte, es sei denn, die ganze Wahrheit.

Diego wartete vor dem Speisesaal auf sie. Sofort spürte sie seine Unruhe und Ungeduld.

„Wo um alles in der Welt bist du gewesen?", fuhr er sie an. Aber er beruhigte sich gleich wieder. „Verzeih, cara, aber du warst so lange fort. Ich hatte schon Angst, du bist mir wieder entwischt. Doch", er legte ihre Hand auf seinen Arm, „das Warten hat sich gelohnt. Du siehst wunderbar aus, Geliebte."

Das Lokal war überfüllt, doch sie wurden von einem Kellner in eine der Logen geführt. Hier saßen sie abseits von der Menge und hatten doch einen guten Blick auf die Tanzfläche, auf der sich viele Paare im Rhythmus der Musik bewegten.

Irgendwo, fast unsichtbar, spielte eine Band, Kellner mit silbernen Schüsseln und Tabletts bahnten sich ihren Weg durch die engstehenden Tische. Die Atmosphäre war luxuriös und wirkte intim. Die Gäste waren exklusiv, doch nicht formell gekleidet.

„Dieses Restaurant wird meist von Geschäftsleuten besucht, die ihren Kunden aus Übersee gute Unterhaltung bieten wollen", erklärte Diego. „Beides, das Essen und die Darbietungen, sind typisch portugiesisch, deshalb wollte ich den Abend hier mit dir verbringen. Zuerst werden wir miteinander reden – und später ..."

Seine bedeutungsvolle Pause, die Betonung, die er auf die letzten Worte legte, verwirrte Iris erneut. Es durfte dieses *später* nicht geben! Sie musste ihm endlich deutlich klarmachen, dass es für sie beide keine gemeinsame Zukunft geben konnte. Wenn ihre Ferien beendet waren, würden sie beide in verschiedene Richtungen reisen.

Doch der Augenblick der Wahrheit war schon vergangen. Wie

schwer es war, die richtigen Worte zu finden. Sie wollte auch seinen Stolz nicht verletzen.

Diego wartete, bis der Kellner den Champagner eingeschenkt hatte. Dann hob er sein Glas und prostete Iris zu.

„Auf meinen Traum, Iris, und auf dass er möglichst bald in Erfüllung gehen möge!“

Beim Zusammenklingen der Glaser traf Diego ein aufflackernder Schein der Kerze auf dem Tisch. Iris glaubte ein Lachen und Triumph in seinen Augen zu sehen. Das löste einen Schmerz in ihr aus, der ihr das ganze Vertrauen zu Diego nahm. Zweifel stiegen in ihr auf. Zweifel und Unsicherheit, die eigentlich immer nahe unter der Oberfläche geschlummert hatten.

Wie hatte sie nur so dumm sein können, ihn ernst zu nehmen? Wie hatte sie je glauben können, dass dieser Mann, eine Mischung aus Teufel und Heiligem, aus Nomade und Hidalgo, auch nur einen Moment ernsthaft erwogen hatte, ein Nichts wie sie, Iris Mighty, zur Frau zu nehmen?

Dieser arrogante Aristokrat, der gelangweilt die Tage mit seiner Familie in Lissabon zubringen musste, war auf der Suche nach Abwechslung gewesen. Er hatte in ihr ein unkompliziertes, amüsantes Spielzeug gefunden.

Stolz regte sich in Iris. So kühl wie irgend möglich blickte sie ihn über den Rand ihres Glases an.

„Es gibt ein altes Sprichwort“, begann sie mit noch etwas zitteriger Stimme. „Man sollte den Charakter eines Mannes nach der Art bewerten, wie er weniger glückliche Menschen behandelt. In alten Zeiten hielten sich die Aristokraten Hofnarren, die ihnen die Langeweile vertrieben. Es kommt mir vor, Senhor, als trüge ich eine Narrenkappe und Schellen daran, denn ich scheine Ihnen zum gleichen Zweck zu dienen.“

„Mein Gott, wofür halten Sie mich eigentlich, Iris?“

Diego schien verletzt, das registrierte sie wohl, doch sie konnte ihm nicht glauben.

„Ich halte Sie für herzlos und arrogant“, sprudelte Iris hervor und bemühte sich vergeblich, mit gedämpfter Stimme zu sprechen. „Und ich halte Sie für einen Mann, der meinte, ein leichtes Spiel zu haben mit einem unerfahrenen Mädchen, das noch an Märchen und Romanzen glaubt ...“ Mühsam hielt sie die Tränen zurück. „Allerdings muss ich zugeben, dass Sie klug und erfahren genug sind, dass man Ihnen nichts konkret vorwerfen kann. Sie verführen mit Worten, mit Gesten und Blicken und kleinen Aufmerksamkeiten – doch Sie haben mich noch nicht ein einziges Mal geküsst!“ Nun war es heraus.

Diegos Gesicht verfinsterte sich. „Wenn ich wirklich ein solcher Typ wäre, hätte ich Sie dann gefragt, ob Sie meine Frau werden wollen?“

Seine Stimme war kalt, und er war wütend. Er zeigte sich von einer Seite, die Iris noch nicht kannte. Dieser Diego war ein Fremder für sie. Wie eine Sklavin kam sie sich vor, die ihren Herrn und Meister beleidigt hatte. Sie nahm ihren ganzen Mut zusammen.

„Wenn ich nicht rechtzeitig erkannt hätte, was für ein Mensch Sie sind, hätte mich Ihr Heiratsantrag vielleicht ermutigt, mit Ihnen ins Bett zu gehen.“

Iris wagte nicht ihn anzublicken. Sie hörte nur, wie Diego scharf den Atem einzog, bevor alles um sie herum scheinbar zu explodieren schien. Mit frenetischem Applaus empfing das Publikum die Künstler, die sich auf der Tanzfläche aufgestellt hatten und sich nach allen Seiten verneigten.

Eine Frau, schwarz gekleidet, stand im Spotlight. Neben ihr ein Gitarrenspieler, der zu spielen anfing.

Iris war froh über die Dunkelheit, vor allem deshalb, weil sie jetzt nicht weiterzudiskutieren brauchte.

Fast eine Stunde lang sang die Frau. Worte, die Iris nicht verstand, doch die Sehnsucht, die darin lag und die manchmal traurigen Melodien, die dann auch wieder aufjauchzend fröhlich klangen, drangen ihr tief ins Herz. Es war die Musik dieses Landes, ein musikalisches Porträt seiner Menschen.

Iris musste an Jacinta denken, deren Wesen sich ständig anders darbot. Sie war in einem Augenblick eine Fatalistin und im nächsten ein Rebell, einmal war sie apathisch, zurückhaltend, dann wieder berstend vor Lebenskraft und Energie.

Diego, ihr Bruder, war freundlich, liebenswürdig, charmant und fröhlich und dennoch konnte er kalt, abweisend und arrogant sein. Er, der zärtliche, mystische, poetische Mann hatte Augenblicke, in denen er verwirrend sarkastisch und grausam sein konnte. Zweifellos das Erbe arabischer Vorfahren, die ihre Frauen zu ihrem Vergnügen bis ins Letzte auskosteten, und die dann bereit waren, sie an den Meistbietenden zu verkaufen.

Als sich die Sängerin im aufbrausenden Applaus verneigte, zog Diego Iris hoch und führte sie energisch aus dem Restaurant. Die Luft draußen war erfrischend, die Stadt war in einen Lichterglanz getaucht. Fröhliche Menschen hasteten durch die Straßen.

Iris wusste, dass die nächste Stunde ihr bestimmt keine Freude bringen würde. Sie würde einen Kampf zu bestehen haben, das sah sie an Diegos finster entschlossenem Gesicht.

Sie hatte seinen Stolz verletzt. Zweifellos war er es nicht gewöhnt, dass man so offen mit ihm sprach, dass man seine Motive anzweifelte, seine Annäherungsversuche zurückwies. Da er ein Meister der Verstellung war, würde er ihr mit großen Worten und Gesten klarmachen, wie sehr sie ihn missverstanden hatte.

Sie hatte Mühe, mit ihm Schritt zu halten. Sie würde sich weigern, ihn anzuhören, beschloss sie, sie würde sich gegen alle Argumente wehren und sich ganz auf ihren endlich wieder erwachten Verstand verlassen.

Voller Schrecken erkannte sie, dass Diego sie ohne ein Wort der Erklärung in eine Grünanlage zog. Nach wenigen Schritten standen sie in samtener Dunkelheit. Diego blieb dicht vor ihr stehen und zog sie an sich. Iris atmete tief, doch sie kam nicht dazu, etwas zu sagen.

Diego neigte seinen Kopf und presste seine Lippen auf ihren Mund. Es war kein zärtlicher Kuss, eher eine Demonstration seines Besitzanspruchs. Für Iris war es ein Schock, und dennoch fand sie es atemberaubend und schön. Unbewusst öffnete sie ihre Lippen unter seinem Mund und lehnte sich dichter an ihn, was seine Leidenschaft noch anfachte. Es war das erste Mal, dass sie von einem Mann so fordernd und so temperamentvoll geküsst wurde. Es nahm ihr den Atem und machte sie sehnsüchtig nach Dingen, die sie noch nicht kannte.

Hätte Diego gewusst, wie unschuldig Iris noch war, wäre er vielleicht ein wenig vorsichtiger und zärtlicher gewesen. Doch er war unbarmherzig und vollkommen unbeherrscht. Er setzte seine ganze Geschicklichkeit ein, ließ die ganze Skala seiner Erfahrungen spielen. Es war für Iris wie eine Geißel. Er zwang sie, alle ihre Gefühle bloßzulegen, ihre ganze Sinnlichkeit überfiel sie, und sie wusste kaum noch, was sie tat.

Diego strafte sie mit seiner Leidenschaft. Sie hing überwältigt in seinen Armen, war wie in Trance. Eine zitternde Gefangene seiner und ihrer Gefühle.

„Jetzt verstehst du vielleicht, weshalb ich dich bisher nicht geküsst habe – warum ich nicht gewagt habe, dich zu küssen", flüsterte er heiser und verbarg sein Gesicht in ihrem Haar.

„Ich musste mich unendlich zusammennehmen und zur Zurückhaltung zwingen, weil ich wusste, meine kleine Geliebte, dass ich nach einem solchen Kuss nie mehr in der Lage gewesen wäre, dich von mir gehen zu lassen." Er lachte ein wenig heiser.

„In einem hattest du recht, Iris." Sie erschauerte, als seine Lippen jetzt zärtlich über ihr Ohr strichen, weiterwanderten und ihren Hals liebkosten. „Ich bemühe mich, allen vorzuspielen, dass ich ein zivilisierter Mensch bin, doch in meinem Herzen bin ich ein Wilder, ein Barbar, und wie ein Barbar werde ich unbarmherzig das verteidigen, was mir gehört.

Ich habe versucht, dich von meiner Liebe zu überzeugen. Ich war sogar bereit zu warten, bis du deine Schüchternheit überwunden hast, doch ..." seine Hände umfassten schmerzhaft fest ihre Hüften, „heute hast du es zu weit getrieben. Du hast mich beschuldigt, ein Lügner und skrupelloser Verführer zu sein. Etwas, das ich verabscheue. Mach' endlich Schluss mit diesem Albtraum. Ich flehe dich an, Iris, heirate mich. Versprich mir, dass wir sofort heiraten werden."

Seine leidenschaftlichen Erklärungen drangen kaum in ihr konfuses, verwirrtes Bewusstsein. Wenn man sie unerwartet in einen eisigen Wasserstrudel geworfen hätte, sie hätte nicht weniger entsetzt sein können. Mit großer Anstrengung versuchte sie, wieder ruhig und normal zu denken.

Er konnte das doch nicht ernst meinen! Wenn seine Küsse auch fordernd gewesen waren, seine Leidenschaft sich an ihr entzündet hatte, seine Liebkosungen intim bis ins Letzte gewesen waren. Dies war doch nur ein Teil seines Spiels. Es waren die Waffen eines Charmeurs und Abenteurers, der ein Mädchen verführen wollte.

„Querida, Liebste!", zärtlich schüttelte Diego Iris ein wenig, um sie aus ihren Träumen zu holen. „Ich warte so sehr auf deine Antwort!"

Er neigte seinen Kopf und begann sie wieder, diesmal zärtlicher und dennoch sehnsüchtig, zu küssen. Und wieder war da dieses wunderbare und aufregende Gefühl in ihr. Doch sie wehrte ihn ab. „Nein, Diego, bitte. Ich muss mit dir sprechen."

„Warum?", stöhnte er leise an ihrem Mund. „Wir verstehen uns ohne Worte viel, viel besser."

Dennoch kam er ihrer Bitte nach und rieb nur noch ganz zärtlich seine Wange an ihrer.

„Du hast mir doch schon alles gesagt, was ich wissen muss, meine süße Iris", murmelte Diego. „In dem Augenblick, in dem du unter meinem Kuss deine Lippen öffnetest, spürte ich, wie sehr deine Sehnsucht der meinen entgegenkam. Ich weiß, meine Leidenschaft hat dich ein wenig erschreckt, Kleines, nicht wahr? Ich habe das Beben gespürt, das durch deinen Körper ging, und dann das Zittern, weil du Angst hattest, ganz und gar überwältigt zu werden. Du musst keine Angst vor mir haben, querida."

Seine zärtlichen, suchenden Lippen streiften ihren Hals, ihr Ohr, erreichten ihre Mundwinkel. Iris' Puls hämmerte, sehnsüchtig streckte sie sich ihm entgegen. Er presste sie an sich.

„Ja, ich kann grausam sein, aber nur zu denen, die es verdienen. Du bist so schön, so lieblich, mit so einer kleinen Waise könnte ich immer nur liebevoll umgehen und Mitleid haben."

Iris hob den Kopf. „Du tust so, als wäre ich ein bedauernswertes, verlassenes Kind", beschwerte sie sich.

„Aber du bist doch Waise", spöttelte Diego ein wenig und fuhr dann ernster fort. „Manchmal machst du wirklich einen so traurigen, verlassenen Eindruck, dass es mir in der Seele wehtut. Dann siehst du aus wie ein hilfloses Wesen, das sich danach sehnt, Liebe zu geben und die Liebe zu empfangen. Geld und gesellschaftliche Positionen genügen nicht, das weißt du, cara. Ich möchte so gern die Lücke in deinem Leben ausfüllen. Warum lässt du nicht zu, dass ich dich liebe?"

Diego musste gespürt haben, wie Iris sich plötzlich versteifte, doch er sagte nichts, ließ sie aber auch nicht los. Er wartete. Er spürte, wie schwer es ihr fiel, die richtigen Worte zu finden.

Iris konnte kaum denken, so stark klopfte ihr Herz. Doch dann nahm sie sich zusammen.

„Diego", wisperte sie.

„Ja, meine Liebste", antwortete er leise und wartete weiter. Er war beinahe atemlos.

„Ich – ich bin nicht reich, wie deine Mutter vielleicht denkt."

„Por amor de Deus! Ist das alles?"

Diego fing an zu lachen. Es klang jedoch nicht gerade fröhlich. Iris spürte, dass er hin- und hergerissen war zwischen Heiterkeit und Ärger.

„Ich, ich", stammelte sie weiter, „stamme auch nicht aus der großen Gesellschaft."

Ihr Geständnis wurde durch einen ungeduldigen und doch erleichterten Kuss beendet.

„Mein Gott, wie gleichgültig mir das ist", rief er. „Wie kannst du mich nur mit solchen Lappalien quälen? Wie konntest du nur glauben, dass mich etwas so Unwichtiges von meinem Entschluss, dich zu meiner Frau zu machen, abbringen könnte? Ich will dich, so wie du bist. Ich werde dich als meine Braut in mein Castelo de Sete Suspiras bringen. Meine Güte, ich hatte schon befürchtet, ich hätte irgendwo einen Rivalen. Es gäbe möglicherweise jemanden, dem du schon versprochen bist."

Diego schob Iris ein wenig von sich und lachte sie an.

„Dafür müsstest du eigentlich bestraft werden."

Doch dann zog er sie wieder leidenschaftlich in seine Arme.

„Nun, ich werde dir verzeihen. Unter einer Bedingung. Du sprichst mir jetzt nach: Diego, ich liebe dich. Bitte Diego, ich möchte deine Frau werden."

4. KAPITEL

„Von jeder Frau erwartet man, dass sie an ihrem Hochzeitstag gut aussieht", rief Jacinta begeistert, „doch du bist unglaublich schön, Iris. Du strahlst einen Glanz aus ..." Jacinta suchte nach Worten. „Es ist, als hätte mein Bruder ein Leuchtfeuer der Liebe in dir entzündet, das Strahlen des Glücks aussendet. Liebst du ihn so sehr?"

„Natürlich liebe ich ihn", erwiderte Iris, und eine leichte Röte stieg in ihre Wangen. „Dir brauche ich doch nicht zu erklären, wie liebenswert Diego ist."

„Na ja, manchmal schon", meinte Jacinta gedehnt. „Doch ab und zu hat er Stimmungen, in denen ich ihn nicht gerade liebenswert finde."

Iris musste lachen. Jacintas Ideen schienen mit denen von Diego nur selten übereinzustimmen. Da gab es viele Reibungspunkte, viele Gelegenheiten zu Auseinandersetzungen und Streit.

„Unglücklicherweise forderst du ihn viel zu oft heraus", erwiderte Iris. „Du weißt doch genau, dass er nur das Beste für dich im Sinn hat. Er ist wie ein gerechter, allerdings nicht immer milde gestimmter Vater zu dir."

Jacinta war noch etwas missgelaunt wegen des Streits, den sie am Abend zuvor mit ihrem Bruder gehabt hatte, und maulte.

„Es gibt ebensowenig Ähnlichkeit zwischen meinem Bruder und einem milden Vater wie zwischen einem Araber und einem Berber."

Iris war erstaunt über diesen Vergleich.

„Gehören sie nicht beide zum gleichen Volk?"

„Diego würde behaupten, nein", erwiderte Jacinta, „obwohl Araber und Berber seit über tausend Jahren untereinander geheiratet haben, gibt es noch immer richtige Berberstämme in den Bergen. Diese Menschen, die die besten Freunde meines Bruders sind, haben einen besonders hohen Ehrenkodex. Ihr Ruf für absolute Ehrlichkeit, wie Diego behauptet, ist ebenso berühmt wie der der Araber."

„Manchmal", die Entrüstung Jacintas stieg, „manchmal könnte ich schwören, Diego ist mehr ein Berber als ein Portugiese. Weißt du was? Gestern Abend wollte er mir verbieten, dass ich an eurer Hochzeit teilnehme. Nur, weil er mich bei einer kleinen, harmlosen Lüge ertappte! Wenn ich ihm nicht klargemacht hätte, dass du über meine Abwesenheit sehr traurig sein würdest, säße ich jetzt in meinem Zimmer und wäre eingesperrt."

Iris wandte sich ab, um ihr Lächeln zu verbergen. Jacinta war bekannt dafür, dass die Fantasie oft mit ihr durchging.

Dennoch begannen Iris' Gedanken zu kreisen. War sie wirklich deutlich genug gewesen, als sie ihm ihre Herkunft zu erklären versucht hatte? Hätte sie in den vergangenen zwei Wochen, in denen er sanft und liebevoll gewesen war, doch noch mehr berichten müssen über ihr früheres Leben, damit kein Schatten auf ihre gemeinsame Zukunft fiel?

Doch sobald Iris den Versuch gemacht hatte, war Diego sofort ungeduldig geworden, entschuldigte sie sich vor sich selbst. Wann immer sie das Thema berührte, hatte er es mit wegwischender Geste abgetan und es für Zeitverschwendung gehalten, darüber zu reden.

Außerdem war viel zu viel zu tun gewesen, ein Arrangement nach dem anderen musste getroffen werden. Die wenigen, kurzen Momente, in denen sie allein gewesen waren, hatten sie mit Zärtlichkeiten, Liebkosungen und Küssen ausgefüllt.

Es klopfte an der Tür. Jacinta öffnete. Dona Amelia trat ein. Iris bekam Herzklopfen, ihr ganzer Mut verließ sie wieder, denn Dona Amelia war der einzige Wermutstropfen in ihrem Glück.

Diegos Mutter war gegen diese Verbindung. Seitdem sie wusste, dass ihr Sohn die Absicht hatte, Iris zu heiraten, hatte sie alles versucht, die Eheschließung wenigstens hinauszuzögern, wenn sie sie schon nicht verhindern konnte. Sie hatte wohl Zeit gewinnen wollen, vermutete Iris, um ihre zukünftige Schwiegertochter besser kennenzulernen.

„Warum bist du noch nicht angezogen?", rief Amelia aufgeregt, als sie Iris noch im Unterkleid dastehen sah.

„Nur noch das Kleid und den Schleier", versicherte Iris hastig. „Es dauert nur noch ein paar Minuten."

„Also, worauf wartest du?", erwiderte Dona Amelia. „Diego ist bereits auf dem Weg zur Kirche. Oh, diese Blamage!“, rief sie aus und hob anklagend die Hände. „Alle werden tuscheln über diese unziemliche Eile, mit der ihr heiraten wollt. Ein Wunder, wenn überhaupt noch alles klappt!“ Sie ging ein paar Schritte im Zimmer auf und ab.

„Wenn ihr doch nur bereit gewesen wärt, noch ein paar Wochen zu warten! Dann hätte die Trauung in aller Form im Castelo im Kreis unserer Verwandten und Freunde stattfinden können!“ Amelia seufzte. „Aber nein, mein ungeduldiger, verblendeter und betörter Sohn musste ja so schnell wie möglich heiraten. In einer fremden Kirche, mit Gästen, die nur eben Bekannte sind. Du hättest auch Zeit gehabt, zu diesem wichtigen Tag Freunde aus England anreisen zu lassen. Du musst doch noch irgendwelche Verwandte da drüben haben oder zumindest Freunde?“

Jacinta bemerkte Iris’ Betroffenheit und kam ihr als Brautjungfer sofort zu Hilfe.

„Iris kann keine Anverwandten aus der Luft greifen, Mama, auch nicht, um dir einen Gefallen zu tun. Sie hat dir doch erklärt, dass ihre beste Freundin selbst gerade geheiratet hat und natürlich jetzt nicht herkommen kann. Sie hat versprochen, Iris sobald wie möglich zu besuchen. Das hat sie doch, nicht wahr?“

Iris nickte. Dann wandte sie sich ab, um die Tränen zu verbergen, die ihr plötzlich in die Augen stiegen.

Wenn Dinah doch hier sein könnte! Sie würde ihr Kraft und Mut geben, um all das Neue zu meistern.

Iris hatte Gordon in der Bank angerufen, um ihm die Neuigkeit mitzuteilen und um Dinah und ihn zur Hochzeit einzuladen. Zunächst war Gordon vor Überraschung stumm gewesen, dann hatte er herzlich und überschwänglich gratuliert.

„Nichts würden wir lieber tun, als an diesem Tag bei dir zu sein, Iris“, hatte er herzlich erklärt, „doch wir haben uns gerade das Nötigste an Möbeln gekauft. Jeder gesparte Pfennig ist dabei draufgegangen. Ich könnte nicht einmal das Fahrgeld für Dinah allein aufbringen. Und an eine Reise für uns beide ist im Moment überhaupt nicht zu denken.“

Dinahs Brief hatte alles bestätigt, was Gordon Iris schon am Telefon gesagt hatte.

Dinah erzählte auch, dass sie und Gordon sehr glücklich seien, und sie gab Iris gute Ratschläge und gratulierte ihr von Herzen zu ihrer außerordentlich guten Partie und der vernünftigen Wahl.

„Wenn du so weit bist, Iris, helfe ich dir, das Kleid anzuziehen."

Iris neigte ihren Kopf ein wenig, und Jacinta streifte ihr das Hochzeitskleid über. Iris' Herz klopfte mit dumpfen Schlägen, als der kühle weiße Satin ihre Haut berührte.

Plötzlich begann Dona Amelia zu schluchzen.

„Meine Güte, was ist denn jetzt los?", rief Jacinta, halb erschrocken, halb amüsiert.

„Ach, gar nichts ist los", schluchzte Dona Amelia, „ich musste nur gerade an meine eigene Hochzeit denken – und an deinen lieben, so früh von uns gegangenen Vater. Das Schicksal ist so ungerecht", seufzte sie laut. „Ein wildes Pferd hat mir meinen geliebten Mann geraubt – und nur weil Diego unbedingt eine Geschäftsreise nach London antreten und im Flugzeug eine Engländerin kennenlernen musste, verliere ich nun auch noch meinen Sohn."

„Wie kannst du so etwas zu Iris sagen, Mama", rief Jacinta aufgeregt und unbeherrscht.

Iris merkte, Jacinta war nicht zu halten, und es würden mit Sicherheit weitere unbedachte Bemerkungen fallen. So unterbrach sie sie schnell.

„Bitte, Jacinta, lass mich ein paar Minuten mit deiner Mutter allein. Ich möchte gern mit ihr sprechen."

Der ungewohnt autoritäre Ton von Iris erstaunte Jacinta so sehr, dass sie nur noch nicken konnte und ohne Widerwort sofort das Zimmer verließ.

Dona Amelia schneuzte sich und unterdrückte noch ein paar Schluchzer. Iris legte ihr die Hand auf die Schulter.

„Bitte, Dona Amelia, hören Sie auf zu weinen, und bitte hören Sie mir einen Augenblick zu." Iris versuchte, so liebenswürdig wie nur möglich zu sein.

„Das meiste Unglück in der Welt entsteht dadurch, dass die Dinge unausgesprochen bleiben, die einfach gesagt werden müssen. Ich hoffe also, Sie nehmen mir meine Offenheit nicht übel. Ich weiß sehr genau, was Sie empfinden. Auch ich habe den Schmerz erlebt, von einem sehr geliebten Menschen getrennt zu werden. Nur mein Verlust war endgültig. Wenn Sie sich überwinden und mich nicht als einen Außenseiter betrachten würden, liebste Mama, muss es für Sie kein wirklicher Verlust sein." Iris holte Atem.

„Ich liebe Ihren Sohn, aber ich habe nicht die Absicht, ihn Ihnen fortzunehmen. Im Gegenteil, ich möchte so gern Ihre zweite Tochter werden. Vielleicht könnte ich eines Tages ein Teil Ihrer Familie sein, wenn Sie mich als Kind akzeptieren. Wenn Sie es so sehen könnten, Dona Amelia, bräuchten wir nicht wie Fremde nebeneinander zu leben, sondern alle zusammen und wie gute Freunde."

Dona Amelia antwortete nicht gleich, sie hob auch nicht den Kopf. Mutlos glaubte Iris schon, dass ihre zukünftige Schwiegermutter ihren Stolz niemals überwinden würde, dass sie ihr böse war und ihr wegen ihrer Offenheit auch nicht verzeihen würde.

Doch endlich blickte Dona Amelia auf. Iris war erleichtert, Dona Amelias Gesichtszüge hatten eine gewisse Weichheit angenommen. Ihr Blick war hoffnungsvoll und schien sogar einen gewissen Respekt auszudrücken.

„In deiner Stellung als Frau von Diego hättest du es nicht nötig, so freundliche Worte für mich zu finden."

„Ich bitte Sie, Mama, was hat meine Stellung damit zu tun? Wir brauchen doch nicht Rivalinnen zu sein", versicherte Iris ernst. „Ich weiß genau, dass Diego genügend Liebe besitzt. Sie reicht für uns beide."

Einen Augenblick studierte Dona Amelia Iris' Gesicht, dann stand sie auf.

„Am Anfang habe ich stark an dir gezweifelt, mein Kind. Selbst in Portugal, wo die jungen Mädchen sehr behütet aufwachsen, ist so viel Unschuld selten. Ich konnte einfach nicht glauben, dass du wirklich vom Charakter her so uneigennützig und rein bist. Jetzt weiß ich es besser."

Impulsiv streckte sie ihre Hand aus und berührte Iris' Wange.

„Jetzt bin ich glücklich und beruhigt. Für mich selbst und mehr noch für meinen Sohn, dass er eine solche Frau bekommt. Werdet glücklich miteinander!"

Als ob sie sich ihrer Weichheit schämte, fuhr sie in etwas rauem Ton fort: „Doch jetzt musst du dich beeilen und dich schnell ankleiden. Ich habe dich schon viel zu lange aufgehalten. Adeus, minha filha, wir sehen uns später in der Kirche."

Nun versprach dieser Tag doch noch ein Freudentag zu werden. In weniger als einer Stunde würde sie Senhora da Silves sein, und damit würde das schönste Kapitel ihres ganzen Lebens beginnen.

Kleid und Brautschleier waren geordnet und aufgesteckt, das Haar gerichtet. Befriedigt trat Iris einen Schritt vom Spiegel zurück. Aus dem Kranz von zarten Orangenblüten auf dem Kopf fiel der Tüllschleier weich über ihre Schultern und gab ihr einen Hauch von Reinheit.

„Meus Deus! Dein Gesicht ist so weiß wie Marmor, Iris!", rief Jacinta plötzlich und riss sie aus ihren Gedanken.

„Wenn du auf einmal Angst und Lampenfieber hast, versuch schnell darüber hinwegzukommen. Und um Gottes willen, lächle! Sonst wird mein Bruder denken, er heiratet eine büßende Nonne!"

Bald erreichte der Wagen einen Vorort von Lissabon, und Iris erspähte einen Turm, so weiß, als wäre er aus Elfenbein geschnitzt, und gleich daneben die hellgelben Mauern einer Kirche.

Am Arm eines guten alten Freundes von Dona Amelia betrat Iris die Kirche.

Der Weg zum Altar, bis an Diegos Seite, schien unendlich weit. Iris fühlte ein schmerzliches Verlangen nach ihrer Mutter oder wenigstens nach irgendeinem vertrauten Gesicht unter den Gästen. Sie fühlte sich entsetzlich allein.

Ihr Begleiter drückte fest ihren Arm, als er das nervöse Beben spürte, das durch ihren Körper ging. Als er sie dann endlich dem ernst blickenden Bräutigam übergeben konnte, war er offensichtlich erleichtert.

Diego gab seine Antworten mit fester, weithin verständlicher

Stimme. Doch Iris' Antworten auf die Fragen des Priesters hörte man kaum noch in den ersten Reihen der Kirchenbänke. Erst als der Augenblick kam, in dem Iris die Hand ausstrecken musste, damit Diego ihr den Ring überstreifen konnte, hatte sie sich gefasst und zitterte nicht mehr.

Ihr Herz hämmerte, sie schritt wie in einer Wolke, als Diego sie durch den Mittelgang aus der Kirche hinausführte. Die Orgel spielte, der Chor sang, und dann hörte Iris das Läuten der Glocken.

Es war ein freudiges Läuten, das ihr Kraft und Hoffnung gab. An diesem glückseligen Augenblick würde sie sich ein Leben lang erinnern.

Das Brautpaar hatte während der Rückfahrt ins Hotel, wo ein Empfang vorbereitet war, wenig Gelegenheit miteinander zu reden und auch keine Möglichkeit, einen Kuss zu tauschen.

Diego hielt Iris' Hand fest umschlossen. Offensichtlich gab er sich die größte Mühe, seine Ungeduld zu zügeln. Doch war ihm anzusehen, wie glücklich und stolz er war, diese schöne Frau nun ganz für sich zu besitzen.

„Wer immer gesagt haben mag, das Leben sei eine einzige lange, süße Qual, muss eine solche Situation wie diese im Sinn gehabt haben", murmelte er verhalten.

Vor dem Hotel hatte sich eine Gruppe von Leuten aufgestellt, die das Brautpaar bewundern wollten. Einheimische und Touristen, die gelesen hatten, dass einer der reichsten Junggesellen des Landes heiratet, und zwar ein englisches Mädchen, das er hier in den Ferien kennengelernt hatte.

Anerkennendes Gemurmel für den Bräutigam und höchste Bewunderung für die Braut waren zu hören, als Diego Iris im schimmernden weißen Kleid mit gebauschtem Schleier aus der Kutsche half. Sie lächelte mit strahlenden Augen und winkte den Leuten zu.

Kurz vor dem Hotelportal blieb sie ganz plötzlich stehen. Sie hatte in der Menschenmenge ein bekanntes Gesicht entdeckt. Schon wollte Iris weitergehen, glaubte, dass sie sich geirrt hätte, da hörte sie halb hinter sich einen Aufschrei.

„Das darf doch nicht wahr sein! Unser Fräulein Rührmichnichtan!

Sieh doch nur, Ted, ich habe dir doch von ihr erzählt!"

Lebhaft winkte die junge Frau.

„Hallo, hallo!", rief sie wieder, „ich bin es, Kate!"

Diego musste den Zwischenfall genau registriert haben, er hatte auch gespürt, wie Iris sich an seinem Arm versteifte, wie sie seinen Arm wie schutzsuchend presste. Zur Freude aller Umstehenden hob er sie mühelos hoch und trug sie über die Schwelle in das Hotel.

Etwa eine halbe Stunde lang stand Iris an Diegos Seite in der großen Hotelhalle und nahm mechanisch Gratulationen entgegen. Steif lächelte sie zu all den guten Wünschen. Die Gratulierenden schienen nichts zu merken, doch Diego sah seine junge Frau prüfend von der Seite an. Er wunderte sich über ihre gedankliche Abwesenheit.

Kurz nach der Ankunft seiner Mutter und Schwester im Hotel war Diego einmal kurz fortgegangen. Er hatte ein paar Worte mit dem Hotelmanager gesprochen. Als endlich die letzten Gäste ihre Glückwünsche ausgesprochen und dem Brautpaar die Hände geschüttelt hatten, wurde Iris plötzlich voller Entsetzen klar, welchen Grund die Abwesenheit Diegos vorhin gehabt hatte.

Der Hotelmanager führte ein erstauntes Touristenpaar herein, das sich in seiner Kleidung und seinem Gebaren vollständig von den anderen Gästen unterschied.

„Da diese Leute offensichtlich Bekannte von dir aus England sind", flüsterte er Iris zu, bevor das Paar in Hörweite war, „habe ich Ihnen durch den Empfangschef eine Nachricht zukommen lassen. Ich freue mich sehr für dich, dass der Zufall gerade heute Freunde von dir aus England nach Lissabon führte."

Ausgerechnet in diesem Augenblick, dachte Iris. Was für eine Katastrophe! Verzweifelt grub sie ihre Fingernägel tief in ihre Handflächen, um nicht aufschreien zu müssen.

Kate, eine der früheren Kolleginnen aus der Fabrik, hatte immer den Ruf gehabt, eine Klatschbase und ein schrecklicher Snob zu sein. Sie strebte stets nach Höherem, missgönnte anderen Glück, war vorlaut und taktlos. Kate war eine jener Arbeiterinnen gewesen, von denen Iris stets aufgezogen und verspottet wurde.

„Hallo, Fräulein Rührmichnichtan!", rief Kate Iris entgegen.

„Das hast du ja schnell geschafft. Da kann man nur gratulieren! Die Mädchen werden es mir kaum glauben, wenn ich ihnen erzähle, was ich hier in Lissabon erlebt habe."

Kate musterte Diego mit frechem, anerkennendem Blick.

„Alle Achtung! Wo hast du den denn aufgetrieben? Na ja, du hast ja immer geschworen, nur jemanden mit Geld zu heiraten – und es sieht mir doch ganz so aus, als hättest du es tatsächlich geschafft."

Irgendwie gelang es Iris, ihre verletzten Gefühle hinter einer kühlen und sachlichen Haltung zu verstecken. Sie brachte es sogar fertig, Kate nicht zu zeigen, dass deren taktlose Bemerkungen ihren Hochzeitstag in einen Trauertag verwandelt hatten.

Diego hatte auf Kates Worte äußerlich kaum reagiert. Lediglich seine Mundwinkel hatten ein wenig gezuckt. Doch wer ihn genau ansah, der bemerkte, dass seine bisher leuchtenden blauen Augen dunkel und unergründlich geworden waren.

Die letzte Hoffnung, dass sie noch alles würde aufklären können, verließ Iris, als Diego sich vor Kate leicht verneigte und sich dann verbindlich an ihren überraschten, schwitzenden Ehemann wandte.

„Mit Ihrer Erlaubnis, Senhor, möchte ich mit Ihrer Frau gern ein Glas Champagner trinken, um sie ein wenig näher kennenzulernen. Vielleicht", mit kaltem Blick musterte er Iris' weißes Gesicht, „tun Sie mir den Gefallen und leisten meiner Frau inzwischen Gesellschaft, um Erinnerungen auszutauschen über das glückliche, zufriedene Leben, das sie geführt hat – bis zum heutigen Tag."

5. KAPITEL

Diego fuhr die Algarve entlang, auf der Küstenstraße nach Süden. Er hatte von Lissabon aus den kürzesten Weg zu seinem Castelo de Sete Suspiras, dem Kastell der sieben Seufzer eingeschlagen. Dort war alles für das Brautpaar vorbereitet.

Iris hatte ein blassgrünes Reisekleid angezogen – die Farbe der Büßer, die sie noch blasser machte. Mit dem zurückgekämmten, silberblonden Haar sah sie wenig älter als ein Schulmädchen aus. Schmal und bedrückt saß sie an Diegos Seite. Bisher war zwischen ihnen kein einziges Wort gesprochen worden.

Diego trug jetzt ein dunkelblaues Seidenhemd, das er am Hals weit geöffnet hatte. Dazu bequeme helle Hosen und leichte Schuhe, die seiner sonst fast raubtierhaften Spannung den Anschein gaben, als wäre er völlig entspannt.

Doch in seinem Gesicht arbeitete es. Er war keineswegs so ruhig, wie Iris bemerkte, als sie ihn aus den Augenwinkeln betrachtete.

Als die Atmosphäre schließlich zum Bersten gespannt war, hielt Iris es nicht länger aus. Sie nahm ihren ganzen Mut zusammen und sprach Diego an.

„Ich weiß, du bist ärgerlich und böse mit mir, Diego, doch bitte verurteile mich nicht völlig, bevor ich überhaupt die Möglichkeit hatte, dir alles zu erklären."

„Deine Freundin hat mir alles bestens erklärt. Was ich wissen muss, weiß ich jetzt."

Seine heisere Stimme verriet ihr, wie tief betroffen und enttäuscht er war.

„Wie musst du nur das Schicksal verfluchen, das nun doch noch offenbart hat, was für eine billige und schamlose Abenteurerin du bist. Eine Frau, die nichts anderes im Sinn hatte, als sich einen reichen Ehemann einzufangen."

„Das ist nicht wahr!" Iris war sehr betroffen von seiner grausamen Offenheit und seinen Anschuldigungen.

„Nein? Willst du behaupten, dass deine Freundin all diese weiblichen Frechheiten, die du wahrscheinlich mit ihr und den anderen

Fabrikarbeiterinnen geteilt hast, einfach so erfunden hat?" Er lachte böse. „Verzeih, aber es fällt mir schwer, deinen Protest zu glauben. Besonders deshalb, weil du dir so große Mühe gegeben hast, mir ein anderes Bild von deinem Leben vorzugaukeln."

Seine Hände krampften sich um das Lenkrad, sodass die Knöchel weiß hervortraten. „Es hat mir überhaupt nichts ausgemacht, als du zugegeben hast, dass du aus kleinen Verhältnissen stammst. Im Gegenteil, das hat deinen Reiz für mich nur noch erhöht. Es ist dieses Lügengewebe, dieses Vortäuschen falscher Dinge, die ich unverzeihlich finde."

Einmal begonnen, war Diego nun nicht mehr in der Lage, die Flut von bösen Beschimpfungen zu stoppen. Iris saß wie erschlagen neben ihm. Sie konnte es nicht fassen, dass dieser sonst so liebenswürdige Mann völlig die Kontrolle über sich verloren hatte. Verkrampft hielt sie ihre Finger im Schoß. Den Kopf hatte sie gesenkt. Sie konnte nur mit Mühe die Tränen zurückhalten, die ihr in die Augen gestiegen waren.

„Hör auf, Diego", stöhnte Iris, „hör endlich auf, dich und mich mit diesen unbegründeten Verdächtigungen zu quälen. Wir kennen uns zwar noch nicht lange, doch ich hatte angenommen, du beurteilst mich anders. Ich habe keine Familie, das stimmt. Ich habe auch keine Stellung mehr in England und kein Zuhause. Doch ich bin nicht nach Portugal gekommen, um das alles hier zu finden. Ich wollte hier in deinem Land meine Ferien verbringen. Dass wir uns trafen und begannen, uns zu lieben, ist doch Schicksal, wie du selbst gesagt hast."

Diego trat auf das Gaspedal. Der Wagen raste mit überhöhter Geschwindigkeit über die Landstraße, Korkeichen, Olivenbäume, bunte, blühende Sträucher huschten am Fenster vorbei.

Diegos Stimmung schien auf dem Siedepunkt zu sein. Noch nie zuvor hatte Iris ihn so arrogant, so kalt und verletzend erlebt. In einem solchen Zustand musste man wohl mit allem rechnen.

So blieb sie stumm sitzen und versuchte sich aus ihren Träumen zu lösen; ihr schien alles zu einem Albtraum geworden zu sein.

Der wunderbare Traum! Er hätte glückselige Wirklichkeit werden können. Doch das Schicksal hatte anders entschieden. Ein tollwütiger Zufall hatte Kate und ihren Mann nach Portugal geführt, nur weil die Hotels ihrer Preisklasse auf Mallorca total ausgebucht gewesen waren. Diese Kleinigkeit hatte aus Iris' Leben einen Trümmerhaufen und sie selbst zu einem Spielball des Schicksals gemacht.

Lange bevor sie das Castelo de Sete Suspiras erreichten, sah man seine Umrisse am Horizont. Auf der Spitze eines Berges stehend, wirkte die Burg wie ein maurisches Fort. Im Licht der Sonne changierten ihre Wände und Türme in Gold und Ocker.

Iris richtete sich auf, als der Wagen durch einen imposanten, hochaufragenden Torbogen fuhr und nach kurzer Fahrt in einem mit kunstvollen Fliesen ausgelegten Innenhof hielt.

Vor sich sah Iris ein lang gestrecktes Marmorbecken, um das herum gestutzte Myrthenbäume standen, die dunkelgrüne Schatten auf die spiegelglatte Oberfläche des Wassers warfen. Schlanke Marmorsäulen trugen eine Dachkonstruktion über dem künstlich angelegten Teich.

Über diesem Patio lag ein Hauch von Reinheit und Frieden, der Iris angenehm berührte. Es musste schön sein, hier auszuruhen, zu träumen, zu meditieren.

Hier, im Schatten des mächtigen Castelo, das wohl einstmals von den Arabern erbaut worden war, begann sie mit aufkommender Furcht zu ahnen, dass Diego ein Mann war, der sein Leben in zwei unvereinbare Bereiche aufteilte.

In dem einen führte er das Leben eines gebildeten Aristokraten. Das andere Leben konnte sie sich allerdings nur etwas diffus vorstellen. Vor ihrem inneren Auge sah Iris ungeduldig stampfende arabische Zuchthengste, hörte Waffengeklirr und lautes Geschrei. Möglicherweise war es ein Leben in barbarischer Primitivität, das zügellos nach Lust und Laune geführt wurde. Ein Leben ohne Rücksicht auf Frauen und Bedienstete.

Als Diego die Autotür hinter sich zuschlug, zuckte Iris zusammen. Sie wartete beinahe darauf, dass aus verschiedenen Türen Sklaven herausgelaufen kämen, um sich vor dem ankommenden Herrn auf die Knie zu werfen. Doch es öffnete sich nur eine Tür, zu der ein paar Stufen hinaufführten. Ein ältlicher, untersetzter Mann erschien, er kam auf Diego zu.

„Alfonso, das ist Dona Iris, deine neue – Herrin." Bei dem letzten Wort zögerte Diego merklich. „Führe sie bitte in ihr Zimmer und kümmere dich danach um das Gepäck."

Alfonso antwortete nicht, er verbeugte sich nur vor Iris und bedeutete ihr mit einer Geste, ihm zu folgen.

Iris wandte sich zu Diego und blickte ihn bittend an. Aus irgendeinem Grund widerstrebte es ihr, das Castelo zu den sieben Seufzern allein zu betreten. Wessen Seufzer waren wohl gemeint? Und aus welchen Gründen war hier geseufzt worden?

Instinktiv fühlte sie, dass sie möglicherweise nur das letzte Glied einer Kette von Frauen war, die in diesem Haus getrauert hatten, die sich nach Freiheit gesehnt hatten, Frauen, die einsam und ängstlich gewesen waren, die benutzt, übersehen und dann wieder verlassen wurden. Sie alle hatten vielleicht genau wie sie einmal von ganzem Herzen geliebt und waren in der Hoffnung hierhergekommen, das Glück zu finden. Und sie hatten Verachtung und Einsamkeit dafür eingetauscht.

„Kommst du nicht mit?", fragte Iris tonlos.

„Nein, meine Liebe", Diegos Augen blickten sarkastisch. „Hast und Eile sind von Übel, – sagte schon Mohammed. Übe dein Herz in Geduld, o Braut der Begierde", zitierte er, „bis dein Herr und Meister es für richtig hält, zu dir zu kommen und dich zu beglücken!"

Iris folgte Alfonso mit brennenden Wangen.

Der Raum, in den Alfonso Iris führte, war von Licht durchflutet, das durch verhältnismäßig schmale, doch hohe Bogenfenster strömte. Sie ging zu einem der Fenster und blickte hinaus. Vor ihr lag eine saftig grüne Ebene. Ein Schwarm weißer Tauben hob sich in die Luft. Iris hatte das Gefühl, als wäre sie aus der Wirklichkeit direkt in eine märchenhafte arabische Welt getreten.

Die Decke war aus Holz mit eingelegten Ornamenten. Die Wände trugen schimmernde Seidentapeten. Die Türen der Schränke waren mit geschnitzten Blumenranken verziert.

Als Alfonso leise die Tür hinter sich geschlossen hatte, warf sich Iris auf einen Diwan. Sie war zu erschöpft, um noch länger die Tränen zurückhalten zu können. Sie flossen, als wäre ein Damm gebrochen.

Ein Mann ist wie der Mond, meist ist seine dunkle Seite versteckt. An diesen arabischen Spruch musste Iris jetzt denken. Zurzeit zeigte Diego seine dunkelste, rätselhafteste Seite. Seine fröhlichen Augen, sein liebenswürdiges Lächeln, das sie in Lissabon so verzaubert hatte, hatten sich verfinstert. Diego befand sich wie in einem Nebel von Zorn und Misstrauen.

Iris weinte nicht so sehr aus Furcht. Sie weinte, weil alles so unerwartet anders gekommen war. Dies hätte der glücklichste Tag ihres Lebens sein können.

Doch der Mann, der sich gerade eben voller Verachtung von ihr abgewandt hatte, war nicht mehr der zauberhafte Liebhaber, der Freude und Glück zu geben versprochen hatte. Er hatte sich in einen grollenden, beleidigten Menschen verwandelt, der peinigen wollte, weil man ihm selbst Wunden zugefügt hatte. Er war wie ein Tier, das angreift, wenn es gereizt wird, und gefährlich wird, wenn man es verwundet.

Iris' Tränen waren versiegt, doch sie fühlte sich elend und miserabel. Es klopfte an ihrer Tür. Alfonso brachte das Gepäck.

Sie dankte ihm, doch dieser ernste, verschlossene Mann war ihr unheimlich, sie fühlte sich in seiner Gegenwart unwohl.

„Wann bitte wird im Haus das Essen serviert?“, fragte sie.

„Die Mahlzeiten werden nach den Anweisungen des Herrn serviert. Bis jetzt hat er uns noch nicht wissen lassen, wann er heute zu essen wünscht. Sie können aber jederzeit eine Kleinigkeit auf Ihr Zimmer bekommen, wenn Sie hungrig sind, Senhora.“ Alfonso sprach jetzt englisch, damit Iris ihn besser verstand.

„Nein, nein, danke, Alfonso“, erklärte Iris hastig. „Ich wollte nur wissen, wann ich mich umziehen muss.“

„Meistens isst der Senhor sehr spät.“

Iris spürte sein missbilligendes Achselzucken und hasste die geschmeidige Höflichkeit, mit der er fortfuhr.

„Doch manchmal beschließt er auch, sehr früh zu Bett zu gehen, dann wird eben auch sehr früh gegessen. Es ist also in jedem Fall zu raten, früh genug mit dem Umkleiden zu beginnen. Es ist besser, fertig zu sein, als den Herrn warten zu lassen."

Iris fühlte sich beinahe wie ein Freudenmädchen, das gerade gewarnt worden war, seinen Herrn und Meister nicht zu verärgern. Kühl musterte Iris den Diener und sagte von oben herab: „Sehr gut. Danke. Sie können jetzt gehen."

Unter dem Eindruck von Alfonsos Worten machte sie sich sorgfältig zurecht. Sie wählte ein Kleid in Diegos Lieblingsfarbe: Nachtblau. Ihr Haar ließ sie offen. Es fiel ihr in weichen Wellen über die Schultern, denn er liebte es, ihr Haar durch seine Finger gleiten zu lassen. Er fand es schön, seinen Mund in ihrem seidenweichen Haar zu vergraben.

Der Stoff des Kleides bedeckte nur eine Schulter, die zweite blieb nackt. Es offenbarte und verhüllte gleichzeitig. Die perfekte Wahl für eine Braut, die noch zu scheu ist, um sich anzubieten und die doch nicht abgeneigt ist, sich hinzugeben.

Als sie sich bückte, um die zierlichen Silbersandalen zu schließen, sah sie, dass Dinahs Brief unbemerkt auf den Boden gefallen war. Ohne weiter nachzudenken, hob sie ihn auf und stopfte ihn in die kleine Abendtasche. Dann ging sie zu dem großen Spiegel am Frisiertisch, um noch einmal ihre Erscheinung insgesamt zu prüfen.

Das Abendkleid saß perfekt. Ihr Haar schimmerte. Ihre Haut war pfirsichzart. Alles stimmte – bis auf die Augen. Ihre Augen reflektierten eine angstvolle Nervosität.

„Schöne Frauen sollten wie Diamanten sein, lupenrein und ohne Fehler. Leider widersprichst du dieser Theorie, cara, und doch bist du atemberaubend schön und sehr verführerisch. In diesem Augenblick erinnerst du mich an eine hohe, schmale Kerze mit einer leuchtenden Flamme aus Silber. Man muss aufpassen, dass man sich nicht an dir verbrennt."

So unhörbar, wie Diego ins Zimmer gekommen war, trat er jetzt hinter Iris. Er beugte sich zu ihr hinunter und presste seinen Mund auf die helle Haut ihrer nackten Schulter.

Bei der Berührung zuckte Iris zusammen. Sein plötzliches Erscheinen und dieser Kuss waren wie ein Schock. Als sie im Spiegel das Glitzern in seinen Augen sah und die aufflammende Leidenschaft, erschauerte sie.

Mit bewusster Intimität fuhr er mit beiden Händen über die Rundungen ihrer Hüften. Er strich über ihre Oberschenkel und presste sie dann an sich. Im Spiegel sah Iris ihr eigenes entsetztes Gesicht.

Als er nicht aufhören wollte, ihre Schulter zu küssen, versuchte sie, sich aus seiner Umklammerung zu lösen.

Diego reagierte sehr schnell. Wild riss er sie zu sich herum, damit sie ihn ansehen musste.

„Jetzt hast du es doch nicht mehr nötig, das unschuldige Kind zu spielen, das Schutz sucht und sich verloren fühlt in einer Welt von Fremden. Nach all den honigsüßen Lügen, die du mir aufgetischt hast, glaube ich dir die Unschuld sowieso nicht mehr." Er blitzte sie wütend an. „Wir beide wissen es doch besser, Iris. Du bist eine Abenteuerin. Du hast mit hohem Einsatz gespielt und hast tatsächlich gewonnen. Du hast alles bekommen, was du dir je gewünscht hast."

Seine Finger griffen in ihr Haar und zogen sie zu sich heran.

„Du wolltest Reichtum und die Sicherheit einer Ehe. Du hast beides bekommen. Und jetzt, meine Liebe, wirst du dafür bezahlen."

Diego umschlang Iris mit einem Arm und mit der anderen Hand hob er ihr Kinn zu sich empor. Die Angst schnürte ihr die Kehle zu, als sie seinen Mund auf sich zukommen sah.

Iris schloss die Augen. Sie konnte diesen entfesselten, leidenschaftlichen Ausdruck in seinem Gesicht nicht länger ertragen. Da war nichts mehr von Zärtlichkeit oder Zuneigung. Er wollte sie strafen, sie peinigen für das, was sie ihm angeblich angetan hatte.

Der Aufschrei blieb ihr in der Kehle stecken, das Blut rauschte in ihren Ohren. Sie war bereit zu bezahlen, was er forderte.

Nur ganz entfernt hörte Iris das Klopfen an ihrer Tür und die gemurmelte Frage von Alfonso, ob er eintreten dürfte.

Iris fühlte, wie Diegos Griff sich etwas lockerte. Sie bemerkte sein Zögern und öffnete die Augen.

„Komm herein, Alfonso", rief Diego laut und unwirsch.

Iris nutzte den Moment. Sie löste sich von ihm und trat schnell einen Schritt zurück. Diego wandte sich nun ebenfalls von ihr ab, blieb aber mit dem Rücken zu Tür stehen.

Der Diener ignorierte Iris völlig. Er sprach zu Diego, der sich nicht umdrehte.

„Desculpe, Senhor, ich bitte um Verzeihung", murmelte der Diener. „Ich wusste nicht, dass Sie hier sind."

Er atmete hörbar und sah unglücklich aus. Dann, als wollte er gleich von vornherein jede Schuld von sich weisen, fuhr er fort: „Ich bin auf die Bitte der Senhora gekommen und möchte nur ankündigen, dass das Essen serviert werden kann."

„Vielen Dank Alfonso!"

Iris war erleichtert über den Rettungsanker, den er ihr unbeabsichtigt zugeworfen hatte. Sie richtete sich auf, und so stolz wie irgend möglich sagte sie zu ihm: „Der Senhor und ich werden sogleich kommen. Bitte richten Sie in der Küche aus, es kann serviert werden."

6. KAPITEL

Ebenso maurisch anmutend wie das Äußere des Castelos war auch die Ausstattung des Speisesaals. Schwere Kupferlampen hingen tief über der langen Tafel. In ihrem Licht erschien der gedeckte Tisch wie eine Oase. Der übrige Teil des weiten Raumes lag in rätselhafter Dunkelheit.

Zwei Gedecke waren aufgelegt. Das eine ganz oben, das andere am unteren Ende der Tafel. Sie waren so weit voneinander entfernt, dass man laut hätte rufen müssen, wenn man sich bei Tisch unterhalten wollte.

Diego schien das völlig gleichgültig zu sein. Er wandte sich sofort zum oberen Ende des Tisches und überließ es Alfonso, Iris zu ihrem Platz zu führen.

Diego saß aufrecht und steif. Er blickte nachdenklich vor sich hin, wie Iris mit einem schnellen Blick festgestellt hatte. Er verzog keine Miene und sprach auch nicht mit ihr.

Entweder schien er es nicht zu merken, oder es interessierte ihn nicht, dass Iris in jedem der servierten Gerichte nur herumstocherte. Sie aß kaum einen Bissen.

Diego schien es zu schmecken. Er aß mit großem Appetit. Keinen Gang ließ er aus.

Zum Ende der Mahlzeit nahm Iris noch ein paar Stückchen Käse und schälte sich dann eine Birne.

Sie war gerade zu der Auffassung gekommen, dass diese lange wortkarge Mahlzeit wohl auch ein Teil ihrer Strafe sein sollte, als sie sah, dass Diego Alfonso zu sich winkte.

„Den Kaffee bitte in den sala, Alfonso“, ordnete Diego an. Dann nahm er einen Teller und suchte aus der großen Schale eine Anzahl exotisch aussehender Früchte heraus. Es waren kleine gelbe Kugeln, die wie Trauben an holzigen Stengeln saßen.

„Nesperas“, erklärte Diego, als habe er Iris' fragenden Blick bemerkt. „Paradiesäpfel. Man sagt, es seien die Früchte aus dem Garten Eden, jene, die Eva nutzte, um Adam zu verführen. Danach wurden sie ja bekanntlich aus dem Paradies vertrieben. Als wahre Eva müsstest du Geschmack an ihnen finden."

Ein spöttisches Lächeln umspielte seinen Mund, als er Iris in einen schmalen, länglichen Raum führte, an dessen Wände niedrige, diwanartige Polsterbänke standen. Unmengen von seidenen Kissen lagen auf ihnen. Der geflieste Boden war mit einem leuchtenden dunkelroten Orientteppich bedeckt. Niedrige runde Tische und Polsterbänke standen in Gruppen zusammen.

Lampen aus Filigran und buntem Glas gaben dem Zimmer eine schummerige Beleuchtung. Von irgendwoher ertönte Musik. Eine Kombination aus Gitarren, Zither und Flöten. Sie spielten rhythmisch einschmeichelnde, sentimentale Melodien, die Iris an die ohnehin schon gespannten Nerven gingen.

Offenbar wünschte Diego, dass man sie allein und ungestört ließ, denn als Alfonso Tassen und Teller aufgedeckt und den Kaffee gebracht hatte, verabschiedete er ihn.

„Vielen Dank, Alfonso, wir werden uns selbst bedienen. Sie können sich jetzt zurückziehen. Ich brauche Sie heute nicht mehr."

Alfonso verbeugte sich, ohne zu antworten. Sein maskenhaftes Gesicht blieb ohne Ausdruck. Iris fröstelte.

„Lächelt er denn niemals?", fragte sie impulsiv, als sich die Tür hinter dem Diener geschlossen hatte.

Diego lachte kurz.

„Ich fürchte, er hat nicht viel von dem mitbekommen, was meine Landsleute auszeichnet. Drei Dinge nämlich: Lachen, Gesang und Erotik."

Nervös auch von der Umgebung und der zunehmend schwülen Atmosphäre klammerte sich Iris an die Unterhaltung wie an einen Strohhalm.

„Und was ist mit den portugiesischen Frauen, haben sie auch gewisse Dinge mitbekommen?"

Diego setzte sich neben sie auf den Diwan. Er sah entspannt und sehr attraktiv aus in seinem Abendanzug. Das Jackett saß wie angegossen und betonte seine breiten Schultern. Das weiße Spitzenhemd darunter hob seinen dunklen Teint vorteilhaft hervor.

„O doch, auch sie haben eine gewisse Anzahl von Eigenschaften, die typisch sind. Gaben, die entsprechend dem Alter unterschiedlich sind." Er lachte.

„Von der Geburt an bis etwa zum zwölften Lebensjahr besitzen sie die Unschuld. Von zwölf bis fünfundzwanzig ein liebebedürftiges Naturell. Von fünfundzwanzig bis fünfunddreißig die Falschheit eines Judas. Wie alt bist du?", fragte Diego so ernsthaft, dass Iris prompt in die Falle ging.

„Zwanzig", erwiderte Iris und fuhr zusammen, als Diego seinen Arm um ihre Schultern legte.

„Dann wollen wir doch einmal ausprobieren, meine schöne Lügnerin", murmelte er und ließ seinen Blick nicht von ihrem bebenden Mund, „ob du mit den gleichen Empfindungen ausgestattet bist wie die liebebedürftigen Portugiesinnen in diesem Alter."

Sein Kuss war verzehrend und schmerzhaft. Doch sie nahm es bereitwillig hin. Sie schmiegte sich an ihn, öffnete unbewusst ihren Mund unter seinen Lippen und nahm seiner Wildheit so die Härte. Was als Strafe für sie gedacht war, vermochte sie durch ihre Hingabe in eine zärtliche Liebkosung zu verwandeln.

Sie sehnte sich so sehr nach der liebevollen Zuneigung, die sie beide in Lissabon verbunden hatte. Iris wollte, dass diese Augenblicke höchster Verzückung wiederkämen, in denen sie mit Diego beinahe eins gewesen war.

Diego war angesichts ihrer Reaktion verwirrt und nahezu unsicher geworden. Er hatte erwartet, dass sie sich wehren, gegen ihn ankämpfen würde. Dann hätte er Gewalt anwenden können. Stattdessen fand er liebevolles Entgegenkommen und zärtliche Hingabe.

„Diego", flüsterte Iris und legte ihre Arme um seinen Hals. „Ich liebe dich so sehr, bitte, bitte höre mich an, ich will versuchen, alle Missverständnisse zwischen uns zu klären."

Iris dachte schon, nun hätte sie verloren, als er plötzlich ihr Kinn hob und sie zwang, ihn anzusehen. Eine tiefe Falte hatte sich zwischen seinen Brauen gebildet.

„Wenn du mir eine neue Falle stellen willst", erklärte er heiser und abweisend, „dann erinnere dich daran, dass auch du in die Falle gegangen bist. In meine. Und ich werde dich entsprechend behandeln."

„Ich bin immer ehrlich zu dir gewesen", redete Iris weiter und blickte ihn unverwandt an. „Wenn ich die Wahrheit ein wenig korrigiert habe, dann nur, um mir selbst etwas vorzumachen, nicht dir. Ich habe dich nicht absichtlich getäuscht, als deine Mutter mir unterstellte, ich käme aus gehobenen Kreisen. Ich habe nicht widersprochen, gut, aber nur deinetwegen. Denn ich wusste ja, dass diese märchenhaften Ferientage mit meiner Abreise nach England sowieso zu Ende gehen würden. Das stand für mich unwiderruflich fest. Und du solltest in den Augen deiner Familie ein Erlebnis gehabt haben, das wenigstens deinem gesellschaftlichen Stand entsprach."

Iris atmete tief durch, bevor sie fortfuhr. „Ich wollte damals einfach noch nicht so weit denken. Deshalb war ich ja auch so erschrocken, als du mich fragtest, ob ich dich heiraten will. Erinnerst du dich?" Fragend blickte sie ihn an. „Und dann habe ich alles versucht, es dir auszureden. Doch du hast dieses Nein von mir einfach nicht gelten lassen. Hätte ich deinen Antrag wirklich so nachdrücklich ausgeschlagen, wenn ich eine Abenteuerin wäre, wie du annimmst?", fragte sie drängend.

„Vielleicht – vielleicht auch nicht. Wahrscheinlich hast du nur nach dem Grundsatz gehandelt, eine scheinbare Ablehnung ermutigt den Mann nur umso mehr", konterte Diego trocken. Es klang weniger hart, fand Iris, und das ermutigte sie ein wenig.

„Die Araber haben ein Sprichwort. Wahrheit und Lüge liegen manchmal sehr dicht beieinander", erklärte er nüchtern und nahm langsam ihre Arme von seinen Schultern. „In diesem Fall solltest du mir alles von Anfang an erklären", forderte Diego, „vergiss aber nicht, dass man ein hervorragendes Gedächtnis haben muss, wenn man von der Wahrheit abweicht."

Iris holte weit aus. Sie berichtete von ihrer behüteten Kindheit, in der ihre Mutter alles Erdenkliche für sie getan hatte, um ihrer Tochter eine glänzende Ausbildung zu ermöglichen. Sie zögerte ein wenig bei der Schilderung, wie ihre Mutter starb und wie sich dadurch ihr ganzes Leben abrupt veränderte.

„Nachdem alle Schulden bezahlt waren, blieb für mich nichts mehr übrig. So wurde ich in ein Waisenhaus gegeben."

Ihr stockte der Atem, als sie Diegos Hand auf ihrer nackten Schulter spürte. Es war zum ersten Male wieder eine zärtliche und liebevoll gemeinte Berührung. Sie erschauerte.

„Das Personal im Waisenhaus war nicht unfreundlich, wenn auch immer wieder große Ungerechtigkeiten passierten. Schließlich bekam ich diese Stellung in der Fabrik."

„Hättest du diesen schrecklichen Job nicht aufgeben können, um dich selbständig zu machen oder vielleicht in einem anderen Schönheitssalon als Angestellte zu arbeiten?", fragte Diego leise.

„Wahrscheinlich hätte ich das auch getan", stimmte Iris zu. „Es ging leider nicht wegen Dinah."

„Ah, die Freundin, mit der du die Wohnung teiltest – die Freundin, die du an unserem Hochzeitstag so sehr vermisst hast?"

„Ja." Iris nickte und versuchte, die Tränen zurückzuhalten. „Dinah, sie war es, die mir dann geraten hat, das First-Class-Hotel zu buchen. Sie ist eigentlich dafür verantwortlich, dass wir zusammengekommen sind." Iris versuchte, so leicht wie möglich zu erzählen. „Jetzt weißt du auch, weshalb man mir diesen grässlichen Beinamen Fräulein Rührmichnichtan gegeben hat. Weil ich nämlich wirklich nie in die Umgebung gepasst habe und die anderen Fabrikarbeiterinnen das spürten. Das allein sind die Hintergründe, die zu Kates spaßhafter Bemerkung führten, ich würde nur Geld heiraten."

„Es war alles nur ein Spaß?", fragte Diego gedehnt, noch sehr ungläubig.

„Natürlich, nur Spaß, nichts weiter", versicherte Iris und sah ihn mit flehenden Blicken an. Wenn er ihr doch nur glauben würde. Sie liebte ihn, und er liebte sie doch auch.

Aber Diego machte noch keine Anstalten zur Versöhnung, obwohl seine Sicherheit ein wenig angeschlagen war. Seine Zweifel und sein Stolz kämpften mit dem sehnlichen Wunsch, dass diese Frau, deren liebliches, unschuldiges Gesicht und deren scheue Unsicherheit sein Herz im Sturm gewonnen hatte, keine Abenteuerin sein sollte, die seine leidenschaftlichen Gefühle so manipuliert hatte, dass er sie schließlich heiratete.

Es war schon Zeichen eines Erfolgs für sie, dass dieser Mann, der alle Grausamkeit und allen Stolz seiner arabischen Vorfahren geerbt hatte, nicht sofort böse reagierte, sondern dass er zögerte und ihr blasses Gesicht und ihre flehenden Augen mit schwindendem Zweifel studierte.

So ruhig wie nur irgend möglich hielt Iris seiner stummen Prüfung stand. Sie wünschte sich nichts sehnlicher, als dass sein Vertrauen zu ihr, seine Hingabe, seine glühende Leidenschaft zurückkehrten, die sie beide in den zwei Wochen in Lissabon zu einem fast ekstatischen Höhepunkt gebracht hatten.

Wie auf ein Stichwort ging die Musik im Hintergrund in eine Fado-Melodie über. Traurige, sehnsüchtige Kadenzen, die wie ein Echo ihrer desolaten Stimmung, ihrer Beklemmungen wirkten.

„Warum ist es so schwer für dich, mir zu glauben, dass ich dich liebe, Diego?“, flüsterte Iris. „Du musst doch erkennen, dass ich keine Maske trage. In deinem Herzen müsstest du wissen, dass meine Zuneigung zu dir so unwandelbar ist wie der Felsen, auf dem dein Castelo erbaut wurde.“

Aufgewühlt fuhr Iris sich durch die Haare. „Nichts kann meine Liebe zu dir ändern. Prüfe mich weiter, wenn du immer noch unsicher bist“, jetzt glitzerten Tränen in ihren Augen, „und wenn du zu einer Erkenntnis kommst, denke daran, dass mein Vergehen höchstens eine Dummheit war, doch keine Sünde und keine Schlechtigkeit.“

„Weine nicht, namorada“, zart strich Diego über ihre Augen, um die Tränen fortzuwischen, „Tränen hinterlassen Narben in einem verwundeten Herzen. Ich möchte, dass meine Frau vollkommen bleibt.“

Iris hob die Augen, forschte in seinem ernsten Gesicht nach den Zeichen der Vergebung.

„Oh, mein Liebling“, flüsterte sie, „es tut mir so entsetzlich leid, dass ich unseren Hochzeitstag verdorben habe.“

Durch einen Schleier von Tränen sah Iris, wie sein Mund weicher wurde.

„Du hast nicht allein daran Schuld, querida“, murmelte Diego beinahe zärtlich.

Er zog Iris an sich, bis ihr Kopf an seiner Schulter lehnte. Er gab ihr einen sanften Kuss aufs Haar.

„Man sagt, dass man zuerst einmal Schmerzen erleiden muss, um höchstes Glück wirklich zu empfinden. Erst nach einer Zeit der Dunkelheit und des Schattens spürt man die Sonne doppelt so hell und warm."

Noch benommen von den vorausgegangenen Auseinandersetzungen, von den Qualen des Zweifels und der Enttäuschung spürten sie beide, wie langsam das Glück sie wieder zueinander führte, die sich beinahe verloren hatten.

Die leise Musik und die sanfte Beleuchtung zogen sie enger zueinander. Einer ruhte im Arm des anderen. Im Augenblick waren sie selig, sie tauschten Küsse, liebkosten sich mit langsam sich steigernder Leidenschaft. Sie murmelten Koseworte und Versprechungen, sie streichelten sich sehnsüchtig, pressten sich aneinander, um dem anderen so nahe wie möglich zu sein, um den geliebten Körper des anderen zu spüren.

Beinahe unbewusst öffnete Iris die Knöpfe von Diegos Oberhemd und ließ ihre Hand über seine nackte Brust gleiten. Sie errötete, als Diego leise lachte, ließ sich jedoch nicht von seiner Heiterkeit abhalten. Sie streichelte weiter über seine warme, weiche Haut. Da spürte sie plötzlich unter ihren Fingerspitzen etwas Raues.

Neugierig schob sie den Stoff des Hemdes zur Seite und entdeckte zu ihrer Überraschung eine Tätowierung. Einen Halbmond, der mit seinem Herzschlag auf der linken Brust pulsierte.

„Oh!" Iris atmete hörbar. „Ich hätte nie geglaubt, dass du deinen Körper mit barbarischen Symbolen verunstalten könntest."

„Dies, mein ungebärdiges, freches Täubchen", spottete Diego, als er sah, wie sie errötete, „ist keine Verunstaltung. Es ist eine Tätowierung, die auch zu deinem Nutzen vorgenommen wurde."

„Zu meinem Nutzen?"

„Aber ja. Zum Beispiel, damit du mich immer, wenn wir zusammenkommen, auch in der Dunkelheit sofort erkennen kannst", erklärte er. Diego war ernst geworden, was Iris überraschte.

„Aber – eine Tätowierung", stammelte Iris und versuchte, ihre aufkommende Furcht vor diesem primitiven Zeichen zu überwinden, „ist doch ein zweifelhaftes Privileg von Barbaren. Es ist etwas, das zivilisierte Leute für geschmacklos halten."

„Die Araber gehörten immer zu den kulturell hochstehenden Völkern. Und das schon lange, bevor die Kultur Europa überhaupt erreicht hatte", erklärte Diego ruhig. Doch seine Augen hatten sich verengt. „Sie haben sich viel von dem Zauber des Lebens bewahrt, und sie sind stolz auf sich. Sie identifizieren sich gegenseitig durch diese Körper-Markierungen. Diese Zeichen verweisen auf eine hohe Kaste. Für sie ist ein Mann ohne Tätowierung ein Außenseiter, ein Niemand, und er gilt weniger als ein Nichts in einem Stamm, weder in dieser, noch in einer anderen Welt."

„Aber du bist doch kein Araber!", protestierte Iris. Ihre Augen waren groß und ängstlich.

Sein Lachen hätte sie vielleicht noch überzeugen und ihre Ängste vertreiben können, doch die Wildheit, mit der er sie an sich riss und das unkontrollierte Begehren, mit dem er sie küsste, ließen keine Fragen mehr offen.

Iris fiel so hart gegen ihn, dass sich ihre Abendtasche, die noch um ihr Handgelenk geschlungen war, öffnete.

Das Geräusch der herausfallenden Gegenstände unterbrach Diegos Versunkenheit. Mit einem entschuldigenden Lächeln ließ er Iris los. Er bückte sich und sammelte Lippenstift, Spiegel, Puderdose und Kamm wieder ein und stopfte die Dinge in ihre Tasche zurück. Dabei bemerkte er das Stück Papier, das in ihrer Tasche knisterte.

„Man sagte mir, du hast heute morgen einen Brief aus England erhalten", bemerkte er und zog die engbeschriebenen Seiten heraus. „Ich nehme an, das Schreiben ist von deiner Freundin Dinah – darf ich es lesen?"

„Nein!", rief Iris schnell.

Diego wurde misstrauisch.

„Der Brief ist – ist ganz persönlich", fügte Iris zögernd hinzu, als sie seinen erstaunten Blick sah.

„So persönlich, dass er nicht einmal von deinem Mann gelesen werden darf?", fragte er kalt.

So schneidend und argwöhnisch war seine Stimme, dass ihr das Herz schneller zu klopfen begann.

„Normalerweise hätte ich nichts dagegen, wenn du meine Briefe liest“, versichert Iris verzweifelt und hob eine Hand an ihre schmerzenden Lippen.

„Doch bevor du Briefe von Dinah liest, möchte ich, dass du sie persönlich kennenlernst. Erst dann wirst du ihre Schwächen verstehen und die Vorurteile begreifen können, die allein eine Folge ihrer unglücklichen Jugend und der Art sind, wie das Leben ihr mitgespielt hat.“

Iris seufzte. „Dinah ist ein liebenswerter, wunderbarer Mensch, doch du würdest das nicht für möglich halten, wenn du ihre gedankenlos und eilig hingeworfenen Briefe liest. Also bitte, Diego“, sie streckte ihm die Hand entgegen, „um Dinahs willen und mir zuliebe, gib mir das Schreiben zurück – ungelesen.“

Diego blickte sie einige Sekunden lang stumm an, dann entfaltete er zu Iris' Entsetzen langsam und aufreizend den diskriminierenden Brief. Ergeben und völlig hilflos ließ sich Iris in die Kissen des Diwans fallen. Sie war so entnervt, dass sie nicht einmal mehr Bitterkeit gegenüber dem Schicksal empfinden konnte, das ihr das Glück in dem Augenblick wieder aus den Händen riss, in dem sie es gerade ergreifen wollte.

Dieses Mal, Iris wusste es genau, gab es keine Hoffnung auf Versöhnung mehr. Eine zweite Chance, Diego zu überzeugen, dass sie ihn liebte, würde sie nicht erhalten. Sie würde sein Vertrauen nicht zurückgewinnen. Nicht, nachdem er diesen Brief gelesen hatte.

Er begann laut vorzulesen: „Darling, meine kluge Iris ... ich freue mich, dass du meinen Rat befolgt und dir einen, wie es scheint, wirklich sehr großen Fisch geangelt hast ... Gesetzt den Fall, dein Don Diego erweist sich als Enttäuschung – man hört ja in letzter Zeit oft, dass Ehen mit Ausländern durchaus nicht immer befriedigend sind –, versuche dich so bald wie möglich finanziell abzusichern, bevor noch der geringste Schatten auf deine Ehe fällt ... War es nicht clever von mir, dich zur Buchung eines First-Class-Hotels zu überreden? Wann immer du bereuen solltest, deinen romantischen Idealismus abgelegt zu haben, denke daran, dass Blumen zwar süßer duften, Gemüse jedoch eine bessere Suppe ergibt ..."

Diego zischte einen Fluch durch seine zusammengepressten Lippen. „Que diebo! Teuflisch!"

Seine Augen glitzerten gefährlich. Sein Gesichtsausdruck war mörderisch. Iris starrte ihn an und zog sich ein wenig von ihm zurück. Ergeben wartete sie auf einen Strom wütender Beschimpfungen.

Doch Diego blieb stumm. Die Enttäuschung und Wut raubten ihm die Stimme. Er zog Iris vom Diwan hoch, führte sie mit langen Schritten aus dem Zimmer, durch die Halle, hinauf in ihren Schlafraum.

Der Schreck und die Angst schnürten Iris die Kehle zu. Sie war nicht einmal in der Lage, zu schreien. Das hätte ihr auch nichts genützt in diesem großen Haus, in dem die Bediensteten lediglich auf eine Stimme hörten – die ihres Gebieters.

Sie seufzte lediglich einmal tief, als Diego ihr in ihrem Zimmer das elegante Abendkleid förmlich vom Leibe riss und sie nackt auf das große Bett warf.

Was folgte, war entsetzlicher als der schlimmste Albtraum, den Iris sich vorstellen konnte.

Wie Krallen eines wilden Falken gruben sich seine Finger tief in ihren weichen Körper. Seine Umarmung und seine fordernden Küsse trieben Iris in eine beängstigende Verwirrung.

Sie fühlte sich hochgehoben und wieder hinabgeschleudert. Plötzlich durchdrang sie ein unerträglicher, stechender Schmerz. Fremde, unbekannte Gefühle, von denen sie nicht wusste, woher sie kamen, wohin sie führten, nahmen ihr den Atem.

Dann endlich ließ er sie mit einem tiefen Seufzer der Befriedigung los. Iris krümmte sich zusammen. Sie war halb ohnmächtig. Ihr ganzer Körper schmerzte.

Diego richtete sich auf.

„Eine Jungfrau geheiratet zu haben, war tatsächlich ein unerwarteter Spaß für mich", murmelte er. „Dennoch hoffe ich, dass du erfahren genug bist, Vorkehrungen zu treffen, damit du kein Kind von mir bekommst", fügte er mitleidlos hinzu.

Dann klappte die Tür, und Iris war allein. Sie drückte ihr Gesicht in die Kissen und schluchzte. Was war übriggeblieben von ihrem schönen Traum? Konnte das noch der Mann sein, den sie liebte? So war Diego vorher nicht gewesen. Wie sollte das nur mit ihnen weitergehen? Sie wusste es nicht. Und obwohl sie glaubte, nicht schlafen zu können, forderte doch die Natur ihr Recht.

7. KAPITEL

Am nächsten Morgen wurde Iris das Frühstück auf einem Tablett in ihr Zimmer gebracht.

Alfonso stellte es auf einen Tisch neben ihrem Bett. Dann verließ er ohne ein Wort ihr Schlafzimmer.

Iris hatte unruhig geschlafen in dieser langen Nacht. Gequält hatte sie immer wieder die Geschehnisse durchdacht und versucht, eine Erklärung, ja eine Entschuldigung für Diegos Verhalten zu finden.

Hätte sie gleich beim ersten Zusammentreffen mit Diego die Wahrheit über ihre Herkunft gesagt, wäre dann eine solche Situation nicht entstanden?

Hätte sie ihm sofort Dinahs Brief gezeigt, ganz offen und ohne Zurückhaltung, hätten sie dann vielleicht gemeinsam über die merkwürdigen Vorstellungen ihrer Freundin lachen können?

Doch obwohl Iris alles versuchte, um Diegos Schuld zu mildern, sie konnte ihm nicht verzeihen.

Er hatte sie unbarmherzig, hart, völlig ohne Liebe und Zärtlichkeit behandelt, hatte sie nur zur Befriedigung seiner Lust genommen. Ihr schmerzender Körper, ihre verletzten Gefühle kümmerten ihn überhaupt nicht. Wie ein Barbar war er über sie hergefallen. Gestern Abend hatte noch zeitweilig eine Flamme gelodert – heute saß sie allein über der Asche.

Iris setzte sich auf und lehnte sich an das Kopfkissen. Der Duft des starken Kaffees stieg ihr in die Nase. Ihr Hals schmerzte, und sie war ganz ausgedörrt. Sie wandte sich zum Tisch um und wollte sich Kaffee einschenken. Da fiel ihr Blick auf ein Kristallschälchen mit frischem Kaviar, auf dem wie in einem Nest eine große, milchweiße Perle lag.

Daneben stand eine Karte. Iris griff danach. Obwohl sie schon ahnte, dass der Inhalt des Geschriebenen nicht angenehm sein würde, war sie doch fassungslos über das, was sie da las: „Nimm diese Perle als Preis für deine Unschuld – und als ständige Erinnerung daran, dass viele Tränen auf der Jagd nach dem Reichtum vergossen werden müssen.“

Etwa eine Stunde später betrat Diego ohne anzuklopfen Iris' Schlafzimmer. Er fand sie reglos am Fenster sitzen und über die Landschaft blicken. Er blieb hinter ihr stehen.

Iris hatte ihn noch nicht bemerkt. So konnte er ihr Profil betrachten. Sie saß ganz still da, kein Haar bewegte sich, ihre Lider zuckten nicht. Ihre Lippen waren wie erstarrt. Selbst der Spitzenbesatz an ihrem blattgrünen Kleid bewegte sich nicht. Es war, als hätte ihr Herz ausgesetzt zu schlagen.

„Querida amor!", rief Diego, „wie geht es dir heute Morgen?" Der erstaunte Blick, das Blut, das ihr immer in seiner Nähe in die Wangen stieg, was er als Zeichen ihrer mädchenhaften Scheu gern gesehen hatte, blieben heute völlig aus. Stattdessen wandte sie ihm langsam ein sehr blasses, doch gesammeltes Gesicht zu, das sogar die Andeutung eines Lächelns zeigte.

„Ganz gut, danke, Diego", erwiderte Iris sachlich.

Beinahe freundlich musterte Iris ihren Mann. Entspannt und völlig gewissenlos stand er vor ihr. Die Hände hatte er in die Taschen seiner engsitzenden Hosen gesteckt. Seine nussbraune Haut wirkte als Kontrast zu dem weißen, am Hals offenen Hemd heute noch dunkler als sonst. Sein Haar war feucht und lockte sich. Er musste gerade geduscht haben.

Eine Falte bildete sich auf Diegos Stirn. Er hatte wohl erwartet, mit Vorwürfen und Beschimpfungen empfangen zu werden, was ihm möglicherweise angenehmer gewesen wäre als diese sachliche Freundlichkeit.

Diego konnte nicht ahnen, wie froh Iris darüber war, erkannt zu haben, dass sie den tiefsten Punkt ihres Unglücks nun überschritten hatte und dass nichts, was Diego in Zukunft tat, sie noch mehr verletzen konnte, wie sehr er auch versuchen würde, ihre Qualen zu steigern.

„Ich dachte", begann Diego und betrachtete sie noch immer aufmerksam, „dass wir eine Fahrt mit dem Wagen machen könnten. Die Seeluft wird wieder Farbe in deine Wangen bringen."

„Das wäre schön", stimmte Iris freundlich zu und stand auf. Sie hatte die Hände lose ineinandergelegt und wartete.

„Du brauchst nicht wie ein Schulmädchen dazustehen", sagte er irritiert und wandte sich halb von ihr ab, als ertrüge er diesen Anblick nicht. „Haben sie dir in deiner Klosterschule noch anderes als absoluten Gehorsam beigebracht?", fragte er spottend.

„Oh, ja. Sie haben mir auch viel vom Teufel erzählt", erwiderte Iris abwesend. „Ich weiß jetzt, dass alles, was sie von ihm berichteten, absolut der Wahrheit entspricht."

Es war ein ungewohntes, sensationelles Gefühl für Iris, in Diegos Wagen an der Küste entlangzufahren in dem Bewusstsein, dass nun irgendwie alles umgekehrt sein konnte, dass der Mann neben ihr auch aus der Fassung gebracht werden konnte, so wie sie so oft vorher.

Es hatte sich eine Art Panzer um ihr Herz gelegt, ein Panzer aus Eis, der ihr Blut kühl, ihren Verstand wach und ihre Gefühle unter Kontrolle hielt.

Erstmals war sie immun gegen seine wechselnden Stimmungen, gegen die Allüren des stolzen Hidalgo. Sie war sogar in der Lage, sich an dem Anblick der kleinen Dörfer zu freuen, durch die sie fuhren. Begeistert sah sie die hübsch angelegten Gärten, registrierte sie die liebevoll bepflanzten Balkone, von denen die bunten Blumen herunterhingen.

Der weiße Sandstrand und das in hohen Wellen heranrauschende Meer ließen sie neugierig fragen: „Warum kommen so wenig Touristen in dein Land? Es gibt doch alles hier, was man sich für einen Urlaub nur wünschen kann? Warum sind die Straßen so leer? Die Meeresbuchten wirken wie verlassene Oasen."

„Weil wir vorziehen, die Landschaft so zu lassen, wie sie ist", antwortete Diego und schien erstaunt zu sein, dass sie Interesse dafür zeigte. „Im Gegensatz zu den Spaniern wehren wir uns dagegen, dass die Fremden unser Land entdecken. Wenn auch an gewissen Orten bereits Luxushotels gebaut wurden und Ferienzentren entstehen", gab er zu. „Grundsätzlich sollen aber die malerischen kleinen Fischerorte ungestört bleiben. Ihre Bewohner wollen und sollen sich weiterhin nur mit dem Fang und Verkauf von Sardinen und Tunfisch befassen. Da die Touristen meist unzugänglich und unserer

Sprache nicht mächtig sind“, setzte Diego lächelnd hinzu, „erregen sie in den kleinen Orten wenig Interesse.“

Diego parkte den Wagen im Zentrum eines pittoresken, kleinen Ortes, in dessen unterem Teil ein schmaler Hafen voller Fischerboote mit hohen, schlanken Masten lag. Der obere Teil des Ortes zog sich hin bis hoch hinauf auf die Klippen. Von den Häusern dort hatte man einen Ausblick nach allen Seiten, über das Land, die Küste und das Meer.

Diego nahm Iris an die Hand und führte sie hinunter in das Hafenviertel. Sie schlenderten an der Kaimauer entlang und beobachteten die Männer, die ihre Fischernetze flickten.

„Ist dir kalt?“, fragte Diego. Es klang freundlich, als fühlte er wirklich mit ihr. „Der Wind hier artet häufig in orkanartige Stürme aus. So haben wir oft eine wilde See an dieser Küste. Das ist sehr gefährlich für die Fischer.“

„Nein. Mir ist nicht kalt“, versicherte Iris. „Im Gegenteil, ich empfinde diesen Wind als sehr angenehm auf meinem Gesicht. Es scheint schon so lange her zu sein, dass ...“

„... du in England warst?“, vollendete Diego ihren Satz. „Schon jetzt hast du wie die norwegische Prinzessin Heimweh nach deinem Land?“

„Vielleicht ...“ Vorsichtig löste Iris ihre Hand aus der seinigen. „Möglicherweise könnte ich Dinah bald in England besuchen?“

Als sie die Falte auf seiner Stirn sah, fügte sie schnell hinzu. „Noch nicht gleich – aber vielleicht in einer Woche oder so? Denn schließlich“, erinnerte sie ihn kühl, „wäre es unter den gegebenen Umständen einfach lächerlich, nicht zuzugeben, dass eine längere Trennung für uns beide durchaus willkommen sein würde.“

Diego blieb stehen und riss sie zu sich herum.

„Der Platz einer Ehefrau ist an der Seite ihres Mannes“, sagte er laut, um die sich brechenden Wellen an der Mauer zu übertönen. „Du kannst also alles vergessen, welche Pläne auch immer du und deine Freundin geschmiedet habt in Bezug auf eine Trennung. Du wirst lernen müssen, mit deiner Enttäuschung zu leben. Wo immer ich hingehe, wirst auch du hingehen. Und ich habe ganz gewiss nicht vor, nach England zu reisen."

Ohne mit der Wimper zu zucken und ohne jede Spur von Gefühl blickte Iris Diego an und stellte die Frage, die ihr für ihre Zukunft unendlich wichtig erschien.

„Willst du damit sagen, dass du vorhast, diese bedeutungslose Ehe fortzusetzen, ohne die geringste Chance, dass wir glücklich miteinander werden könnten?"

„Genau das meine ich", nickte Diego. Seine dunklen Augen funkelten grausam.

Noch vor kurzer Zeit hatten Iris diese Blicke eingeschüchtert und verwirrt. Doch jetzt blieb sie gefasst, und das verunsicherte ihn.

„Keine Sorgen", fuhr er fort, „wenn ich auch bei unserer Eheschließung noch nicht gewusst habe, dass du diese Verbindung wie einen Handel betrachtest, werde ich doch dafür sorgen, dass alle deine Erwartungen erfüllt werden. Du wirst deine Pelze bekommen, deinen Schmuck, Modellkleider und alles, was du als reiche Frau erwarten kannst – und du gibst mir dafür …", er zögerte einen Augenblick. Seine Augen schlossen sich halb, als erinnerte er sich an gewisse Dinge.

„Ja, Diego?", fragte Iris leise, „was glaubst du, wirst du von mir dafür bekommen? Ich sage es dir – eine Frau ohne Herz, eine Frau ohne jedes Gefühl, eine Frau, die weder Hass noch Verachtung mehr empfinden kann. Selbst dein legendärer König der Algarve wurde von seiner Eisprinzessin gezwungen, sie in ihr Land zurückkehren zu lassen. Außerdem", erinnerte Iris ihn freundlich, „leben wir im zwanzigsten Jahrhundert. Wenn ich dich also verlassen will, werde ich es tun. Und es gibt nichts, was mich davon abhalten könnte."

Ein Windstoß wehte Diego eine dicke Haarsträhne ins Gesicht. Sie gab ihm das Aussehen eines rücksichtslosen Piraten, der von Marokko an diese Küste Portugals gesegelt war, um zu plündern, zu rauben und zu vergewaltigen. So wie Diego jetzt mussten sie ausgesehen haben, grausam und mit der Freude am Quälen in den Augen.

„Das glaube ich kaum, meine Liebe", spottete Diego. Sein Lächeln hätte Iris einen Schauder über den Rücken gejagt, wenn sie nicht schon innerlich sehr abgeklärt gewesen wäre.

„Erstens, Eis muss unweigerlich einmal schmelzen, und zweitens, selbst gefangene Tiere schrecken nach einer gewissen Zeit vor der Flucht zurück."

Als wäre er wirklich bemüht, dass Iris an diesem Ausflug Freude haben sollte, ließ er das Thema fallen. Er bemühte sich, freundlich und charmant zu sein.

Die Atmosphäre zwischen ihnen war kameradschaftlich, als sie den Fischer-Kai hinter sich ließen und langsam den Weg zum oberen Teil des Ortes erklommen.

„Ich kenne da oben ein Restaurant, das berühmt ist für seine espadarte. Hast du Appetit auf ein Mittagessen?", fragte Diego.

Zu ihrer eigenen Überraschung stellte Iris fest, dass sie tatsächlich Hunger hatte. Noch vor wenigen Stunden hätte sie schwören können, dass sie niemals wieder mit Freude etwas würde zu sich nehmen können. Doch das Herumlaufen und die frische Seeluft hatten sie tatsächlich hungrig gemacht. Sie hatte ja heute Morgen auch nur eine Tasse Kaffee getrunken.

Das Essen verlief unerwartet fröhlich. Diego unterhielt Iris mit kleinen amüsanten Geschichten, während beide eine geeiste Suppe löffelten. Doch nachdem Iris mit großem Appetit eine Portion espadarte, die Spezialität des Hauses, verspeist hatte, informierte Diego sie freundlich spottend: „Du hast gerade zum ersten Mal geräucherten Schwertfisch probiert. Wie hat es dir geschmeckt?"

Iris erinnerte sich an die großen, hässlichen Fische mit den geöffneten Mäulern, die sie auf dem Markt gesehen hatte, und ihr Magen rebellierte.

„Oh, nein! Warum hast du mich nicht gewarnt?", stöhnte sie, ergriff ihr Glas und nahm einen großen Schluck Rosé, den sie gewählt hatte, obwohl Diego knurrte, Roséwein wäre ein Getränk für Schulmädchen.

„Ich werde daran denken, dass du einen Widerwillen gegen ungewohnte und unübliche Speisen hast, wenn wir mit meinen arabischen Freunden ein Fest feiern", lachte Diego. „Ihre Gerichte bestehen meist aus Hammelfleisch, und besondere Ehrengäste erhalten die delikat zubereiteten Augen der Tiere."

Iris starrte ihn entsetzt an. „Willst du, dass mir schlecht wird?", fragte sie und nahm einen weiteren großen Schluck Wein.

„Entschuldige, ich vergaß schon wieder deine Empfindsamkeit. Doch du wirst sowieso nicht in den Genuss kommen, Schafsaugen zu essen. Es ist Frauen nur selten gestattet, am Essen der Männer teilzunehmen. Arabische Männer machen kaum einmal Ausnahmen. Die einzige Konzession, die sie in dieser Hinsicht machen, betreffen die Jungfrauen, und diese nehmen nur am Essen teil, um hinterher mit den Ehrengästen zu schlafen."

Iris war rot geworden und konnte Diego nicht anschauen, sonst hätte sie sein vergnügtes Lachen gesehen. Sie konnte keinen Bissen mehr hinunterbringen, ein Kloß saß in ihrer Kehle, der auch mit einem weiteren Schluck Wein nicht weichen wollte.

Nun hatte wohl auch Diego gemerkt, dass er etwas zu weit gegangen war. Er rief den Kellner und bat um die Rechnung.

Obwohl es sein Stolz nicht zuließ, sich bei ihr zu entschuldigen, spürte Iris doch, dass er sich nicht recht wohlfühlte in seiner Haut. Er sprach kein Wort, blickte sie auch nicht an.

Gemeinsam gingen sie zurück zum Auto. Diego fuhr aus dem Ort hinaus und nach etwa zwei Meilen bog er in eine kleinere Straße ein, die sich durch Obstgärten, blühende Blumenfelder und wilde Brombeersträucher schlängelte. Am Tor zu einer Obstplantage hielt er an, stieg aus und kaufte für Iris eine bauchige Glasflasche, in der herrliche Pfirsiche in klarem Sirup lagen.

Sie nahm das Geschenk mit freundlichem Dank entgegen, blieb jedoch zurückhaltend und spröde. Vergebung konnte man bei ihr weder mit Pfirsichen noch mit Perlen erkaufen. Diegos Gesicht verdüsterte sich wieder bei ihrer Reaktion. Er rutschte hinter das Steuerrad und fuhr weiter.

Es war vielleicht nicht überraschend, dass es ihn lockte, Iris nach dem missglückten Versöhnungsversuch wieder ein wenig zu quälen. Leider wusste er auch zu genau, was sie schockierte.

In einem kleinen Korkeichenwald stoppte er den Wagen. Iris gab einen überraschten Laut von sich, den er mit verhaltenem Spott registrierte.

Die Waldarbeiter hatten den Bäumen die Korkrinde abgezogen. Unter der grünen Krone der Bäume waren die Stämme rosa-weiß. Die gewundenen fleischfarbenen Bäume hatten eine große Ähnlichkeit mit einer Gruppe nackter Frauen, die über verdeckten Gesichtern riesige grüne Kronen trugen.

„Ein Mann wird sich in einem solchen Wald nicht so allein und einsam vorkommen, nicht wahr?“, sagte er mit dunkler Stimme und genoss es offensichtlich, dass Iris einmal mehr die Röte in die Wangen stieg. Doch dann hatte er Mitleid mit ihrer Verlegenheit und erklärte sachlich: „Vier Monate lang, nachdem die Korkrinde von den Bäumen entfernt wurde, bleiben die Stämme hellrosa, danach färben sie sich rot. So bleiben sie dann weitere vier Monate. Dann werden sie dunkel, fast schwarz. Sie sehen fast wie Negerinnen aus.“ Spottend setzte er hinzu: „Doch ich bevorzuge seidenweiche, lebendige Haut mit zartem Elfenbeinschimmer, wie sie Engländerinnen haben.“

Iris schaute zur anderen Seite. Ihre Wangen brannten noch, als sie längst aus dem Wald hinausgefahren waren. Sie bekam Kopfschmerzen. Das kam vielleicht von den ständigen Aufregungen oder auch von den schweren Düften, die in der Luft lagen. Von einer nahe gelegenen Weinkelterei kamen ihnen Aromawolken von frisch gepressten Trauben entgegen, die beinahe berauschend wirkten.

Als die Straße wieder abwärts zur Küste führte, klagte Iris, dass sie es vor Kopfweh kaum noch aushalten könne. Diego parkte den Wagen in einem kleinen Weg, der über eine Düne direkt ans Meer führte.

Schnell stieg Iris aus, streifte die Sandaletten ab und lief hinunter zum Strand, um barfuß im Meer zu plantschen.

Diegos Nähe begann an ihren Nerven zu zerren. Gefühle, die sie glaubte abgetan und überwunden zu haben, erwachten in ihr aufs Neue. Sie ließen ihren Puls schneller schlagen und verstärkten sich, wenn sie ihn ansah, wenn sie seine Stimme hörte, seine unmittelbare Nähe spürte.

Leider konnte das kalte Wasser, das ihre Füße umspielte, nicht die Hitze kühlen, die in ihr brannte bei der Erinnerung an Diegos streichelnden Mund, seine überaus zärtlichen Hände, die Liebkosungen und Komplimente, die er ihr vor der Ehe ins Ohr geflüstert hatte.

Diego hatte Iris eingeholt. Er legte besitzergreifend seinen Arm um ihre Hüften und zog sie dicht an sich. So gingen sie zusammen am Wasser entlang.

„Da drüben in den Klippen befindet sich eine Grotte", Diego machte eine richtungsweisende Bewegung. „Wollen wir sie uns ansehen?"

Seine merkwürdig vibrierende Stimme machte Iris vorsichtig.

„Nein, danke, Diego. Wenn du nichts dagegen hast, möchte ich jetzt gern zurückfahren. Ich hab genug Sonne für heute und schon viel zu viel gesehen.

„Du darfst dir die Grotte auf keinen Fall entgehen lassen", drängte Diego und steuerte bereits in die Richtung. Vor einer schmalen Öffnung im Berg blieb er stehen.

„In der Grotte ist es schattig und kühl. Komm", seine Augen brannten. „Das musst du gesehen und erlebt haben."

Die Grotte war tatsächlich sehenswert. Sie war nicht sehr groß, eher wie eine steinerne Kammer. Die Wände zeigten bizarre Formen. Das Wasser hatte den Naturstein ausgewaschen und dabei interessante Gebilde wie große gefüllte Fruchtkörbe und andere künstlerisch anmutende Skulpturen hervorgebracht.

Auf dem Boden lag feiner, sehr weißer Sand, der sich wunderbar kühl unter den Füßen anfühlte. Eine angenehm frische Brise vermochte Iris ein wenig zu kühlen, sodass Diegos Kuss wie ein Brandmal wirkte, als er plötzlich seine Lippen auf ihren Nacken presste.

„Meine schöne Unnahbare", murmelte er rau und nahm sie in seine Arme. Dann hob er sie auf und legte sie sanft in den weichen Sand.

Er beugte sich über sie. Iris sah in seinen Augen die aufglimmende Sinnlichkeit. Stöhnend schloss sie die Augen. Sie wollte die Wirklichkeit nicht sehen, und entfliehen konnte sie ihm nicht. Bevor sie sich ihm hingab, hörte sie ihn murmeln: „Hinterlistige kleine Schlange. Ich zweifle an dir, ich verachte, ja, ich verabscheue dich – aber bei Gott, ich begehre dich so sehr, wie ich noch nie eine Frau begehrt habe. Komm, liebe mich, liebe mich!“

8. KAPITEL

Iris saß im Innenhof. Eine Steinwand, an der Kletterrosen rankten, gab ihr Schatten. Die Blüten dufteten. Vor ihr auf einem kleinen Tisch lag ihre Schreibmappe.

„Der Senhor hat sehr viel zu tun“, hatte Alfonso sie informiert, als Iris den Diener nach Diegos Abwesenheit bei den Mahlzeiten fragte.

„Der Senhor wollte nur wenige Tage in Lissabon bleiben. Doch da er seinen Aufenthalt dort um Wochen verlängerte, gibt es nun Schwierigkeiten auf der Quinta.“

Natürlich, Diego musste überall sein. Er war der Fels, auf dem Castelo, auf dem der ganze Besitz und die dazugehörenden Dörfer und Quintas ruhten. Ein Gebieter, dem alle Untergebenen treu und unterwürfig dienten.

Apathisch strich sie sich eine Haarsträhne aus der Stirn und hob die schmalen Schultern. Sie schmerzten von der Last ihrer Einsamkeit und des ganzen Elends, das mit jedem Tag und mit jeder Stunde schwerer zu ertragen war.

In der ersten Woche war Iris damit beschäftigt gewesen, das Castelo zu erforschen. Sie war durch die dazugehörenden Gärten gestreift und hatte auf dem See die Schwäne bewundert, die stolz und mit unnachahmlicher Arroganz dahinglitten – wie ihr Herr.

Im Castelo selbst war sie durch alle Räume und Säle gewandert. Überall lagen kostbare Teppiche. Echte, antike Möbel mit Schnitzereien und Intarsienarbeiten hatten sie wahrhaft entzückt.

Von den Fenstern aus hatte Iris nach allen Seiten die Landschaft betrachtet. Diese „Entdeckungsreisen“ hatten ihr eine gewisse Furcht eingeflößt, hatten sie betroffen gemacht wie nie zuvor. Denn in dieser fantastischen und weiträumigen Umgebung hatte sie nicht die kleinste Nische für sich selbst gefunden.

Ihr Platz war zu Hause – in England. Mit irgendeiner harten Arbeit, die sie sicher finden würde, könnte sie vielleicht irgendwann einmal die Erinnerung an diese pompöse Burg der Seufzer und an den Mann, durch den diese Seufzer hervorgerufen wurden, vergessen.

Verzweifelt umklammerte Iris ihren Füllfederhalter und begann einen Brief an Dinah zu schreiben.

Sie bat die Freundin um Hilfe bei der Flucht aus ihrem Unglück. Sie schrieb ihr mit völliger Offenheit über alles, was sie verwirrte und entsetzte, und dass sie entsetzlich einsam sei.

Und während sie schrieb wurde ihr erst bewusst, dass sie im Grunde eine Gefangene in diesem Castelo war, dass es hier für sie nicht einmal einen Postkasten gab. Ihre Worte würden also niemals gelesen werden.

Dennoch fühlte sie sich erleichtert, als sie den Brief zusammenfaltete. Sie steckte ihn in einen Umschlag und schrieb Dinahs Adresse darauf. Gerade war sie fertig damit, als ein Schatten über den Tisch fiel. Iris zuckte zusammen und der Füllfederhalter fiel ihr aus der Hand.

„Oh!“ Unsicher und erschrocken blickte Iris hoch, beruhigte sich aber gleich wieder, als sie sah, wer sie störte.

„Pedro! Du hast mich erschreckt“, rief sie, dann lächelte sie dem jungen Gärtnerburschen aufmunternd zu. Seine braunen Augen strahlten sie an, als wäre sie ein Traumbild. Pedro war der einzige Mensch in der ganzen Zeit gewesen, der herzlich und freundlich war. Er war ihr auf ihren Spaziergängen manchmal gefolgt, um zu sehen, dass ihr auch nichts passierte, dass sie sich nicht verlief.

Iris fühlte Sympathie für den Jungen und auch Mitleid, weil er oft sehr hart arbeiten musste.

„Du siehst ganz erhitzt aus“, sagte Iris freundlich, „komm, nimm dir ein Glas Limonade.“

Der Junge blickte sich ängstlich um. „E muito amavel, Senhora“, murmelte er dann. „Sie sind sehr freundlich. Sie sind ein Engel.“

Dann, als wäre er erschrocken über seine Kühnheit, wollte er davonlaufen.

„Espera! Warte!“

Wie ein Engel fühlte Iris sich nicht, doch es war ihr ein Gedanke gekommen. Sie nahm den an Dinah adressierten Brief und ging auf den Jungen zu.

„Faco o favor correiro esta carta?“, fragte Iris in stockendem Portugiesisch, nach Worten suchend. Pedro sollte für sie den Brief zur Post bringen.

Einige Augenblicke stand der Junge verdutzt da und überlegte. Dann nahm er zu Iris' Freude den Brief an sich, steckte ihn in seine Jackentasche und rannte davon.

Iris wollte lieber nicht an Diegos Reaktion denken, wenn er herausfinden sollte, dass sie sich die Freiheit genommen hatte, einen Brief befördern zu lassen, von dem er nichts wusste.

Iris lief in ihr Zimmer und versuchte auszurechnen, wie lange es dauern könnte, bis der Brief aufgegeben, seinen Bestimmungsort erreicht, und wie schnell sie eventuell eine Antwort von Dinah bekommen könnte.

Doch diese Überlegungen wurden in den Hintergrund gedrängt von der Überraschung, die in ihrem Zimmer auf sie wartete.

Iris öffnete die Tür und blieb erstaunt stehen. Vor ihr türmten sich in mehreren Reihen übereinander schwarze Kartons in verschiedenen Größen auf. Langsam ging Iris auf die Kartons zu und öffnete einen der oberen. Aus einer Wolke von Seidenpapier kam ein traumhaftes Abendkleid aus schimmerndem Brokat zum Vorschein.

In den nächsten zwei Stunden war Iris damit beschäftigt, in einer Atmosphäre von „Tausendundeiner Nacht“ Schachtel um Schachtel eines berühmten Hauses der Haute Couture zu öffnen.

Iris war viel zu sehr Frau, als dass sie sich der Wirkung und Verführung von weichen Pelzcapes und Jacken, von Ballkleidern aus schillerndem Satin, aus knisterndem Taft, Samt und Organdy hätte entziehen können.

Einige der Kleider waren bodenlang, andere gingen bis zu den Knöcheln und hatten jeweils in der Farbe zum Kleid passende Seidenpumps dabei. Manche Kleider waren hochgeschlossen, einige andere waren schulterfrei. Zwei herrliche Samtkleider, hauteng, das eine tiefrot, das andere lichtblau, wie für Iris gearbeitet, bedeckten nur eine Schulter, die andere blieb frei. Scheinbar hatte Diego für diese Art von Kleidern eine Vorliebe.

Ihre Blicke waren wie verschwommen, ihr Zimmer wirkte wie das Kabinett aus einem arabischen Märchen, angefüllt mit Kleidern, Schuhen, Spitzen und Fächern. Ein Paket stand noch vor ihr, es war größer als die anderen.

In dem Augenblick, in dem ihre Finger den weichen Pelz spürten, wusste sie, dass sie damit das größte Geschenk eines reichen Mannes für seine Frau – oder seine Geliebte – empfangen hatte. Es war ein bodenlanges, silberweißes Nerzcape mit Kapuze, die mit einem Weißfuchs besetzt war.

Iris sank überwältigt neben dem Pelz auf die Knie. Diegos Großzügigkeit erregte sie und stieß sie gleichzeitig ab. Sie konnte diesen Mann nicht begreifen, der Grausamkeit und feinstes Empfinden in sich vereinigte, dessen atemberaubende Geschenke vorangegangene Schmähungen und Beschimpfungen noch überboten. Ein Mann, der in einer Grotte zu leidenschaftlicher Liebe entflammte und dabei gleichzeitig überlegte, wo er am besten das Messer ansetzen konnte, um wieder zu quälen und zu verletzen.

Sie begann die Mengen von Seidenpapier wegzuräumen und wünschte, es wäre ebenso einfach, Ordnung in ihr chaotisches Gemüt zu bringen. Schließlich hatte sie alles aufgeräumt und in die Schränke gehängt, die leeren Kartons ineinandergestapelt und auf den Flur gestellt.

Iris sank auf ihr Bett. Das lange blonde Haar lag wie ein Schleier auf dem hellgrünen Kissen. Sie wusste wirklich nicht, was sie von der Großzügigkeit Diegos halten sollte.

Sie musste eingeschlafen sein, denn sie erwachte plötzlich von einer Bewegung in ihrem Zimmer. Jemand ließ sich neben ihr auf dem Bett nieder. Ihre schlaftrunkenen Augen erkannten zunächst nichts, doch dann klärte sich ihr Blick, und sie sah Diegos Gesicht dicht über sich. Er lächelte spöttisch wie so oft.

Offensichtlich hatte er sich nicht die Zeit genommen, um zu duschen und sich umzukleiden, bevor er bei Iris die Reaktion auf seine Überraschung prüfen wollte. Seine Kleidung war zerknittert, sein Haar zerzaust, sein Sporthemd hatte Weinflecken. Er verbreitete den Geruch von frisch gepressten Trauben. Er streckte seine Hand aus und strich Iris eine Haarsträhne aus der Stirn.

„Du siehst im Schlaf wie ein Baby aus, namorada. Bist du vom Auspacken der Kartons so müde und erschöpft geworden?“ Seine dunklen Augen waren halb geschlossen. „Hast du dich gefreut über die Kleider, die ich für dich ausgesucht habe?"

„Wolltest du mir wirklich eine Freude machen?" Iris war beunruhigt. Hinter dieser friedlichen Haltung musste doch irgendetwas stecken. „Versuche nicht zu leugnen, dass du die Absicht hattest, mich zu demütigen. Und dein unerwarteter Besuch hat doch sicher nur den Zweck, festzustellen, ob du Erfolg hattest."

„Hast du mich vermisst, querida?", fragte Diego sanft und neigte sein Gesicht dicht über ihren Mund. Mit einer Hand strich er über ihr Haar. Er sah aus wie ein Mann, der nach getaner Arbeit zu seiner Frau kommt, um sich zu entspannen und sich auf angenehme Weise von ihr unterhalten zu lassen.

Iris rollte sich schnell aus seiner Reichweite und sprang auf. Sie brauchte Abstand von ihm. Sein Lachen klang triumphierend und verwirrte sie vollends. Doch noch erschreckender war die Art, wie er sich lässig auf dem Bett ausstreckte und die Kissen unter seinem Kopf zurechtrückte.

„Na gut, da es dir widerstrebt zärtlich zu mir zu sein, möchte ich dich bitten, mir wenigstens die Kleider vorzuführen, damit ich sehen kann, ob ich sie gut ausgewählt habe."

„Willst du alle sehen?", fragte Iris erschrocken.

„Warum nicht?" Er rückte sich noch einmal die Kissen zurecht, wie ein Sultan in Erwartung einer Vorführung seiner Haremsdamen.

„Kannst du dir vielleicht etwas Schöneres vorstellen für eine blaue Stunde?" Diego räkelte sich. „Sag es mir, Liebling", seine Augen blitzten, „ich bin zu allem bereit."

Sein sinnliches Lachen verfolgte sie, als Iris schnell einen Schwung neuer Kleider aus dem Schrank holte und damit hinter einem Wandschirm verschwand.

Wie er es gewiss erwartet hatte, fühlte sich Iris entsetzlich befangen. Unsicher spazierte sie mit den Kleidern im Raum hin und her. Diego verfolgte sie mit aufmerksamen Augen. Es war wie eine Strafe für Iris, sie fühlte sich gedemütigt unter seinen Blicken und dem spöttisch verzogenen Mund. Er zwang sie wieder einmal, gehorsam zu sein.

„Bisher stand dir alles sehr gut. Bei diesem Kleid hier bin ich mir nicht sicher", erklärte Diego plötzlich, als Iris in einem knöchellangen Modellkleid in schwarz und rot hinter dem Wandschirm hervorkam.

Iris fühlte, wie ihre Knie zu zittern begannen. Die Atmosphäre im Zimmer war gespannt. Außerdem war sie erschöpft. Fast eine Stunde lang hatte sie ihm wie ein Mannequin ein Kleid nach dem anderen vorgeführt.

„Zu diesem Modell müsstest du eine weiße Rose hinter dem Ohr und eine weitere im Ausschnitt tragen", meinte Diego kritisch. „Doch insgesamt bin ich zufrieden mit meiner Auswahl. Jedes Kleid unterstreicht auf seine Weise deine Schönheit."

„Ich bin müde, Diego. Bitte, kann ich jetzt aufhören?"

Diego schwang die langen Beine vom Bett und blieb vor Iris stehen. Schnell trat sie etwas zurück. Sein Mund wurde schmal, seine Antwort klang mitleidlos.

„Noch nicht, nicht bevor ich dich in dem Silbernerz gesehen habe. Darin musst du superb wirken. Die meisten Frauen besitzen etwas Katzenhaftes, das ein Pelz unterstreicht. Die jeweilige Wirkung ist unterschiedlich", doziert er. „Spanierinnen und Türkinnen zum Beispiel sind wie die Katzen in ihrem Land, überschäumend und temperamentvoll. Englische, französische und deutsche Katzen sind verwöhnte Schmusetiere. Wir Portugiesen", er hob mit Daumen und Zeigefinger ihr Kinn hoch, damit sie ihn ansehen musste, „wir lieben die Katzen, doch behandeln wir sie lässig. Wir lassen sie ihr Futter selber suchen, so bleiben sie schlank und gesund."

Iris erschauerte unter seiner Berührung.

„Warum fröstelst du?", fragte er, „magst du keine Katzen?"

„Nicht sehr", gab Iris leise zu. „Gegen sanfte, schmeichelnde Katzen habe ich nichts, doch die wenigen Tiere, die ich hier in der Gegend gesehen habe, schienen mir kaltblütig und sehr arrogant zu sein."

So ähnlich wie du, hätte Iris gern hinzugesetzt, doch das wagte sie nicht.

„Genau so müssen sie sein", nickte Diego. „Man darf nicht vergessen, dass diese Katzen von Arabern hierhergebracht wurden. Doch du brauchst keine Angst vor ihnen zu haben, kleiner Spatz. Im

Gegensatz zu den Engländern, die glauben, schwarze Katzen seien Kumpane von Hexen, wissen wir, dass schwarze Katzen im Haus das Übel abwenden."

Es fiel Iris schwer, dieser Auslegung zu glauben, denn in der augenblicklichen Situation hatte sie das Gefühl, sich wie ein Tier unter der Peitsche des Herrn beugen zu müssen. Unbewusst unterstrich Diego Iris' Gedankengang noch.

„Und nun den Pelz. Ich will sehen, wie er dir steht", forderte er.

Diego wandte sich um und ging zum Fenster, während Iris den Pelz aus dem Schrank nahm.

Iris schritt zu Diego ans Fenster. Er betrachtete sie stumm und sagte eine ganze Weile nichts. Iris hielt sich gerade, den Kopf hatte sie stolz gehoben. Der Pelz gab ihr eine ungeahnte Würde. Sie wirkte wirklich stolz, beinahe unnahbar. Die Kapuze mit dem Weißfuchsbesatz ließ ihr zartes Gesicht noch durchsichtiger und schöner denn je wirken.

Diego atmete tief. Iris hörte es und war erstaunt.

„Dieser Pelz ist wie für dich gemacht, dein Anblick übertrifft alle meine Erwartungen, namorada", murmelte Diego heiser. Mit einer plötzlichen, pantherhaften Bewegung riss er Iris an sich. Langsam glitten seine Lippen über ihre Augenbrauen, wanderten über ihre Wangen, bis sein Mund sich in der Beuge ihres Halses vergrub.

Er streifte ihr die Kapuze nach hinten. „Dein Haar duftet wie Honig", flüsterte er.

Als er ihre versteinerte Haltung spürte, hob er den Kopf.

„Es ist unglaublich, dass eine solche Schönheit wie du so verdorben sein kann", stöhnte er. „Sieh mich nur an mit deinen unschuldig wirkenden Augen", rief er und schüttelte Iris. „Ich weiß, wie falsch du bist. Doch du kannst einen Mann aus der Fassung bringen, ohne ein Wort zu sagen."

Ihre Augen weiteten sich angstvoll. „Bitte Diego", sie grub ihre Finger in seine Schultern. „Bitte, lass mich jetzt in Ruhe."

„Ich soll dich in Ruhe lassen?", ahmte er sie nach. „Warum? Du bist meine Frau. Ich habe dir alles gegeben, was du von der Ehe mit einem reichen Mann erwarten kannst. Habe ich nun nicht das

Recht, meinen Anteil zu bekommen?“

„Diego“, flüsterte Iris. Ihre Augen glänzten vor verhaltenen Tränen. „Glaubst du wirklich, dass eine Ehe auf Geschenken, kostbaren Perlen und teuren Pelzen aufgebaut werden kann?“

„Ha, meine Eisprinzessin ist immer noch nicht zufrieden“, spottete er, „sage mir also, was ich noch tun muss, damit das Eis endlich schmilzt.“

„Dazu gehören Zuneigung und Liebe“, erwiderte Iris ernst. „Und auch Freundschaft, weil Freundschaft noch mehr ist als alle körperliche Anziehungskraft. Die stärkste Bindung, Diego, basiert auf gegenseitigem Vertrauen.“

Das Zucken seiner Wangenmuskeln bestätigte Iris, dass sie einen Nerv bei ihm getroffen hatte. Die Hoffnung, die sie schon fast aufgegeben hatte, schien wieder greifbar.

„Wie traurig, dass du immer missverstanden wirst, meine süße Iris. Und immer dann, wenn du glaubst, dass du es wieder einmal geschafft hast.“

Er griff in die Tasche und holte einen ihr wohlbekannten weißen Umschlag hervor.

„Und wie bedauerlich für einen empfänglichen Jungen, der in seiner Verblendung sein Heim, seinen Job und das Wohlergehen seiner verwitweten Mutter riskierte, für einen Blick voller Dankbarkeit aus deinen täuschend ehrlichen Augen.“

Die Freundlichkeit, mit der er zunächst gesprochen hatte, verwandelte sich in eine Drohung und nahm Iris den Atem. Sie dachte jedoch nicht daran, sich selbst zu verteidigen. Sie konnte nur an Pedro denken, den Jungen, dessen Zukunft in diesem Land ruiniert war, da hier die feudalherrschaftlichen Bedingungen noch galten.

„Du darfst Pedro meinetwegen nicht bestrafen“, bat Iris mit flehenden Augen. „Es tut mir leid wegen des Briefes, doch Pedro hat daran keine Schuld. Ich werde alles tun, Diego“, sie umfasste ihn und drängte sich an ihn. „Alles werde ich tun, was du willst. Nur bitte, bitte nimm keine Rache an Pedro.“

Diego ließ sich Zeit und kostete seinen Triumph aus. Es dauerte eine Ewigkeit, bis er antwortete.

„Wenn du zugibst, dass allein du die Schuld trägst, müssen wir uns eine Strafe ausdenken, die deinem Vergehen gerecht wird", erklärte er sarkastisch.

Mit gesenktem Kopf wartete Iris auf seine Entscheidung.

„Was ich will, sollte nicht allzu schwer durchzuführen sein für jemanden, dessen Talent zum Schauspielern mit jedem Tag offensichtlicher wird." Er zögerte einen Moment. „Ich möchte, dass du dich einmal freiwillig hingibst. Kalte, gefühllose Küsse langweilen mich allmählich. Ein Frauenkörper, der nur bei Gewaltanwendung reagiert und niemals durch freien Willen, ist mir langsam zuwider. Es liegt nun an dir, mir deine ganze weibliche Leidenschaft zu zeigen", fügte er lässig hinzu. „Ich habe sie ja schon ab und zu gespürt, doch der Durchbruch blieb mir bisher leider versagt."

Iris wandte sich einen Moment von Diego ab. Mehr denn je spürte sie seine Lust, sie zu quälen. Der Grund seines heutigen Besuches war ihr jetzt klar. Er war mit dem Brief in der Tasche zu ihr gekommen, hatte sich auf ihrem Bett geräkelt und sie dieser demütigenden Parade ausgesetzt. Und die ganze Zeit über hatte er gewusst, dass er die letzte beschämende Trumpfkarte noch in der Hand hielt.

Ein Frösteln ging ihr über den Rücken, als sie sich wieder zu ihm wandte. Ihr schmales Gesicht mit den großen Augen war weiß, doch sie war bereit, seiner Aufforderung Folge zu leisten.

„Also gut, Diego", murmelte Iris, „doch zuerst musst du mir versprechen, dass Pedro nicht für meine Verfehlung leiden wird."

„Ich verspreche es dir", versicherte Diego und streckte die Arme nach ihr aus.

Langsam ging sie auf ihn zu, mechanisch legten sich ihre Arme um seinen Nacken. Sie zog seinen dunklen Kopf zu sich herunter. Mit einem kleinen Seufzer stellte sie sich auf die Zehenspitzen, um ihre weichen Lippen auf seinen Mund zu drücken. Doch er reagierte nicht auf ihren Kuss, seine Lippen blieben hart.

Sie presste sich an Diego, sie versuchte zärtlich mit ihren Lippen seinen Mund zu streicheln. Doch die Barriere in ihr ließ sich nicht überspringen. Diego spürte das genau, und er blieb kalt. Sein Wunsch, sie zu besitzen, hatte sich verflüchtigt.

Sie versuchte es weiter. Sie küsste ihn, umschmeichelte ihn. Diego blieb unberührt. Seine Arme lagen locker auf ihren Hüften. Er war unbeeindruckt.

Iris merkte nicht, dass ihr die Tränen über die Wangen liefen. Dann stieß er sie von sich.

„Hör auf, Iris!" Er fuhr sich mit der Hand über den Mund, als schmeckten ihre Tränen bitter. „Einen Eisblock zu lieben ist schon schlimm genug, doch von einer Art Nonne verführt zu werden, die das als Strafe ansieht, das ist unerträglich."

Wie üblich spazierte Diego am nächsten Morgen ohne anzuklopfen in Iris' Schlafzimmer. Sie hatte sich gerade angezogen, saß vor dem Frisiertisch und bürstete sich das Haar.

„Ich muss auf eine Geschäftsreise", begann er. „Da ich dir nicht recht trauen kann, habe ich keine andere Wahl, als dich mitzunehmen. Packe ein paar Sachen ein. Lange Hosen würde ich vorschlagen und Blusen, möglichst mit langen Ärmeln, die dich vor der Sonne schützen."

Im Hinausgehen wandte er sich noch einmal um.

„Du brauchst auch ein paar warme Sachen, einen Mantel zum Beispiel. Die Nächte in der Wüste können ziemlich kalt sein."

Iris hatte gemerkt, dass Diego ungeduldig war und schlechte Laune hatte. Er würde also weder Fragen beantworten noch warten wollen. So begann sie schnell eine Reisetasche zu packen.

Schon wenige Minuten später stürmte Diego wieder in ihr Zimmer.

„Du bist fertig? Sehr gut. Also dann, komm."

Er nahm ihre Reisetasche und ging voran. Iris erwarte, dass er sie hinunter in den Hof zum Auto bringen würde und war sehr erstaunt, dass er mit ihr eine Treppe hinaufstieg. Durch eine Eisentür erreichten sie ein großes, flaches Dach. Sie sah einen Hubschrauber vor sich stehen.

Wenn seine Worte auch anzüglich waren, seine Stimme klang freundlich. „Es wird Zeit, dass du den wahren Genuss des Fliegens kennenlernst."

Zuerst saß sie sehr steif da, das laute Brummen des Motors und das Vibrieren des Rotors über ihr erschreckten sie. Doch nachdem sie abgehoben hatten, wich die Furcht der Aufregung über eine wunderbare neue Erfahrung. Sie flogen hoch über dem Castelo. Es blieb schnell hinter ihnen und wirkte aus der Entfernung wie ein Spielzeug.

Diego sprach wenig. Seine Hände hantierten geschickt mit den Steuerinstrumenten. Dennoch blickte er hin und wieder amüsiert zu Iris hinüber, die interessiert nach unten blickte. Sie flogen über Orangen- und Grapefruit-Plantagen, über Feigen- und Pfirsichanpflanzungen. Plötzlich lag das Meer unter ihnen.

Iris sah kleine und große Schiffe, die weite weiße Spuren auf dem ruhigen Wasser hinterließen. Sie waren noch gar nicht so lange geflogen, da zeigte Diego auf die auftauchende Küstenlinie.

„Bald werden wir Tanger überfliegen, und dann nehmen wir Richtung auf das Riff. Das ist unser heutiges Ziel."

Und dann lag das sagenumwobene, sündhafte Tanger unter ihnen. Iris sah maurische Paläste, deren vergoldete Dächer im Licht der Sonne aufflammten. Dazwischen Gärten, kunstvoll angelegt. Dann tauchten Berge auf mit grauen, von der Sonne ausgedörrten Spitzen. Zwischen den Bergen sah Iris grüne Täler mit zum Teil ausgetrockneten Flussbetten.

Allmählich begannen sich die Bergspitzen von braun in grün zu verwandeln. Die Landschaft wurde lieblicher. Sie überflogen ein Gebiet mit Tausenden von Palmenbäumen.

„Siehst du dort oben die Festung auf dem Berggipfel?", unterbrach Diego Iris in ihren Betrachtungen.

„Ja, dort, über dem Punkt, wo sich die beiden Flüsse treffen."

„Genau dort. Es war einmal ein französisches Fort, und der ehemalige Kommandant, den ich regelmäßig besuche, hat uns freundlicherweise eingeladen, bei ihm zu übernachten. Ich kann dir nur raten, das Beste daraus zu machen. Dieser Aufenthalt wird das letzte an Zivilisation sein, das du in nächster Zeit zu erwarten hast."

Der Kommandant erwartete sie auf dem flachen Dach des Forts. Kaum stand der Rotor des Hubschraubers still, eilte er zum Einstieg, um Iris aus dem Helikopter zu helfen.

„Da Ihr Mann und ich sehr gute, alte Freunde sind, wäre ich sehr geehrt und erfreut, wenn Sie mich Henri nennen würden."

„Natürlich werde ich Sie Henri nennen", lächelte Iris, angenehm überrascht von der freundschaftlichen Begrüßung, „und vielen Dank für Ihre Gastfreundschaft. Mein Mann hat mir gerade erzählt, dass wir bei Ihnen übernachten können."

Wortlos starrte Henri Iris in die leuchtenden, grünen Augen. Dann nahm er noch einmal ihre Hand, küsste ihre Fingerspitzen. Er beobachtete entzückt, wie eine zarte Röte in ihre Wangen stieg.

„Ich hatte dich gewarnt, mon ami", unterbrach Diego amüsiert das Zeremoniell, „damit du auf den Anblick meiner zauberhaften jungen Frau vorbereitet bist. Doch ich hätte wissen müssen, dass deine ständige Bereitschaft zum Flirten auch vor Iris nicht haltmachen würde. Beachte seine Worte nicht, meine Liebste", wandte er sich an Iris, „Henri jagt allen schönen Frauen nach, so ist es doch, mein Junge, nicht wahr?"

„Ich fliehe vor allen, die mich jagen, doch ich jage gern nach denen, die sich mir entziehen wollen", gab Henri lachend zu. „Es ist ein schönes Spiel." Erst jetzt ließ er Iris' Hand los. „Ich glaube tatsächlich an die Leidenschaft, die einen total überwältigen kann. Doch erst wenn daraus bei beiden Partnern Liebe entstanden ist, könnte ich ans Heiraten denken." Er blickte Iris und dann Diego an.

Diego und Henri waren beide dunkelhaarig, hochgewachsen und muskulös. Doch damit endete wohl auch schon ihre Ähnlichkeit. Als Henri Iris in das Innere des Forts geleitete, war sie von seiner aufmerksamen Fürsorglichkeit, seiner Galanterie und Freundlichkeit beeindruckt. Sie war sicher, dass er alle Frauen ausnahmslos so behandeln würde, ob sie jung oder alt, schön oder hässlich waren.

Die Einrichtung des Forts war klassisch schön und überraschend komfortabel. Iris hatte eine spartanische, nicht besonders gemütliche Umgebung erwartet, eben so, wie die Atmosphäre in einem Junggesellenhaushalt war.

Das für Iris und Diego vorbereitete Zimmer war luxuriös eingerichtet. Sie war erschöpft von der Reise und den vielen neuen Eindrücken. Sie legte sich auf das Bett zu einem kurzen Schlaf, denn sie wusste, dass man sie in der nächsten Zeit kaum vermissen würde. Diego und Henri hatten sich zu einer Besprechung in Henris Arbeitszimmer zurückgezogen. Da sich die beiden Freunde immer nur in längeren Zeitabständen trafen, hatten sie bestimmt viel zu bereden.

Es sprach viel für Henris Erfahrung als guter Gastgeber, dass das gemeinsame Abendessen nicht zu einem stummen Fiasko wurde. Er übersah Diegos finstere Miene und widmete sich Iris. In ihrem blauen Abendkleid, das silberblonde Haar straff nach hinten gekämmt und zu einem tiefen Knoten im Nacken geschlagen, erinnerte sie Henri an eine schwermütige Madonna.

Gedankenverloren spielte sie mit ihrem Weinglas und merkte nicht, wie intensiv Henri ihr wunderschönes Profil studierte.

„Wachen Sie auf, Träumerin!“, rief er plötzlich.

Iris fuhr auf und verschüttete beinahe ihren Wein.

„Bitte, entschuldigen Sie, Henri. Haben Sie etwas gesagt? Ich fürchte, meine Fantasie hat mich wieder einmal aus der Wirklichkeit gerissen. Dafür habe ich schon als Kind viele Strafen bekommen. Es tut mir leid.“

„Das haben Sie nicht nötig, Iris“, beteuerte Henri noch einmal. Sein Gesicht war ernst geworden. „Sich in eine bessere Welt zu flüchten, in die Gedankenwelt, ist eine Art von Überlebenwollen. Offensichtlich, meine Liebe, sind Sie in Ihrem Leben einmal tief verletzt worden.“

„Vielleicht“, erwiderte Iris ein wenig abwehrend, denn sie hatte Diegos scharfen Blick bemerkt. „Doch damals war ich noch in meinem trotzigen Alter und wollte nicht erwachsen werden. Nun, da ich es bin, habe ich gelernt, nicht mehr so vertrauensvoll zu den Menschen zu sein.“

„Mein lieber Freund“, Henri blickte Diego fast böse an, „Ich kann nur hoffen, dass nicht deine Haltung Iris gegenüber schuld daran ist, dass sie so enttäuscht reagiert. Dafür ist sie noch viel zu jung.“

Ohne auf eine Antwort zu warten, wandte Henri sich sofort wieder Iris zu und beachtete die aufkommende Spannung nicht.

„Sie sind vielleicht noch nicht lange genug verheiratet, Iris, um es selbst herauszufinden, deshalb halte ich es für meine Freundespflicht, Ihnen ein wenig zu helfen, um die komplizierte Natur Ihres Mannes besser zu verstehen." Er nahm einen Schluck Wein.

„Diego ist in seinem Herzen ein Nomade, dessen Sehnsucht nach Freiheit ständig von seinen familiären Verpflichtungen beeinträchtigt und aufgehalten wurde. So haben sich bei ihm Aggressionen aufgestaut, die oft gerade denjenigen treffen, den er am meisten liebt." Er räusperte sich. „Deshalb muss er einfach von Zeit zu Zeit einmal in der Wüste leben, die er als seine ursprüngliche Heimat ansieht. Dort, so glaubt er, kann er die Ungebundenheit, die wilde Freiheit finden, die ihm im zivilisierten Portugal versagt ist. Sie dürfen ihm das nicht übel nehmen, chérie, denn Sie werden es erleben. Er verschwindet dorthin wie ein fauchender Tiger, und er kehrt zurück wie ein sanftes Lamm."

Ein schneller Blick auf Diegos zynisch verzogenen Mund, seine flammenden Augen machten diesen Vergleich mit einem sanften Lamm so komisch, dass Iris entgegen ihrer Stimmung lachen musste.

„Ah!", rief sie, „wie ein wunderschöner Regenbogen nach einem grässlichen Unwetter!"

Henri war erfreut über ihre Reaktion.

„Erinnere mich gelegentlich daran", wandte Diego sich da an Henri, doch sein verächtlicher Blick streifte Iris, „dass ich dir eine Lektion in der Kunst erteile, wie man Frauen durchschaut. Mit süßen Worten wirst du wenig ausrichten. Ich habe herausgefunden, dass sie Gold und Perlen bevorzugen. Und je süßer ihr Anblick ist, umso teurer sind sie."

Dann ergriff Diego Iris' Hand.

„Es ist spät. Da wir im Morgengrauen aufbrechen müssen, werden wir uns jetzt zurückziehen."

9. KAPITEL

Sie verließen das Fort in einem von Henri geborgten Landrover in den frühen Morgenstunden. Hinter ihnen im Wagen ratterten Kanister, einige voller Benzin, andere mit Wasser gefüllt. Der Weg, der zu den Hügeln führte, war schmal und holprig.

Die Luft im Wagen war stickig, obwohl sie alle Fenster geöffnet hatten. Iris saß steif und verwirrt auf ihrem Sitz. Seit Diego sie gestern Abend in ihr Zimmer geführt hatte, war kein Wort zwischen ihnen gesprochen worden. Iris war sofort in das Badezimmer geflohen, und es hatte eine Ewigkeit gedauert, bis sie mit ihren nervösen Händen ihr Kleid ausgezogen und sich geduscht hatte.

Mit klopfendem Herzen war sie dann in Erwartung ihrer üblichen Strafe in das Schlafzimmer geschlichen. Dort fand sie zu ihrer Überraschung Diego auf dem Fußboden liegend. Er hatte nur ein Kissen unter dem Kopf und eine leichte Decke über sich gelegt.

Diego hatte Iris in der Morgendämmerung geweckt. An seinem grimmigen Gesicht hatte sie erkannt, dass sich seine Stimmung seit gestern Abend keineswegs gebessert hatte.

Nach etwa einer Stunde Fahrt hielt Diego an und streckte sich. Vor ihnen lagen Meilen von rotbraunem Sand, ohne jede Vegetation, ohne jede Bewegung, ohne Geräusche und ohne Düfte. Es war nur unerträglich heiß. Eine totale Leere, die zum Fürchten war.

Als hätte Diego ihre Angst gespürt, blickte er sie an.

„Hast du deine Selbstsicherheit verloren, Fräulein Rührmichnichtan?“

Iris wandte sich ab. Sein Spott verletzte sie. Diego atmete tief durch und fuhr dann fort: „Hier in der Wüste erkennt man, wie unbedeutend das Leben in zivilisierten Regionen ist. Hier ist es leicht, an Mysterien zu glauben, seine Vorstellungen vom wahren Leben zu verwirklichen. Leidenschaften und Wünsche seines Körpers zu unterdrücken, um die absolute Freiheit und Unabhängigkeit zu erleben. Hier ist man ein Teil dieses ewigen Sandes.“

„Sand, der einen ausdörrt und schließlich tötet“, wagte Iris ihn zu unterbrechen.

Diegos neu erwachte Vitalität machte sie nervös. Es war, als ob das Einatmen der Wüstenluft aus ihm einen neuen Menschen gemacht, ihm neuen Auftrieb gegeben hätte, als ob die Sonne, der blaue Himmel sich in seinen Augen spiegelten.

„Ich bin durstig“, klagte Iris, „könnte ich bitte etwas zu trinken haben?“

„Etwas viel Besseres sollst du haben, ein ganzes Frühstück!“

Erstaunt registrierte Iris den Anflug eines Lächelns in seinem Gesicht, als er hinter sich griff und einen Korb hervorholte.

„Aber nur Kaffee und Sandwiches“, setzte er entschuldigend hinzu und öffnete eine Thermosflasche.

„Das macht mir nichts aus.“

„Ich habe es mir gedacht“, erwiderte Diego trocken. „Kinder lieben von Zeit zu Zeit Picknicks, und du bist ganz der Typ eines launenhaftes Kindes, meine Liebe.“

Sie überhörte seine Kritik und biss in ein Sandwich.

Er nahm einen Schluck aus seinem Becher.

„Ich habe es schon oft gesagt, Iris, du bist eine gefährliche Mischung aus Frau und Kind, aus Erfahrung und Naivität – kein Mann ist immun gegen deinen Charme, den du bei allen meinen Freunden in der Gesellschaft von Lissabon praktiziert hast.“

Wütend schüttete Diego den Rest seines Kaffees in den Sand. Der dunkle, feuchte Fleck war im nächsten Augenblick verschwunden, verdunstet durch die Hitze des Sandes. Iris war es, als strömte ihr alles Blut aus dem Herzen.

Unter der sengenden Sonne und dem wolkenlosen Himmel setzte der Landrover seinen Weg fort. Es vergingen Stunden, in denen keiner von ihnen ein Wort sprach.

Plötzlich entdeckte Iris am Horizont, bewegungslos wie eine Statue, einen Mann auf einem Kamel. Da sie annahm, Diego hätte ihn vielleicht nicht entdeckt, deutete sie nach vorn.

„Schau nur, glaubst du, dass er uns gesehen hat?“

„Zweifellos“, antwortete Diego. „Das ist ein Wächter, dessen Aufgabe es ist, nach Fremden Ausschau zu halten und sie zu entdecken, lange bevor die Fremden selbst ihn sehen. Die Wüstenbewohner haben ausgesprochen gute Augen und die Gabe, absolut bewegungslos auf ihren Tieren ausharren zu können. Das ist sehr wichtig für Jäger, Kämpfer und Nomaden."

Kurz danach passierten sie den Wächter, und ein tiefer Taleinschnitt, den man vorher nicht gesehen hatte, tat sich vor ihnen auf.

Iris sah Frauen, die über offenen Feuern Speisen kochten, und schwarze Zelte, die innerhalb eines großen weißen Kreises aufgerichtet waren.

Offenbar hatte man ihre Ankunft bereits angekündigt, denn aus den Zelten strömten Männer heraus, die auf den Landrover zuliefen. Diego bremste und stieg aus. Dutzende von Stimmen begrüßten ihn, rufend und lachend.

„Scheich Ana! Scheich Ana!"

Plötzlich waren sie umringt von vergnügt lachenden Arabern. Es waren hochgewachsene, aristokratische Männer mit wilden Augen und von der Sonne dunkel gebrannten Gesichtern.

Die Frauen, so registrierte Iris unsicher, blieben abwartend im Hintergrund. Gruppen von anmutigen Mädchen mit hübschen Händen und zierlichen Füßen in weiten knöchellangen Kleidern standen hinter den Frauen.

Ein älterer Araber trat zu Diego.

„Friede sei mit dir", begrüßte er ihn.

Iris ignorierte er völlig.

„Friede sei auch mit dir", antwortete Diego ernst.

„Geht es dir gut?"

„Danke, ja."

Mit Schulterklopfen und Zurufen in einer fremden Sprache wurde Diego von den Männern des Stammes in die Mitte genommen und weiter in das Camp geführt.

Verlassen und verloren blieb Iris neben dem Auto stehen. Wenn es Diegos Absicht gewesen war, sie mit dieser Reise in die Wüste zu bestrafen, so hatte er einen vollen Erfolg. Nicht einmal als Waise im Heim hatte sie so sehr unter dem Verlassensein gelitten.

„Bitte, würden Sie mit mir kommen?"

Iris wandte sich erstaunt um und sah eine junge Araberin mit schwarzen seelenvollen Augen.

„Ich bin Mariam, die vierte Frau von Scheich Mamadou. Scheich Ana hat mich gebeten, mich um Sie zu kümmern."

Iris lächelte sie dankbar an und folgte der jungen Frau. Sie wurde zu einem Zelt geführt, das wesentlich größer und geräumiger war als die meisten anderen. Ein Zeichen dafür, dass es einem Mann von Ansehen und Reichtum gehörte.

Sie traten hinein und Mariam zeigte auf feine, weiße Felle, die auf dem Boden in einer Ecke zu einer breiten Lagerstatt aufgeschichtet waren.

„Faros", erklärte sie stolz, „es sind die Felle neugeborener Lämmer."

Ein scheues, kleines Mädchen kam herein und stellte eine Schale mit Milch und eine Schüssel mit gezuckerten Datteln auf einen Hocker. Ihm folgte eine Frau mit einer Art Tablett, auf dem eine Teekanne, ein dampfender Kessel, eine Zuckerdose und zwei Schalen standen. In der einen war grüner Tee, in der anderen lagen Minzstängel.

Fasziniert beobachtete Iris, wie die Frau eine Handvoll Tee in die Kanne gab und kochendes Wasser darübergoss, ohne die Teekanne ganz zu füllen. Sie ließ das Ganze einige Minuten ziehen.

Danach streifte sie die Blätter von einem Minzstängel und legte sie zusammen mit einer erstaunlichen Menge Zucker in die Teekanne. Es folgte ein weiterer Aufguss mit heißem Wasser. Und wieder ließ man das Gebräu einige Zeit ziehen.

Von Zeit zu Zeit rührte sie den Inhalt der Teekanne um, bis sie das Gefühl hatte, der Tee habe das richtige Aroma. Dann goss sie zwei Gläser ein, das eine für Iris, das andere für Mariam.

Höflich wartete Mariam, bis Iris den ersten Schluck nehmen würde. Das Glas war jedoch so heiß, dass Iris es kaum halten konnte, und noch weniger konnte sie den heißen Tee trinken.

„Lassen sie ihn etwas abkühlen."

Zu Iris' Erleichterung nahm Mariam ihr das Glas aus der Hand und stellte es auf den niedrigen Hocker.

„Er schmeckt am besten, wenn er sehr heiß ist, doch auch kühl ist der Tee noch sehr erfrischend."

Noch immer hatte Iris das Gefühl, sie träume und würde in Kürze erwachen. Sie versuchte, ob ihre Stimme ihr gehorchte.

„Wo ist mein Mann?", fragte sie. Ihre Stimme klang belegt.

„Scheich Ana, unser Gebieter und Anführer, befindet sich in einer Besprechung mit den Ältesten des Stammes", erklärte ihr Mariam in stockendem Englisch.

„Obwohl wir wussten, dass er erst kürzlich geheiratet hat, brauchten wir Scheich Ana ganz dringend. Wir mussten seinen Rat einholen und haben nach ihm geschickt. Scheich Ana kommt immer zu uns, wenn er gebraucht wird."

„Euer Gebieter und Anführer …" Iris' Ton war so schrill, dass sie damit hätte Schlafende aufwecken können.

„Ja sicher", nickte Mariam, „das am meisten geehrte Mitglied unseres Stammes. Erst einige Wochen bevor wir von seiner Heirat hörten", Mariam schlug scheu die Augen nieder, „wurde ich dazu auserwählt, seine moussa zu werden", erklärte sie leise. „Und um meine Enttäuschung zu mildern, dass er seine Frau mitbringen würde, machte Scheich Mamadou mich zu seiner vierten Frau."

„Und was bitte", fragte Iris entsetzt, „ist eine moussa?"

„Eine Frau auf Zeit."

Mariam schien überrascht von Iris' Unwissenheit.

„Eine Ehre, die ganz besonders geehrten männlichen Gästen unseres Stammes zuteil wird."

Es war schon dunkel geworden, bevor Diego zu Iris kam. Von den Feuerstellen zuckten Flammen in den Nachthimmel. Über den Feuern hingen Kessel, in denen große Hammelstücke in Butter brutzelten. In anderen Töpfen brodelte Reis.

Die von der Decke hängenden Stoffbahnen, die das Zelt teilten, schlugen auseinander und eine hohe Gestalt betrat das Zelt.

„Du wirst die Ehre haben", rief er, „als große Anerkennung für mich, mit den Männern zusammen essen zu dürfen."

„Diego!", schrie Iris auf, als sie ihn sah. Sie war fassungslos. Es war seine Stimme, doch er war kaum zu erkennen. Er war in einen langen, schwarzen Seronal gekleidet und hatte einen entsprechenden Turban auf. In seinem breiten Silbergürtel steckte ein Dolch mit kunstvoll beschlagenem Griff.

„Oallahi, inti zeyne hatt! Bei Allah, wie wunderschön du bist!", rief er Iris zu.

Iris sprang auf, sie war erregt und wütender, als sie jemals in ihrem Leben gewesen war.

Stundenlang hatte er sie in einer fremden, furchteinflößenden Umgebung alleingelassen, umgeben von den neugierigen Augen der Frauen. Einige von ihnen hatten vielleicht noch nie eine Europäerin gesehen. Iris hatte sich vor ihren Händen in Sicherheit bringen müssen.

Als Iris ihnen dann langweilig geworden war, hatten sie sie allein gelassen. Da hatte sie Zeit gehabt, darüber nachzudenken, dass er wohl jedes Mal, wenn er den Stamm besuchte, eine moussa gehabt hatte. Ein Mädchen, das nur zu willig gewesen war, für eine gewisse Zeit seine Frau zu sein.

Das war unerträglich. Und nun stand er vor ihr in dieser Maskerade und gebärdete sich wie ein Araber.

Sie schäumte innerlich vor Eifersucht. Schon am Nachmittag hatte sie an sich halten müssen. Am liebsten hätte sie der lieblichen Mariam vor Wut das Gesicht zerkratzt.

„Das ist sehr freundlich von den Männern", antwortete Iris schließlich verhalten, „doch ich habe nicht den Wunsch, mit diesen Leuten zu speisen."

Mit der geschmeidigen Bewegung eines Panthers stand Diego plötzlich dicht vor ihr und grub seine Hände in ihre Schultern.

„Du wirst das tun, was ich dir sage. Oder du wirst die Konsequenzen zu tragen haben", fuhr er sie an. „In der Wüste haben wir genaue Regeln bezüglich der Etikette. Man darf niemals eine Einladung oder ein Geschenk zurückweisen. Man darf nicht zeigen, dass man ein Geschenk erwartet. Beim Geber darf man sich nie bedanken, und man darf niemals vergessen, ein Gegengeschenk zu machen, das in den Augen der Araber wertvoll ist. Solltest du jemals diese Regeln missachten, wird die Schande auf mich fallen, und ich würde den Respekt meiner Freunde als ihr Gönner und Anführer verlieren."

„Und nun", er nahm seine Hände von ihren Schultern, kreuzte sie über der Brust und spreizte die Beine, „wirst du dich umziehen, alleine – oder muss ich dir erst helfen?"

Iris sah das Aufblitzen in seinen Augen und wusste, welch ein Vergnügen ihm das bereiten würde. Sie verzichtete auf eine weitere Auseinandersetzung.

„Ich kann es allein", erwiderte sie steif. „In einer halben Stunde bin ich fertig."

„Du wirst in zehn Minuten fertig sein", korrigierte er sie sanft. „Ich werde hier warten, damit du dich beeilst."

Iris schälte sich aus den Kleidern, die sie den ganzen Tag getragen hatte und benetzte ihr Gesicht und den Oberkörper mit kühlem Wasser. Dann schlüpfte sie in einen glockigen, silbergrauen, wadenlangen Samtrock, dazu zog sie eine farblich passende Seidenbluse an, die lange weite Ärmel und am Handgelenk Manschetten hatte.

Das matte Silbergrau ihres Kleides, das nur wenige Schattierungen dunkler als ihr Haar war, gab ihr einen fraulichen Reiz, den Diego sofort bemerkte.

„Du strahlst eine verwirrende Sicherheit aus, namorada", sagte er dunkel. „Deine Augen haben den Blick einer liebenden jungen Mutter, die ihr ängstliches Kind beruhigen will."

Seine Worte erinnerten Iris an einen großen Schmerz, den sie verdrängt hatte, denn er selbst hatte sie ernsthaft aufgefordert, alles zu tun, damit sie niemals ein Kind von ihm bekommen würde.

„Du hast ja bereits entschieden, dass mir diese Freude versagt bleibt", erwiderte Iris mit bebender Stimme. Ihre Augen waren vor Schmerz dunkel geworden.

Ein Schatten ging über Diegos Gesicht. Er starrte auf Iris hinunter, die, obwohl er sie zu seiner Frau gemacht hatte, noch immer wie ein unschuldiges Mädchen wirkte.

„Warum willst du ein Kind? Hoffst du vielleicht, dass ich wie alle wilden Tiere gezähmt werde beim Anblick meines Babys?"

„Nein."

Diegos Mund wurde schmal und seine Wangen kantig, als sie sich schaudernd von ihm abwandte.

„Mutter zu sein, wäre wunderbar", murmelte Iris, „doch ich habe nicht die Absicht, auch nur einen Teil der Verantwortung für ein Geschöpf zu tragen, das sich möglicherweise zu einem Teufel, wie du es bist, entwickeln könnte."

Das Fest wurde im Zelt von Scheich Mamadau gefeiert. Nach der rituellen Zubereitung des Tees erschienen zwei Männer mit einem Wasserkrug und einer großen Schüssel. Alle wuschen sich die Hände. Dann setzten sie sich mit gekreuzten Beinen einander gegenüber in zwei langen Reihen hin. Vom Zelteingang her wurde ein langer schmaler Tisch zwischen sie geschoben, auf dem große Schüsseln mit Hammelfleisch, Reis, Gemüse und Flaschen mit Gewürzen standen.

„Versuch mit den vorderen drei Fingern der rechten Hand zu essen", flüsterte Diego Iris zu und reichte zu der gemeinsamen Schüssel hinüber, um es ihr zu demonstrieren.

Dem ersten Gang folgte ein zweiter mit dem gleichen Fleisch, doch mit anderer Sauce, anderen Gewürzen und anderen Zutaten. Es gab Kuskus, heißen, trockenen Grieß, den die Männer zu Kugeln formten, in die Fleischsauce stippten und schmatzend verzehrten.

Diese Handhabung brachte Iris einfach nicht fertig. Sie aß deshalb Früchte und trank Pfefferminztee, ein Glas nach dem anderen.

Geschockt von den seltsamen Tischmanieren der Männer, durch ihr Schmatzen und ungeniertes lautes Aufstoßen, beugte sich Iris zu Diego hinüber.

„Bitte, Diego, lass mich zurück in unser Zelt gehen. Ich kann das alles nicht länger ertragen."

Diego blieb unbeweglich sitzen, ihre schlechte Verfassung kümmerte ihn scheinbar nicht.

„Jeden Moment werden die Männer nun erlauben, dass auch die Frauen essen. Bleibe also still sitzen und unterbrich die Zeremonie nicht, das wäre sehr unhöflich", flüsterte er zurück.

Er hatte den Kopf zu ihr gebeugt, und Scheich Mamadau hatte es bemerkt.

„Du solltest deine Frau zwingen, mehr zu essen, mein Freund, sie ist viel zu mager."

„Mit den Jahren wird sie schon fetter werden", erwiderte Diego und Iris sah, wie sich seine Lippen kräuselten. Sie wurde böse.

„Sie sieht auch traurig aus. Befriedigst du sie nachts nicht genug?"

Iris wurde über und über rot. Sie blickte Diego an und hätte sterben mögen, als er trocken erwiderte: „Schon möglich, dass sie manchmal ein bisschen enttäuscht ist."

Die Männer brachen in lautes, fast wieherndes Gelächter aus, in das Diego mit einstimmte.

„Oh, mein komischer Freund!", rief Scheich Mamadou. „Eher würde ich glauben, dass mein bester Hengst unfähig ist, seine Stute zu befriedigen – und der ist feurig!"

Diese Bemerkung war zu viel für Iris. Sie sprang auf die Füße, hielt sich die Ohren zu, um das aufbrausende Gelächter nicht zu hören und floh aus dem Zelt. Es vergingen kaum zehn Minuten, da war Diego bei ihr. Iris kniete über einem Wasserbehälter und kühlte sich ihre heißen Wangen.

Diego ließ sich halb hinter ihr auf die Knie fallen und legte seine Hände von hinten auf ihre Schultern.

Erschrocken wandte sie sich um und ging direkt in die Falle seiner wartenden Arme.

„Iris", murmelte er sehnsüchtig. Seine Augen blickten verschleiert. Seine warmen Lippen pressten sich auf ihren Mund.

„Sei nicht beleidigt über ihren derben Humor. Sie sind keine Monster, sie sind nur sinnliche Männer, die die Erotik lieben."

„Und alle Frauen so lange übersehen, bis sie Lust haben, sich mit ihnen zu amüsieren", rief Iris erregt. Sie versuchte, sich aus seinen Armen zu befreien.

„Deine Freunde ekeln mich an!"

Sie richtete sich auf und beeilte sich, aus seiner unmittelbaren Nähe zu kommen.

„Und du auch. Anscheinend bist du ebenfalls auf der Suche nach einem Spielzeug, Senhor. Ich schlage vor, du nimmst die Gelegenheit deiner privilegierten Position wahr und holst dir eine moussa. Sie wird nur allzu willig sein, deine erotischen Wünsche zu erfüllen."

Iris wusste sofort, dass sie zu weit gegangen war.

Eh sie sich versah, wurde sie hochgehoben und ins Zelt getragen. Diego presste sie an sich und legte sie auf das Bett aus Lammfellen. Schwer lag er auf ihr, riss ihr die Bluse auf und vergrub seinen Kopf in ihren Brüsten.

„Ein Mann braucht eine moussa nur dann, wenn seine eigene Frau nicht anwesend ist, querida“, murmelte er heiser und streichelte ihre Haut mit seinen Lippen. „Hasse mich, wenn du nicht anders kannst. Doch bevor diese wunderbare, lange Nacht zu Ende geht, wirst du dich an meiner Leidenschaft entzündet haben. Du wirst zitternd vor Lust in meinen Armen liegen und mich bitten, dich mehr und mehr zu lieben.“

Mit schmerzlich verzogenem Gesicht hinkte Iris in das Zelt und warf sich auf einen Berg von Kissen. Sie war böse mit sich selbst, dass sie barfuß hinausgegangen war.

Dabei hatten Diego und Mariam sie mehrfach vor dem Initi gewarnt, einem sehr scharfen Gras, das kleine scharfe Stacheln hatte, die giftige Flüssigkeit absonderten. Bei der geringsten Berührung brachen diese Stacheln ab und drangen tief in die Haut. Eine solche Wunde heilte nur sehr schwer.

Keiner sollte merken, dass sie sich so dumm benommen hatte, deshalb versuchte Iris, die Wunde unter dem Fuß selbst zu behandeln. Nachdem sie mühsam den eingetretenen Dorn aus der Wunde entfernt hatte, wusch sie sie aus und klebte ein Pflaster darauf.

Erleichtert seufzte sie. Sie war zum Glück von niemandem gestört worden. Hoffentlich hatte sie auch den ganzen Stachel entfernen können. Wenn er abgebrochen war und noch ein Teilchen von ihm in der Wunde steckte, würde der Fuß wahrscheinlich eitern.

Ihre Gedanken gingen zu Diego. Er wurde mit jedem Tag mehr ein Berber, passte sich seinen Araberfreunden an.

Sie stand auf und probierte, ob die Wunde unterm Fuß sehr schmerzte, wenn sie darauf ging. Es war auszuhalten.

Gerade hatte sie die ganzen Erste-Hilfe-Sachen weggeräumt, da hörte sie Schritte vor dem Zelt.

„Heute ist Markt in einer nahe gelegenen Oase. Ich möchte dich zum Einkaufen mitnehmen."

Iris fuhr herum und erschrak über Diegos Aussehen. Über dem langen Gewand trug er einen um Hals und Mund gewickelten Schal, wie ihn die Berber in der Wüste trugen. Hier glaubten die Menschen, das Gesicht müsste halb verhüllt sein, um die Seele zu schützen.

Sie ritten auf einem Kamel. Diego hatte Iris vor sich gesetzt und hielt sie fest. Es kam ihr vor, als säße sie auf einem Schiff, das sich sanft in den Wellen wiegt.

Die Berührung seiner Hände brachte ihren Körper wie immer in Aufruhr. Obwohl er sie oft schmerzhaft strafte, so konnte er doch auch unendlich zärtlich sein, und diese Zärtlichkeit bedeutete ihr mehr als alle Leiden. Doch das durfte er nicht wissen.

Nach etwa einer Stunde erreichten sie einen tiefen Taleinschnitt.

Iris wurde lebhaft und munter, als sie nach Tagen zum ersten Mal wieder Bäume mit Früchten und Laub und Gärten mit blühenden Blumen sah. Frauen trugen große Körbe voller grüner und roter Pfefferschoten auf ihren Köpfen. Ein Mann scheuchte eine kleine Herde Truthähne vor sich her. Kaufleute führten Esel mit sich, die mit Töpferwaren beladen waren.

Iris atmete tief ein. Sie roch geröstete Kastanien, Jasminblüten und das siedende Öl, in dem Hirse- und Maiskuchen gebacken wurde.

Sie schrie leise auf, als Diego sie aus dem Sattel hob und auf den Boden setzte.

„Was hast du?", fragte er erstaunt.

„Ach, nichts", log sie, „nur ein kleiner Krampf im Fuß. Ist sicher gleich wieder vorbei."

„Glaubst du wirklich?", fragte er noch einmal. „Wenn jemand mit der Wüste nicht vertraut ist, muss er besonders vorsichtig sein mit der Gesundheit. Die kleinste Wunde, das geringste Symptom eines Schmerzes muss unbedingt untersucht und behandelt werden."

Iris wagte nicht zuzugeben, dass sie diese oft wiederholte Warnung ignoriert hatte.

„Es ist wirklich nichts, Diego", versicherte sie, „ich fühle mich absolut gut.“ Tapfer unterdrückte sie den Schmerz im Fuß, den ihr die ersten Schritte bereiteten.

Als Diego sie aus dem Gewühl der Menschen und Tiere in eine ruhigere Gasse führte, atmetet Iris auf. Sie hörte leise Musik. Flöte, Tamburin und eine Trommel, eine kleine Band von Bettlern saß am Straßenrand. Die Melodie, die sie spielten, war lang gezogen und sehnsüchtig.

„Das Handwerk der Gold- und Silberschmiedekunst hat hier eine jahrhundertelange Tradition“, informierte Diego sie. „Hier gibt es die feinsten, hoch künstlerisch gefertigten Filigranarmbänder und Ketten in Gold und Silber.“

Iris hätte den Handwerkern mit ihren schnellen, geschickten Händen stundenlang zusehen können. Doch sobald sie ein paar Minuten stehen blieben, hörten die Männer auf zu arbeiten und boten laut rufend ihre Waren an.

„Suche dir aus, was dir gefällt.“, forderte Diego Iris auf.

„Vielen Dank, Diego, nein“, erwiderte sie schnell. „Ich habe schon mehr Schmuck als ich jemals tragen kann.“

„Diese Männer brauchen das Geld für die Arbeiten sehr dringend, Iris“, erklärte Diego leise. „Willst du, dass sie ihren Frauen keine Kleider, ihren Kindern keine Schuhe kaufen können?“

Sie fühlte sich in die Enge getrieben, sah das hoffnungsvolle Gesicht des Verkäufers und konnte nicht länger zögern.

„Na gut, wenn du es wünschst – dann möchte ich das hier haben.“

Sie zeigte auf ein kompaktes Goldarmband. Es war gehämmert und ganz einfach in seiner Machart. Sie hasste das Schmuckstück sofort, als Diego es ihr um den Arm legte und das Schloss zuschnappen ließ.

„Eine überraschende Wahl, meine Liebe. Es ist eine goldene Fessel, einem Sklaveneisen nachgebildet. Es muss wohl doch etwas Wahres daran sein, dass Sklaven in Ketten alles verlieren, sogar den Wunsch nach Freiheit.“

Das Mittagessen nahmen sie in einem einfach aussehenden Restaurant ein, das nach hinten heraus eine Terrasse im Grünen hatte.

Iris war hungrig, konnte jedoch bei dem, was hier an Fremdartigem und Unbekanntem geboten wurde, nur Brot, Butter und Honig essen. Dazu trank sie den obligaten Pfefferminztee, während Diego sein Kuskus mit verschiedenen Fleischbeilagen verspeiste.

Er bemerkte ihre Nachdenklichkeit. „Nun, du hattest ein paar Tage Zeit, dir hier alles anzusehen. Was hältst du von der Wüste und ihren Bewohnern?“

Iris nahm sich Zeit für die Antwort.

„Ich finde die Wüste majestätisch, überwältigend, Ehrfurcht einflößend, doch ich ahne, dass sie wie die Männer, die hier leben, sehr grausam sein kann. Besonders zu den Geschöpfen, die man das schwache Geschlecht nennt.“

Iris blickte Diego ernst an. „Was ich vom Leben der Beduinenfrauen gesehen habe, so halte ich sie für willenlose Sklavinnen und billige Arbeitskräfte. Und sie können sich nicht dagegen wehren. Sie spinnen die Stoffe für die Kleider der ganzen Familie, sie errichten die Zelte. Sie gerben das Leder, in dem Wasser und Wein aufbewahrt werden. Sie suchen das Holz für das Feuer, kochen das Essen, melken die Ziegen.“ Langsam trank sie einen Schluck Tee und sah Diego über den Rand des Bechers an. „Selbst wenn sie einmal sitzen, halten sie ihre Handarbeiten auf dem Schoß, während ihre Männer mit den anderen Männern des Stammes ständig nur herumsitzen, reden, lachen, Kaffe und Tee trinken.“

„Die Frauen lieben es so“, erwiderte Diego brüsk. „Für eine Beduinenfrau ist ihr Mann ein mächtiger Scheich, der absolute Herrscher ihres Haushalts und der Familie. Aber im Gegensatz zu dem Urteil, das du dir gebildet hast, ist der Mann nicht grausam, er ist eher gleichgültig. Doch die Frauen kämpfen nicht um ihre Aufmerksamkeit. Sie nehmen demütig in Kauf, dass sie untergeordnete Geschöpfe sind. Sie entschädigen sich für die Gleichgültigkeit ihrer Männer, indem sie mit Liebe ihre Kinder aufziehen – insbesondere die Söhne – die der Stolz ihres Lebens sind.“

„Und das nennst du fair?“ Iris war entsetzt. „Zu einem untergeordneten Leben in Demut verdammt zu sein und alle schweren Lasten tragen zu müssen …“

Iris' Empörung vertiefte sich noch, als sie den Anflug eines Lächelns in Diegos Gesicht entdeckte.

„Ein Mann ist nicht ganz so gewissenlos, wie du glaubst, meine Liebe“, erwiderte er und versuchte, sehr ernst zu bleiben. „Wenn er merkt, dass die Arbeit für eine Frau zu viel wird, nun, dann erleichtert er ihr die Bürde, indem er drei andere Frauen dazuheiratet. So einfach ist das“, fügte er sanft hinzu.

Nun lachte Diego wirklich, als er Iris' betroffenes Gesicht sah. Seine weißen Zähne blitzten und kontrastierten stark zu seinem braunen Gesicht.

Doch Iris fand das gar nicht komisch.

„Ich habe es geahnt, du machst dich lustig über mich“, grollte sie und schob ihren Teebecher fort. „Ist deine Verbindung zu den Arabern bereits so eng, dass du ebenfalls vorhast, dir drei weitere Frauen zu nehmen?“

Plötzlich lachte Diego nicht mehr. Seine Augen blickten ernst und beobachteten sie über den Tisch hinweg sehr genau.

„Und wenn? Würde es dir etwas ausmachen?“, fragte er hintergründig.

Iris war wütend über sich selbst, weil sie spürte, wie die Eifersucht sie bei diesem Gedanken überfiel, und noch böser war sie, weil sie wusste, Diego durchschaute sie, denn ihr Gesicht spiegelte alle ihre Gefühle wider. Deshalb rief sie schnell: „Um Gottes willen, nein! Ich wäre glücklich, in der Menge unterzutauchen.“

Die kurzen Augenblicke guter Verständigung miteinander waren vorbei. Eine unüberbrückbare Kluft hatte sich wieder zwischen ihnen aufgetan. Diego nahm sie bei der Hand und zog sie auf den Weg zu dem Mietstall, in dem sie das Kamel eingestellt hatten.

Iris war erschöpft, fast apathisch. Ihr Fuß war angeschwollen und schmerzte heftig. Ihr war schwindlig. Doch sie konnte ihm nicht zeigen, wie schlecht sie sich fühlte und vermied alles, was ihn hätte darauf aufmerksam machen können.

Während des Rittes kämpfte sie mehrfach mit einer Ohnmacht. Schon auf dem Hinweg hatte sie ab und zu die Ausdünstung des Kamels wahrgenommen, doch nun war der Geruch des schwitzenden Tieres fast unerträglich.

Von Minute zu Minute fühlte sich Iris elender. Dabei schmerzte der Fuß so, dass sie es kaum noch aushalten konnte.

Endlich erreichten sie das Camp. Diego hob Iris vom Sattel und setzte sie vor dem Zelt ab. Sie biss die Zähne zusammen, um nicht laut aufzuschreien. Wie tausend Nadeln stach es in ihrem Bein, und Diego verschwamm vor ihren Augen.

„Es war nett von dir, mich zu der Oase mitzunehmen, danke, Diego“, murmelte sie wie ein Schulkind. Für Diego klang es wie Hohn.

„Es steht dir nicht, sarkastisch zu sein, Iris!“, grollte er.

Der Schreck über seine Reaktion und der wahnsinnige Schmerz im Fuß trieben ihr die Tränen in die Augen. Diego bemerkte es und hob ihr Kinn zu sich hoch, damit sie ihn ansehen musste.

„Verdrehtes Frauenzimmer“, schimpfte er, „ich habe alles versucht, die Regeln unserer Ehe einzuhalten. Ich habe dich mit Geschenken überhäuft, und deine einzige Reaktion sind Tränen, immer wieder Tränen.“

Er ließ sie stehen und ging davon.

Es war himmlisch, sich auf die weichen Felle im Zelt fallen zu lassen. Iris bemühte sich, den Schuh von dem angeschwollenen Fuß zu ziehen. Es ging nur schwer.

Am Abend sollte im Camp eine Hochzeit gefeiert werden. So waren die Frauen des Stammes schon den ganzen Tag mit den Vorbereitungen zum Fest beschäftigt gewesen.

Ein besonderes Hochzeitszelt war errichtet worden, und Iris wusste, dass Diego erwartete, dass sie mit ihm zusammen an der Hochzeitsprozession teilnahm.

„Wenn die Männer das Hochzeitszelt stürmen, allen voran der Bräutigam, wirft die Braut mit dem Pantoffel nach ihm. Wenn sie ihn trifft, hat sie in dieser Ehe die Hosen an, so sagt man“, hatte Diego ihr lachend erzählt.

Iris hatte sich auf das Fest gefreut, weil es eine Menge unbekannter Dinge zu sehen geben sollte.

Sie legte den jetzt schmerzenden Kopf zurück in die Kissen und wusste, dass es ihr zu schlecht ging, um an dem Fest teilnehmen zu können.

Sie musste ein paar Stunden geschlafen haben. Ihr Kopf hämmerte, und der Schmerz in ihrem Fuß war unerträglich. Schweißtropfen standen auf ihrer Stirn. Sie war völlig durchnässt.

Draußen war es schon dunkel geworden. Entfernt hörte Iris Trommeln schlagen.

Diego sah in dem langen weißen Seronal fabelhaft aus, als er das Zelt betrat. Iris wollte sich erheben, sank aber zu schwach wieder in die Kissen zurück.

„Bist du noch nicht fertig?“, fragte Diego.

„Ich komme nicht mit. Ich bin so müde, ich muss schlafen“, murmelte sie schwach.

„Natürlich kommst du mit. Ich bestehe darauf“, rief er unwillig. „Diese Hochzeit wurde extra wegen unseres Besuches verschoben. Braut und Bräutigam wären mit Recht sehr beleidigt, wenn wir beide an dem Fest nicht teilnehmen.“

„Geh allein“, bat sie.

„Wir gehen zusammen!“

Er beugte sich zu ihr hinunter und hob sie hoch. Der wahnsinnige Schmerz in ihrem Fuß, als er den Boden berührte, ließ Iris laut aufschreien. Sie verlor die Nerven.

„Lass mich in Ruhe, Diego. Ich hasse dich“, schluchzte sie. „Warum, oh, warum lässt du mich nicht nach Hause fahren?“

Der Gedanke an zu Hause war wie ein wunderbarer Traum. Wie der Himmel nach einem Feuersturm in der Hölle. Das Bild von Dinahs lachendem Gesicht mit den Sommersprossen war das Letzte, was sie vor sich sah. Dann fiel sie in Diegos Arme und in eine tiefe Ohnmacht.

10. KAPITEL

Iris' Erwachen war vom Gesang der Vögel begleitet. Sie lag mit geschlossenen Augen da und überlegte, warum ihre Glieder so schwer waren, warum sie sich so schwach fühlte, dass es sie sogar Mühe kostete, die Augen zu öffnen.

Ein Duft von Jasmin stieg ihr in die Nase. Als sie die Zehen bewegte, spürte sie ein kühles Leinenlaken, das zu einem komfortablen Bett gehören musste.

Iris war überrascht. Hatte Mariam ihre weißen Lammfelle gegen seidene Bettwäsche getauscht, die sie unter ihrem Kinn fühlte? Warum war das Bett so weich?

Ihr Mund war entsetzlich trocken. Woher kam das, von der Hitze? Vom Wüstenklima? Iris fuhr sich mit der Zunge über die Lippen. Sie waren rau und wie aufgeplatzt. Mit ungeheurer Anstrengung formte sie Mariams Namen, um einen Schluck Wasser oder Milch zu erbitten. Oder vielleicht etwas erfrischenden Pfefferminztee?

Doch das Einzige, was sie herausbrachte, war ein Seufzer, so leise, als ob sich ein Blatt im Wind bewegt hätte. Dennoch kam eine Antwort. Sie hörte, wie ein Stuhl gerückt wurde, merkte, dass sich jemand über sie beugte.

„Iris."

Die leise, fast flehende Stimme konnte sie nicht so recht identifizieren, sie war männlich. Konnte das Diego sein? Kaum möglich. Diego sprach dunkel, meist kühl, manchmal böse, niemals so bittend.

Iris wollte sehen, wer es war, nur war es so unendlich schwer, die Augenlider zu heben. Nach einiger Anstrengung schaffte sie es.

Das Gesicht, das sich über sie beugt, erschreckte sie.

„Diego! Du siehst furchtbar aus, bist du krank?", flüsterte Iris betroffen.

Ihre Augen wurden größer bei seiner Reaktion. Diego schien völlig aus der Fassung geraten zu sein. Er fand keine Worte. Seine Augen blickten fiebrig. Er hatte einen dunklen Bart.

„Nein, namorada, ich bin nicht krank."

Seine Stimme bebte so merkwürdig.

„Du bist sehr krank gewesen. Es gab Zeiten …“, er brach ab und schluckte schwer.

Da erinnerte sich Iris.

„Oh ja, ich hatte Kopfschmerzen und – und einen verletzten Fuß.“

„Das hast du mir aber nicht gesagt …“, es klang bedauernd.

„Es war doch nur so ein kleiner Dorn, den ich mir eingetreten hatte“, erwiderte Iris schuldbewusst.

„Du bist auch wie ein kleiner Dorn, querida.“

Er sah blass aus unter der Bräune und sehr bewegt.

„Du steckst tief in mir und hast mich nahe an dem Abgrund der Verzweiflung gebracht. Doch sei still jetzt, Kleines, du darfst nicht so viel sprechen.“

Er tupfte eine Feuchtigkeit auf ihre Lippen. Sie war kühl und erfrischend.

„Schlafe wieder ein. Wenn es dir besser geht, unterhalten wir uns weiter.“

Iris hatte so viele Fragen, vor allem wollte sie wissen, warum sie nicht mehr in der Wüste waren. Wie war sie in ihr Zimmer im Castelo gekommen?

Doch die Müdigkeit drückte ihr die Augen wieder zu, und sie schlief ein mit der Gewissheit, dass Diego bei ihr war und ihre Hand hielt.

Als sie wieder aufwachte, war das Erste, was sie spürte, dass Diego ihre Hand nicht mehr hielt. Sie vermisste seine Gegenwart und öffnete langsam die Augen.

Iris suchte sein Gesicht. Nein, er war es dieses Mal nicht, der sich über sie beugte. Es war eine junge Frau in weißer Schwesterntracht.

„Bom dia, Senhora“, lächelte die Krankenschwester.

Vorsichtig hob sie Iris' Kopf hoch, um sie aus einer Tasse trinken zu lassen. Dann wusch sie ihr das Gesicht, den Hals, die Hände mit duftendem Wasser.

Iris fühlte sich besser, doch sie hätte gern gewusst, wohin Diego gegangen war.

„Wo ist der Senhor?“

Iris war selbst erstaunt, wie zittrig und leise ihre Stimme war.

Die Schwester wehrte ab.

„Repuse, Senhora“, sagte sie bittend.

Doch Iris fand, sie habe genug geschlafen. Sie fühlte, dass ihr Kopf mit jeder Minute klarer wurde. Das Bein schmerzte überhaupt nicht mehr. Nur das Herz war ihr schwer. Sie sehnte sich nach dem Mann, dessen Gegenwart ihrem kraftlosen Körper wieder Energie gab.

Alfonso hatte Iris mit seinem Besuch überrascht. Hinter der Schwester war er mit einem Teller Suppe und einem herrlichen Strauß gelber Rosen hereingekommen.

Zögernd war er einen Moment stehen geblieben und hatte auf die Rosen gezeigt.

„Diese Blumen sind vom Personal, Senhora, wir alle beten für Sie und wünschen Ihnen eine recht baldige Genesung.“

„Wie wunderschön die Rosen sind“, hatte Iris geflüstert. Sie hätte fast geweint. „Bitte sagen Sie allen meinen ganz herzlichen Dank. Ich freue mich sehr darüber. Vielen Dank auch Ihnen, Alfonso …“

Iris war nicht ganz sicher, ob er sich zum übrigen Personal zählte. Seine Worte hatten sie sehr bewegt.

„Wir alle haben täglich für Sie gebetet, Senhora – denn in der kurzen Zeit sind Sie uns allen sehr, sehr ans Herz gewachsen.“

Mit der Hilfe der Schwester war es Iris dann möglich, ein Bad zu nehmen. Danach fühlte sie sich so erfrischt, dass sie nicht in ihr Bett zurückwollte. Sie ließ sich einen bequemen Sessel an das Fenster rücken, um hinausblicken zu können. Vielleicht konnte sie einen Blick auf Diego erhaschen. Doch es war dunkel geworden, und sie hatte ihn nicht gesehen. Erschöpft lehnte sie sich in ihrem Sessel zurück.

Sein Erscheinen war unerwartet und leise. In der einen Minute saß sie noch allein im dunklen Raum, und in der Nächsten beugte er sich schon über sie.

„Macht es dir Spaß, im Dunkeln zu sitzen, cara?“, fragte Diego erstaunt und hob die Augenbrauen.

Dann richtete er sich auf, ging zu ihrem Bett und knipste eine Lampe an.

Iris betrachtete ihn. Sein Haar war noch feucht von der Dusche, der Bart war abrasiert. Sein Gesicht, dunkel wie immer, war wesentlich schmaler geworden.

Er hatte einen Abendanzug an und sah sehr elegant aus.

„Die Schwester berichtete mir, dass es dir besser geht."

Diego beugte sich zu Iris hinunter, um ihr Gesicht zu betrachten. Er war befriedigt, als er sah, dass eine zarte Röte auf ihren Wangen lag.

„Hm. Ich sehe, was sie meinte. Doch", eine Falte bildete sich zwischen seinen Augenbrauen, „du wirkst dennoch so durchsichtig und zerbrechlich, dass man annehmen könnte, bei einer einfachen Berührung könntest du zerbrechen."

Iris unterdrückte einen Protest. Den ganzen Tag hatte sie so sehnsüchtig auf ihn gewartet. Sie hatte das sichere Gefühl gehabt, dass sie eine tiefgreifende und für sie beide positive Erfahrung gemacht hatten, die sie nun fester als vorher verband.

Doch seine Zurückhaltung, sein leichter, nichtssagender Plauderton, seine höflichen, sachlichen Gebärden brachten ihr sie Erkenntnis, dass die zärtlichen Arme, die sie irgendwie während der Krankheit um sich gespürt hatte, die flehenden Koseworte, die liebevollen Hände, die ihr das Haar zurückgestrichen hatten, wohl doch nur ein Fiebertraum gewesen waren.

Iris ballte ihre Hände zu Fäusten und drückte ihre Fingernägel in ihre Handflächen, damit sie ruhig blieb, als Diego einen Stuhl heranzog und sich neben sie setzte.

Er durfte nie erfahren, wie nahe sie daran gewesen war, sich in seine Arme zu stürzen.

„Ich habe ein paar Neuigkeiten, die hoffentlich angenehm für dich sind, namorada."

Diego sah aus, als wollte er lächeln, doch das verging sehr schnell wieder.

Obwohl der Ton seiner Stimme leicht war, blieb sein Gesichtsausdruck ernst und beherrscht. Damit verlor Iris ihre letzte Hoffnung.

„Ich habe mich mit deiner rothaarigen Freundin Dinah in Verbindung gesetzt. Du weißt doch, die als Kind immer versucht hatte, sich die Sommersprossen im Gesicht wegzuradieren. Sie wird in wenigen Tagen hier eintreffen, um dich mit nach England zu nehmen."

Diese Nachricht traf Iris wie ein Schlag, doch sie bemühte sich, ruhig und gelassen zu bleiben. Sie war zu stolz, um ihm zu gestehen, dass sie gar nicht nach Hause wollte. Nicht mehr.

Als sie sicher war, dass ihre Lippen nicht mehr zittern würden, antwortete sie: „Ihr beide müsst eine lange Unterhaltung gehabt haben. Dinah erzählt normalerweise keinem Fremden von ihren Kinderstreichen."

„Unser Telefongespräch war ziemlich kurz", erklärte Diego brüsk. „Dinah hat mir diese Dinge nicht erzählt. Du hast es getan."

„Ich?" Iris' erstaunte Augen wurden riesengroß in ihrem schmalen, weißen Gesicht.

Einen Moment betrachtete Diego sie besorgt. „Fühlst du dich auch kräftig genug, hier zu sitzen?", fragte er.

„Bitte rede keinen Unsinn, Diego." Iris bemühte sich zu lächeln. „Ich kann mich nicht erinnern, dir von Dinahs Sommersprossen erzählt zu haben oder von ihrem roten Haar. Bist du sicher, dass ich davon gesprochen habe?"

„Absolut sicher."

Fast zuckte Iris zurück, als Diego ihre Hand nahm und sie streichelte.

„Ich glaube, es wird Zeit, dir zu berichten, wie schwer krank du gewesen bist. Ich will dich jetzt nicht tadeln, dass du so dumm warst, mir nicht zu erzählen, dass du dir den Fuß an dem gefährlichen Gras verletzt hast. Deshalb sage ich dir nur, dass sich die Wunde entzündete und eine Blutvergiftung eintrat."

Selbstvergessen streichelte Diego ihre Hand, die blass wie Elfenbein zwischen seinen Fingern lag.

„Du bekamst hohes Fieber, und im Delirium erzähltest du mir auch von deiner rothaarigen Freundin Dinah, deren Meinungen und Lebensauffassungen du oft nicht teiltest, der du jedoch eine gute Freundin geblieben bist, so wie sie dir." Diego blickte Iris an.

„Es war nicht immer erfreulich, deine unschuldigen Geheimnisse anzuhören, cara, und doch bin ich froh darüber, denn nun kenne ich dich ebenso gut wie du dich selbst."

Iris fuhr hoch und entzog ihm ihre Hand.

Geheimnisse hatte er gesagt? Hatte sie etwa im Fieber auch von ihren Gefühlen zu ihm gesprochen? Hatte das Fieber eine Tür geöffnet und ihn hineinsehen lassen in die geheime Kammer, in der sie die Liebe zu ihm verschlossen geglaubt hatte? Hatte er ihr tiefstes Geheimnis entdeckt und war darüber entsetzt?

Die Antwort wurde ihr gegeben, als er aufstand und in unbewegtem Ton sagte: „Deine letzte Bitte, bevor du ohnmächtig wurdest, war, nach Hause zurückkehren zu dürfen. Alles was ich für dich tun kann, ist, dieser Bitte zu entsprechen – du darfst nach Hause, wie du es dir wünschst."

Noch lange nachdem Diego Iris verlassen hatte, blieb sie in dem Sessel sitzen. Sie konnte nicht mehr weinen. Sie war völlig erschüttert.

Als die Schwester kam, ließ sie sich ohne zu protestieren ins Bett bringen. Sie dachte, sie würde in der Nacht kein Auge zutun können.

Doch ihr erschöpfter Körper forderte sein Recht. Sie schlief tief und fest und fühlte sich beim Aufwachen am nächsten Morgen gesund und ausgeruht. Bis auf ein schweres, sehr trauriges Herz.

Es war ein sonniger Tag. Iris blickte aus dem Fenster. Beim Anblick des schimmernden blauen Wassers kam ihr die Idee.

„Ich möchte jetzt noch nicht frühstücken, Alfonso", sagte sie, als der Diener mit dem Tablett erschien. „Bitte richten Sie mir das Frühstück in einer halben Stunde. Ich möchte vorher schwimmen gehen."

Der Pool lag verlassen da. Iris sprang hinein in das kühle Wasser und schaffte es, einmal die ganze Länge des Beckens zu durchqueren, bevor sie sich atemlos an den Beckenrand klammerte. Ihre Kräfte waren noch ganz und gar nicht zurückgekehrt.

Sie paddelte, nach Luft ringend, zu der kleinen Treppe und sank erleichtert in die Arme, die sich ihr dort entgegenstreckten.

„Enfant terrible!", explodierte eine Stimme an ihrem Ohr. „Sie schlimmes, schlimmes Kind! Hat denn dieser Leichtsinn niemals ein Ende?"

„Henri!"

Iris hielt sich an den Schultern des lachenden Franzosen fest.

„Ich freue mich so, Sie zu sehen. Niemand hat mir erzählt, dass Sie hier sind!"

„Von meiner Anwesenheit nimmt auch niemand Notiz."

Fürsorglich schlang er ein Badetuch um Iris' Schultern.

„Ich bin sozusagen nur noch geduldet, denn nützlich machen kann ich mich kaum. Dennoch wollte ich in jedem Fall noch abwarten, um zu wissen. ob Sie wirklich wieder ganz hergestellt sind. Jetzt, da ich Sie gesehen habe, kann ich in mein einsames Fort zurückkehren." Er lachte sie an. „Im Augenblick ist Diego ein schlechter Gesellschafter. Immer wenn ich ihn anspreche, brummt er wie ein verwundeter Bär. Aber genug von ihm. Sie müssen sich abtrocknen, chérie, und schnell anziehen. Wollen wir dann zusammen frühstücken?"

Zehn Minuten später saßen sie am Frühstückstisch.

„Ich wollte heute um Erlaubnis bitten, Sie in Ihrem Krankenzimmer zu besuchen, um mich persönlich davon zu überzeugen, dass es Ihnen wieder gut geht."

„Um Erlaubnis bitten?"

Die Hand mit dem gebutterten Brötchen, in das Iris gerade beißen wollte, fiel auf den Tisch zurück.

„Warum denn das? Sie hätten mich doch jederzeit besuchen können."

„Leider nein", sagte er. „In den letzten zwei Wochen durfte niemand in Ihr Zimmer, höchstens einmal die Krankenschwester. Diego bestand darauf, Sie allein zu pflegen." Er lächelte. „Tag und Nacht hat er bei Ihnen gesessen. Er hat Ihr Zimmer kaum eine Minute verlassen. Aber das hat er Ihnen sicher längst erzählt, nicht wahr, ma belle?"

Henri blickte Iris fragend an.

„Nein. Nichts hat er mir erzählt. Nur, dass ich Fieber hatte und im Delirium lag. Das war alles."

„Was ist los mit euch beiden? Wie könnt ihr hoffen, irgendwann einmal zu einer Verständigung zu kommen, wenn ihr nicht miteinander reden könnt – oder wollt?"

„Helfen Sie mir, Diego zu verstehen, Henri", bat Iris. „Bitte erzählen Sie mir alles, was passiert ist."

Henri war gerührt von ihrer flehenden Stimme. Er setzte sich in seinem Stuhl zurück und begann mit seiner Erzählung, um die Lücken in ihrer Erinnerung aufzufüllen.

„Ich erfuhr von Ihrer Krankheit, als Diego wie ein Teufel mit dem Landrover angejagt kam. Mariam saß hinten im Wagen, hielt Ihren Kopf auf dem Schoß und kühlte Ihre Stirn." Henri seufzte.

„Diego war außer sich. Sie waren nicht bei Bewusstsein und hatten hohes Fieber. Dennoch fand ich Diegos Aufregung fast übertrieben, war allerdings recht befriedigt darüber. Sie müssen wissen, chérie", gestand er, „dass Fieber, obwohl es schwer zu ertragen ist, selten zum Schlimmsten führt. Diego muss auch gewusst haben, dass Sie keineswegs in unmittelbarer Lebensgefahr waren, nur weil Sie Gift im Fuß hatten. Jeder Stamm hat seinen Medizinmann", fuhr er fort, „meinetwegen auch Zauberdoktor, wenn Sie wollen, dennoch haben Diego und ich im Laufe der Jahre viele wunderbare Heilungen erlebt. Manchmal nur durch Handauflegen, oft jedoch durch das Aufbrühen von irgendwelchen uns unbekannten Kräutern und Pflanzen, die nur ein solcher Medizinmann kennt. Was ich Ihnen klarmachen möchte, Iris, ist Folgendes." Henri lehnte sich nach vorn und stützte seine Ellenbogen auf den Tisch. Sein Gesichtsausdruck war sehr ernst.

„Eine solche Behandlung ist noch niemals schlecht ausgegangen. Hätten Diego oder ich eine ähnliche Verletzung gehabt, keiner von uns hätte gezögert, sich in die Behandlung eines dieser Medizinmänner zu begeben. Obwohl auch Sie sofort von einem Medizinmann behandelt wurden, Iris, war das für Diego nicht ausreichend." Er zögerte einen Augenblick.

„Irgendetwas muss ihn dazu getrieben haben, sofort mit Ihnen abzureisen."

Henri nahm sich eine Zigarette und zündete sie an.

„Seit Jahren lebt Diego den größten Teil des Jahres bei verschiedenen Berberstämmen in der Wüste. Wahrscheinlich weiß er bis jetzt noch nicht, wohin er wirklich gehört. Doch da er glaubte, Ihr Leben sei in Gefahr, zögerte er nicht, Sie sofort aus der Wüste wieder in die Zivilisation zu bringen. Er wollte für Sie die Behandlung eines qualifizierten Arztes. Wollen Sie meine Meinung darüber wissen?", setzte er triumphierend hinzu. „Diese Entscheidung beweist, wie sehr er Sie liebt, Iris. Und Sie, chérie, haben nun die Aufgabe, ihm zu zeigen, dass auch Sie ihn lieben."

Wie gern hätte Iris Henri geglaubt, wie sehr wünschte sie sich, dass dies die Wahrheit sei.

Doch wieder kamen Zweifel auf und machten sie unsicher.

„Aber wie denn, Henri, wie kann ich ihm das zeigen? Er ist so abweisend und fest entschlossen, mich nach England zurückzubringen."

„Sie sind jung, Iris, und Sie sind begehrenswert schön", antwortete er leise. „Muss ich Ihnen diese Frage wirklich beantworten?"

Nachdenklich verabschiedete sich Iris von Henri und ging in ihr Zimmer. Sie wollte sich noch ein wenig ausruhen, denn sie spürte, wie unsicher sie noch auf den Beinen war. Doch während des Vormittags und in den Nachmittag hinein musste sie über das, was Henri ihr gesagt hatte, nachdenken.

Diego liebte sie! Konnte sie es glauben, konnte sie es wagen, anzunehmen, dass seine Liebe, die er sicher am Anfang für sie gehabt hatte, wie durch ein Wunder zurückgekehrt war? Hatte er seine Zweifel, sein Misstrauen wirklich überwinden können?

Doch wenn er sie liebte, warum hatte er es ihr dann nicht gesagt? Warum hatte er mit so großer Eile ihre Abreise arrangiert? Selbst wenn das Ergebnis ihr Herz brechen würde, sie konnte nicht nach England zurückkehren, bevor nicht die vielen Fragen, die sie hatte, von Diego beantwortet waren.

Einmal entschlossen, aktiv zu werden und die Angelegenheit zu klären, ging Iris unter die Dusche und zog sich dann sorgfältig an. Sie wählte ein raffiniert einfach geschnittenes, kleines Abendkleid, das ihre Zartheit unterstrich und dennoch ein wenig sexy wirkte.

Obwohl sie sich wesentlich besser fühlte, fehlte ihr doch noch immer die Energie, sich wie sonst aufmerksam zurechtzumachen. Sie bürstete also ihr Haar glatt hinter die Ohren und ließ es dann lose über die Schultern fallen.

Langsam stieg sie die Treppe hinunter in den unteren Flur. Unsicherheit überkam sie wieder, als sie vor Diegos Arbeitszimmer stand. Von innen hörte sie Geräusche. Er war also da. Iris atmete tief und klopfte an die Tür.

„Herein!"

Sein Ton war so kühl, dass sie sich zwingen musste, die Tür zu öffnen und einzutreten.

„Iris!"

Er kam um den Schreibtisch herum auf sie zu.

„Was ist passiert? Du bist sehr blass!"

„Nichts ist passiert", stammelte sie und bereute schon ihren Mut, mit dem sie hier in sein Zimmer eingedrungen war.

Wie konnte sie annehmen, dass dieser selbstsichere, überlegene Aristokrat zugeben würde, dass er sie liebte – wenn er sie überhaupt liebte –, da er doch mit Sicherheit alle Frauen dieser Welt hätte haben können.

„Ich – möchte mit dir reden."

„Du solltest dich noch ausruhen." Dann sah er sie noch einmal prüfend an.

„Meine Güte, du bist so aufgeregt. Vielleicht ist es doch besser, du sagst, was dich beunruhigt."

Nun, da der Augenblick gekommen war, fühlte sie eine absolute Leere in ihrem Kopf. Sie konnte sich an kein einziges Wort mehr erinnern, das sie ihm hatte sagen wollen.

Diego war bereits zum Abendessen umgezogen. Seine ungeduldige Haltung machte sie noch nervöser.

„Ich habe gehofft ..." begann sie zögernd.

„Ja, Iris", fragte er, als ob er ihr helfen wollte. „Was hattest du gehofft?"

„Diego, muss ich nach England zurück?", brach es plötzlich aus ihr hervor. „Willst du wirklich, dass ich fortgehe?"

Seine bestimmte Antwort ließ alle Farbe aus ihrem Gesicht entweichen.

„Ja, Iris." Er wandte sich von ihr ab und ging zum Fenster. „Ich möchte, dass du nach Hause fährst."

„Warum?", schrie sie auf. Dann nahm sie sich zusammen. „Vor ganz kurzer Zeit hast du bestimmt, dass wir immer zusammenbleiben werden. Erinnerst du dich, damals hatte ich dich gebeten, mich für ein paar Tage nach England zu lassen – und nun?" Sie brach ab.

„Ich habe meine Meinung inzwischen geändert", antwortete Diego kurz. Seine Stimme war tonlos. Noch immer drehte er ihr den Rücken zu. „Damals habe ich es genauso gemeint, wie ich es sagte. Doch das war vor deiner Krankheit. Es war, bevor ich herausfand, wie sehr ich dich missverstanden habe, und bevor ich feststellte, wie sehr du gelitten hast unter meinem unbändigen Stolz, unter meinem Starrsinn."

„Diego!", rief Iris und fühlte eine winzige Hoffnung. „Deine Reaktion darauf, dass ich dich scheinbar hintergangen hatte, war vollkommen normal und verständlich – und außerdem war auch ich nicht ganz unschuldig daran."

„Wie kannst du dich für meine Grausamkeit schuldig fühlen?" Mit einem Ruck wandte er sich zu ihr um. „Meine Wahnsinnsidee, dich in ein Land zu bringen, das dir absolut ungewohnt ist, war ein Verbrechen. Mein Gott, Iris", rief er gequält, „begreifst du denn nicht, dass es meine Unüberlegtheit, mein Egoismus war, der dich fast getötet hätte?"

Sie hörte ihm mit großen Augen zu, dann konnte sie es nicht mehr ertragen und schrie ihn an: „Ich wünschte, ich wäre gestorben! Lieber möchte ich tot sein, als dass ich nichts habe, wofür ich leben kann, niemanden, der zu mir gehört oder sich um mich kümmert." Sie schluchzte. „Ich glaube, Diego", fuhr sie dann bitter fort. „Ich bin wohl dazu ausersehen, immer der Verlierer zu sein. Alles und jeder, den ich liebte, ist mir immer wieder genommen worden. Meine Mutter, mein Zuhause, meine Freunde. Und nun, da ich dich liebe, da du die Erfüllung meiner Träume bist, da dir mein ganzes Herz gehört, verlässt du mich auch. Wieder stehe ich allein da. Wunderst du dich, dass ich nun genug von diesem Leben habe, wenn ich immer der Verlierer bin?“

Es war ihr nicht möglich, die Tränen zurückzuhalten, obwohl Diego darüber immer ärgerlicher wurde.

Sie drehte sich um und floh aus dem Zimmer. Blind vor Tränen hastete sie den Flur entlang. Sie rannte aus dem Haus, ohne auf die Richtung zu achten.

Es war noch hell, doch die Gärten lagen verlassen da. Iris wischte sich die Tränen aus den Augen. Sie erreichte einen kleinen Rosengarten und warf sich auf einen der Stühle. Dann legte sie die Arme auf den Tisch und vergrub ihr Gesicht in ihren Händen.

Sie hatte nicht gehört, wie Diego nach ihr rief. So erschrak sie, als er plötzlich vor ihr stand, sie hochzog und fest in seine Arme nahm.

„Keine Tränen mehr, bitte, namorada“, flüsterte er heiser an ihrem Ohr. „Ich kann es nicht ertragen, wenn du weinst.“

Iris hob den Kopf. Diego neigte sich zu ihr und küsste sie. In diesem Kuss lag alles. Liebe, Zärtlichkeit, Begehren und Leidenschaft. Er war deutlicher als alle Worte.

Glücklich und befreit erwiderte Iris seinen Kuss mit noch verhaltener Leidenschaft. Doch er spürte es und zog ihren schmalen Körper fester an sich.

„Meu amor. Ich bete dich an, meine geliebte, kleine Frau. Wie konnte ich nur so verblendet sein – wie konnte ich versuchen, dich fortzuschicken. Es hätte mich wahnsinnig gemacht, von dir getrennt zu sein, Iris. Ich kann ohne dich nicht mehr leben.“

Iris hatte keine Möglichkeit, ihn zu fragen, wie er zu dieser Einsicht gekommenen war. Sie wurde von ihm hochgehoben. Er drehte sich mit ihr um sich selbst.

„Was tust du, Diego?“, fragte sie leise, war aber zu glücklich und benommen, um es wirklich wissen zu wollen. Er war bei ihr, er hielt sie in seinen Armen.

„Was ich tue, fragst du?“, rief er lachend zurück und fuhr hintergründig fort. „Ich werde meine begehrenswerte Frau jetzt in ihr

Zimmer bringen und sie lieben – lieben!“

Damit stellte er sie wieder auf die Füße. Dann zog er sie wieder heftig an sich und küsste ihr Haar.

„Und dieses Mal wird meine Frau auch mich lieben, habe ich recht, namorada?“

„Dieses Mal, mein Liebling, und ein ganzes Leben lang wird sie dich lieben – lieben.“

– ENDE –

Anne Hampson

Unser Sommer in Portugal

Roman

MIRA®

1. KAPITEL

Vor dem Fenster tauchte ein kleines Mädchen auf, lachte Joan übermütig an und huschte um die Hausecke.

Dom Manuel Alvares, der neben Joan saß, hatte nicht nur das Kind bemerkt, sondern auch das zärtliche Lächeln, das Joans bisher so abweisendes Gesicht für kurze Zeit verklärt hatte. Er bemühte sich, die Hand, die sie im Schoß liegen hatte, zu sehen. Doch die Falten des Rockes verdeckten den Ringfinger, der aufschlussreich hätte sein können.

„Ist das Kind mit Ihnen verwandt?“, erkundigte er sich beiläufig.

Da diese Frage offenbar nur aus Höflichkeit gestellt wurde, erwiderte Joan kurz: „Ja, eine Verwandte. Joy ist meine …“

„Mama, ich habe Hunger!“ Das kleine Mädchen hüpfte ins Zimmer, warf die Schultasche auf die Couch und betrachtete interessiert den Besucher.

„Was hast du denn im Garten gemacht?“, fragte Joan die Sechsjährige.

„Ich musste einen Wurm eingraben. Er ist in die Sonne gekrabbelt. Wenn man ihm nicht hilft, wieder unter die Erde zu kommen, leidet er.“

Bevor Joy das Haus verlassen hatte, war ihr kastanienfarbenes Haar noch ordentlich geflochten und die beiden Zöpfe mit hübschen blauen Bändern gebunden gewesen. Nun fiel es ihr zerzaust auf die Schultern.

Die mandelförmigen, großen Augen waren nun wieder auf den fremden Mann gerichtet.

„Sind Sie das, der Mamas Weingut kaufen will?“, erkundigte sich Joy ohne eine Spur von Befangenheit. „Sie wird es Ihnen bestimmt nicht verkaufen. Wir wollen selbst dort wohnen.“

„Joy, mein Schatz, bring deine Tasche fort und geh bitte in die Küche. Tante Christine wird dir etwas zu essen geben“, unterbrach Joan die Kleine hastig.

Joy verließ gehorsam das Zimmer. Ihre Schultasche zog sie am Riemen hinter sich her.

„Ich muss mich entschuldigen", sagte Dom Manuel. „Ich hätte Sie mit ‚Mrs. Barrie' anreden müssen. Warum haben Sie mich nicht verbessert?"

„Weil es unwichtig ist." Wozu sollte sie umständliche Erklärungen abgeben, wenn ihr nur daran gelegen war, den lästigen Besucher bald loszuwerden. Über eine Stunde lang versuchte Dom Manuel bereits, sie zum Verkauf des Landgutes zu bewegen.

Während dieser Zeit war Joans Abneigung gegen den überheblichen Mann immer heftiger geworden. Nun bemühte sie sich nicht mehr, ihre Gefühle zu verbergen. Betont lange sah sie auf die Uhr. Er tat zwar, als nähme er es nicht zur Kenntnis, doch Joan fiel auf, dass er unwillig mit den Mundwinkeln zuckte.

„Sie haben mir gar nicht gesagt, dass Sie das Land selbst bewirtschaften wollen", warf er ihr vor. „Wenn das der Grund dafür war, auf mein Kaufangebot nicht einzugehen, verstehe ich nicht, warum Sie mir das verschwiegen haben."

Bei diesem vorwurfsvollen Ton hob Joan bewusst das Kinn. Sie blickte ihn abschätzig an. Weil Dom Manuel mit einem leichten Akzent sprach und manche Worte zu stark betonte, wirkte er aggressiver, als er es beabsichtigte.

„Ich sah keine Veranlassung, Sie in meine Zukunftspläne einzuweihen", erwiderte sie abweisend. „Was ich mit dem Gut machen werde, ist doch wohl allein meine Angelegenheit."

Dom Manuel schien ruhig und gelassen, doch sein Gesichtsausdruck konnte die innere Anspannung nicht verbergen.

Wahrscheinlich braust ein Mann wie er nur selten auf, dachte Joan. Dabei fand sie diese ruhige, beherrschte Art weit unangenehmer als einen temperamentvollen Ausbruch. Doch das brauchte sie nicht zu stören. Solange sie nicht von ihm abhängig war und seine Anwesenheit öfter ertragen müsste.

„Und was sagt Ihr Mann dazu?", unterbrach Dom Manuel ihre Überlegungen. „Ist er bereit, seine Stellung aufzugeben und nach Portugal zu ziehen?"

Joan zögerte. „Ich habe keinen Mann, ich bin nie …"

„Verzeihung, Mrs. Barrie", warf Dom Manuel ein, „es tut mir

leid. Sie sind viel zu jung, um schon Witwe zu sein. – Und dann auch noch allein mit einem kleinen Kind." Er betrachtete sie ungläubig und leicht verwirrt. „Sie müssen sehr jung gewesen sein, als Ihre Tochter geboren wurde."

Dom Manuel lehnte sich in seinen Sessel zurück. Joan wurde unruhig. Wollte er es sich jetzt hier gemütlich machen? Wann würde er endlich gehen?

„Sie können das Land dort unmöglich allein bewirtschaften", erklärte er bestimmt und fügte hinzu, dass er in Anbetracht ihres schweren Schicksals sein Kaufangebot noch einmal erhöhen werde.

Bevor er Zahlen nennen konnte, sagte Joan schnell: „Meine Antwort ist endgültig, Dom Manuel. Ich werde das Gut nicht verkaufen. Sie sind bisher ohne das Land ausgekommen, da wird es wohl auch jetzt nicht von lebenswichtiger Bedeutung für Sie sein."

Dom Manuel machte eine ungeduldige Handbewegung. Man merkte ihm an, dass die Aufgabe, die er sich hier vorgenommen hatte, ihm immer lästiger wurde. Trotzdem blieb er hartnäckig. „Ursprünglich gehörte das Land zum Besitz von ‚Solar de Alvares'. Darum ist es naheliegend, dass ich es kaufen möchte."

Joan fragte sich, wie das Gut, das in dem schönen Dourotal in Portugal lag, wohl aussehen möchte. Sie hatte es von einer Großtante, Dona Amelia Lucena, geerbt. Dona Amelia war eine eigenwillige Dame gewesen, die sich mit ihren Verwandten in Portugal überworfen hatte. Das war auch der Grund dafür gewesen, dass sie ihr Vermögen dem jüngsten Kind ihrer Nichte vermacht hatte, obwohl diese Großnichte nie nach Portugal gekommen war.

Nach dem, was Joan von ihrer Großmutter gehört hatte, musste das Solar, Dom Manuels Herrensitz, fast ein Schloss sein. Es lag in der hügeligen Landschaft des Douro. Üppige Weinhänge reichten bis an einen großen Park heran. Nach den Erzählungen von Joans Großmutter standen an den Seiten des baulich sehr klar gestalteten Hauptgebäudes zwei wuchtige, rechteckige Türme. Es sollte auf dem Gelände gepflegte Kunstwerke von Bildhauern, wundervolle herrliche Blumenbeete und Wasserspiele geben.

In der Nähe dieses Besitzes lag Joans Weingut. Es war winzig klein im Vergleich zu dem Herrensitz von Alvares. Vor etwa 150 Jahren war das Gut von dem großen Besitz abgetrennt und einem von Nuno de Alvares' Nachfahren übergeben worden.

Unmittelbar nachdem Joan das Gut geerbt hatte, waren Anwälte an sie herangetreten, die ihr in Dom Manuels Auftrag ein Kaufangebot unterbreiteten. Unter normalen Umständen hätte sie den Grundbesitz auch gern verkauft. Doch gerade um diese Zeit hatte es eine Veränderung in ihrem Leben gegeben. Jetzt erschienen ihr die regelmäßigen Erträge, die das Gut versprach, wie eine Rettung in der Not.

Da seine Anwälte keinen Erfolg bei Joan hatten, sah sich Dom Manuel gezwungen, selbst nach England zu reisen. Er zweifelte keinen Augenblick daran, dass es ihm gelingen würde, Joan zum Verkauf zu überreden.

Aus der Art, wie Dom Manuel Joans Absage aufnahm, schloss sie, dass sich bisher noch niemand seinem Willen widersetzt hatte.

Joan wurde sich der wachsenden Ungeduld ihres Gegenübers bewusst. „Es gibt zu der Sache nichts mehr zu sagen. Ich verkaufe nicht", betonte sie noch einmal.

Dom Manuel presste die Lippen zusammen. Was wohl in ihm vorgehen mochte, fragte sich Joan. Dass er sie nicht leiden konnte, gab er deutlich zu erkennen. Obendrein hielt er sie jedoch anscheinend für töricht und stur. Sein Angebot war im Grunde genommen gut. Joan hätte sich wahrscheinlich doch dazu durchgerungen, ihm das Land zu geben, an dem ihm so viel lag, wenn er nicht derartig überheblich und selbstbewusst aufgetreten wäre.

„Ihr Vorhaben, das Land selbst zu bewirtschaften, ist nicht durchführbar. Das können Sie nicht", stellte Dom Manuel nachdrücklich fest.

„Das kann ich sehr wohl." Man schafft fast alles, wenn man durch bestimmte Umstände dazu gezwungen wird. Und für Joan war es unbedingt notwendig, einen Lebensunterhalt für sich und Joy zu finden.

„Lächerlich. Wissen Sie überhaupt, in welchem Zustand sich das

Gut befindet? Sie können das Haus nicht bewohnen, und was das Land angeht, wurde der Boden jahrelang vernachlässigt."

„Wenn es so heruntergekommen ist, staune ich über Ihr großzügiges Angebot." Sie sah ihn mit großen grauen Augen an.

„Wenn ich das Land kaufe, lasse ich das Haus sofort abreißen. Mich interessiert das Land. Es soll wieder wie früher den Alvares' gehören."

„Tut mir leid, Sie enttäuschen zu müssen", sagte Joan und fügte besänftigend hinzu: „Ich muss das Gut bewirtschaften, Dom Manuel, weil ich keine andere Möglichkeit sehe, mir meinen Lebensunterhalt zu verdienen."

Er zog die Stirn in Falten und schwieg. Joan befürchtete schon, über ihre finanzielle Lage ausgefragt zu werden. Doch er sagte nur: „Mit dieser Farm werden Sie sich niemals einen Lebensunterhalt verdienen können."

„Versuchen kann ich es immerhin."

Verächtlich blickte er sie an. „Sie werden versagen. Arbeitskräfte sind in dieser Gegend knapp, auch wenn Sie sich welche leisten können. Für Sie ist es viel vernünftiger, wenn Sie mein Angebot annehmen und sich hier in Ihrer Heimat ein kleines Geschäft pachten."

Gereizt fragte sich Joan, wie weit er noch gehen würde. Für wen hielt er sie überhaupt? Sie stand auf. Ungeduldig wartete sie darauf, dass Dom Manuel ihrem Beispiel folgte.

Trotz ihres Zorns musste sie insgeheim zugeben, dass dieser Mann einen gewissen Eindruck auf sie machte. Er war groß und schlank und hatte die dunkle Hautfarbe des Südländers. Wie ein mittelalterlicher Adliger, dachte Joan und stellte sich vor, wie sich Diener ehrfurchtvoll vor ihm verbeugten.

Na, diesmal hast du einen ebenbürtigen Partner gefunden, sagte sie sich selbstzufrieden. Wenn ich das Gut jemals verkaufen muss, dann bist du der Letzte, dem ich es anbiete.

„Es tut mir leid, aber ich habe noch zu tun", erklärte Joan unhöflich.

Doch Dom Manuel ging immer noch nicht, sondern machte ihr einen weiteren Vorschlag, der ihre Empörung nur steigerte ...

Endlich fuhr Dom Manuel mit dem Taxi ab, das er die ganze Zeit über hatte warten lassen. Joan seufzte erleichtert auf und ging in die Küche, wo ihre Schwester die kleine Joy mit belegten Broten versorgte.

„Ich mag den Mann nicht", verkündete Joy zwischen zwei herzhaften Bissen. Sie hatte eine süße kleine Stupsnase, die nun keck erhoben war. „Ein richtiger Angeber ist das."

„Er sieht aber sehr gut aus", fand Christine und schob noch ein Brot zu Joy hinüber. „Was hältst du denn von ihm, Joan? Ist er wirklich ein Angeber, wie die vorlaute Göre hier behauptet?"

„Das ist noch milde ausgedrückt." Joan beobachtete Joy, wie sie mit ihren kleinen, zarten Fingern das Fleisch zwischen den Brotscheiben herauszupfte. „Er war wütend, weil ich nicht verkaufen wollte. Immer wieder hat er sein Angebot erhöht." Sie lachte. „Er dachte übrigens, ich sei verwitwet. Darum hat er dann noch mal sein Angebot erhöht."

„Verwitwet?", wiederholte Christine verständnislos. „Wie kam er denn auf die Idee?"

„Er dachte, Joy wäre meine Tochter."

„Verständlich, obwohl du dafür nicht alt genug aussiehst", fand Christine. „Aber warum hielt er dich dann für verwitwet?"

Joan berichtete, wie es dazu gekommen war. Christine lachte. „Na, du hast ihn doch wohl aufgeklärt."

„Nein. Damit habe ich mich nicht aufgehalten. Ich wollte ihn möglichst schnell loswerden."

„Aber …" Christine konnte das nicht verstehen. „Soll das heißen, dass er dich immer noch für verwitwet hält?"

„Na und? Was spielt das denn für eine Rolle? Ich werde ihn ja doch nicht wiedersehen."

„Bist du sicher? Immerhin wird er dein nächster Nachbar sein."

„Seine Besitzungen sind so riesig, dass er mir nie über den Weg laufen wird."

„Trotzdem hättest du ihm die Wahrheit sagen müssen. Zu dumm, dass sie sich angewöhnt hat, dich immer Mama …"

Joan hob warnend die Hand, denn inzwischen hörte das Kind

aufmerksam zu. Die Schwestern brachen ihre Unterhaltung ab und wandten sich unverfänglicheren Gesprächsthemen zu. Kurze Zeit später wurde Joy von ihren Freundinnen zum Spielen abgeholt.

Bei Joys Geburt war Joan erst achtzehn gewesen und maßlos stolz darauf, schon Tante zu sein. Zwei Jahre darauf starb Joys Mutter. Roger, der Vater, konnte über den Tod seiner jungen Frau nicht hinwegkommen. Er wechselte die Stellung und ging ins Ausland. Die zweijährige Joy hatte er seiner Mutter und seinen Schwestern zur Pflege überlassen. Wenn das Kind nach seiner Mutter verlangt und geweint hatte, war es immer Joan gewesen, die es auf den Arm genommen und zärtlich beruhigt hatte. Niemand konnte mit der Kleinen so gut umgehen wie Joan. So kam es, dass Joy in Joan ihre Mutter sah. Da ihnen allen nur daran lag, das kleine Wesen glücklich zu sehen, hatte es ihm auch niemand verboten, Joan mit Mama anzureden. Es wurde zur Gewohnheit.

„Das wird bestimmt noch einmal Ärger geben", hatte die alte Mrs. Barrie, Joans Mutter, damals gewarnt. „Wir sollten wirklich darauf bestehen, dass sie dich mit Tante anredet, Joan."

„Dafür ist es nun zu spät. Das kann man ihr nicht zumuten", hatte Joan abgewinkt.

„Wer dich aber nicht kennt, wird falsche Schlüsse daraus ziehen."

Joan hatte darüber gelacht, und Christine hatte scherzhaft vorgeschlagen, sie sollte einen Trauring an den Finger stecken.

Mrs. Barrie fand das gar nicht lustig. „Unsinn. Damit verdirbt sie sich doch nur ihre Heiratschancen."

„Die Chancen sind ohnehin zum Teufel, wenn sie sich weiter mit Mama anreden lässt. Nette, heiratsfähige Männer machen einen großen Bogen um ledige Mädchen mit Kleinkindern am Rockzipfel."

Mrs. Barrie hatte sich über die derbe Ausdrucksweise ihrer Tochter Christine entsetzt. „So lieb ich Joy habe, so sehr wünschte ich doch, Roger würde sie endlich zu sich nehmen. Wenn er das nicht bald tut, sehe ich für dich eine Menge Schwierigkeiten voraus, Joan."

Mrs. Barrie starb, bevor sich ihre Vorhersage bewahrheiten konnte. Einen Monat nach ihrem Tod kehrte Roger nach England zurück. Er hatte wieder geheiratet. Mavis, seine zweite Frau, war zwar bereit, das Kind zu sich zu nehmen, aber gern tat sie es nicht. Joan spürte das und machte sich um die Zukunft der kleinen Joy Sorgen. Schließlich schlug sie ihrem Bruder vor, das Kind bei ihr zu lassen.

Roger machte nur halbherzige Einwände: „Wer soll sich denn um sie kümmern, Mutter ist doch tot. Und du musst tagsüber arbeiten."

„Wir schaffen das ja auch jetzt. Christine ist immer da, wenn Joy aus der Schule kommt."

„Das geht aber nur, solange Christine und Miles hier im Hause wohnen."

„Vorerst ziehen wir ja noch nicht aus", beeilte sich Christine zu sagen, weil sie ebenfalls bemerkte, dass nicht nur die Stiefmutter, sondern sogar der Vater das Kind als Last empfand.

Christine fand die Haltung ihres Bruders empörend, während Joan ihn zu entschuldigen versuchte, weil sie wusste, dass er zurzeit nicht gerade viel verdiente und die Betreuung der Tochter für ihn ein weiteres Problem bedeutete.

Das Kind blieb also bei seinen Tanten. Christine und ihr Mann Miles zahlten ihren Anteil an den Kosten für das Haus. Joan verdiente als Bankangestellte genügend, um auch mit dem Kind zurechtzukommen.

Eines Tages bot man Miles eine Stellung in Schottland an. Er fuhr hin und begann dort nach einer Wohnung zu suchen. Das Ehepaar wollte Joy jetzt zu sich nehmen. Das wäre auch eine vernünftige Lösung gewesen. Nur konnte sich Joan nicht mit dem Gedanken anfreunden, auf die kleine Nichte verzichten zu müssen, die sie sehr lieb gewonnen hatte. Trotzdem hätte Joan wohl der Lösung zugestimmt, wäre Joy nicht so traurig gewesen. Anfangs hatte sie sehr viel geweint, als sie erfuhr, sie werde ihre geliebte Mama verlassen müssen. Sie lachte nur noch selten und sprach kaum ein Wort.

„Sie wird sich schon daran gewöhnen", hatte Miles bedrückt gehofft.

„Nein, das bringe ich einfach nicht übers Herz. Ich werde Joy bei mir behalten." Joan war froh, nachdem der Entschluss einmal gefasst war.

Christine war noch nicht zu ihrem Mann gezogen, als der Brief kam, der Joan zur Erbin eines Weingutes in Portugal machte. Damit waren alle Probleme gelöst, zumindest für Joan und Joy.

Die hohen Kinderstimmen brachten Joan in die Gegenwart zurück. Mit einem verlegenen Lachen entschuldigte sie sich bei Christine. „Ich war meilenweit weg mit meinen Gedanken."

„In Portugal?"

„Auch da."

„Du, erzähl mir doch noch etwas von diesem Mann, der dir das Gut abkaufen wollte."

Joan berichtete von ihrer Unterhaltung mit Dom Manuel Alvares. Christine meinte nachdenklich: „Glaubst du ihm, was er über den Zustand der Farm gesagt hat?"

„Natürlich nicht, das war doch nur ein Trick, um mir das Gut abzuschwatzen."

„Vielleicht hast du recht. Aber du solltest trotzdem ein paar Erkundigungen einziehen, bevor du hinfährst."

„Das Haus lässt sich mit Sicherheit bewohnen", hoffte Joan zuversichtlich und erzählte ihrer Schwester von dem letzten Angebot, dass Dom Manuel gemacht hatte. „Offenbar betreut er vorübergehend zwei Kinder seiner Schwester. Sie ist Witwe und seit einiger Zeit im Krankenhaus. Dom Manuel meint, das Englisch seiner Kinder müsse verbessert werden und hat mir die Stellung einer Lehrerin angeboten. Ich könnte Joy bei mir behalten, hat er gesagt."

„Ach ja? Dann muss ihm wirklich sehr viel an diesem Land gelegen sein. Sein Angebot ist wirklich sehr großzügig. Glaubst du mir etwa nicht?"

„Das hat er doch nur gesagt, um mich umzustimmen."

Christine musste lächeln. „Weißt du das so genau?"

„Ja. Er will das Land haben und scheut keine Mittel, es zu bekommen."

Christine betrachtete ihre Schwester nachdenklich. „Wenn du

nun wirklich verkaufen würdest, könntest du dir von dem Geld vielleicht eine bescheidene Existenz aufbauen."

„Genau das hat er auch vorgeschlagen. Nein, Christine, ich bin fest entschlossen, das Wagnis auf mich zu nehmen und es mit dem Weingut zu versuchen. Dom Manuel behauptet, ich werde Mühe haben, Arbeitskräfte zu bekommen. Aber das glaube ich nicht. Wenn ich nur ein oder zwei Mann auftreiben kann, werde ich es dem Aufschneider schon zeigen."

„So ehrgeizig und dickköpfig wie du bist, gelingt es dir wahrscheinlich sogar. Hoffentlich triffst du alles so an, wie du es dir im Augenblick vorstellst. Wenn er aber recht hat und Haus und Weingärten tatsächlich in einem schlechten Zustand sind, könntest du dann immer noch auf sein Angebot zurückkommen und für ihn arbeiten?"

„Vermutlich ja. Doch dazu kommt es nicht."

Plötzlich fiel Christine noch etwas ein. „Nur mal angenommen, du müsstest die Stellung bei ihm annehmen, dann wärest du vielleicht ganz froh, dass er dich für verheiratet hält."

„Wieso denn das?", wunderte sich Joan.

„Er würde dich bestimmt nicht beschäftigen, wenn er Joy für unehelich hielte."

„Meinst du?"

„Erinnerst du dich nicht mehr, was Großmutter uns über das sittenstrenge Haus der Alvares gesagt hat?", fragte Christine lachend.

„Nein. Was denn?"

„Sie brüsten sich damit, dass noch nie ein unehelich geborener Mensch die ehrwürdige Schwelle des Herrensitzes von Alvares überschritten hat."

„Dass sich Dom Manuel mit so etwas brüstet, kann ich mir gut vorstellen", sagte Joan voller Verachtung. „Jedenfalls ist Joy kein uneheliches Kind. Sollte ich jemals sein Angebot annehmen und für ihn arbeiten, was ich mir kaum vorstellen kann, würde ich ihm selbstverständlich die Wahrheit über Joy sagen."

„Du könntest ihn dann aber nicht mehr überzeugen", meinte Christine nachdenklich.

„Die Wahrheit ist immer überzeugend."

Christine schüttelte den Kopf. „Du hast ihn in dem Glauben gelassen, du seist Witwe und Joy sei deine Tochter. Nein, Joan, wenn wirklich etwas schiefgeht, dann lass lieber alles so, wie es ist."

„Vielleicht hast du recht. Aber was soll das alles? Wenn es mit der Farm nicht klappt, kommen wir einfach wieder zurück."

Zurück? Wohin? Überlegte Joan sofort. Das Haus, in dem sie jetzt wohnten, sollte verkauft und der Erlös zwischen Roger und den beiden Schwestern aufgeteilt werden.

2. *KAPITEL*

Es war Anfang Oktober, und im Dourotal hatte die Weinlese begonnen. Die Trauben waren in der Sonne voll ausgereift. Im Tal hörte man Mandolinen- und Gitarrenklänge und das Singen der Pflücker, die aus der ganzen Umgebung zusammengekommen waren.

Joan stand in der Tür ihres Hauses und blickte nachdenklich zu den Arbeitern hinüber, die die Reben von den niedrigen Weinstöcken auf den Terrassen ernteten. Es herrschte ein geschäftiges Treiben. So weit Joan blicken konnte, gehörte das Land zu Dom Manuels Besitz.

„Was machen sie nur mit all den Trauben?" Joy stellte sich neben Joan. „Werden die im Geschäft verkauft? Wer kann denn so viel Obst essen? Warum sind denn unsere Trauben nichts geworden? Hast du etwas falsch gemacht?"

Joan bemühte sich sehr, vor dem Kind ihre Niedergeschlagenheit zu verbergen. Lächelnd wandte sie sich der Kleinen zu.

„Welche Frage soll ich dir denn zuerst beantworten?"

Joy sah zu ihr hoch, wie immer schalkhaft. „Ich frage zu viel, stimmt's?"

„Wer sagt denn das?"

„Tante Christine meinte das oft."

„Ohne Fragen zu stellen kann man nichts hinzulernen. Die Trauben werden zu Wein verarbeitet."

„Und warum sind unsere Trauben nichts geworden?"

„Weil ich es nicht richtig gemacht habe, Joy."

Joan erinnerte sich gut daran, dass ihr eines Tages der glitzernde, metallische Belag auf Dom Manuels Rebstöcken aufgefallen war. Damals hatte sie nicht gewusst, dass er das gemacht hatte, was auch bei ihren Trauben notwendig gewesen wäre, nämlich sie mit einer Lösung aus Kupfer und Kalksulfat zu spritzen.

Doch es lag nicht nur an diesem Versäumnis. Ihre Rebstöcke hatte man jahrelang verwildern lassen, und so wucherten sie, ohne viele Früchte zu tragen. Das Wohnhaus war bei Joans Ankunft in einem unvorstellbar heruntergekommenen Zustand gewesen. Eigentlich hatte sich alles bewahrheitet, was Dom Manuel vorausgesagt hatte.

Es war Joan nicht gelungen, Arbeitskräfte zu bekommen. Das lag vor allem daran, dass Dom Manuel alle verfügbaren kräftigen Männer auf Kilometer im Umkreis verpflichtet hatte. Joan konnte schließlich nur Luis anwerben, einen alten Mann, der nach irgendeinem Streit mit Dom Manuel bei diesem gekündigt hatte.

Kaum eine Woche, nachdem sie Luis eingestellt hatte, erkannte Joan, dass man seine Arbeitskraft auf Alvares wohl kaum vermissen würde. Er war faul. Doch sie war schon dankbar für die geringste Hilfe. Dabei zehrte der Lohn sehr an den ihr zur Verfügung stehenden Geldmitteln. Sie musste schon froh sein, am Ende des Jahres noch genügend Lebensmittel kaufen zu können.

„Werden die Trauben nächstes Jahr besser wachsen?"

„Es kann sein, dass wir nächstes Jahr nicht mehr hier sind. Hast du nicht Lust, wieder zurück nach England zu fahren?", fragte Joan zögernd.

Die Miene des kleinen Mädchens verdunkelte sich. „Mir gefällt es hier. Ich bin jetzt auch gut in der Schule, weil ich schon so viele Worte weiß. Am Anfang fand ich es schrecklich. Da konnte ich ja auch nicht mit den Kindern sprechen. Sie haben mich nur ausgelacht. Jetzt ist es schön hier. Findest du das denn nicht?"

„Doch, ganz sicher, aber leider verbraucht das Gut sehr viel Geld. Und das habe ich einfach nicht."

Joy drehte sich um und blickte enttäuscht in den Hauseingang. „Hast du es nicht, weil du den Bauarbeitern so viel bezahlen musstest?"

„Ja, Joy. Die Renovierungsarbeiten haben mich fast mein ganzes Bargeld gekostet."

Es war im höchsten Maße töricht gewesen, das Haus instand setzen zu lassen. Joan meinte, Dom Manuel beweisen zu müssen, dass sie von Anfang an alles, was sie sich vorgenommen hatte, auch durchsetzen würde. Während der vergangenen sechs Monate war ihr Groll gegen ihn immer heftiger geworden. Obwohl es unlogisch war, glaubte sie, dass sie damals auf seinen Rat gehört hätte, wenn er nicht so hochmütig und herablassend mit ihr umgegangen wäre. Bestimmt hätte sie sich zunächst ihr Erbe in Portugal angesehen. Nachdem sie den Verfall mit eigenen Augen gesehen hätte, wäre sie seinem Rat gefolgt.

Da Dona Amelia bis zu ihrem Tod in dem Haus gewohnt hatte, war es für Joan naheliegend gewesen, anzunehmen, dass sie ein relativ gemütliches Heim und ein leicht zu bewirtschaftendes Gut vorfinden würde. Joan hatte nicht wissen können, dass Dona Amelia ihr Leben als Einsiedlerin geführt und sich bis zu ihrem Tod mit einem einzigen Zimmer begnügt hatte. Um alles andere hatte sie sich nicht gekümmert. Die Folge war ein völlig heruntergekommenes, fast baufälliges Haus und wild wucherndes Unkraut auf den Feldern und zwischen den Rebstöcken.

Der Stolz hatte es Joan damals verboten, diesen Besitz Dom Manuel anzubieten. Kühn hatte sie sofort damit begonnen, das Haus wieder in einen bewohnbaren Zustand zu versetzen. Inzwischen war es innen auch gemütlich geworden, musste jedoch von außen noch immer ein unansehnlicher Anblick für ihren reichen Nachbarn sein. Denn Dom Manuels prachtvoller, hochherrschaftlicher Wohnsitz war sehr viel näher, als sie sich das vorgestellt hatte. Ihr Haus und die Ställe mussten Dom Manuel regelrecht die Aussicht verderben. Joan gestand sich ein, dass sie an seiner Stelle auch um jeden Preis versucht hätte, das Land zu kaufen und die Gebäude darauf abzureißen.

„Da kommt Luis.“ Joys helle Stimme ließ Joan zusammenschrecken. „Warum geht er so langsam?“

Luis ging es nicht gut. Zumindest klagte er häufig, und Joan ließ ihn dann immer nach Hause gehen. Das war mehrfach der Fall gewesen. Sie wusste nicht, ob es hier üblich war, den Lohn entsprechend zu kürzen, und kannte niemanden, den sie danach hätte fragen können.

„Ich komme morgen wieder, Mrs. Barrie“, versprach er ihr in sehr gebrochenem Englisch. Dann jammerte er wieder über die Schmerzen in seinem Rücken.

„Also gut, dann ruhen Sie sich jetzt aus, Luis.“ Mit einer müden

Geste strich sich Joan das Haar aus dem Gesicht. „Kommen Sie aber morgen frühzeitig."

Er schlurfte davon. Gerade war er hinter der Hecke verschwunden, als Joy feststellte: „Da kommt ja auch Dom Manuel. Er ist schon am Gartentor ... ach, die schreckliche Frau ist bei ihm."

Joan wandte sich überrascht ihrer Nichte zu. „Warum nennst du sie schrecklich?" War es dem Kind etwa auch aufgefallen, wie hochnäsig die schöne Rosa Fernandes tat? Sie war eine Cousine von Dom Manuel. Von Luis wusste Joan, dass Rosa und Dom Manuel im kommenden Frühjahr heiraten wollten. „Woher kennst du sie eigentlich?"

„Die stellt mir immer alle möglichen Fragen."

„Fragen?" Joan stutzte „Wann denn?"

„Einmal hat sie mit dem Auto neben mir gehalten, als ich von der Schule nach Hause ging. Da hat sie mich gefragt, wie alt ich bin, und ich hab ihr gesagt, sechseinhalb."

„Was hat sie denn noch wissen wollen?"

Dom Manuel und Rosa waren an der Hecke stehen geblieben und betrachteten die kümmerlichen Weinstöcke.

„Sie wollte wissen, wie alt du bist, und ich sagte ihr, dass ich das nicht weiß. Wie alt bist du denn, Mama?"

Joan verzog ärgerlich das Gesicht. „Das ist unwichtig. Hat sie sonst noch was gefragt?"

„Ja, ob ich einen Papa habe."

Das war unglaublich, denn bestimmt hatte Dom Manuel seiner Verlobten erzählt, dass Joan seines Wissens nach Witwe war. „Was hast du denn darauf gesagt?"

„Ich wollte ja sagen und dass er mich manchmal besucht hat, solange wir noch in England gewohnt haben. Aber da kam ein Auto, und sie musste Platz machen und losfahren. Ein Stück weiter hat sie wieder gehalten. Aber ich bin durchs Feld nach Hause gelaufen. Ich kann sie nicht leiden."

Dom Manuel und Dona Rosa waren inzwischen weitergegangen. Unwillkürlich sah Joan auf ihre Hand und ging, einer plötzlichen Eingebung folgend, ins Haus, um den Trauring ihrer Mutter aus dem Schmuckkästchen zu nehmen und sich anzustecken. Dann brachte sie mit einigen Bürstenstrichen ihr Haar in Ordnung.

Dies war übrigens nicht Dom Manuels erster Besuch. Er war schon zweimal da gewesen, beide Male in Begleitung von Rosa. Rosa hatte sich sehr eingehend über Joy informiert. Das war möglich gewesen, weil Joy bei beiden Gelegenheiten bereits im Bett gelegen hatte. Weshalb hatte Rosa nur so viel Interesse an dem Kind?

Joan ging zu ihrer Nichte zurück. „Es wird besser sein, wenn du jetzt irgendwo spielen gehst, mein Kind. Dom Manuel wird mit mir allein sprechen wollen.“ Joan erwartete, dass die Unterhaltung mit ihrem Nachbarn unerfreulich werden würde. Zwar wusste sie, dass sie verkaufen musste. Doch ihm wollte sie das Gut nicht überlassen.

„Wo kann ich denn spielen?“, fragte Joy. „Ich habe Dona Rosa gefragt, ob ich mit den beiden Mädchen in dem großen Haus spielen darf. Sie heißen Filipa und Leonor. Aber sie hat mich nur ganz streng angesehen, genau wie Dom Manuel. Und dann hat sie gesagt, die beiden dürften nicht mit jemandem wie mir spielen.“

Joy bückte sich, um eine große, dicke Spinne aufzuheben, die von den morschen Stützen der Veranda auf den Boden gefallen war.

Ja, ihr Gut, das „Pendela“ genannt wurde, stand in einem scharfen Gegensatz zu „Solar de Alvares“, dem Herrensitz, der inmitten einer lieblichen Landschaft lag. Ringsherum lagen gepflegte, üppig blühende Blumenbeete. Im Hintergrund wuchsen dunkelgrüne Nadelbäume und Frucht tragende Büsche.

„Die beiden Mädchen sind viel netter als Dona Rosa. Ich hab schon durch den Zaun mit ihnen gesprochen. Filipa ist sieben und Leonor neun Jahre alt. Sie haben wunderschönes schwarzes Haar, das richtig glänzt.“

Also hielt Rosa Fernandes Joans Nichte für nicht gut genug, um mit den feinen Alvareskindern Umgang zu pflegen.

Da Dom Manuel und Dona Rosa inzwischen fast bei ihnen waren, wiederholte Joan ihre Aufforderung nicht, sie allein zu lassen. Vielleicht verabschieden sich die Besucher schneller, wenn das Kind bei der Unterhaltung dabei ist, dachte sie und brachte drei Stühle auf die Veranda. Ohne die Spur eines Lächelns begrüßte Joan ihre Gäste und bot ihnen Platz an.

Dom Manuel betrachtete den Stuhl misstrauisch. Es war schwer zu erkennen, ob er die Standfestigkeit des Möbelstücks anzweifelte oder Angst hatte, sich an Holzsplittern zu verletzen. Ebenso missbilligend stand Rosa vor ihrem Stuhl, entschloss sich dann aber doch, Manuels Beispiel zu folgen und sich behutsam darauf niederzulassen.

Ungeniert wanderte indessen Joys Blick von einem der Erwachsenen zum anderen. Schließlich setzte sie sich auf die oberste Stufe der Veranda.

„Die läuft nicht so schnell wie unsere zu Hause“, stellte Joy fest, während aus ihren Augen wieder der Schalk zu blitzen schien. „Glaubst du, dass sie Flöhe hat?“ Die Spinne krabbelte an ihrem Arm hoch.

Rosa schüttelte sich vor Ekel.

„Setz sie wieder auf den Boden, Joy, mein Liebes“, bat Joan, der die Bewegung ihrer schönen Besucherin nicht entgangen war. „Die Spinne mag das bestimmt nicht, wenn ein solcher Riese, wie du es bist, mit ihr spielt.“ Sie spürte Dom Manuels durchdringenden Blick und fügte als Erklärung für das ungewöhnliche Verhalten ihrer Nichte hinzu: „An Joy ist ein Junge verloren gegangen.“

Dom Manuel sah Joan noch immer unverwandt an. Erst nach einer Weile blickte er zu dem Kind, das seine Hand nun ausgestreckt hatte und beobachtete, wie sich die Spinne an ihrem zarten Faden herunterließ.

„Mit diesen Augen, dem Gesicht und solchem Haar? Das wäre die reinste Verschwendung.“

Das war eine derartig unerwartete Bemerkung, dass Dona Rosa ruckartig den Kopf hob. Sie musterte das Kind, als sähe sie es zum ersten Mal. Ihre schönen braunen Augen funkelten boshaft.

„Meine Großmama hat immer gesagt, ich hätte als Junge zur Welt kommen sollen. Haben Ihre beiden Kinder auch eine Großmama?“

„Joy, mein Kind, bitte sei jetzt ruhig“, bat Joan sanft. „Dom Manuel möchte mir etwas Wichtiges sagen. Ich darf doch annehmen, dass Sie wieder hier sind, um mich zum Verkauf des Gutes zu überreden?“

Er sah sie mit seinen dunklen Augen herablassend an. „Es kann durchaus sein, dass ich eines Tages das Interesse an Ihrem Land verliere."

Sollte das eine Drohung sein? Joan beobachtete sein Gesicht. Sie spürte ihr Herz klopfen. Denn obwohl sie sich das nie recht hatte eingestehen wollen, war die Sicherheit, dass sie ihm den Besitz überlassen konnte, wenn sich sonst kein anderer Käufer finden ließ, doch immer sehr beruhigend gewesen.

Joan merkte, dass Dom Manuel ihr Erschrecken erkannt haben musste. Darum blickte sie entschlossen zu ihm hin und betonte mit fester Stimme: „Da es uns gut geht, kann es mir gleichgültig sein, ob Sie interessiert sind oder nicht."

„Sie hatten eine Missernte, nicht wahr?"

Das wusste er also. Joan konnte sich denken, dass er aus der Ferne genau beobachtet hatte, welche Fehler sie machte. Hätte er ihr nicht einen Tipp geben können, wie sie ihre Rebstöcke behandeln musste?

„Mangelnde Erfahrung", gab sie zu, behielt aber ihre Ruhe. „Ich habe dazugelernt. Nächstes Jahr ist mein Ertrag bestimmt besser."

„Du hast doch gesagt, dass wir nächstes Jahr vielleicht gar nicht mehr hier sind", meldete sich Joy mit ihrer hellen Kinderstimme. „Wir fahren doch wieder nach England."

Verzweifelt suchte Joan nach Worten. Sie wollte weder dem Kind eine Lüge unterstellen, noch konnte sie sich herausreden.

Als hätte das Kind gespürt, dass es schuld war an der Verlegenheit seiner Tante, stand es auf und kam zu Joan. Es schlang seinen Arm innig um Joans Nacken und schmiegte den Kopf an ihre Schulter.

Rosa sah die beiden starr an. Dom Manuels Aufmerksamkeit wurde dagegen von dem Mann in Anspruch genommen, der langsam über das Feld ging. Luis war aus dem Hühnerstall gekommen. Er schien etwas unter seinem Mantel zu tragen.

Dom Manuels Augen wurden schmal. „Wie lange arbeitet der Mann schon für Sie?"

„Drei Monate."

Wortlos stand er auf und folgte Luis mit weit ausholenden Schritten.

„Was macht er denn?" Joy fasste nach der Hand ihrer Tante, ohne

Manuel aus den Augen zu lassen. Doch plötzlich wurde sie abgelenkt. Sie hatte den Ring an Joans Hand gefühlt. „Ist der neu, Mama? Du hast ihn doch sonst nie getragen. Woher hast du den denn?"

Joan entzog dem Kind ihre Hand. „Ich trage ihn nicht immer, besonders nicht, wenn ich schwer arbeiten muss. Dann vergesse ich manchmal, ihn wieder anzustecken."

Joys Augen wirkten kugelrund vor Überraschung und unausgesprochenen Fragen. Bevor sie Joan jedoch noch tiefer in Verwirrung stürzen konnte, erkundigte sich Rosa verbindlich lächelnd. „Dann haben Sie wohl viel schwere Arbeit zu verrichten, Mrs. Barrie, denn ich sehe Sie zum ersten Mal mit Ihrem Trauring."

„Mehr als dreimal haben Sie mich ja auch bisher nicht gesehen", kam schlagfertig Joans Antwort.

In diesem Augenblick erschien Manuel mit einem kleinen Körbchen.

„Eier?", staunte Joan. „Woher haben Sie die denn?"

„Luis ist der verschlagenste Dieb, den ich je in meinem Leben gesehen habe", sagte er verächtlich. „Sie müssen ihn ebenfalls entlassen."

„Das kann ich nicht, denn ich bekomme keinen Ersatz für ihn." Hilflos sah sie ihn an. Jetzt hatte sie es zugegeben. Sie hätte viel darum gegeben, die Worte zurücknehmen zu können.

„Hat er die gestohlen?" Joy empfand die Situation als äußerst spannend.

Joan nahm Manuel das Körbchen ab und stellte es auf den Tisch. Verwirrt schüttelte sie den Kopf. „Dabei bekommt er von mir jede Woche Eier und Gemüse. Nein, Luis bestiehlt mich nicht."

„Ich habe ihm den Korb soeben abgenommen. Er hatte ihn unter seinem Mantel versteckt. Er hat mir übrigens gesagt, dass er nach Hause gehe, weil er krank sei."

„Ja. Er hat es am Rücken."

„Solange er für mich arbeitete, war es die Brust. Sie bezahlen ihn doch hoffentlich nicht, wenn er nicht da ist?"

„Doch", gab Joan kleinlaut zu. „Kann ich ihm die Zeit denn einfach abziehen?"

„Selbstverständlich, sonst arbeitet er künftig immer weniger. Seien

Sie doch vernünftig", forderte Dom Manuel sie auf. „Gehen Sie auf mein Angebot ein. Ich ersetze Ihnen, was Sie bisher für das Haus ausgegeben haben."

„Aber Manuel, warum denn?", unterbrach ihn Rosa sanft. „Mrs. Barrie möchte doch bestimmt nicht, dass du ihr etwas schenkst."

Dom Manuel hob den Kopf und blickte Rosa missbilligend an. Offensichtlich duldete er nicht einmal von seiner Verlobten eine Einmischung. Rosa schwieg verlegen.

„Sie meinen das, was Mama für die Bauarbeiter bezahlt hat?", erkundigte sich Joy harmlos. „Für die hat sie fast ihr ganzes Geld ausgeben müssen. Ich wäre so froh, wenn sie ihr das Geld zurückzahlen würden. Dann brauchte sie nicht mehr so traurig auszusehen und sich solche Sorgen zu machen."

„Joy!" Joans Stimme klang streng. „Du weißt genau, dass es höchst ungehörig ist, sich in die Unterhaltung Erwachsener einzumischen. Du hältst jetzt augenblicklich den Mund."

Joys Lippen zuckten. Sie senkte den Kopf.

„Anscheinend stecken Sie in viel größeren Schwierigkeiten, als ich mir vorgestellt habe", sagte Dom Manuel, „oder als Sie mich glauben machen wollten. Ich hatte Ihnen schon einmal angeboten, meine Nichten zu unterrichten. Wenn Sie wollen, können Sie auf dieses Angebot gern zurückgreifen. Die Stelle ist noch nicht besetzt."

Wie steif und förmlich das klingt, dachte Joan. Sie kämpfte noch immer mit der Verlegenheit, in die sie die unbedachten Worte des Kindes gebracht hatten. Konnte sich dieser Mann eigentlich nie ungezwungen geben? So jemand als Ehemann. Joan versuchte, ihn sich sanfter und zärtlicher vorzustellen und hätte trotz ihrer bedrückenden Lage fast gelacht. Für Dom Manuel Alvares musste Zärtlichkeit ein Fremdwort sein.

Joan sah verstohlen auf Dona Rosas Hand. Sie trug keinen Verlobungsring. Trotzdem hatte Luis behauptet, dass sie im Frühjahr heiraten würden. Rosa wohnte seit dem Tod ihres Mannes auf Solar de Alvares. Sie führte Dom Manuel den Haushalt. Wenn man Luis glauben durfte, machte sie das sehr geschickt, wenngleich sie wenig erbaut davon war, dass Dom Manuel seine Nichten ins Haus genommen hatte. Angeblich hatte er jedoch keinen Widerspruch zugelassen, sodass Rosa nun ihm gegenüber so tat, als habe sie sich mit den Kindern abgefunden.

„Mrs. Barrie möchte bestimmt viel lieber wieder in ihre Heimat zurückkehren", meine Dona Rosa mit gespielter Liebenswürdigkeit und scheinbar voller Verständnis für ihre Nachbarin. „Habe ich nicht recht, Mrs. Barrie?"

Dom Manuel presste die Lippen zusammen. Joan konnte sich nicht vorstellen, was nun wieder sein Missfallen erregt hatte. Noch weniger verstand sie den Blick, den er Rosa zuwarf. Dann wandte er sich Joan zu, und es war, als sähe er sie zum ersten Mal. Sein prüfender Blick verwirrte sie. Krampfhaft bemühte sie sich, gelassen zu bleiben. Sie versuchte ihrer Stimme einen sicheren Klang zu geben, als sie erklärte, dass sie weder vorhabe, die angebotene Stellung anzunehmen, noch nach England zurückzukehren.

Seltsamerweise ging Dom Manuel darüber hinweg und wies Rosa mit scharfem Ton zurecht. „Mrs. Barrie wird schon selbst wissen, was sie tun will. Auf deine Vorschläge kann sie bestimmt verzichten."

„Ich wollte ihre Entscheidung doch gar nicht beeinflussen", wehrte sich Rosa. „Du wirst wohl auch einsehen, dass sich Mrs. Barrie kaum in einem Haushalt wie dem unseren wohlfühlen würde …"

Sie brach ab, denn Dom Manuel hatte bei dem Wort „unseren" spöttisch die Brauen hochgezogen. „Ich meine, in deinem Haushalt", verbesserte Rosa sich hastig und warf Joan einen bitterbösen Blick zu, als wäre Joan schuld daran, dass Manuel so reagiert hatte.

Mit blitzenden Augen sah Joan sie an. „Da nicht die geringste Wahrscheinlichkeit besteht, dass ich zu Ihnen ziehe, ist Ihre Sorge überflüssig." Sie sollte es nur wagen, noch so eine überhebliche Bemerkung zu machen, dachte Joan.

Das geschah nicht. Dom Manuel brachte sogar Verständnis für ihr Verhalten auf. „Sie haben Dona Rosa sicherlich missverstanden, Mrs. Barrie." Seine Lippen deuteten ein Lächeln an. „Sie wollte wohl nur darauf hinweisen, dass unsere Lebensart und Bräuche hier in Portugal anders sind als Ihre in England."

„Dona Rosa hat mit Ihnen gesprochen, nicht mit mir“, erinnerte Joan ihn heftig. Ganz plötzlich erkannte sie, dass Dom Manuel gar nicht mehr hochmütig war. Da schwand auch ihr Zorn. „Wie ich schon mehrfach gesagt habe, möchte ich mein Gut behalten, Dom Manuel.“

„Aber es wirft doch keinen Ertrag ab“, hielt er ihr ungeduldig vor. „Sie können so nicht weiterleben. Ihre Dickköpfigkeit grenzt schon an Torheit.“

Joan wunderte sich, dass sie seine Worte so gelassen aufnahm. Immerhin war er recht deutlich geworden. Andererseits stimmte, was er sagte. Sie war dickköpfig und töricht. Ganz seltsam wurde ihr zumute bei seinem durchdringenden Blick. Machte er sich etwa Sorgen um sie?

Nein, unmöglich. Ihre schwierige Lage ließ ihn mit Sicherheit unbeteiligt. Schließlich waren sie einander praktisch fremd. Sein einziges Anliegen war der Besitz des Weingutes. Aber war sie nicht doch zu voreilig gewesen, als sie das Arbeitsangebot bei ihm ablehnte? Niemals zuvor in ihrem Leben hatte sich Joan geschlagen gegeben. Sie hatte immer so lange die Zähne zusammengebissen und gekämpft, bis sie ihr Ziel erreicht hatte. Doch hier lagen die Dinge anders. Dass sie versagt hatte, ließ sich nicht mehr verbergen. Nahm sie das Angebot ihres reichen Nachbarn an, ersparte sie sich viel Ärger und Mühen. Denn noch stand nicht fest, ob sie einen anderen Interessenten für ihren Besitz finden würde.

Während Joan zwischen Vernunft und Stolz schwankte, entschied ein ganz anderer Umstand ihren Zwiespalt.

Joy war während der letzten Minuten auf einem Bein herumgehopst. Plötzlich knickte sie mit dem Fuß um und griff nach einem Halt – und das war Dona Rosas Ärmel. Statt Joy nun zu helfen, schlug Rosa ihr heftig auf den Arm.

„Tollpatsch!“, schimpfte Rosa. Die Berührung mit dem Kind hatte sie noch mehr erzürnt als der zerknitterte Ärmel. „Kannst du nie stillsitzen?“

Dom Manuel, der das alles nicht mitbekommen hatte, drehte sich erstaunt zu den beiden um. Er sah das erschrockene Gesicht des Kindes und Dona Rosas zornige Miene, mit der sie ihren Arm betrachtete, als habe etwas ekelerregendes sie verletzt.

„Was ist denn passiert?“, fragte er.

„Dieses grässliche Kind hat mich absichtlich in den Arm gekniffen.“

„Das stimmt doch gar nicht. Das hab ich nicht getan“, rief Joy empört. „Glauben Sie ihr nicht, Dom Manuel. Ich habe nur nach ihrem Ärmel gegriffen, damit ich nicht hinfalle. So eine gemeine ...“

„Nun ist aber endgültig Schluss.“ Joans Stimme klang unerbittlich, aber nicht vorwurfsvoll. „Geh jetzt ins Haus. Ich komme sofort nach.“ Dann wandte sie sich Dom Manuel zu. „Sie werden verstehen, dass Sie jetzt gehen müssen. Meine Zeit ist kostbar, ich kann mich im Augenblick nicht länger mit Ihnen unterhalten.“

Sekundenlang konnte Dom Manuel die Abweisung kaum fassen. So unhöflich hatte bisher noch niemand gewagt, ihn zu verabschieden. Zufrieden mit der Wirkung ihrer Worte hoffte Joan, dass ihm das etwas von seiner eingebildeten Art austreiben würde. Dass er ihr allerdings so eine Missachtung seiner Person nicht verzeihen würde, noch dazu, wo sie vor einem Dritten erfolgt war, konnte sie sich unschwer denken.

Indessen strahlte Rosas Gesicht vor Genugtuung. Sie erhob sich anmutig. „Ihr Benehmen lässt viel zu wünschen übrig, Mrs. Barrie. Oder ist diese Unhöflichkeit etwa eine typisch englische Eigenart?“

Joan wollte schon ebenso schnippisch fragen, ob das kinderfeindliche Verhalten, das Rosa der kleinen Joy gegenüber an den Tag gelegt hatte, den Portugiesen angeboren sei. Doch sie ließ es bleiben, da sie entschieden genug von dem Umgang mit diesen überheblichen, unausstehlichen Menschen hatte.

Dom Manuel war zwar zu Rosa getreten, sah aber noch immer Joan an. „Sie werden Ihr verletzendes Verhalten noch bereuen, Mrs. Barrie“, sagte er, verbeugte sich höflich und ging.

Rosa hatte Mühe, ihm zu folgen.

Joan überfiel plötzlich eine Vorahnung nahenden Unglücks. War Dom Manuels Warnung etwa eine Drohung gewesen?

Schließlich ging Joan ins Haus. Sie suchte Joy, doch die war nicht da. Auf ihr Rufen erhielt Joan keine Antwort. Endlich sah sie das Mädchen quer über die Wiese auf sich zurennen.

„Die haben sich wahnsinnig in den Haaren gelegen", verkündete Joy fröhlich und ließ sich atemlos in einen Sessel fallen.

„Wo warst du denn? Du hattest doch ins Haus gehen sollen."

„Ich war nur kurz draußen, um mir ein Heilkraut für meinen Arm zu pflücken. So etwas kann man nämlich mit Kräutern heilen, meint unsere Lehrerin. Wusstest du das?"

Joan lächelte. „Ein blauer Fleck braucht seine Zeit, bis er verschwindet, ob du nun eine Heilpflanze drauflegst oder nicht."

„Hätte nur Dom Manuel meinen blauen Fleck gesehen. Dann hätte er sie noch mehr ausgeschimpft."

„Woher weißt du überhaupt, dass er mit ihr geschimpft hat?"

„Habe ich gehört. Ich habe mich hinter der Hecke versteckt. Und dann hat Dom Manuel Dona Rosa gefragt, was eigentlich passiert war. Weißt du, was sie gesagt hat? Sie hat wieder behauptet, ich hätte sie gekniffen."

„Und was hat Dom Manuel dazu gesagt?"

„Dass es sicher versehentlich geschehen wäre, weil ich gar nicht hinterhältig auf ihn wirken würde."

„Ach wirklich?" Joan war etwas verwirrt. Sollte sie ihn etwa falsch eingeschätzt haben?

„Dona Rosa hat gesagt, du wärest unverschämt, und er hat ihr geantwortet, dass sie mit den hässlichen Bemerkungen angefangen hätte. Er war ganz schön wütend. Sie wäre schuld, dass du nicht an ihn verkaufen würdest, hat er gesagt. Nur ihr Theater hätte dich plötzlich wieder umgestimmt."

„Und was hat Dona Rosa daraufhin gesagt?"

„Ich weiß nicht. Eine Weile bin ich noch hinter der Hecke entlanggerannt. Schließlich hat Dom Manuel nur gesagt, du solltest einfach froh sein, wenn du dich eines Tages bei ihm entschuldigen könntest. Warum sagt er so etwas?"

„Er glaubt, ich hätte mich entschuldigen müssen oder sollte das noch tun, weil ich unhöflich zu ihm war", erklärte Joan, da Joy noch immer auf eine Antwort wartete.

„Wirst du dich denn entschuldigen, Mama?“

„Ganz bestimmt nicht.“

„Du sagst aber selbst immer, man soll nicht unhöflich sein. Wenn ich's mal bin, verlangst du auch, dass ich mich entschuldige.“

„Das ist richtig, Joy. Aber hier liegen die Dinge anders.“

3. KAPITEL

Zögernd näherte sich Joan dem Haupteingang von Solar de Alvares. Sie sah, wie die weißen Marmorstufen sich im Wasser des Sees spiegelten.

Nachdem Joan geklingelt hatte, wurde die Tür von einem alten Diener geöffnet. Joan bat um eine Unterredung mit Dom Manuel, fügte aber hinzu, dass sie nicht angemeldet sei.

„Bitte, treten Sie ein, Senhora. Ich werde feststellen, ob Dom Alvares Zeit hat." Kurz darauf kam der Bedienstete wieder und bat Joan, ihm zu folgen. Vor einem Zimmer am Ende des Ganges machte er Halt, ließ Joan eintreten und meldete sie an.

Dom Manuel saß hinter seinem Schreibtisch und spielte mit dem Füllfederhalter. Er schien völlig von dem beansprucht zu werden, was er las, und hob den Kopf zunächst nicht.

So hatte Joan Zeit, sich umzusehen. Die kostbare Einrichtung war eindrucksvoll. Eine hohe, zweiflügelige Terrassentür führte auf eine überdachte Veranda. Von dort aus sah man in das breite Dourotal hinunter. Fast eine ganze Wand wurde von einem kostbaren Wandteppich eingenommen. Couch und Sessel, mit blaugrundigem Samt bezogen, harmonierten farblich mit der blau bestickten Seidentapete.

„Nehmen Sie bitte Platz, Mrs. Barrie." Dom Manuel wies auf einen Sessel. Joan ließ sich auf der vordersten Kante nieder. Sie merkte, dass Dom Manuel es darauf anlegte, es ihr so schwer wie möglich zu machen. Er wusste natürlich, dass sie mit einem Anliegen kam. Das ging schon aus seinen ersten Worten hervor.

„Sie haben sich also nun doch entschlossen, zu verkaufen. Warum sind Sie da zu mir gekommen, Mrs. Barrie? Hatten Sie etwa anderswo keinen Erfolg?"

Dumm war dieser hochmütige Mensch keineswegs. Er wusste genau, dass er für Joan der letzte Ausweg war.

„Sie waren doch so interessiert daran, mein Gut zu kaufen", erinnerte sie ihn.

„Ich hätte es gern erworben, das stimmt. Aber Sie wollten ja nicht verkaufen." Er steckte den Füllfederhalter in eine silberne Fassung. Das wirkte wie eine das Gespräch abschließende Geste. „Jetzt ist mein Interesse daran erloschen." Damit wandte er sich betont aufmerksam zwei weißen Tauben zu, die sich auf der niedrigen Brüstung der Veranda niedergelassen hatten.

Joan wusste, dass jetzt kaum der Zeitpunkt war, Stolz zu zeigen oder störrisch so zu tun, als stehe bei ihr alles zum Besten. Das Weingut würde sich nicht selbst tragen, nicht einmal dann, wenn es ihr gelingen sollte, genügend Arbeitskräfte zu beschaffen. Der Boden war ausgelaugt, weil man ihn viel zu lange vernachlässigt hatte. Die Rebstöcke waren überaltert, die Gebäude trotz der oberflächlichen Renovierung immer noch baufällig. Darum war es kurzsichtig von Joan gewesen, sich nicht sofort nach ihrer Ankunft an Dom Manuel zu wenden. Nur ihr unverzeihlicher Trotz hatte sie dazu verleitet, ihr letztes Geld in das Gut zu stecken, immer in der Hoffnung, es doch irgendwie zu schaffen. Nun hatte sie alles ausgegeben.

Seit zwei Monaten bot sie das Weingut bereits zum Verkauf an. Niemand zeigte Interesse an dem verwahrlosten Besitz.

Mit einer Ausnahme: Ein junger Mann war mehrmals da gewesen. Aber Joan wusste inzwischen, dass seine Aufmerksamkeit ihr und nicht dem Gut galt. Die bewundernden Blicke von Ricardo Lopes zeigten sehr deutlich seine Zuneigung.

„Sie können mir doch bestimmt noch ein Angebot machen, Dom Manuel", bat Joan leise.

Der Blick unter den dunklen Brauen wirkte gleichgültig. „Wenn mich nicht alles täuscht, habe ich Ihnen sogar mehrfach Angebote unterbreitet. Sehr gute sogar, Mrs. Barrie. Sie lagen weit über dem Wert des Besitzes. Außerdem habe ich Sie gewarnt und gesagt, dass Sie eines Tages Ihr verletzendes Verhalten bereuen würden. Anscheinend bereuen Sie es bereits jetzt."

Seine Worte trafen Joan sehr. Was reizte Dona Rosa eigentlich an so einem Mann? Sein Reichtum? Etwas anderes konnte es kaum sein.

„Ich hatte angenommen, ich könnte das Gut bewirtschaften. Leider habe ich mich verrechnet. Fehler kann jeder machen. Jetzt weiß ich, dass ich mit den Schwierigkeiten, die sich aus der jahrelangen Vernachlässigung ergeben, nicht fertig werde."

Dom Manuel lehnte sich schweigend zurück und hob seine schlanke, braun gebrannte Hand zum Mund, um ein Gähnen zu unterdrücken.

„Sie wollen mir also kein Angebot mehr machen?"

„Ich bin nicht mehr daran interessiert, Ihre Farm zu kaufen, Mrs. Barrie."

„Was soll ich denn dann tun?" Verzweiflung klang aus Joans Worten. „Ich habe nicht einmal genug Geld, um die Rückfahrt nach England für uns zu bezahlen."

„Meine liebe Mrs. Barrie, Ihre finanziellen Probleme sind allein Ihre Angelegenheit." Er steckte die Hände in die Taschen. „Ich gedenke mich nicht in Ihre privaten Gegebenheiten einzumischen. Dass Sie wegen Ihres Starrsinns jetzt ohne jegliches Geld dastehen, geht mich nichts an."

Joan antwortete ihm nicht. In diesem Augenblick hasste sie Dom Manuel von ganzem Herzen. Dabei konnte sie sogar verstehen, dass er die Lage ausnutzte. Mehr als einmal hatte sie ihn schließlich vor den Kopf gestoßen. So etwas vergisst ein Mann nicht, der gewohnt ist, von allen geachtet zu werden, und dessen Überlegenheit nie infrage gestellt wird. Das war jetzt seine Rache.

„Wollen Sie mir denn überhaupt nichts für das Land geben?", flüsterte Joan unglücklich. „Sie würden es doch eigentlich noch immer gern zu Ihrem Besitz zählen."

Schweigen. Dom Manuel schien auf die Frage nicht antworten zu wollen; vielleicht weil er nicht lügen wollte, aber gleichzeitig zu stolz war, die Wahrheit zuzugeben. Aber das ließ sich nicht beurteilen. Sein Gesicht wirkte wie eine ausdruckslose Maske.

Er beugte sich vor und läutete mit einer kleinen silbernen Glocke auf seinem Schreibtisch. „Ich glaube, Sie brauchen hier keine weitere Zeit zu vergeuden", erklärte er eindeutig. „Wie Sie mir vor Kurzem zu verstehen gaben, ist die Ihre ja sehr kostbar."

„Führen Sie Mrs. Barrie bitte hinaus, Diego", sagte er zum Diener, der lautlos hereingekommen war.

Wortlos folgte Joan dem Diener aus dem Zimmer. So tief war sie noch nie gedemütigt worden. Je eher sie dieses Land verließ, umso besser. Sie zitterte vor Empörung. Es war wohl am besten, sie bat ihren Bruder um das Reisegeld. Nein, ihn nicht, er hatte bestimmt nicht genug. Christine würde helfen. Joan beschloss, unverzüglich ihrer Schwester zu schreiben.

Doch diesen Vorsatz führte Joan nicht aus. Denn schon am nächsten Morgen kam ein Brief von Christine, in dem sie berichtete, dass ihr Mann in seiner neuen Stellung nicht hatte Fuß fassen können und sie Schottland verlassen würden. Ihre Schwester schrieb:

„Die ganze Sache hat uns mehr Geld gekostet, als wir hätten ausgeben dürfen. Wir werden zunächst von der Hand in den Mund leben müssen, bis Miles etwas Passendes in England gefunden hat.“

Am nächsten Abend kam Ricardo vorbei. Sie duzten sich inzwischen. Nach anfänglichem Zögern erzählte Joan ihm, was passiert war.

„Dom Manuel wird es nicht kaufen?“, wiederholte er ungläubig. „Dabei weiß jeder, dass er es unbedingt haben will. Schon zu Lebzeiten Dona Amelias war es so. Komisch, dass er es dir jetzt nicht mehr abnimmt.“

Joan wollte die näheren Umstände nicht erklären und wechselte das Thema, indem sie sich nach Ricardos Mutter erkundigte, die seit einigen Tagen das Bett hüten musste.

„Möchtest du sie nicht einmal besuchen kommen?“, schlug er ihr vor. „Sie spricht auch ein bisschen Englisch. Ihr könnt euch also unterhalten. Und sie freut sich, wenn sie mit jemandem plaudern kann.“

„Also gut. Wird es deiner Mutter auch nicht zu viel, wenn ich Joy mitbringe? Ich möchte sie nicht gern allein lassen.“

„Meine Mutter hat Kinder gern. Sie hat schon zwei Enkel, die Kinder meines Bruders. Henrique ist ungefähr in Joys Alter und Fernando ein Jahr älter.“

„Sie wohnen aber nicht hier, nicht wahr?"

„Nein, in Lissabon. Aber mein Bruder und seine Frau sind mit den Kindern oft zu Besuch. Wann kommst du also? Joy könnte dann auch mit den Kindern spielen."

„Jederzeit."

„Dann sagen wir morgen Abend. Mama kann sich dann besser auf dich vorbereiten."

Joy platzte wie üblich einem Wirbelsturm gleich ins Zimmer. „Tag, Senhor Lopes! Buh, ist das heiß!" Sie ließ sich auf einen Stuhl fallen und wischte sich den Schweiß von der Stirn.

Ricardo lachte und fuhr dem Kind zärtlich durchs Haar. „Süß ist deine kleine Tochter." Plötzlich sah er Joan verwirrt an. „Du musst sehr jung gewesen sein, als sie geboren wurde."

Diese Bemerkung hatte auch Dom Manuel schon einmal gemacht. „Ich war achtzehn", antwortete Joan diesmal.

„Achtzehn!", rief er. „Dann bist du jetzt vierundzwanzig, viel zu jung, um dir die Finger krumm zu arbeiten. Je schneller du das Gut loswirst, umso besser."

„Ich fürchte bald, dass ich es nie loswerde. Darum habe ich schon überlegt, mir das Geld für die Rückfahrt nach England zu leihen."

Ricardos sympathisches Gesicht verdüstere sich. Er hatte die gleiche dunkle Haut wie Dom Manuel, aber nicht so ausgeprägte, sondern fast weiche Gesichtszüge. Sein freundliches Wesen und die reizvolle Jungenhaftigkeit hatten Joan von Anfang an gefallen. Das war etwas ganz anderes als die unbeugsame Entschlossenheit, die von Dom Manuel ausging.

Christine hatte Dom Manuel Alvares damals in England einen außerordentlich gut aussehenden Mann genannt. Dem Urteil hätte Joan nur beigepflichtet, wenn er sich einmal locker gegeben oder gelacht hätte. Das schien jedoch nie der Fall zu sein.

„Musst du denn nach England zurück?", fragte Ricardo und riss Joan aus ihren Gedanken.

„Hier habe ich keine Möglichkeit, mir meinen Lebensunterhalt zu verdienen. Ich hätte nie herkommen dürfen."

„Der Gedanke, dich zu verlieren, ist schrecklich für mich. Wir haben uns gerade erst etwas näher kennengelernt, Joan, und ich kann dir das ruhig sagen, ich habe dich sehr lieb."

„Ich mag dich auch, Ricardo. Trotzdem kann ich nicht hierbleiben. In England bekomme ich jederzeit wieder eine Stellung."

„Dass du aber auch Joy so ganz allein unterhalten musst!" Er sah das Kind an, das dieser Unterhaltung aufmerksam folgte. „Du, Joan, ich komme morgen noch einmal vorbei. Dann können wir darüber sprechen."

„Es gibt nichts weiter zu besprechen." Mit Blicken bat sie ihn um Verzeihung. „Wir kennen uns doch kaum."

„Fast zwei Monate bereits", stellte Ricardo widersprechend fest. „Das genügt, um sich zu verlieben."

„Bitte, Ricardo, sag so was nicht."

„Lieben Sie meine Mama wirklich, Senhor Lopes?", erkundigte sich Joy gespannt. „Wenn Sie sie heiraten, können wir vielleicht immer hierbleiben. Ich möchte nämlich nicht nach England zurück."

„Vorerst werde ich nicht heiraten", beendete Joan energisch das Thema. Joy war der ärgerliche Tonfall nicht entgangen. Niedergeschlagen senkte sie den Kopf.

Als sie aufblickte, sah sie in Ricardos nachdenkliches Gesicht, die sorgenvoll blickenden Augen und empfand ein seltsam weiches Sehnen. War das etwa das erste Anzeichen einer beginnenden Liebe?

Eine so schöne Frau wie Joan hatte natürlich schon Verehrer gehabt. Es hatte ihr nie an Begleitern gefehlt, wenn sie tanzen oder ins Theater gehen wollte. Aber diese Freundschaften waren nie bis zu einer zärtlichen Annäherung gediehen. Darum hatte sie auch bisher keine Gefühle wie Eifersucht kennengelernt oder es bedauert, wenn ihre Bekannten eine feste Freundin fanden und Joan auf ihre Gesellschaft verzichten musste.

„Entscheide dich noch nicht endgültig", bat Ricardo leise.

Seine Worte verwirrten Joan und machten sie unsicher. Sie stimmte schließlich zu und sagte, sie werde noch eine Weile durchhalten und sich mit dem begnügen, was sie aus dem Verkauf ihrer Hühner und Eier erwirtschaftete. Es konnte gar nicht anders sein, sie war auf dem besten Wege, sich in Ricardo zu verlieben. Sein Charme hatte sie ja vom ersten Tage an verzaubert.

War es nicht gerade darum besser, nach England zurückzufahren, bevor sie noch mehr für ihn empfinden würde? Wenn sie blieb und sich diese Freundschaft festigte und zur Liebe wurde, musste sie Ricardo über ihr Verhältnis zu Joy aufklären und ihm sagen, dass sie keine Witwe sei. Zwar würde es ihn freuen zu hören, dass sie nie verheiratet war, würde er aber Joy als Kind annehmen können, obwohl es nicht ihr eigenes war? Von Joy gedachte sie sich jedenfalls nie in ihrem Leben zu trennen.

Der Herbstabend war angenehm kühl, die Luft so klar, dass sich die Hügel und dunklen Kiefernwälder besonders gut vom Himmel abgrenzen ließen. Joan saß auf der Veranda und hörte das Lachen der Kinder, die im Obstgarten neben dem Haus spielten. Joy hatte ihre zwei Freunde aus der Schule eingeladen, Geraldo und Mariana. Es freute Joan, dass das Kind endlich Spielgefährten gefunden hatte. Joy war viel zu oft in Gesellschaft Erwachsener. In England hatte sie immer mehrere Spielgefährten gehabt. Doch in den ersten beiden Monaten hier hatte sie sich allein mit Joans Gesellschaft begnügen müssen, wenn sie nachmittags aus der Schule kam.

Die Kinder sprachen portugiesisch, und Joy konnte es auch schon recht gut. Hin und wieder schnappte auch Joan ein Wort auf. Einmal hörte sie, wie Joy von „Onkel Ricardo“ sprach. Unwillkürlich lächelte Joan.

Sie musste an ihren Besuch bei Senhora Isabel Lopes denken, einer untersetzten, sehr reizenden älteren Dame. Sie hatte Joan mit offenen Armen aufgenommen und sie freundschaftlich auf die Wange geküsst. Insgeheim hatte sich Joan gefragt, ob Senhora Lopes davon ausging, dass die Freundschaft zwischen ihrem Sohn und der Engländerin weiter gediehen war, als es der Wirklichkeit entsprach.

Sie hatten sich an dem Abend so gut unterhalten, dass die Zeit schnell vergangen war. Später hatte Ricardo Joan und die kleine Joy nach Hause begleitet. Er hatte die Haustür aufgeschlossen, und während Joy schon aufgekratzt ins Haus lief, hatte Ricardo Joan in die Arme genommen und sanft auf die Lippen geküsst. Minutenlang hatte sie in seinen Armen gelegen. Joan hatte sich nicht gewehrt. Doch sie hatte seinen Kuss auch nicht erwidert. Ob Ricardo das aufgefallen war, wusste sie nicht.

„Gute Nacht, Joan“, hatte er dicht an ihrem Ohr geflüstert. „Schlaf gut.“ Dann war er in der Dunkelheit verschwunden.

Noch lange danach hatte sie gemeint, seinen Kuss auf der Haut zu spüren. Doch darüber hinaus hatte sie nichts empfunden.

So versunken war Joan in ihre Gedanken, dass sie erst nach einer Weile die Kinderstimmen vermisste. Sie sprang auf und suchte die Kleinen. Schließlich entdeckte sie die Spielkameraden auf der Straße hinter dem Haus und rief sie zurück in den Garten. Die drei Kinder wollten gerade gehorchen, als Dona Rosa in ihrem schweren Sportwagen um die Ecke bog. Die Kinder sprangen zur Seite, Joy an den linken, die Dorfkinder auf den rechten Straßenrand.

Joan rechnete fest damit, dass Dona Rosa ihre Geschwindigkeit wegen der spielenden Kinder verringern würde. Doch dann geschah das Ungeheuerliche. Das Auto wurde immer schneller und fuhr geradewegs auf Joy zu. Geraldo und Mariano schrien, als der Körper der kleinen Joy erfasst und zu Boden geschleudert wurde.

Joan konnte weder atmen noch sich bewegen. Sie war wie gelähmt vor Entsetzen. Erst nach einigen Sekunden rannte sie zur Unglücksstelle und beobachtete, dass Dona Rosa gerade gemächlich aus dem Wagen stieg. War es dieser Frau gleichgültig, was sie getan hatte? War es ihr sogar egal, wie schwer das Kind verletzt war?

Joan hob Joy behutsam auf. Als sie das Kind in ihren Armen spürte, sah sie noch einmal vor sich, wie das Auto auf Joy zugefahren war. Mit angstvoll erregter Stimme rief sie: „Dona Rosa, das haben Sie absichtlich gemacht! Sie hatten genug Platz, an dem Mädchen vorbeizukommen.“

„Sie sind wohl nicht recht beisammen“, tat Dona Rosa empört. „Glauben Sie etwa, ich überfahre ein Kind mit voller Absicht?“

„Ich habe es doch genau gesehen. Sie haben nicht nur beschleunigt, sondern sind direkt auf Joy zugefahren. Wenn Sie sie getötet haben …“ Über Joans Wangen rannen Tränen. „Sie hätten ihr doch ausweichen können. Nehmen Sie sie mit ins Krankenhaus?“

Die junge, schöne Portugiesin hob erstaunt die Augenbrauen. „Erst beleidigen Sie mich, dann wollen Sie auch noch einen Gefallen erwiesen bekommen? Das dumme Ding ist selbst an seinem Schicksal schuld. Oder auch Sie, weil Sie offenbar nicht das Mindeste von Kindererziehung verstehen. Das Mädchen lief ja völlig außer Rand und Band hier auf der Straße herum."

Joan hörte kaum hin. Sie wiederholte nur die Bitte, Joy ins Krankenhaus zu bringen.

„Sie hat ja kaum etwas abbekommen. Ich werde den Arzt anrufen, wenn ich wieder in Solar de Alvares bin. Stecken Sie sie ins Bett."

Wie betäubt stand Joan da und hielt das bewusstlose Kind auf dem Arm. Sie konnte die Gefühllosigkeit von Dona Rosa einfach nicht fassen. „Sie ... Sie wollen nichts tun? Sie müssen sie ins Krankenhaus bringen!"

Dona Rosa ging bereits wieder zu ihrem Wagen, setzte sich geschmeidig hinters Lenkrad und ließ den Motor an.

„Dom Manuel ist Ihre Unverfrorenheit schon einmal aufgefallen, Mrs. Barrie. Dass Sie sich hier erdreisten, einfach Befehle zu erteilen, übersteigt wirklich alles. Sie dürfen sich glücklich schätzen, dass ich überhaupt bereit bin, den Arzt anzurufen."

Damit fuhr sie davon. Das Anfahren des großen Wagens hüllte Joan und das verletzte Kind in eine dichte Staubwolke.

Die beiden Dorfkinder folgten Joan, die mit tränenüberströmtem Gesicht zum Haus zurückging. „Geht nach Hause", brachte sie mühsam hervor.

Joan schwankte unter dem Gewicht des bewusstlosen Körpers auf ihren Armen.

Behutsam legte sie das Kind aufs Bett und zog es aus. Joys Rücken war schlimm zugerichtet. Hautabschürfungen und Blutergüsse zeigten, dass sie ein Stück auf der mit grobem Schotter befestigten Straße mitgeschleift worden war.

„Wie kann man das einem Kind antun." Fast blind vor Tränen hatte Joan die Kleine endlich entkleidet. Sie glaubte beurteilen zu können, dass die Verletzungen nicht lebensgefährlich waren. Trotzdem brauchte Joy natürlich sofort ärztliche Hilfe.

Dona Rosa würde den Anruf beim Arzt wahrscheinlich für unnötig halten. Darum deckte Joan das bewusstlose Kind mit einer Decke zu und rannte zu Solar de Alvares. Wenn schon Dona Rosa nicht half, dann eben Dom Manuel.

Auf Joans Klingeln erschien Diego. Seine Miene war finster, denn Joan hatte Sturm geläutet, und das gehörte sich in einem so feinen Haus natürlich nicht.

„Ich muss Dom Manuel Alvares sprechen", sagte Joan ohne Erklärung. „Dringend. Sagen Sie ihm bitte sofort Bescheid."

„Senhora!" Diego war schockiert. Ihm fehlten die Worte. „Sie können doch nicht einfach hier herein..."

„Wo ist er?", verlangte sie zu wissen, ohne ihn aussprechen zu lassen.

„In seinem Zimmer. Er arbeitet. Wenn er Zeit hat, werde ich ..."

Joan schob ihn einfach beiseite und rannte zu dem Arbeitszimmer am Ende des Ganges, das sie ja kannte.

„Senhora!" – Der alte Mann rannte ihr nach. „Das dürfen Sie nicht. Was wird Dom Manuel dazu sagen?"

„Gehen Sie. Ich werde mit Dom Manuel sprechen, und niemand wird mich davon abhalten."

In diesem Augenblick ging die Tür auf, und Joan fiel Dom Manuel fast in die Arme.

„Oh ..." brachte sie mühsam heraus und starrte ihn erschrocken an. Er erwiderte ihren Blick verständnislos. Rosa hatte demnach noch nichts von dem Unfall berichtet.

„Darf ich fragen, was hier vorgeht?" Er stützte Joan, richtete die Frage aber an den Diener.

„Die Senhora hat sich hier gewaltsam Einlass verschafft, Dom Manuel."

„Joy ..." begann Joan endlich, „sie ... sie ist überfahren worden und braucht einen Arzt." – Joan zitterte am ganzen Körper.

Dom Manuel führte sie in sein Zimmer und drückte sie sanft auf die Couch.

„Erzählen Sie mir in aller Ruhe, was passiert ist."

„Es geht um Joy ..." Joan wollte aufstehen, aber er ließ es nicht zu. „Bitte ..." Sie brach wieder in Tränen aus.

„Wo ist denn Ihre Kleine?", erkundigte sich Dom Manuel mitfühlend.

„Zu Hause – auf dem Bett. Sie ist bewusstlos. Ich glaube nicht, dass sie lebensgefährlich verletzt ist. Aber ihr Körper ist übel zerschunden, Hautabschürfungen, Prellungen. – Ich möchte, dass Sie einen Arzt anrufen ... ich wollte sagen, würden Sie bitte einen Arzt anrufen und ihn zu mir schicken?"

Wieder versuchte sie aufzustehen, doch auch diesmal verhinderte das seine Hand auf ihrer Schulter.

Dom Manuel wandte sich nun Diego zu, der noch immer im Türrahmen stand. „Pedro soll sofort hinüberfahren. Fahren Sie mit ihm und bringen Sie das Kind her. Ist die Haustür bei Ihnen abgeschlossen?", fragte er Joan.

Sie schüttelte den Kopf.

„Wo ist der Schlüssel?"

„An einem Haken in der Küche neben dem Herd." Sie wusste nicht, was das alles sollte. „Joy ist ganz ausgezogen. Ich muss selbst zu ihr."

Joan hätte ebenso gut schweigen können, denn Dom Manuel nahm keine Kenntnis von ihren Worten.

„Beeilen Sie sich", befahl er dem Diener. „Und schließen Sie danach das Haus ordentlich ab. Mrs. Barrie und das Kind werden heute Nacht hierbleiben. Sorgen Sie also auch dafür, dass die Tiere ihr Futter bekommen. Nehmen Sie noch einen Arbeiter mit. Und Luisa. Sie soll das zusammensuchen, was die Senhora hier für die Nacht braucht."

Joan hatte noch einmal versucht, zu widersprechen. Doch dann entspannte sie sich unter dem festen Griff von Dom Manuels Hand. In ihrer Verzweiflung und Sorge empfand sie seine umsichtigen Befehle wie eine Wohltat.

„Kümmern Sie sich nicht um Kleidung für das Kind. Hier haben wir genug. Aber wickeln Sie es in eine Decke. Luisa kann das machen. Sie werden es zum Auto tragen und während der Fahrt hierher mit größter Sorgfalt behandeln."

Joan wischte sich mit dem Handrücken über die Augen. Da lächelte Dom Manuel zum ersten Mal und drückte ihr ein Taschentuch in die Hand. Diego war gegangen. Dom Manuel ließ Joan los und telefonierte mit dem Arzt. Dann kam er mit einem Glas Weinbrand zu Joan zurück.

Sie schüttelte den Kopf. „Nein, danke, es geht schon wieder."

„Das werden Sie trinken." Seine Stimme klang ruhig, aber man entnahm ihr die entschiedene Aufforderung.

Joan hob das Glas an die Lippen.

„Hören Sie auf zu zittern, mein Kind, und machen Sie sich keine Sorgen um Ihre kleine Tochter. Meine Anordnungen werden sofort ausgeführt werden. Die Kleine ist im Handumdrehen hier, und der Arzt wird es auch sein."

Sie bewunderte aufrichtig sein schnelles, entschlossenes Handeln. Er hatte das Nötige ohne Eile oder ersichtliche Nervosität veranlasst.

Dom Manuel stellte Fragen nach dem Unfall. Joan hatte anfangs vorgehabt, ihm alles zu erzählen. Doch sie war auf der Hut. Sie hatte nachgedacht und sich ein wenig beruhigt. Dabei war ihr klar geworden, dass Rosa jede Anschuldigung leugnen, Dom Manuel jedoch eher seiner Verlobten glauben würde als Joan.

„Das Auto – kam um die Kurve, und die Kinder, es waren noch zwei aus dem Dorf dabei, spielten auf der Straße." Joan wusste nicht weiter. Sie wollte nicht sagen, dass es Rosas Wagen gewesen war. Das sollte er lieber selbst herausfinden.

„Erlauben Sie Ihrem Kind, auf der Straße zu spielen?"

Sie errötete. Der tadelnde Blick machte ihr die Antwort schwer. „Erst haben sie im Obstgarten gespielt."

Dom Manuel nickte verständnisvoll. „Unsere beiden gehorchen auch nicht immer", sagte er überraschenderweise. „So sind Kinder eben. Sie begreifen noch nicht, dass manche Verbote nur zu ihrem eigenen Schutz erlassen werden. Was ist mit dem Auto? Der Fahrer wird doch angeboten haben, das Kind ins Krankenhaus zu bringen."

Joan erschrak. Wie sollte sie darauf antworten, ohne die ganze Geschichte zu erzählen? „Der Fahrer ... der Fahrer ..."

„Ja? Kennen Sie ihn?"

Schweiß stand auf Joans Stirn. Mit Sicherheit brachte es nichts ein, wenn sie die Wahrheit gestand. Nie würde er seine Verlobte für fähig halten, derartig roh zu handeln, besonders deshalb nicht, weil er selbst ja offenbar viel gefühlvoller war, als Joan das angesichts seiner unnahbaren Haltung angenommen hatte.

„Nein", sie wagte ihn nicht anzusehen, „ich habe keine Ahnung, wer der Fahrer war."

„Er ist also weitergefahren, nachdem er Ihr Kind angefahren hat?"

„Er hat gehalten."

„Warum hat er dann die Kleine nicht sofort ins Krankenhaus gebracht?"

Joan schluckte. Sie hatte das Gefühl, einen Kloß im Hals zu haben. Würde er ihr Vorwürfe machen, wenn er eines Tages erfuhr, was sie bisher zu verschweigen versuchte? Doch die Sorge schob sie rasch beiseite. Sie blieb mit Joy ja nur eine Nacht in diesem Hause. Joy war mit Sicherheit nicht in der Lage, Fragen zu beantworten. Dom Manuel brauchte also nie die wahren Zusammenhänge zu hören.

„Der Fahrer war in Eile."

„Haben Sie ihn nicht gebeten, das Kind mitzunehmen?"

„Doch."

„Und er hat sich geweigert?"

Joan nickte. Sie suchte nach Worten. In diesem Augenblick kam Rosa ins Zimmer. Sie sah Joan im Sessel, das Weinbrandglas in der Hand und Dom Manuel mit finsteren Blicken vor ihr, und zuckte zusammen. Die Farbe schien aus ihrem Gesicht zu weichen.

„Was ist denn los?" Wahrscheinlich wusste sie zum ersten Mal in ihrem Leben nicht, wie sie sich zu verhalten hatte. „Ist Mrs. Barrie krank?"

„Irgendein Schuft hat Mrs. Barries Tochter überfahren", erklärte Manuel grimmig. „Und er ist auch noch weitergefahren, ohne das Kind ins Krankenhaus zu bringen."

Dona Rosas Blicke suchten unruhig flackernd in Joans Gesicht nach einer Antwort auf unausgesprochene Fragen. Sekundenlang sahen sich die beiden Frauen an. Dann senkte Rosa den Blick. Dass sie sich nun sicher fühlte, ging aus ihren nächsten Worten hervor.

„Wie schrecklich. Und Sie wissen nicht, wer es getan hat?"

Joan riss die Augen auf. Die Geschwindigkeit, mit der die Portugiesin sich gefasst hatte, und diese dreiste Heuchelei waren ihr unheimlich und abscheulich zugleich.

„Nein, Dona Rosa. Ich weiß nicht, wer der Fahrer ist."

„Ich lasse das Kind gerade herbringen. Es ist noch auf dem Gut", erzählte Manuel. „Doktor Mendes wird auch gleich da sein. Mrs. Barrie und das Kind werden hier übernachten."

„Ist das nötig, Manuel? Mrs. Barrie fühlt sich bestimmt in ihrem Haus, wo sie sich selbst um alles kümmern kann, wohler."

„Mrs. Barrie ist augenblicklich nicht in der Lage, sich so zu kümmern, wie das nötig wäre. Sie braucht eine Weile, bis sie sich beruhigt hat. Luisa wird heute Nacht bei dem Kind wachen."

Joan stellte sich vor, wie sie allein auf ihrer Farm mit Joys Wunden fertig geworden wäre und mit ihrer Sorge, ob die Verletzungen nicht schlimmer waren als sie aussahen. Es gab natürlich noch andere Nachbarn. Doch das Dorf lag fast einen Kilometer entfernt im Tal. Den Weg hätte sie nie angetreten, weil sie Joy zu lange hätte allein lassen müssen.

Als sich Joan entschuldigte, weil sie Dom Manuel so unangemeldet in seinem Haus überfallen hatte, schnitt er ihr das Wort ab. „Sie haben richtig gehandelt", sagte er kurz.

Plötzlich hörte man in der Diele Stimmen, und Dom Manuel erhob sich. „Sie sind da, Mrs. Barrie. Bleiben Sie bitte vorerst hier. Sie können ohnehin nichts ausrichten, bevor der Arzt kommt."

Er verließ das Zimmer. Rosa ließ sich in einem Sessel nieder. „Warum haben Sie ihm nicht die Wahrheit gesagt?", fragte sie. Und betrachtete dabei ihre glänzend lackierten Fingernägel.

„Das hätte ich gern getan. Ich fürchtete nur, er würde mir nicht glauben."

„Sie meinen, er hätte eher mir geglaubt als Ihnen?"

„Sie hätten es also geleugnet?"

„Selbstverständlich. Und noch etwas, Mrs. Barrie. Falls Sie es sich je anders überlegen sollten – ich werde es immer leugnen."

„So. Dann verstehen wir uns ja." Voller Verachtung blickte Joan auf Dona Rosa. Was war das für eine Frau! Bisher hatte Joan geglaubt, sie passe gut zu Dom Manuel. Doch nach dem, was sich in den letzten Minuten hier abgespielt hatte, begann sie zu zweifeln. Die eisige Zurückhaltung von Dom Manuel schien eher aufgesetzt zu sein, als seiner Persönlichkeit wirklich zu entsprechen.

„Warum haben Sie nicht auf den Arzt gewartet?"

„Haben Sie ihn denn angerufen?"

„Ach, das muss ich ganz vergessen haben."

„Typisch. Wenn ich ein Kind angefahren hätte, könnte ich lange Zeit danach an nichts anderes denken."

„Wollen Sie wieder unverschämt werden?"

In diesem Moment kam Dom Manuel, um Joan abzuholen. Sie konnte endlich zu Joy gehen.

„Vielen Dank für alles, was Sie für mich tun", sagte Joan eine halbe Stunde später zu Dom Manuel. Joy war verbunden worden, und der Arzt hatte erklärt, dass sie noch einige Wochen fürsorglicher Pflege bedürfe. Dabei habe sie viel Glück gehabt, dass die Verletzungen nicht schwerer ausgefallen waren.

„Dafür brauchen Sie mir nicht zu danken. Joy wird offensichtlich noch eine ganze Weile Pflege haben müssen. Die werden Sie ihr wahrscheinlich nicht geben können."

Joan wurde hellhörig. Spielte er auf die Arztkosten an?

„Gehen Sie jetzt ins Bett. Alles andere besprechen wir morgen."

„Ich möchte nicht schlafen. Ich muss nachdenken."

Dom Manuel wirkte keineswegs verärgert, sondern voller Mitgefühl. „Sie haben einen Schock erlitten, Mrs. Barrie. Es ist unbedingt nötig, dass Sie sich ausruhen."

Sie sah ihm nach und staunte über die eigenartige Veränderung, die mit ihm vorgegangen war.

4. KAPITEL

Von der eckigen Turmplattform blickte Joan hinunter auf das kleine Dorf im Tal, durch das sich eine Straße mit Kopfsteinpflaster wand. Auch jetzt, Mitte November, war die Luft noch angenehm warm. Von unten drang Kinderlachen zu ihr herauf. Filipa und Leonor spielten in dem sogenannten alten Kinderzimmer, das Dom Manuel ganz entzückend eingerichtet hatte, nachdem Joan ihre Tätigkeit als Lehrerin seiner Nichten aufgenommen hatte.

Im Grunde bin ich regelrecht erpresst worden, diese Stellung anzunehmen, erinnerte sich Joan nachdenklich. Sie hatte sich dagegen zu wehren versucht, doch Dom Manuel war fest entschlossen gewesen, ihren Widerstand zu brechen.

Es wäre für ihn ein Leichtes gewesen, Joans Probleme aus der Welt zu schaffen, indem er ihre Farm kaufte und ihr gestattete, dort weiter zu wohnen, bis Joy wieder so weit hergestellt war, dass sie die Heimreise antreten konnten.

Stattdessen hatte Dom Manuel Joan mitgeteilt, dass „alles bestens geregelt sei". Joy brauchte noch ärztliche Betreuung. „Der Zustand des Kindes gestattet noch keinen Transport." Daraufhin hatte er ihr die Stellung angeboten und gleichzeitig darauf hingewiesen, dass ihr gar keine andere Wahl blieb.

„Könnten Sie meine Farm denn nicht kaufen, Dom Manuel?", hatte Joan gefragt. Kopfschüttelnd behauptete er, das Interesse daran verloren zu haben. Das war sehr erstaunlich. Joan konnte sich nicht vorstellen, dass er ohne einen bestimmten Grund den Gedanken fallen gelassen hatte, das Anwesen seinem Besitz einzuverleiben. Sie war so weit gegangen, ihm die Farm für den Preis von zwei Fahrkarten nach England zu verkaufen. Diesen Vorschlag hatte er verärgert zurückgewiesen. Das Kind sei nicht transportfähig, hatte er wiederholt. Außerdem werde er ihr das Gut nicht für ein Trinkgeld abkaufen.

Das alles war für Joan recht unverständlich. Ändern konnte sie ihre augenblickliche Situation jedoch nicht.

„Es wird Ihnen in meinem Hause an nichts fehlen. Sie haben Ihre eigenen Wohnräume. Ich zahle Ihnen ein ordentliches Gehalt. Das allerdings nur unter der Bedingung, dass Sie bleiben, bis Sie nicht mehr gebraucht werden und Filipa und Leonor zu ihrer Mutter zurückkehren können."

Nein, Joan hatte keine Wahl gehabt. Joy war mit ihren zahlreichen schmerzenden Wunden noch ans Bett gefesselt. Das Kind litt obendrein schwerer unter dem Schock, als das anfangs abzusehen gewesen war.

Joan hatte sich also gefügt. Dom Manuel hatte sich noch einmal vergewissert, dass sie die Vereinbarung auch verstanden hatte: „Es lässt sich leicht ausrechnen, dass Sie das Fahrgeld für England schnell zusammengespart haben werden. Aber Sie haben mir eine feste Zusage gegeben."

„Was ich versprochen habe, halte ich auch."

Wie schwer ihr das noch werden würde, ahnte sie nicht.

Auf dem Turm wurde es kühl. Joan ging hinunter. Vor Joys Zimmer blieb sie überrascht stehen. Vor wenigen Minuten hatte Joy noch fest geschlafen. Nun unterhielt sie sich mit Rosa. Was machte Rosa in Joys Zimmer? Die Tür war nur angelehnt. Joan hörte, was gesprochen wurde.

„Damals, als du hergebracht wurdest, habe ich dich schon einmal gefragt, ob du weißt, was für ein Auto dich angefahren hat. Du hast gesagt, du wüsstest es nicht mehr. Ist es dir inzwischen eingefallen?"

Joan blieb erstaunt stehen. Joy hatte ihr nicht erzählt, dass sie verhört worden war. Das musste ganz kurz nach dem Unfall geschehen sein.

„Nein, ich bin doch gleich auf die Seite gelaufen, als ich das Auto hörte. Ich glaube, es war blau … nein, grün … ich …"

„Du kannst es also nicht sagen, weil du es nicht weißt", fasste Rosa in fast liebevollem Tonfall zusammen.

Das ist ja abscheulich, dachte Joan.

„Nein, Dona Rosa, ich weiß es nicht."

„Wenn nun jemand käme und sagte, dass es schwarz war, würdest du bestimmt sagen können, dass es das nicht war."

„Vielleicht war es auch schwarz."

„Nein, Joy, schwarz war es nicht. Du hast doch gerade gesagt, es wäre vielleicht blau gewesen. Das ist ja auch durchaus möglich."

„Wieso, Dona Rosa? Woher wissen Sie das? Haben Sie es denn gesehen?"

Unwillkürlich musste Joan lächeln. Dona Rosa hatte Joys Intelligenz unterschätzt.

„Nun, Dona Rosa, haben Sie es gesehen?", erkundigte sich Joan und betrat das Zimmer.

Rosa zuckte zusammen, brauchte aber nur eine Sekunde, bis sie sich wieder gefasst hatte. „Nein, das habe ich nicht, Mrs. Barrie. Da aber viele blaue Wagen hier in der Gegend verkehren, dachte ich, dass es eines von denen sein könnte."

„Diese Bemerkung ist ja wohl für Joy gedacht", sagte Joan fast unhörbar.

„Jedenfalls nicht für Sie", zischte Rosa. „Denken Sie an das, was ich Ihnen gesagt habe, Mrs. Barrie. Wenn Sie es sich je anders überlegen sollten ..."

„... würden Sie es leugnen."

„Richtig. Und wie Sie selbst schon erkannt haben, hätte mein Wort mehr Gewicht als Ihres."

„Daran zweifle ich keinen Augenblick, Dona Rosa. Deshalb dürfen Sie ganz beruhigt sein." Mit einem verächtlichen Blick ging sie an der Portugiesin vorbei zu Joys Bett. „Wenn Sie Ihr Verhör beendet haben, lassen Sie uns bitte allein."

Rosa rümpfte die Nase. „Ihr Benehmen hat sich nicht gebessert, seit Sie in gehobeneren Verhältnissen leben."

„Mein Benehmen ist bedauerlicherweise von dem Umgang abhängig, auf den ich angewiesen bin."

Da sich Joan mit Joy beschäftigte, konnte sie den abgrundtiefen Hass in Dona Rosas Augen nicht sehen.

Joan hatte ihren Bruder in England von dem Unfall seiner kleinen Tochter informiert. Sie hätte ihn sogar einladen können. Das hatte Dom Manuel angeboten, nachdem er bei einem Gespräch von ihrem Bruder gehört hatte. Doch Joan schreckte davor zurück. Aller Wahrscheinlichkeit nach hätte das Kind gegenüber Dom Manuel von ihrem Daddy gesprochen. Das aber hätte nur wieder Erklärungen erfordert, die Joan vor langer Zeit hätte geben müssen und die jetzt so schwierig waren.

Eines Tages kam Joan in das Schulzimmer und blieb verblüfft im Türrahmen stehen. Auf den Knien hatte Dom Manuel je eine seiner Nichten sitzen. Seine Arme umschlangen die Kinder zärtlich. Er ließ sich von ihnen etwas in einem Bilderbuch erklären. Dom Manuels unnahbares Auftreten hatte bei Joan zu der Überzeugung geführt, dass er keiner tieferen Regung fähig sei. Er war es jedoch, und das bestätigte, was sie vermutet hatte. Sein Gesicht veränderte sich dabei völlig. Joan meinte, mit Sicherheit noch keinen so unglaublich gut aussehenden Mann wie ihn gesehen zu haben.

Sie merkte, wie sie unsicher wurde. Das passierte ihr öfter in seiner Gegenwart. Als er jetzt zu ihr aufsah, zitterten ihre Lippen leicht. Ihre Stirn rötete sich und betonte den zarten Schwung ihrer Augenbrauen und die weichen Linien ihres ebenmäßig schönen Gesichts. In Manuels Augen schien es kurz aufzuleuchten. Dann wandte er sich wieder seiner Nichte zu, die ihm stolz berichtete, wie sehr sie sich bereits im Englischen verbessert hatte, und Senhora Barrie sei sehr mit ihr zufrieden.

Nach einer Weile kam er zu Joan, die sich an ihren Schreibtisch gesetzt hatte. „Mir ist da etwas eingefallen. Leonor wird, wie Sie wissen, am Sonntag ihren Geburtstag feiern, und ich meine, Joy sollte dazu herunterkommen. Sie ist in den letzten Tagen ja immer ein Weilchen auf gewesen und war ein so geduldiger Patient, dass sie eine Abwechslung verdient hat." Er beugte sich über Joan. „Was machen Sie da?"

„Die Arbeiten verbessern, die die Kinder vor dem Mittagessen geschrieben haben."

„Und wie lange arbeiten Sie im Allgemeinen?"

„Vier Stunden am Tag."

„Ich sagte doch zwei", tadelte er sie.

„Schon. Aber ich arbeite sonst nicht genug für das Geld.“

„Das dürfen Sie ja wohl mir überlassen. Joy ist viel zu lange allein.“

„Luisa ist oben, wenn ich nicht da bin, oder Mafalda.“ Sie unterhielten sich leise, damit die Kinder ihr Gespräch nicht mithören konnten. „Dom Manuel, Sie tun viel zu viel für mich.“

„Soviel ich weiß, sind wir verwandt, Mrs. Barrie.“

„Ich nahm an, dass Sie das vergessen hatten“, sagte Joan erstaunt.

Verwirrt erwiderte sie seinen rätselhaften Blick. Um das unerträgliche Schweigen zu überbrücken, fuhr sie fort: „Ich dachte, Sie legen keinen Wert darauf, an die entfernte Verwandtschaft erinnert zu werden. Der Standesunterschied …“

Dom Manuels Lächeln war auf einmal wie fortgewischt. Verärgert richtete er sich auf. „Soviel ich weiß, habe ich Ihnen keinen Anlass gegeben, mir Standesdünkel vorzuwerfen.“

„Nein, natürlich nicht. Verzeihen Sie“, stimmte sie hastig zu. Es lag ihr seltsamerweise viel daran, dieses Gespräch nicht vorzeitig zu beenden. „Sie haben nur schon so viel für mich getan. Sie haben Luis bezahlt und mir den Verkauf der Tiere abgenommen, und dann die Arztrechnungen. Sie betonen zwar, der Arzt betreue jeden unter Ihrem Dach, trotzdem kann ich nicht sagen, wie dankbar ich Ihnen bin.“

Eine Weile betrachtete er sie schweigend. Er schien zu zögern. Oder bildete Joan sich das nur ein? Ein Mann wie Manuel Alvares und Unentschlossenheit? Undenkbar.

„Wenn das so ist, werden Sie wohl auch etwas für mich tun“, sagte er endlich.

„Ja“, stimmte sie spontan zu. „Alles, was Sie wollen.“

„Alles?“, wiederholte er amüsiert.

Verlegen verbesserte sich Joan. „Sie werden bestimmt nichts Unmögliches von mir verlangen, Dom Manuel.“

„Nein, Mrs. Barrie, damit haben Sie allerdings recht. Sie sind also bereit, mir einen kleinen Gefallen zu erweisen?“

„Jederzeit. Was kann ich für Sie tun?“

„Im Moment noch nichts. Ich sage Ihnen Bescheid, wenn es so weit ist.“

Die Kinder hatten einen Riesenspaß. Das Zimmer, in dem die Geburtstagsfeier stattfand, war mit Blumen, Kerzen und Papierschlangen geschmückt, die Teppiche herausgenommen worden, damit die Kinder tanzen konnten. Musikanten in Nationaltracht spielten Volkstänze, die die Kinder schon in der Schule lernten.

Anlässlich des Geburtstages waren auch Dom Manuels Mutter und sein Stiefvater gekommen. Beide lernte Joan nun zum ersten Mal kennen.

Dona Clementina war eine kleine, sehr stolze und hochmütige Frau mit faltenlosem Gesicht. Ihr Mann war dagegen freundlich und umgänglich. Joan fühlte sich in seiner Gesellschaft besonders wohl.

Er hatte ihr sofort vorgeschlagen, sich neben ihn zu setzen, während die Kinder sich mit ihren verschiedenen Gesellschaftsspielen beschäftigten. Seine Frau saß am anderen Ende des Zimmers und unterhielt sich mit ihrem Sohn. Joan spürte öfter als einmal die unfreundlichen Blicke der alten Dame auf sich gerichtet.

„Erzählen Sie mir doch, wie Sie hierhergekommen sind", forderte der alte Herr Joan auf. „Mein Stiefsohn hat uns so gut wie nichts von Ihnen erzählt. Wie er sagte, sind Sie verwitwet."

Darauf ging Joan nicht näher ein. Sie erzählte, was geschehen war, erwähnte aber auch jetzt nicht, dass Dona Rosa an dem Unfall die Schuld trug. Das wusste übrigens nicht einmal Ricardo Lopes. Joan sagte sich, dass er wahrscheinlich mit seiner Mutter darüber gesprochen hätte, und die würde es womöglich weitererzählen. Auf diese Weise hätte Dom Manuel davon hören können. Was Joan betraf, war die Schuldfrage abgeschlossen. Es lag ihr fern, ein Zerwürfnis zwischen Dom Manuel und seiner Verlobten herbeizuführen.

„Sie sind also ganz allein nach Pendela gekommen?", staunte Senhor Pedro de Castro. „Das nenne ich mutig."

„Nicht mutig, sondern dumm, wie sich jetzt herausgestellt hat. Dom Manuel hatte recht, als er mich warnte und behauptete, ich könnte von dem Ertrag des Gutes nicht leben."

„Dann werden Sie es ihm also jetzt verkaufen?"

„Er will es nicht."

„Hat er Ihnen das gesagt?", wunderte sich Senhor de Castro.

„Ja, er weigert sich, die Farm zu kaufen."

Mit seiner wohlgeformten Hand strich er sich übers Kinn. „Sonderbar, Manuel hat Pendela eigentlich von jeher haben wollen. Ich erinnere mich, dass er regelrecht empört war, dass man das Stück damals wegen der Erbschaft abgezweigt hatte. Wissen Sie, ohne Ihnen zu nahetreten zu wollen, meine Liebe, das Haus ist eher ein Schandfleck. Man hat es zu lange verkommen lassen."

„Ich hätte sein Angebot gleich annehmen sollen", seufzte Joan. „Nun bin ich selbst schuld daran, dass ich derart in Schwierigkeiten gekommen bin."

Das gutmütige Gesicht von Senhor de Castro war nachdenklich geworden. „Er muss einen stichhaltigen Grund für seine Haltung haben, obwohl ich mir nicht denken kann, welchen."

Kurz danach bemerkte Joan, dass sich Dom Manuel erhob und seine Mutter sich zu ihnen gesellte.

„Worüber unterhaltet ihr euch?", wollte sie mit einem feindseligen Blick zu Joan wissen. „Mir kommt das fast wie eine Verschwörung vor, wenn ich dich so ansehe, Pedro."

„Ich habe gerade Senhor de Castro erzählt, warum ich hergekommen bin."

„Das hat mir auch mein Sohn erzählt." Dona Clementina unterzog Joan einer unverhüllten Musterung. „Was Manuel mit einer Englischlehrerin für Leonor und Filipa will, ist mir unerfindlich. Ihre Englischkenntnisse haben ihm bisher kein Kopfzerbrechen gemacht. Und wenn ihre Mutter das für notwendig gehalten hätte, würde sie sich längst darum gekümmert haben."

So direkt, wie sie das sagte, klang es wie eine Beleidigung. Joans Wangen röteten sich. Das war eine durchaus passende Schwiegermutter für Dona Rosa, dachte sie.

„Wahrscheinlich weiß Ihr Sohn, was er tut", sagte sie bemüht ruhig.

„Das glaube ich auch", bekräftigte Senhor de Castro und nickte zustimmend. War es möglich, dass Senhor Pedro mehr wusste, als er zugeben wollte? „Wo ist eigentlich Rosa? Warum kümmert sie sich nicht ein bisschen um die Kinder?"

„Wenn Rosa solche Anlässe lieber meidet, ist das ihre Sache. Du tust gerade so, als sei sie verpflichtet, teilzunehmen."

Senhor de Castro ließ sich die gute Laune nicht durch die zurechtweisende Ermahnung seiner Frau verderben. „Eine Pflicht wäre es nur, wenn sie Manuel heiraten würde", meinte er ungekränkt. „Wenn das allerdings nicht der Fall ist ..."

„Selbstverständlich werden sie heiraten", unterbrach ihn seine Frau sofort. „Alle erwarten das."

„Nicht alles tritt ein, was man erwartet. Ich für meinen Teil habe nie das Gefühl gehabt, dass Rosa zu deinem Sohn passt."

„Sie ist reich und besitzt die Verbindungen, die eine Herrin von Solar de Alvares haben muss. Für mich wäre es eine große Enttäuschung, wenn die Hochzeit nicht zustande käme."

„Vielleicht überrascht uns Manuel alle, indem er eine Liebesheirat schließt", meinte Senhor de Castro gelassen.

„Er liebt Rosa", gab seine Frau sofort zurück.

Senhor de Castro blickte sie verblüfft an. „Meine Liebe, niemand kann Rosa lieben."

Joan hatte sich erhoben. „Wenn Sie mich bitte entschuldigen würden, ich muss mich um Joy kümmern."

Joan hatte bemerkt, dass Joy nicht am Tanz der Kinder teilnahm und auf der Couch saß. Das musste auch Dom Manuel von der anderen Seite des Zimmers her aufgefallen sein, denn er strebte gleichfalls auf Joy zu. So kam er mit Joan fast gleichzeitig bei der kleinen Patientin an.

In den hellgrauen Leinenhosen und dem leichten Blazer wirkte Dom Manuel sehr viel zugänglicher als gewöhnlich. Er setzte sich neben Joy und griff nach der Kinderhand. „Bist du müde?"

Joy schüttelte heftig den Kopf, und Joan und Dom Manuel warfen sich lächelnd einen verständnisinnigen Blick zu. Denn obwohl die kleine Joy das nie zugeben würde, musste das alles sehr anstrengend für sie sein.

Einige der Hausangestellten, die gerade nichts zu tun hatten, waren von den Klängen der Folkloremusik angesteckt worden und tanzten im Kreis mit den Kindern. „Mama, willst du nicht auch mitmachen?", rief Joy aufgeregt.

„Ich kann diese Tänze nicht, Joy." Aus dem Augenwinkel sah Joan, wie Dona Rosa hereinkam. Sie wirkte entsetzlich gelangweilt, bis sie Manuel sah. Da strahlte sie. Zielstrebig wand sie sich an den Tanzenden vorbei und erreichte die beiden gerade, als Manuel Joans Hand ergriff.

„Kommen Sie, Joan. Joy möchte sehen, wie Sie tanzen."

„Joan" hatte er gesagt. Sie riss die Augen ungläubig auf. Er achtete jedoch gar nicht auf ihre Verwirrung, sondern zog sie mit sich.

Rosa warf Joan einen wütenden Blick nach.

Joan hatte keine Zeit, sich zu wehren. Anfangs stolperte sie noch ein paarmal, doch dann hatte sie schnell begriffen, welche Tanzschritte man zu machen hatte. Der Kreis der Männer, Frauen und Kinder hatte sich für das neue Paar geöffnet.

Manuels warme Hand, die ihre Finger umschloss, bewirkte eine seltsame Unruhe in Joan. War das noch der Mann, den sie bei ihrer ersten Begegnung so sehr verachtet hatte?

„Sehen Sie, es geht ganz einfach." Er lächelte ihr beim Tanzen zu.

Als sie zurück zu Joy gingen, hatte sich Dona Rosa neben das Kind gestellt. Joy hatte der ungeliebten Frau keine Aufmerksamkeit gewidmet, weil sie begeistert ihrer Tante beim Tanzen zugesehen hatte.

Ein hämischer Zug entstellte das schöne Gesicht von Dona Rosa. Sie warf einen Blick auf Joans Hand mit dem Trauring. Joan fröstelte. Sie fürchtete sich plötzlich vor dieser Frau, ohne sagen zu können, weshalb eigentlich.

Da gähnte Joy. Manuel nickte und verkündete sofort: „Ganz recht, kleines Fräulein. Hinauf mit dir."

„Ich bin gar nicht müde. Ich möchte so gern bis zum Schluss bleiben."

„Komm, mein Schatz, Dom Manuel hat recht", mahnte Joan.

Mit einem allerliebsten Augenaufschlag bettelte Joy Dom Manuel an. „Ein ganz kleines bisschen länger, ja?" Die schwarzen Wimpern klimperten verführerisch. Dom Manuel ließ sich überraschenderweise erweichen. „Also gut, noch zehn Minuten. Nicht länger."

Dona Rosa zeigte ihre Gereiztheit nun deutlich in ihrem Verhalten. Die Musik hatte aufgehört und alle gingen zu ihren Plätzen zurück. Süßigkeiten wurden angeboten. Joy versuchte, die Augen offen zu halten, doch die zehn Minuten waren noch nicht vorbei, da rutschte sie tiefer in die Polster. Dom Manuel nahm das Kind auf den Arm und trug es hinauf.

„Danke, dass du mich zu der Einladung mitgenommen hast", wisperte Joy schlaftrunken.

„Hat es dir gefallen?", fragte er.

„Ja, sehr!"

Die Wandlung in Manuels Verhalten brachte Joan auch gegenüber Ricardo Lopes zur Sprache, den sie ein paar Tage nach der kleinen Feier zufällig im Dorf traf.

„Joan. Ich dachte schon, du hast mich völlig vergessen. Eine ganze Woche habe ich dich nicht mehr gesehen."

„Ist das schon eine Woche her?" Die Zeit verging Joan wie im Fluge. Seit dem Unfall von Joy war ein Monat vorüber. So lange wohnten Joan und ihre Nichte bereits auf Solar de Alvares.

Ricardo lud Joan zu einem Kaffee ein. „Ich hätte dich gern angerufen, wusste aber nicht, ob ich das darf."

„Warum denn nicht? Dom Manuel nimmt daran keinen Anstoß."

„Du hast offenbar einen anderen Mann aus ihm gemacht", meinte Ricardo scherzend.

Joan erzählte ihm von Dom Manuels Bemerkung, dass sie sich für seine Gefälligkeiten Joy gegenüber erkenntlich zeigen könne.

„Ich finde das alles recht geheimnisvoll", gestand sie. „Wenn er etwas von mir will, kann er es doch gleich sagen."

Ricardo dachte darüber nach. „Wichtig kann es nicht sein, Joan. An deiner Stelle würde ich mir keine Gedanken darüber machen. Du erfährst es schon, wenn es so weit ist."

Joan schilderte die Kinderfeier in anschaulichen Bildern.

„Würdest du gern immer hier leben, Joan?"

„Das geht nicht, Ricardo."

„Eine Weile bleibst du aber noch, nicht wahr?"

„Ich habe versprochen, so lange zu bleiben, wie mich Dom Manuel braucht. Wie lange das sein wird, weiß ich nicht."

„Du hast mich doch gern, nicht wahr, Joan?"

Joan griff verlegen nach ihrer Einkaufstasche. Ricardo war ein netter Kerl. Doch sie wusste nicht recht, wie tief ihre Gefühle für ihn gingen. Er sah sehr gut aus, sie unterhielt sich gern mit ihm, und sie fand auch seine Mutter nett. Vor gar nicht so langer Zeit hatte Joan noch gemeint, das, was sie für Ricardo empfand, könne sehr wohl das Erwachen einer Liebe sein. Inzwischen glaubte sie jedoch, nie mehr als Freundschaft für ihn fühlen zu können.

„Ja, ich habe dich gern, Ricardo", gab sie zu. „Aber jetzt muss ich gehen."

„Ich rufe dich an. Meine Mutter wartet schon sehr darauf, dass du sie wieder einmal besuchst."

„Ja. Ich bin immer erreichbar." Sie verabschiedete sich hastig. War es unklug gewesen, ihm eine Zusage zu geben? Ricardo schien ernste Absichten zu haben.

5. KAPITEL

Nach der Weinlese folgte das Stampfen und Filtern und all das, was zur Gärung des Weins erforderlich war. Drei bis vier Wochen ließ man den Saft ruhen, bevor er in Fässer abgefüllt und nach Vila Nova de Gaia in die Weinkeller gebracht wurde. Dort musste er einige Monate lagern, bevor man ihn verkaufen konnte. Bei all diesen Tätigkeiten wurde viel gesungen und getanzt, besonders abends, wenn sich die Landarbeiter, die aus der ganzen Umgebung zur Lese gekommen waren, um die Lagerfeuer versammelten. Die Musik der Gitarren und die Stimmen der Sänger erklangen bis spät in die Nacht hinein.

Joan saß auf der Veranda und blickte hinunter ins Tal.

„Das wird man richtig vermissen, wenn es vorbei ist", sagte sie zu Dom Manuel, der sich zu ihr setzte.

„Es gibt immer eine nächste Erntezeit", tröstete er sie sanfter und freundlicher, als er je zuvor zu ihr gesprochen hatte.

„Die werde ich aber nicht miterleben."

Dom Manuel wischte eine Fliege von seinem Ärmel. „Wer weiß, Joan. Man kann nie vorhersagen, wo man im nächsten Jahr um die gleiche Zeit ist."

„Ich weiß so viel sicher, dass ich nicht in Portugal sein werde." Die Vertraulichkeit, die sich in ihr Gespräch eingeschlichen hatte, beunruhigte sie. Sie beobachtete, wie die Abendsonne sich tiefer senkte und wie sie, als sie nicht mehr sichtbar war, den Abendhimmel purpurrot färbte. Der sanfte Westwind brachte ein frisches Aussehen auf Joans Wangen und zauste in ihren Haaren, bis sie in reizvoller Unordnung ihr Gesicht umrahmten.

Dom Manuel betrachtete Joan lange. Zwischen ihm und ihr hatte sich seit dem Kinderfest etwas geändert. Sein Verhalten war zwar noch immer das eines zurückhaltenden Arbeitgebers, er hatte aber die unangenehme Überheblichkeit abgelegt. Das war selbstverständlich auch Dona Rosa aufgefallen, nicht zuletzt darum, weil Dom Manuel verfügt hatte, Joan und Joy sollten sich nicht nur auf ihre beiden Zimmer im ersten Stock beschränken, sondern sich im ganzen Haus heimisch fühlen.

„Woher wollen Sie so sicher wissen, dass Sie im nächsten Jahr nicht in Portugal sind?"

„Mir fehlen die Mittel, um hierzubleiben, Dom Manuel", erinnerte sie ihn. „Ich habe alles in die Farm gesteckt und es verloren." Noch vor wenigen Wochen wäre ein solches Geständnis für sie unmöglich gewesen.

Es war nun völlig dunkel geworden. Joan wollte aufstehen. „Ich muss mich um Joys Abendessen kümmern. Sie ist schon länger aufgeblieben als sonst."

„Mafalda hat den Auftrag, sich darum zu kümmern und sie anschließend zu Bett zu bringen", teilte Manuel Joan gelassen mit.

„Warum denn? Das ist doch meine Aufgabe."

„Ich möchte etwas Wichtiges mit Ihnen besprechen."

Unwillkürlich spürte Joan, dass die Zeit gekommen war, um das Versprechen einzulösen, das sie vor wenigen Wochen so bereitwillig gegeben hatte.

„Was denn?", fragte sie atemlos.

„Ich möchte mich mit Ihnen verloben." Seine Stimme war völlig gleichmütig und sehr leise.

Ungläubig, ja, unfähig, sich auch nur zu rühren, blickte Joan auf die dunklen Nadelwälder auf der anderen Seite des Tales. Manuels Gesicht konnte sie schon längst nicht mehr erkennen. So konnte sie auch nicht feststellen, ob sie sich vielleicht verhört hatte. Im Geist fügte sie die verschiedenen Ungereimtheiten zusammen, die ihr in letzter Zeit Rätsel aufgegeben hatten. Und da ahnte sie, dass es ihm tatsächlich Ernst sein konnte. Er hatte sich geweigert, ihre Farm zu kaufen. Jetzt begriff sie, dass er sie damit ganz bewusst in eine Situation gebracht hatte, in der sie gezwungen war, die Stellung in seinem Hause anzunehmen. Er war viel zugänglicher geworden, fast freundlich. Schließlich hatte er auf die förmliche Anrede verzichtet und ihren Vornamen benutzt. Einen liebevollen Blick oder gar ein zärtliches Wort hatte es allerdings nie gegeben.

Kaum hörbar wandte sie ein. „Dom Manuel, Sie können doch unmöglich vorhaben, mich zu heiraten."

Was mochte zwischen ihm und Dona Rosa vorgefallen sein? Ob sie Streit gehabt hatten? Sollte das eine Art Rache sein?

„Von Heirat habe ich nicht gesprochen“, verbesserte er sie ruhig. „Ich hatte nur den Wunsch geäußert, mich mit Ihnen zu verloben.“

Joan war wie betäubt. „Sie haben also an eine vorübergehende Verlobung gedacht?“

„Genau.“

„Und warum?“

„Selbstverständlich habe ich dafür einen Grund, doch der braucht Sie nicht zu kümmern“, meinte er und unterdrückte ein Gähnen.

Wie unbeteiligt er das sagte. Sollte sie ohne Weiteres einer solchen Bitte zustimmen?

„Ich soll mich mit Ihnen verloben, ohne zu wissen, warum?“ Joan blickte verständnislos in die Dunkelheit.

„Sie haben mir versprochen, mir einen Gefallen zu erweisen“, erinnerte Dom Manuel. „Ich erwarte, dass Sie Ihr Wort halten.“

Joans Verwirrung wuchs. „Und was ist mit Dona Rosa?“

„Mit Dona Rosa?“ Er tastete nach dem Schalter und machte Licht. „Was hat Dona Rosa damit zu tun?“, erkundigte er sich neugierig.

„Sind Sie nicht mit ihr verlobt?“

Diesmal war seine Überraschung ungekünstelt und sein Entsetzen offenbar auch. „Wer hat Ihnen das denn eingeredet?“

Jetzt erinnerte sich Joan, dass sie ihre Kenntnis Luis verdankte. Und Luis war in jeder Beziehung unzuverlässig gewesen. Joan wusste selbst nicht, warum sie so erleichtert war.

Dom Manuel machte eine ungeduldige Bewegung. Er wartete auf ihre Antwort.

„Ich nahm das nur an“, entschuldigte sich Joan etwas ungeschickt, weil sie nicht zugeben wollte, dass sie auf das Gerede eines Arbeiters hereingefallen war.

„Wie Sie zu dieser Annahme gelangen konnten, ist mir allerdings ein Rätsel. Wären wir verlobt, würde Dona Rosa doch wohl einen Verlobungsring tragen.“

„Ja, das ist richtig“, doch dann dachte Joan an die Bemerkung von Dona Clementina, Manuels Mutter, die fest davon überzeugt war, dass ihr Sohn in Rosa verliebt sei, und an die Antwort des Stiefvaters, dass niemand Rosa lieben könne. Ganz so hart wollte Joan nicht urteilen. Seit sie aber Dom Manuel näher kannte, glaubte sie immer weniger, dass die beiden zueinander passten. Joan, die anfangs in Dom Manuel nur einen überheblichen Angeber gesehen und ihn verachtet hatte, war nun der Meinung, dass er für die gewissenlose Dona Rosa Fernandes viel zu gut sei.

Ob sich Dom Manuel überhaupt darüber klar ist, dass seine Mutter auf eine Ehe zwischen ihm und Dona Rosa hoffte, fragte sich Joan. Allerdings würde das einen Mann wie Manuel sicher kaum beeinflussen, da er wohl niemandem ein Mitspracherecht in seinen Angelegenheiten einräumte.

Ein bisschen ungeduldig wartete Manuel noch immer auf ihre Antwort.

„Ich kann mich wirklich nicht mit Ihnen verloben, ohne den Grund dafür zu kennen“, versuchte Joan ihm klarzumachen. „Können Sie mir nichts darüber sagen?“

„Sie halten Ihr Versprechen also nicht“, warf er ihr vor, ohne auf die Bitte einzugehen.

„Ich weiß einfach nicht, was ich sagen soll. Das kommt so unerwartet.“

„Schließlich verlange ich nichts Unmögliches“, meinte er schroff. „Sie brauchen nur ein paar Monate lang meinen Ring zu tragen. Soweit ich das beurteilen kann, dürfte Ihnen das kaum Ungelegenheiten bereiten.“

Das stimmte. Trotzdem fand sie sein Verlangen unzumutbar und sprach das auch aus. Zumindest hätte er ihr seine Gründe für diesen seltsamen Vorschlag anvertrauen müssen.

Das aber hatte er keineswegs vor. Es blieben Joan nur zwei Möglichkeiten: Entweder sie nahm seinen Wunsch bedingungslos hin, oder sie brach ihr Versprechen.

Was würde Dona Rosa dazu sagen? Immerhin bestand nicht der geringste Zweifel daran, dass sie sich Hoffnungen machte, Dom Manuels Frau zu werden.

„Sie werden allerdings so tun müssen, als liebten Sie mich“, meinte er, nachdem sie nachgegeben hatte. „Es würde zum Beispiel reichlich merkwürdig klingen, wenn Sie mich weiterhin mit Dom Manuel anredeten."

Merkwürdig? Wem gegenüber? Veranstaltete er die Täuschung nur wegen Dona Rosa? Versuchte er sich damit von den Fesseln zu befreien, die sie ihm anzulegen versuchte? Musste ein Mann wie Manuel zu solchen Mitteln greifen?

Joan war rot geworden. Manuel sah es, und er lächelte.

Plötzlich kam Joan ein Gedanke. „Hatten Sie das schon vorgehabt, als Sie mich damals in England aufsuchten?"

„Nein."

„Warum haben Sie mir dann die Stellung als Hauslehrerin angeboten?"

„Das sollte Ihnen den Verkauf von Pendela schmackhafter machen. Ich wollte Sie davon abbringen, Pendela zu bewirtschaften. Immerhin hatten Sie erwähnt, dass Sie sonst nicht wüssten, wie Sie sich Geld verdienen könnten."

„Später wollte ich Ihnen doch die Farm verkaufen."

„Und ich weigerte mich, sie zu nehmen. Ja. Da hatte ich bereits die Verlobung geplant."

„Angesichts meiner verzweifelten Lage war es nicht sonderlich nett von Ihnen, was Sie getan haben."

„Sie waren störrisch und dumm gewesen. Da hatte ich keine Gewissensbisse, die Lage auszunutzen. Denn ich befinde mich in größerer Bedrängnis als Sie."

Joan machte eine hilflose Geste, stellte aber keine weiteren Fragen mehr. Was hätte das auch für einen Sinn gehabt?

„Sie hatten mich gebeten, hierzubleiben, bis Leonor und Filipa wieder zurück zu ihrer Mutter können. Bleibt es bei diesem Termin?"

„Bis meine Schwester Helena so weit ist, dass sie sich wieder um ihre Kinder kümmern kann, werden sich meine Hoffnungen erfüllt haben", erwiderte er rätselhaft. „Es wird von nun an nötig sein, dass Sie ... dass du im Beisein anderer etwas ... nun, sagen wir, herzlicher zu mir bist." Seine dunklen Augen funkelten. „Ich werde auch so tun, als liebte ich dich."

Nervös senkte Joan den Kopf und ballte verkrampft die Fäuste im Schoß. Hatte nicht schon der warme Griff seiner Hand damals bei Leonors Geburtstagsfeier Aufruhr in ihr verursacht? Jetzt sollte sie die Liebende spielen, und er wollte auf das Spiel eingehen. Die Nervosität wurde zur Angst. Denn was Manuel verlangte, würde viel schwerer für Joan werden, als er es darstellte.

Beim Abendessen am folgenden Sonntag verkündete Manuel öffentlich die Verlobung. Seine Mutter und sein Stiefvater waren gekommen und natürlich Dona Rosa.

Manuels Worten folgte ein betretenes Schweigen.

„Du willst eine Witwe heiraten?", rief seine Mutter taktlos. „Du kennst Mrs. Barrie doch kaum."

Joan senkte die Lider, nachdem sie den kaum verhohlenen Zorn in Manuels Blick erkannt hatte.

„Wir kennen uns bereits einige Monate. Das genügt, um sich zu verlieben", stellte er knapp fest.

Rosa hatte die Nachricht schwer getroffen. Doch sie fing sich erstaunlich schnell. Sie brachte sogar so etwas wie ein Lächeln zustande, als sie ihre Glückwünsche aussprach. Doch das war nicht echt. Hass verzehrte sie. Wie schon einige Male zuvor, ging auch diesmal Rosas Blick wieder zu Joans Ehering. Und wieder wurde Joans dumpfe Vorahnung wach. War es denkbar, dass Rosa nicht an Joans Ehe glaubte?

Manuel und sein Stiefvater sahen sich lange an. Der alte Mann sagte schließlich mit deutlichem Spott in der Stimme: „Ich hoffe, ihr werdet beide sehr glücklich. Wann soll die Hochzeit sein?"

Seine Frau bedachte erst Joan, dann ihren Mann mit einem ungnädigen Blick. „Das eilt ja nun wirklich nicht, Pedro. Auch wenn Manuel das anders sieht, kennen sie sich wirklich bisher kaum."

Joan fragte sich, was die Anwesenden sagen würden, wenn sie jetzt erfuhren, dass gar keine Hochzeit geplant war. Wie wollte Manuel das später eigentlich erklären? Eigenartig, dass er sich nicht davor scheute, eine Verlobung zu lösen.

Joan litt während der ganzen Mahlzeit. Dona Clementinas Bemerkungen über sie als Witwe, ihre Hoffnung, dass er sich die Sache noch mal anders überlegen könne, und Rosas spürbare, wenn auch verständliche Rachsucht vergifteten die Stimmung. Joan war sicher, dass Dona Rosa nur darauf wartete, irgendeinen Streich anzuzetteln.

Die Nachricht von der Verlobung verbreitete sich rasch. Schon am nächsten Tag rief Ricardo an. Manuel war am Apparat. „Für dich, Joan, jemand namens Ricardo."

Ricardo wollte es einfach nicht glauben, als Joan seine Frage bestätigte: „Ja, Ricardo, ich habe mich mit Manuel verlobt."

Erst jetzt wurde ihr klar, wie das auf Ricardo wirken musste. Er tat ihr aufrichtig leid. Sie hatte ihm wehgetan, und das hatte er nicht verdient. Am liebsten hätte sie ihm die Wahrheit erzählt. Doch das wagte sie nicht, denn Ricardo hätte es bestimmt nicht für sich behalten.

„Aber du kannst ihn doch unmöglich lieben!", rief Ricardo gereizt. „Wir haben uns vor kaum einer Woche unterhalten, und da hast du noch kein Wort darüber gesagt."

Sie hatte abends, nachdem sie Joy zu Bett gebracht hatte, mit Ricardo gesprochen. Einige Tage später hatten sie und Joy noch einmal mit Ricardo und seiner Mutter zusammen gegessen. Bei beiden Gelegenheiten war nicht von Manuel die Rede gewesen. Kein Wunder, dass Ricardo jetzt an eine Verlobung kaum glauben konnte.

„Ich weiß, dass es dir ungewöhnlich vorkommen muss", gab Joan zu. Sie war sehr gehemmt, weil Manuel im Zimmer geblieben war.

„Ungewöhnlich nennst du das? Es ist völliger Unsinn."

„Aber wahr."

„Joan, wann können wir uns sehen?"

Joan warf Manuel einen angstvollen Blick zu. „Das weiß ich nicht."

„Wir sind doch befreundet", sagte Ricardo grob. „Ich möchte wenigstens eine Erklärung bekommen. Die muss es ja geben."

„Vielleicht nächste Woche."

„Wie ist es mit heute Abend?"

Joan biss sich auf die Lippen. Was sollte sie ihm nur sagen? Sie wusste natürlich, dass sie sich mit ihm treffen musste. Wie er richtig gesagt hatte, waren sie gute Freunde gewesen. Vielleicht war es besser, es bald hinter sich zu bringen. Sie gab also nach und verabredete sich mit ihm um acht Uhr am Tor.

„Du meinst vor Dom Manuels Haus?"

„Ja."

Ricardo stimmte zu. Erleichtert legte Joan den Hörer auf.

Manuel stand am Fenster. Er hielt noch immer das Buch in der Hand, in dem er wahllos während des Telefongespräches geblättert hatte. Dann drehte er sich zu ihr um.

„Du hast dich hier mit einem Mann angefreundet?", erkundigte er sich.

„Ja, mit Ricardo Lopes. Er wohnt am Ende der Dorfstraße."

„Und du wirst dich heute Abend mit ihm treffen?"

„Ja."

„Vor meinem Haus?"

Das wurde Joan nun doch allmählich zu viel. Diese Fragen führten entschieden zu weit.

„Schließlich spielt es keine Rolle, wo wir uns treffen", erwiderte sie ärgerlich.

„Es spielt eine sehr große Rolle. Ich wünsche nicht, dass du während unserer Verlobung mit diesem jungen Mann gesehen wirst."

„Soll das ein Befehl sein?" Sie warf den Kopf zurück.

„Ich bitte dich, auf meine Gefühle Rücksicht zu nehmen."

„Inwiefern kann meine Freundschaft mit Ricardo deine Gefühle berühren?", fragte sie verständnislos.

„Benutze doch einmal deinen Verstand", tadelte er sie streng. „Angeblich bist du in mich verliebt. Die Verlobung sollte doch den Eindruck erwecken, dass wir uns lieben."

„Und wer sollte diesen Eindruck gewinnen?" Darauf erhielt Joan keine Antwort. Er erinnerte sie daran, dass sie das nichts angehe. Gerade darum blieb Joan unnachgiebig. Sie gedachte sich mit Ricardo zu treffen.

„Das wirst du nicht." Manuels Stimme war gefährlich leise. „Ich lasse mich nicht zum Gespött machen. Wenn du mit diesem Ricardo ausgehst, gibt es mit Sicherheit Gerede."

Daran hatte Joan nicht gedacht. Gerechterweise musste sie zugeben, dass Manuel sich Zurückhaltung ausbitten konnte. Zwar ärgerte sie es immer noch, wie selbstherrlich er seine Macht über sie ausübte. Doch erklärte sie sich schließlich bereit, Ricardo anzurufen und eine andere Vereinbarung zu treffen.

„Und wo kann ich ihn sehen?", fragte sie Manuel.

Er blickte sie ungehalten an. Sekundenlang hatte sie den Eindruck, er werde ihr jede Zusammenkunft mit dem Freund untersagen.

Überraschenderweise kam es nicht zu einer Auseinandersetzung. Manuel erlaubte ihr, Ricardo in sein Haus einzuladen.

„Hierher?" Sie glaubte, sich verhört zu haben.

„Es fällt weniger auf, wenn du ihn hier triffst. Es muss aber morgen Abend sein."

„Warum geht es denn nicht heute?", erkundigte sie sich verblüfft.

„Weil ich es so möchte."

Bevor Manuel und Joan die Unterhaltung fortsetzen konnten, liefen die drei Kinder ins Zimmer. „Bitte, Onkel Manuel, du musst einen Streit für uns schlichten", rief Joy außer Atem.

„Es ist wegen der Brautkinder", unterbrach Filipa. „Leonor findet, dass sie als Erste gehen darf, weil sie die älteste ist, und Joy behauptet, sie müsste vorn gehen, weil es ihre Mama ist, die heiratet."

Ein kurzes Schweigen folgte diesen Worten. Manuel bemerkte, dass Joan verlegen wurde. „Das ist im Augenblick nicht wichtig. Wir werden es ein andermal besprechen."

„Wir müssen das jetzt wissen", fand Joy und schmiegte sich an ihn. „Findest du nicht auch, ich müsste die Erste sein?"

Manuel konnte sich nur mit Mühe das Lachen verbeißen. Joan aber erlebte wieder einmal diese eigenartige Unruhe, die sie sich nicht erklären konnte.

„Ich sagte, dass ich das jetzt nicht entscheiden werde", wiederholte er und scheuchte die Kinder hinaus. „Macht die Tür leise hinter euch zu."

Der Zwischenfall hatte Manuel in eine versöhnlichere Stimmung versetzt. Joan wagte deshalb einen kühnen Vorstoß. „Manuel, wirst du mir eines Tages die Farm abkaufen?"

Er sah zum Fenster hinaus auf die Gebäude, die seine Aussicht verschandelten. „Ich werde deine Farm schon kaufen, Joan, keine Sorge. Du hast dein Geld nicht verloren."

Joan betrachtete sein Profil. Die ausdrucksvolle Form der Nase, das energische Kinn, die hohe Stirn. Sein dichtes schwarzes Haar war leicht gewellt, und an den Schläfen zeigte sich ein erster grauer Schimmer. Das machte ihn nur noch anziehender. Joan wusste genau, dass er ganz anders war als alle Männer, die sie bisher kennengelernt hatte.

Manuel wandte sich zu ihr um. Joan spürte ihr Herz verräterisch klopfen.

„Das ist sehr nett von dir", erwiderte sie dankbar und hoffte, er werde ihre Verwirrung nicht bemerken.

„Keineswegs nett. Ich habe den Besitz schon seit eh und je haben wollen, wie du weißt. Als du nicht verkaufen wolltest, war ich zunächst sehr verärgert. Das gebe ich zu. Aber es hat sich nun herausgestellt, dass es ein Segen war."

„Wieso denn das?"

„Hättest du damals in England dem Verkauf zugestimmt oder später, als ich mein Angebot hier wiederholte, würdest du jetzt kaum hier sein und mir bei meinen Problemen helfen."

„Du hast mich erpresst", warf sie ihm vor. Insgeheim hoffte sie, seine Stimmung möge nicht umschlagen und er ihr endlich anvertrauen, welcher Art seine Probleme waren.

„Anders ging es nicht", meinte er, ohne sich zu entschuldigen. „Ich brauchte dich hier, um mich mit dir verloben zu können."

„Schon damals, als Joy ihren Unfall hatte?"

„Joys Unfall hat meinen Plänen Vorschub geleistet. Bitte missverstehe mich nicht, für mich zählte damals in erster Linie Joys Gesundheit und dass dir die Sorge genommen wurde. Beides war am ehesten zu erreichen, indem ihr in mein Haus kamt."

„Das war sehr großherzig von dir."

„Es war meine Pflicht. Wie ich dich schon einmal erinnert habe, sind wir verwandt."

„Du hättest mir geholfen, auch wenn das nicht der Fall gewesen wäre."

„Vielleicht. Das brauchen wir jetzt aber nicht zu erörtern. Du musst mich nicht zu sehr loben, Joan. Immerhin hatte ich eine Gegenleistung erwartet."

Er brachte es immer wieder fertig, sie zu verblüffen. Hatte er nicht gerade erst behauptet, seine Hauptsorge habe ihrem und Joys Befinden gegolten?

„Dann kann ich nur hoffen, dass meine Gegenleistung dich reichlich entschädigt hat."

„Joan, ich verstehe gut, dass dich das alles verwirrt. Trotzdem kann ich dir meine Gründe nicht erklären. Du musst die Lage hinnehmen, wie sie ist. Betrachte deine Verlobung mit mir als eine Aufgabe. Indem du sie auf dich nimmst, hilfst du mir und tust mir einen Gefallen. Wenn die Verlobung ihren Zweck erfüllt hat, steht es dir frei, nach England zurückzukehren, mit dem Geld für Pendela natürlich."

Nervös verkrampfte Joan die Hände in ihrem Schoß. Sie hatte das Gefühl, ihr Herz müsse zerspringen. Hatte er nicht davon gesprochen, dass sich seine Hoffnungen erfüllen würden, wenn Filipa und Leonor zu ihrer Mutter zurückkehren konnten? Dann waren sie endlich alle fort, und auf Solar de Alvares blieben nur noch Manuel und seine Cousine.

Warum Joan dieser Gedanke so traurig machte, hätte sie nicht erklären können. Wahrscheinlich hing ihre gedrückte Stimmung damit zusammen, dass sie die beiden Kinder einmal sehr vermissen würde. Das würde auch Joy so gehen. Die drei waren inzwischen richtige Freunde geworden. Natürlich hatte Joy auch in England Spielgefährten gehabt. Aber Leonor und Filipa waren für sie in der kurzen Zeit so etwas wie Geschwister geworden. Joan seufzte tief auf.

„Was sollte denn das? Fällt es dir so schwer, deine Neugierde im

Zaum zu halten?", erkundigte sich Manuel.

„Nein. Ich habe mich schon damit abgefunden, weiter im Dunkeln zu tappen."

Plötzlich wechselte Manuel das Thema. „Ich weiß zwar nicht, wie tief diese Freundschaft mit dem jungen Mann bei dir geht, aber ich darf doch wohl davon ausgehen, dass du ihn nicht liebst, Joan?"

„Nein ... ich meine, ich glaube, du hast recht, Manuel", bestätigte sie zögernd.

„Sicher bist du nicht?"

„Ich bin ganz sicher. Ich liebe Ricardo nicht."

„Gut. Dann wird es ja auch nicht schwer sein, ihn davon zu überzeugen, dass du mich liebst."

Das brachte Joan in eine schwierige Lage. Sie hatte sich den Kopf zerbrochen, wie sie Ricardo ihre Verlobung erklären sollte und war zu dem Schluss gekommen, ihm die Wahrheit zu sagen, ihn aber gleichzeitig zu beschwören, das Geheimnis für sich zu behalten.

„Was soll ich ihm nur sagen? Weißt du, wir sind sehr gut befreundet, und er weiß, dass ich dich nicht liebe."

„Wieso kann er das wissen?"

Joan machte eine hilflose Geste. „Ich habe doch nie angedeutet, dass ich etwas für dich empfinde."

„Vielleicht aber das Gegenteil? Hast du nicht erwähnt, dass du mich für einen widerlichen Burschen hältst? Und es passiert ziemlich oft, dass aus Abneigung Liebe wird. Joan, wie ich bereits sagte, ich lasse mich nicht zum Gespött machen. Darum muss ich darauf bestehen, dass du diese Rolle deinem Freund gegenüber glaubwürdig spielst."

Er warf noch einen Blick auf seine Uhr, erhob sich und verließ das Zimmer.

Joan saß entmutigt in ihrem Sessel. Sie konnte sich nicht vorstellen, wie sie diese Situation meistern sollte.

Wenige Minuten bevor Ricardo eintreffen sollte, kam Manuel in Joans Wohnzimmer. Joan hatte gerade Joy zu Bett gebracht und rückte eine Schale mit Keksen und die Gläser zurecht.

„Noch eines, Joan. Ich möchte nicht, dass Rosa von dem Besuch deines Freundes erfährt. Erwähne das also bitte nicht vor ihr."

„Rosa? Ich verstehe nicht ganz, was du meinst."

Rosa war an diesem Abend ausgegangen. Und plötzlich verstand Joan sehr wohl. Manuel hatte dafür gesorgt, dass Ricardo an einem Abend kam, an dem Rosa nicht im Hause war.

„Gründe kann ich dir nicht angeben. Darf ich mich auf dich verlassen?", fragte er und sah ihr in die Augen.

„Selbstverständlich."

„Danke, Joan. Macht euch einen schönen Abend."

Joan hätte Manuel gern gebeten, noch etwas zu bleiben. Sie bedauerte es, dass er immer so schnell wieder ging. Am liebsten hätte sie ihn am Ärmel festgehalten.

Kaum hatte er die Tür hinter sich geschlossen, setzte sie sich wie erschlagen auf einen Stuhl. Wieso kam ihr das Zimmer so öde vor, nachdem er gegangen war?

Ricardo erschien kurz darauf. Die ersten Minuten waren die schwierigsten.

„Setz dich doch, Ricardo", forderte sie ihn mit unsicherer Stimme auf, da sie seinen Blick einfach nicht ertrug. „Möchtest du ein Glas Wein?"

„Joan ..." Er kam auf sie zu und packte ihre Schultern. „Was zum Teufel geht hier eigentlich vor? Da stimmt doch etwas nicht. Die ganze Verlobung erscheint merkwürdig. Du liebst diesen Mann nicht. Das weiß ich."

Joan sah ihn unsicher an. Dann erkannte sie, was er vorhatte und wollte ihm ausweichen. Doch er war schneller und küsste sie fest auf den Mund.

„Ricardo!" Krampfhaft bemühte sie sich, von ihm freizukommen. „Das darfst du nicht."

„Und warum nicht?", rief er aufgebracht. „Lass doch mal hören, was es mit dieser Scheinverlobung auf sich hat."

Joan zitterte am ganzen Körper. „Es gibt im Allgemeinen immer nur einen Grund für eine Verlobung."

„Eben. Wenn sich zwei Menschen verloben, lieben sie sich meist. Aber du kannst mir nicht einreden, dass du Dom Manuel liebst."

Joan hob langsam ihr Gesicht, aus dem alle Farbe gewichen war.

„Du wirst dich aber überzeugen lassen müssen, Ricardo. Es stimmt nämlich. Ich liebe Manuel."

6. KAPITEL

Nie hätte Joan geglaubt, dass es so schwierig sein würde, ihr Versprechen zu halten und auf Solar de Alvares zu wohnen, solange sie gebraucht wurde. Doch je länger sie hierblieb, umso mehr fürchtete sie, dass ihr die Aufgabe eines Tages zu schwer werden könnte.

Joan musste, schon um den Schein zu wahren, immer mehr Zeit mit Manuel verbringen. Obendrein ließ er es an zärtlicher, liebevoller Aufmerksamkeit ihr gegenüber nicht fehlen, sodass er seine Rolle als Liebender durchaus glaubwürdig spielte. Er übertrieb nichts. Übertreibungen würden auch gar nicht zu einem Mann wie ihm passen.

Manchmal waren seine Mutter und sein Stiefvater Zeuge seiner Fürsorglichkeit, meist jedoch Rosa. Besonders ihr gegenüber zeigte Manuel sein Verhältnis zu Joan. Das gab Joan zu denken. Hatte Manuel die Verlobung nur aus Rache stattfinden lassen? Hatte Rosa etwas getan, was ihm nicht passte? Wollte er sie eifersüchtig machen?

Immer öfter wünschte sich Joan, seine vorgetäuschte Zärtlichkeit könnte ernst gemeint sein.

Einmal wöchentlich fuhr Manuel zu seiner Schwester ins Krankenhaus nach Lissabon. Einen solchen Tag benutzte Rosa, um Joan aufzusuchen. Joan hatte auch nach der Verlobung daran festgehalten, sich möglichst auf die beiden Zimmer zu beschränken, die ihr nach Joys Unfall zur Verfügung gestellt wurden.

Rosa sah Joan mit einem Ausdruck des Triumphes an. Wachsam und nervös zugleich beobachtete Joan die schöne Portugiesin, die auch bald auf das zu sprechen kam, was ihr am Herzen lag.

Sie erkundigte sich nach dem Datum der Hochzeit. Joan gab zu, dass der Termin noch nicht festgelegt worden sei. Da verzog sich Rosas Gesicht merklich.

„Wird sie denn überhaupt stattfinden?", stichelte sie.

„Wie können Sie so etwas fragen?"

„Sie nehmen also auch eine Doppelehe in Kauf?" Aus schmalen

Augen beobachtete sie ihre Nebenbuhlerin.

„Doppelehe?", wiederholte Joan verständnislos. „Sagten Sie Doppelehe?"

„Glänzend, wie Sie schauspielern", höhnte Dona Rosa siegessicher. „Sie sind doch keine Witwe, Joan."

Joan zuckte unmerklich zusammen. Woher konnte Rosa das wissen?

„Sagen Sie ruhig, worauf Sie hinauswollen, Rosa."

„Ich habe mich mit Ihrer Tochter unterhalten", gab Rosa ungeniert zu. „Ihr Vater ist gar nicht tot."

Joan warf ihrer Besucherin einen verächtlichen Blick zu. Ihre Gedanken überstürzten sich. Es musste eine Möglichkeit geben, sich aus dieser Sache herauszuwinden. Ohne Zweifel hatte Rosa den Zeitpunkt abgewartet, wo Manuel außer Haus war, um sicher vor unerwünschten Unterbrechungen zu sein.

„Sie sind einfach abscheulich", wehrte sich Joan.

„Meine Handlungsweise ist jedenfalls weniger abstoßend als Ihre, so wie Sie Manuel hinters Licht führen. Sagen Sie, würden Sie eigentlich nicht einmal vor einer Eheschließung mit ihm Halt machen?"

„Über unsere Ehe gedenke ich nicht mit Ihnen zu diskutieren."

„Das kann ich mir denken." Rosa stand auf und ging zur Tür. „Eines kann ich Ihnen jedenfalls versichern. Ich werde mein Wissen an Manuel weitergeben. Ich will nicht, dass man ihn zum Narren hält."

Joan hätte sich ohrfeigen können. Nur ihrer Dickköpfigkeit war es zuzuschreiben, dass sie Manuel nicht längst reinen Wein eingeschenkt hatte. Das ganze Lügengespinst wäre nicht nötig gewesen. Wenn Rosa ihre Drohung wahr machte, bliebe Manuel gar nichts anderes übrig, als die Verlobung zu lösen. Und dann musste der Plan scheitern, an dem ihm so viel zu liegen schien.

„Passen Sie auf, dass Sie nicht selbst die Dumme sind", warnte Joan und wählte damit die Angriffstaktik, weil ihr das noch als der beste Weg erschien. „Man sollte sich erst sehr genau vergewissern, bevor man Anschuldigungen erhebt, die unzutreffend sein könnten."

Rosa drehte sich um. Ihr Gesicht war einen Ton blasser geworden. „Wieso könnte ich die Dumme sein?"

„Wie ich schon sagte. Indem Sie etwas weitererzählen, was nicht der Wahrheit entspricht."

„Soll das heißen, Sie sind doch Witwe?"

„Sie fangen schon an, die Verlässlichkeit Ihrer Informationen anzuzweifeln. Vergessen Sie nicht, dass Sie ein Kind befragt haben."

Rosa schürzte verächtlich die Lippen. „Sie machen uns doch nur etwas vor."

„Wenn Sie das meinen. Dann sagen Sie Manuel doch, was Sie zu wissen glauben", antwortete Joan gleichmütig, obwohl sie innerlich vor Angst bebte.

Rosa zögerte sichtlich. Keine Sekunde ließ sie Joan aus den Augen. „Joy hat von ihrem Vater gesprochen. Ich weiß, dass Sie nicht verwitwet sind."

„Was soll das alles? Welche nur halbwegs vernünftige Frau würde an eine neue Ehe denken, wenn sie noch verheiratet wäre? Können Sie mir das bitte sagen?"

„Behaupten Sie also, dass Sie tatsächlich Witwe sind?"

„Ich bin es nicht gewohnt, über mein Privatleben mit anderen zu sprechen, und gedenke das auch jetzt nicht zu tun", erklärte Joan entschieden.

„Irgendetwas stimmt da nicht." Rosas Blick blieb an dem prachtvollen Ring hängen, den Joan trug. Den Trauring ihrer Mutter hatte Joan seit der Verlobung abgelegt.

Plötzlich hellte sich Rosas Gesicht auf. Aus ihren Worten klang eine unverhüllte Drohung. „Vielleicht war ja mein erster Verdacht doch zutreffend, Mrs. Barrie. Ich nehme Ihnen die Witwe nicht ab. Sie behaupten aber, Sie sind ungebunden und könnten heiraten. Dann ist Joy …"

„Ja, Dona Rosa?", forderte Joan sie auf. „Sprechen Sie ruhig weiter."

Rosa wurde ein wenig unsicher, gab aber nicht nach. „Ich glaube nie im Leben, dass Sie mit Joys Vater verheiratet waren", erklärte sie nachdrücklich.

Joan konnte sich nur mit Mühe das Lachen verkneifen.

„Dann besteht ja kein Hinderungsgrund für eine Ehe mit Manuel."

Das schockierte Rosa erst recht.

„Nie im Leben würde sich Manuel mit einer Frau verheiraten, die ein uneheliches Kind hat."

Die ganze Unterhaltung war für Joan höchst gefährlich. Trotzdem genoss sie die heitere Seite dieses Schlagabtausches. Darum trieb sie das Spiel weiter.

„Warum nicht? Das ist doch heutzutage nichts Ungewöhnliches mehr. Vernünftige Menschen nehmen so etwas hin. Manuel wird sich bestimmt nicht wegen meiner Vergangenheit den Kopf zerbrechen. Auch er hat mit Sicherheit seine Affären gehabt." Sie machte eine wegwerfende Handbewegung. „Es käme mir nie in den Sinn, ihn darüber auszufragen."

Joan stellte sich vor, dass Manuel jetzt diese Worte hören könnte, und fröstelte unwillkürlich. Bisher hatte sie noch nie seinen Zorn zu spüren bekommen und hoffte, das auch nie erleben zu müssen. Seine Ungeduld war schon schwer genug zu ertragen.

Rosa sah Joan erbost an. „Sie schamlose Person! Na, warten Sie nur ab, bis ich das Manuel erzähle! Und ich werde darüber mit ihm sprechen! Er hat ja keine Ahnung, auf was er sich da einlässt, wenn er eine derartig sittenlose Frau wie Sie heiratet."

Dieser Ausbruch machte Joan den Ernst der Lage klar. „Was wollen Sie also Manuel sagen?", erkundigte sie sich.

„Ich werde wiederholen, was Sie gerade zugegeben haben."

„Und was habe ich zugegeben?"

Die beiden Frauen standen dicht voreinander. Ihre Blicke trafen sich. Joan war ganz ruhig. Doch Rosa blinzelte aufgeregt. Das gab Joan den Mut, noch einmal nachzuhaken. „Sie sind selbst schuld, wenn Sie auf meinen Scherz hereingefallen sind. Wenn Sie ehrlich sind, müssen Sie zugeben, dass Sie das selbst herausgefordert haben."

„Wollen Sie damit sagen, dass Ihre Tochter ehelich geboren worden ist?" Rosa war noch blasser geworden.

„Selbstverständlich ist Joy ein eheliches Kind." Joan war froh, dass sie ausnahmsweise wahrheitsgemäß antworten konnte. „Sehen

Sie sich lieber vor, dass Sie keine unhaltbaren Verleumdungen aussprechen, Rosa."

„Verleumdungen? Sie sind nicht Witwe. Joy hat ihren Vater erst kürzlich gesehen", fauchte Rosa.

Joans Herz hämmerte wie rasend. Was sollte sie nur sagen, damit Rosa ihren Verdacht nicht gegenüber Manuel aussprach? Immerhin hatte Joan es geschafft, Rosa zu verwirren. Wenn sie das Thema jedoch zur Sprache brachte, würde Manuel eine Erklärung von Joan verlangen. Einerseits hätte Joan die Gelegenheit begrüßt, endlich klare Verhältnisse schaffen zu können. Andererseits fürchtete sie Manuels Zorn. Der aber war ihr gewiss. Denn wenn er die Zusammenhänge erfuhr, würde er sein Gesicht vor seiner Mutter und seinem Stiefvater verlieren, und alle würden wissen wollen, wozu der Betrug nötig gewesen war. Wieder einmal hatte ihr Trotz sie in eine gefährliche Lage gebracht. Genau das hatte ihre Mutter schon damals vorausgesehen.

„Haben Sie Joy etwa ähnlich die Worte in den Mund gelegt, wie damals, als Sie sie wegen des Unfalls auszufragen versuchten?", erkundigte sich Joan scheinbar ruhig. „Damals haben Sie ja auch die Antwort bekommen, die Sie haben wollten. Ich an Ihrer Stelle würde den Mund halten, Rosa. Es könnte nämlich durchaus sein, dass Manuel die Sache selbst in die Hand nimmt und Joy von sich aus befragt. Dann könnten noch andere Dinge zur Sprache kommen."

Das war ein kühner Schlag gewesen, aber er saß. Rosa war nicht fähig, darauf etwas zu erwidern.

Darum baute Joan ihren Vorteil noch aus: „Wie kann jemand mit Ihrer Intelligenz einem kleinen Kind jedes Wort abnehmen? Joy hat schon früher Geschwister erfunden und sich mit den nicht vorhandenen Kindern unterhalten und mit ihnen gespielt."

Das stimmte übrigens. Rosa spürte wohl, dass das keine Lüge war. Sie errötete sichtlich und verließ schweigend Joans Zimmer.

Joan atmete auf und fühlte sich erleichtert.

Aber Joans Freude währte nur kurz. Denn kaum eine Woche später verkündete Rosa beim Abendessen, dass sie in England für eine

Weile Ferien machen wolle.

„Ich habe im letzten Jahr in den Ferien eine englische Familie kennengelernt, und die hat mich eingeladen. Erinnerst du dich, Manuel, dass ich dir davon erzählt habe?"

Er nickte.

„Sie wohnen in der Nähe von Birmingham. Wie weit ist das von Ihrer Heimat entfernt, Joan?", erkundigte sich Rosa betont liebenswürdig.

Joan beherrschte sich mühsam. „Ich habe bei Northampton gewohnt."

„Nun, das ist ja ganz dicht dabei. Ich wollte ohnehin mit meinen Freunden die nähere Umgebung ein wenig kennenlernen."

„Wann willst du fahren, Rosa?", fragte Manuel.

Joan wunderte sich. Das klang ja fast so, als freue ihn diese Reise.

„Nach Weihnachten irgendwann. Das Wetter stört mich nicht. Ich will ja hauptsächlich meine Freunde wiedersehen, und länger als eine Woche bleibe ich bestimmt nicht."

„Das lohnt sich gar nicht", meinte Manuel missbilligend.

Wieder wunderte sich Joan. Denn wo blieb jetzt Manuels Taktgefühl? Er tat gerade so, als läge ihm viel daran, Rosa möglichst lange aus dem Haus zu haben.

Doch das war es nicht, was Joan störte. Vielmehr fürchtete sie, dass Rosa in England Nachforschungen anstellen wollte. Der Appetit war ihr bei diesen Gedanken vergangen.

Nach dem Essen setzte sich Rosa in ihren Wagen und brauste davon. Joan und Manuel saßen im Salon und hörten sich Schallplatten an. Es war seltsam, wie sehr sich Joan schon an diesen Zustand gewöhnt hatte. Verlobt mit Manuel – und doch nicht verlobt. Ach, wie genoss sie täglich seine Zärtlichkeit und Zuneigung, auch wenn das nur Schauspielerei war! Jeden liebevollen Blick, jedes Lächeln, jedes Wort von ihm bewahrte sich Joan wie einen kostbaren Schatz. Das durfte er aber nie erfahren.

„Joan, Liebling, was hast du? Du siehst gar nicht gut aus."

„Liebling" hat er gesagt! Warum quält er mich so?, überlegte sie. Wir sind doch allein, und es besteht nicht der geringste Anlass, jetzt

Theater zu spielen. Warum lächelt er mich so an, dass ich Herzklopfen bekomme? Ach, warum musste ich mich in diesen Mann verlieben?

„Bist du müde? Waren die Kinder anstrengend?"

Sie schüttelte den Kopf.

„Wie macht sich eigentlich die Kleine in der Schule?"

Joan lächelte. „Joy ist sehr anpassungsfähig."

„Das habe ich schon bemerkt. Sie hat sich hier eingefügt, als gehöre sie zur Familie."

Joan dachte darüber nach. Sie wusste, dass es Joy unendlich schwerfallen würde, von hier Abschied zu nehmen. „Sie hat solche Spielgefährten wie Filipa und Leonor bisher nie gehabt", sagte Joan fast wie in Gedanken. „Nicht, dass sie früher einsam gewesen wäre. Aber einem Einzelkind fehlen die Gleichaltrigen im Hause."

Manuel stand auf, um eine andere Platte aufzulegen. Er wirkte ziemlich nachdenklich. Ob ihn der Gedanke, einmal von Joy Abschied nehmen zu müssen, wohl auch traurig stimmte?

„Du bist so blass, Joan. Komm, hol deinen Mantel, wir machen noch einen Spaziergang."

Seine Sorge schien ehrlich zu sein. Joan verstand das nicht. Jetzt brauchte er doch niemandem etwas vorzumachen, was er nicht empfand.

Manuel und Joan schlenderten durch den Park. Die Luft war lau und duftete nach Kiefern. Am Himmel funkelten die Sterne. Kein Laut störte die tiefe Ruhe.

Unwirklich friedlich war das alles. Auch die Tatsache, dass Joan jetzt neben dem Mann ging, für den sie vor Monaten nur Abscheu empfunden und dessen hochmütige, herrische Art sie so abgestoßen hatte, dass sie es nicht für nötig gehalten hatte, ein Missverständnis richtigzustellen. Darunter litt sie jetzt bitter.

Doch sie schob die Gedanken beiseite und gab sich ganz dem Klang von Manuels Stimme hin. Sehnsucht schmerzte und erregte sie zugleich.

Sie sprachen über England und über Joans Schwester Christine, die sie damals nicht einmal vorgestellt hatte.

„Ich fürchte, dass ich mich bei deinem Besuch in England alles andere als höflich benommen habe“, entschuldigte sie sich.

„Ich müsste lügen, wenn ich das leugnen würde.“ Er lachte.

„Aber das lag an deiner Art“, verteidigte sich Joan.

„An meiner Art? Was habe ich denn gemacht?“

Joan zögerte. Dann sagte sie vorsichtig: „Du hast etwas – unfreundlich gewirkt.“ Das war eine starke Untertreibung.

„Das ist das erste Mal, dass mir jemand Unhöflichkeit vorwirft“, stellte er überrascht fest.

Schnell verbesserte ihn Joan. „Nicht Unhöflichkeit, Manuel. Es ist nicht ganz einfach zu erklären ...“

Er bestand darauf, das nun genau zu erfahren, und sie erzählte ihm, wie es zu diesem ersten, ungünstigen Eindruck gekommen war.

„Du hast mich also für einen überheblichen Menschen gehalten, der eine viel zu hohe Meinung von sich hat.“

Joan sah Manuel traurig an. „Jetzt tut es mir leid, denn ich habe mich damals natürlich getäuscht. Wie das alles gekommen ist, weiß ich selbst nicht mehr. Aber du warst auch so hartnäckig.“

„Ich wollte die Farm kaufen, ja. Und mein Angebot war fair. Als ich darauf hinwies, dass du nie von der Farm leben könntest, wollte ich dir nur einen guten Rat geben. Du wirktest noch so jung und auch kein bisschen geeignet, einen derartig heruntergekommenen Betrieb wieder in Ordnung zu bringen.“

„Jetzt weiß ich, dass du mit jedem Wort recht hattest.“

Dieses Zugeständnis besänftigte ihn. „Das ist ja vorbei. Es wird kühl. Lass uns zurückgehen.“

Joan wäre viel lieber noch draußen geblieben. Sie genoss es sehr, mit Manuel allein im Park zu sein. Sie fühlte sich ihm nah und hätte ihn am liebsten festgehalten oder sich innig an ihn geschmiegt.

Langsam kehrten sie zum Haus zurück, dessen helle Marmorfassade sich jetzt vor dem purpurnen Himmel besonders deutlich abzeichnete. Ein Zauber lag über diesem Bild, der Joan ganz in seinen Bann zog. Sie wusste, dass sie so etwas Schönes so bald nicht wieder erleben dürfte. Sehr bald schon würde ihre Zeit hier zu Ende sein.

Der Krankenhausaufenthalt von Manuels Schwester war vorüber. Bald konnte sie sich wieder selbst um ihre Kinder kümmern. Dann lief der Vertrag aus, den Joan mit Manuel geschlossen hatte.

Sie waren stehen geblieben, ganz versunken in die Schönheit ringsum. Plötzlich nahm Manuel Joan bei den Schultern und drehte sie zu sich herum. Sie sah ihn fragend an, die Lippen öffneten sich leicht, ohne Worte zu formen. Wie sehr sie sich nach ihm sehnte. Lange blieb Manuel so stehen, und sie wagte nicht, sich zu rühren. Es schien fast, als sähe er sie zum ersten Mal richtig an.

„Du bist so schön, Joan. Vollkommen in jeder Beziehung." Er zog sie an sich. Seine Arme hielten sie zärtlich fest. Langsam beugte er den Kopf zu ihr herunter und küsste sie sanft auf die Lippen. „Joan, mein Liebling." Dann schob er sie wieder ein Stück von sich fort, als wollte er sie auffordern, etwas zu sagen. Aber Joan brachte kein Wort hervor. Sie konnte ihr Glück kaum fassen. Denn das wirkte echt, kein Teil der Komödie, um Rosa zu beeindrucken.

„Na, Rosa, gehst du auch noch spazieren?", fragte Manuel plötzlich. Er ließ Joan los, behielt aber ihre Hand in der seinen.

Rosa tauchte hinter einer Hecke auf. Sie lächelte strahlend. „Ich bin vor zehn Minuten nach Hause gekommen und dachte, ich sollte vielleicht noch etwas frische Luft schöpfen."

Joan zuckte erschreckt zusammen. Sie errötete fast vor Scham, wenn sie daran dachte, wie willig sie den Kuss ihres Verlobten erwidert hatte, weil sie glaubte, er sei Ausdruck eines echten Gefühls. Manuel musste längst gemerkt haben, dass Rosa in der Nähe war. Wie hatte sie nur auf so etwas hereinfallen können. Hätte sie nicht wissen müssen, dass er sie gar nicht lieben konnte? Ein Dummkopf war sie gewesen.

Zutiefst gedemütigt hätte sie sich am liebsten irgendwo verkrochen. Doch dann fühlte sie Zorn in sich aufsteigen. Woher nahm sich Manuel das Recht, so weit zu gehen? Sie hatte sich bereit erklärt, seine Verlobte zu spielen. Das war richtig. Aber das bedeutete, die Betonung lag auf „spielen" und nicht, dass sie sich auch sein geheucheltes Liebeswerben gefallen lassen musste. Nein, das erlaube ich ihm nie wieder, schwor sie sich.

In den nächsten Tagen ging Joan Manuel ganz bewusst aus dem Wege. Fast ständig hielt sie sich in ihren Räumen auf. Wenn es sich überhaupt nicht vermeiden ließ, mit ihm zusammenzukommen, wie etwa beim Abendessen, bemühte sie sich, zumindest vor Rosa freundlich zu sein. Mehr nicht. Natürlich entging ihr nicht der harte Ausdruck in Manuels Augen. Aber er machte keine Anspielung auf ihr Verhalten. Es konnte ihm ja auch nur wichtig sein, den Schwindel vor Rosa weiterhin aufrechtzuerhalten.

Am Morgen des dritten Tages erhielt Joan einen Brief, der sie so aufregte, dass sie sich den ganzen Tag wie benommen fühlte und schließlich abends mit Manuel darüber sprach. Er hatte sich nach dem Essen mit einem Buch in den Salon zurückgezogen. Als sie hereinkam, sah er auf.

„Was hast du auf dem Herzen?“, erkundigte er sich. Es war für ihn völlig klar, dass sie ein Anliegen haben musste, da sie sonst nicht zu ihm gekommen wäre.

„Manuel, ich habe einen Brief von einer Freundin bekommen. Sie hat gerade ihre Mutter verloren, und da dachte ich … kann ich sie nicht für ein paar Tage besuchen?“

Da er schwieg und sie nur ansah, erklärte Joan, warum ihr die Nachricht so naheging. Lynn und Joan waren zusammen zur Schule gegangen. Mit neunzehn Jahren hatte Lynn eine vielversprechende Karriere im öffentlichen Dienst aufgegeben, um sich ganz ihrer gelähmten Mutter widmen zu können. Jahrelang hatte sie mit der alten Frau völlig abgeschieden gelebt. In dieser Zeit hatte sie nur Joan gehabt, an die sie sich wenden konnte, und Joan hatte Lynn auch jede Woche besucht, bis sie nach Portugal gezogen war.

„Du kannst dir denken, dass sie sich jetzt entsetzlich einsam fühlt, Manuel.“

„Hat sie keine Verwandten?“

„Nein.“

Er schwieg. Irgendetwas schien ihn zu stören.

„Auch wenn du nach England fahren würdest, könntest du nicht viel für sie tun. Und bei deiner Abreise wäre sie dann noch einsamer als vorher.“

„Trotzdem möchte ich gern zu ihr, Manuel, wenn du nichts dagegen hast.“

„Nein. Lass sie herkommen. Sie kann hierbleiben, so lange sie will.“

„Hierher?“, wiederholte Joan wie betäubt. „Du kennst sie doch gar nicht.“

„Du sagst, sie ist deine Freundin. Außerdem braucht sie Hilfe.“ Ein schwaches Lächeln bekräftigte diese Feststellungen. „Die Menschen müssen einander helfen, Joan. Sonst verliert das Leben seinen Sinn.“

Joan meinte einen Kloß im Hals zu spüren. Vergessen war die Unverfrorenheit, mit der er sie ausgenutzt hatte, vergessen war, wie sie unter seiner Demütigung gelitten und sich geschämt hatte. Nun empfand sie, dass er trotz allem ein feinfühliger Mensch war, auch wenn man das wegen seiner Arroganz leicht übersehen konnte.

„Das ist wirklich nett von dir, Manuel“, brachte sie hervor. „Ich schreibe ihr sofort.“

„Tu das. Sie wird kaum in der kurzen Zeit bis zu ihrem Eintreffen über ihren Kummer hinweggekommen sein. Ich schlage deshalb vor, dass sie in dem Zimmer neben dir wohnt. Wenn sie nicht allein sein möchte, kann sie auch jederzeit zu uns herunterkommen.“

Natürlich war es unpassend, jetzt zu weinen. Aber die Tränen brannten in Joans Augen, und ihre Stimme klang gerührt, als sie ihm dankte.

„Wenn sie nur ein paar Wochen hierbleiben kann, wird ihr das schon viel helfen.“

„Schreib ihr, dass sie so lange bleiben kann, wie sie will.“

„Meinst du … dann könnten Joy, Lynn und ich ja vielleicht zusammen zurückfahren.“

„Darüber sprechen wir ein anderes Mal“, antwortete Manuel in einem Ton, der Joan zusammenzucken ließ. Warum brauste er nur so auf, wenn sie von ihrer Abreise sprach?

„Du hast doch gesagt, die Kinder könnten bald zu ihrer Mutter zurück“, erinnerte sie ihn ängstlich.

„Na und?“ Da war wieder die arrogant gehobene Augenbraue,

die Härte in seinen Augen.

„Aber ich habe doch damit gerechnet, dann zurückzufahren. Man braucht mich später nicht mehr."

„Wir sind zufällig miteinander verlobt. Oder war dir das entfallen?"

„Die Verlobung sollte nur gelten, bis die Kinder hier aus dem Haus sind."

Er bemühte sich, ein Gähnen zu unterdrücken. „Ja, das habe ich gesagt. An deiner Stelle würde ich mich sofort mit deiner Freundin in Verbindung setzen, Joan. Sie wartet bestimmt schon auf eine Antwort." Manuel griff nach dem Buch, das er während des Gespräches aus der Hand gelegt hatte.

Joan verstand nicht, warum er das Gespräch so plötzlich beendet hatte.

7. KAPITEL

Helena und Joan waren sich auf Anhieb sympathisch. Manuel hatte seine Schwester nach Solar de Alvares gebracht und Joan als seine Verlobte vorgestellt. Helena machte kein Hehl aus ihrer Freude: „Ich konnte es kaum erwarten, dich kennenzulernen. Ich darf dich doch duzen, denn du gehörst ja bald zur Familie?" Ihre großen braunen Augen leuchteten. Ohne Scheu hatte Helena Joans schlanke Figur und ihr bildhübsches Gesicht betrachtet. „Manuel hatte schon immer einen erstklassigen Geschmack."

Das machte Joan natürlich erst recht verlegen. Denn Rosa war bei diesem Gespräch zugegen, und jeder konnte sehen, wie wütend sie war.

Es wurde dann über andere Themen gesprochen, auch über Helenas Gesundheit, die nun, nach dem langen Krankenhausaufenthalt, fast wiederhergestellt war. Erst auf dem Weg zum Abendessen erhielt Joan noch einmal einen Eindruck von Helenas Offenheit.

„Rosa hasst dich. Aber das wirst du vermutlich schon gemerkt haben. Wie hat sie das denn aufgenommen … ich meine, als sie von eurer Verlobung erfahren hat?"

„Ach, ich weiß nicht."

„Klar weißt du das. Wir Frauen merken genau, wenn Eifersucht im Spiel ist."

Da musste Joan lachen, und sie gab offen zu, dass Rosa nicht besonders erfreut über diese Neuigkeit gewesen sei.

Helena schmunzelte. „Wenn das nur keine Untertreibung ist. Die Vorstellung, Solar de Alvares einmal verlassen zu müssen, ist ihr unerträglich, weil sie davon ausgegangen ist, dass sie immer hierbleiben darf. Aber mach dir nichts vor, Joan. Nicht nur Rosa war von eurer Verlobung entsetzt. Auch Mutter. Sie ist nicht damit einverstanden, dass Manuel eine Witwe heiratet."

Joan wandte sich ab und sah zum Fenster hinaus. Wie schrecklich all diese Lügen waren und wie sehr sie sie bedrückten. Auch Helena gegenüber war es unfair, die Täuschung aufrechtzuerhalten.

Doch hatte sie eine Wahl? Sie beschloss jedenfalls, später mit Manuel darüber zu sprechen und zu fragen, ob man nicht wenigstens Helena ins Vertrauen ziehen könnte.

„Warum wohnt Rosa eigentlich hier?“, erkundigte sich Joan.

„Hat Manuel dir das nicht gesagt?“, wunderte sich Helena. „Rosas Mann ist plötzlich an einem Herzinfarkt gestorben. Sie war damals gerade achtundzwanzig Jahre alt. Der Verlust hat Rosa tief getroffen. Darum hat Manuel sie zu sich geholt und ihr sozusagen die Haushaltsführung übertragen. Früher war sie ganz anders. Wir sind zusammen zur Schule gegangen, und damals war sie sehr beliebt.“ Nachdenklich fügte sie hinzu: „Seit Joaos Tod hat sie sich sehr verändert.“

„Du meinst, sie ist verbittert?“

„Mehr noch. Sie ist völlig abweisend. Was wohl unser Onkel sagen würde, wenn er sie jetzt sehen könnte.“

„Ist euer Onkel tot?“

„Ja. Genaues weiß ich nicht darüber, weil sich Manuel nicht darauf ansprechen lässt. Aber er muss seinem Onkel ein Versprechen gegeben haben. Bis ich von eurer Verlobung hörte, hatte ich immer angenommen, dass es das Versprechen gewesen wäre, Rosa zu heiraten.“

War das möglich? Joan glaubte es nicht. Wenn Manuel ein Versprechen abgab, hielt er es auch. Davon war sie überzeugt.

Beim Essen hatte Joan Zeit genug, über das geheimnisvolle Versprechen nachzudenken. Sie war sicher, dass es in einem Zusammenhang mit der Scheinverlobung stand.

Manuel lehnte Joans Ansinnen entschlossen ab, als sie ihn bat, zumindest Helena gegenüber offen sein zu dürfen.

„Das ist völlig unnötig. Ich möchte, dass alle uns für rechtmäßig verlobt halten.“

„Aber Manuel! Helena ist so nett.“

„Was ich dazu zu sagen hatte, ist gesagt worden, Joan.“

Sie ging nach oben. Ihre Wangen glühten. Musste er immer derartig bestimmend sein? Er behandelte sie wie ein unmündiges Kind.

Lynn saß im Wohnzimmer. Auf ihrem Schoß lag ein aufgeschlagenes Buch. Aber sie schien nicht darin zu lesen.

„Wie fühlst du dich, Lynn?", fragte Joan besorgt, denn ihre Freundin sah sehr übernächtigt aus.

„Sehr viel besser, als wenn ich zu Hause allein wäre", erwiderte Lynn dankbar.

„Das hast du nur Manuel zu verdanken. Als ich ihm von dir erzählte, hat er sofort gesagt, du müsstest zu uns kommen."

„Das war sehr nett von ihm." Lynn versank wieder in ihre Grübelei. Sie hatte nicht nur ihre berufliche Karriere aufgegeben, um ihre Mutter zu pflegen, sie hatte aus dem gleichen Grund auch ihre Verlobung gelöst. Denn solange ihre Mutter lebte, wäre eine Ehe für sie undenkbar gewesen. „Du wirst bestimmt sehr glücklich werden, Joan", sagte Lynn.

Manuel hatte Joan streng verboten, die seltsame Vereinbarung zwischen ihnen einem Dritten gegenüber zu erwähnen. Doch Joan war der Heimlichtuerei entsetzlich überdrüssig. Eines Tages erzählte sie deshalb Lynn die ganze Geschichte.

„Was ist das für ein Durcheinander", seufzte Lynn schließlich. Joan hatte sie zu strengstem Stillschweigen verpflichtet. „Warum hast du dich nur als Witwe ausgegeben?"

„Das habe ich dir doch erzählt. Manuels Art ärgerte mich derartig, dass ich einfach keine Lust hatte, ihn zu berichtigen, nachdem er mich für verheiratet gehalten hatte."

Lynn schüttelte ungläubig den Kopf. „Du bist doch sonst so vernünftig, Joan. Das sieht dir alles überhaupt nicht ähnlich. Das musste dich doch früher oder später in Schwierigkeiten bringen."

„Damals habe ich mir das nicht klargemacht. Wie hätte ich denn voraussehen könne, dass ich ihn jemals wiedertreffen würde, geschweige denn, in so enge Verbindung zu ihm geraten könnte? Dass wir Nachbarn sein würden, wusste ich. Aber bei seinem arroganten und selbstherrlichen Gehabe nahm ich an, er würde mich nicht einmal beachten."

„Und jetzt wärest du in einer üblen Klemme, wenn du wirklich verlobt wärst. Denn dann müsstest du Manuel die Wahrheit sagen", fasste Lynn zusammen. „Sag mal, Joan, wäre es dir lieber, die Verlobung wäre echt?"

Die Frage kam so unerwartet, dass Joan zusammenzuckte. „Ich habe ihn gern", gab Joan zu.

„Es scheint mir über das Gernhaben entschieden hinauszugehen. Wie steht es denn mit Manuel? Du bist sehr hübsch, wie du weißt, Joan."

„Danke, Lynn", sagte Joan etwas verbittert. „Aber in dieser Richtung ist er völlig desinteressiert."

„Diese Rosa muss ja schrecklich sein. Waren sie so gut wie verlobt, als du hierhergekommen bist? Stimmt das?"

„Nein. Das muss nur so ein Gerede gewesen sein, ohne Grundlage. Rosa wollte Manuel heiraten. So viel steht fest. Doch er hatte das auf keinen Fall vor. Jedenfalls kann ich dich nur bitten, hüte dich vor Rosa. Sie hat schon probiert, Joy auszuhorchen."

„Auf mich kannst du dich verlassen", versprach Lynn. „Trotzdem finde ich, du solltest Manuel die ganze Sache gestehen. Das ist das Vernünftigste, was du tun kannst."

Joan schüttelte energisch den Kopf. „Seine Mutter würde mich für völlig verrückt halten, und Manuel ... Nein, das Risiko wage ich nicht einzugehen. Außerdem ist es ja auch unnötig, weil wir ohnehin bald heimfahren."

Schließlich musste Lynn Joan Recht geben. Allerdings warnte sie ihre Freundin vor Rosas Reise nach England. Wenn sie dort etwas erfuhr, und wenn sie das dann auch noch an Manuel weitergab, würde es für Joan sehr unangenehm werden.

Diesen Einwand konnte Joan sofort entkräften. Rosa hatte nämlich an diesem Morgen aus England Nachricht von ihren Freunden erhalten. Auf Grund familiärer Umstände baten sie Rosa, erst im Frühjahr zu kommen. Und zu diesem Zeitpunkt würde Joan längst wieder in England sein. Was immer Rosa dann Manuel hinterbrachte, brauchte Joan nicht mehr zu stören.

Lynn musste lachen. „Da bist du wirklich fein heraus. Woher hast du nur diesen Dickkopf, Joan? Wie viele Unannehmlichkeiten hast du dir damit schon eingehandelt. Sieh nur zu, dass du in Zukunft vorsichtiger bist.“

„In meinem ganzen Leben werde ich keine Lüge mehr aussprechen“, schwor Joan.

„Richtig gelogen hast du ja noch nicht.“

„Aber was ist denn mit deinen Briefen, Joan?“, wollte Lynn plötzlich wissen. „Ich habe sie immer an Miss Barrie adressiert.“

„Das macht nichts. Sie gingen ja direkt nach Pendela. Das ist auch der Grund, warum ich sie immer dorthin schicken lasse. Ich habe sie auch stets selbst abgeholt.“

8. KAPITEL

Lynn war vom ersten Tage an völlig eingenommen von Manuels Charme und seinem rücksichtsvollen Wesen.

„Ich war so entsetzlich niedergeschlagen und mutlos nach dem Tode meiner Mutter", gestand sie Manuel eines Tages. „Die Tage hier in Ihrem Haus haben es mir leichter gemacht, damit fertig zu werden."

„Man sollte nie mit seinem Kummer allein bleiben", entgegnete er. „Auch wenn man sich gelegentlich von allen zurückzieht, muss man doch stets die Gewissheit haben, dass Freunde in der Nähe sind, zu denen man gehen kann."

Gerührt von so viel Einfühlungsvermögen hatte Joan ihm zugehört. Sie betrachtete sein Gesicht, dessen Züge jetzt viel weicher wirkten, obwohl eine gewisse Ausstrahlung immer blieb. Dafür sorgten schon das energische Kinn und die dunklen Brauen.

Nach einer Weile wandte Manuel sich Joan zu. Sein Gesicht verschloss sich dabei. Er wurde wieder unpersönlich und sachlich, wie er in letzter Zeit häufig zu ihr war. Warum nur? Konnte es auch damit zusammenhängen, dass sie sich gegen seine übertrieben zur Schau gestellte Rolle als Liebhaber wehrte?

Schwatzend und kichernd kamen in diesem Augenblick die drei Kinder ins Zimmer. Leonor und Filipa zählten die Onkel und Tanten auf, die sie hatten. Sie kamen auf drei Tanten. „Wie viele hast du denn, Joy?", wollte Filipa wissen.

„Sie hat doch nur zwei", mischte sich Leonor ein. „Tante Christine und Tante Lynn."

„Dann haben wir eine mehr."

Eine lange Pause entstand. Joan bebte innerlich, wusste aber nicht, wie sie die Kinder ablenken sollte. Trotzdem ahnte sie, was jetzt kommen musste.

„Ihr habt gar nicht mehr als ich. Denn ich habe noch meine Tante Joan."

Lynn warf ihrer Freundin einen erschrockenen Blick zu. Sie erhob sich und rief Joy zu sich. „Ich möchte dir etwas zeigen", lockte sie Joy.

„Du hast ja gar keine Tante Joan“, lachte Filipa.

Joy, die schon Lynns Hand ergriffen hatte und auf dem Weg in die Diele war, wandte sich nun an Lynn, um von ihr Unterstützung zu bekommen. „Ich habe doch eine Tante Joan, nicht wahr?“

In dem Augenblick wurde Manuel erst auf die Unterhaltung aufmerksam. Er sah Lynn fragend an.

„Du meinst deine Mama, Joy“, verbesserte Lynn das Kind.

„Nur ist sie nicht meine richtige Mama. Sie ist Tante“, erklärte Joy ihren Freundinnen triumphierend. „Und darum habe ich eben doch so viele Tanten wie ihr.“

„Dann hast du keine Mama“, lachte Filipa.

Lynn ging auf Filipa ein und meinte zu Joy: „Du musst dich schon entscheiden, Joy.“ Dann wandte sich Lynn zu Manuel. „Joy hat immer viel Unsinn im Kopf.“ Damit zog sie das Kind endgültig aus dem Zimmer.

Später, als Joan und Joy wieder in ihrem Apartment im ersten Stock waren und Joan sich allmählich beruhigt hatte, ermahnte sie Joy. „Du musst schon wählen, mein Schatz. Möchtest du mich lieber als Mama oder Tante?“

„Geht denn nicht beides?“

„Leider nein.“

„Dann musst du meine Mama bleiben“, erklärte das Kind und gab Joan einen liebevollen Kuss.

Für dieses Mal war die Gefahr gebannt. Trotzdem mahnte Lynn: „Überleg es dir lieber beizeiten, Joan. Ich bin sicher, dass das Thema durch Joy eines Tages wieder zur Sprache kommen wird. Dann ist es besser, Manuel weiß schon vorher Bescheid. So schwierig kann die Unterhaltung gar nicht sein, wie du sie dir vorstellst.“

Joan sah die Dinge jedoch anders.

Helena war auf Manuels Drängen hin doch noch nicht wieder in ihr eigenes Haus gezogen. Er war der Meinung, dass ihr ein wenig Nacherholung auf Solar de Alvares guttun würde, und seine Schwester hatte den Vorschlag gern angenommen.

An diesem Abend machten sie alle gemeinsam noch einen Spaziergang. Es war kühl geworden. Außer Dona Rosa waren alle mitgekommen.

„Wollen wir nicht mit Lynn und Joan in das Café im Dorf gehen, Manuel?“

„Würde Ihnen das Freude machen?“, erkundigte sich Manuel bei Lynn.

Joan staunte. Sie konnte sich einfach nicht vorstellen, wie Manuel in Antonios Café sitzen, Landwein trinken und sich die Dorfmusik anhören würde. Solche Vergnügungen passten nicht zu ihm.

„Das ist ein sehr schöner Vorschlag“, freute sich Lynn, die für jede Unternehmung dankbar war, die sie von ihrer Trauer ablenkte.

„Dann sind wir uns also einig.“

Zu viert gingen sie die Dorfstraße hinunter. Plötzlich legte Manuel den Arm um Joans Schulter. Joan spürte das Verlangen, sich an ihn zu schmiegen. Trotzdem ... wem spielte er jetzt die Komödie vor? Helena? Aber das war an sich nicht nötig. Joan zuckte ein wenig zusammen. Sofort ließ er sie wieder los. Hatte er sie missverstanden? Glaubte er etwa, seine Berührung wäre ihr unangenehm oder lästig? Sie hätte ihn so gern gebeten, den Arm wieder um sie zu legen! Doch das ging natürlich nicht.

Es waren nur wenige Gäste in Antonios Café. Ein paar junge Leute aus dem Dorf tanzten. Doch sie hörten sofort auf, als Manuel hereinkam. Auch die Musiker unterbrachen ihr Spiel. Respektvoll grüßten sie Dom Manuel und seine Begleitung. Lynn und Joan staunten. Helena und Manuel waren diese Ehrerbietung sichtlich gewohnt.

Der Wirt kam selbst und führte sie zu einem Tisch. Er unterhielt sich mit Manuel auf Portugiesisch. Joan verstand inzwischen genug, um zu wissen, dass Manuel darum bat, man möge weitertanzen und musizieren.

Diensteifrig brachte Antonio Wein und Brot. Joan genoss die Atmosphäre in dem kleinen Café. Mit leuchtenden Augen wandte sie sich an Manuel. „Das erinnert mich so an die Feiern während der Weinlese, Manuel.“

„Es sind auch ebensolche Tänze, und es ist die gleiche Musik, wie wir sie bei uns hatten." Die Jugendlichen sangen. Antonio, der sich von seiner Kundschaft geehrt fühlte, stand an der Tanzfläche und klatschte zum Rhythmus der Musik in die Hände.

„Ist das Wein, der hier wächst?", fragte Lynn und nippte an ihrem Glas.

„Ja. Mögen Sie ihn?"

Sie nickte. Helena erzählte über die Bräuche der Weinbauern, und dass viele davon nur noch für die Touristen aufrechterhalten würden.

Sie tranken sich zu. Antonio kam auf Manuels Wink an den Tisch und servierte ihnen dann in einem tönernen Krug den Vinho verde, einen würzigen Weißwein.

Joan wurde plötzlich von einer Bewegung hinter Manuel abgelenkt. Dann wandte sie sich verlegen ab, denn Ricardo war in das Café gekommen und hatte sich an einen Tisch neben der Tür gesetzt.

Manuel hatte Ricardo gleichfalls bemerkt. Er kannte ihn seit jenem Abend, an dem Ricardo nach Solar de Alvares eingeladen worden war und Joan ihm hatte erklären müssen, dass sie Manuel liebe. Damals hatte Joan zum ersten Mal selbst erkannt, wie stark ihr Gefühl für Manuel war.

Manuel zögerte kurz. „Dein Freund scheint allein zu sein, Joan. Wollen wir ihn nicht auffordern, an unseren Tisch zu kommen?"

Sie nickte, obwohl es ihr peinlich war. Damals hatte Ricardo ihr nicht geglaubt. Es war ein bedrückender Abend gewesen, umso belastender, als sich Ricardo schließlich unglücklich und verwirrt verabschiedet hatte. Ihr schlechtes Gewissen hatte Joan in dieser Nacht nicht schlafen lassen.

Doch was blieb ihr in diesem Augenblick anderes übrig, als Manuels Vorschlag zuzustimmen?

Manuel erhob sich also und kam mit dem zögernden Ricardo an den Tisch zurück. Doch die anfängliche Verkrampfung des jungen Mannes löste sich schnell. Joan stellte verwundert fest, dass sich Manuel sehr freundlich mit Ricardo unterhielt. Außerdem fiel ihr auf, dass Ricardo immer wieder zu Lynn hinsah. Er schien sich für sie brennend zu interessieren.

Die Wochen vergingen schnell. Weihnachten kam und wurde, wie üblich, im engsten Kreis gefeiert. Erst im Januar fand dann auf Solar de Alvares das traditionelle Alvares-Familienfest statt. Da Joan nun all den anderen Angehörigen Manuels vorgestellt wurde, fragte sie sich beklommen, wie er es fertigbringen wollte, die Verlobung mit ihr zu lösen, ohne sein Gesicht zu verlieren. Ihm schien das jedoch keinerlei Kopfzerbrechen zu bereiten. Auch wenn immer eine gewisse Zurückhaltung in seinem Benehmen war, hätte er den stolzen und glücklichen Bräutigam nicht überzeugender spielen können.

Nuno Alvares war ebenso selbstsicher und hochmütig wie sein Bruder Manuel. Aber Nuno konnte sich, im Gegensatz zu Manuel, leichter auch mal gelöst und umgänglich zeigen.

„Wir freuen uns sehr, dich kennenzulernen“, begrüßte Nuno seine künftige Schwägerin herzlich und ebenso unkompliziert wie seine Schwester Helena es getan hatte.

Nunos hübsche, lebhafte Frau nahm Joan alle Verlegenheit. Sie hängte sich bei Joan ein und zog sie zu einer Couch am Fenster.

„Du kannst dir nicht vorstellen, wie überrascht wir waren“, begann sie temperamentvoll. „Erzähl doch mal! Ich bin wahnsinnig neugierig. Wie ist es denn zu eurer Verlobung gekommen? Ich kann es noch immer kaum glauben, dass sich Manuel endlich verliebt hat. Wie er sagte, bist du nach Portugal gekommen, um Pendela zu bewirtschaften.“

„Ja, das stimmt.“

Das klang so bedrückt, dass Isabella Alvares sofort verständnisvoll nickte. „Das Gut war wirklich in einem fürchterlichen Zustand. Dona Amelia hat es einfach unverantwortlich verkommen lassen. Aber sie war eben sehr alt und am Ende auch recht hinfällig. Sie hätte schon viel früher an Manuel verkaufen sollen.“ Isabella lachte. „Da habe ich wieder einen schönen Unsinn dahergeredet. Denn wenn sie früher verkauft hätte, hättet ihr euch ja nie kennengelernt.“

Falls Isabella wie Helena angenommen hatte, dass Manuel und Rosa einmal ein Paar würden, machte sie taktvollerweise darüber keine Bemerkung. Allerdings verschwieg sie Joan nicht, dass Manuels Wahl für seine Mutter ein Schock gewesen war. „Sie hat sich schrecklich darüber aufgeregt, weil du Witwe bist und obendrein ein Kind hast. Aber sie wird sich schon wieder beruhigen. Anfangs hat sie mich auch nicht leiden können, und doch kommen wir inzwischen ganz gut miteinander aus."

„Du wurdest also auch nicht für gut genug befunden, Nunos Frau zu werden?"

„Nein. Keine gesellschaftliche Stellung, kein Vermögen", bestätigte Isabella.

„Dann wundert es mich nicht mehr, dass sie von mir noch viel weniger hält."

Isabella beruhigte Joan. „Mach dir nichts daraus. Keines ihrer Kinder interessiert sich für ihre Meinung. Und wenn sich Manuel einmal zu etwas entschlossen hat, können auch ein Dutzend Dona Clementinas ihn nicht mehr umstimmen."

Sie redete pausenlos. Der Gedanke, eine Schwägerin zu bekommen, gefiel ihr ausnehmend gut. Joan beschränkte sich aufs Zuhören. Gelegentlich ging ihr Blick zum anderen Ende des Raumes, wo Dona Clementina sich mit Rosa unterhielt. An den wiederholten verstohlenen Blicken zu Joan hinüber war unschwer zu erkennen, dass sie wieder einmal Gegenstand der Unterhaltung war.

Lynn, die sich in den vergangenen Wochen glänzend erholt und auch seelisch wieder gefangen hatte, war von Senhor Pedro in ein Gespräch verwickelt worden.

Isabella kam auch auf Lynn zu sprechen und den Grund ihres Aufenthaltes in Portugal.

„Ich fand es großartig, dass Manuel meine Freundin hat herkommen lassen", sagte Joan dankbar.

„So ist er eben. Er hat die seltene Gabe, jede Situation sofort richtig einzuschätzen, und dann handelt er entsprechend."

Damit hatte Isabella durchaus recht. Joan erinnerte sich nur zu gut an Joys Unfall, und wie schnell Manuel damals alles Notwendige in die Wege geleitet hatte.

„Lynn scheint ziemlich gut mit Senhor Pedro auszukommen", fand Joan. Denn ihre Freundin lachte gerade herzhaft über eine Bemerkung des alten Herrn.

„Alle kommen gut mit Pedro aus, sogar seine Frau“, stellte Isabella lachend fest. „Jedenfalls preise ich den Tag, an dem er zu unserer Familie stieß.“

Was mochte Pedro zu der gefürchteten Dona Clementina hingezogen haben? Als Außenstehender hatte man den Eindruck, sie hätten kaum Gemeinsamkeiten. Aber vielleicht besaß Dona Clementina, genau wie ihr Sohn Manuel, noch andere, verborgene Charakterzüge.

Manuel kam auf Joan und Isabella zu. Wieder staunte Joan über die wahrhaft majestätische Erscheinung. Seine Haltung war stolz und aufrecht. Ein angedeutetes Kopfnicken zu dem einen oder anderen im Vorbeigehen verstärkte noch den erhabenen Eindruck. Joan konnte den Blick nicht von ihm lassen.

Als ob Isabella das gespürt hätte, meinte sie: „Hat man je einen so gut aussehenden Mann wie meinen Schwager gesehen? Ich hatte immer geglaubt, Nuno sei der beeindruckendste Mann der Welt. Bis er mich Manuel vorstellte.“

„Darf ich euch stören?“, erkundigte sich Manuel freundlich. „Oder besprecht ihr gerade Dinge, die nur für Frauenohren bestimmt sind?“

„Ich sprach von dir“, gab Isabella unumwunden zu. „Aber ich werde nicht wiederholen, was ich gesagt habe.“

„Dann will ich dich nicht drängen. Joan, mein Liebling, ich habe den Eindruck, dass es deiner Freundin heute Abend ganz gut geht.“

„Das ist Pedros Einfluss“, erklärte Isabella. Dann entschuldigte sie sich, weil sie noch mit einer alten Tante, Dona Lucia Casco, plaudern wollte. „Wenn ich es nicht jetzt tue, wird sie wieder über mich lästern. Du kennst sie ja, Manuel.“

„Allerdings“, stimmte er belustigt zu. „Versuch bitte, sie nicht aufzuregen, Isabella, denn ich sitze bei Tisch neben ihr.“

„Ist sie so schlimm?“, fragte Joan verlegen, weil sie plötzlich inmitten der ganzen verwandtschaftlichen Gästeschar mit Manuel allein dastand.

„Jedenfalls ist sie eine höchst reizbare alte Dame. Aber da sie sehr stark unter Rheumatismus leidet, muss man ihr wohl manches nachsehen." Dann änderte sich plötzlich sein Tonfall, und er sagte: „Ich kann mir absolut nicht vorstellen, womit ich dein abweisendes Verhalten verdient habe, Joan. Trotzdem möchte ich dich bitten, dich zumindest heute Abend vor meinen Gästen so zu benehmen, wie man das von einer Verlobten erwartet."

Erschrocken blickte sie ihn an. Da Manuel bisher kein Wort darüber verloren hatte, war sie davon ausgegangen, dass er sich mit ihrer Zurückhaltung abgefunden hatte.

Natürlich standen sie beide im Blickpunkt der allgemeinen Aufmerksamkeit. Manuel lächelte liebevoll, was gar nicht zu seinen Worten passte. Und auch Joan versagte sich die angemessene Antwort, die sie ihm gerne gegeben hätte.

„Was du willst, ist eben unmöglich. Die ganze Sache ist so gekünstelt, darüber komme ich nicht hinweg."

Doch noch während sie das sagte, wurde ihr plötzlich klar, dass er gar keine Bitte hervorgebracht hatte, sondern dass es sich vielmehr um einen Befehl gehandelt hatte, dem sich seine Verlobte unbedingt zu fügen hatte. Obwohl das einzige sichtbare Zeichen seiner Gereiztheit ein winziges Zucken um die Mundwinkel war, genügte das durchaus, um Joan total einzuschüchtern. Seine nächsten Worte waren erst recht dazu angetan, jegliches Aufbegehren zu unterbinden.

„Du wirst genau das tun, was ich verlange, Joan, oder du lernst mich kennen."

In diesem Augenblick bat Diego zu Tisch, und es wurde nicht mehr darüber gesprochen.

Nachdem sie den Ärger über Manuels anmaßende Aufforderung einigermaßen verwunden hatte, verlief die Mahlzeit in ziemlich gelöster Stimmung. Joan ging auf Manuels Aufmerksamkeiten liebenswürdig ein. Sie konnte mühelos lächeln und nannte ihn sogar einmal Liebling, womit sie sich selbst mindestens ebenso überraschte wie Manuel.

Direkt nach dem Abendessen wurden Folkloretänze vorgeführt, und anschließend tanzte die Familie.

„Komm, mein Liebling", forderte Manuel Joan auf und zog sie

in den Kreis. „Beim letzten Mal hast du es tadellos gemacht. Du brauchst dir also keine Sorgen zu machen."

Es machte Joan wider Erwarten Spaß. Sie war mit ganzem Herzen dabei. Danach ließ sie sich erschöpft und glücklich in einen Sessel fallen.

Nach und nach zogen sich die Gäste in ihre Zimmer zurück. Joan und Manuel waren plötzlich allein. Die meisten Lichter waren gelöscht worden. Nur auf dem Kamin brannten noch Kerzen. Es herrschte eine beruhigend friedliche Stimmung. Sehnsüchtig wünschte sich Joan, dass sie wirklich einen Mann wie Manuel heiraten dürfte! Sie seufzte bedrückt.

„Was ist, Joan?", fragte er ernst. „Eben warst du noch so zufrieden, und jetzt das Seufzen."

Glücklicherweise wurde sie einer Antwort enthoben, denn Diego kam herein und erkundigte sich, ob Manuel noch Wünsche hatte, oder ob er sich zurückziehen könne.

„Danke, Diego. Alles ist in Ordnung. Gute Nacht."

„Wie kommt es eigentlich, dass alle deine Angestellten Englisch sprechen?", fragte Joan.

„Sie lernen es zum Teil in der Schule. Außerdem begreift man die andere Sprache schnell, wenn man darauf angewiesen ist, sich verständlich zu machen."

„Meine Fortschritte in der portugiesischen Sprache sind jedenfalls dürftig", gestand sie ihm. „Doch immerhin verstehe ich schon das meiste."

„Du lernst schon noch dazu", war seine überraschende Antwort.

„Wie meinst du denn das, Manuel? Ich werde doch gar nicht mehr so lange hier sein."

„Nein?" Er lehnte sich tiefer in die Polster und betrachtete sie mit einem Ausdruck, der zugleich erregend und verwirrend auf sie wirkte.

„Freust du dich auf die Heimreise?"

Joan blickte ins Feuer. Seine Frage beunruhigte sie. Wenn sie abreiste, würde sie Manuel aller Wahrscheinlichkeit nach nie mehr wiedersehen. Wie sollte sie das nur ertragen? Und doch wusste sie genau, dass sie so bald als möglich nach Hause fahren musste. Erst wenn diese Seelenqual, die sie ständig begleitete, endlich vorbei war, würde sie wieder das Gefühl haben, aufatmen zu können. Dabei wusste sie nicht, ob sie je ohne Wehmut an Manuel zurückdenken könnte. Nein, es würde wohl sehr lange dauern, bis sie ihn vergessen hätte. Auf einmal wünschte sich Joan, niemals nach Portugal gekommen zu sein, und das hatte diesmal nichts mit dem selbstverschuldeten finanziellen Verlust zu tun.

Sie merkte, dass Manuel noch ungeduldig auf ihre Antwort wartete, und sagte wahrheitsgemäß: „Ja, ich bin froh, wenn ich nach Hause fahren kann, Manuel."

Joan wusste nicht, was für eine Erwiderung sie von Manuel erwartet hatte. Vielleicht am ehesten ein gelangweiltes Interesse für ihre weiteren Pläne, vielleicht eine Bemerkung über den Kaufpreis für ihr Land.

Stattdessen war da wieder dieser für sie unverständliche Ausdruck auf seinem Gesicht, vor dem sie schon eben die Augen niedergeschlagen hatte. Und dann sagte er plötzlich: „Leider ist bei meinen Planungen etwas misslungen. Damals hatte ich noch angenommen, es würde genügen, wenn wir uns verloben. Jetzt erweist es sich als notwendig, dass wir heiraten."

Joan riss die Augen auf. Stumm sah sie ihn an. Ihre Lippen hatten sich leicht geöffnet, doch sie konnte nicht sofort antworten. War denn so etwas möglich, überlegte sie. Er saß völlig ruhig da ohne äußeres Zeichen einer Gefühlsbewegung, wenn man von der festen Entschlossenheit absah, die sein Blick ausdrückte.

„Du hast doch gesagt, deine Pläne sollten sich verwirklicht haben, wenn die Kinder aus dem Haus sind", brachte sie endlich mühsam hervor. „Und die Kinder sind noch nicht fort."

„Das werden sie aber in etwa einer Woche sein. Alle Anzeichen deuten darauf hin, dass auch danach meine Situation nicht besser sein wird."

Besser? Was um Himmels willen hatte das zu bedeuten? Joan verstand immer weniger.

Nun schien Manuel nach Worten zu suchen. „Die Ehe ist die einzige Lösung. Auch aus deiner Sicht wird sie höchst vorteilhaft sein. Du kannst schließlich nicht dein ganzes Leben lang diesen Kampf ums Überleben für dich und Joy führen." Er lächelte, und das machte sein Gesicht sofort wieder liebenswerter. „Sieh mich doch nicht so fassungslos an! Dir fehlt es jetzt schließlich an nichts."

Sie konnte kaum ihre Gedanken ordnen. Manuel hatte ihr gerade einen Heiratsantrag gemacht ... nein, das wohl nicht. Er hatte ihr mitgeteilt, dass er sie heiraten werde. Ganz bestimmt wünschte sie sich nichts sehnlicher, als seine Frau zu werden. Warum suchte sie dann so verzweifelt nach Worten, mit denen sie seinen Antrag ablehnen konnte?

„Nein, es fehlt mir hier an nichts. Aber ..."

„Und Portugal gefällt dir auch."

„Ja, sehr. Es ist wunderschön hier."

„Joy fühlt sich wohl, und sie hat hier Freundinnen gefunden. Wie ich hörte, ist sie auch in der Schule sehr beliebt. Wenn Filipa und Leonor einmal nicht mehr hier sind, können die Kinder einander oft besuchen."

Manuel stand auf und machte sich an dem Kaminfeuer zu schaffen. Dann stand er plötzlich dicht vor ihr, sodass sie den Kopf in den Nacken legen musste, um zu ihm aufzusehen. „Ich bin mir darüber im Klaren, dass du mich nicht liebst, Joan. Aber da ich dich auch nicht liebe, ist das nebensächlich. Darum schlage ich vor, dass wir einen baldigen Termin für die Hochzeit festlegen. Je eher wir verheiratet sind, umso eher wird mein Plan zum Erfolg führen."

„Ich kann dich unter diesen Umständen nicht heiraten." Verzweiflung und Empörung klangen aus ihren Worten. Die Tränen standen ihr in den Augen, denn er hatte die für Joan wichtigste Frage nach der Liebe so abgetan, als hätte sie für eine Eheschließung überhaupt keine Bedeutung.

„Warum nicht?", fragte er überrascht.

„Wir können nicht zusammenbleiben ohne uns zu lieben."

„Das ist nicht das erste Mal, dass ein Paar so heiratet. Und es ist das Vernünftigste, was wir tun können, Joan, weil wir nämlich beide

Vorteile davon haben werden.“

Als Joan den Kopf schüttelte, runzelte er die Stirn. Und dann sagte er etwas, was ihr die Unentschlossenheit sofort nahm und sie nur noch wünschen ließ, möglichst bald seine Frau zu werden.

„Wer weiß, Joan, eines Tages könnte ja, sozusagen unerwartet, die Liebe hinzukommen.“ Der warme Klang seiner Stimme, und auch die Art, wie er sie ansah, passten nicht mehr zu seiner Feststellung, dass in ihrer Beziehung die Liebe keine Rolle spielte.

Joan versuchte, sich zusammenzureißen. Sie war so durcheinander, dass sie ihre Wünsche und die Wirklichkeit kaum noch auseinanderhalten konnte.

„Ich weiß nicht, was ich sagen soll“, flüsterte sie.

Manuel setzte sich neben sie und ergriff ihre Hand. Sie war kalt, und er begann sie sanft zu reiben. „Du bist müde, mein Liebes. Geh ins Bett! Morgen wirst du dir das alles besser überlegen können. Dann besprechen wir auch endlich den Hochzeitstermin.“

Ihre schönen grauen Augen waren angstvoll aufgerissen. „Ich habe noch nicht Ja gesagt, Manuel.“

Joan wirkte wie ein verstörtes Kind, und Manuel beruhigte sie behutsam. „Glaubst du, ich könnte dich schlecht behandeln? Das musst du nicht denken. Du hast überhaupt nichts von mir zu befürchten.“ Als müsse er seinen Worten Nachdruck verleihen und jeden Zweifel in ihr ausräumen, küsste er sie zärtlich auf die Wange.

Joan hatte Manuel gute Nacht gesagt. Sie ging zu ihrem Zimmer. Die dicken Tapeten im Flur erstickten jeden Laut ihrer Schritte. Es war still im Haus. Die Tür von Dona Clementinas Zimmer war nur angelehnt. Joan hörte, wie sie erregt auf ihren Mann einsprach, der sie zu beruhigen versuchte. Joan wollte weitergehen, zögerte aber, als ihr Name erwähnt wurde.

„Soll das heißen, dass Rosa nicht fortgeht?“, fragte Senhor Pedro.

„Warum sollte sie? Manuel muss sein Versprechen halten.“

„Er hat Rosa kein Wohnrecht auf Lebenszeit zugesagt.“

„Er hat seinem Onkel versprochen, Rosa nie von Solar de Alvares fortzuschicken.“

„Aber nun ist er verlobt. Er kann erwarten, dass sie von selbst geht."

„Das ist ihr Zuhause, und das war es, seit das Versprechen gegeben wurde."

Nach einer Pause meinte Senhor Pedro: „Meine Liebe, es kommt mir fast so vor, als habe dein Sohn den größten, nein, den einzigen Fehler seines Lebens gemacht, indem er seinem Onkel dieses Versprechen gab. Wird Rosa etwa die Unverfrorenheit besitzen, auch nach der Hochzeit der beiden noch hier im Haus zu bleiben?"

„Selbstverständlich würde Rosa ausziehen müssen, wenn Manuel das Mädchen tatsächlich heiratet. Aber es wird keine Hochzeit geben."

Joan schluckte aufgeregt. Sie wusste, dass sie hier nicht lauschen durfte, und konnte sich doch nicht überwinden, weiterzugehen.

„Verstehe. Das war es also, worüber ihr den ganzen Abend getuschelt habt. Ich wunderte mich schon. Joan muss gemerkt haben, dass ihr über sie spracht."

„Na und?"

„Zugegeben, ich habe mir schon seit einer Weile Gedanken darüber gemacht, warum sich Manuel so unerwartet verlobt hat. Meinst du, er hat Rosa dadurch zwingen wollen, das Haus zu verlassen?"

„Das glaube ich allerdings. Aus einem unerfindlichen Grund hat er etwas gegen Rosa."

„Entschuldige, meine Liebe", wurde sie von ihrem Mann unterbrochen. „So unerfindlich ist der Grund nun wirklich nicht. Rosa ist alles andere als eine sympathische Frau. Meiner Ansicht nach hat sich Manuel schon heldenhaft benommen, indem er sie so lange um sich duldete. Sie mischt sich nicht nur in sein Leben und seine Geschäfte ein, sie erinnert ihn auch noch ständig daran, dass sein Onkel hoffte, sie würden eines Tages heiraten."

„Das sollten sie auch! Rosa ist ein reizendes Mädchen und hat Benehmen und Erziehung, ja, auch Vermögen, alles Dinge, die mein Sohn bei einer Frau erwarten darf. Dieses andere Mädchen hat nichts."

„Außer ihrer außerordentlichen Schönheit. Und die dürfte Manuel nicht entgangen sein."

„Er wird das Mädchen nie heiraten. Die Verlobung ist doch nur eine Verschwörung zwischen den beiden. Er hat sich wahrscheinlich verpflichtet, ihr eine unvernünftig hohe Summe für ihr Gut zu bieten. Daraufhin hat sie sich bereit erklärt, ihm zu helfen. Manuel hat fest damit gerechnet, dass Rosa sein Haus verlässt, wenn die Kinder wieder zu Helena zurückkönnen."

„Weiß Manuel schon, dass Rosa nicht ausziehen wird?"

„Das weiß er, sie sprach schon vor einiger Zeit davon, sie wollte ihre englischen Freunde im Sommer einladen. Rosa hat mir erzählt, dass Manuel entsetzt war, als er das erfuhr. Gesagt hat er aber nichts."

„Demnach ist sich Manuel völlig darüber im Klaren, dass sein Plan fehlgeschlagen ist?"

„Ja, gewiss."

„Und du glaubst allen Ernstes, dass ausgerechnet dein Sohn, und du wirst ihn ja gut genug kennen, sich von Rosa gefallen lässt, dass sie ihm ihre Vorstellungen aufzwingt und die Durchführung seiner Pläne verhindert?"

„Was kann er denn dagegen tun?"

„Was er tun kann?", hörte Joan Senhor Pedros Stimme. „Er kann aufs Ganze gehen und das Mädchen heiraten. Dann wird Rosa schon schnell genug draußen sein."

Mehr hörte Joan nicht, denn sie hatte Angst, vor der Tür überrascht zu werden. Deshalb ging sie in ihr Zimmer.

Danach lag Joan noch lange wach im Bett. Ja, das war die Erklärung. Ein Mann wie Manuel brach sein Versprechen nicht. Und da er das seinem Onkel gegeben hatte, durfte Rosa damit rechnen, dass er es auch hielt. Indessen war ihm Rosa immer lästiger geworden. Darum hatte er sich entschlossen, Verhältnisse zu schaffen, die sie endgültig aus dem Haus vertreiben mussten.

Joan gähnte. Schläfrig überlegte sie, ob sie sich auch mit der Hochzeit einverstanden erklärt hätte, wenn sie von Manuels Plänen früher Kenntnis gehabt hätte. Sie musste die Frage entschieden bejahen. Auch wenn das kein schöner Charakterzug von ihr war, freute sie sich doch diebisch auf Rosas und Clementinas ungläubige Gesichter, wenn sie von der Hochzeit erfuhren.

Lynn und Joan standen am nächsten Morgen zeitig auf. Sie kamen vor den anderen ins Frühstückszimmer, und Joan erzählte ihrer Freundin, was am Abend zuvor geschehen war.

Lynn schien schockiert zu sein. „Wenn er dich nur heiratet, um Rosa loszuwerden … sag mal, Joan, wirst du ohne Liebe glücklich sein können?"

„Ich liebe ihn, Lynn."

„Ja. Aber wenn Manuel deine Liebe nicht erwidert, wird es zumindest nicht sehr leicht für dich werden."

Joan griff nach der Kaffeetasse. Ihre Augen glänzten. Hatte Manuel nicht selbst davon gesprochen, dass sich die Liebe eines Tages einstellen könnte? Wenn er das für möglich hielt, war es gar nicht so unwahrscheinlich, dass alles gut werden würde. Und Joans Liebe war stark. Das konnte sie ihm beweisen, ohne sich selbst zu sehr bloßstellen zu müssen.

„Ich sehe das überhaupt nicht so schwarz. Meine einzige Sorge ist die Geschichte von meiner angeblichen Witwenschaft. Mir graut davor, ihm die Wahrheit gestehen zu müssen. Denn sie werden mich alle für völlig verrückt halten, weil ich das Gerücht so lange aufrechterhalten habe."

„Lustig wird die Aussprache nicht werden", bestätigte Lynn. „Ich habe ja oft genug gesagt, du solltest das aufklären. Jetzt finde ich, dass du in keiner beneidenswerten Lage bist."

Kaum zwei Tage später merkte Joan erneut, wie wichtig es war, möglichst bald klare Verhältnisse zu schaffen.

Manuel erwähnte beim Abendessen, dass er sich entschlossen habe, Ende Februar die Hochzeit zu feiern. Joan erschrak. Doch Manuel lächelte nur liebevoll, und sie erwiderte sein Lächeln.

Rosa und Dona Clementina blickten sich bei dieser Ankündigung entsetzt an. Gerade das schien Manuel zu freuen.

Nachdem sich alle anderen zurückgezogen hatten, strahlte Joan vor Glück. Manuel nahm ihre Hände und zog sie sanft an sich. Er war so groß und stark, so gut und liebenswert!

„Findest du meine Zärtlichkeiten wirklich so schrecklich, Joan?", fragte er mit sanfter Stimme.

„Nein“, flüsterte sie ein wenig atemlos. „Warum sagst du nur so etwas?“

„Damals, du wirst dich sicher noch erinnern, hattest du meinen Kuss sehr leidenschaftlich erwidert. Danach hast du dich jedoch kühl und abweisend verhalten. Das ließ nur den Schluss zu, dass du dich nicht mehr von mir in die Arme nehmen lassen wolltest.“

„Ja, daran erinnere ich mich.“ Sie senkte den Kopf und erzählte Manuel, dass sie geglaubt hatte, er küsse sie nur wegen Rosa.

„Das verstehe ich nicht. Wegen Rosa?“

„Ja. Sie kam doch in dem Augenblick in den Park. Ich dachte, du hättest sie kommen sehen und es nur getan, um ihr etwas vorzumachen.“

Da er sie noch immer verständnislos ansah, erzählte sie ihm von dem Gespräch zwischen Dona Clementina und ihrem Mann.

„Du siehst, ich weiß, warum du mich heiraten willst.“ Ohne dass sie es merkte, klang Kummer aus ihren Worten. Dabei war sie keineswegs unglücklich. Im Gegenteil.

„Meinst du das wirklich, Joan? Nun, du glaubtest ja auch zu wissen, warum ich dich geküsst habe.“

Sie bebte unter der Berührung seiner Hand, die zärtlich über ihren Arm glitt.

„Hast du denn nicht …“

„Ich habe dich geküsst, meine schöne Joan, weil ich dich küssen wollte. Und aus dem gleichen Grund werde ich es jetzt wieder tun.“

9. KAPITEL

Lynn saß vor dem Spiegel, als Joan in ihr Zimmer kam.

„Gehst du fort?“, erkundigte sich Joan.

„Ja, mit Ricardo ins Café.“ Verlegen griff Lynn nach der Haarbürste. „Weißt du, Joan, es wird Zeit, dass ich wieder nach Hause fahre.“

„Du bist doch meine Trauzeugin“, rief Joan. „Hast du das vergessen? Die Schneiderin kommt morgen, um dein Kleid zur Anprobe zu bringen.“

„Ich weiß, Joan. Trotzdem ... Ich bin einfach schon zu lange hier. Für Manuel bin ich im Grunde eine Fremde, und es stört mich, dass ich mich ihm so aufdränge.“

„Möchtest du denn nach Hause?“ Joan setzte sich auf Lynns Bett.

„Nein, überhaupt nicht. Ricardo ...“

„Ja, sprich nur weiter.“

„Ricardo ist damit gar nicht einverstanden. Aber ich habe ihm klargemacht, dass es sein muss. Wir werden uns natürlich schreiben, und er wird mich bald einmal besuchen kommen.“

„Und du wirst in England sitzen, ganz allein, und nur darauf warten, dass er kommt.“ Joan sprach nur aus, was auch Lynn bewegte. Die Freundschaft mit Ricardo würde sehr bald zu einer Briefbekanntschaft verflachen, und bald würden sie sich ganz entfremdet haben.

„Ich würde mir jetzt noch keine Gedanken wegen der Abreise machen, Lynn“, riet ihr Joan. „Sorg dich auch nicht wegen Manuel. Er hat selbst gesagt, dass wir dich sicher noch eine ganze Weile bei uns haben würden.“

„Warum hat er das denn gesagt?“

Joan lachte. „Weil es inzwischen jedem klar ist, dass ihr beiden euch sehr gut versteht, Ricardo und du. Ihr seht euch fast täglich.“

Lynn wandte sich verlegen ab.

„Lynn, fahr nicht nach England. Du hast schon einmal ein Opfer gebracht, indem du Derek um deiner Mutter willen aufgegeben hast. Lass dir diese zweite Chance nicht auch noch entgehen. Einen so netten Mann wie Ricardo findest du so leicht nicht wieder. Außerdem sieht er auch noch blendend aus."

Joan musste daran denken, dass sie vor einiger Zeit selbst einmal geglaubt hatte, die ersten Anzeichen von Liebe zu spüren, als Ricardo sie geküsst hatte. Damals hatte sie noch keine Ahnung gehabt, zu welcher Liebe sie mit Manuel fähig sein würde.

„Wenn du meinst, Joan, dass Manuel wirklich nichts dagegen hat ... Ich habe schon daran gedacht, mich nach einer Stellung umzusehen, für den Fall, dass ich hierbleiben sollte."

Joan lächelte. Wenn sie nicht alles täuschte, würde die Freundschaft zwischen Lynn und Ricardo bald zu einem Heiratsantrag führen.

„Genieße die Zeit, und betrachte das einfach als einen verlängerten Urlaub. Manuel ist bestimmt damit einverstanden."

„Manuel ist ein wunderbarer Mensch, Joan. Du hast mir einmal gesagt, dass er dich nicht liebt ..." Lynn suchte nach Worten. „Aber so, wie er dich behandelt, das kann doch nicht alles nur sein, um Rosa etwas vorzumachen."

„Nein", gab Joan zuversichtlich zu. „Er hat mich auch gern, glaube ich. Er hat zwar gesagt, dass er mich nicht liebt. Aber das könnte auch nur vorgegeben sein, weil er der Ansicht ist, ich erwidere seine Gefühle nicht."

„Weiß er, dass du ihn liebst?"

„Er muss schon sehr begriffsstutzig sein, wenn er es noch nicht gemerkt hat."

Tatsächlich hatte Manuel nie ausgesprochen, dass er sie liebte. Aber Joan hatte ihn in der letzten Zeit auch selten zu Gesicht bekommen. Er hatte Helena und die Kinder wieder zurückgebracht und war anschließend zu seinen Gütern an die Algarve gefahren.

„Ach, bin ich froh, dass sich alles noch zum Guten gewendet hat", rief Lynn froh. „Hast du inzwischen dein Geständnis gemacht?"

Joan schüttelte den Kopf. Sie hatte sich das für Manuels Rückkehr fest vorgenommen.

Doch als Manuel zurückkam, war Joan zufällig nicht im Haus. Sie war zu ihrem Gut hinübergegangen, um dort ein wenig aufzuräumen. Nicht im Haus, da war alles in Ordnung. Joan sammelte Papier und Abfälle ein und verbrannte alles. Joy half ihr begeistert bei dieser Aufräumaktion.

„Ich weiß ein Geheimnis“, verkündete Joy und ließ ein Bündel Äste und Papier ins Feuer fallen. „Aber das verrate ich nur Onkel Manuel.“

Joan drängte sie nicht, denn sie hielt das nur für eine kindliche Neckerei.

„Sieh doch mal im Schuppen nach, ob du dort noch Abfall findest. Aber mach dich nicht zu schmutzig!“

Fröhlich lief Joy davon. „Da muss eine Maus sein“, stellte sie fest, als sie kurz darauf mit einem Bündel Papierabfällen wiederkam: „Sieh mal, das ist angeknabbert.“ Es waren braune Papiertüten, in denen Hühnerfutter gewesen war.

Zwischen dem vielen alten Papier fiel ein weißer Umschlag auf. Auch er war angeknabbert. Joan zog ihn aus dem Bündel. Sie sah auf die Anschrift und stutzte, denn sie erkannte die Handschrift ihres Bruders. Nach dem Datum zu urteilen, musste der Brief vor einem Tag angekommen sein. Verblüfft drehte sie ihn um. Die Anschrift lautete: ‚Miss J. Barrie‘. Wie kam der in den Schuppen? Und wo war der Brief, der in den Umschlag gehörte?

Joan ließ ihre ganze Post nach Pendela schicken und holte sie dort auch selbst ab. Manuel besaß für Pendela einen Schlüssel. Sonst niemand. Allerdings lag dieser Schlüssel in dem kleinen Schränkchen im Salon. Es war also im Prinzip möglich, dass jemand den Schlüssel genommen und sich den Brief angeeignet hatte.

Joan ging nun selbst in den Schuppen und sammelte ein, was sie sonst noch zum Verbrennen fand, aber den Brief fand sie nicht.

Manuel hatte sich nie um Joans Post gekümmert. Rosa! Bei ihrem Interesse an allem, was Joan anging, musste ihr aufgefallen sein, dass nie Post für Joan Barrie auf Solar de Alvares eintraf. Sie konnte sehr wohl misstrauisch geworden sein und sich gefragt haben, warum Joan ihre Post nach Pendela kommen ließ. Würde Rosa einen

Schlüssel entwenden, um ein fremdes Haus zu betreten und dort nach Briefen zu suchen, die sie nichts angingen?

Nachdem Joan alles aufgeräumt hatte, kehrte sie mit Joy nach Solar de Alvares zurück. Sie schickte Joy nach oben zum Waschen und begab sich selbst auf die Suche nach Rosa. Diego teilte ihr mit, dass Dona Rosa im kleinen Salon sei. Als Joan die Tür öffnete, stellte sie überrascht fest, dass Manuel inzwischen eingetroffen war. Er stand am Fenster, die Hände tief in den Taschen und hörte aufmerksam auf das, was Rosa ihm erzählte.

Bei Joans Eintritt brach sie mitten im Satz ab. Allerdings hatte Joan noch genügend mitbekommen, um vermuten zu können, dass Rosa all das gesagt hatte, was sie über Joan zu wissen glaubte.

Der kalte, verächtliche Blick von Manuel ließ Joan erschrecken. Rosa dagegen strahlte vor Triumph und Befriedigung. Sie saß auf dem Sofa lässig zurückgelehnt, die Beine elegant übereinandergeschlagen.

Manuel sprach mit vor Erregung fast erstickter Stimme, sodass Joan fröstelte. „Vielleicht kannst du mir erklären, warum du mich so lange getäuscht hast, Joan."

„Rosa hat dir wohl gesagt, dass ich keine Witwe bin?", vergewisserte sich Joan.

„Das stimmt also?", fragte er ungläubig. „Du warst nie verheiratet?"

Joans Gesicht sah so weiß aus wie ihre Bluse. „Nein, Manuel. Das hätte ich dir vorher sagen müssen. Aber es war ja eigentlich nicht so wichtig, weil Joy ..."

„Nicht wichtig?", unterbrach er sie fassungslos.

„Siehst du, Manuel, ich hatte völlig recht mit dem, was ich über den Charakter dieses Mädchens gesagt habe", sagte Rosa sanft.

Über ihren Charakter? Joan sah von Rosa zu Manuel. Es handelte sich also nicht nur darum, dass sie sich als Witwe ausgegeben hatte.

Mit funkelnden Augen wandte sich Joan an Rosa. „Was hat mein Charakter damit zu tun?"

Doch darauf konnte Rosa nicht antworten, denn Manuel sagte mit kaum unterdrückter Wut: „Das spielt keine Rolle. Du sagst, du seist nie verheiratet gewesen und bezeichnest diesen Umstand als nicht wichtig. Was bist du nur für eine schamlose Person."

Schweigen. Verblüfftes Schweigen. Joan hätte jetzt handeln, sie hätte etwas sagen müssen. Doch stattdessen reagierte sie nur auf Manuels Gesichtsausdruck, der deutlich seine Verachtung ausdrückte, und auf Rosas Miene, in der Siegesfreude stand. Wie schon einmal am Anfang ihrer Bekanntschaft mit Manuel, als er sie so überheblich und hochmütig behandelt hatte, gewann auch jetzt bei Joan eine verhängnisvolle Eigenart die Oberhand: ihr Trotz. Alle vernünftigen Überlegungen wurden verdrängt.

Wenn das seine Meinung von ihr war ... Liebe? Joan verzog verbittert den Mund. Nein, seine Liebe hatte er ihr ja nie erklärt. Sie hatte immer gedacht, er warte nur auf den geeigneten Augenblick, um über seine Gefühle zu sprechen. Doch die gab es ja wohl gar nicht. Denn Liebe hieß Vertrauen. Das Vertrauen aber hätte ihm sagen müssen, dass der Mensch, den er liebte, eine Erklärung haben musste. Manuel wollte jedoch nichts mehr hören. Ihm genügten Anschuldigungen. Rosa musste ihm aufgelauert und ihn bei seiner Rückkehr sofort mit ihren Kenntnissen überfallen haben.

„Würden Sie mir bitte genau wiederholen, was Sie Manuel gesagt haben?", verlangte Joan und blickte Rosa herausfordernd an.

Rosa meinte gelangweilt: „Ich hatte ja von Anfang an einen Verdacht. Doch dann kam mir kürzlich Ihr Brief in die Hände ..."

„Der kam Ihnen in die Hände?", wiederholte Joan. „Mir ist ein Brief aus meinem eigenen Haus gestohlen worden. Ich habe den Umschlag im Schuppen gefunden."

„Ach, dort ist der also gelandet. Mir ist er aus der Hand geflattert. Was Sie mit gestohlen meinen, ist mir nicht ganz klar. Der Brief, der wahrscheinlich in Ihren Briefkasten auf der Farm gehört hätte, steckte zwischen ein paar Sträuchern auf dem Feld. Er war nass, und der Umschlag ging auf, als ich ihn aus den Sträuchern zog. Der Umschlag flatterte mir aus der Hand. Aber ich sah noch, dass der Brief an ‚Miss' J. Barrie adressiert war."

„Sie wussten also, dass der Brief mir gehört. Warum haben Sie ihn mir dann nicht gegeben?"

„Das hätte ich bestimmt. Aber wie ich schon sagte, ging der Umschlag auf. Ich konnte doch kaum umhin, den Brief zu lesen."

„Ach, wie praktisch. Der Brief liegt in den Sträuchern, der Wind bläst den Umschlag auf und er liegt lesebereit vor Ihnen. Ein Briefträger achtet im Allgemeinen darauf, die Post in den Kasten zu stecken. Da Sie es für Ihre Pflicht hielten, mein Grundstück zu betreten und mein Eigentum an sich zu nehmen, haben Sie den Vorteil, besser informiert zu sein als ich. Würden Sie mich nun darüber aufklären, was in dem Brief steht?"

„Hier ist der Brief." Manuel nahm ihn vom Schrank und warf ihn Joan durchs Zimmer zu. Er fiel zu Boden.

Joan bückte sich und las:

„Meine liebe Joan,
verzeih, dass ich nicht schon längst geschrieben habe. Ich war einige Wochen krank. Darum habe ich dir auch kein Geld für Joys Weihnachtsgeschenk schicken können. Wie geht es meiner kleinen Tochter?"

Es folgten Fragen über Joy. Dann:

„Es ist nicht immer die reinste Freude mit Mavis. Manchmal habe ich mir schon gewünscht, ich wäre bei dir und Joy geblieben. Gib ihr einen dicken Kuss von ihrem Daddy.
In Liebe, Roger."

Joan faltete den Brief langsam wieder zusammen. Wer nicht die wahren Zusammenhänge kannte, musste aus diesem Brief die falschen Schlüsse ziehen. Doch als Joan nun zu Manuel hinübersah und erkannte, dass er sie bereits verurteilt hatte, warf sie den Kopf selbstsicher zurück und schwieg.

„Hast du nichts zu sagen?" Die Enttäuschung war schwer für ihn zu ertragen. Sekundenlang fragte sich Joan, ob er litt, ob es ihn wirklich traf. Doch dann wandte er sich ab. Es sah so aus, als wolle er sie nie wieder sehen.

Plötzlich dachte Joan an die Bemerkung ihrer Schwester Christine und wie sich die Familie Alvares stets damit gebrüstet hatte, dass nur legitim Geborene je die Schwelle ihres Hauses überschritten hatten. Fand er, Joy habe sein sittenstrenges Haus befleckt? Sie wollte schon das Zimmer verlassen. Da sah sie Rosas höhnisches Lächeln und konnte ihre Verachtung nicht mehr zurückhalten. Sie sagte beiden, was sie von ihnen hielt.

„Was dich anlangt", wandte sie sich an Manuel, „dich habe ich von Anfang an für aufgeblasen, stolz und unmäßig eingebildet gehalten. Ich würde dich nicht einmal heiraten, wenn du mich auf Knien darum bitten würdest."

Seine Augenbrauen gingen in die Höhe. Da erkannte sie, dass das eine törichte Bemerkung gewesen war, denn ein adliger Manuel Alvares ging selbstverständlich nicht in die Knie. Aber Joan konnte nicht schweigen: „Du bist der unangenehmste und widerlichste Mann, dem ich je in meinem Leben begegnet bin. Du bist so von deiner eigenen Erhabenheit und dem überragenden Wert deiner Besitztümer überzeugt, dass du keinen Sinn mehr für die wirklichen Werte des Lebens besitzt. Joy ist ebenso gut wie du und besser."

Aus purem Mutwillen fügte sie noch hinzu: „Auch wenn ich nicht mit ihrem Vater verheiratet bin."

Sie bedauerte ihre Worte, kaum dass sie ausgesprochen waren. Nicht nur, weil Don Manuel zusammenzuckte und nicht nur, weil Rosas Hohn noch offensichtlicher wurde. Nein, diesmal schämte sie sich, weil sie sich zu so etwas hatte hinreißen lassen.

Noch bevor Joan etwas tun konnte, um das Schweigen zu brechen, flog die Tür auf und Joy kam hereingelaufen. Ihr kurzes Kleidchen war frisch gestärkt und strahlend sauber, das Näschen glänzte und die Wangen waren vor Eifer gerötet.

„Ach Onkel Manuel, bin ich froh, dass du da bist." Sie rannte zu ihm, ergriff seine Hand und legte ihr Gesichtchen hinein, wie sie das in letzter Zeit häufig getan hatte. Mit angehaltenem Atem wartete Joan auf das, was er tun würde. Zu ihrem maßlosen Erstaunen lächelte er das Kind freundlich an und fuhr ihm zärtlich mit der anderen Hand durchs Haar.

Rosas Blick wurde hart. Sie wollte etwas sagen. Doch Joy kam ihr zuvor.

„Ich weiß ein Geheimnis, Onkel Manuel, und ich musste so lange warten, bis ich es dir sagen konnte."

„Joy, mein Schatz", sagte Joan mit einer Stimme, die nur ein ganz kleines bisschen schwankte. „Onkel Manuel interessiert sich nicht für das, was du ihm sagen willst ..."

„Aber ich habe doch so lange gewartet, bis er endlich wieder hier sein würde. Ich darf es dir doch sagen, Onkel Manuel, nicht?"

„Ja, Joy", sagte er. „Was ist es denn?"

„Ich weiß jetzt, wer mich überfahren hat. Dona Rosa war's."

Das langsame, laute Ticken der alten Großvateruhr war eine Weile lang das einzige Geräusch im Raum. Rosas Gesicht hatte die Farbe gewechselt. Manuels Ausdruck wirkte maskenhaft starr.

„Joy ...", begann Joan.

Manuel hob die Hand. „Das ist eine sehr ernste Sache, Joy. Bist du dir ganz sicher, dass das stimmt?"

„Selbstverständlich stimmt das nicht! Das Kind denkt sich doch ständig neue Märchen aus. Man kann ihm kein Wort glauben."

Mit ihren blanken, großen Augen sah Joy zu Manuel hoch. „Ich habe nämlich die Spange gefunden, die ich verloren hatte. Sie hatte sich im Scheinwerfer von Dona Rosas Auto verhakt. Jetzt erinnere ich mich auch, dass es ein schwarzes Auto war. Sie haben gesagt, es sei kein schwarzes Fahrzeug gewesen. Aber es war doch schwarz", warf sie Rosa trotzig entgegen.

„Du hast gesagt, es war nicht schwarz?" Nun traf Manuels verständnisloser Blick seine Cousine. Dona Rosas schuldbewusste Miene ließ keine Zweifel mehr zu.

Sollen die das doch unter sich ausmachen, dachte Joan. Sie winkte Joy zu sich, und das Kind gehorchte sofort. Wortlos gingen sie hinauf in ihre Zimmer.

Lynn saß im Wohnzimmer auf der Couch und las. Das Begrüßungslächeln für Joan und Joy erlosch bei deren Anblick.

„Ist was passiert?"

„Ja.“ Joan erzählte, was sich zugetragen hatte.

„Joan, du musst völlig verrückt sein“, rief Lynn schließlich aufgebracht. „Du hast also Manuel weiterhin in dem Glauben gelassen, Joy sei … Also wirklich, man kann nur an deinem Verstand zweifeln. Warum hast du ihm nicht gesagt, dass sie deine Nichte ist?“

„Weil er mich schon verurteilt hatte, bevor ich mich auch nur verteidigen konnte. Darum.“

Lynn legte das Buch aus der Hand und stand energisch auf. „Ich werde sofort hinuntergehen und das klarstellen.“

„Wag das nicht, Lynn! Wenn es Manuel gefällt, soll er ruhig denken, was er will. Es spielt sowieso keine Rolle mehr, denn ich hab ihm schon gesagt, dass ich ihn nicht heiraten werde.“

„Du hast ihm einen Korb gegeben?“ Lynn wurde blass. „Joan, das darfst du einfach nicht. Du trittst dein Glück mit Füßen!“

„Schließlich habe ich auch meinen Stolz.“ Joans Mundwinkel zuckten, und Tränen standen ihr in den Augen. „Wenn er kein Vertrauen zu mir hat, können wir auch nicht glücklich werden. Nein, Lynn, ich reise ab. Bald werde ich Manuel Alvares und das alles hier vergessen haben.“

Lynn stieß einen tiefen Seufzer aus. „Ich mache uns erst mal einen Tee.“

„Mama, fahren wir fort?“

Joy saß auf dem Teppich, das Mündchen war weinerlich verzogen. Die Kleine war von den Ereignissen völlig überfordert worden und verstand das alles nicht.

„Ja, Joy. Es ist besser für uns, wenn wir wieder nach England zurückkehren. Dann können wir auch wieder Tante Christine und Onkel Miles besuchen, und du wirst deinen Daddy wiedersehen. Das ist doch viel besser als hierzubleiben.“

„Dort ist aber nicht Onkel Manuel. Und außer dir habe ich Onkel Manuel lieber als alle anderen auf der Welt.“

„Nein, mein Kleines. Deinen Daddy hast du doch am liebsten.“

„Onkel Manuel ist fast wie Daddy. Und er hat mich lieb. Das hat er selbst gesagt.“ Sie machte wieder einmal einen ihrer Gedankensprünge: „Wird er sehr wütend auf Dona Rosa sein, weil sie mich überfahren hat?“

„Möglich ist das schon. Warum hast du es denn nicht mir gesagt? Warum musstest du es unbedingt Onkel Manuel sagen?"

„Weil er mich danach gefragt hat. Zwei Mal. Er wollte wissen, ob ich mich nicht daran erinnern könne, wer mich angefahren hat. Und dann hat er noch gesagt, ich müsste es ihm sagen, wenn es mir einfällt."

Lynn kam mit dem Tee zurück, und sie setzten sich und tranken ihn schweigend.

Endlich sagte Lynn: „Widerlich von Rosa, sich deinen Brief anzueignen. Wie ist sie nur darauf gekommen?"

„Von Anfang an hat sie irgendein Geheimnis vermutet. Das habe ich dir doch erzählt. Sie hatte ja auch vor, in England Nachforschungen anzustellen. Das war dann nicht möglich, weil sie ihre Bekannten nicht so schnell besuchen konnte, wie sie das vorgehabt hatte und Manuel das Hochzeitsdatum so früh legte. Da bekam sie Torschlusspanik. Die Briefe abzufangen, wird ihr wohl Dona Clementina nahegelegt haben. Das sähe ihr ähnlich. Im Grunde hatte ich gegen die beiden Frauen einfach keine Chance."

„Du hast die Wahrheit auf deiner Seite, Joan. Das genügt."

„Du meinst also, ich sollte zu Manuel gehen und ihm alles erzählen?"

„Das meine ich nicht nur, das weiß ich."

„Ich tu's aber nicht", rief Joan. „Er hat auf Rosa gehört."

„Rosa hatte den Brief", erinnerte sie Lynn. „Er hat sich nicht nur auf ihr Wort verlassen, wie du sagst."

„Aber er hat mich nicht angehört. Er brauchte gar keine Erklärung."

„Wenn alles so gewesen ist, wie du es mir erzählt hast, scheinst du auch nicht bereit gewesen zu sein, ihm etwas zu erklären", beharrte Lynn. „Du wirst doch selbst zugeben, dass der Brief einen falschen Eindruck erweckt."

„Heiraten werde ich ihn jedenfalls nicht."

10. KAPITEL

Doch Joan sollte ihre Meinung schon bald ändern. Allmählich sah sie die Dinge so, wie sie sich Manuel dargestellt haben mussten. Er war von seiner Reise zurückgekommen und hatte erfahren, dass seine Verlobte Post unter der Anschrift ‚Miss' Barrie erhielt. Dann hatte er einen Brief gezeigt bekommen, der unzweifelhaft den Beweis erbrachte, dass Joys Vater nicht nur lebte, sondern auch mit Joan in Briefkontakt stand und seinen Brief mit ‚in Liebe, Roger' unterzeichnete. Das allein musste eindeutig erscheinen, sogar für einen Mann mit dem kühlen, klaren Verstand eines Dom Manuel.

Wäre sie erst ein paar Stunden später mit Manuel zusammengetroffen, hätte das alles vielleicht schon anders ausgesehen. Denn dann hätte er Zeit gehabt, nachzudenken. Möglicherweise hätte er gemerkt, dass das Bild, das Rosa von Joan zeichnete, nicht so ganz stimmte. Es wäre nicht zu der spontanen Verurteilung gekommen.

Nachdem sie sich das klargemacht hatte, sah Joan ein, dass sie dumm und unentschuldbar gehandelt hatte. Dumm, weil sie die günstige Gelegenheit, ihre Feindin mit deren eigenen Waffen zu schlagen, hatte verstreichen lassen, und unentschuldbar, weil sie ganz bewusst Manuel in Unkenntnis der wahren Sachverhalte gelassen hatte. Je länger Joan über ihre eigenen Fehler nachsann und je öfter sie sich die hässlichen Worte in Erinnerung rief, die sie ihm an den Kopf geworfen hatte, umso bedrückter fragte sie sich, ob sie nicht entschieden zu weit gegangen war.

Beim Abendessen wich Joan Manuel aus. Sie spürte seine eisigen Blicke. Rosas Missgunst verstärkte die fast unerträgliche Spannung. Joan ahnte, dass es zwischen Manuel und Rosa zu einer ernsten Auseinandersetzung wegen Joys Unfall gekommen sein musste.

Nach dem Essen sagte Manuel bestimmend: „Wir trinken den Kaffee in meinem Zimmer, Joan. Ich möchte mit dir sprechen." Und da sie zögerte, setzte er hinzu: „Jetzt!", und ging ihr voraus aus dem Esszimmer.

Rosa erhob sich. „Sie sehen blass aus“, höhnte sie. „Geht es Ihnen nicht gut? Seit Wochen habe ich mich bemüht, herauszufinden, was Sie so krampfhaft zu verbergen suchen, denn Sie haben Manuel schändlich an der Nase herumgeführt.“

„Was Sie nicht sagen, Sie haben jedenfalls die Unverschämtheit besessen, in mein Haus einzubrechen und meine Post zu stehlen.“

„Hätte ich meine Freunde in England besuchen können, würde ich dort Nachforschungen angestellt haben. Unter diesen Umständen war das jedoch die einzige Möglichkeit, die ich hatte.“

„Sie geben also zu, den Brief aus meinem Haus gestohlen zu haben?“

„Ja, sicher. Ihre Post kam nie hierher. Das machte mich stutzig. Mir wurde bald klar, dass Sie etwas aus Ihrer Vergangenheit vertuschen wollten. Das konnte ich nur herausfinden, wenn ich mich um Ihre Briefe kümmerte.“

„Wie Sie das befriedigt haben muss.“ Ungerührt faltete Joan ihre Serviette zusammen und schob sie in den Ring. Ihre Ruhe verfehlte ihre Wirkung auf Rosa nicht. Sie wehrte sich.

„Das war nur wegen Manuel. Gottlob hat es ihn zur Vernunft gebracht. Nun weiß er wenigstens, wer Sie sind. Es sieht also ganz so aus, als ob Sie, Miss Barrie, diejenige sein werden, die dieses Haus verlassen muss. Nicht ich.“

„Das glaube ich nicht, Rosa.“ Joan stand auf und betrachtete die Frau, die ihr von der ersten Minute ihrer Bekanntschaft an nur mit Feindschaft begegnet war. „Ich fürchte, Sie haben Ihre Zeit vertan. Ihr kleiner Trick ging daneben.“

„Sie glauben doch nicht etwa, dass er Sie noch immer heiraten will?“, fragte Rosa misstrauisch.

„Hat Manuel das gesagt?“

Es zuckte kurz um ihre Augen. Rosa suchte nach Worten. „Ausgesprochen hat er es nicht. Aber das liegt doch auf der Hand. Ein Alvares heiratet nie eine Frau mit Vergangenheit.“

Joan blickte sie wütend an. Sekundenlang verschlug es ihr vor Empörung die Sprache. Ein Alvares, da war es wieder. Wer glaubte er denn zu sein? Beinahe hätte sie die Beherrschung verloren und eine schroffe Antwort gegeben, aber sie konnte sich gerade noch zusammenreißen. Wenn sie künftig nicht vorsichtiger war, machte sie alles nur schlimmer.

„Wenn er erfährt, was ich ihm zu sagen habe, wird Manuel unsere Verlobung bestimmt nicht auflösen."

Trotz der Ruhe, die sie ausstrahlte, zitterte Joan vor Angst. Denn sie konnte es Manuel kaum übel nehmen, wenn er ihr nicht verzeihen wollte. Andererseits war ja sein Hauptanliegen gewesen, Rosa aus dem Haus zu bekommen. Darum würde die Heirat wohl stattfinden, wenn er erfuhr, dass Joy ihre Nichte war.

„Was können Sie ihm schon sagen?", spottete Rosa. „Für Joy lässt sich schließlich keine Ausrede erfinden."

Weiterhin bemühte sich Joan, eine temperamentvolle Reaktion zu vermeiden. „Zufällig gehen Sie und Manuel von falschen Voraussetzungen aus. Joy ist das Kind meines Bruders."

„Ihres …?" Es war keine Spur mehr von Heiterkeit auf Rosas Gesicht. „Das Kind Ihres Bruders? Und die Geschichte soll Ihnen jemand glauben?"

„Sie ist wahr. Der Brief, den Sie gestohlen haben, stammt von Roger, meinem Bruder. Als Rogers Frau starb, kam Joy zu uns, meiner Mutter, meiner Schwester und mir."

„Warum haben Sie dann so getan, als seien Sie Witwe?"

„Dafür hatte ich Gründe."

„Joy nennt Sie Mama." Rosa war noch nicht überzeugt. „Haben Sie dafür auch eine Ausrede?"

Joan antwortete ihr, wenn auch so kurz wie möglich. Sie konnte Rosa aber das Misstrauen nicht nehmen. Am Ende war Joan verärgert darüber, dass sie sich überhaupt die Zeit genommen hatte, mit Rosa zu sprechen.

Schließlich sagte Joan: „Ich habe Joys Geburtsurkunde bei mir. Das wird wohl genügen."

„Dann werden Sie Joy also zu ihrem Vater zurückschicken."

„Nein. Ich werde Joy bei mir behalten."

„Soll Manuel etwa die Verantwortung für das Kind Ihres Bruders tragen?", wollte sie fassungslos wissen.

„Das wird er, denke ich."

Würde er das wirklich? Die Sorge machte sich wieder bemerkbar. Jedes Mal, wenn Joan an die bevorstehende Ehe gedacht hatte, war die Unsicherheit geblieben, was mit Joy geschehen würde. Denn sie erinnerte sich genau, dass sogar ihre Schwester Christine bezweifelt hatte, ein anderer Mann würde sich um Joy kümmern, wenn er Joan heiratete. Immerhin war Joy eben nur eine Nichte, und der leibliche Vater lebte.

„Dann sind Sie zuversichtlicher, als ich es an Ihrer Stelle wäre. Na, ganz so rosig sehen Sie die Dinge sicher auch nicht. Das sieht man Ihnen an." Sie lachte. „Eine rechte Zwickmühle, in der Sie da stecken, nicht? Wenn Sie Manuel die Wahrheit sagen, wird er darauf bestehen, dass Sie das Kind fortschicken. Wenn Sie ihn glauben lassen, es wäre Ihr Kind, wird er Sie erst gar nicht heiraten."

„Joan." Manuels Stimme klang ungeduldig.

Ohne ein weiteres Wort verließ Joan hastig das Zimmer.

Manuel stand im Türrahmen seines Arbeitszimmers. „Ich hatte dir gesagt, du solltest sofort zu mir kommen." Er ging ihr voraus, und Joan folgte ihm. Nachdem sie die Tür geschlossen hatte, blieb sie dort stehen und sah ihren Verlobten an, der sich an den kleinen Couchtisch in einen Sessel gesetzt hatte. „Wo warst du denn?", fragte er und deutete auf den Sessel ihm gegenüber.

„Ich habe mich mit Rosa unterhalten", sagte sie ruhig und goss sich eine Tasse Kaffee ein. „Manuel, verzeih mir bitte all die hässlichen Worte, die ich gesagt habe. Das habe ich nicht so gemeint."

Er betrachtete sie mit finsterer Miene. Seine Lippen waren zusammengepresst, man sah die Adern an seinen Schläfen pochen. „Leider war Rosa dabei. Offenbar musst du noch manches lernen. Eines davon ist, dass ich niemandem gestatte, so mit mir zu sprechen. Nicht einmal meiner Frau."

„Willst du mich denn immer noch heiraten?"

Härte und Zorn wichen von seinen Zügen. Stattdessen sah sie, wie tief verletzt er war. Falls er noch bei ihrem Eintritt vorgehabt hatte, ihr gehörig die Meinung zu sagen, so musste er es sich jetzt wohl anders überlegt haben.

„Wir sind verlobt, Joan. Natürlich will ich dich heiraten."

Joan war sprachlos. War er derartig darauf versessen, Rosa loszuwerden, dass er Joan heiratete, obwohl sie ein „Mädchen mit Vergangenheit" war?

„Du hast mich grenzenlos enttäuscht, indem du mir das alles verschwiegen hast. Nachdem ich eine Weile darüber nachgedacht habe, kann ich verstehen, warum du Wert darauf gelegt hast, als Witwe zu gelten. Das entschuldigt teilweise deine anfänglichen Lügen. Doch danach, als du wusstest, dass wir heiraten würden, hättest du doch daran denken müssen, dass deine Papiere dich verraten würden."

„Ja, natürlich. Ich habe es dir ja auch sagen wollen, Manuel. Aber ich hatte Angst."

Er dachte nach. Wahrscheinlich glaubte er, dass eine solche Beichte sehr viel mehr bedeutet hätte, als nur das Eingeständnis, dass sie keine Witwe war. Darum hatte er auch dafür Verständnis.

„Es wäre nicht leicht gewesen, das zur Sprache zu bringen. Das gebe ich zu. Und doch", er schüttelte verwirrt den Kopf, „ich musste es einmal erfahren."

„Ich hatte ja auch vor, es dir sofort nach deiner Rückkehr zu sagen."

Es erschütterte Joan, dass er immer noch bereit war, sie zu heiraten, obgleich er annahm, Joy sei ihr Kind. Dann fiel ihr jedoch wieder ein, dass Rosa behauptet hatte, dass sich Manuel bestimmt nicht um Joy kümmern werde, wenn die Möglichkeit bestand, das Kind dem Vater zurückzugeben. Unschlüssig schwankte sie zwischen einem vollen Geständnis und Schweigen. Er sah so müde aus und irgendwie mutlos. So kannte Joan ihn gar nicht. Sie hatte ihm einen schweren Schock versetzt, und der hatte seine Spuren hinterlassen.

Sie entschloss sich gerade darum, ihm die Wahrheit zu sagen. Er würde bestimmt nicht verlangen, dass Joy zu Eltern geschickt wurde, die sie nicht haben wollten.

„Manuel, es ist nicht so schlimm, wie du denkst. Ich weiß, dass ich falsch gehandelt habe, aber …"

„Ich habe es einfach nicht für möglich gehalten, obwohl ich den

Brief mit eigenen Augen las und von Rosa hörte, dass der Umschlag an ‚Miss Barrie' adressiert worden war. Es passte einfach nicht zu dir. Anfangs habe ich versucht, mir selbst etwas vorzumachen. Joy musste einfach das Kind einer anderen sein. Doch das war nur Wunschdenken. Denn da ist schließlich die Ähnlichkeit. Außerdem würdest du dich kaum so um ein Kind kümmern, das nicht dein eigenes ist. Das täte kein vernünftiger Mensch."

„Du würdest das Kind eines anderen niemals nehmen?", fragte sie mit leiser Stimme und sah selbst in diesem Augenblick wie ein Kind aus, das voller Inbrunst um etwas bettelte.

Manuel erkannte dieses vorsichtige Flehen, verstand es aber falsch.

„Ich möchte dich noch immer heiraten, Joan, und selbstverständlich bleibt dein Kind bei uns."

Joan nahm sich Zucker in den Kaffee und rührte langsam um. Was sollte sie nur tun? Manuel hatte sich bereit erklärt, Joy anzunehmen. Er mochte das Kind gern und würde ihm ein guter Vater sein. Auf diesem prachtvollen portugiesischen Herrensitz konnte Joy eine sorglose Kindheit haben. Sollte Joan nun noch riskieren, die Wahrheit zu sagen? Unter Umständen musste sie dann eine grausame Entscheidung treffen, entweder Manuel oder Joy. Ihre Liebe zu Joy war groß, doch die zu Manuel war noch größer.

Und das Kind? Durfte Joan ihr Glück vor das von Joy stellen und Joy zu Menschen geben, die sie nicht haben wollten? Menschen, die nicht einmal glücklich verheiratet waren? Nein, entschied Joan. Das kann man dem Kind nicht antun. Hier auf Solar de Alvares hatte Joy eine zweite Heimat gefunden. Alle liebten sie, von den Hausangestellten bis zu den Landarbeitern. Sogar der alte, ernste Diego war ihrem Liebreiz erlegen.

Wenn Manuel das Kind aber liebte? Das hatte er Joy doch gesagt.

Joan vermutete, dass sie ihre Täuschung noch eine Weile aufrechterhalten konnte. Eines Tages musste jedoch die Stunde der Wahrheit kommen. Bis dahin aber war es denkbar, dass Manuel sich so weit in Joan verliebt hatte, dass er das Kind in Kauf nehmen würde.

Joan unterhielt sich noch eine Weile mit Manuel. Die ganze Zeit machte sich eine gewisse Zurückhaltung auf beiden Seiten bemerkbar. Das war nur natürlich. Dann verbot Manuel strikt, dass sich Joan jemals wieder mit dem Vater von Joy in Verbindung setzte.

Joan wusste, dass sie zweierlei tun musste, und das schnell. Sie musste Roger schreiben, ihm die Lage erklären und ihn bitten, sich vorläufig nicht mehr zu melden, bis es wieder möglich sein würde. Außerdem musste sie Joy sagen, dass sie nicht mehr über ihren Daddy sprechen durfte, wenn sie in Gegenwart anderer war.

Das Erste war einfach. Der Erfolg des zweiten Vorhabens hing weitgehend vom Glück ab. Andererseits hatte Joy ihren Vater so lange nicht mehr gesehen, dass er schon jetzt fast aus ihren Gedanken verschwunden war. Joy sprach eigentlich nur noch von ihm, wenn seine Briefe eintrafen.

Vor dem Schlafengehen schlug Manuel Joan noch einen Spaziergang vor. Sie waren kaum im Freien, da wirkte er bereits gelöster. Nach einer Weile setzten sie sich auf eine Bank im Park. Die Luft war in dieser Frühlingsnacht schon herrlich warm.

Manuel nahm ihre Hand so behutsam, dass Joan fast gerührt lächeln musste. „Manuel, ich verstehe dich nicht. Bist du nicht sehr böse mit mir?“

„Warum hast du Rosa nach dem Unfall gedeckt?“, fragte er, statt zu antworten.

„Was hätte ich denn gewonnen, wenn ich es dir gesagt hätte? Sie sagte, sie würde es leugnen, und ich nahm an, du würdest ihr eher glauben als mir.“

„Warum?“

Sie erinnerte ihn daran, dass sie geglaubt hatte, Rosa sei mit ihm verlobt.

Nachdenklich sagte er: „Sie hat also gesagt, sie würde es leugnen. Trotzdem, dein Wort musste schwerer wiegen, weil du die Wahrheit gesagt hast. Rosa hat keinen Versuch gemacht, dich zu decken. Vielleicht ist das mit ein Grund, warum ich dir nicht böse bin. Nichts ist mir widerlicher, als wenn man mir unwahre Geschichten hinterbringt.“

Sie gingen zum Haus zurück. Ganz plötzlich zog Manuel Joan in seine Arme. Er wirkte noch immer verstört und tief verletzt. Verletzt? Wie war das möglich, fragte sich Joan. Verletzt konnte er nur sein, wenn er sie liebte. Enttäuscht, das war wohl besser ausgedrückt.

„Manuel, es tut mir so leid. Alles tut mir leid, was ich getan habe."

Er konnte nicht wissen, was diese Worte von ihrer Sicht aus zu bedeuten hatten. „Von nun an werden wir nie wieder darüber sprechen, Joan."

Er hob ihr Kinn leicht an und küsste sie lange. „Für uns beide beginnt jetzt ein neues Leben. Es wird ein schönes Leben sein", sagte er innig.

Joan schmiegte sich glücklich an ihn. Wie sehr sie ihn liebte! Konnte nun doch noch alles gut werden? Sie wagte kaum, daran zu glauben.

In dieser Nacht fand Joan wenig Schlaf Es gab zu viel, was ihr rätselhaft erschien. Manuel wollte sich unter allen Umständen nicht mehr an sein Versprechen gebunden fühlen müssen. Dazu musste er eine Situation schaffen, in der Rosa von sich aus das Haus verließ. Aber um das zu erreichen, hätte er jede andere Frau nehmen können. Er war reich, sah ungewöhnlich gut aus und war Herr über den mächtigsten und schönsten Besitz am Douro. Da hätte er unter den Töchtern aus den obersten Schichten der portugiesischen Gesellschaft nur zu wählen brauchen.

Trotzdem hatte er Joan genommen, und Joy, von der er glauben musste, sie sei unehelich geboren.

Es gelang Joan nicht, die Gründe für sein Verhalten herauszufinden.

„Bin ich froh, dass die Hochzeit nun doch stattfindet!" Lynn betrachtete sich in Joans Schlafzimmer im Spiegel. Das Kleid aus lilafarbenem Samt betonte ihre schmale Taille und die zarte, pfirsichfarbene Haut. „In diesem Kleid gefalle ich mir selbst."

„Du siehst auch ganz wunderbar damit aus. Ricardo wird hingerissen sein", versicherte ihr Joan.

„War es nicht außerordentlich nett von Manuel, ihn auch einzuladen? Er denkt wirklich an alles."

Ja, dachte Joan. Er ist einfühlsam und großzügig. Und doch

merkte man ihm immer an, dass er der stolze Spross einer adeligen portugiesischen Familie war.

Joan stand am Fenster und sah nachdenklich auf den prachtvollen Park mit seinen Springbrunnen und Marmorfiguren, dem großen, spiegelnden Teich und dem gepflegten Rasen. In ihren Umgang mit Manuel hatte sich etwas Krampfhaftes eingeschlichen. Das zeigte sich besonders, wenn sie allein waren. War Joy die Ursache? Wurde das Kind für Manuel schon jetzt zur ständigen Mahnung an ihr vermeintliches Fehlverhalten? Wenn das so war, würde Manuel seine Frau nie lieben können.

Nachdem Lynn mit der Anprobe ihres Kleides fertig war, kam Joan an die Reihe. Joans Kleid war sehr alt. Es war schon von Manuels Urgroßmutter bei der Trauung getragen worden und bestand aus feinster, handgearbeiteter Spitze. Als Joan erfuhr, dass sie das kostbare Kleid tragen sollte, hatte sie sich hochgeehrt gefühlt und sich auf den Tag gefreut. Aber jetzt …

„Joan, du siehst wie eine Prinzessin aus!“, rief Lynn.

Das stimmte. Aber obwohl sich Joan geduldig den Anordnungen der Schneiderin fügte, war sie mit den Gedanken weit fort. Sie glaubte immer weniger daran, dass die Hochzeit je wirklich stattfinden könnte.

Joan seufzte. Warum türmten sich die Schwierigkeiten nur so auf? Würde sie sich überhaupt in der Rolle der Ehefrau eines so einflussreichen Mannes wie Don Manuel wohlfühlen können, wenn sie auf die Liebe verzichten musste und das Kind zwischen ihnen stand?

Joan war glücklich und voller Vertrauen gewesen, dass alles gut gehen würde, bis sie mit Rosa gesprochen hatte. Seitdem begann sie mehr und mehr daran zu zweifeln.

Fast das gesamte Gepäck von Rosa war schon abgeholt worden. Diego stellte gerade einen Koffer in den Wagen, als Joan vom Garten her das Haus betrat. Rosa durchquerte die Halle, den Mantel schon über dem Arm.

„Wir werden uns jetzt also voneinander verabschieden“, meinte sie mit höhnisch verzogenen Mundwinkeln. Rosa bebte vor Eifersucht und Hass. „Ich hätte es nie für möglich gehalten, dass Manuel so weit gehen würde. Na, er wird schon noch aufwachen und seinen Fehler einsehen, jedes Mal, wenn ihm das Kind unter die Augen kommt."

Offensichtlich weidete sich Rosa voller Schadenfreude daran, dass das Kind eine Beeinträchtigung für die Beziehung zwischen Manuel und seiner künftigen Frau schaffen würde.

Joan stand noch unbeweglich und mit blassem Gesicht in der Diele, als Manuel hereinkam. Besorgt erkundigte er sich, ob ihr etwas fehle. Wie gern hätte sich Joan ihm nun anvertraut. Seine Augen blickten voller Zärtlichkeit, seine Hand auf ihrem Arm ließ Joan ein fast schmerzvolles Sehnen spüren. In diesem Augenblick fiel ihr ein, was Manuel gesagt hatte: Kein vernünftiger Mensch würde sich um das Kind eines anderen kümmern.

Und so schwieg Joan auch diesmal.

Eine Woche war vergangen. Die Entfremdung zwischen Manuel und Joan war weiter fortgeschritten. Sobald er Joan sah, wurde sein Gesicht abweisend. Joan ahnte, dass er einfach nicht damit fertig wurde, dass sie ein vermeintlich uneheliches Kind hatte. Immer öfter erwog sie, die Hochzeit absagen zu lassen.

Die Kleider waren fertig, sowohl für Joan und Lynn als auch für die drei kleinen Mädchen. Die letzte Anprobe hatte stattgefunden. Filipa, Leonor und Joy bettelten so lange, sich Manuel in ihrer Pracht zeigen zu dürfen, bis Helena mit ihnen hinunterging.

Joan folgte etwas später. Schon auf der Treppe hörte sie das aufgeregte Geplapper der Kinder, die sich immer wieder bestätigen lassen mussten, wie schön sie seien. Es war eine so fröhliche Unterhaltung, dass Joan zögerte, das Zimmer zu betreten. Denn sie wusste ja, dass Manuel sofort wieder abweisend sein würde. Von außen genoss sie es noch ein wenig, seine heitere Stimme zu hören, den unbeschwerten Ton, mit dem er auf die Kinder einging.

Sie hatte den Worten nicht gelauscht und fing erst verspätet ein paar Fetzen der Unterhaltung auf.

„... du glaubst doch nicht wirklich, dass ich böse bin, Onkel Manuel?", hörte sie Joys Stimme. Joan konnte sich vorstellen, dass sie ihn wie üblich dabei anhimmelte.

„Wenn er das glaubte, würde er ihr einen Klaps geben“, wusste Filipa.

„Das darf er erst, wenn er richtig ihr Onkel ist“, erklärte Leonor altklug.

„Onkel Manuel ist schon jetzt mit mir verwandt.“

„Erst, wenn er deine Mama heiratet.“

„Dann wird deine Mama deine Tante“, staunte Filipa über diese seltsame Verwandlung, und die beiden Geschwister lachten vergnügt. In das Lachen stimmte auch Helena ein.

Nur Joy sagte ernsthaft: „Ja, aber das ist sie doch schon. Sie ist ja meine Tante. Onkel Manuel, muss ich sie auch Tante nennen, nachdem sie mit dir verheiratet ist?“

Joan wusste, dass sie keine Sekunde zögern durfte. Sie hatte das Gefühl, als würde ihr die Angst fast die Kehle zudrücken. Sie öffnete die Tür zu dem Zimmer, als Manuel gerade sagte: „Nein, Joy, du kannst sie auch weiterhin Mama nennen.“

„Obwohl sie meine Tante und nicht meine …“

„Joy, mein Schatz …“

„Mama.“ Joy stürmte auf sie zu. „Du bist doch in Wirklichkeit meine Tante.“

„Nein … nein … ich meine, Joy, du musst jetzt mit mir kommen und das Kleid ausziehen, sonst zerknitterst du es ganz.“

„Zerknittern“, wiederholte Helena verständnislos. Denn Joy stand und berührte das Kleid nicht einmal mit den Händen. „Wie sollte sie es denn zerknittern?“

„Nein, ich meine … Trotzdem möchte ich, dass sie es ausziehst.“ Joan spürte Manuels prüfenden Blick. „Komm, Joy“, sagte sie hastig.

„Na schön. Aber du bist doch meine Tante, nicht?“ Und da Joan nicht antwortete, wiederholte Joy nun ungeduldig: „Bist du etwa nicht meine Tante Joan?“ Joy richtete nun ihre Worte an die anderen. „Das ist sie nämlich wirklich. Meine richtige Mama ist tot.“

Im Zimmer war es ganz still geworden. Joan schluckte ein paar Mal und versuchte, zum Sprechen anzusetzen.

„Joan, du hast Joy noch keine Antwort gegeben“, erinnerte er sie.

„Ich … ich …“

War es nun die Belastung der letzten Wochen oder eher Erleichterung, weil nun alles ans Licht kam, oder lag es daran, dass sie ahnte, dass das das Ende ihrer Liebe sein konnte? Joan brach in Tränen aus.

„Helena, würdest du bitte mit den Kindern hinausgehen“, bat Manuel leise und beherrscht. Wieder einmal verstand er es, eine schwierige Situation im Griff zu behalten.

„Natürlich, Manuel. Auch Joy?“

„Ja. Joy, geht jetzt mit Tante Helena. Deine … Mama und ich möchten uns in Ruhe unterhalten.“

„Aber Mama weint, da kann ich sie doch nicht alleinlassen.“

„Ich kümmere mich schon um sie. Geh jetzt mit Tante Helena.“ Seine Stimme klang geduldig und doch entschieden.

Manuel und Joan waren allein. Joan wagte nun endlich, Manuel anzusehen. „Verzeih, dass ich dich angelogen habe, aber ich wusste doch, dass du sie nicht hierbehalten würdest, und … Manuel, ich kann sie nicht zurück zu meinem Bruder schicken.“

„Dann ist Joy also deine Nichte“, fiel Manuel ihr ins Wort.

„Ja. Ihre Mutter starb, als Joy noch kein Jahr alt war.“ Joan fuhr sich mit einem Taschentuch über die Augen. „Ich kann Joy nicht hergeben, Manuel. Und darum kann die Hochzeit nicht stattfinden.“ Die Tränen rannen ihr nun wieder über die Wangen.

Er sah sie fragend an. „Kannst du mir etwas erklären, Joan? Einiges kann ich mir ja zusammenreimen, aber warum du mich überhaupt so hinters Licht geführt hast, schon damals, als wir uns kennenlernten, ist mir unerfindlich. Wenn Joy nicht dein Kind ist, brauchtest du dich doch auch nicht als Witwe auszugeben.“

Es war nicht leicht, Manuel klarzumachen, dass er indirekt Schuld daran trug. Sie musste auch erzählen, wie es dazu kam, dass Joy sie überhaupt Mama nannte.

Endlich war dann die ganze Geschichte berichtet.

„Wie töricht von dir“, rief er. „In was für eine unglückliche Situation hast du dich da gebracht. Warum hast du es denn nicht längst richtiggestellt?“

„Das hatte ich vor. An dem Tag, als Rosa dir einen Teil hinterbracht hatte, wollte ich dir von Joy erzählen. Aber da hast du dann sehr klar gesagt, dass du Joy nur bei mir lassen würdest, wenn sie mein Kind wäre."

„Ich hätte das gesagt? Wovon sprichst du überhaupt?"

Sie erklärte es, doch er unterbrach sie schnell. „Musstest du denn das so wörtlich nehmen?"

„Hast du es etwa nicht so gemeint? Du hast doch ganz klar ..."

„Bestimmt habe ich nie gesagt, dass du Joy nicht behalten kannst, Liebling."

‚Liebling'. Sie machte einen zögernden Schritt auf ihn zu. Ihre schönen, großen Augen waren von den Tränen noch gerötet. „Manuel, warum willst du mich heiraten?"

Er wollte ihr antworten, überlegte es sich dann aber anders. Ein verstecktes Lächeln ließ seine dunklen Augen heller wirken. „Hast du dich nicht gewundert, warum ich dich auch dann noch heiraten wollte, als ich glauben musste, Joy sei dein Kind?"

„Ja, das fand ich wirklich eigenartig. Denn du hättest ja eine viel bessere Frau als mich haben können ..."

Mit einem Schritt war Manuel bei ihr und legte ihr die Hand auf die Lippen.

„Wage es nicht, das auszusprechen. Du redest von meiner zukünftigen Frau." Und dann küsste er sie, leidenschaftlich und hingebungsvoll. Zugleich war er so zärtlich, dass Joan keine Antwort mehr brauchte.

„Anfangs lag mir nur daran, von dem Versprechen entbunden zu werden, das ich meinem Onkel damals viel zu voreilig gegeben hatte, mein Schatz. Aber als ich dich bat, mich zu heiraten, geschah das aus Liebe."

„Du hast doch gesagt, du liebst mich nicht", erinnerte sie ihn.

„Nur weil ich glaubte, dass du meine Gefühle nicht erwidertest. Welcher Mann erklärt schon seine Liebe, wenn er fürchten muss, dass er die kalte Schulter gezeigt bekommt?"

Sie seufzte glücklich. „Ach, Manuel, darum hättest du dich nicht zu sorgen brauchen. Ich liebte dich ja längst. Auch wenn das nicht so gewesen wäre, hätte ich dich nicht verletzt, Manuel."

„Ach ja?" Er schob sie ein Stück von sich fort und meinte halb scherzhaft und halb vorwurfsvoll: „Willst du mir sagen, woher ich das hätte wissen sollen? Hast du seit dem ersten Tag unseres Kennenlernens etwas anderes getan, als mir grässliche Dinge an den Kopf zu werfen?"

„Da übertreibst du aber sehr. Nur hin und wieder."

„Hüte dich lieber vor einem künftigen ‚Hin und Wieder'", warnte er sie mit gespielter Strenge.

„Das werde ich, Manuel. Ich will dir die beste Ehefrau sein, die es gibt."

„Darauf werde ich auch achten."

„Manuel, etwas verstehe ich immer noch nicht."

„Was denn, mein Liebling?"

„In letzter Zeit bist du so abweisend zu mir gewesen. Ich dachte, es wäre wegen Joy."

Empört unterbrach er sie. „Ich bin abweisend gewesen? Joan, du selbst hast mich zurückgewiesen."

„Ich?"

„Allerdings. Aber das verzeihe ich dir, weil ich dich jetzt verstehen kann. Du hast dich einfach in ein Schuldgefühl hineingesteigert, und das hat dich dann gehemmt. Darum konntest du dich nie geben, wie du warst, und nie zeigen, was in dir vorging. Deine Zurückhaltung hat mich gestört. Sie hat meinen Stolz verletzt."

Liebevoll nahm er sie in die Arme. Ihr Gesicht strahlte vor Glück.

„Dem Himmel sei Dank für Joy", flüsterte er erleichtert und bedeckte Joans Gesicht mit leidenschaftlichen Küssen.

– ENDE –

Miranda Lee
Liebesreise nach Australien
Band-Nr. 15009
8,95 € (D)
ISBN: 978-3-89941-371-7
432 Seiten

Armstrong / Bianchin / Badger
Liebesreise nach Australien (2)
Band-Nr. 15027
8,95 € (D)
ISBN: 978-3-89941-515-5
400 Seiten

Howard / Green / Kemp
Liebesreise nach Schottland
Band-Nr. 15024
8,95 € (D)
ISBN: 978-3-89941-512-4
432 Seiten

Gordon / Hamilton / George
Liebesreise in die Toskana
Band-Nr. 15023
8,95 € (D)
ISBN: 978-3-89941-511-7
448 Seiten

Mather / Reid / Graham
Liebesreise nach Griechenland
Band-Nr. 15012
8,95 € (D)
ISBN: 978-3-89941-376-2
416 Seiten

Braun / Mather / Morgan
Liebesreise nach Mexiko
Band-Nr. 15026
8,95 € (D)
ISBN: 978-3-89941-514-8
384 Seiten

Langan / Weale / Darcy
Liebesreise nach Hawaii
Band-Nr. 15030
8,95 € (D)
ISBN: 978-3-89941-571-1
400 Seiten

Devine / Lamb / Fraser
Liebesreise nach Cornwall
Band-Nr. 15007
8,95 € (D)
ISBN: 978-3-89941-367-0
448 Seiten

Goodman / Stephens / McCallum
Liebesreise auf die Balearen
Band-Nr. 15025
8,95 € (D)
ISBN: 978-3-89941-513-1
416 Seiten

Mortimer / Ker / Peters
Liebesreise nach Mallorca
Band-Nr. 15008
8,95 € (D)
ISBN: 978-3-89941-368-7
400 Seiten

Wentworth / Field / Mayo
Liebesreise auf die
Kanarischen Inseln
Band-Nr. 15019
8,95 € (D)
ISBN: 978-3-89941-509-4
416 Seiten

Spencer / McMahon / Darcy
Liebesreise in die Karibik
Band-Nr. 15010
8,95 € (D)
ISBN: 978-3-89941-374-8
448 Seiten